이기영 단편선
민촌

책임 편집 · 조남현
서울대학교 국어국문학과와 같은 과 대학원 졸업, 문학박사.
현재 서울대학교 국어국문학과 교수.
저서로는 『한국현대소설연구』 『삶과 문학적 인식』 『한국 현대소설의 해부』
『한국현대문학사상논구』 『소설신론』 『한국 현대작가의 시야』 등이 있음.

한국문학전집 28
민촌
이기영 단편선

초판 1쇄 발행 2006년 7월 14일
초판 6쇄 발행 2024년 3월 8일

지 은 이   이기영
책임 편집   조남현
펴 낸 이   이광호
펴 낸 곳   ㈜문학과지성사
등록번호   제1993-000098호

주   소   04034 서울 마포구 잔다리로7길 18(서교동 377-20)
전   화   02)338-7224
팩   스   02)323-4180(편집) 02)338-7221(영업)
전자우편   moonji@moonji.com
홈페이지   www.moonji.com

ⓒ ㈜문학과지성사, 2006. Printed in Seoul, Korea

ISBN 89-320-1712-3 04810
ISBN 89-320-1552-X(세트)

이 책의 판권은 저작권자와 ㈜문학과지성사에 있습니다.
서면 동의 없는 무단 전재 및 복제를 금합니다.

이기영 단편선
민촌

조남현 책임 편집

| 차례 |

일러두기 • 6

농부 정도룡農夫 鄭道龍 • 7
민촌民村 • 59
아사餓死 • 111
호외號外 • 130
해후邂逅 • 155
종이 뜨는 사람들 • 172
부역賦役 • 201
김군金君과 나와 그의 아내 • 222
변절자의 아내 • 249
서화鼠火 • 263
십 년 후十年後 • 339
맥추麥秋 • 356
수석燧石 • 416
봉황산鳳凰山 • 445

주 • 473
작품 해설
현실 반영과 비판, 투쟁과 적응 / 조남현 • 489

작가 연보 • 512
작품 목록 • 516
참고 문헌 • 522
기획의 말 • 524

| 일러두기 |

1. 이 책에 실린 작품은 이기영이 1926년부터 1940년까지 발표한 작품 중에서 선정한 14편의 단편소설이다. 각 작품의 정확한 출처는 주에 명기되어 있다.
2. 이 책의 맞춤법은 1988년 1월 19일 문교부 고시 '한글 맞춤법'에 따르는 것을 원칙으로 하였다. 단 작품의 분위기에 영향을 준다고 판단되는 방언이나 구어체 표현, 의성어, 의태어 등은 그대로 두었다.
   예) 장가도 못 들면 어짜구?
   　　오리같이 모다 생겼더라!
3. 원본의 한자는 가급적 한글로 바꾸었으며, 작품 이해에 도움이 될 만한 한자는 그대로 두고 괄호 안에 넣었다. 반복적으로 등장하는 한자어는 최초에만 괄호 안에 한자를 병기하고 후에는 한글로만 표기하였다.
4. 대화를 표시하는 「　」혹은 『　』는 모두 "　"로, 대화가 아닌 강조의 경우에는 '　'로 바꾸었다. 책 제목은 『　』로, 노래 제목은 「　」로 표시하였다. 말줄임표 '‥‥' '‥‥' '‥‥‥' 등은 모두 '……'로 통일하였다. 단 원문에서 등장인물의 머릿속 생각을 표시하는 괄호는 작은따옴표(' ')로 바꾸었고, 작가가 편집자적 논평을 붙인 부분은 괄호(( )) 안에 표시하였다.
5. 외래어 표기는 1986년 1월 7일 문교부 고시 '외래어 표기법'에 따라 바꾸었다. 단 작품의 분위기에 영향을 준다고 판단되는 경우에는 원본을 그대로 살렸다. 그리고 일본어의 경우에는 원문대로 표기하고 미주에서 일본어 원문을 표시하였다.
6. 과도하게 사용된 생략 부호나 이음 부호는 읽기에 편하도록 조정하였다.
7. 당시에 검열로 삭제된 것으로 짐작되는 부분은 원문대로 ○, × 등의 표기를 그대로 두었다.
8. 책임 편집자가 부가적으로 설명이나 단어 풀이가 필요하다고 판단한 경우에는 미주로 설명을 붙여놓았다.
9. 미주의 용어 해설은 이희승 편저, 『국어대사전』(민중서림, 1982, 수정 증보판), 이근술·최기호 엮음, 『토박이말 쓰임사전』(동광출판사, 2001), 두산동아 편집국 편, 『동아 새국어사전』(두산동아, 2006)을 참조하였다. 그리고 「민촌」과 「서화」는 『20세기 한국소설 4』(창비, 2005)에 수록된 낱말풀이를 일부 참조하였다.

농부 정도룡 農夫 鄭道龍

1

 불볕은 내리쪼인다. 뜨거운 태양열은 불비를 퍼붓는 것 같다. 그것은 마치 훈련된 병사가 적군에게 총을 겨누어 한 방에 쏘아 죽이려는 것같이 땅 위 만물에게 똑바로 내리 대고 광선을 발사한다.
 길바닥에 모래알은 이글이글 익는다. 나뭇잎은 시들고 풀포기는 발갛게 타들어간다. 대지는 도가니같이 끓는데 만물은 그 속에 들어앉았다. 그래 불김을 삼키고 또한 불김을 내뿜는다.
 개〔犬〕는 긴 혀를 빼물고 쉴 새 없이 헐떡거린다. 그 불빛 같은 혀를 길게 빼물고 헐떡거리는 양은 마치 꺼지지 않는 불을 먹은 오장이 바작바작 타들어가는 고통을 자지리 느끼는 듯이 눈을 딱 감고 사족을 뻗친 채로 늘어졌다. 웅덩이에 담긴 물은 열탕같이 끓어서 털썩! 하고 뛰어드는 개구리는 두 다리를 쭉 뻗고 발랑 자빠진다. 그리고 사지를 바르르 떨다가 다시 뒤처지며
 "에그머나! 이게 웬일인가?"
하는 듯이 그 툭 뼈진 큰 눈을 더 크게 뜨고 허우적거린다. 그러나 이보다 더 심각한 흥미를 강자(强者)에게 느끼게 하는 것은 논고[1]에 몰린 송사리 떼일 것이다. 물은 자질자질[2] 미구[3]에 잦아붙을 지경인데, 잔인한 양염(陽炎)[4]은 저들의 생명수를 각일각(刻一刻)[5]으로 빨아간다. 그 속에서 오물오물하는 송사리 떼—아 죽음의 최후의 공포를 느끼고 서로 살려고 애씀인지? 꼬리를 맞부딪치다가는 물 밖으로 튀어진다. 그러는 놈은 보기 좋게 순간에 죽어버린다. 저 먼저 살려고—저 혼자만 살려고 조바심을 하는 자는 먼저 죽는다. 이것은 약자에게 많은 교훈을 준다. 그런데 잔인한 웃음의 햇살은 행복을 느끼는 듯이 그를 내려다보고 있다.

그러나 그들은 장엄한 죽음을 결단하여 최후의 일적(一滴)에서 맹렬히 반항한다. 약자가 강자와 싸우다가 죽는 것은 그들도—조그만 미물인 그들도—장쾌한 죽음인 줄 아는 모양이다. 약자가 강자에게 반항하다가 통쾌한 최후를 마치는 것은 영원한 명예인 줄을 저들도 아는 모양이다. 그렇지 않으면 그들은 왜 조용히 죽음을 기다리지 않는가?

한낮의 더위는 과연 심하다. 더구나 대륙적 기후이라 더욱 맹렬하다.

생물은 모두 서고(暑苦)[6]를 느끼며 가뭄에 부대끼면서 최후의 일각까지 생의 투쟁을 계속한다. 학정(虐政)에 신음하는 민중 같

다 할까? 철쇄에 얽매인 죄수 같다 할까? 바람이 분대야 불을 몰아오는 것 같은 흙먼지를 날리며 더운 기운만 확확 끼얹어서 숨을 턱턱 막히게 할 뿐이다. 그러니 부채질을 하는 것은 불을 붙이는 셈이라. 천치가 아닌 다음에야 이런 때에 부채질할 사람은 없겠다.

그런데 땅 위에 있는 수분을 모두 빨아다가 사람의 살 속에다 주사를 하였는지 오직 이 사람 저 사람의 몸에서만 땀이 철철 흐른다. 그래도 땀도 물이라고 사람을 행복하다 할는지? 그렇다면 이 땀물과 눈물을 그중 많이 흘리는 자는 지금 저 들에서 모를 심는 농부들일 것이다. 도회의 공장에서 일하는 노동자일 것이다.

볕에 건[7] 몸뚱이는 황인종인지? 흑인종인지? 분간할 수 없도록 검다. 황금열(黃金熱)은 백인종의 마음속도 먹장같이 검게 만들어놓듯이, 이 태양열도 남의 살빛을 이렇게 변해놓는다.

희끄무레한 잠방이를 걸치고 아래위로 드러내놓은 살빛은 오동빛같이 더욱 검게 뵈는데 어쩌다 옷 속에 들어 있는 살이 나오면 그는 도저히 한 사람의 살빛이라고는 할 수 없을 만치 딴 색이 돈는다. 이 햇빛에 탄 검붉은 등어리를 일자로 꾸부리고 늘어서서 그들은 지금 한참 바쁘게 모를 심는다. 한 포기 두 포기 꽂아놓는 대로 논빛은 청청히 새로워지고 그들의 입에서는 유장(悠長)한 상사디[8] 소리가 흘러나온다. 그러나 그것은 그들의 고통을 잊고자 하는 애달픈 느낌을 준다. 그러는 대로 등어리에서는 진땀이 송송 솟고 태양은 한결같이 그의 광선을 내리쏜다. 그들의 땀빛도 검은 것 같다.

그러나 이 논임자는 나무 그늘 두터운 북창에 의지하여 뭉게뭉게 피어오르는 흰 구름을 바라보며 귀로는 이 유한(悠閒)한 농부가의 벼 포기 사이로 흘러나오는 곡조를 듣고 있다. 그래도 그는 덥다고 부채질을 연신 하면서 까부라지려는 겻불같이 두 눈이 사르르 감겼다 다시 빠꼼이 떠 보았다 한다.
 여러 날 가물던 끝이라 그런지 저녁이 되어도 퇴서[9]는커녕 시원한 바람이 불어오리라 하는 기대를 보기 좋게 실망하려는 듯이 역시 훈증한 더운 김만 확확 끼얹는다. 마치 냅지[10] 않은 연기 속에 싸인 듯하여 숨을 턱턱 막히게 한다.
 이런 날 저녁에는 변으로 모기가 많겠다. 원래 모기라는 벌레는 더운 때에 생기는 것이라 하면 역시 더운 날 저녁에 더욱 활동할 것은 괴상히 여기는 편이 더욱 괴상한 일이다마는 일상 제 생각만 잘하는 사람들은
 "아! 오늘 저녁에는 웬 모기가 이리 많은가?"
하고 무슨 변이나 생긴 듯이 이상히 여긴다. 그야 어떻든지 과연 여름 한철에는 조그마한 모기란 놈도 꽤 사람을 시달리것다. 깔다귀[11]한테 물리고 성을 잔뜩 내고 앉은 사람의 꼴도 우습지마는 그렇다니 말이지 사람이란 것도 그리 영물(靈物)은 못 되는 물건인 듯하다. 그래도 사람더러 물어보아라! 인생은 만물의 영장(靈長)이라고 큰소리를 하지 않나? 더구나 문명인이란 사람들이……
 달은 아직 떠오르지 않고 황혼의 땅거미가 아물아물 저 건너 숲 사이로부터 휩싸 들어온다. 벌써 먼 산의 윤곽은 희미하고 모든 것이 흰빛 속에 숨기려는 것처럼 어둠의 장막 속에서 비치고 있

다. 산골짜기에 드러난 바윗돌같이 점점한 덩어리가 흩어져 있는 것은 띄엄띄엄 있는 마을 집이었다. 좌우로 산이 둘러 있고 앞으로 논과 밭이 있는 것은 이런 어두운 밤이라도 이게 농촌인 줄은 짐작할 수 있다. 이따금 훅! 끼치는 바람에 거름내가 코를 콕 찌르는 것을 보아도 그것은 알 수 있지마는.

종일 더위에 부대끼고 힘든 일에 시달리던 그들은 저녁 숟갈을 놓고 나면 사지가 노곤한 게 오직 값없이 오는 것은 잠뿐이었다. 그러나 마귀는 이나마 시기함인지 모기가 덤비어서 그들의 단잠을 깨운다. 한날의 피로를 휴식하라고 생명의 신(神)은 이 밤을 마련하였건마는 그들의 운명은 그나마 허락지 않는 것을 어찌하랴? 아! 불쌍한 농군들아!

이집 저집에는 마당에다 모깃불을 피우고 그들은 남루(襤褸)를 걸친 대로 여기저기 쓰러졌다. 어둑어둑한 속에서 반딧불같이 반짝반짝하는 것은 담뱃불이다. 이따금 환하게 타오르는 것은 모깃불이었다. 그것은 무슨 까닭인지 미구에 툭 꺼지고는 다시 회색 연기가 구름같이 피어오른다. 그 주위에 희끗희끗한 것이 웅기중기 앉고 눕고 담배를 피우며 그들은 무거운 입을 벌리어 무슨 소리인지 두런거린다. 그사이에 하품하고 기침하고 침을 탁! 뱉고 당나귀 울듯 하는 얼빠진 웃음소리가 들린다. 그 위에는 밤하늘이 마치 졸음이 오는 듯이 가슴츠레한 별의 눈을 깜박거리며 내려다본다. 마치 그들의 이야기를 어렴풋이 듣는 것처럼……

그들은 그 느릿느릿한 말씨로 지껄이다가는 번갈아 한숨을 쉬고 그러고는 다시 허허 웃는다. 목소리는 크지마는 뒷심이 없다.

꽁보리밥 먹은 말소리다. 그것은 마치 그들이 살찐 듯하지마는 실상은 영양 불량으로 푸석살이 누렇게 들뜬 것같이! 그들의 목소리도 황색으로 들뜬 것이다. 그래도 불한당(不汗黨)—땀 안 흘리고 잘사는 사람—들은 노동자는 건강하다고…… 양반님네! 제발 그런 소리나 맙시사.

그 안마당에는 여자들이 모여 앉아서 무엇을 쫑알거리고 또 해해 웃는다. 거기에는 청춘의 생명 있는 목소리가 들린다. 그것은 인간의 행복을 동경하는 열정에 타오르는 젊은 여자의 목소리다. 그러나 그의 운명은 벌써 결정되었다. 그의 할머니와 할아버지와 또한 그의 어머니와 아버지가 살던 생활을—그들이 가던 길을—그는 다시 뒤따라갈 뿐이었다. 물 긷고 빨래하고 보리방아 벼방아 찧고 다듬이질하고 옷 짓고 밥하고 그리고 애 낳고 밭 매고 모 심는 일까지—만일 이것이 싫거든 죽어라! 하는 것이 그들의 운명의 명령이었다……

사방을 둘러보아야 모두 날마다 보는 싫증 나는 것들뿐이었다. 하늘도 늘 보던 하늘이요 산도 늘 보던 산! 들도 늘 보던 들이다. 그들 중에는 사십 년 혹은 오십 년 동안을 한곳에서 말뚝과 같이 박혀 산 자가 많다. 아니 몇 대째로 여기서 나서 여기서 살다가 여기서 죽었다. 어디 출입을 한다는 것이 기껏 장 출입이었다. 그들은 장에 가서 시체[12]로 난 물건을 보고 와서는 신기한 듯이 떠들고 야단이다.

수중다리[13]에 흘게눈을 해가지고 말을 하자면 입을 실룩실룩하는 덕삼이가 그 우스운 입을 실룩거리며

"너! 차 타보았니!"

하고 옆에 앉았는 말불이에게 물었다.

"아즉 못 타봤소. 타보면 어떻다우!" 말불이는 신기한 듯이 이렇게 되짚어 묻는다.

"어때여 호습지[14] 산이 빙빙 돌고 들이 달음박질을 한단다!"

"예 여보! 차가 달어나지 그래 산이 달어나요" 하고 말불이는 곧이들리지 않는 듯이 이렇게 핀잔을 하였다.

"허허허 그것은 네가 아즉 타보지 못한 말이다. 차 안에서 보면 산이 달어난단다" 하는 말에 말불이는 다시 반신반의하는 표정으로 쳐다보다가

"나는 여태 타본 것이라고는 없소!" 하고 절망한 듯이 입을 헤벌리고 웃는다. 잠자코 있던 덕삼이는 무슨 생각을 하였는지 또 싱글싱글 웃더니만

"그러나 네 생전에 꼭 두 가지는 타볼 게 있다" 하고 그는 다시 의미있게 말불이를 쳐다본다.

"두 가지가 메유?"

"응! 장가들면 가마 타보고 그러면 네 아씨 배 타보고……" 하하하 하는 그 얼빠진 당나귀 웃음소리 같은 웃음소리가 사방에서 일어났다. 옆에 있던 막동이가 방정맞게 톡 튀어 나서며.

"그러나 장가도 못 들면 어짜구?" 하였다.

"그래도 한 가지는 꼭 타겠지. 죽으면 들꺼치[15]를 타더래도 설마 송장더러 무덤으로 걸어가라지는 않을 터이니까? 허허허."

말불이는 그게 무엇인가 하고 기쁘게 바라고 있다가 고만 실망

농부 정도룡 13

한 듯이

"예 여보!" 하고 덕삼이의 등허리를 탁 친다. 그는 고만 골이 났다.

"허허허" 하는 웃음소리가 또 소나기 오듯 하였다. 하하하 하고 한숨 쉬는 소리도 들린다. 그는 늘 음침한 상을 하고 있는 덕보이었다. 그들은 다시 저거번에 서울 갔다는 영삼이를 둘러싸고 서울 이야기를 묻기 시작하였다.

"대체 서울이란 어떻던가?" 하고 텁석부리 정첨지가 벙글벙글하며 이렇게 화제를 돌리었다.

"그걸 어찌 한 말로 할 수 있나!" 하더니 영삼이는 다시 말을 잇대며 자기 혼자 구경한 것을 자랑하는 것처럼

"자네들도 남대문은 들어서 알겠지?" 하고 묻는데 누가 "남대문입납[16] 말이지!" 하는 소리에 또 웃음통이 터졌다.

"그래 그 남대문 말이야! 참 잘 지었데. 우리나라 사람도 예전에는 재주가 많었던 게야!"

"그런데 지금은 그 재주가 다 어디로 갔다오?" 하고 금방 골냈던 말불이는 어느 틈에 골이 삭았는지 별안간 이렇게 묻는다.

"무얼 삭었지!"

"무엇에 삭어요?"

"양반과 술과 계집에! 하하하."

"참 그런지도 몰라!" 하고 정첨지는 고개를 끄덕이며 가벼이 탄식한다. 영삼이는 다시 말끝을 돌리었다.

"아——니 가던 날 저녁에 협률사(연극장)를 가보지 않았겠나!

참! 꽃 같은 기생도 많데. 자네들 기생 구경하였는가?"

성칠이가 바짝 다가앉으며 도리깨침[17]을 꿀떡 삼키더니

"그럼! 못 봐. 읍내 오리집에 있지 않은가?"

"하하하. 게우[18]집은 아니고 오리집이야 참! 오리같이 모다 생겼더라! 돈 속으로 탐방탐방 빠지는 것이."

"그게 기생인가? 갈보이지. 짜장[19] 기생은 이런 시굴은 아니 나려온다데." 덕삼이가 또 이렇게 말참례[20]를 하였다.

"그래 하룻밤 데리고 자고 싶지 않던가?"

"무얼 저 꼴에 어떻게…… 그라다가 가위나 눌리게 허허허."

혹 돈친 성춘이가 장구배를 내밀고 이렇게 또 조롱하였다.

"아닌 게 아니라 우리는 감도 못 나서 그럴까 겁이 나겠데마는 그래도 이뿌기는 이뿌던데. 하하하."

"그래도 수컷이라고…… 헤헤헤."

영삼이는 다시 말을 잇대었다.

"그런데 서울 사람 말소리야말로 좋데! 더구나 여자의 말소리라니 아주 반하겠던데."

"그래 여자의 말소리가 어떻단 말이냐?"

"아! 우리 시굴 여자는 이랬수! 저랬수! 하는데 메떨어지지[21] 않은가. 그런데 서울 여자들은 '아! 왜 이래요? 안녕하십시오! 어떱시오! 하는 게―나는 잘 입내 낼 수도 없네마는―아주 꾀꼬리 소리란 말이야. 얼골을 보면 비 온 땅에 징신[22] 신고 간 자욱이라도 말소리는 봄 하늘에 종달새 울음이거든. 그런 여자는 쇠경이 장가 들면 꼭 맞춤이겠데 허허허."

"아따 그 자식 서울 갔다 오더니 말솜씨 늘었다. 얽었단 말이지."
"헤헤헤."
"자네 웃음 쩨는 시굴 촌놈 쩰세. 나도 이번에 서울 가서 그렇게 웃다가 흉 잡혔네" 하고 영삼이는 또 성칠이의 웃음소리를 타내었다.
"그럼 어떻게 웃나?" 하고 성칠이는 무안한 듯이 되짚어 묻고 쳐다본다.
"허허허 하든지 하하하 하든지 하란 말이야."
"무얼 햐햐 줄은 모다 웃어도 좋지."
"아니 그럼 누가 햐햐햐 웃던가?"
"웃고말고. 일전에 아니 장에를 가지 않었겠나? 마침 왜갈보집 앞을 지나노라니까 무얼무얼 똥땅똥땅 하며 노래를 부르고는 햐햐햐! 하고 마치 불여우 간 뜯는 웃음을 웃데나그려."
"참! 그렇지 나도 들었어!" 하고 정첨지가 맞장구를 치고 따라 웃는다. 누가 방귀를 뽕 하고 뀌는 바람에 또 웃음통이 터졌다.
어느덧 밤은 이슥하였다. 이제는 고요한 밤이 어둠의 장막을 드리우고 말없이 그의 침묵을 지키는데 간간이 들리는 것은 잠 없는 늙은이들의 아직도 이었다 끊겼다 하는 구성진 이야기 소리였다. 그들의 특징인 이 빠지고 힘없고 청승궂은 어조로 기운 없이 하는 느릿느릿한 말은 마치 그들의 흰 터럭과 같이 말소리에도 회색을 띤 것 같다. 허무한 과거를 추억하며 애달픈 죽음이 여일(餘日)을 재촉함을 생각할 때 그들의 입에서는 하염없이 탄식이 흘러나올 뿐이다. 야반(夜半)의 적막이 죽은 듯한 이때 그들의 그

그늘진 목소리는 마치 북망산에 묻힌 고총(古塚) 속 백골들이 하나씩 둘씩 벌떡벌떡 일어앉아서 음침하고 충충한 불쾌와 시취와 송장벌레가 뼈다귀를 갉아 먹는——영원한 고통인 그 무서운 총중생활(塚中生活)[23]을 하소연하는 것같이 들리었다.

그러나 동천에서 서늘한 달이 떠오르자 대지는 다시 월색에 안기어 반기는 듯! 웃는 듯! 천당과 낙원이 여기가 아닌가? 의심할 만치 삽시간에 별천지가 되었다. 더위도 어느덧 물러가고 산뜻한 청량미(淸凉味)가 전신의 살 구멍으로 들어가서 박하 빙수를 먹는 것 같은 상쾌한 느낌을 느끼게 한다. 만물은 저 교교한 달빛에 싸이어 은근한 정을 머금고 이제 새로운 생명에 소생한 듯이 행복을 미소하며 그의 단꿈에 취한 듯이 몽롱히 비쳤다. 가끔 비단 치마가 스치는 듯한 산들바람은 이제는 살았구나! 하는 행복의 탄식이라고나 할까?

아까같이 반짝반짝하며 저의 광채를 자랑하는 듯하던 별들은 고만 월광에 무색하여 부끄럼을 감추려는 듯이 저의 존재를 숨기고 있다. 그러나 이따금 깜박깜박하고 내다보며 어디까지 희미한 그림자를 나타내려 함은 암만해도 저 달을 질투하는 것 같다. 많은 별들은 이렇게 생각하였다. 우리는 언제든지 한결같은 빛을 한결같이 가지고 있다. 낮에도 있고 밤에도 있고 달이 있을 때나 해가 있을 때나 노상 있지마는 미혹 잘하는 사람들은 해가 뜨면 우리가 없어지고 달이 솟으면 우리는 숨는 줄 안다. 그래 해도 달도 없는 밤에만 우리를 찬미한다. 그리고 우리를 저희의 눈만치 조그맣게 생각하여 우리보고 눈 깜작인다고 하지마는 실상 우리는 달보다는 크고 해보다도 크고 그리고 우리는 무수하다고……

미풍이 살짝 지나갈 때에는 마른 흙내가 폴싹! 떠오르다가도 그 속에는 이슬 섞인 초향(草香)이 물씬하고 코를 상긋하게 한다. 지금 저리로서 불어오는 일진청풍[24]은 앞 강에서 물결을 스치고 일어남인 듯! 수분 섞인 서늘한 맛을 가슴에다 끼얹는다. 그런가 하고 생각해보니 등허리에 친친하던[25] 땀이 어느 결에 거진 말랐다. 자는 사람들도 이것을 꿈속에서 의식하는지? 숨소리가 부드러이 길게 내쉬었다.

2

마실 갔다 돌아오는 정도룡(鄭道龍)은 지금 자기 집 싸리문을 지치고 안마당으로 들어섰다. 모깃불이 한 줄기 회색 연기를 되풀이하는 그 짓에 염증이 난 듯이 게을리 가는 연기를 토하고 있다. 그 가닥 그 가닥이 바람에 솔솔 불리어 공중으로 회회 돌아 올라가다가는 다시 사라지고 사라지고 한다.

뜰 위에는 밀방석을 깔고 그 위에서 홑이불을 덮고 누운 세 식구가 나란히 잠들었는데. 모깃불은 마치 고요한 이 밤의 비밀을 홀로 지키려는 듯이 호독호독 불똥을 튀며 모락모락 타오른다. 그러나 주위가 모두 꿈나라에 방황하는 이때이라 졸음은 저에게도 침노하는지? 하품하는 입김 같은 연기를 실같이 점점 가늘게 토한다.

나뭇가지 사이로 흘러 비치는 달그림자는 흔들흔들하며 그 한 가지 그림자가 자는 사람의 얼굴을 은은히 가리었다. 멀리 강 언덕에 늘어선 버들 수풀은 우중충하게 한데 얼크러져 수묵을 던진 것 같은데 달빛은 그 속의 신비를 엿보려는 것처럼 와사등[26] 같은 푸른빛을 그 위에 던지고 있다. 그리고 이편으로 툭 터진 사이로는 일면강색(一面江色)이 훤하게 보이는데 은파연월에 은근한 경색이 누구의 가슴에 한 줄기 느낌을 자아낸다. 아, 이 밤 이때에 누가 무엇을 생각하느냐? 어디서 컹컹 짖는 개 소리가 야반의 정적을 깨뜨리고 멀리 공기를 헤치고 사라져간 뒤에는 다시 침묵―― 오직 자는 사람의 숨소리가 색색! 하고 이따금 모깃소리가 앵! 하고 귓가로 지나가는 소리가 가늘게 들릴 뿐! 그것은 멀리 지옥에서 들리는 마귀의 참회하는 울음소리와 같이!⋯⋯

정도룡은 지금 무심히 앞 강을 바라보고 앉았다. 그는 무슨 생각을 하는지? 또한 무엇에 감동함인지? 한동안 등신같이 우두커니 앉아서 멍! 하니 앞 강을 바라보다가 홀연한 숨을 후 하고 내쉰다. 그는 담배 한 대를 피워 물었다.

어느 틈에 담배도 다 탔는지 댓진[27] 끓는 소리가 꼬로록 하고 나자 그는 마지막 한 모금을 쭉 빨고는 대를 탁탁 털었다. 타고 나머지 담배는 섬돌[28] 아래로 떨어지며 그래도 그 불이 다 타고야 말겠다는 듯이 가는 연기가 타오른다. 그게 최후로 깜박하며 연기가 폴싹! 떠오르고 사라질 때 그는 비로소 자기의 정신을 차린 듯이 깜짝 놀라 고개를 이편으로 돌리었다.

그의 옆에는 바로 마누라가 누웠다. 그다음에는 딸이 눕고 그다음에는 아들이 차례로 누워 잔다. 이렇게 보는 순간! 그는 지금까지 하던 모든 생각은 다 어디로 가버리고 오직 자는 이들의 귀여운 생각이 금시로 가슴을 치밀었다. 그의 입에는 어느덧 미소가 떠오르며 사랑이 가득히 괸 눈으로 아들과 딸 또는 마누라의 자는 얼굴을 번갈아 보았다. 그래 그들의 뺨을 번갈아 만져주고 그러고 차례로 궁둥이를 두드렸다. 차례로 입을 맞췄다.

늙어가는 마누라이지마는 이렇게 은근한 달빛에 싸이어 전신을 자유로 펼치고 자는 양을 보니 유달리 아리따워 뵈는 것이 마치 처녀로 다시 돌아오지 않았나 싶으다. 그래 자기도 청춘으로 돌아온 듯싶었다. 그는 마지막으로 아내의 입술을 ×××××. 불현듯! ××××××××.

아내는 지금 서른다섯 살이다. 자기가 그와 만나기는 지금으로부터 십팔구 년 전이다. 그때에 그가 순결한 처녀이었던지 아닌지? 그것은 자세히 모른다마는 자기도 자기의 출처는 잘 모르는 터이라 그런 것을 물을 것은 없다. 자기 부친이 서울 뉘 집 청지기[29]로 있을 때에 어떤 백정의 딸을 상관하여 자기를 낳았다기도 하고 어떤 무당이라고도 하니까 그런 아내의 신분을 가리거나 또한 정조(貞操)를 말할 여지도 없다. 자기야 개구멍으로 빠져나왔든지 다리 밑에서 주워왔든지 그야 어떻든지 자기에게도 생명이 있는 것을 가끔 행복한 줄로 느낄 때에는 그것을 감사치 않을 수 없었다.

그때 자기는 이리저리 돌아다니던 의지가지없는 혈혈단신이었다. 여기저기로 날품팔이를 하며 그날그날을 지나다가 어디 가서 머슴을 좀 살아볼까 하고 어찌어찌 굴러간 것이 공교히 지금 아내가 사는 동리로—더구나 그가 있는 집으로 가서 고용이 된 것은 지금 생각하여도 우연한 일 같지는 않다. 그게 인연이 되어서 그와 또한 결혼할 줄이야 누가 꿈에나 생각하였으랴? 하고 그는 지금까지 신기히 여기는 터이었다.

그때 자기는 한창때이라 그렇지 않아도 그를 곁눈질하며 흘금흘금 쳐다보았다. 혹! 저 색시하고…… 하는 헛침을 꿀떡 삼키기도 결코 한두 번은 아니었다. 한데 헛침을 자기보다 더 많이 삼키고 더 오래 있던 자들이 많이 있었는데 놈들이 고만 자기한테 다리 들렸것다 하고 그는 지금도 이 최후의 승리를 달콤하게 웃지 않을 수 없었다.

아내는 그 집 젊은 부인의 교전비[30]이었었다. 그 부인이 늘 말하기를

"너는 댁에서 잘 골라서 시집을 보내줄 터이니 그리 알어라" 하고 당부하였다 한다. 그런데 별안간 자기와의 관계가 소문이 났을 때 그 부인은 그를 조용히 불러 앉히고 사실을 일일이 심문할 때 그의 이실직고하는 대답을 듣고 나서는 소스라쳐 놀라면서—마치 소금벌레나 본 것처럼

"아모리 천한 상년이기로 그렇게 함부루 몸을 갖는단 말이냐? 상년이란 참 할 수 없고나! 나는 그런 줄 몰랐더니!" 하고 혀를 툭툭 차면서 눈이 빠지도록 나무랐다 한다. 그때 아내는 분하고 무안해서 눈물을 샘솟듯 하며 이러한 대답을 당돌히 하였다 한다.

"아모리 아씨가 제 일을 잘 보아주신다 해도 제 맘에 드는 사람

을 어떻게 고르실 수 있어요! 저가 가 상년의 일은 제 눈으로 똑똑이 보고 제 손으로 골러야 하지요?" 하고 다시 열렬한 목소리로 "저는 그것을 부끄러운 줄 모릅니다. 저하고 살 사람을 제 손으로 고르는 게 무엇이 부끄러워요? 아마 상년이라 그런지는 모르지마는──그러나 아씨께서는 양반님의 법대로 예절을 갖추어서 이 댁으로 시집을 오셨지요? 그런데 아씨는 왜 서방님을 마땅치 못해 하십니까? 그런 혼인이 왜 금슬이 좋지 못하셔요? 아씨는 왜 눈물을 흘리시고 한숨만 쉬시나요? 서방님은 첫째 나이가 어리시지요! 아씨보다 철이 안 나셨지요? 다른 것은 고만두고라도 지금 아씨가 한참때에는 서방님은 어리시고 서방님이 한참때에는 아씨도 벌써 이우는 꽃과 같이 늙으시지 않겠습니까? 아씨는 그게 좋으신가요? 예법대로 하신 혼인이 왜 그리 불행합니까? 저는 차라리 뭇사람에게 욕은 먹을지언정 저를 평생토록 불행으로 살 수는 없어요. 그랴느니 차라리 목을 매어 죽지요! 그래서 저는…… 아씨! 그것은 용서하십시오! 상년이라 어찌할 수 없습니다!" 하고 한참을 분한 말을 쏟아놓았더니 부인은 무슨 생각이 들었던지 아무 말이 없이 묵묵히 앉았다가 나중에는 입을 비죽비죽 하더니 고만 그의 손을 붙들고 목이 메어 울었다 한다. 그래 마주 앉아서 실컷 울었다 한다. 그날 밤에 아내는 나를 불러가지고 으슥한 곳으로 가서 그 말을 죄다 하며

"아주 무안해서 퍽 울었어요!" 하기에 "울기는 왜 울었어? 남이야 메라든 우리 할 일만 잘했으면 고만이지" 하였더니 "네, 그렇지요! 남의 비방이 무서워서 저의 참맘으로 하고 싶은 것을 못 하

는 것은 빙충맞지요!"³¹ 하고 그는 새로운 용기를 얻은 듯이 나의 손목을 꼭 쥐었다……

그야 어떻든지 우리의 이런 관계가 주인댁 양반님네에게까지 풍기상(風紀上) 좋지 못한 영향이 미친다고 주인영감이 콩팔칠팔³² 하며 불호령하는 꼴이 우스웠다.

"너희 같은 추한 연놈은 이 당장에 냉큼 나가거라!" 하고 내모는 바람에 우리는 얼씨구나 하고 종의 멍에를 벗어놓았다. 청년 남녀의 외짝은 신발 외짝과 같은 것이다. 외짝 신이 아무리 곱더라도 그것은 아무것도 아니다. 그래 제 발에 맞는 신을 제가 골라 신을 것인데 그런데 그 부인은 큰 짚신에다 나막신을 짝 맞춘 셈과 같다. 지금 자기의 아들에게는 큰 짚신을 신기고 며느리에게는 작은 신을 신겨서 아들은 철덕철덕 끌고 며느리는 안 들어가는 것을 억지로 신으려고 애쓰지 않는가? 하고 자신은 그때 코웃음을 하고 나왔다. 그 덕분에 장가 잘 들고 종에서 속량³³되어서 이 민촌으로 와서 살게 된 것이다.

"그때 아내도 자기가 맘에 들었던 모양이야" 하고 정도룡은 다시 미소를 빙끗하였다.

──피차에 눈이 마주칠 때마다 그는 얼굴을 살짝 붉혔지마는 조용한 틈만 있으면 자기와 이야기하기를 좋아하였다. 가끔 우스운 이야기를 할라치면 그는 고 하얀 잇속을 드러내놓고 간드러지게 웃는 양을 볼 때에는 어찌도 귀엽던지 그 모양이 볼수록 보고 싶었다. 그래 우스운 이야기를 듣는 대로 꼭꼭 기억하였다가 그에게 들려주고 하면서 그의 웃는 꼴을 재미있게 보고 놀았다.

그러나 우스운 이야기도 늘 밑천이 없으므로 나중에는 윗말 사는 우스운 소리 잘하는 텁석부리 송첨지에게 이야기를 사다가 팔았다. 그자는 근년에 난 궐련[34] 맛을 보고 반한 자인데 궐련 한 개에 이야기 한마디씩 교환하였다. 그러느라고 자기는 궐련을 사다 놓고 한 개에 한 마디씩 무역하였다. 그다음에는 그것도 밑천이 떨어져서 하루는 우스운 이야기를 궁리하다가 암만해도 생각이 아니 나서 한번은 이렇게 그를 속였다. 처음에는 아주 이번 이야기가 제일 재미있고 우습다고 허풍을 쳐놓고는 별안간 무릎을 툭탁툭탁 치며 닭 우는 소리를 꼭! 기요——골——하였더니 그는 너무나 어이없는 짓에 어떻게 우스웠던지 "아이고 배야! 배야" 하고 들입다 웃는데 과연 웃던 중 제일 많이 웃었다. 그래 "거봐! 이번 이야기가 그중 우습지 않은가?" 하였더니 그는 얄미운 듯이 눈을 샐쭉하며 "어디 보자!"는 듯이 눈찌가 외로 돌아갔다.

"남을 그렇게 속이는 것 보아!"

이를테면 그때의 자기네는 시체 개화한 청년들이 잘한다는 연애를 하였던 모양이라고 그는 과거의 청춘을 돌아보며 그때의 단꿈을 다시 입맛 다셔 보았다.

아내는 지금 꿈에 사탕을 먹다가 입술이 근질근질한 듯한 바람에 깜짝 놀라 깨어 눈을 번쩍 떠 보았다. 그게 누구인지 안 그는 다만 해죽이 웃었다.

달은 여전히 밝아서 나뭇가지 사이로 흘러들어와 은근히 비추었다. 그 빛이 아내의 얼굴을 비쳤다 말았다 하는 것은 산들바람에 나뭇가지 흔들리는 모양이다.

아들과 딸은 지금 코를 콜콜 골며 잔다. 부부의 도란도란하는 말소리가 이때의 적막을 깨뜨렸다. 밤은 더욱 괴괴하다……

3

죄수를 감시하는 간수가 교대하는 것같이 괴로운 밤은 다시 괴로운 낮으로 바뀌었다. 검은 밤이 가면 흰 낮이 오는 것은 검은 옷 입은 간수가 가고 흰 옷 입은 간수가 오는 것 같다. 밤에는 모기, 빈대, 벼룩에게 사정없이 뜯기고 낮에는 더위와 노역(勞役)에 알뜰히 보깨어서 그들의 애달픈 생명은 잠시도 안식할 때와 곳이 없다.

지금은 새벽녘이다. 새벽의 회색빛이 차츰차츰 엷아지며 산 고랑에 굴러 있는 바윗돌같이 여기저기 한전하는 사람들의 꼬라구니가 드러난다. 그것은 마치 건들바람에 열린 원두같이 때 아닌 생명을 시든 꼭지에 매달고 아무렇게나 굴러 있는 그것과 같다. 사람의 피 맛에 환장한 독충들은 이 밤의 마지막 배를 불리려고 열광한다. 모기는 잉잉하고 다니며 쏘고 음흉한 빈대는 자리 위에 착 붙어서 사람의 등골을 막 빨아먹는다. 그러면 벼룩은 살살 기어다니며 뜯어 먹고는 함부로 피똥을 깔긴다. 모기는 야만인같이 함성을 지르고 대들어 공격하다가 쫓겨 가지마는 빈대는 문명인같이 음흉하게—교묘하게—자기의 존재를 감추고 사람의 피를 빨아 먹는다. 그러면 벼룩은 누구와 같다 할는지? 고놈의 팔팔한 기운이 잠시도 한곳에 붙어 있지 않고 바늘 끝같이 따끔하게 쏜다. 그놈은 습기에서 생기는 놈이라. 개는 땅에서 많이 자는 까닭에 그놈은 개에게서 많이 생긴다. 이놈들이 사정없이 안팎에서 물지마는 잠자는 사람들은 무의식적으로 경련하듯이 근육을 꼼작꼼작하는 것은 꿈속에서도 고통을 느끼는 것이다. 새벽 무렵의 축축한 기운은 아무래도 단잠을 이루지 못하게 한다. 그들은 물구덩이에서 빠진 꿈을 꾸다가 깜짝 놀라 깨 보면 찬 이슬이 함씬 내려서 온몸이 축축하고 끈적끈적하였다. 그래 그들은 벌떡벌떡 일어나서 궁둥이를 툭툭 털고 머리를 긁죽긁죽하였다. 그리고 하품을 입이 찢어지게 하고 그다음에는 담배를 붙여 물고 꿈지럭꿈지럭 일거리를 붙들기 시작하였다.

정도룡도 지금 일어나서 전례대로 궁둥이를 툭툭 털고 머리를 긁죽긁죽하고 하품을 입에서 딱 소리가 나게 하였다. 막깎은[35] 머리는 더부룩하게 마치 밤송이같이 털이 일어섰다. 무엇보다 먼저 활동하는 눈은 본능적으로 눈앞을 바라보았다. 태양은 미구에 떠오르려는 기별을 보내는 듯이 동천이 불그스레한데 여자들은 자고 깨서 위선 부엌에다 불을 싸 놓았다. 그 연기가 아침 안개와 어우러져서 동구 앞 버들숲에 얽히었는데, 그 한 가닥이 뒷산 중턱에 넌지시 걸리었다.

앞으로는 맑은 강이 푸른 언덕을 뚫고 그윽이 흐른다. 신선한 아침 공기가 소녀의 입김과 같이 부드러이 진동하여 이슬에 젖은 나뭇잎을 하느작하느작 나부낀다. 어느 틈에 태양은 빨끈 떠올라와서 그 사이로 금실 같은 광선이 화살같이 내뻗친다. 일면으로 푸른 들에 부옇게 패 나는 보리 이삭은 굼실굼실 물결을 치고 있다. 개가 두어 마디 컹컹컹! 짖고 식전 닭이 유장한 목청으로 꼭—기요—한마디를 늘어지게 우는데 제비는 부지런히 벌레를 물어들이고 참새는 한가히 울타리에서 짹짹거린다. 하나 둘씩 사람의 목소리가 들레며[36] 그들은 제각기 할 일을 붙잡았다. 이것이 농촌의 유한한 여름 아침이다.

　정도룡은 아들과 딸을 깨우고 위선 담배 한 대를 피워 물었다. 식전 담배 맛이란 참으로 유명하였다. 덤덤한 계집보다 이때의 담배 한 대가 훨씬 낫다고 그는 생각하였다. 그런데 담배도 줄여야 할 세상이다. 그는 그 담배 맛에 취한 듯이 연신 빨며 우러난 침을 탁! 뱉었다. 그는 빗자루를 들어서 위선 안팎 마당을 쓸었다. 마누라는 아침을 짓느라고 부엌에서 달각달각하며 아래윗방으로 들락날락한다. 딸은 부엌일을 거들어주다가 지금은 샘으로 물 길으러 갔다. 미구에 딸이 물 한 동이를 찰름찰름 이고 방울방울 흘러내리는 물방울을 손으로 씻으며 돌아오자

　"아버지! 진지 잡수셔요!" 하는 소리에 네 식구는 비로소 방으로 모여들었다. 딸은 지금 숭늉 부을 물을 새로 길으러 간 것이었다. 만주 좁쌀에 쌀이라고는 백미에 뉘같이 약간 섞인 밥을 부자는 겸상하고 모녀는 그 앞에 내려놓고 먹는다.

　"아! 상 하나를 더 삽시다. 편편치 않게 땅에다 놓고 꾸부려서 먹기가 거북지 않소? 아마 당신의 허리가 구부러진 것이 그 까닭이 아닌가 몰라" 하고 그는 아내를 쳐다보며 웃었다.

　"호호! 설마?…… 상 살 돈이 어디 있소? 그보다도 더 급한 것

도 못 하는데."

"무엇은 살 돈이 넉넉해서 사겠소. 억지로 살래야 되는 게지!"

아내는 다시 해죽이 웃고는 손으로 김치를 집어다 먹는다.

"어머니! 우리는 상이 없어도 괜찮지요…… 밥을 뜨러 갈 때에는 허리를 굽히지마는 입에 늘 때에는 다시 허리를 펴니까요. 오빠처럼 저렇게 젓갈질도 할 줄 모르는 것을 집으랴고 애쓰는 동안에 밥은 벌써 삼키고 짠 반찬만 나중에 먹느니보다 이렇게 손으로 집어 먹으면 젓갈내도 안 나고 더 맛있지요."

금순이의 이 말에 그들은 모두 웃었다. 가난에는 참 잘 졸업하였구나 하고 정도룡은 허허 웃었다.

"그래도 너는 나만치도 젓갈질을 할 줄 모르지 않니? 너는 젓갈질 할 줄 몰라서 남의 집 손 노릇은 평생에 못 해볼라?" 금석이는 금순이를 또 이렇게 빈정거렸다.

동향집이라 아침 해가 빨끈 비쳐서 눈이 부시어 견딜 수 없다. 그런데 방은 뜨겁다. 요새는 서늘해야 할 방이 불같이 뜨겁고 짜장 더워야 할 겨울에는 방바닥이 얼음판같이 차다. 찰 때 차고 더울 때 더운 것이 자연에 맞을는지는 모르지마는 약한 인간 생활에는 이것보다 부적(不適)한 일은 없다. 그것은 고통인 까닭이다. 이 고통 중에서 그들은 거친 아침을 치렀다. 땀을 뻘뻘 흘리고 밥을 간신히 먹었다.

아침 후에 그는 무엇인지 아들에게 부탁하고 일터로 나갔다. 그것은 몇 마지기 안 되는 남의 논을 부치는 농사이었다. 그 뒤에는 세 식구가 금순이는 모친과 함께 바느질거리를 들고 앉았고 금석이는 그 옆에 벌떡 드러누워서 깝작깝작[37] 재미있게 놀리는 여동생의 바늘 쥔 손을 들여다보고 있다. 두터운 나무 그늘은 서늘하게 지면을 덮고 그 푸른 잎은 산들바람에 다시 부채질을 한다. 뜰 앞 그늘 밑에다 밀방석을 편 까닭이다. 이렇게 식후에 서늘한 맛을 느끼며 드러누웠는 것은 무엇이라 말할 수 없는 상쾌한 마음을 느끼게 한다. 금석이는 이 달콤한 맛을 미소로 표시하며 지금 가만히 누워 있다.

"오빠! 왜 웃어? 내 괴불[38] 하나 해주까? 이걸로?"
하고 금순이는 비단 조각을 무슨 보물인 듯이 살짝 보이며 방긋 웃고 쳐다본다. 금석이는 빙그레 웃고 여전히 누이를 마주 쳐다본다. 금순이는 분홍 적삼에도 구물[39] 치마를 입었는데 윤이 흐르는 머리에 좀 갸름한 얼굴이 아름다웠다. 벌써 처녀 태가 나서 젖가슴이 도도록한 게 탐스러운 숫색시 꼴이 났다. 얼비치는 팔뚝은 보랏빛으로 은연히 그리고 숨어 있다. 또렷또렷한 눈매는 심상히 보지 않고 무엇을 캐려는 것 같다. 그래 금석이는 이렇게 생각하였다. '너도 벌써 다 컸고나!……'

"괴불은 이다음에 시집가서 네 아들이나 낳거든 해주랴무나! 그런 것은 고만두고 이렇게 좀! 드러누워보렴! 얼마나 유쾌한가?"

"아니! 아니! 나는 싫어! 오빠두…… 누가?…… 게으름장이!"
하고 금순이는 부끄럼에 타올라 어쩔 줄을 모르겠는 듯이 얼굴이 다홍빛이 되며 어리광하듯 우는소리를 한다. 두 팔꿈치를 내저으며.

그런데 모친은 무슨 의미인지 빙그레 웃고 잠자코 있다가 "밥 먹고 바로 누우면 죽어서 소가 된단다. 어서 일어나 나가보아라." 하였다. 아마 아까 부친에게 부탁받던 것을 주의시키는 모양이다.

"소나 되면 좋겠소! 소는 게으르니까 할 수 있는 대로 놀거든!"

"그래 게으른 소가 좋아?"

하고 금순이가 날카로운 목소리로 부르짖었다.

"그럼 좋지 않구! 나는 죽어서 소가 될란다."

"아! 소가 무에 좋아요? 내 참! 오빠두."

"이 숙맥아 그걸 모르니? 암만 부지런해도 장 제턱일 바에는 할 수 있는 대로 게으른 것이 한쪽 손해는 덜지 않느냐 말이다. 부지런한 것은 고통이거든. 부지런히 고통을 사는 그런 천치가 있나."

"호호호! 그렇다고 게으르면 더 가난하지 무엘."

"뭐, 더 가난해! 이보담 더 가난할 게 있어야지? 아주 가난이 밑바닥이 드러났는데두? 응둥이가 찢어질래두 방둥이가 걸리도록."

모친과 금순이는 일시에 호호 웃는다.

"그래 나는——" 하고 금석이는 다시 말을 시작한다. 그는 순색으로 느물느물 말을 한다.

"저 소가 시냇가 잔디밭에서 푸른 풀을 뜯어 먹으며 한가히 악위를 삭이고 누운 팔자가 몹시 부러울 때가 많다. 부지런히 일하면 자꾸 부려먹거든. 그러므로 소는 할 수 있는 대로 게으름을 피우지. 아니 소가 부지런하면 사람이 안 잡어먹겠니? 부지런하면 일즉 늙어서 도수장으로 더 쉽게 들어갈 것이다."

"참! 사람에게 그렇게 유익한 소를 왜 잡어먹는다우?"
하고 금순이는 모친을 말끄러미 쳐다보며 묻는다. 모친은 빙그레 웃으며
"사람에게 유익하니까 잡어먹는단다."
하였다. 그는 이렇게 대답은 하였으나 자기도 무슨 뜻인지 모르고 말하였다.
"그와 같이 가난한 사람은 부자의 소란다."
모친의 말 끝에 금석이는 이렇게 받고 채었다.
"너와 같이 되지 않은 일에 밤낮 애쓰는 게 무엇이 좋으냐? 그런 괴불 같은 것을 하는 틈에 낮잠을 한잠 자는 것이 얼마나 유익할지 모르겠다."
하고 금석이는 다시 금순이를 웃으며 쳐다본다.
"아이! 오빠두…… 고만두어요! 그러지 않어도 조선 사람은 게으르다고 소문이 났다우."
하고 그는 표정이 샐쭉해지더니 다시 무슨 생각이 들었는지 미구에 방그레한 웃음으로 빛난다.
"오빠는 마치 예전 이야기에 있는 게으름장이 같구려!"
뒤미처 윤나는 웃음 섞인 소리로 그는 이렇게 부르짖자
"무슨 이야기?"
하고 금석이는 그 뒤를 채었다.
"그럼 내 이야기하께!"
하더니 금순이는 이야기도 하기 전에 미리 나오는 웃음을 참지 못하는 듯이 호호 웃으면서

"저―기. 오빠! 호…… 예전에 한 사람이 있는데 어떻게 게으르던지 아마 오빠 같던 게야!"

하고 그는 또 들입다 웃는다.

"그래서? 이야기나 하고 웃어야지!"

"그래, 그런데 이!……(그는 손으로 입을 가리며) 그런데 하루는 쌀이 없다고 한걱정을 하는 바람에 이웃 사람이 보다 못해서 그럼 우리 집에서 벼 한 섬을 갖다 먹으라 하였더니. 그 사람이 깜짝 놀래며 하는 말이 아! 그걸 누가 갖다가 누가 찧어 먹느냐고 기급을 하였다우."

하고 금순이는 간신히 이야기를 그치고는 우스워 죽겠는 듯이 배를 움켜쥐고 쓰러진다. 무심코 금순이의 들썩들썩하는 어깨를 바라보고 있는 금석이는 여전히 빙그레 웃으며 이렇게 대답하였다.

"무얼 그 사람의 팔자가 좀 좋으냐? 지금 부자들이 모다 그 사람 같은 줄은 너는 모르니? 애, 볏섬을 지기는 고사하고 빗자루 한번을 안 드는 사람이 많단다. 게으를수록 부자가 되거든. 왜 그러냐 하면 그들이 게으르면 게으를수록 우리 같은 노동자의 수고는 더해지는 까닭이다. 우리 같은 가난한 사람은 게으를래야 게으를 수가 없지 않으냐? 하루만 놀아도 내일은 입에 밥이 안 들어가니 말이다. 그러므로 우리 집도 게으를 공부를 해야겠다. 너는 나한테 배우고 어머니는 아버지한테 배우고."

모친과 금순이는 웃었다. 금석이는 고만 무던하던지 무거운 궁둥이를 게을리 일으킨다. 그는 지게를 지고 들로 나갔다.

금석이는 지금 열여덟 살이요 금순이는 올해 열여섯 살이었다.

그런데 모친은 다시는 동생을 보여주지 않으려는지 도무지 소식이 감감하다. 그래 금순이는 가끔 이렇게 졸라봤다.

"어머니! 왜 애기 안 낳아요?"

그러면 모친은 할 말이 없는지 다만 빙긋 웃기만 하였다.

"똑 더도 말고 둘만 낳아요! 사내 하나 계집애 하나. 그래 나두 형 노릇 좀 하게. 오빠한테 절제만 받기 싫대두! 아니 둘 다 계집애를 낳아요! 그래 우리 삼형제한테 오빠가 찍찍하는 꼴 좀 보게!"

그 언제인가 금순이가 이런 말을 하였더니 모친은 어이없는 듯이 쳐다보며

"기 애는 어린애를 누가 수수팥떡 만들듯 하는 줄 아나베!"
하고 웃었다. 그때 금석이는 의미있는 미소를 띠며 참으로 그렇기나 한 듯이

"네까짓 것들은 셋 아니라 열이라도 덤벼보아라 나 하나를 당할 수 있나?"
하고 장담을 썼다. 그래 금순이는 다시

"어디 보까! 그런가 어머니 어서 낳아봐?"
하고 어리광을 부리어서 모친을 또 웃기고 말았다. 벌써 오랫적
——예전 일이다마는

"여보 마누라! 우리는 꼭 둘만 납세다."
하고 정도룡은 그 어느 날 밤 잠들기 전에 아내에게 이런 말을 하였다.

"아들 하나 딸 하나만 납세다. 많이만 낳으면 무엇 하오. 잘 키우고 잘 가르치지 못할 바에야——도야지 새끼같이 얻어먹는 게

아닐 바에야——수효로보다는 바탕으로 잘 낳아야 하지 않겠소!"
그때 아내는 새뚝[40]해지며
"누가 그걸 억지로 하나! 낳는 대로 낳고 되는대로 낳지!" 하였다.
"그래도 자식 욕심은 퍽 많은가베!"
"그럼 자식도 없으면 무슨 자미로 사우?"
"맘부터 그렇게 먹으니까 안 된단 말이지. 아모리 억지로 못 한다 하더래도 욕심만 부리지 말고 단 하나를 낳더래도 훌륭한——착한 자식을 낳아보리라는 작정을 하고 정성을 들이면 그런 자식을 낳을 수도 있단 말이오. 지성이면 감천이라고 예전 말도 있지 않소? 그런데 더구나 가난한 처지에 자식만 많이 낳기 피차에 고생을 하는 것은 죄악이요 적악이니까."
"자꾸 배면 어짜구?"
하고 그때 아내는 힐끗 쳐다보며 방끗 웃었다.
"낙태시키지!"
"에구메나! 끔찍한 소리두 하네!"
아내는 눈을 동그라니 뜨며 놀라운 표정을 지었다. 하긴 그는 산고를 치르던 때 생각을 하면 미상불 고만 낳았으면 좋겠다는 생각도 났다. 그러나 어떤 사람은 초산에 어찌도 혼이 났던지 다시 애를 낳으면 개딸년이라고 맹세를 하고도 불과 일 년에 또 애를 배어서 경을 치고 나서는 또 그 애가 귀여워서 죽겠다는 말과 같이 이렇게 금순이가 동생을 보아지라고 조르는 말을 들으면 다시 하나만 더 낳아보았으면!…… 하는 생각이 마음 한편 구석에

서 슬그머니 일어났다. 그래 벌써 단산인가? 생각할 때에는 그는 어쩐지 시원섭섭한 생각이 갈마들어서[41]

"당신 소원대로 잘되었소!"

하고 영감을 원망하는 듯이 이런 말을 불쑥 한 적도 있었다. 그러나 영감은

"응! 무슨 소원?"

하고 눈을 둥그러니 뜨고 어리둥절하는 바람에 그는 다시 제풀에 웃어버렸다. 그는 지금도 그런 생각이 나서 영감을 미운 눈치로 쳐다보다가 언뜻 생각난 듯이

"참! 용쇠네는 셋째 딸을 또 삼백 냥에 팔아먹었다우!"

하고 아까 마실 왔던 춘이 어머니에게 들은 이야기를 하였다.

"잘했군! 딴은 그게 팔어먹기로 말하면 달마다 부지런히 옥토끼 새끼 낳듯 하였으면 괜찮을걸!"

"무식한 소리도 하네!"

"무에 무식해! 그런데도 며느리가 태기가 있다니 이번에도 제발 딸을 납시사고 고사를 지내라지. 그러면 또 오백 냥쯤 받고 손녀를 팔어먹었으면 한밑천 톡톡히 잡을 터이니!"

하고 정도룡은 퉁명스럽게 부르짖었다.

"자식을 크기도 전에 장가를 들여서 도야지 암 붙이듯 해서 새끼를 낳는 대로 팔어먹는다 하면 그야말로 화수분[42]이다. 다행히 딸만 낳는다 하면. 그러나 삼신할머니는 심술쟁이라 가끔 사내를 맨들어놓거든. 그런데 용쇠네는 복이 많어서 딸 삼형제를 한숨에 내리 낳아가지고 이백 냥 삼백 냥 사백 냥에 팔어먹었단 말이지.

하긴 그것은 용쇠네만 말할 것은 아니야. 소위 양반이라는 집에
서도 그와 비슷한 짓을 하니까. 어떻다지 이 세상은 고마운 것이
냐. 아모리 악한 짓을 하고라도 아름다운 이름으로 그것을 잘 감
출 수가 있으니까."
하고 그는 코웃음을 하였다. 그는 남의 일 내 일 할 것 없이 불의
한 일을 보면 이렇게 역정을 냈다.

 어느 날 정도룡은 용쇠의 집 앞을 지나노라니까 용쇠는 그의 넷
째 딸을 사정없이 회초리로 때려주는 판이다. 그 아해는 지금 너
덧 살밖에 안 먹어 보이었다. 이 거동을 본 정도룡은 별안간 달려
들어 용쇠의 따귀를 후려갈기고 그 손에 든 매를 잡아 뺏었다. 그
래 용쇠는 별안간 얼을 먹고[43] 입을 우물우물하며 등신같이 멀거
니 쳐다보고만 있다.

 "왜 어린애는 때리니? 저 애가 늬 집의 화수분이 아니냐? 어려
서는 뚜드리고 홀벗기고 배 곯리다가 열 살만 먹으면 팔어먹고.
늬 같은 놈이 도모지 사람의 자식이냐?"
하고 그의 무섭게 흘겨보는 바람에 용쇠는 입을 딱 벌리고 어쩔
줄을 모르고 섰다. 정도룡은 다시 말을 잇대었다.

 "이 못난 자식아! 세상에 저보다 약한 자를 학대하는 것같이 못
난 것은 없다. 나보다 강한 자에게는 소인을 개올리는[44] 주제에 누
구를 깔보고 때릴 권리가 있느냐 말이다. 그것은 포학한 자를 위
(肯定)하는 행위다. 양반이 상놈을 천대하기나 관리가 백성을 학
대하기나 남자가 여자를 구박하기나 부모가 자식을 박대하기나
그것은 모다 일반이 아니냐?"

하고 그는 잠깐 말을 멈췄다가 다시 용쇠를 흘겨보며

"사람이란 짐승은 우둔한 것으로서 제가 당해보지 못하면 남의 일은 모르는 것들이다. 무슨 공자님의 도학을 배웠다는 유식한 양반들과 같이 글로만은 착한 일을 모를 것이 없이 알지마는 그런 이들 중에서 도리어 우리 같은 무식한 자보다도 악한 짓을 하는 자를 많이 보았다. 그들은 우리네 농민의 고통을 모른다. 그것은 마치 부자가 가난한 자의 사정을 모르듯이 이웃집에서야 며칠을 굶느니 추위 죽느니 해도 그저 그런가 심상히 보고 제 배 부른 것만 다행으로 아는 자들이다. 놈들은 건망증에 걸려서 아까 한 일도 금시에 잊어버리고 지금 눈앞에 일만 생각하겠다. 그러므로 그들에게 배운 지식을 실행하게 하려면 위선 고통을 맛뵈어야 할 것이다. 할 수 있으면 어떤 놈이든지 모다 잡아다가 요새 저 논밭두렁 속에 몰아 처넣고 괭이와 호미를 하나씩 앵겨놓고는 채찍으로 소 몰듯이 들두드려 일을 시킬 것이다. 그래 맛이 어떠냐? 고 좀 물어볼 것이다. 그렇지 않으면 예수교쟁이니 한우님이니 나무아미타불이니 공자니 맹자니 영웅호걸이니라는 그들의 말과 일이 모다 소용없는 것이다. 아니 그들의 힘으로 인간을 구원한 일이 언제 있다드냐?"

하고 그는 마치 용쇠가 그들인 것처럼 들이대었다. 그러나 용쇠는 역시 아무 대꾸가 없다.

"내 자식이니까 내 맘대로 한다구? 자네는 이렇게 생각할는지 모르겠네마는 그러나 부모가 자식을 때릴 권리가 어디 있나? 사람에게 수족을 붙여준 것은 일하라는 것이지 남을 함부로 때리라는 것은 아니야. 부모나 자식이나 사람이기는 일반이라 하면 제 자식이나 남의 자식이나 그리 등분이 없을 게다. 덮어놓고 제 뜻만 맞추랴고 남을 강제하는 것은 포학한 짓이 아닌가? 얼격박이[45]를 밉다고 암만 뚜드려준대야 그게 별안간 빤질빤질해질 이치는 없지! 자네는 오늘부터 짐승을 배우게!"

"무얼? 짐승을?"

하고 용쇠는 얼굴이 빨개지며 불안한 표정으로 쳐다본다.

"그래! 짐승을 배우란 말이야! 자네 집에 제비가 제비 새끼를 치지 않는가? 그 어미 제비를 배우란 말이야! 공자님의 말이나 누구의 말보다도."

용쇠는 그게 무슨 소리인지 다만 자기를 모욕하는 줄만 알았다. 그래 속으로는 분하였지마는 그대로 참고 들었다.

용쇠가 이렇게 혼이 난 뒤에 동리 사람들은 더욱 정도룡을 두려워하였다. 그러나 그를 경외하기는 그전부터 하였다. 그것은 그의 건장한 체격과 또한 그의 의리 있는 심지가 누구든지 자연히 그를 신뢰하고 싶은 마음이 생기게 하였다. 그것은 그를 미워하는 사람까지도 속으로는 그의 행동을 감복하였다. 그래 그의 이름이 근사한 것을 기화로 그를 모두 계룡산 정도령(鄭道令)이라 하였다.

그에 대한 이러한 존경은 건넛말 양반촌에서도──유명한 김주사까지도──그를 만만히 보지 못하였다. 그래 고양이 있는 집에서 기를 펴지 못하고 사는 생쥐같이 지내던 이 동리 사람들이 그로 말미암아 적지 않은 힘을 입었다. 그래 이 동리 사람들은 어른

아이 없이 그를 참으로 정도령같이 믿으며 그의 말이라면 모두 복종하게 되었다. 물론 이 동리의 크거나 적은 일은 그의 계획과 지휘로 해결되었다. 그런데 그를 그중 사랑하기는 어린아이들과 여자들이었다. 그것은 무지한 남자와 부모의 횡포를 규탄해주는 까닭으로 그러하였다. 마치 일전에 용쇠를 혼내주듯 하므로.

4

그렇다고는 하지마는 이 동리 사람들의 생활은 참으로 가련하였다. 용쇠는 그래도 딸이나 팔아먹었지마는 늙은 부모하고 어린 자식들에 식구는 우글우글한데 양식이 떨어져서 굶주리는 집이 경성드뭇하였다.⁴⁶ 더구나 지금은 농가에서는 제일 어려운 보릿고개를 당한 판이니까. 모는 심어야겠는데 보리는 아직 덜 익어서 채 익지도 않은 풋보리를 베어다가 뽀얀 물을 짜내서 죽물을 끓여 먹는 집도 많다. 이 세상에서는 종의 신세처럼 불쌍한 자가 없다 하지마는 의식이 없는 자유인은 종보다도 더 불쌍하다. 아니 지금 무산자들은 의식이 없는 주인 없는 종이 되었다. (이하 18행 삭제)

이웃집 춘이 할머니는 바람 앞에 흔들리는 나무뿌리같이 근드렁근드렁하는 몸을 간신히 지팡이에 의지하고 서서 우두커니 보리밭을 쳐다보고 있다. 그는 마치

"보리야! 어서 익어라. 우리 집에 양식이 떨어진 줄은 너도 알

겠고나! 영악한 사람들 보고 장릿벼 달라고 하소연하느니 차라리 너보고 하는 것이 낫겠다. 그래도 우리 집 식구의 목숨을 구해줄 이는 네로구나! 보리야! 어서 익어라. 나는 다시는 사람에게는 말하기 싫다."
하는 것처럼 그는 참으로 이런 말을 하지나 않는지? 오므라진 입을 쉴 새 없이 우물거리고 있다. 또한 보리는 이 말을 알아들었는지 걱정스러운 듯이 고개를 숙이고 있다. 그 잎새와 줄기가 바람에 소리쳐 우는 것은 이 불쌍한 노인의 신세를 슬퍼하는 것 같다. 정도룡은 지금 자기 집 앞에 서서 이 노인의 하고 섰는 의미를 캐보려는 듯이 우두커니 그를 바라보고 있다. 부지중 무거운 탄식이 그의 입에서 흘러나왔다.

 춘이 집은 요사이 정도룡의 집에서 준 좁쌀 되로 끓여 먹는 형편이었다. 그는 어린 손자 춘이를 데리고 과부 된 고부가 논 댓 마지기를 지어서 근근이 살아가는 터이다.

*

 이 나라에 많이 왔다 갔다 하는 또는 이 땅에 와서 우리는 이렇게 잘산다 하는 문명인들은 저들의 참혹한 생활을 조소한단다. 저게 사람 사는 꼴인가? 하고. 오, 문명인아! 너희의 지식은 과연 저들보다 우월한 것은 사실이다. 너희는 그 지식으로 그와 같이 호강하는 줄도 안다. 그러나 너희의 행복이 어디서 나오는 줄을 아느냐?

나마(羅馬)⁴⁷는 일일의 나마가 아니라 함은 도리어 너희가 잘 하는 말이다. 그의 황금 시절은 백 년 동안 노예의 피와 땀의 희생이었던 때라 하지 않는가? 그렇다! 너희의 문명은 모두 무수한 노예의 해골에서 희생한 버섯이다. 너희는 이 버섯을 따먹고 사는 유령이다. 우리의 피를 빨아먹는 입으로 붉은 웃음을 띠고 있는 야차⁴⁸와 같은 너희는 얼마나 무서운 아귀⁴⁹인가? 참으로 아귀 인간은 너희들이다! 너희들이다.

너희에게서 허위를 빼면 남는 것은 아무것도 없다. 허위는 너희에게는 생명의 신이다. 그러므로 너희는 허위의 신을 숭배한다. 허위의 신은 정의를 가장하고 이 세상을 정복한다. 너희의 도덕 법률 정치 예절—그것은 모두 허위투성이다. 이러한 이야기를 들어봐라. 어떤 사람이 독가비⁵⁰를 잘 위하였더니 독가비는 감투 하나를 주었다 한다. 그래 그자는 독가비감투를 쓰고 대낮에 돌아다니며 전방⁵¹에 있는 쌀과 옷감을 훔쳐 와도 그 임자들은 도무지 도적맞은 줄도 모르고 있었다 한다. 그와 같이 너희는 독가비감투를 쓰고 온 천하에 횡행한다. ……황금으로 만든 독가비감투를 쓰고.

*

"놈들은 우리 같은 무식한 백성은 정치할 필요가 있다 한다. 군자는 소인을 다스려야 한다고 그 대신 소인은 군자를 먹여 살려야 한다고? 놈들이야말로 낯짝도 뻔뻔한 소리도 한다. 도적질을 하거든 정직하게나 못 하고!"
 정도룡은 이렇게 혼자 중얼거렸다.
 "아니 자고로 우리에게서 중대한 일이 생긴 것이 무엇인가? 우리는 우리의 노동으로 우리의 목숨을 부지할 만하면 고만이다. 혹시 큰일이래야 술주정꾼이나 내외간이 싸움하거나 그렇지 않으면 불량한 놈이 남의 아내를 겁탈하랴는 것과 같은 것일 것이다. 그러나 그런 것은 우리도 잘 재판할 수가 있다. 이 세상의 모든 풍파와 난리는 모다 저희 놈들이 꾸미고 있으면서 아! 됩다 우리네보고 우악한 백성은 다스려야 한다고?"
 "법률인지 무엇인지 그런 것은 무식한 우리는 모른다. 그러나 제가 벌어서 제각기 먹고사는 우리 같은 농민에게야 그게 다 무슨 소용이 있느냐 말이다. 우리는 지금 그렇게 우리 일을 우리가 처리하고 있다. 놈들은 대체 웬 오지랖이 그리 넓어서[52] 아모 일도 없는 우리 동리에 와서 무엇을 이래라! 저래라! 하고 늘 간섭을 하느냐 말이다. 그리고 우리의 주머니를 털어간다. 다라운 도적 놈들 같으니."
 "대체 우리에게 돈이 어디 있느냐 말이야. 그런 것은 부자한테 가서나 달랄 것이 아닌가? 놈들은 턱없는 갖은 부역을 다 시키고 별 추렴을 다 물리고—— 나중에는 내외 잠자리 자는 추렴까지 물릴 작정인지? 일껀[53] 부역 나가서 신작로를 잘 닦어놓으면 자동차를 휘몰아서 흙먼지를 끼얹는다. 그게 길 닦어준 고마운 치사란 말이야!"
 하고 그는 다시 코웃음을 하였다. 그 언제인가도 그는 이와 같은 코웃음을 톡톡히 한 일이 있었다. 그게 벌써 몇 해 전이다마는 금석이가 보통학교에 마지막으로 갔다 오던 날 저녁이었다. 정도룡은 식후에 담배를 붙여 물고 픽픽 피우다가 무심코

"오늘은 선생님이 무엇을 가르치시드냐?" 하고 아들에게 물어보았다. 그때 금석이는 여러 가지 과정을 주워섬긴 뒤에

"선생님이 오늘은 훈계하시기를 사람은 위생을 잘해야 된다고요. 음식을 일정한 시간에 먹고 잠도 일정한 시간에 자고 때때로 운동을 잘하라고요. 그리고 할 수 있는 대로 고기와 계란을 많이 먹으라고 그래야 몸이 튼튼하다고요."

이 소리에 별안간 그는 소리를 버럭 지르며 담뱃대로 재떨이를 후려 때렸다.

"무엇이 어짜고 어째? 그래 그 말을 듣고 가만히 있었니? 누가 그런 것을 먹을 줄 모른다더냐고 하지. 죽이나마 제 양대로 못 얻어먹는 우리네보고 무엇이 어짜고 어째? 운동을 하면 도리어 허기가 지는 것을 어짜랴고 좀 물어보지! 그런 것은 배지[54] 부른 놈들이나 할 노릇이라고. 굶어가며라도 힘에 과한 학교 추렴을 물고 다니니까 선생이라는 것들은 그런 고마운 소리를 하드냐? 부샷집 자식이 몇이나 되기에 그런 소리를 한다드냐? 살찐 놈 따라 '부'라는 수작도 분수가 있지 않은가? 아니 그게 선생질하는 놈의 말 따위라디? 숙맥의 아들놈들 같으니. 얘! 금석아! 너는 내일부터 그까짓 학교는 집어치워라! 그런 백주에 잠꼬대 같은 놈의 말은 차라리 안 듣는 편이 낫겠다. 그리고 또 일어인지 소 모는 겐지만 배우면 산다드냐?

하고 그는 성이 머리끝까지 올랐다. 그래 금석이는 그 이튿날부터 학교를 고만두었다.

그 후 얼마 안 되어서다. 금순이는 그지막에 한 번 구경함직한 코보가 와서 새로 설립한 예배당에를 가보았다. 목사의 하는 말이 어찌 착한지 모르겠다고 그래 다녀보겠다 하므로 그는 허락하였는데 하루는 금순이에게도 또 금석이 쪽이 났다. 그것은 어느 날 주일에 생긴 일인데

"그래 목사가 무슨 말씀을 하시데?"
하고 정도룡은 딸에게 오늘 예배당에서 들은 말을 물었다. 그때 금순이는 총기 좋게 들은 말을 옮기었다.

"저──기요! 우리가 사는 것은 모다 한우님의 은혜라고요. 그리고 사람은 누구이나 작고 크고 간에 죄를 지은 죄인이다 그저 범사에 감사해야 구원을 얻는다고요!"

"무어? 범사에 감사하라고?"

"네 어떤 일이든지 그저 고맙게 생각하라고요! 주는 대로 받으라고요!"

이 소리에 정도룡은 또 코웃음이 나왔다.

"흥! 우리가 범사에 감사할 것이 무엇이라디? 배고프고 헐벗고 무시로 노동하는 우리네보고 무엇을 감사하란 말이야? 옳지! 우리네의 이렇게 가난한 것은 죄라고──가난한 죄라고? 그래 주는 대로 받으라고? 어떠한 학대든지! 치욕이든지! 아니 그놈도 그놈이라고나! 고기 많이 먹고 닭알 많이 먹으라는 선생보다도 심한 놈이라고나! 아니 그의 볼치를 눈에서 불이 나도록 한번 후려주

어보지! 그놈의 감사하다는 꼴을 좀 보게!"

"하긴 이 세상에서는 범사에 감사할 놈도 있겠지. 돈 많은 부자이나 세력 좋은 양반들이 무엇이든지 제 맘대로 잘되는 놈들은——저 건너 김주사 따위같이 돈 가지고 별 지랄을 다하는 놈들은 주는 대로 받고 감사하다 하겠지. 그러나 우리 같은 놈을 보고 무엇을 감사하라 하더냐? 놈들은 그런 소리를 하고 월급을 처먹으며 사니까 그런다 하지마는 그 소리를 듣고 가난한 사람은 무엇으로 감사할 턱이 있느냐 말이다. 우리에게는 그런 한우님은 소용없다. 이런 한우님은 우리에게는 마귀다! 그런 놈의 예배당에는 너도 다시는 가지 마라!"

하고 그는 또 금순이를 못 가게 하였다. 그는 그때도 무섭게 성이 났었다.

그의 이러한 생각은 불꾸러미를 해 들고 돌아다니며 예배당이고 학교고 부잣집이고 무엇이고를 모두 불을 싸지르고 싶었다. 그런 것들은 모두 자기네와 같은 무죄하고 만만한 백성을 못살게 만드는 원부(怨府)[55]라고 부르짖었다.

그는 이런 생각이 들 때마다 무의식적으로 주먹이 쥐어졌다. 그리고 무섭게 눈을 흘기고 이를 악물었다.

5

그런데 이 동리에는 뜻밖에 큰일이 생기었다.

그것은 이 동리는 원래 가난한 상사람만 사는 터이므로 그들은 모두 소작농민이거나 그나마도 전장[56] 참례를 못 하고 짚신 장사나 나무 장사로 근근이 사는 집도 있다. 많이 짓는대야 논 섬지기로서 도짓소[57]나 한 마리 먹이는 집이 그중 상농가이요 또한 넉넉하다는 집이었다. 이 앞 전장은 거지반 경답[58]이지마는 건넛말 김주사 집 땅도 더러 있었다. 그래 그 집 논을 부치는 사람도 더러 있는데 말이 작인이지 이건 제 집 하인보다도 심하게 부려먹는다. 그것도 논이나 많이 주고 그런다면 모르지마는 잘해야 논 댓 마지기나 그렇지 않으면 두세 마지기의 박토를 주고서는 사시로 부역을 시키는 일이 여간 관청보다 심하다. 여름이면 으레 자기 집 모심고 논매는 데 한 차례씩 불러다 시키고 칠월 나무 벨 때에는 하루 삯나무를 베게 하고 그 나무를 묶어 내릴 때 또 하루 시키고 벼 벨 때 마당질할 때—어떻든지 일이 있을 때마다 부려먹는다. 그리고 구실[59]은 작인더러 치르라 하고 배짐이니 마정이니 도무지 더럽게도 알뜰히 할퀴어 가는데 그래도 목숨이 포도청이라고 땅이 없는 그들은 어쩔 수 없이 그 천대를 받아가며 네! 네! 하고 복종을 한다. 그나마 떨어지는 날에는 장릿벼 한 섬도 융통을 못 하는 까닭이다. 춘이네도 그 집 논 댓 마지기를 부치는데 고부가 어린 춘이를 데리고 그것을 지어서 간신히 호구를 하는 터이다. 그런데 지금 모를 심을 임시에 별안간 그 논을 뗀다는 소문이 났다.

그것은 김주사 사는 건넛말서 한편으로는 사탕 장수를 해서 어린애들의 코 묻은 돈을 뺏고 한편으로는 김주사와 합자(合資)를 하여 고리대금을 하는 일본 사람이 사는데 그 일본 사람이 그 논을 얻었다고 오늘 아침에 그자가 와서 모를 심지 말라고 이르고 갔다 한다. 그때 춘이 조모가 기겁을 하여 한달음에 김주사한테 쫓아가 물어본 결과 과연 그것이 사실이었다.

 김주사는 감투를 쓰고——그는 지금 도 평의원이다마는 감투 쓸 일은 이 밖에도 많다. 전 금융조합장, 전 보통학교 학무위원, 전 군참사, 적십자사 정사원, 지주회 부회장——(이담에 죽을 때에는 명정을 쓰기가 어려울 만큼 이렇게 직함이 많았다)——점잖은 목소리로 논 떼는 이유를 이렇게 말하였다.

 "여태까지 몇 해를 잘 지어 먹었으니 인제는 고만 지어 먹게. 다른 사람도 좀 지어 먹어야지."

 그때 노파는 벌벌 떨리는 목소리로

 "아이구 나으리! 지금 와서 논을 떼면 어찌합니까? 그러면 제 집 식구는 모다 굶어 죽겠습니다!"

하고 개개빌어보았으나 김주사는 그런 것은 나는 모르고, 내 땅은 내 말대로 언제든지 뗄 수 있지 않으냐——됩다 불호령을 하였다.

 그래도 춘이 조모는 한나절을 애걸복걸하며 올 일 년만 더 지어 먹게 해달래 보았으나 그는 도무지 막무가내이었다. 벌써 다시 변통이 없을 줄 안 춘이 조모는 그길로 나오다가 그 집 대뜰 위에서 그 아래로 물구나무를 서서 고만 그 자리에 즉사하였다. 그는 지금 여든다섯 살인데 여기까지도 간신히 지팡이를 짚고 기어왔었다.

그러나 김주사는 조금도 개의치 않고 하인을 명하여 송장을 문밖으로 끌어내게 하였다. 그리고 송장 찾아가라고 춘이 집으로 전갈을 시키고 일변 구장을 불러서 경찰서로 보고하게 하였다. 김주사는 마침 그 일인과 술을 먹을 때이므로 그는 물론 튼튼한 증인이 되었다.

행여 무슨 도리나 있는가 하고 기다리던 춘이 모자는 천만뜻밖에 이 기별을 듣고 천지가 아득하여 전지도지[60] 쫓아갔다. 그들은 지금 시체 옆에 엎드려서 오직 섧게 통곡할 뿐이었다.

그런데 정도룡은 오늘 자기 집 모를 심다가 이 기별을 듣고는 한달음에 뛰어들어왔다. 벌써 마을 사람들은 많이 모여 서서 김주사의 포학한 행위를 욕하고 있다. 그중에 핏기 있는 원득이는 이 당장에 쫓아가서 그놈을 박살내자고 팔을 걷고 나서는데 겁쟁이들은 우물쭈물 눈치만 보고 곁으로 돈다. 더구나 김주사 집 땅을 부치는 사람들은 아무 말도 못 하고 벌써부터 꽁무니를 사리려 든다.

"허—참 그거 원⋯⋯ 나는 논을 갈다 왔는데 좀 가보아야겠군!"

하고 용쇠가 머리를 주죽주죽하며 돌아서는 바람에 나도 나도 하고 몇 사람이 그 뒤를 따라서려 하는데 별안간 정도룡은 벽력같이 소리를 질렀다.

"동리에 큰일이 났는데 제 집 일만 보러 드는 늬놈들도 김주사 같은 놈이다!"

이 바람에 개 한 마리가 자지러지게 놀라서 깨갱거리며 달아난다. 그래 그들은 머주하니 돌쳐섰다. 이때의 정도룡은 눈에서 불덩이가 왔다 갔다 하였다. 그는 아이들을 늘어놓아서 들에 있는 사람들을 모조리 불러들였다. 그들은 그의 전갈을 듣고 모두 뛰어들어왔다. 더구나 용쇠 같은 이 났단 말을 듣고.

정도룡은 그들을 일일이 지휘하여 일 치를 순서를 분배한 후 나머지 사람들은 상여를 메고 위선 김주사 사는 동리로 급히 갔다. 참혹한 노파의 송장은 동구 밖 느티나무 밑에 놓였는데 그 옆에는 춘이 모자가 엎드려서 우는지 까무러쳤는지 모르게 늘어졌다. 섬거적을 떠들고 보니 노파는 목이 부러져서 뒤로 젖혀졌다. 앙상한 뼈만 남은 얼굴에 오므라진 입으로 혀를 빼물었는데 거기에는 새빨간 피가 흘렀다. 웬일인지 눈은 한 눈만 홉뜬 것이 더욱 무섭게 보였다. 벌써 살은 썩어서 시취가 탁탁 퍼지며 쉬파리가 웽 하고 떼로 날다가 다시 대든다.

정도룡은 자기 손으로 먼저 시체의 머리 편을 들어서 상여 위에 얹게 하였다. 이에 상두꾼은 대들어서 상여를 메고 그는 다시 춘이 모자를 안동하여 그 뒤를 따라갔다.

그동안에 읍내로 상포 바꾸러 간 사람과 매장 허가를 맡으러 간 사람도 돌아왔다. 경찰서에서는 벌써 상여가 오기 전에 경부와 의사가 나와서 시체를 검사해보고 (무엇보다 증인의 말을 듣고) 사실 자살인저 하고 내려갔다.

상포가 들어오는 대로 동리 여자들은 일제히 모여서 수의를 급히 마른 까닭에 상여가 온 뒤에 얼마 안 있다가 다 되었다 하였다. 그동안에는 상두꾼은 술을 한 사발씩 먹고 담배를 한 대씩 피우게 하였다. 그래 정도룡은 급히 서둘러서 원득이와 같이 염을 한 후에 그날 저녁때에 바로 장사를 지내게 되었다. 동리 안에서 부조가 들어온 것은 많지마는 건넛말 양반촌에서도 돈냥 쌀말이 들어와서 상두꾼의 술밥(점심)과 조각포를 차려놓은 제수(祭需)까지도 마련할 수 있었다.

  초여름 해가 너웃너웃 서천에 기울 무렵에 적막하던 산촌에는 난데없는 상엿소리가 높이 났다. 구름재일[61](양장)이 펄렁펄렁하는 상여 밑으로는 "오——호! 오——호" 하는 상두꾼의 처량한 노래가 떠나오는데 그 뒤로는 남녀노소의 회장꾼이 죽 늘어섰다. 동리 사람으로는 극노인과 새 각시를 빼놓고는 모두 회장꾼으로 행렬을 지었다. 선소리와 요령소리 사이로 춘이 모자의 곡성이 쉴 새 없이 그들의 창자를 끊고 나왔다. 상여가 동구 밖으로 나갈 때 집에 남아 있는 노인들은 시름없이 멀리 바라다보며

  "어떻든지 팔자 좋게 잘 죽었다······"

하고 그들의 속절없는 탄식을 발하였다. 올봄에 성옥이 조모의 상여가 나갈 때에도 그들은 그렇게 바라다보았다. 늙어 굶주리고 아들 손자가 가난에 허덕거리는 꼴을 보면 그들은 보리 꽁댕이와 조죽이나마 그게 잘 넘어가지를 않았다. 어서 죽어서 이 꼴을 보지 말고 싶은 생각은 이렇게 먼저 죽는 이의 팔자를 못내 부러워하도록 하였다. 어린 각시들은 싸리문 귀틀에 붙어서서 그의 가슴츠레한 눈에 경이를 띠고 내다본다. 마치 죽는 게란 무엇인고? 하는 듯이······

  어느덧 해가 넘어가고 어슴푸레한 초생달이 서쪽 하늘에 걸려

있다. 시간은 모든 일을 해결하는 것이다. 그래 산말 낭이 공동묘지에는 전에 없던 새 무덤 하나가 생기었다. 그 위에 서늘한 달빛이 그의 안식을 축복하는 듯이 키스를 주었다. 그리하여 춘이 할머니는 돈 없는 나라 세금 없는 나라 부자와 가난이 없는 나라 밥 안 먹어도 사는 나라로 영원히 영원히 안식을 얻어 갔다…… 그러나 아귀는 그를 한 조각 남루나 한 그릇 조죽을 주기가 아까워서 그를 이 세상에서 쫓아낸 까닭으로 얼마나 기쁘고 좋아할런가?

6

그 후로 정도룡의 찡그린 눈썹은 종시 펴지지 않았다. 그의 음울한 얼굴빛은 어떤 무서운 결심으로 보이었다. 과연 그 이튿날 그는 이 동리 사람들을 모두 놀랠 만한 일을 하였다. 그는 어제 심다 만 자기 집 논을 그 땅 마름에게 청하여 허락을 얻어서 춘이네에게 주기를 선언하였다. 그리고 오늘 아주 모를 심어주자고 서두는 바람에 동리 사람들은 일제히 나서서 한나절에 심어버렸다. 춘이 어머니는 그 말을 들을 때 깜짝 놀라 한사[62]라고 만류하였으나 그는 걱정 말라고 종시 듣지 않고 그렇게 하였다. 그러고 나서 그는 그길로 바로 김주사 집을 찾아갔다. 마침 김주사는 사랑방에 혼자 있었다.

"아! 도룡이 웬일인가?"

하고 평상 위에 누웠던 김주사는 벌떡 일어나 앉는다. 그는 그다지도 그의 뜻밖의 심방[63]을 은근히 놀라는데 그의 무섭게 빛나는 눈동자와 마주치자 그는 어쩐지 두려운 생각이 났다. 그의 눈은 마치 성난 범의 눈 같아서 기하였다.

"네! 논 좀 달라러 왔소!"

도룡은 언제든지 이렇게 뭉뚝뭉뚝한 말을 아무 앞에서나 거침없이 하였다.

"논? 왜 논이 있지 않은가. 그리고 인제 가서 논을 달라면 되나?"

김주사는 어이없는 듯이 빙끗 웃고 쳐다본다.

"인제 가서 땅을 떼는 이도 있을라구요!"

이 바람에 그의 웃음은 쑥 들어가고 말았다. 그는 할 말이 없어서 얼떨떨한 것처럼 공연히 한눈을 이리저리 판다.

"우리 논은 춘이네를 주었으니까 나는 논 한 마지기도 없소!"
하는 말에 김주사는 두번째 놀랐다. 그는 감히 왜 제 논은 남 주고 다시 얻으러 어리석게 다니느냐는 말은 못 하였다. 하긴 이런 경우에는 어떠한 악인이라도 그런 말이 쉽게 나서지 않을 것이다마는.

"논이 어디 있어야지! 댁에서 짓는 것밖에……"
하고 그는 무안한 듯이 슬쩍 저편의 눈치를 보다가 시름없는 하품 한 번을 한다. 그리고 얼른 궐련을 붙여서 피운다.

"그럼 그것을 주시지요! 무슨 심사로 제 집 식구의 먹는 떡을 뺏어서 도적놈을 줄까요?"

"도적놈을 누가?…… 그것은 댁에서 지어야지!"
하고 김주사는 딴청을 썼다마는 그의 가슴속에는 확실히 이 말이 배기었다.

"그럼 줄 수 없소?"

"올에는 어려운걸!"

말끝이 채 떨어지기 전에 정도룡은 벌떡 일어나서 뒤도 안 돌아보고 나가버린다. 이 바람에 김주사는 또 한 번 입을 열었다. 그는 한참 동안 그의 나가는 양을 멀거니 보았다. 정도룡은 그길로 집으로 갔다.

그런데 그의 아내는 영감의 하는 일을 감히 타내지는 못하였으나 이때에 와서 농사치를 톡 털어서 남을 주면 어린 자식들하고 어떻게 살 셈인가 하고 그 말을 들은 후로는 맥이 확 풀려서 일거리가 손에 잘 잡히지 않았다. 그러나 금석이는 만사태평하다는 기색으로 언제와 같은 빙그레한 웃음을 띠고 금순이와 무슨 이야기를 하고 있다.

그래 모친은 그게 얄미웠다.

"아버지가 어디 가신지 너 아니?"

"몰라! 김주사 집에?"

하고 금순이는 눈을 되록하며 오빠를 쳐다본다.

"정녕 논을 얻으러 가셨을 것이다. 그래 만일 논을 안 주면 아버지는 그 자식을 죽일 것이다. 참으로 제비 새끼를 잡아먹는 구렁이를 그대로 두는 것은 죄이니까."

금순이는 눈이 더욱 되록되록 빛난다.

"만일 아버지가 죽이지 않으면 내가 죽일 터이다. 저 낫(윗목 벽 밑에 세워놓은 낫을 가리키며)으로 모가지를 후리면 그놈이 뎅겅 내려앉을 것이다. 그리고 정녕 펄떡펄떡 뛸 것이다. 거짓말인가 들어봐요! 그 언제인가 진풀을 획획 후린 때이다. 대가리를 꼰주 들고 있는 독사 한 놈을 낫으로 획 갈렀고나. 그랬더니 이놈이 팔딱! 팔딱 뛰더구나. 나는 그때도 생각하였다. 이 세상에 괴악한 놈들을 모다 이렇게 짤러 죽였으면 하고. ……그래 그놈들의 피투성이 대가리들이 개구리 뛰듯 하는 꼴을 보았으면 하고. 그런데 그렇게 죽일 놈이 하나 생기지 않았니?"

이 말이 채 떨어지기 전에 정도룡이 돌아왔다. 그래 금석이는 이야기를 뚝 그치고 부친의 기색을 살펴봤다. 그는 과연 더욱 음울하고 침통해졌다. 그는 아무 말이 없었다. 그는 의미있게 식구들을 가끔 곁눈질하였다.

역시 아무 말이 없는 가운데서 저녁을 치르고 나서 한참 앉았다가 그는 슬그머니 일어나서 밖으로 나간다. 그는 역시 아무 말이 없었다. 그런데 이때에 금석이는 그의 나가는 등 뒤에다 대고 이런 말을 부르짖었다.

"그까짓 식칼보다 저 낫을 가지고 가시유!"

별안간 정도룡은 고개를 획! 돌이켰다. 그는 한참 동안 아들을 멀거니 쳐다보다가 그대로 다시 돌쳐서서 나간다. 조금 있다가 모친은 그의 뒤를 쫓아 나갔다. 금순의 눈에도 놀라운 빛이 떠돌았다. 그러나 금석이는 아무렇지도 않은 듯이 역시 빙그레한 웃음을 띠며

"얘! 어디 갈래? 너는 나하고 이야기나 하자!"
하고 지금 밖으로 나가려는 금순이 발을 멈추게 하였다.
"너는 죽는 것이 그렇게 무서우냐? 너도 빈대는 잘 죽이드구나. 김주사 같은 놈은 사람의 피를 빨어먹는 빈대다. 빈대를 죽이는 것이 무서울 게 무에냐 말이야."
금순이는 얼을 먹은 듯이 그의 놀라운 눈동자는 금석이 얼굴에 꼭 박히었다.
"사람은 원래 천생으로 죄를 타고난 줄 안다. 무슨 턱으로 소를 실컷 부려먹다가 잡아먹느냐 말이야. 그런 죄만 해도——너는 지금 네 목숨을 바쳐라! 하면 네 하고 당장에 바쳐야 할 것이다. 만일 한우님 같은 이가 참으로 있어서 그러한 명령을 한다면 말이다. 그런데 그 위에도 더 큰 죄를 짓는 놈은 용서치 않고 죽여야 할 것이요 또한 그런 줄을 알고 그런 놈을 죽이지 않는 자도 역시 죄인이다. 같은 죄라도 용서치 못할 죄가 따로 있거든! 마치 김주사 따위의 죄 같은 죄가."
하고 금석이는 이렇게 느물느물 말하는데 금순이의 아까까지 놀라운 표정으로 빛나던 눈은 어느덧 어떤 강렬한 감격한 정서를 감춘 웃음으로 차차 빛나기 시작하였다.
"너는 감옥소에서 사람 죽인다는 이야기를 못 들었지? 아까 나는 누구를 죽여보고 싶다 하였지마는 그와 마찬가지로 나는 뉘게 죽어보았으면 하는 생각도 났다. 이것은 누구한테 들은 이야기다마는 나도 그렇게 죽고 싶드라!"
"어떻게?"

하고 금순이는 비로소 한마디 말이 그의 붉고 촉촉한 입술 사이로 굴러 나왔다. 금석이는 이 무서운 말을 아주 순색으로 이야기한다.

"여러 사람들이 죽 둘러섰는데 죽일 사람을 사형대 앞에다 내세운다는고나!"

하고 무슨 의미인지 그는 한 번 씽끗 웃는다.

"그래 중이 나와서 극락세계로 가라고 염불을 한 후에 망나니가 줄을 잡아다릴라치면 그 위에서 기계칼(기요틴)[64]이 뚤뚤뚤 굴러 나려오는데 칼날이 번쩍! 하자 피가 뚝! 뚝! 떴는 대가리가 눈을 끄먹끄먹하며 공중으로 달려 올라간다는구나! 그런데 이 못난 이들은 대개 벌써 죽기도 전에 낯빛이 송장같이 되어가지고 벌벌 떤다는고나. 나 같으면 그때 천연히 웃고 있을 터이다. 그래 모가지가 달려 올러갈 때는 마치 저녁 해가 붉은 놀 속으로 사라져 들어가듯이 웃음이 차차 사라져갈 때 그때 나는 이렇게 부르짖을 것이다. 통쾌하다! 통쾌……하……다! 다 자까지 못다 마치고 웃음과 목숨이 일시에 사라져서 그 뒤로는 아주 캄캄한 밤중이 되고 말게."

별안간 금순이는 그 윤나는 목소리로 때그르 웃었다. 이 웃음소리가 떨어지자마자

"금석아! 금석아!"

하고 헐레벌떡이며 뛰어들어오는 이는 그들의 모친이었다.

"얘! 금석아! 금순아! 늬 아버지가 어디로 가셨나 따러가보랴고 큰말로 넘어가랴니까 저기서 누가 오더니만 아는 체를 하드구

나! 그래 자세히 보니 그게 순득이 아버지야! 김주사 집에 있는. '금석 아버지 계셔요! 댁에서 잠간 넘어오시래유!' 이러겠지. 그래 지금 그리로 안 가더냐고 물어보았더니 아니 못 만났다고 하드구나! 그런데 귓결에 얼핏 들으니까 이 뒤 춘이네 집에서 늬 아버지 같은 목소리가 나는 것 같더구나. 그래 쫓어가보니 과연 거기 계셔서 지금 같이 김주사 집으로 가것다……"

그는 간신히 여기까지 말을 마치고 숨을 돌리는데 금석이는 멍하니 한참 듣고 있더니만

"다 틀렸군!"

하고 무엇을 절망하는 듯이 부르짖는다.

"인저 어머니는 걱정 안 해도 잘되었소. 그 자식이 명이 좀더 오래 살라는 게로군!"

모친은 아들의 말귀를 못 알아들었지마는 어떻든지 이 말 속에 숨을 돌릴 만한 무엇이 있는 듯하였다. 그래 그는 숨을 내쉬고 다시 아들의 눈치를 보았다.

"김주사가 정녕 논을 줄라는 게유. 자식이 겁이 났던 게지. 하긴 겁도 날 만하겠지마는. 논을 줄 바에야 구태여 죽일 게 있나. 춘이네는 그 대신 더 잘되었으니까 그를 죽이기로 춘이 할머니가 다시 살아나지는 못할 터이고! 그러나 이 앞으로 또 그런 짓을 하다가는 기어이 아버지 손에 죽어볼걸! 나도 정녕 몇 놈은 죽여볼게야! 그런데 너도 고기 값은 할 것 같다. 아모려나 잘됐군!"

하고 금석이는 여전히 빙그레 웃는 눈으로 금순이를 홀린 듯이 쳐다보는데 그런데 눈 쌓인 겨울날 갠 하늘에 빛나는 아침 햇빛

같은 눈웃음 치는 금순이는 아무 말 없이 별안간 고의춤을 훔치적하더니 날 새파랗게 선 단도를 꺼내서 금석이 앞에다 내던졌다.

"아! 너도 김주사를 죽이랴고 했었고나? 정녕 그렇다니까! 고기 값은 한다니까!"

하고 금석이는 얼결에 부르짖으며 눈을 크게 뜨는데 이 바람에 모친은 얼없이 금순이를 한참 쳐다보다가

"아니! 무서운 씨알머리들!"

하고 마치 넋 잃은 사람이 혼잣말하는 것처럼 중얼거렸다. 그는 금순이가 저 칼을 꼰주 잡고 김주사의 목을 향하고 팩! 달려드는 광경이 언뜻 눈앞에 그려지자 그는 전신에 소름이 쪽 끼치었다.

모친은 와락 달려들어 금순이를 얼싸안았다. 그리고 알지 못할 눈물이 샘솟듯 하며

"금순아! 금순아!"

하고 목메어 부르짖었다. 그러나 금석이는 여전히 빙그레 웃고 있는데 거기에 정도룡이 돌아왔다. 그는 눈을 크게 뜨고 식구들을 번갈아 쳐다보았다. 그의 눈은 다시 단도를 보고 금순이를 쳐다보았다.

민촌 民村

1

 태조봉 골짜기에서 나오는 물은 '향교말'을 안고 돌다가 동구 앞 버들숲 사이를 뚫고 흐르는데, 동막골로 넘어가는 실뱀 같은 길이 개울 건너 논둑 밭둑 사이로 요리조리 꼬불거리며 산잔등으로 기어올라갔다. 그 길가 냇둑 옆에 늙은 상나무 한 주가 마치 등 곱은 노인이 지팡이를 짚고 있는 형상을 하고 섰는데 그 언덕 옆으로는 돌담으로 쌓은 옹달샘이 있고 거기에는 언제든지 맑은 물이 남실남실 두던[1]을 넘어 흐른다.
 그런데 그 앞 개울은 가뭄에 바짝 말라붙었던 개천에 이 샘물이 겨우 '메기' 침같이 흐르던 것이 이마즉 장마 통에 그만 물이 버쩍 늘었다.
 양청[2]물같이 푸른 하늘에는 당태솜[3] 같은 흰 구름이 둥! 둥! 떠도는데, 녹음이 우거진 버들숲 사이로는 서늘한 매미 소리가 흘러나온다. 이쪽 숲 앞으로 툭 터진 들안에는 장잎이 갈라진 벼 포기가 일면으로 퍼렇고, 멀리 보이는 설화산이 가몰가몰 남쪽 하늘가에 닿았다. 푹푹 찌는 중복허리에 불볕이 쨍! 쨍! 나는 저녁 때이다.

조첨지 며느리, 점백이 마누라, 성삼이 처, 또는 점순이, 이쁜이는 지금 샘가에 늘어앉아서 한편에서는 보리쌀을 씻고 또 한편에서는 푸성귀를 헹구는데 수다하기로 유명한 성삼이 처는 이런 때에도 입을 다물 수 없는 모양이다. 그는 웃을 때마다 두 뺨에다 샘을 파고 말할 때에는 고개를 빼뚜룩하면서 쌍꺼풀진 눈을 할금할금하는 것이 그의 버릇이었다. 어떻든지——해반주그레한[4] 얼굴이 눈웃음 잘 치고 퍽 산들거리는——이 동리에서는 제일 하이칼라[5]상이란다. 그래 주전부리(?)도 곧잘 한다는 소문이 나기도 벌써 오래전부터이다마는 시아비와 서방은 도무지 그런 줄을 모른다는, 멍텅구리 한 쌍이라고 흉이 자자하단다. 지금 성삼이 처는 전과 같은 표정으로 점백이 마누라를 할끗 쳐다보며

"아주머니!"

하고 열쌔게 불렀다. 그의 날카롭고 윤나는 목소리로.

'또 무슨 소리가 나올라누!'

일상 뜸하니 남의 말만 듣고 있는 조첨지 며느리는 은근히 가슴속으로 생각하였다. 하긴 그는 아직 파겹[6]을 못 한 숫각시로서 이런 자리에서 그들과 같이 말참례하기는 어려웠다.

안동포 적삼 소매를 활짝 걷어붙인 뿌연 살이 포동포동 찐 팔둑

으로 보리쌀을 이리저리 헤쳐서 푹 눌렀다, 썩! 싹! 푹 눌렀다 썩! 싹! 하고 한참 장단을 맞춰서 재미있게 씻던 성삼이 처는 바가지로 물을 퐁! 퐁! 퍼붓고는 한 번 휘둘러서 보리쌀을 헹구더니만 그 옆에 놓인 옹배기에다 뽀얗게 우러난 뜨물을 쭉 따라놓는다. 하더니만 무슨 의미인지 점백이 마누라를 할끗 쳐다보고 한번 쌩끗 웃는다.

"아주머니! 박주사 아들은 또 첩을 얻었다지요?"

"그렇다네. 돈 많은 이들이니까, 우리네 '소'를 개비[7]하듯 얼마든지 할 수 있겠지."

점백이 마누라는 그리 대수롭지 않은 듯이 볼먹은 소리로 이렇게 대답한다. 그의 목소리는 원래 예사로 하는 말도 퉁명스럽게 들리었다.

"그런데, 그전 첩은 가기 싫다는 걸 억지로 쫓았대요! 동전 한 푼 안 주고…… 그래 울며불며 나갔다던가."

"그럼, 왜 아니 그렇겠나. 아무리 첩이라 하기로니 같이 살겠다고 데려다 놓고 불과 일 년에 맨손으로 나가라니!"

"그야 그렇지요만 나 같으면 그대로 쫓겨나지는 않겠어요!"
하고 성삼이 처는 별안간 두 눈초리가 샐쭉해진다.

"그럼 어찌하나? 첫째는 당자가 싫다 하고 왼 집안사람이 돌려내는 바에야. 그 눈칫밥을 먹고 어떻게 살겠나? 그렇기에 예전 말에도 예편네는 뒤웅박 팔자라고 했다네. 더군다나 민적도 없는 남의 첩 된 신세가 아닌가?"

"그러면 그까짓 놈 고장을 들어서 메붙이고 한바탕 분풀이도 실컷 좀 못 할까?"

 이 말이 채 떨어지기도 전에 눈앞을 흘끗 쳐다보던 점백이 마누라는 별안간

 "쉬—."

하고 성삼이 처의 옆구리를 꾹 찔렀다. 이 바람에 성삼이 처는 깜짝 놀라서 고개를 홱 돌이켰다. 과연 거기에는 지금 말하던 박주사 아들이 보이었다. 그래 그는 시치미를 뚝 떼고 정신없이 보리쌀을 헹구는 체하였다.

 모시 두루마기에 맥고자[8]를 쓴 박주사 아들은 살이 너무 쪄서 아랫볼이 터덜터덜하는 얼굴을 들고 점잖은 걸음새로 조를 빼어 걸어온다. 그는 어느 틈에 나왔는지 모르는 개천가 논둑에서 뒷짐 지고 섰는 조첨지를 보고는

 "영감 근력 좋은가?"

하고 거침없이 하소를 내뿝인다. 그런데 조첨지는 그게 누구인지? 의아한 모양으로 한참 동안을 자세히 쳐다보더니 그제서야 비로소 알아차린 모양으로 아주 반색을 하면서

 "아! 나으리십니까? 웬수의 눈이 어두워서…… 해마다 달습니다그려. 어서 죽어야 할 터인데…… 아! 그런데 어디를 가십니까?"

하고 그는 박주사 아들 오는 편으로 꼬부랑꼬부랑 따라 나온다.

 "웅! 이 아래 들에 좀……"

 그는 이런 대답을 거만하게 던지고 샘둑에 둘러앉은 여자들을 자존심이 가득한 눈매로 한번을 쓱 둘러보더니만 다시 무슨 생각

이 들었던지 저만큼 가다가

"그래도 좀더 살아야지!"

하는 말을 고개를 홱! 돌이키며 하였다. 이 바람에 그는 다시 한 번 샘둑을 보았다.

"더 살면 무엇 합니까? 살수록 고생이지요, 아하!"

조첨지는 한숨 섞인 말을 하며 동구 안으로 들어가는 그의 뒷모양을 우두커니 서서 보더니 다시 돌아서서 멀리 설화산 쪽을 바라본다. 그는 부지중, 후 하는 한숨을 내쉬고 가까스로 등을 좀 펴보았다.

"새파란 젊은 놈이 제 할아비뻘 되는 노인보고 하소를 깍듯이 한담!"

하고 성삼이 처는 또 입을 삐쭉! 하는데,

"할아비뻘은커녕 증조할아비뻘도 넉넉하겠네!"

하고 지금 막 바가지로 물을 퍼붓던 점백이 마누라는 또 이렇게 맞장구를 쳤다. 그는 다시 조첨지 며느리를 쳐다보며

"참, 자네 시아버니 연세가 올에 몇에 나셨나?"

"여든……일곱이시래요!"

하는 말에 그들은 모두 입을 딱 벌리었다.

"같은 양반이라도 이 아랫말 서울댁 양반은 그렇지 않더구만."

"응, 그 양반은 원체 얌전하니까. 무얼! 저희가 우리보고 하소해주기로니 근본이 안 떨어지기나 우리가 저희보고 하오를 않기로니 근본이 안 올라서기나 피차일반이지. 지금 세상은 저만 잘나면 예전같이 판에 박은 상놈 노릇은 않는가 보데. 저만 잘나고

돈만 있으면 아주 고만인 세상인데, 무얼!"
 "아이구! 아주머니는 아들을 잘 두셨으니까 그러시지. 학교 공부에도 번번이 일등 간다지요?"
 "글쎄!…… 장래가 어떠할는지. 우리 늙은 내외는 그저 저 하나만 바라고 사네마는 그나마 뒤대기가 여간 어려워야지. 참 자네도 어서 아들을 낳아야 할 터인데 도무지 웬심인가? 소식이 감감하니!…… 좀! 당골[10]한테나 물어보지?"
 "그러지 않아도 물어보았대요!"
 "그래 뭐라구?"
 점백이 마누라는 별안간 목소리를 죽이며 은근히 쳐다본다.
 "살풀이를 해야 한대요!"
 '살은 무슨 살? 서방질을 작작 하지!'
 점백이 마누라는 속으로 이런 말을 생각하면서도 겉으로는,
 "그럼 그 살을 풀어야지! 무슨 터줏살이라던가?"
하고 다시 의심스러운 듯이 물어보았다.
 "아니, 궁합이 안 맞는대요!"
 '핑계 김에 잘됐군!'
 그는 또 속으로 이런 생각을 하면서, 그런 체하고 고개를 끄덱끄덱하였다. 그는 이야기에 팔려서 볼일을 못 본 것이 생각난 것처럼, 소두방[10] 같은 손으로 보리쌀을 씻기 시작하였다. 큼직한 얼굴에는 얽은 구멍이 벌집같이 숭! 숭! 뚫렸다.
 지금까지 기척 없이 열무를 씻고 있던 점순이는 별안간 고개를 반짝 쳐들며

"그런 젊디젊은 이가 노인을 보고 어떻게 허소가 나온대요?"
하고 이상스러운 표정으로 점백이 마누라를 쳐다본다. 그는 마치 여태까지 그 생각을 하느라고 잠자코 있었던 것처럼.
"양반이라 그렇단다!"
하고 점백이 마누라는 대답하였다. 이 말에 무슨 생각이 들었던지 성삼이 처는 또 이야기를 끄집어 내놓는다.
"아주머니! 나는 참 저승에 가서라도 양반 될까 봐 겁이 나요! 잔뜩 갖춰 앉아서 그게 무슨 자미로 산대요? 해! 해!……"
"그래도 지금 그까짓 것은 아주 약과라네. 예전에는 참말로 지독하였느니. 어디가 남편의 얼굴을 바로 쳐다볼 뻔이나 하며 시부모 앞에 철쩍 앉아보기를 할까. 꼭 양수거지"를 하고 섰지. 어떻든지 양반이란 것은 마치 옷 치수금을 마르듯이 한치 반푼을 다투고 매사에 점잔하기로만 위주하였느니!"
한참 말끄러미 쳐다보던 성삼이 처는 별안간
"그런 이들이 내외 잠자리는 어찌했을까?"
하고 고만 웃음을 내뿜는 바람에 조첨지 며느리는 "아이 형님도……" 하고 손등으로 입을 가리며 웃는다.
"그렇던 양반이 지금은 차차 상놈을 닮아간다네!"
하고 점백이 마누라도 빙그레 웃었다. 이쁜이는 그만 고개를 폭 숙였다.
"아마 그들도 자네 말마따나 양반을 '결박'으로 알았던지 지금은 아주 상놈 행세를 하며 그저 말버릇만 '양반'이 남은 모양인데. 다른 것은 모두 상놈을 닮아가며 상놈보고 하대하는 것만 그대로 가지고 있느니. 하기는 그것마저 없어지면 아주 상놈과 마찬가지가 될 터이니까 이 양반 꺼풀만 가지고 있는지도 모르지마는 참말로 예전 양반은 양반다운 행세가 있었다네!"

"박주사 양반 같은 것은 양반 탕반 개 팔아 두 냥 반만도 못한 것이 무슨 양반이라구?"

"예전 양반은 돈을 알면 못쓴댔는데 지금 양반은 돈을 잘 알아야만 되나 부데. 그이도 돈으로 양반이지 만일 돈이 없어보게 누가 그리 대단히 알겠나. 그러니까 그에게 돈이 떨어지는 날에는 양반도 떨어지는 날이란 말일세. 그러니까 돈을 제 할아비 신주보다 더 위할밖에. 우리네 가난한 사람의 통깝데기를 벗겨서라도 돈을 더 모으자는 것은 좀더 양반 노릇을 힘 있게 하자는 수작이지."

"참, 돈이 그른지 사람이 그른지 지금 세상은 모두 돈만 아는 세상인가 봐요. 의리도 없고 인정도 없고……"

"사람이 글러서 돈이 생겼다네. 돈 없는 짐승들은 제각기 벌어먹고 잘들 살지 않나!"

"참 그래요. 예전 이야기에도 짐승들이 돈을 맨들어 썼단 말은 못 들었구먼!"

"그렇지만, 힘센 놈이 약한 놈을 잡아먹지 않아요! 짐승들은?" 하고 별안간 점순이는 의심스러운 듯이 물었다. 그는 자기도 모르는 이런 말이 쑥 나왔다.

"잡아먹힐 놈은 먹히더라도. 무얼 사람들도 그런 셈이지. 애, 나는 제멋대로만 살 수 있다면 단 하루를 살다 죽더래도 좋겠다!"

"봄 하늘에 훨! 훨! 나는 종달새같이요?"

"그래, 참 네가 잘 말했다!"

하고 점백이 마누라는 슬쩍 웃는다. 그가 제법 이런 소리를 하게 된 것은 실상은 자기 아들에게서 들은 말이다. 서울 양반댁이라는 이는 역시 양반으로 서울 가서 중학교를 다니다가 온 청년인데 이 동리 사람들은 그를 이렇게 부르는 터이었다. 그가 집에 있을 때면 점백이 아들은 늘 그를 찾아가서 놀았으므로 그에게 이런 말을 듣고 와서는 저의 부모에게 옮긴 것이었다. 그런 소리를 들을 때에는 언제든지 신기한 것처럼, 영감은 고개를 끄덱끄덱하며

"하긴, 그도 그리여……"

하고 무엇을 생각하는 것같이 하고 있었다.

그들은 이런 이야기를 하다가 하나씩 둘씩 제 집으로 흩어져 갔다. 성삼이 처는 보리쌀 든 자배기에다 물을 하나 가뜩 이고 한 손에는 뜨물 옹배기를 들고서는 자배기 전으로 물이 넘어 흘러서 입으로 대드는 것을 푸! 푸! 내뿜으며 걸어간다. 이집 저집에서는 저녁연기가 꾸역꾸역 떠오른다.

2

향교말이란 동리는 자래로 상놈만 사는 민촌으로 유명한 곳이었다. 과연 사오십 호나 되는 동리에 양반이라고는 약에 쓰려고 구해도 없는 상놈 천지였다. 어쩌다 못생긴 양반이 이 동리로 이사를 왔다가는 그들에게 돌려서 얼마를 못 살고 떠나고 떠나고

하였다.

그러나 그전에는 양반의 덕으로(?) 향교 하나를 중심하여 향교 논도 부쳐 먹고 향교 소임[12] 노릇도 해서 먹고살기는 그렇게 걱정이 없더니 시체 양반은 잇속이 어찌 밝은지 종의 턱찌끼까지 핥아먹는 다라운 양반이 생긴 뒤로는 그나마 죄다 떨어지고 지금은 향교 고지기가 겨우 논 여남은 마지기를 얻어 부치는 것뿐이었다. 그 나머지는 모두 권세 좋은 양반들이 얻어 하고 얻어주기도 하는데, 박주사 아들이 자기 하인으로 부리는 이웃 상놈에게도 이 논을 더러 얻어준 일이 있다.

그래 이 동리 사람들은 점점 더 못살게만 되는데 작년에 흉년을 만나서 더구나 못살 지경이 되었다. 그들 중에 조금 살기 낫다는 이가 남의 논 섬지기나 얻어 부치는 것인데 박주사 집 논을 얻어 짓는 사람도 몇 집은 된다. 그렇지 않으면 모두 나무 장사와 짚신 장사와 산전(山田)을 파서 굶다 먹다 하는 이들뿐으로 올해는 또 물난리가 나서 수파를 당한 사람도 많다. 그중에는 점순이 집도 논 댓 마지기를 지은 것이 온통 떠내려가버려서 가을이 된대야 벼 한 톨 구경할 수 없게 되었다 한다. 그것은 박주사 집 땅을, 올해도 다행히 그대로 부치다가 그만 그 지경이 된 것이었다. 박주사 집에서 이 논을 떼지 않고 그대로 둔 것은 다만 점순이 모친이 안으로 조른 보람만이 아니라 어떤 무엇이 있었는지도 모르겠다. 그것은 박주사는 그때 그 논을, 벌써 언제부터 맨입으로 드난을 하며 논 좀 달라고 지성껏 조르는 성룡이를 주자는 것을, 박주사 아들이 우겨서 그대로 둔 것을 보아도……

그 박주사 집이란 벌써 몇 대째로 이 웃말에서 사는 집인데 해마다 형세가 늘어가서 이 통 안에서는 제일 부명을 듣는 터이다. 안팎으로 잇구멍은 몹시 밝아서 박주사의 어머니 귀머거리 노인도, 잇속에 들어서는 귀가 초롱같이 밝아진다는——어떻든지 모두 그런 식구끼리 잘 만나서 사는 집이란다. 그래 그의 아들은 지금 스물이 겨우 넘은 젊은 친구가 어떻게도 이심스럽던지 또한 남만 못지않은 그 아버지 박주사가 아주 세간살이를 맡기었다 한다. 그는 지금 동척회사 마름이요 면협의원이요 금융조합 평의원으로 세력이 당당하여 내년에는 보통학교 학무위원으로 추천해준다는 셋줄도 있다는데 칼 찬 순사나, 군 직원들이 출장을 나오게 되면 의례히 그 집으로 먼저 와서 네냐! 내냐! 막 터놓고 희영수[13]를 하고 보통학교 훈도까지 가끔 나와서 그와 술잔을 기울이는 터이었다.

그러나 이런 말을 장황히 늘어놓을 것은 없겠다. 왜 그러냐 하면 이런 박주사 집이나 박주사 아들 같은 사람은 어느 시골이든지 결코 절종(絶種)은 되지 않았을 터이므로.

지금 샘에서 돌아온 점순이는 푸성귀 담은 바구니와 물동이를 부뚜막에 놓았다. 모친은 벌써 보리쌀을 안치고 불을 때기 시작하였다. 보릿짚이 화르르 화르르 타오른다.

"물은 그렇게 많이 이고 무겁지 않으냐? 순영이가 왔다 갔다."

"네! 언제쯤?"

"지금 막. 또 온다구 하더라만. 그럼 너는 순영이와 같이 네 오빠 등거리[14]나 박어라!"

"어머니 혼자 바쁘잖아?"

"아니."

하는 모친의 대답이 떨어지자마자,

"그새 왔니?"

하고 순영이가 들어왔다. 그는 해죽이 웃는 낯으로 점순이를 쳐다보며. 그는 점순이보다 이쁘다 할 수는 없다마는 얼굴이 좀 동그스름한 게 살이 토실토실 올라서 탐스럽게 생긴 처녀이었다. 역시 점순이와 동갑으로 올에 열여섯 살이라 하는데 엉덩이가 제법 퍼지고 기다란 머리채가 발꿈치까지 치렁치렁하였다. 점순이는 키가 날씬하고 얼굴이 갸름한 게 그리 살찌지도 또한 마르지도 않은, 그리고 살빛이 무척 희었다.

"나는 지금 샘으로 가볼까 하다가 이리 왔다. 왜 그렇게 늦었니?"

"열무에 버러지가 어떻게 먹었는지 좀 정하게 씻느라고. 자, 방으로 들어가자."

"더운데 무엇 하러 들어가니? 여기서 하자꾸나!"

"아니, 뒷문 앞은 시원하단다."

그래 그들은 방으로 들어가서 손그릇을 벌여놓고 앉았다.

"그것은 뉘 버선이냐?"

"아버지 해[15]란다!"

"요새 삼복머리에 버선은 왜?"

하고 점순이는 순영이 얼굴을 이상한 듯이 쳐다보았다. 그 표정은 갑자기 웃음으로 변하여졌다. 확실히 빈정거리는 웃음으로.

"옳지! 알겠다…… 그렇지!"

"무에 그래여? 삼복에는 왜 버선을 못 신니!"

"선보러 갈 버선?……"

하는 말이 채 떨어지기도 전에 순영이는 달려들어서 점순이의 입을 틀어막으며 한 손으로는 그의 허벅다리를 꼬집었다.

"아야! 야…… 안 하께! 네 다시는 안 하오리다 호호호…… 그럼 거짓말이냐? 또!"

"얘! 그런 소리는 하지 말고 어서 바느질이나 가르쳐주렴! 얼른 해가지고 오라는데 기 애가."

하는 순영이는 오히려 부끄러운 듯이 두 뺨이 가만히 붉었다.

"왜 그리 또 급한가?"

"기 애는 또? 어머니가 얼른 오라고 하니까 그렇지. 우리 어머니는 늬 집에 올 때마다 그런단다."

"그는 왜?"

"누가 아니. 커다란 머슴애 있는 집에 가서 왜 그리 오래 있느냐고 그런다는구만. 커다란 계집애가 철을 몰라도 분수가 있지 않으냐고."

"너는 우리 오빠가 좋으냐?"

별안간 밑도 끝도 없이 점순이는 이런 말을 불쑥 물어보았다. 그래 순영이는 얼을 먹은 모양이었다.

"그럼 또 너는 좋지 않으냐?"

"나는 좋지 않다. 아주 심술꾸러긴데 무얼."

"얘, 사내들은 그래야 쓴다더라. 숫기가 좋아야."

"그럼, 너는 우리 오빠가 좋은 게로구나!"

"누가 좋댔니?…… 그렇단 말이지."

순영이는 얄미운 듯이 점순이를 흘겨보는데 눈 흰자위가 외로 쏠리고 입에는 벙싯벙싯 웃음이 괴었다.

"오빠는 아주 너한테 반했단다."

"아이 기 애는……"

순영이는 어이가 없는 듯이 점순이를 쳐다보았다.

"무얼 나도 다 아는데…… 늬들은 어젯밤에 담 모퉁이에서 속살거리지 않았니?"

이 말에 고만 순영이는 실쭉해지더니

"그럼, 또 너는 어제 저녁때 '서울댁'하고 늬 원두막에서 단둘이 있지 않았니? 나두 개울창에서 똑똑이 좀 보았다나."

"그리여. 기 애는 누가 아니라남! 그럼 그때 너두 왜 놀러 오지 않구?"

이렇게 아무렇지도 않게 말하는 점순이를 순영이는 은근히 놀랐다. 그럴 줄 알았더면 나도 승을 내지 말걸! 하는 생각이 났다.

"남의 재미있게 노는 걸 훼방 치면 좋으냐? 무얼! 그때 갔어봐. 속으로 눈딱총을 놓았을 것이……"

"아니야, 나도 어제 첨으로 그이하고 이야기해봤단다. 그런데—."

"그런데 뭐? 그때 너는 어째 혼자 있었니? 자옥 맞이하려고 호호호……"

"기 애는 별소리를 다 하네. 글쎄 들어봐요! 점심을 해놓고 기다니니까 어머니가 원두막에서 들어오시더니 나보고 이라시겠지. 어서 밥 먹고 원두막에 가보아라. 내가 들에 밥 내다주고 올 동안만. 아버지와 우리 오빠는 어제 산 너머 있는 집의 화중밭을 매셨단다."

"오 참, 어제도 늬 집은 일했지. 점심때 연기가 꼬약꼬약 나더라!"

"그래. 막 나가 앉아서 바느질거리를 손에 잡으려니까, 별안간 인기척이 나더구나. 깜짝 놀라 쳐다보니까 그이겠지! 나는 그때 어쩔 줄을 몰라서 고개를 폭 숙였단다."

"그래, 그이가 뭐라구 하던?"

"번히 알면서 왜 모르는 체하니! 사람이 사람을 보는 것이 무엇이 부끄러워―이라겠지."

"얼레! 그이도 꽤 우습잖다! 그래 그때 너는 뭐라구 했니?"

"그런 때 무슨 말이 나오겠니? 거저 웃고 쳐다보았지. 그랬더니 그는 그렇지! 그렇지! 진작 그렇게 고개를 들 것이지―하고 나를 꿰뚫을 듯이 쳐다보던가. 그리더니 무작정하고 망태기에서 참외를 꺼내 먹으며 나보고도 자꾸 먹으라 하겠지!"

"얼레! 그이가 왜 그렇다니? 그래 어떻게 되었니!"

순영이는 한 걸음 다가앉으며, 이상스러운 듯이 눈을 크게 뜨고 점순이를 쳐다보며 하는 말이었다.

"그담에 이런 이야기를 하였단다. 참외를 어귀어귀 먹으면서. 나를 양반이라고 늬들이 돌려내나 부다마는 양반도 역시 사람이란다. 하기는 같은 사람으로 누구는 양반이니 누구는 상놈이니

하고, 또 누구는 잘살고 누구는 못사는 것이 벌써 못생긴 인간이다. 그렇다면 너하고 나하고 같이 노는 것이 어떨 것 무엇 있니? 다 같은 사람인데 나는 너한테 '창순아!' 하고 불러주는 소리를 들었으면 제일 좋겠다구——."

"얼레! 그것은 또 무슨 소리라니?"

"그러지 않아도 그때 나는 그것은 왜요? 하고 깜짝 놀래며 물어보았단다. 그랬더니 그이는 이렇게 말하겠지. 그러면 너하고 나하고 동무가 되지 않니?"

"그럼, 같이 놀잔 말이로구나!"

"그래 나는 당신도 우리네 상놈 같구려! 하였더니 그이는 나는 상놈이 되고 싶다 하겠지. 내 원 어찌 우스운지!"

"왜 그런다니? 그이가 미치지 않았을까."

"몰라…… 그리고 여러 가지 이야기를 하였단다. 서울 이야기, 여학생 이야기. 이 세상이 악하고 어떻고 어떻다고 한참 떠들었단다."

"그건 또 웬 소린가? 아니 참말로 들을 만했었구나! 그럴 줄 알았더면 나도 좀 가서 들을 것을!"

"그리다가 주머니를 부시럭부시럭하더니만 돈을 집히는 대로 꺼내서 세보도 않고 내놓고는 그만 뒤도 안 돌아다보고 휘적휘적 가겠지!"

"얼레! 그래 얼마나?"

"동전하고 백통전하고 한 네댓 냥은 되어 보이더라. 그래 나는 한참 동안 덩둘하다가[16] 나 봐요! 하고 암만 불러도 세상 와야지.

그만둬 그만둬 하고 손을 내젓고 가겠지."

"참외는 몇 개를 먹었는데?"

"세 개를 먹었단다. 하기는 잘 안 익은 놈을 두 개는 도려놓았지마는. 먹은 값으로 치면 한 개에 닷 돈을 치더라도 냥 반밖에 더 되니?"

"그렇지!"

"그런데 나는 참외 값을 안 받으려고 하였는데—부끄럽게 그것을 어떻게 받니?—그런데, 나중에 세어보니까 넉 냥 일곱 돈이던가!"

말을 마치자 눈앞을 할끗 쳐다보던 점순이는 소스라쳐 놀란다.

"아이 오빠두 도둑괴"마냥 왜 거기 가 찰딱! 붙어 섰어?"

이 소리에 순영은 기겁을 하여 몸을 옴츠렸다.

"나도 좀 같이 놀자꾸나! 무슨 이야기를 그렇게 재미있게 했니?"

하고 사내는 벙글벙글 웃는다. 그는 깎은 머리를 수건으로 질끈 동였는데 서근서근한 얼굴이 매우 귀인성 있어 보인다. 지금 열 팔구 세밖에 안 돼 보이는 소년 티가 있다마는 그의 힘줄 켕긴 장딴지라든지 굵은 팔뚝이 한 장정같이 기운차 보이었다. 그는 지금 들에서 무엇을 하다 왔는지 손에는 흙가루가 뽀얗게 묻었다.

"순영이가 오빠의 흉을 보았다우. 커다란 머슴애가 남의 색시 궁둥이를 줄줄 따라다닌다구."

"누가 그래여? 기 애는 참!……"

하고 순영이는 얼굴이 빨개지며 불안한 웃음을 웃는데,

"아! 참말로 그랬니?"
하고 사내는 순영이에게 팩 달려들었다. 점순이는 뱅글뱅글 웃는 눈으로 그의 오빠를 할겨보면서 밖으로 살짝 나와버렸다.
"아! 왜 이래? 저리 가래두!……"
하고 순영이의 징징 우는 소리가 들리자 부엌에서 모친의 목소리가 났다.
"점동아! 왜 그러니? 남의, 벌모레 시집갈 색시를. 가만두어라! 성이나 내라구?"
"시집가기 전은 상관없지!"
사내는 빙그레 웃고 다시 순영이를 쳐다볼 때 그는 얄미운 눈초리로 사내를 할겨보았다. 별안간 고개를 폭 수그리더니 어느덧 그의 눈에서는 눈물방울이 뚝뚝 떨어졌다.
이 꼴을 본 사내는 다시 달려들어 그를 꼭 껴안았다. 그리고 뜨거운 입술을 그의 입에다 대었다.

*

그러자 문밖에는 박주사 아들이 왔다.
"김첨지 집에 있나?"
하는 그의 목소리가 나자,
"아이구! 나리 오십니까? 저―일 갔답니다."
하고 점순이 모친은 불을 때다 말고 부지깽이를 손에 든 채 일어서 맞는다.

"모처럼 오셔야 앉으실 데도 없고. 원, 사는 꼬라구니가 이렇답니다. ……그 밀방석 위라도 좀 앉으시지요!"
하고 그는 불안한 듯이 얼굴에 당황한 빛을 띠고 있다. 마치 무슨 죄를 짓고 난 사람같이―과연 그는 가난을 죄로 알았다. 안방을 흘글흘금 곁눈질하던 박주사 아들은 교만한 웃음을 엷게 머금고,
"무얼, 바로 갈걸! 괜찮아."
하는 모양은 자기의 행복을 더욱 느끼고 자기가 금방 더한층 훌륭한 사람이 된 것을 의식하는 표정 같다.
"그래도……"
점순이 모친은 이렇게 말끝을 죽이더니 다시 무슨 생각이 들었는지 잠깐 머뭇거리다가 비로소 딴 말을 꺼내었다. 그는 있는 힘을 다하여 간신히 이 말을 하는 모양 같다. 할까 말까? 하고 몇 번을 망설이다가 하는 말같이
"저, 내년에는 논 좀 더 주십시오! 아! 올에는 뜻밖에 그런 물로 저희도 저희지마는 댁에도 해가 적지 않습니다."
"논? 어디 논이 있어야지. 그러나 어디 가을에 가서 또 보세."
이 말에 점순이 모친은 반색을 하는 듯이 한 걸음을 자기도 모르게 주춤 나오며
"참, 나리만 믿습니다. 어디 다른 데는……"
"그리여 어디 보세…… 더러 댁에도 좀 놀러 오게나그려! 인제 늙은이가 좀 바람도 쐬고 그러지! 집일은 딸에게 맡기고……"
그는 무슨 까닭인지 말끝을 이렇게 흐린다.

"어디 좀처럼 나설 새가 있습니까? 지지한 살림이 밤낮 해도 밤낮 바쁘답니다. 그까짓 것은 아직 미거하고……[18] 참 언제쯤 새로 오신 마마님도 뵈올 겸 한번 놀러 가겠습니다."

"그라게! 나는 가."

하고 박주사 아들은 마당에 놓인 절구통 전에 걸터앉았다가 호기 있게 벌떡 일어나 나갔다. 궐련을 퍽! 퍽! 피우면서.

"아! 그렇게 바로 가셔요! 그럼 안녕히 가셔요."

하고 점순이 모친은 한동안 그를 눈으로 배웅하였다. 어쩐지 그의 눈에는 까닭 모를 눈물이 핑 돌았다.

3

동편 '흑성산' 쪽에서 난데없는 매지구름[19]이 둥! 둥! 떠돌더니 우르르하는 천둥소리와 함께 소나기가 새까맣게 묻어 들어온다. 미구에 높은 바람이 휘돌아 들자 주먹 같은 빗방울이 뚝! 뚝! 듣더니만 그만 와—하고 정신을 차릴 수 없이 한줄금을 퍼붓는다.

이제까지 조용하던 천지는 갑자기 난리 난 세상같이 수란하다. 들에서 일하던 사람들이 어허! 하며 뛰어들어온다. 낙숫물이 떨어져서 개울물같이 흐르고 황톳물이 도랑이 부듯하게 나간다. 앞 논에 볏잎과 마당가에 있는 포플러나무 잎새가 빗방울을 맞는 대로 까땍까땍 너울거린다. 그러는 대로 우—와—소리를 친다. 하자, 어느 틈에 그쳤는지 가는 비가 솔솔 내리며 번개가 번쩍!

번쩍! 하고 무서운 천둥소리가 우르르우르르 나더니 거먹구름[20]이 북쪽으로 몰려간다. 어디서 자끈자끈하는 것은 벼락을 쳤나 보다! 한데 어느 틈에 씻은 듯 가신 듯한 맑은 하늘이 되었다. 그러자 초생달이 동천에 두렷이 떠오른다.

보리죽 보리밥으로 저녁이라고 끼니를 에운 뒤에 그들은 항상 모이는 점백이 집 마당으로 모여들기 시작하였다. 점순이 아버지도 저녁 숟갈을 놓자 담뱃대를 들고 그리로 마실을 갔다. 멍텅구리 한 쌍이라는 조첨지 부자도 벌써 왔고 이 동리에서 어른 중에는 제일 유식하다는—하긴 겨우 언문을 깨쳐서 겨울에 이야기책을 뜨덤뜨덤[21] 볼 줄 아는 것뿐이다마는 어떻든지 이 동리에서는 제일 유식한 '지식 계급'이라는—원득이도 왔다. 총각대방 수돌이 코똥 잘 뀌는 박첨지커니 죽 늘어앉아서 하루 동안 피곤한 몸을 쉬이는 판이다. 노인들은 장죽에다 담배를 피워 물고—그것도 '희연'이 너무 비싸서 사먹는 사람도 별로 없지마는 배짱 크고 담대하기로 유명하고 노름 잘하고 개평[22] 잘 떼는 순익이는 몰래 담배를 심어서 순써리로 썰어서 말려 먹는 것을 한 대씩 나누어주었다.

노인들은 구성진 목소리로 이야기를 하는데 나이 그중 많고 이야기 잘하는 조첨지가 이 동리에서는 제일 어른이었다. 젊은 축들은 저만큼 따로 자리를 펴고 앉고 누워서 담배를 먹는 축에 또는 어른들 앉은 자리로 와서 이야기를 듣는 자도 있다. 요사이 그들의 이야깃거리는 경향 각처에 물난리 난 소문이었다.

안마당에서는 내일 논 맬 밥거리—보리방아를 찧는데 성삼이

처도 방아꾼으로 뽑혀 와서 지금 세 장단마치로 쿵! 쿵! 쿵더쿵! 하고 한참 재미있게 찧는 판이다. 성삼이 처는 방아를 찧는 데도 멋이 잔뜩 들어서 절구전에다 '사잇가락'을 넣어서 부딪치는데 그게 아주 흥치 있게 들리었다.

점백이 마누라, 이쁜이 어머니커니 조첨지 며느리는 저편에서 키질을 하고, 멋거리진 순이 어머니, 말 잘하는 수돌이 처, 여러 가지 의미로 유명한 성삼이 처는 이렇게 한패가 되어서 방아를 찧는데 어떻든지 어울리기도 잘들 어울렸다.

성삼이 처는 물론 이런 때에도 입을 가만두지 않고 숨이 차서 쌔근쌔근하면서도 무엇을 속살거리고는 그 유명한 윤나는 웃음을 웃었다. 그러면 수돌이 처가 또 우스운 소리를 해서 그만 웃음통이 터지고 절굿공이를 맞부딪치며 허리를 잡는데, 별안간 순이 어머니가 이런 노래를 내었다.

쿵덕! 쿵덕! 쿵덕쿵!
잘두 잘두 찧는다!
이 방아를 다 찧어서
누구하고 먹고 살까?

그래서 그들은 방아가 다시 어울렸는데, 별안간 어디서 생겼는지 절구통 갈보라는 술장수 하는 순옥이 처가 엉덩춤을 추며 절굿공이를 들고 대들었다.

한말 닷되 술을 빚고
말 두 될랑 떡 쳐서,
동무님네 불러다가
먹고 뛰고 놀아보세!
얼싸! 절싸! 쿵더쿵!

그는 이렇게 소리를 받자 절굿공이를 들고 한번 핑그르 맴돌아서 다시 장단을 맞춰 찧는데 여러 사람들은 그만 일시에 웃음통이 터졌다. 조첨지 며느리는 배를 움켜쥐고 속으로 웃느라고 땀이 다 났다. 그러나 절구질꾼들은 더욱 세차게 내리찧으며 모두 신명이 나서 어깨가 으쓱으쓱하여졌다.

어떤 년은 팔자 좋아
금의옥식에 싸였는데
이내 팔자 어인 일고?
절구질에 손 터지네.
아이구지구 쿵더쿵!

이번에는 수돌이 처가 이렇게 받자 잇대어서 성삼이 처가 또 받았다.

시뉘 잡년 화냥년!
말전주[23]는 왜 하누?

콩밭고랑 김맬 적에
정든 임을 어짜라구?
얼싸, 절싸 쿵더쿵!

그래 그들은 다시 웃음을 내뿜고 절굿공이를 맞부딪고 보리쌀을 펴 헤치고 한바탕 야단이 났다. 더구나 성삼이 처의 웃음소리라니 까투리 나는 소리로 얄바가지[24]를 있는 대로 뒤떨었다.

바깥마당에는 지금 서울댁 양반이 왔다. 그래 그들은 인사하기에 한참 부산하였다. 그들은 모두 서울댁 양반을 좋아하였다. 그것은 비단 그에게는 양반 티가 없다는 것뿐 아니라 그의 호활하고 의리 있는 것이 마음을 끌었음이다. 생김생김도 눈이 큼직하고 콧날이 서고 준수한 얼굴이었다. 그렇다니 말이지 그에게 먼저 반하기는 성삼이 처이었다. 그들은 마치 서울댁을 지식 주머니로 아는 듯이 그를 만나면 위선 세상 형편을 물어보았다. 그럴 때마다 그는 여러 가지 이야기를 하였다. 그는 신문에서 본 말, 자기가 아는 일, 이 세상 여러 가지 문제를 이야기해 들려주었다. 그러면 그들은 모두 재미있게 듣고 있었다. 요새는 물난리에 서울 사는 민부자가 돈 천 원을 기민 구제에 기부했다는 말을 할 때 그들은 모두 입이 딱 벌어지도록 놀랐다.

그는 또한 이런 소리를 하였다. ×××××××××××××××××하는 것이 그의 말투이었다. 물론 이 말을 처음 들을 때는 그들은 깜짝 놀라고 의심하였다마는 그는 어디까지 자기 말을 주장하였다.

그가 그들에게 한 말을 간단하게 추려 말하면 이러하였다.

"첫째 한 말로 할 것은 돈이 쌀이 아니요 돈이 옷감이 될 수 없는데, 또한 그 쌀이나 옷감은 가만히 앉았는 사람의 손으로 된 것이 아닌데 어찌해서 누구나 손가락 하나 까딱하지 않는 사람이라도 돈이라는 종잇조각을 가지면 당장에 부자가 되느냐? 그게 벌써 틀린 일이다. 가령 지금 쌀 한 말에 이 원을 한다 하면 그 쌀 한 말을 만들어내기에는 봄으로부터 가을까지 전후 비용이—더구나 남의 장리를 얻어서 농사를 진 사람으로는 지금 그 값에 몇 동갑[25]이 더 들었을 것인데 이러한 품밥 든 생각은 않고 장사하는 놈들이 제 맘대로 값을 올렸다 내렸다 하는 것도 불공평한 일이다. 이것이 모든 장사치의 잇속으로 따진, 사람까지도 상품으로 만들어서 저희의 부만 늘리자는 짓이다. 그러므로 만일 돈을 쓸 터이면 그것은 반드시 그만큼 사람에게 유익한 일을 하는 사람들끼리만 쓸 것이지 결코 놀고먹는 놈이나, 악한 짓을 하는 놈은 못 쓰도록—그래 병신, 노인, 어린이들 외에는 모두 제각기 재간대로 일을 하고 사는 것이 옳은 일이다."

그는 이렇게 말하였다. 그래 그는 부자를 욕하고 박주사 아들을 욕하고 이 너머 이진사 집보고도 욕을 하며 그놈들은 양반도 아니요 사람도 아니요 똥내만 맡고 사는 개만도 못한 놈들이라고 하였다.

그들이 처음으로 이 말을 들을 때는 대단히 놀랐다. 그것은 지금까지 자기들의 그중 쳐다보고 훌륭한 사람으로 알던 그이들을 보고 이렇게 욕하는 까닭이었다. 그러나 그의 말을 들을수록 그런 의심은 차차 풀리었다. 그래 민부자의 천 원 기부도 그리 놀랄 것이 아닌 줄을 알았다.

그 언제인가도 그가 또 이런 말을 하다가
"지금은 돈만 아는 세상이다. 만일 개가 돈을 가졌다면 멍첨지라고 공대할 세상이야!"
하는 말에 그들은 모두 웃음통이 터졌었다.

그는 지금도 한참 그런 이야기를 하다가 집으로 간다고 일어섰다.
"아! 더 놀다 가시지유!"
하고 이 구석 저 구석에서 만류하는 말이 쏟아졌다. 그러나 그는 어디 볼일이 좀 있다고 그길로 바로 발길을 돌리었다. 그는 이 아랫말에서 사는 자기 백부의 집에 와 있는데 서울서 내려온 지가 며칠 되지 않았다. 그는 아직 장가도 아니 든 스물두서넛밖에 안 되어 보이는 소년으로 어려서부터 큰집에서 커났다.

지금 그길로 가다가 그는 점순이 집에를 들렀다. 싸리문 안에 들어서 보아도 아무 기척이 없다. 그는 집이 빈 줄 알고 막 도로 나오려 하는데 별안간 안방에서 누가 쫓아온다. 알고 보니 그는 점순이였다.
"나 봐요! 저…… 어저께 그 돈 받으셔요!"
하고 그는 당황한 모양으로 부르짖는다.
"무슨 돈? 아! 참외 값을 도로 받으라고?"
"참외 값이 더 된대두!"
"더 되나 덜 되나 너는 그것만 그저 생각하고 있니? 더 되거든 네가 쓰려무나!"

"얼레! 남이 흉보게!"

"흉은 무슨 흉?"

"남의 사내에게 거저 돈을 받는다구?"

"그게 무슨 흉 될 게 있니? 깨끗한 마음으로 주고받았다면— 너두 참 퍽 고지식하구나. 그러면 이담에 참외로 대신 주려무나!"

"그람 내일 와요! 참외막으로."

"응! 그래."

그는 이렇게 대답하고 바로 자기 집으로 향하였다. 그는 자기가 점순이 집에를 왜 들르고 싶었는지 알 수 없는 일이었다.

이날 밤에 점순이는 베개를 여러 번 고쳐 베고 생각하였다.

'퍽두 이상한 사람이다……' 하고.

4

그 이튿날 밤이었다. 점순이 모친이 원두막에 나가는 길에 점순이도 따라 나갔다. 서울댁은 오지 않았다. 그래 점순이는 은근히 기다렸다마는 지금은 그가 오려니 해서 나간 것은 아니다. 웬일인지 가고 싶은 마음이 키여서[26]—그것은 달이 행창 밝아서 이상스럽게도 어떤 궁금한 생각이 그대로 방 안에 앉았기가 싫었음이다.

그런데 순영이가 아까 저녁때 와서 그 말을 듣고 그러면 저도 같이 놀러 가겠다고, 그래 저의 어머니한테 허락을 맡아가지고 오겠다 하였다. 과연 나갈 무렵에 그는 벙긋벙긋 웃고 뛰어왔다. 그래 지금 원두막으로 같이 나가는 길이다. 무슨 일인지 점순이 부친은 산 너머에 볼일이 있다고 저녁을 먹고 바로 나갔다. 그래 점순이 모친이 원두막을 지키러 나가게 된 것이다.

원두막은 앞산 모퉁이 개울 옆으로 기다랗게 생긴 원두밭 둑에 다 지었다. 거기는 냇물 소리가 쏴—하게 들리고 물에서 일어나는 서늘한 바람이 원두막 위로 솔솔 불어왔다.

냇물은 달빛에 어른어른하고 저편 백모래밭에는 돌비늘이 반짝반짝 빛나는데 이편 언덕 위로는 포플러의 푸른 숲이 어슴푸레한 그림자를 던지고 있다. 다시 눈앞으로는 설화산 쪽이 아지랑이 속같이 몽롱한데 푸른 하늘에는 뭇별이 깜박깜박 눈웃음을 치고 인간을 내려다본다.

점순이와 순영이는 지금 홀린 듯이 이 밤경치에 취하여 한참 재미있게 노는데 별안간 인기척이 나는 바람에 쳐다보니 그는 뜻밖에 서울댁과 점동이였다.

"너는 왜 또 오니? 집 보라니까…… 저이는 누구야?"
하는 점순이 모친은 점동이 뒤에 또 한 사람이 있는 줄을 비로소 알고 묻는 말이었다. 그래 목소리를 듣고 그제야 안 것처럼 그는 다시 정답게 알은체를 한다.

"아! 밤에 다 마실을 오시유? 나는 누구라구. 어서 올라오시지유!"

"네, 참외 먹으러 왔습니다. 점동이를 만나서."

하고 서울댁은 원두막 밑에서 대답하였다.
 "참외를 따 온 것이 아마 없지. 그럼 점동이 네가 좀 따려무나. 그럼 여기서 노다 가시유. 나는 밭을 좀 매야!"
하고 노파는 원두막에 꽂힌 호미를 빼들고 내려왔다.
 "달 밝고 서늘해서 밭매기는 썩 좋겠다. 기왕 나왔으니 너도 밭이나 좀 매람!"
 "가만있수! 저 양반하고 이야기 좀 할라우. 어서 어머니 먼저 매시유!"
 참외 망태기를 메고 원두막으로 가는 점동이는 이렇게 대답하였다.
 "아! 참외나 하나 자시고 매시지요!"
 서울댁은 이렇게 권하여보았다.
 "지금은 생각 없어유. 내야 먹고 싶으면 이따가 따 먹지요."
 그는 이렇게 대답하고 맨 윗고랑으로 올라가서 글밭²⁷)을 매기 시작하였다. 호미가 흙덩이에 부딪는 소리가 사각사각 난다.
 그동안에 점동이는 참외를 한 망태기 따가지고 왔다. 그래 서울댁보고 원두막으로 올라가자 하였다.
 "무얼! 여기서 먹지."
하고 서울댁은 사양하였다.
 "아니요 올라가요! 앉을 자리두 없는데——애들아! 올라가도 괜찮지! 응? 우리 큰애기들아!"
 원두막 위에서는 킬! 킬! 웃는 소리가 들리었다. 소곤소곤하는 소리도 난다. 뒤미처

"맘대로 해요!"
하는 점순이의 날카롭게 부르짖는 소리가 들리자 그들은 원두막 위로 올라갔다. 그런데 점순이는 그들이 앉기도 전에 서울댁 앞에다 웬 돈을 절그럭! 하고 꺼내놓았다.
"그게 뭐야?"
점동이가 눈이 휘둥그레지는 것을 보고 색시들은 또 웃었다.
"아? 참외 값!"
하고 서울댁은 그 사연을 이야기하고 이런 말을 하였다. 서울서 장사하는 사람들은 돈을 안 주어서 못 받는다고.
"그럼 그 돈으로 지금 참외나 먹읍시다. 아무 돈이나 쓰면 썼지. 계집애들이란 저렇게 꼼꼼해. 담배씨로 뒤웅을 파랴듯이."
하고 점동이는 참외를 한 개씩 안기었다.
"그러면 또 턱없이 남의 돈을 받어?"
점순이는 얄미운 표정으로 점동이를 쳐다보며 부르짖었다. 그러나 점동이는 참외를 깎아서 어석어석 먹으면서
"그래 잘했다. 상급으로 참외나 더 먹어라. 그리고 소리나 한마디씩 하고!"
"아이구 망측해라! 누가 소리를 한담. 사내들 있는 데서!"
"사내들 있는 데서는 왜 못 하는 법이냐? 늬들끼리는 곧잘 하면서."
"무슨 소리를 했어?"
"늬들이 이렇게 하지 않았니?"
하더니 점동이는 고개를 외로 꼬고 청승스러운 목소리로 군소리

하는 흉내를 내었다.

　　가세! 가세!
　　나물 가세.
　　동산으로
　　나물 가세.

　　나물 캐고
　　피리 불고
　　노다 노다
　　임도 보고……

　"아이 우리가 언제 그런 소리를 했어!"
하고 색시들은 얼굴이 빨개지며 부끄러워 죽겠는 듯이 우는소리를 한다. 그들의 안타까운 목소리로.
　"안 했걸랑 고만두람! 오, 참! 성삼이네가 하던가? 아니 서울댁 양반! 서울 색시들도 노래를 하나요! 여학생도?"
하고 점동이는 서울댁을 쳐다본다.
　"하고말고. 창가를 하지."
　"오, 창가. 이렇게 하는 것 말이지. 학도야! 학도야! 청년 학도야!…… 이렇게."
　색시들은 또 킬! 킬! 웃었다. 점동이의 털털한 수작에 그들은 적이 부끄럼이 가시었다. 그들은 이렇게 재미있게 노는데 나중에는 서울댁의 이야기에 모두 귀를 기울이게 되었다. 그는 역시 이 세상이 악하고 부자가 악하다는 말을 하였다. 그래 우리 젊으나 젊은 청춘이 꽃동산과 같은 아름다운 세상에서 잘살 것을 지금 이렇게 되었다고 홍분하였다.

 보아라! 이 아름다운 경치를. 저! 안타까운 별들을. 저 밝은 달빛! 저 그윽한 물소리. 저 은근한 수풀 속 나무나무 가지가지에 녹음이 우거진 이때에 우리들은 경치 좋은 이 산속에다 정결하게 집을 짓고 옷밥 걱정이 없이 살아본다고 생각해보자. 아버지와 어머니는 들에 나가서 일을 하고 우리들은 학교 가서 공부하며 뛰고 놀다가 저녁때 돌아와서는 들에 나가서 부모님의 일도 거들어주고 저 산 밖으로 노래를 부르면서 놀러 다닌다면——얼마나 우리의 사는 것이 아름답겠니? 모든 사람이 다 같이 일하고 다 같이 벌어서 부자와 간난이 없이 산다면 그때에야말로 이웃 사람은 진정으로 정답고 사랑하고 싶어서 오늘은 너희 집에 모이자, 내일은 우리 집에 모이자 하고 즐기며 뛰놀 것이다. 그때야말로 공중에 나는 새도 인간의 행복을 노래하고 땅 위에 피는 꽃도 사람의 즐거움을 웃어줌일 게다. 그때야말로 참으로 이 세상 만물이 인간을 위하여 축복을 드릴 것이요 저 달을 보아도 우리의 마음이 즐거울 것이다. 그런데 지금은 어떠하냐? 우리는 공부할 나이에 공부도 못 하고 늙으신 부모는 밤낮 일을 해도 가난에 허덕허덕하지 않느냐? 처녀의 고운 손은 방아 찧기에 악마디가 지고 청춘 남녀는 맘대로 사랑할 수도 없지 않으냐? 못 먹고 헐벗으며 게딱지만 한 오막살이 속에서 모기 빈대 벼룩에게 뜯겨가며 이렇게 하루 살기가 지겹도록 고생고생하게 된 것은 그게 모두 몇 놈의 악한 놈들이 돈을 모두 독차지해가지고 착하게 부지런히 일하는 많은 사람들을 가난의 구렁으로 잡아 처넣는 까닭이다. 아! 지금 저 달이 밝지마는 우리에게 좋을 것이 무엇이며 지금 이 바람이 서늘하다마는 우리의 가슴은 더욱 답답하지 않으냐?

낮에는 햇빛 밑에서 일을 하고 밤에는 달 아래서 하루의 피곤한 몸을 쉬는——천만 사람이 다 같이 일해서 먹고사는 세상이 참으로 사람으로 사는 세상이 될 것이다.——하는 그의 열정으로 부르짖는 말에 그들은 모두 넋을 잃고 귀를 기울였다. 점순이와 순영이는 하염없이 눈물이 글썽글썽하였다. 참으로 그런 세상을 어서 보고 싶도록, 그래 그렇지 못한 자기네의 지금 생활이 몹시도 분하고 애달팠다. 그렇게 허튼소리를 하던 점동이까지 잠자코 앉아서 무엇을 우두커니 생각하고 있었다. ……그래 사방은 괴괴하니 오직 물소리만 요란히 들리었다.

점동이가 눈짓을 하자 순영이는 슬그머니 원두막 아래로 내려갔다. 그런데 원두막 위에 단둘이 앉았던 점순이는 별안간 '서울댁' 무릎 앞에 푹 엎드러지며 흑! 흑! 느껴 울었다. 그것은 무슨 그를 사랑하고 싶어서 그리한 것이 아니라 지금 그에게 들은 말에 감격하여 견디지 못한 발작이었다. 과연 그는 지금까지 살아온 것을 생각할 때 오직 '불행' 그것으로 느껴졌다.

"당신은 왜 그런 말을 일러주셨소?"
하는 것처럼 그는 이제까지 모르던 슬픔을 깨달은 것 같다.

이때 남자는 그를 마주 껴안고 그의 뜨거운 입술에다 자기 입술을 대었다.
 저편 나무 속에서도 목메어 우는 소리가 가늘게 들리었다. 점동이와 순영이도 거기서 우는 게다. 아! 인생의 대문에도 아직 못 들어간 그들을 울리게 하는 것이 대체 무엇인가? 달아! 혹시 네나 아는가?……
 물소리 울음소리! 또는 모친의 밭 매는 호미 소리—이 소리들이 서로 어울리어 이 밤의 심포니를 싸고 고요히 흐른다.

5

 그 후 한 달이 지나서이다. 가난한 집안에는 보리 양식이 떨어질 칠궁(七窮)[28]으로 유명한 음력으로 칠월달을 접어들었다. 향교말에는 양식이 안 떨어진 집이 별로 없는데 점순이 집에도 벌써부터 보리가 떨어졌다.
 그동안에는 어떻게 부자가 품도 팔고 이럭저럭 지내왔으나 앞으로는 앞뒤가 꼭 막혀서 살아갈 길이 망연하였다. 그것은 논밭에 김도 다 매고, 두렁도 다 깎은 터이므로 일꾼들은 모두 나뭇갓으로 올라갈 때이다. 인제는 품을 팔아먹을 일거리라고는 없어졌다. 벼는 벌써 부영게 패었다.
 그러므로 점순이네 부자도 나무나 해서 팔아먹는 수밖에는 다른 수가 없었다. 원두도 인제는 다 되어서 더 팔아먹을 것은 없었다.

산이 없는 점순이네는 나뭇갓을 얻기도 용이치 않았다마는 그래도 부자가 일을 하기만 하면 남의 나무를 베어주고라도 나뭇갓을 조금 얻을 수도 있었는데 화불단행[29]이란 옛말이 거짓말이 아니던지 이런 때에 뜻밖에 김첨지가 덜컥 병이 났다. 그는 벌써 한이레째나 생인발을 앓느라고 꼼짝을 못하고 드러누웠는데 그게 순색으로 더치게 되었다. 그래 뚱뚱 부었다. 그런데 양식은 똑 떨어졌다. 점순이 모친은 생각다 못하여 마지막으로 박주사 아들한테 장릿벼 한 섬을 얻으러 갔다.

박주사 아들이 흉악한 불각쟁인 줄은 그도 모르는 바가 아니었지마는 거번에 논을 좀 달라고 할 적에도 그리할 듯한 대답을 한 것이라든지 그때 은근히 한번 놀러 오라던 말을 생각해보면 어디로 보든지 호의를 가졌던 것만은 확실한 모양이다. 나중에 알고 보면 이 호의가 무척 고가임을 알고 그는 악연실색[30]할 것이다마는 지금은 두수 없이 꼭 죽었다 할 판이므로 이런 때에는 턱에 없는 것도 믿고 바라는 것이 사람의 정리이다. 물에 빠진 사람은 지푸라기라도 붙잡는다 하지 않는가? 한번 놀러 오라 하고 더구나 논까지 줄 듯이 대답한 그런 고마운 사람에게 어찌 구원의 손을 내밀지 않을 수 있으랴? 그자가 도척(盜跖)이거나 동척회사 마름이거나 이런 때는 그런 것이 상관없다. 그저 한번 놀러 오라는 말과 논을 줄 듯이 대답한 그런 고마운 생각만 나는 것이다. 하기는 이런 사람을 어리석다 할는지 모른다. 과연 박주사 아들은 그의 어리석음을 비웃었다. 그러나 이런 죄 없는 어리석은 사람을 농락하려는 사람은 또한 어떠한 사람이라 할까? 옳다! 지금 이 세상에서는 물론 이런 사람을 잘났다 하겠지! 남을 잘 속여서 제 낭탁을 하는 사람을 똑똑하다고 칭찬하지 않는가? 그렇다면 박주사 아들도 물론 똑똑한 사람으로 칭찬을 받을 터인데 다만 너무 똑똑해서 알깍쟁이[31]가 된 까닭에 똑똑한 사람을 칭찬하는 이 지방 사람들까지도 그를 좀 비방하게 되었단 말이다.

그러나 이런 말을 지금 여기서 옥신각신할 때가 아니다. 점순이 모친은 지금 등이 달아서 많은 희망을 품고 박주사 아들을 찾아갔다.

과연 박주사 아들은 서슴지 않고 한마디로 선뜻 승낙하였다. 한 섬으로 만일 부족하거든 두 섬이라도 갖다 먹으라고.

이때 점순이 모친은 얼마나 기뻐하였던가? 과연 자기도 모르게 입이 저절로 벌어졌다. 그래 그는 무수히 감사하다는 치사를 드리고 마치 승전고나 울리고 돌아오는 장수의 마음같이 걷잡을 수 없는 기쁜 마음으로 그 집 대문을 나섰다.

그런데 박주사 아들이 대문 밖에까지 따라 나오더니 잠깐 조용히 할 말이 있다고 구석진 곳으로 손짓을 한다.

그것은 이러한 조건이었다. 장릿벼는 지금 말한 대로 줄 터이니 그 대신 자네 딸을 나 달라고.

그래도 집에서는 이런 줄은 모르고 행여나 무슨 수가 있나? 하고 은근히 기다리렷다. 고정하기로 유명한 김첨지까지─가지 말라고 큰소리를 지르던─도 무슨 수가 있는가? 하고 바라는 바가 있었다. 그런데 마누라는 눈물만 얻어가지고 돌아왔다. 그는 그때 박주사 아들한테 그 소리를 들을 때에 그만 가슴이 덜컥 내려

앉으며 별안간 두 눈이 캄캄하였다. 그는 아무 대답도 않고 그길로 돌아서서 눈물만 비 오듯 쏟으며 정신없이 돌아왔다. 그는 지금 눈가가 통통 부은 눈으로 안산만 우두커니 쳐다보고 한 손으로 턱을 괴고는 풀이 없이 앉았다. 그래 김첨지는 화가 버럭 났다.

"아! 메라구 하던가?"

그는 돌아누우며 궁금한 듯이 이렇게 물었다.

"한 섬은 말고 두 섬이라도 갖다 먹으랍디다."

"그럼 잘되지 않았나! 무얼?"

"그 대신 점순이를……"

마누라는 목이 메어 말끝을 못다 마치고 우는 얼굴을 외로 돌렸다. 이 소리에 별안간 김첨지는 벌떡 일어나 앉으며.

"무엇이 어짜고 어째?"

하고 그는 갈범[32]의 소리로 부르짖는다. 온 집안이 찌르릉 울렸다. 이 바람에 점순이 모친은 깜짝 놀라서 뒤로 무르춤하고[33] 부엌에서 무엇을 하던 점순이는 방으로 뛰어들어왔다. 이때 김첨지는 수염 속으로 쭉 찢어진 입을 실룩실룩하더니 무섭게 이를 악물고 두 주먹을 불끈 쥐었다. 그의 큰 눈에서는 불덩이가 왔다 갔다 하였다.

"글쎄 가지 말라니까 왜 기어이 가서 그런 더러운 소리를 듣느냐 말이야. 이것아! 응?"

"누가 그럴 줄 알았소!"

마누라는 주먹으로 때릴까 봐 겁이 나는 듯이 몸을 움츠렸다.

"내가 굶어 죽어보아라! 그런 짓을 하나. 글쎄 셋째 첩 넷째 첩으로 딸을 팔아먹는단 말이냐? 그래 메라고 대답하였나! 이편은 응?"

"메라긴 무얼 메래요. 하도 기가 막혀서 아무 말두 안 했지!"

"그래! 그 말을 듣고 가만히 있었단 말이야? 이년아! 그놈의 낯짝에다 침을 뱉지 못하고 응! 예이 더러운 놈! 네까짓 놈이 양반의 자식이냐? 하고. 어서 가서 그래라! 어서! 네까짓 놈에게 딸을 주느니 차라리 개에게 주겠다고! 개만도 못한 놈아! 박주사 아들놈아! 이 더러운 양반놈아! 옛다! 너는 이것이 상당하다! 하고 그놈의 낯짝에다 침을 탁 뱉어줘라! 자! 어서 가서 그래! 응! 어서 가서—."

하고 그는 소리를 고래고래 지르며 마누라를 자꾸 주장질하였다. 그러나 마누라는 아무 말이 없이 그만 흑! 흑! 느끼어 울기만 한다. 그래 점순이도 따라 울었다. 이때 별안간

"어—."

하는 외마디소리를 지르자 김첨지는 쾅! 하고 방바닥에 거꾸러졌다. 이 바람에 그들의 모녀는 "에구머니" 소리를 쳤다. 점순이는 한걸음에 뛰어들며

"아버지!"

하고 그의 몸을 얼싸안고 모친은 창황망조[34]하여 오직 "찬물 찬물" 하였다. 그래 점순이는 얼른 냉수를 떠다가 부친의 이마에 뿜었다. 김첨지는 고만 딱 까무러쳤다.

모녀는 어쩔 줄을 모르고 다만 사지가 벌벌 떨리었다.

점순은 아까 순영이가 갖다주던 좁쌀 한 되로 미음을 쑤느라고

부엌에 있었던 까닭에 그들이 수작하는 말을 낱낱이 들었었다. 그래 그는 부친의 까무러친 까닭도 잘 알 수 있었다.

*

이 소문이 난 뒤로는 향교말 사람들은 모두 박주사 아들을 욕하며 점순이 집 식구를 구제하기 시작하였다. 그것은 성삼이 처까지도 그리하였다. 아래윗 동리로 돌아다니며 상놈의 반반한 계집이라고는 모조리 주워먹던 박주사 아들도 웬일인지 성삼이 처만은 건드리지 못하였다. 아니 그는 벌써 언제부터 성삼이 처를 상관하려고 애써보았지마는 서방질 잘하기로 유명한 성삼이 처는 박주사 아들이라면 고만 고개를 흔들었다. 그것은 동리마다 박주사 아들의 뚜쟁이가 있는데 향교말 뚜쟁이가 박주사 아들의 말을 넌지시 비쳐볼라치면 성삼이 처는 대번에 입을 비쭉거리며
"그까짓 자식이 사람인가? 양반인지는 모르지마는 사람은 아닌데 무얼!"
하고 다시는 두말도 못하게 하였다.
이 유명한 성삼이 처가 위선 쌀 닷 되와 돈 열 냥을 가지고 왔다. 그래 점순이 모친은 은근히 놀랐다. 점백이 집에서도 보리 두 말을 가져왔다. 수돌이 집에서도 보리 한 말을 가져왔다. 이쁜이 집에서는 밀가루 두 되, 만엽이 집에서는 좁쌀 한 되―심지어 밥 한 그릇 죽 한 사발이라도 모두 가지고 와서는 김첨지의 고정한 마음을 칭찬하였다.

그러나 속담에 가난 구제는 나라에서도 못 한다고 허구한 날에 그들을 구제할 수 없었다. 그날 저녁에 점동이도 일하고 돌아와서 이 소리를 듣고는 역시 김첨지만 못지않게 펄펄 뛰었다. 그는 자기 혼자 벌어먹일 터이니 걱정 말라고 큰소리를 하였다. 그러나 그의 한 몸으로 온 집안 식구를 건져가기는 그야말로 하늘에 올라가서 별 따기같이 어려운 일이었다.

김첨지는 그 후에 다시 깨어나기는 났다마는 그 뒤로 병은 점점 더치었다. 약 쓸 일에 무엇에 돈 쓸 일은 그전보다 몇 갑절 더 들게 되었다. 그러나 그는 역시 박주사 아들의 말은 다시는 입 밖에 내지도 못하게 하였다.

하루는 점순이가 아버지 앞에 무릎을 꿇고 조금도 사색 없이 공손한 말로 박주사 아들한테 시집가지란 말을 자청해보았다. 그러나 김첨지는 역시 펄펄 뛰며 듣지 않았다.

"그러면 내 자식이 아니라"고ㅡ.

그 후로 그의 병세는 더욱 위중하여 아주 인사불성이 되었다. 그런데 약을 써보려야 돈 한 푼 없고 미음 한 그릇을 쑬 거리가 없었다. 그래 모친은 생병이 나서 울기만 하고 점동이가 겨우 나뭇짐을 해 팔아서 그날그날을 간신히 지나간다.

점동이는 이를 악물고 결심하였다. 그는 자기의 한 몸이 부서지기까지 어떻게든지 자기의 힘으로 버티어보려 하였다. 그는 밤에도 산에 가서 나무를 해 오고 날 궂은 날은 짚신도 삼아 팔았다. 조금도 쉬지 않고 일을 하였다. 그는 할 수 있는 데까지 해보다가 만일 되지 않으면 나중에는 어떠한 짓이든지, 무슨 일이든지 해보겠다는 마음이었다. 그는 자기의 누이를 더러운 돈에 팔아먹고 사느니보다는 차라리 도적질을 하든지 ××××하고 감옥에 들어가는 것이 훨씬 나으리라 생각하였다.

  그러나 점순이는 또한 점순이대로 자기 한 몸을 어떻게 처치할 것을 단단히 결심하였다. 그것은 지금 다시 자기의 부모에게나 오빠에게는 박주사 아들한테 시집가겠다는 허락은 당초에 얻을 수가 없을 줄을 밝히 알았다. 그래 그는 아무도 모르게 자기 혼자 결행하기로 하였다. 그것은 내일이라도 이 동리에 있는 박주사 아들의 뚜쟁이에게 간단한 한마디 대답을 기별해주면 고만이다.

  그러나 점순이가 이 일을 작정하기에는 며칠을 두고 밤잠을 못자고 그의 조그만 가슴을 태울 대로 태웠다. 그는 울기도 많이 하고 참으로 어찌해야 좋을지 가슴이 답답하였다. 그런 자에게 자기의 한 몸을 바친다는 것은 참으로 죽기보다 쓰라린 일이었다. 만일 지금 누가 그보고 이렇게 말한다 하면—내가 네 집 식구를 먹여 살릴 터이니 그 대신 네가 죽어라! 한다면 그는 선뜻 대답하였을 것이다. 그러나 지금 세상에는 그런 의협심을 가진 고마운 사람도 없다. 과연 그는 이 일만 말고는 다른 어떠한 일이라도 무서워하지 않겠다고 아무리 발버둥치고 허공을 우러러보았다마는 역시 이 일밖에는 다른 도리는 없었다. 그도 저도 할 수 없다면 좌이대사(坐而待死)[35]나 한다지마는 자기의 한 몸을 바치게 되면 그들을 구원할 수 있는데 어떻게 모르는 체할 수 있으랴? 그들의 목숨의 자물쇠는 오직 자기 한 손에만 쥐여졌다. 더구나 부친은 병석에 누워 신음하는데 미음 한 그릇을 쑬 거리가 없는 이때가 아닌가? 아무리 할 수 없는 일이라도——슬프고 또 슬프고 죽기보다 쓰라린 슬픔이라도——자기는 그것을 참고 견딜 수밖에 없다——아니 자기는 살다가 살 수 없거든 그때는 자기 혼자 조용히 죽자. 비록 박주사 아들은 말고 도척이한테라도 지금 사정으로는 갈 수밖에 없다! 하고 그는 악에 받쳐 부르짖었다.

 하기는 이 근처에도 다른 부자가 없는 것은 아니다. 소위 행세한다는 양반 부자도 많다. 그러나 그들은 모르는 체하였다. 자기 집안 형편을 잘 알면서도 그들은 모두 모르는 체하였다. 장릿벼 한 섬이나 두 섬은 그게 몇 푼어치나 되는가? 그들이 그것을 줄 생각만 있으면 가난한 집의 쌀 한 줌이나 동전 한 푼보다도 하찮고 쉬운 일인데——그것도 자기 부친의 고정한 심사는 여태까지 그것을 떼먹은 일은 없는데도, 어떻게든지 해 갚을 마음을 먹고 장릿벼를 달라는데도——그들은 벼 한 톨을 주지 않았다. 그것도 더구나 이런 때에 한집안 식구가 몰사할 지경에 벼 한 섬이나 두 섬으로 죽을 사람이 살겠다는데도 그들은 모두 모르는 체하였다. 그것은 마치 자기네는 봉황선(선유[36]배) 타고 뱃놀이를 하면서 바로 지척에서 물에 빠져 죽어가는 사람들이 억! 억! 소리를 치며 물을 켜고 허우적거리는데도 그들은 모르는 체하고 그대로 보고 있다. 닻줄 하나만 내리 던져주면 살겠다는데도 그들은 모르는 체하고 내려다보기만 하고 있다. 아니 내려다보기만 하는 것이 아니라 빙글빙글 웃고 본다. 그리고 자기네의 행복을 더욱 느끼고 있다……

 그렇다! 이것이 지금 세상이다. 이것이 짐승보다 낫다는 사람

사는 세상이다. ××××× 이것이 옳다 한다. 거룩한 하느님의 교회는 이것을 찬미한다. 아! 이 땅에다 어서 유황불을 던지소서! 소돔 고모라 성에다가——아멘! 아멘!……

 점순이가 이런 생각을 한다 하면 그는 이 당장에 부엌으로 뛰어들어가서 식칼을 들고 나설 것이다. 그는 희미하나마 '서울댁'의 하던 말이 옳게 생각되었다. 과연 그는 이 세상이 악한 줄을 직각적으로 깨달았다. 가난은 전생의 죄얼이요 부귀는 하늘이 낸다는 말이 새빨간 거짓말로 알게 되었다. 그래 그는 서울댁과 같이 ××× 생쥐 같은 도적놈으로 알게 되었다. 그런데 자기는 그 생쥐 같은 다라운 도적놈에게 몸을 바치지 않으면 아니 되게 되었다. 깨끗한 처녀를 바치지 않으면 아니 되게 되었다.

 마침내 점순이는 내일 아침에 박주사 아들에게 기별하기로 마음을 작정하였다. 그는 지금 마지막으로 이 하룻밤을 순결한 처녀의 몸으로 보내려 하였다. 아까지도 악에 받쳐서 두 눈이 뽀송뽀송하던 그로도 별안간 이런 생각은 다시금 설움에 목메었다. 그는 하염없이 흐르는 눈물을 걷잡지 못하여 아무도 모르게 울 밖에 나와 섰다. 그것은 아무도 보지 않는 곳에서 마음 놓고 실컷 울어나 보려 함이었다.

 아직 초저녁이다마는 달은 뜨려면 아직도 먼 모양! 어슴푸레한 황혼이 차차 어둠의 장막으로 싸여가는데 적막한 산촌은 죽음의 나라같이 괴괴하였다. 그것은 자기의 운명도 이 밤과 같이 점점 어두워서 앞길이 캄캄해지는 것 같다. 하늘에는 뭇별이 깜박거리고 은하수는 높직이 매달렸는데 직녀성은 견우성을 바라다보

있다. 산뜻한 바람이 어디서 이는지? 양버들 잎새를 바르르 떨리우는데 아랫말로 가는 산길이 희미하게 뒷산 잔등으로 보인다. 억새가 바삭! 바삭! 맞비비는 야릇하고 갑갑한 소리가 나자 무슨 새인지 '빽—' 하고 외마디소리를 지르고 날아간다. 벌써 지랑폭에는 이슬이 축축이 내리었다. 그는 이때의 모든 것이 다만 슬픔의 상징으로 보이었다. 그래 그는 하늘을 쳐다보고 울었다! 땅을 굽어보고 울었다! 산을 바라보고 울었다! 저 으슥한 숲을 보고 울었다. 그리고 아무 하소연하는 말은 나오지 않고 오직 어머니……아버지……오빠…… 하고 부르짖으며 울었다.

그런데 어느 틈에 왔는지 서울댁이 와서 자기 옆에 섰는 것을 발견하였다. 그래 그는 소스라쳐 놀라며 고개를 푹 숙이었다. 과연 그가 밤에 여기 오려니는 꿈에도 생각지 못할 일이었다.

"아! 웬일이야?"

하고 '서울댁'은 깜짝 놀라며 묻는다.

"아니요! 저……저……"

하고 점순이는 고만 울음을 삼키었다. 그리고 아무렇지도 않은 표정을 지었다. 그러나 '서울댁'도 이 소문은 벌써부터 들은 터이다. 그도 자기의 있는 돈을 몇 냥간 점동이를 갖다준 일이 있었다.

"나도 다 아는데 무얼!"

하는 그의 말이 채 떨어지기도 전에 점순이는 와락 달려들어 그를 얼싸안고 고개를 고만 그의 가슴에다 푹 처박았다. 그리고 열정에 떨리는 목소리로

"용서해주셔요! 용서해주셔요! 부잣집 첩으로 가는…… 당신

이 미워하는…… 박……박주사 아들에게로……"
하고 그는 가늘게 부르짖었는데 사내는 아무 말 없이 그를 껴안은 채 다만 멍하니 하늘을 쳐다보았다. 이때에 하늘에서는 유성이 죽 흘렀다.

6

그 이튿날 박주사 집에서는 벼 한 바리하고 돈 쉰 냥을 점순이 집으로 보내었다. 하인의 전갈에는 특별히 돈을 보낸 것은 병인의 약시세 하란 말을 똑똑히 전하라는 그런 친절한 분부가 다 있었다 한다.

그런데 점순이는 밤 동안에 아주 딴사람이 되어서 종일 가도 말 한마디 않는 음울한 사람이 되었다. 그렇게 생기 있고 상냥하던 그의 표정이 다 어디로 가버렸다. 김첨지는 이런 일도 모를 만치 위석해 누웠는데 그는 이상히도 오늘부터 시렁시렁하기 시작하였다. 그는 눈을 뜰 때마다 누구든지 쳐다보일 때는
"저놈이 벼 한 섬에 부잣집 첩으로 딸을 팔아먹은 놈이야!"
하고 손가락질을 하였다. 그래도 모진 것은 목숨이다. 점순이 모친은 그 쌀로 지은 밥을 먹었다. 안 먹는다고—굶어 죽어도 안 먹는다고—울며불며 야단을 치던 점동이도 그 밥을 먹기 시작하였다. 하기는 점순이가 그 벼를 찧어서 얼른 밥을 지어다 놓고 지성으로 모친을 권하고 또한 오빠를 권하였었다. 그날 점동이는

아침도 굶고 산에 가서 나무를 종일 베다가 다 저녁때 집에 돌아와보니 점순이는 난데없는 하얀 쌀밥을 차려다 준다. 그래 행여나 무슨 수가 있었나 하고 위선 한 숟가락을 뜨며 모친에게 물어보다가 고만 그 눈치를 채고는 숟갈을 내동댕이쳤다. 그는 그때 엉! 엉! 울었다. 그때 점순이는 뛰어가서 오빠의 무릎 앞에 엎드러지며

"오빠! 용서해줘요!"

하고 빌며 울었다. 그길로 점동이는 머리를 싸고 드러누웠었다.

다만 모친만은 아무 말 없이 마치 혼망이가 다 빠진 사람처럼 하고 앉아서 그들을 멀거니 쳐다보았다. 그러나 그는 자기마저 어린 딸의 속을 태워서는 안 되겠다 하였다. 그것은 점동이같이 하는 것은 다만 딸의 속을 자지리 태워줄 것밖에 안 되는 것이라 하였다. 다만 아들딸 남매를 둔 늙은 내외는 그것들이나 잘 길러서 착실한 데로 장가나 들이고 시집을 보내서 그것들의 사는 재미로나 말년을 보내려 하였더니 아들은 스물이 가깝도록 여태 장가도 못 들이고 딸마저 이렇게 내주게 될 줄은 참으로 꿈에도 생각지 못한 일이다. 영감의 마음씨로 보든지 자기 집안 식구는 누구나 다 같이 그렇게 악인은 아니건만 웬일인지 아무쪼록 남과 같이 살아보려고 밤낮으로 애를 써보아도 늘 제턱으로 가난에 허덕허덕하는 것을 생각하면 그는 전생에 무슨 죄를 지은 버력이나 아닌가 하였다. 그런데 설상가상으로 뜻밖에 일이 생기고 생기고 해서 나중에는 이렇게 누명을 입고 딸자식까지 팔아먹게 되었다. 아, 이것이 도무지 무슨 운명인가? 그는 이것을 모두 사람으로는

어찌할 수 없는 천생으로 타고난 사주팔자라 하였다. 그러면 이런 경우에 누구는 어찌하랴? 자기 한 몸이 이 당장에 칼을 물고 엎드러져 죽기는 어렵지 않은 일이다. 그러나 병든 늙은 영감하고 어린 자식들을 두고서 자기는 차마 죽을 수가 있는가? 그러면 영감도 죽는 게다! 그것들도 죽는다. 한집안 식구가 몰사를 하고 말 것이다. 아! 차마! 차마! 그것은 못 할 일이다. 그래 그 쌀로 지은 밥을 자기가 먼저 먹었다. 그는 이렇게 마음을 도슬러" 먹고 자기도 먹으며 영감도 먹이었다. 그러나 불현듯 딸에게 못 할 노릇을 했다. 그의 어린 가슴에다 못을 박았다는 생각이 날라치면 뼈가 저리고 간이 녹는 듯! 그는 고만 목이 메어서 밥숟갈을 내던졌다. 그러면 점순이는 얼른 달려들어 그를 얼싸안고 모친의 등을 탁! 탁! 쳐주며

"어머니! 어머니! 그러시지 말어. 그러면 나도 죽을 테요!……"
하고 마주 울었다. 그러면 밥상을 앞에 놓고 모녀는 서로 얼싸안고 슬피 통곡하였다. 이런 때에 김첨지가 눈을 떠 볼 때에는 역시 손가락질을 하며

"저놈들이 장릿벼 한 섬에 딸 팔어먹은 놈들이여!"
하고 중얼거렸다.

아! 이게 도무지 무슨 일이냐? 그는 곰곰이 생각해보았으나 차마 병든 영감을 굶어 죽일 수는 없었다…… 죽으면 다시 살지 못할 병든 영감을……

점동이도 또한 점동이 깐으로 이미 이 지경이 된 바에는 할 수 없다 하였다. 그는 그래도 자기의 힘으로 어떻게 버티어보려 하

였더니 점순이가 설마 그럴 줄은 몰랐다 하였다. 그러나 그는 자기 뉘를 탓하지 않았다. 결국은 모든 것이 자기가 못나서 그렇다 하였다. 명색이 사내 코빼기로 생겨나서 많지 않은 식구를 못 건져가고 이 지경이 되게 한 것은 오직 자기의 못생긴 탓이라 하였다. 그러나 아무것도 배우지 못한 그로서는 하루 진종일 가서 나무를 해다가 이십 리나 되는 읍내 가서 판대야 기껏 받아야 오륙십 전에 지나지 못하였다. 하루 진종일 꼬부리고 앉아서 짚신을 삼는대야 역시 사오십 전에 불과하였다. 아! 이것으로 어떻게 한 집안 식구를 구할 수 있는가? 그래 부자가 벌어야 간신히 지나던 것을 고만 부친이 저렇게 병나고 보니—더구나 농사지은 것도 다 떠나가서 장릿벼도 얻어먹을 수 없고—꼼짝 두수 없이 굶어 죽을 수밖에는 별수가 없다. 여북[38]해서 점순이가 그런 맘을 먹었을까? 철모르는 저로서도 이밖에 두수가 없음을 알았음이다! 자기가 그 밥을 먹고 사는 것은 참으로 낯이 뜨뜻한 일이다. 그러나 지금의 사정으로는 어찌할 수 없는 일이 아닌가?

그런데 순영이도 그 후 며칠 뒤에 쌀 두 섬을 미리 받아먹은 데로 고만 가마를 타고 갔다. 가던 날 식전에 그는 점순이를 찾아와서 손목을 붙들고 흑흑 울었다. 그는 차마 점동이를 붙들고 울 수는 없어서 점순이를 보고 대신 울었음이다. 점순이도 마주 보고 눈물을 흘렸었다마는 그 후로 점동이는 더욱 얼빠진 사람같이 되었다. '서울댁'도 또한 확실히 그전 같아 보이지는 않았다. 그 역 실심하니 무슨 깊은 근심이 있는 것처럼 보였다. 그러나 그의 침착하고 굳건한 신념이 있어 보이는 모양은 무슨 일을 저지르지나 않을까 하는 생각을 내게 한다. 그렇게 보이도록 그는 무섭게 침통한 얼굴로 변하였다.

물론 점순이 모친도 반실성을 하다시피, 그러나 잠시도 영감의 곁을 떠나지 않고 병구원을 지성으로 하면서 부질없이 한숨과 눈물을 짜내었다. 다만 박주사 아들만이 홀로 자기의 성공을 기뻐하며 어서 김첨지의 병이 낫기를 고대하였다. 그것은 병인이 낫기만 하면 점순이를 어서 데려가려 함이었다.

7

그런데 김첨지의 병은 점점 더하다는 소문이 났다. 그래 그는 만일 그러다가 김첨지가 죽으면 어찌하나? 하는 겁이 펄쩍 났다. 그것은 잇속만 아는 박주사 아들도 부모가 죽었다는데야 어찌 차마 그를 바로 데려올 수가 있으랴? 하는 마음이었다. 이런 생각이 그에게 있다 하는 것은 참으로 생각 밖에 고마운 일이다마는 그래도 그는 이런 체면만은 볼 줄 알았다. 그것은 마음으로야 어쨌든지 겉으로는 부모를 위하는 것이 이 세상에서 제일 중대한 일인 줄을 어려서부터 많이 듣고 배운 터이라 남의 부모도 역시 존중한다는 생각이 있게 하였다. 그러면 적어도 몇 달 혹은 반년 일년은 될 터이니 더구나 저편의 핑곗거리가 생겨서 이것으로 구실을 삼아가지고 소상[39]을 치르고 오느니 대상[40]을 치르고 오느니 하면 더욱 큰일이라고, 그래 그는 점순이를 속히 데려오려 하였다.

그러나 또 한 가지로 그가 이렇게 속히 점순이를 데려오고 싶은 마음이 나게 한 이유는 새로 얻어 온 첩이 벌써 마땅치 못하게 틈이 벌어진 까닭이었다. 물론 좀더 그의 사랑을 핥아보지 않고는 그를 내박차기까지 하기는 아직 좀 이르다마는 이번 첩은 성미가 너무 괄괄하여 어떤 때는 자기를 깔보는 때까지 있단 말이다. 그래 그 분풀이로 점순이를 얼른 데려다가 이것 좀 보아라! 하고 그의 기를 꺾어놓고 싶을 뿐 아니라 저번에 점순이를 보니까 작년보다도 훨씬 큰 것이 아주 처녀의 티가 제법 났다. 그만하면······ 하는 생각이―더구나 그의 아리따운 자태가―고만 욕심이 부쩍 난 것이다. 그래 한편에서는 피려는 꽃송아리 같은 나긋나긋한 어린 사랑을 맛보고 또 한편으로는 은근하고도 땅속으로 끌어들이는 듯한 큰첩의 사랑을 받다가 고만 싫증이 나거든 이것저것을 모두 후 불어세자는 수작이다. 그래 그는 오늘 아침에 가마를 꾸며서 별안간 김첨지 집으로 보내게 된 것이다.

 어느덧 칠월도 다 가고 팔월 초생이 되었다. 점순이 집에서는 지금 막 아침을 치르고 난 판인데 간밤까지도 청명하던 하늘은 어느 틈에 구름이 잔뜩 낀 음랭한 날이 되었다. 이마적은 더욱 원기가 쇠진하여 미친 소리도 잘 못 하는 김첨지는 겨우 미음 한 모금을 마시고는 아랫목에서 꿍! 꿍! 하고 누웠는데 그 옆에서 세 식구가 경황없이 아침이라고 치르고 났다. 모친은 오늘 아침에도 그 생각이 나서 밥도 변변히 못 먹고 세 식구가 울기만 실컷 하였는데 점동이는 그래도 나무를 하러 간다고 지금 지게를 지고 나서는 참이다. 그런데 거기에 박주사 집 하인들이 가마를 메고 싸리문 안으로 대들었다.

　이때에 점동이는 고만 얼어붙은 듯이 마치 장승같이 하고 서서 그들을 바라보았다. 모친은 별안간 눈앞이 캄캄하였다. 점순이는 그저 얼떨떨하였다. 그는 잠깐 당황하다가 다시 한 번 부친을 쳐다보던 눈을 모친에게로 옮기며

　"어머니⋯⋯"

하는 한마디 말을 간신히 입 밖으로 꺼내었다. 그리고 그는 아무 말 없이 고개를 숙이고 조용히 가마 앞으로 걸어나갔다. 이때에 별안간 애끓는 소리로

　"점순아! 점순아! 점순아! 점순아⋯⋯"

하고 모친은 한달음에 뛰어나와 딸의 발 앞에 고꾸라졌다.

　"앗!"

하고 점동이는 뛰어들어 또 그를 얼싸안았다. 그런데 이마적은 미친 소리도 못 하고 인사불성으로 드러누웠던 김첨지가 마치 기적같이 안방 문 앞에 일어나 앉아서 바깥을 내다보며

　"저놈들이 장릿벼 한 섬에 딸을 팔아먹는 놈들이여!"

하고 손가락질을 하며 중얼거리더니 또 히! 히! 하고 웃는다. 이 바람에 점순이는 그와 눈이 마주치며

　"아! 아버지⋯⋯"

하고 다시 가늘게 부르짖으며 두 손으로 얼굴을 가리었다. 점순이가 마지막으로 그들을 휘둘러보고 막, 가마 안으로 들어앉으려 할 때 언뜻 무섭게 빛나는 두 눈동자와 마주쳤다. 그것은 지금 들어오다가 싸리문 앞에서 발이 붙어서 맥 놓고 처다보는 '서울댁'

의 눈이었다. 점순이는 고만 가마 안으로 폭 고꾸라졌다.

 그러나 그들의 모든 힘은 벼 두 섬 값만 못하였다. 부친의 실성과 모친의 기절과 오빠의 울음과 또는 '서울댁'의 무서운 눈도 벼 두 섬의 힘만은 못하였다! 부모의 사랑과, 형제의 우애와, '서울댁'의 순결한 사랑의 힘도 벼 두 섬의 힘만은 못하였다! 벼 두 섬은 부친을 미치게 하고 딸의 가슴에 못을 박고 모친을, 오빠를, 영원히 슬프게 하고도 남았다. 그리하여 지금까지 귀엽게 길러온 부모의 사랑도—동기간의 따뜻한 우애도—또한 인간의 행복아! 어서 오너라 하고 동경하고 바라던 처녀의 꽃다운 희망도! —이 벼 두 섬 앞에는 아무 힘이 없이 물거품같이 사라지고 말았다. ……그리하여 열여섯 살이나 먹도록 곱게 곱게 키워논 남의 외동딸을 박주사 아들은 다만 벼 두 섬으로 뺏어갈 수 있었다. 아! 그러나 벼 두 섬 값은 대체 얼마나 되는가? 점순이는 이 벼 두 섬에 팔리어서 지금 박주사 아들 집으로 가마에 실려 갔다.

아사 餓死
——「농부의 집」 속편

1

저녁이었다. 문을 열어젖힌 방 안에서는 정첨지가 여전히 앓는 소리를 하고 누웠다. 돌순이는 무슨 바느질거리를 붙들고 윗목으로 앉았고 모친은 부친 옆에 앉았다. 억돌이는 문밖에서 곰방대로 담배를 피우고 있다. 병인은 수중다리 같은 한편 다리를 헝겊으로 칭! 칭! 동여맨 것이 흉측해 보였다.

"아! 나 좀 일으켜주—."

병인은 손을 벌리며 마누라에게로 눈을 준다.

"왜! 자리가 박여서 그리시유?"

"응! 응!……"

노파는 영감을 일으켜 앉힌다. 돌순이도 한달음에 쫓아와서 그를 부축하였다.

"아버지! 더 아퍼?"

"아니다! 응——응——."

"인제 쑤시잖어?"

"오——냐. 아, 순행이 어른은 가엾게도 되었구나!…… 그는 제 죄로나 그렇다마는 그 집 식구가 더 불쌍하구나!"

"너도 붙들려 가는 것을 보았니? 접때, 순행이 아버지가."
하고 모친은 아들을 내다보며 묻는다.

"보았소!"

억돌이의 대답은 무뚝뚝하게 나왔다.

"그러기에 사람은 가난할수록에 마음을 바르게 먹어야 하느니라! 억지로 욕심을 부린다고 그대로 되는 것이 아니야!"

"이 아랫말 덕쇠는 요새도 노름을 해서 황소를 한 마리 샀다우."

"누가 그런 말 듣고 싶다나!……"

"그 사람은 재주도 좋지 이런 백사지땅¹에서 그렇게 돈을 버니! 억돌이 너는 그럴 재주나 있어야지."

"응! 쓸데없는 소리도…… 여편네가 분수없는 말을 함부루 하는 법이 아니야!"
하고 영감은 소리를 버럭 지른다.

"아버지! 참말로 한우님이 있다우?"

별안간 돌순이가 이렇게 묻는다.

"암 한우님이 계시다뿐이겠니? 사람이란 언제든지 옳은 도리로 살아야 하느니라!"

"그러면 한우님은 왜 악한 사람만 도와주나유? 윗말 최주사 집

같은."

"그것은 한우님의 뜻을 무지한 인간은 모를 일이다! 사람은 오즉 지킬 일이나 옳은 도리로 지켜나갈 뿐이다!"

"최주사 집만 욕할 것 없지! 돈을 모으려면 그래야 한단다!"

"암, 최주사 집이 악할 것 없지. 도적맞은 것은 없이 남을 징역만 보내고."

"글쎄 너는 남의 걱정을 왜 그리 하니. 내 걱정이 태산 같은데!"
하고 노파는 아들을 눈 흘기었다. 이 말에 영감은 생각난 듯이

"낮에 누가 왔는가? 최주사 아들이지?……"

"그래요!"

"아! 그 돈을 해 갚아야 할 터인데…… 글쎄 어쩌자고 집을 잡히느냐 말이야! 병은 낫지도 않는 것을."

"누가 그럴 줄을 알았소?"

"그래 뭐라구?"

정첨지는 말하기가 힘드는 듯이 끙! 끙! 한다.

"뭐라구 해. 한 안에 안 갚으면 재판한다구 하지!"

"그 말만?"

"그럼 또 무슨 말을."

"그 뒤에도 무슨 말을 하는 것 같던데!……"

잠깐 먹먹히 앉았던 노파는

"아따 조용히 말씀합시다!"
하고 은근히 눈짓을 하는데 뜨랑²에 앉았던 억돌이가

"오, 그래서 그 자식이 좋아하였군!"

하고 가래침을 탁 뱉고 돌아앉는다.
"그래 사위를 삼으면 어떻게 해주겠다 합디까. 첫째로 집은 물러준다 하겠지마는."
"아! 저 녀석이 왜 방정을 떨어 응!"
"아니 무얼 우물쭈물할 것 있소. 아버지한테 말씀을 하구려!"
"아니 그런 말을 하던가?"
하는 정첨지는 별안간 눈을 크게 뜨고 쳐다본다.
"그랬다우!"
노파는 입을 비쭉하며 집어 던지듯이 말했다. 한동안 주위는 침묵에 잠기었다. 어느덧 밤은 캄캄한데 빤한 불혀(舌)가 실심지에서 깜박인다.
"내가 굶어 죽어보아라! 딸자식을 팔아먹나 응!"
아래위 턱을 부르르 떨며 병인은 흥분되어 부르짖었다.
"에, 그러면 장하겠소. 왼 집안 식구가 몰사를 하면."
"굶어 죽더래도…… 굶어 죽더래도 죽을 마당에는 죽어야지. 죽기가 무서워서 못된 일을 억지로 하고 살리!"
"아니 그게 못될 일이 무엇이란 말이오. 딸을 시집보내는 일이."
"딸을 첩으로 팔고 돈 받고 팔랴는 것이 못된 일이 아니면 무엇인가!?"
하고 마누라를 노려보는 영감의 눈은 무서웠다.
"그거야 어느 부모가 자식을 남의 첩으로 주고 싶은 사람이 어디 있겠소마는 사정이 사정이니까 그렇지요. 그러면 이런 마당에 당신은 어찌하겠소? 굶어 죽어야 옳소?"

"만일에 옳은 도리로 살 수 없거든…… 살 수 없거든 굶어 죽읍시다! 그것은 죄가 아니오! 굶어 죽는 것은 아모 죄가 아니오!"

"싫소! 나는 싫소!…… 여지껏 사십 년이나 오십 년이나 가진 고생을 한 것이 아! 다 늙게 굶어 죽을라고 살았습디까? 싫소! 나는 어떻게던지 살겠소!" 하는 노파의 목소리는 악에 받쳐 떨리었다.

"마누라! 그것은 누구나 죽기를 소원한 사람이야 어디 있겠소? 그러나 되지 않는 것을 억지로 하랴면 그것은 반드시 벌역을 받는 것이오. 마누라! 천도는 무심하지 않은 줄 아오! 응!"

"벌역은 무슨 벌역? 그런 벌역을 받을 것 같으면 최주사 집은 왜 벌역을 안 받고 점점 부자만 되오? 죽어서야 벌역을 받는지 누가 아오? 체계³ 댓 냥 열 냥에 솥을 빼고 제 동생에게 빚을 주고 가난한 이웃 사람으로 보를 세워놓고는⁴──보를 서지 않으면 논을 뗀다니 아니 설 수 없을밖에──제 아우가 돈을 안 갚는다고 보선 이의 집을 뺏어먹었다지. 그따위 짓으로 몇 집을 망해놓았는데도 벌역은커녕 부자만 더 잘됩데다. 나는 인제 당신의 옳은 도리에는 아주 넌더리가 났소!"

하고 마누라는 체머리를 흔든다.

"흥! 어머니는 그런 줄을 알면서 그런 집에 딸을 첩으로 주랴오!"

억돌이의 이 말에 돌순이는 훌쩍거리며 흑! 흑! 느끼어 운다.

"지금은 남이니까 그렇지마는 그렇게 되면 흥허물이 없어지는 법이란다. 저년이 울기는 왜 울어?"

"오, 우지 마라! 그리로 안 보내마! 생각만 해도 그것은 아, 무서운 일이다!"

"그렇게라도 잘사는 것이 굶어 죽는 이보다는 낫지 않소? 무엇이 무서워? 나는 저것들이 굶어 죽을 일을 생각하면 아, 그것이 무서웁소……"

"시끄럽다! 이 분수없는 계집아!…… 만일 선악에 보응이 없다면 인간은 아주 망하고 말 것이다. 사람의 씨가 점점 붇는 것을 보면 반드시 옳은 도리로 살길이 마련될 것이다. 그것이 지금 당장 눈앞에 안 보인다고 익지 않은 실과를 따먹으려 들다니? 심는 사람이 반드시 거두는 것은 아니야. 누가 거두든지 간에 나는 나 할 일이나 할 것이지 불로 대드는 나비는 쉽사리 타 죽을 뿐이다. 마누라! 마누라는 순행이 아버지를 보지 못하는가? 그는 이편 같은 마음으로 억지로 옳은 도리를 굽히다가 누명을 쓰고 말었으니—저 어린것들이 장차 어찌 될 줄 모르는가? 그의 벌역은 벌써 애매한 처자에게로 왔다. 그들은 미구에 밥 바가지를 들고 나설 것이다! 그러나 다 같은 가난한 사람들까지 그들을 모다 도적놈의 식구라고 찬밥 한 술을 주기 전에 흉보고 욕하고 손가락질을 할 것이다! 그 집 식구들은 미구에 우리 집으로도 밥을 빌러 올 줄을 모르나!"

"그야말로 서투른 도적이 첫날 밤에 들켜서 그렇지!"

"무엇이 어쩌고 어째? 마누라는 종시도 깨닫지 못하는가? 오랫동안 고생살이에 마누라도 맘이 변하였는가? 그러면 들키지 않었으면 괜찮단 말인가? 아! 그것이 못쓰는 일이다. 누가 보지 않는다고 속이는 것이야말로 죄 중에 가장 큰 것이다! 아!"

노파는 한참 영감을 물끄러미 바라보다가 입술을 비쭉하며
"아니 그러면 지금 당신은 옳은 소리로 사는 줄 아시유?"
"그럼?…… 우리의 사는 것이 무엇이 글러?"
"요새는 품 팔아먹을 데도 없고 노름판이 아니면 돈 한 푼이나 구경할 수 없는데!"
"아! 무엇이 어째?…… 억돌아! 네가 그랬……그……응?"
그러나 억돌이는 아무 대답이 없다.
"아! 한우님!……"
별안간 그는 목 안으로 끌어당기는 소리로 부르짖자 금시에 맥이 풀린 것같이 힘없이 모로 쓰러진다. 그는 아래위 턱을 몹시 떨며 두 손으로 공중을 휘젓는다. 눈은 감겼다. 이 바람에 세 사람은 일시에 달려들어서 그를 반듯이 누이고 사지를 주물렀다.
"에그! 이게 웬일이오?"
"아이구! 아버지!"
"아! 여보. 내가 잘못하였소! 가난한 푸념이 일시에 쏟아져서 나도 걷잡을 새 없이 그런 소리를 하였구려! 과연 당신 말이 옳지요! 이렇게 사는 것은 사는 게나 죽는 이나 다를 게 무에란 말이오. 그저 당신 말씀대로 할 터이니 제발 눈을 뜨시오!"
하고 노파는 눈물 콧물을 흘리며 영감의 목을 흔들고 그의 뺨에다 자기의 볼을 문지르고 한다. 그러나 영감은 참으로 죽은 것같이 아무 정신이 없다. 그는 병으로 오래 쇠약했던 끝에 너무 격분하였던 까닭으로 일시 혼도한 모양이었다.

억돌이 돌순이도

"아버지"
를 소리쳐 부르며 울었다. 이 바람에 참으로 초상이 난 줄 알았던지 이웃 사람들이 창황하게 뛰어왔다.
 해는 다시 석양으로——이윽고 그는 휘 한숨을 돌린 후에 비로소 깨어났다.

2

 그 후로 정첨지의 병세는 덧치어서 자는지 앓는지 아주 혼수상태로 빠지고 말았다. 그래 집안사람들은 모두 수미를 펴지 못하는 와중에도 노파는 한숨과 눈물이 그칠 사이가 없었다. 그는 이번의 병세가 덧치게 한 것은 애오라지 그의 심정을 거슬린 까닭이라고, 오냐! 굶어 죽더래도 인제는 영감의 말을 본받자 하였다. 그래 아들을 대할 때마다 조용히 타이르는 말이
 "애야! 너도 늬 아버지 성미를 알겠구나! 아, 굶어 죽더래도 다시는 그 짓을 마라!…… 니 아버지 말씀대로 옳은 도리나 지키다 죽자꾸나!" 할라치면
 그러면 억돌이는 으레
 "무엇이 옳은 도리요?"
하고 볼먹은 소리로 툭! 쏘았다. "죄 없이 굶어 죽는 게 옳은 도리요" 하고.
 이 집 네 식구는 참으로 인제는 무슨 짓을 하지 않으면 굶어 죽

을 판이었다. 정첨지는 몸져 드러누운 지가 벌써 달포나 지났다. 부자가 힘써 벌어도 네 식구가 살아갈지 말지 한 판인데 집은 잡혀먹고 양식은 떨어졌으니 약시세와 병구원을 할 거리는커녕 제때마다 풀칠할 도리조차 바이없다.

 아! 근년에는 시절마저 누구를 못살게 굴려는 무슨 심사인지 해마다 농철을 접어들면 긴 가뭄이 아닌즉 의례히 지루한 장마가 졌다. 이래저래 못살게만 되는 놈은 돈 없고 땅 없는 가난한 사람들뿐이라 작년에는 한재가 들어서 마냥모[6]를 꽂아놓게 하더니만 올에는 늦장마에 큰물이 가서 다 된 곡식을 떠내려 보내게 하였다. 그중에는 정첨지의 집도 수파를 보아서 여름내 부자가 피땀을 흘려가며 지어논 직공이 하루아침에 물거품과 같이 사라지고 말았다. 논 여남은 마지기에는 잘한대야 껄끄러운 벼 예닐곱 섬을 얻어먹거나 말거나 하는 것이었다마는 정첨지의 일가족에게는 이것이 다시없는 명맥 소관이었다. 그날—논 떠나가던 날—식전에 온 집안 식구들은 모두 목을 놓고 울었다.

 그 후에 정첨지는 어떻게 간신히 주신하여서 이 아랫마을 앞으로 놓는 철로 품 판에 돌짐 지는 품을 팔게 되었다. 그런데 며칠을 다니지 못하여서 그는 고만 무거운 돌에다 왼편 다리를 치였다. 그는 그때 피투성이가 되어서 읍내 병원으로 업혀갔다. 그는 왼편 발등이 아주 으서진 것 같았다.

 그러나 철로 십장은 그날 치료비밖에 안 물어주었다. 물론 그런 상처가 하루 치료로 나을 리는 없었다. 그래 할 수 없이 최주사 아들에게 집문서를 잡히고 장변[7]을 얻어서 다시 한 열흘을 치료해보았었다마는 의사의 말은 아직도 멀었다고 하는 바람에 그들은 혀를 홰! 홰! 내두르고 고만 집으로 데려오게 된 것이다. 인제는 죽든지 살든지 집에서 상약으로나 고쳐볼 수밖에 없다 하여 좋다는 약은 모두 해보았으나 도리어 다리는 점점 더 부어올랐다. 그런데 양식까지 떨어져서 우환에 겹쳐 우환을 더하였다.
 "도모지 이놈의 세상이 누구를 죽이랴고 이 모양인가."
하고 억돌이는 악이 나서 이를 바짝 갈아붙이고 대들었다. 그러나 속담과 같이 땅을 열 길을 파도 돈 한 푼이 나오지 않았다. 덕쇠는 가만히 앉아서도 하룻밤에 몇 원을 땄느니 몇십 원을 땄느니 하는데 자기는 진종일 기껏 벌이를 한대야 삼사십 전에 불과한 싸라기 같은 돈푼이었다. 그런데 그나마도 할 일이 없다.
 인제는 그런 거지 동냥 같은 옳은 도리나마 부지할 수가 없이 되었다. 그래 그는 어느 날 산에 가서 나무를 하며 세상일을 곰곰이 생각하다가 고만 지게를 메떼치고 덕쇠한테로 쫓아갔다. 그는 덕쇠의 제자가 되어가지고 위선 투전*하는 법을 배웠다. 그 후로 노름판을 쫓아다녀보았는데 테 밖에 앉아서 개평을 떼어도 미상불 품 파는 일보다는 나았다. 과연 요사이 며칠 동안 산 것은 노름판에서 생긴 돈이었다. 그런데 부친은 그 말을 듣자 그렇게 까무러치기까지 하였다.
 그가 깨어나서 처음으로 아들을 보게 된 때 그의 눈은 무섭게 부릅떠졌다.
 "너는 참으로 노름을 하여서 나를 살리려 드느냐?"
하고 그때 부친은 무거운 입을 떼었다. 그의 말소리는 떨리었다.

"그러면 차라리 네 아비 목을 도끼로 찍어다오! 여보 마누라! 돌순아! 만일 옳은 도리로 살 수 없는 세상이거든 차라리 죽자! 죄를 짓고 사느니보다 옳은 도리로 굶어 죽자! 어느 때 죽어도 죽을 인간이니 죽을 바에는 옳은 도리나 지키고 죽자. 사람의 할 일은 오직 착하게 살 뿐이다! 억돌아! 너는 네 아비 말을 들어라!"
하는 그의 말은 감격하였다. 그는 언제와 같이 두 손을 부르르 떨었다.

"죄 없이 굶어 죽는 것은 결단코 옳은 도리가 아니겠지요! 만일 노름하는 게 죄라 하면 노름을 하지 않고는 살 수 없게 마련된 이 세상이 더 죄가 되겠지라우!"

그때 억돌이의 목소리도 커졌다.

"너는 이 세상이 악하다고 너도 악하려 드느냐? 악한 세상에서 착해야 비로소 그것이 착한 것이다!"

"아이구! 어느 말이 정말 옳은지 모르겠소. 당신 말을 들으면 당신 말이 옳은 듯하다가도 저 애 말을 들으면 또 그 말이 옳은 듯하니!……"

하는 노파는 영감과 아들을 번갈아 쳐다보았다.

"아버지! 그러면 어느 말이 참말로 옳은가요?"

이것은 돌순이가 묻는 말이었다.

"물론 애비 말이 옳으니라! 사람은 어떠한 경우라도 착하게만 살 것이다! 매사를 바른 도리로만 처사할 것뿐이다! 그게 옳은 도리니라!"

"아버지! 나도 아버지 말이 옳은 듯하기는 해요——최주사 집으로 시집가지 말라는 말이…… 그렇지만 다시 한편 생각으로는 그것이 옳은 것이 아니라 싫은 것이야요. 나는 그런 데로 시집을 가기는 싫지마는 옳기는 가는 것이……"

"아니다! 그것은 노름하는 것보다 더 큰 죄를 짓는 것이다! 남의 첩으로 가는 것은."

"그러면 어떻게 해요. 옳은 도리로 살지 못할 세상이면 그른 도리라도 살어야 하지요!"

"그렇다! 만일 한우님이 있다 하더래도 그만 죄는 용서해주실 것이다!"

억돌이도 맞방망이를 쳤다.

"아니다. 그른 도린 줄 알고 하는 것은 더욱 죄가 크니라!"

"아이구! 세상에 답답한 일도 있다! 이 일을 누가 재판해줄까!"

하고 노파는 주먹으로 가슴을 치며 한숨을 내쉰다.

"그러면 살지 못할 목숨이 왜 태어났어유? 옳은 도리로 살지 못할 인간을 왜 마련했어유?"

억돌이는 부르짖었다.

"그렇지 참! 사람은 살라고 마련했을 터인데——옳은 도리로는 살 수 없이 된 경우에 다른 도리로 살 수가 있다면 그것은 무슨 일이든지 옳은 일이겠지 뭐!"

"그러니까 노름하는 것도 옳은 일이다."

"그러니까 첩으로 가는 것도 옳은 일이지!"

"아니다! 그것은 죄다! 죄다! 죄다! 만일에 늬들이 정히 그럴 지경이면 늬들은 내 눈앞에 보이지 말어라! 그러면 너희들은 내

자식이 아니다! 아, 소견 없는 자식들!"

"도모지 이 일을 어떻게 하나! 아이구! 내 신세야! 영감도 너무 고집두 세시구려. 말 한마디만 고치면 될 것을 그럴 것이 무엇 있소? 그른 도리라도 경우에 따라서 옳은 도리로 변통할 수도 있는 게지. 아이구 그렇게 변통성이 없어가지고 이 세상에서 어떻게 산단 말이오."

"무엇이 어째? 어, 냉큼 나가거라! 보기 싫다 냉큼 나가거라! 안 나가? 안 나가?……"

부친의 호령하는 대로 억돌이 남매는 한 발자국씩 주춤거렸다. 영감은 그 언제 모양으로 역정이 푸르르 나서 조금만 더하면 까무러칠 판인데 노파는 그의 발 아래 엎드려져서 또 개개 복죄를 한다.

"아니 영감! 잘못하였소. 다시는 그리 안 하께 제발……참으시오! 참어!…… 공연히 늬들 때문에 나도 그랬지. 그러기에 그런 말을 말고 그대로 소리 없이 살자니까…… 여보! 시장하시지 않소. 수숫미음 갖다 드리리까? 네! 여보! 영감?"

그러나 영감은 아무 말 없이 벽을 안고 돌아누워서 앓는 소리만 끙! 끙! 하였다.

3

그 후 며칠 지나서이다. 그 후로 억돌이는 머리를 싸고 드러누웠다. 그것은 무슨 부친의 옳은 도리를 지키라는 훈계를 디디고 저 함이 아니라 일전에 경찰서에서 이 동리에 노름이 퍼졌다는 소문을 듣고 순사들이 밤마다 행순하는 까닭에 요새는 노름판이 없어졌다. 그런데 최주사 집에서 얻어 쓴 장변은 기한이 임박하였다. 그런데 양식은 뚝 떨어졌다. 노파가 혼자 사방으로 허우적거리고 다녀보았으나 가는 곳마다 퇴박을 맞았다. 인제는 보리 한 톨 돈 한 푼을 구처할 도리가 없다. 앞뒤가 꼭 막혔다. 그런데 병세는 점점 더한데 그나마 잘 먹지도 못해서 늘어졌다. 그러는 대로 원기는 점점 쇠약하여져서 하루 이틀 까부라지기만 한다. 그는 요새는 미음도 변변히 얻어먹지 못한 까닭인지 전에 없던 헛소리까지 한다. 그는 입맛을 쩍쩍! 다시며 무엇을 먹고 싶어 하는 모양이었다. 집안 식구들은 벌써 이틀째 아무것도 못 먹고 굶는 판이다. 억돌이는 이날도 머리를 싸고 진종일 드러누워 있더니 해 질 무렵에 어디로 아무 말도 않고 나가버렸다. 그는 그 이튿날 아침에도 들어오지 않았다.

"여보! 마누라…… 숭늉도 없소?…… 아, 목말라!"

병인은 힘없는 소리로 부르짖는다.

"숭늉이 어디 있소? 밥한 지가 벌써 언제인데."

"아! 돌순아! 저것이…… 배가 오작 고플라구!…… 여보 이 애는 어디 갔소? 그…… 어디 꾸어 먹을 데도 없소?"

"없소!"

하고 마누라는 톡 쏘았다!

"아! 저것이 불쌍하여서…… 이 애는 왜 안 오나?"

"기 애는 무슨 수가 있다구 기다리오!"

"그래도…… 혹시…… 아! 그러면…… 이런 경우에는 한우님
도…… 아!……"

"언제는 옳은 도리가 아니라고 〔판독 불가〕을 쓰더니 그게 웬
말씀이오!"

하고 노파는 오금을 단단히 박는다.

"아, 그러나 이런 경우에는…… 한우님도……응! 아이구 배
야, 배에서 무슨 소리가 난다!"

"쪼로록 소리지 무슨 소리여!"

이때 밖에서 인기척이 나며

"억돌이 어머니 계셔유?"

하는 사내의 목소리가 들리었다.

"거 누구유?"

하고 내다보니 그는 최주사 집 행랑 방서방이었다.

"댁에서 그 세음[10] 좀 보내달라셔유. 내일이 기한이라고! 참 병
환은 좀 어떠셔유?"

"흥! 잘됐다!"

하는 노파는 그 대답은 않고 마치 남의 말같이 내던졌다.

"어떻게 하랴우? 그러면……"

그는 한참 앉았다가 무슨 말인지 모르는 말을 이렇게 영감에게
다시 묻는다.

"아! 나는 모르겠소…… 마누라 맘대로! 응! 응!"

병인은 눈을 감고 응심깊게 앓는 소리를 할 뿐.

"저, 그대로 가서 이렇게 여쭈소! 이따가 내가 올라가서 말씀한

다고."

"네! 그럼 올라갈래유!"

하고 방서방은 돌아서 나간다.

"진작 그렇게 하자니까 고집을 세우더니. 순아! 사남이네 집에서 숭늉 한 그릇 얻어다가 드려라. 아이구! 여북 시장하실까!⋯⋯ 그리고 어디 나가지 말고 아버지 옆에 있거라! 내 퍵 다녀오께!⋯⋯"

조금 있다가 노파는 치맛자락을 툭! 툭! 털고 일어서며 이렇게 딸에게 하는 말이었다.

"어머니!"

모친을 따라 일어서며 한마디를 부르고는 돌순이는 별안간 고개를 푹 숙인다.

"왜?"

"그 흘게눈을⋯⋯나는⋯⋯"

"누가 흘⋯⋯흘게눈은 눈 아니냐?"

"게다가⋯⋯빡빡 얽은 것이⋯⋯"

"이년아! 얽은 구멍에 슬기 들었단다!"

하고 모친은 발을 구르며 소리를 버럭! 지른다. 돌순이의 치마끈은 그의 두 손아귀에서 만지작거렸다.

"그럼 싫으냐? 싫거든 싫다고 하럄!"

"아니⋯⋯"

"그럼?"

"그래도⋯⋯"

"아이 망할 년 같으니. 시체 계집애 년이란 망칙한 딸도 다 보겠다."

하고 노파는 문밖으로 나가자 돌순이는 그 자리에 털썩 주저앉았다. 그는 한동안 소리 없이 울었다.

돌순이는 솟아 나오는 눈물을 손등으로 씻고 부엌으로 나가서 사발 한 개를 씻어 들었다. 그는 그길로 사남이 집에 가서 숭늉 한 그릇을 얻어가지고 왔다. 해는 아직 지지 않았다마는 잔뜩 흐린 것이 금시로 무엇이 올 것 같다.

그는 물그릇을 들고 부친의 머리맡으로 가서, 한 손으로 병인의 가슴을 직신! 직신! 하며

"아버지! 물 잡수셔요?"

물어보았으나 아무 대답이 없다. 홑이불을 덮고 반듯이 드러누운 부친은, 그의 협수룩한 머리에 광대뼈가 툭 불거지고 눈자위가 쑥 들어간 눈을 별안간 번쩍 떠 보더니 머리를 흔들고 다시 눈을 감는다. 그는 웬일인지 아까같이 앓는 소리도 그리 없이 죽은 것 같다. 어둠침침한 방 안 고요한 때이라 혼자서 이 꼴을 보는 돌순이는 슬그머니 무서운 생각이 들어갔다. 그것은 자기의 아버지가 아니라 어떤 낯 모르는 송장이 가로 뻗치고 누운 것같이 보였다. 문밖에서는 비가 오는지 뒷문 창살에 빗방울 듣는 소리가 후둑! 후둑! 들리었다.

이때 병인은 별안간 건공[1]으로 손을 들어서 무엇을 더듬는 것같이 하더니 다시 감았던 눈을 떠서 방 안을 휘둘러본다. 뒤미처

"다— 어디 갔……니……?"

하는 목소리는 모깃소리같이 가늘게 들리었다.
 "아버지!…… 왜 그러셔유?"
 돌순이는 공연히 가슴이 선뜻! 하며 부친을 마주 바라다보았다. 그는 저절로 무서운 생각이 자꾸 들었다.
 "아——."
 또다시 모깃소리같이 간신히 부르짖더니 별안간 그는 칵! 칵! 하고 무엇을 뱉으려 한다. 그 후 한 식경[12]——돌순이는 문밖을 내다보며
 "아! 어머니는 왜 안 오나!"
하며 공연히 마음이 죄였다. 그런데 그사이에 부친은 눈을 홉뜬 채 목 안에서 가래가 끓었다. 돌순이는 어마뜩하였다.[13] 그는 자기도 모르게 부친 앞으로 와락 달려들며
 "아버지!"
하고 날카롭게 불렀다.
 "아버지! 아버지! 아버지!……"
 그러나 병인은 아무 말이 없이 여전히 눈을 홉뜨고 쳐다본다.
 "아! 아버지! 아버지!……"
 돌순이는 아버지를 부르며 울음을 왈칵! 쏟았다. 방 안에는 울음소리 숨 끓는 소리가 애처로이 섞이어 나는데 문밖에는 눈물 같은 빗방울이 후둑뚝후둑뚝! 듣는다.
 "아! 돌순아! 웬일이냐? 왜."
 별안간 방문이 펄쩍 열리며 뒤미처 이렇게 부르짖고 뛰어들어 오는 것은 돌순이가 기다리던 그 어머니였다. 그러나 때는 이미

늦었다. 병인은 마침내 운명하고 말았는데,

"여기다 백일까유! 후유."

하고 뜨랑에서는 방서방의 쌀섬 부리는 소리가 쿵! 하고 울린다.

"아이구! 영감아…… 이 일을 어쩌자는 말인가? 어— 이럴 줄을 알았으면 내가 왜 갔단 말이오! 그 집에를 왜 갔단 말이오!…… 어이구! 앓는 영감을 어떻게든지 살리랴고 들었더니…… 당신 말대로 굶어 죽었구려!…… 어이구! 영감아……"

노파는 가슴을 탕탕 치며 몸부림을 하며 통곡한다. 돌순이도 방바닥에 엎어져서 정신없이 소리쳐 운다.

"아이구 아버지!…… 이게 웬일이오? 어이구! 어이구!"

이때 별안간 억돌이가 머리를 풀고 대들며 통곡하는 소리다.

"어이구 영감아! 내가 당신 앞에서 죽겠드니…… 글쎄 어쩌자고!…… 아이구! 불쌍도 하지! 뜻밖에 이게 웬?…… 생병이 들어 굶어 죽……죽……다니……어어……"

*

과연 정첨지는 병으로 죽었다느니보다 굶어서 죽었다. 아, 사람이 병들었다는 것만도 얼마나 불행한 일이랴마는 병들어 굶어 죽었다 함은 더 얼마나 참혹한 일이냐!? 정첨지가 죽던 며칠 후에 복술이 할머니도 이 세상을 마저 떠나고 말았다.

억돌이 집 세 식구! 그들은 장차 어디로 갈꼬? 그들의 원한은 구천에 사무쳤다.

호외 號外

1

 종소리가 땅! 땅! 울리자 C제철소(製鐵所)에서는 홍수같이 노동자 떼가 몰려나온다. 해는 벌써 졌다. 찬 바람은 우 하고 너른 벌판을 휩쓴다.
 "야, 박군! 내일 만나세."
 "어, 오늘 밤에 저기는 꼭 가주게."
 키 큰 노동자는 몰아치는 눈보라에 숨이 턱턱 막히는 바람에 몸이 한 번 빙그르 돌았다.
 "아, 그럼 자네들은 그리로…… 응? 아니 나는 저기를 좀 가봐야겠어."
 "그래. 자."
 그들은 손을 들어 인사를 하고 패패로 갈라섰다. 앞에 선 몇 패는 줄달음질을 친다.
"야, 춥다!"
하고 아우성을 치는 축 그 경황에도 담배를 피우며 무슨 이야기를 신나게 하는 축에 가지각색으로 그들은 큰 거리에 흩어졌다.

이때 키 큰 노동자를 중심으로 왼편 길을 뚫고 나오는 한 패는 무슨 일인지 흥분되어서 두런거린다. 얼굴에는 모두 긴장된 빛을 띠었다.
"아니 그 자식이 앙심을 먹지나 않을까?"
구레나룻 난 노동자가 묻는다.
"앙심은 무슨 앙심."
"고런 망할 자식! 다시 또 그랬단 봐라. 모가지를 돌려 앉히잖나."
키 큰 노동자가 벼르는 말이었다. 그는 분이 나서 식식하며 무서운 눈방울을 이리저리 굴린다.
"아니 그 자식이 요새는 꽤 꺼떡거리려 들던데. 아마 감독한테 기대는 모양인지?"
"참말로 그런지도 모르지."
맨 앞서 선 노동자도 맞장구를 친다.
"망할 자식. 그런 자식은 버르장머리를 좀 가르쳐놓아야지. 놈들 앞에 가서는 고개를 굽실굽실하며 개 노릇을 하는 자식이 게다가 누구를 깔보려 드느냐 말이야. 그까짓 자식보다는 차라리 숙맥 구실 하는 성득이 편이 낫지."

"암, 그렇지. 우리의 적은 부르조아뿐이 아니야. 그런 놈이 더 가증하단 말이지."

키 작은 노동자는 키 큰 노동자를 쳐다보고 말한다.

"처음에 조합에 들라고 하니까 감독이 들지 말랬다고 못 들겠다 하던가."

"시러배 자식 같으니. 그러면 개놈들이 누구는 조합에 들라고 권할 터인데."

"허! 허! 허!"

그들은 모두 일제히 웃었다.

"그게 벌써 스파이질을 하자는 수작이야."

키 조그만 노동자가 다시 말끝을 잇대었다.

"그런대야 제까짓 자식이 우리를 어쩌지는 못하겠지. 우리끼리 단합만 잘되면 제까짓 자식이 무슨 수가 있나."

"암, 그렇고말고."

하고 이번에는 늙은 노동자가 앞에 선 노동자의 말을 받는다.

"그런데 이즈막은 원성이가 좀 수상하던데."

"응, 원성이가?"

키 큰 노동자는 깜짝 놀라서 지금 말한 키 조그만 노동자를 쳐다본다.

"어젯밤에도 빠지잖았나. 나중에 알고 본즉 간밤에 그 자식이 찾아와서 같이 나갔었대."

"아니 그러면 그 자식이 정말로 스파이질을 하지 않는가?"

그들은 무의식한 중에 서로 가까이 붙어서고 얼굴도 더욱 긴장되었다. 그러나 발은 역시 무의식한 중에도 걸음을 떼어놓는다.

"자, 그러면 우리는 더욱 조심합시다. ……그러나 그리 걱정할 것은 없소. 간번의 스트라익¹에도 우리 조합원 때문에 승리를 얻었고 차차 조합원도 늘어가는 형편이니까 제까짓 자식 몇 개쯤으로는 결코 우리를 내쫓지는 못할 터이니까."

"아니 고놈의 자식이 정히 그럴 것 같으면 누구 하나 감옥소 구경할 셈 치고 다리를 하나 분질러놓지. 그까짓 놈의 자식 공장에도 못 다녀먹게. 만일 그럴 사람이 없다 하면 내가 하지. 내가 해!"
하고 늙은 노동자는 팔을 걷어붙이고 열에 띠어 부르짖는다. 이 바람에 여러 노동자들은 일제히 미소를 띠며 그를 달래었다.

"하긴 우리가 앞으로 일을 하여나가는 데는 그런 일을 하지 않으면 아니 될 때도 있기는 있겠지요. 우리 무산 계급—아니 온 인류 해방—에 공적(公敵)이 되는 놈은 어떤 놈이든지 사정없이 박멸을 해야 되겠지요. 설령 이 공장에서 쫓겨난다 할지라도 하지 않으면 안 될 일이 있으면 물론 해야만 되겠지요. 만일 그런 일 저런 일을 겁내서 주저한다면 세상에 할 일이 어디 있겠소. 전장에 나간 군사가 죽기를 겁내는 것과 마찬가지겠지. 그러나 값없는 희생은 하지 말도록 피차에 잘 조심해야 되겠지요."
하고 키 큰 노동자도 흥분되어서 늙은 노동자의 말을 받는다.

"아니 그런데 감독도 그 자식을 그리 대단히 알지를 않거든. 그 자식이 참으로 일을 잘할 것 같으면 모르지마는 거기 가서도 역시 주둥이로만 까고 살살 발러맞추려 드니까 쥐새끼같이 약은 놈들이 왜 그것을 모르나."

셋째로는 키 조그맣고 딱 바라진 노동자가 이렇게 말하며 빙그레 웃는 바람에

"하하 그렇지. 부르조아 놈들이란 제게 잇속이 없는 일은 결코 하지 않는 법이니까. 그 자식이 아무리 알랑거려도 그 자식보다 일을 잘하는 우리를 내쫓을 리가 없지."
하고 키 큰 노동자도 그의 큰 입을 벌리며 쾌활하게 웃는다.

"참으로 세상일이란 묘하거든. 자, 우리 조합원은 그럴수록 더욱 일을 잘하자구."
하는 것은 구레나룻 난 노동자가 신이 나서 하는 말이었다.

"암 그야말로 유물변증법(唯物辨證法)이야. 놈들을 살찌게 하는 돈(財産)이 도리어 놈들의 무덤(墓地)을 파거든!"

"하하하."

"아, 춥다!"

그들은 참으로 추운 줄도 모르고 대화의 흥미에 끌렸다.

그들은 한동안 아무 말 없이 충……충 걸어갔다. 노동복 포켓 속에서는 벤또[2] 그릇의 달그락거리는 소리가 들린다. 키 큰 노동자는 마코[3]를 꺼내서 한 개씩 죽 돌렸다. 담배 연기는 풀썩……풀썩하고 마치 대포 터지듯 공중으로 올라갔다. 그들의 힘 있게 디디는 발자국, 억센 주먹, 또는 어둠 속에 빛나는 눈! 그것은 모두 힘의 상징이었다. 어느덧 바람은 자고 가루눈이 퐁! 퐁! 쏟아진다. 키 작은 노동자는 입속으로 ×××를 부른다.

"그런데 성득이는 왜 그까짓 자식한테 조롱을 받느냐 말이야. 사람이 그렇게 무능하여서 어디다 쓴담!"

키 큰 노동자는 별안간 생각난 듯이 띄워놓고 하는 말을 이렇게 한다.

"사람이 너무 용해서 그렇지."

"아니 그 사람 말을 들으면 말이 도무지 나오지를 않는대. 은제 그 사람 말하는 것 보았나."

　키 작은 노동자는 빙그레 웃으며 말한다.

"그렇기로 저쪽에서 하는 말을 대거리도 못 한담."

"그러기에 말이지. 만일 말로 당하지 못하거든 주먹으로 해내지도 못한담."

"아니 그 사람의 말을 들어보면 저편에서 무슨 부아 날 소리를 하면 분이 왈칵 나서 말문이 꽉 막힌대. 그래 속으로만 분을 끓이다가 나중에 그때 일을 생각하면 그제서는 이렇게 대답했으면…… 이렇게 훌륭한 대답이 있는데…… 하고 고만 뒷골이 나서 제 대가리를 쥐어뜯으며 자기 저주를 한대."

"허…… 세상에는 별 사람도 다 많군."

　그들은 무심코 또 웃음이 나왔다.

"그래도 아까 박군이——키 큰 노동자를 가리키는 말이다——그 자식의 따귀를 치며 몰아셀 제는 퍽 감격한 모양이던데. 얼굴이 새빨가니 두 주먹을 부르르 떨고 섰는 것이."

　키 작은 노동자의 하는 말이다.

"하여간 순진한 사람이야."

"아! 벌써 여기를 왔나!"

"참!"

그들은 다시 정신이 난 듯이.

"자, 그럼……"

"아니 그것은 얼마나 걷었나 어쨌나?"

"글쎄. 우리는 다 냈지마는 저기서 걷어 와야지."

하는 키 작은 노동자의 하는 말에

"그럼 내일은 다 받도록 하자구. 그런 일은 좀 성의가 있게 해야지 원 사람들이 왜 그리 맥이 눅담!"

하고 키 큰 노동자는 눈썹을 찡그린다. 그 바람에 그들은 잠깐 걸음을 멈추고 웅기중기 섰다.

"글쎄 앓는 동무를…… 원 지금 한 푼이 새로울 터인데."

"여보 김군! 그러면 오늘 밤에는 김이 좀 의사에게 다녀서 약을 좀 갖다 주고 오랴나. 그동안 동정도 보고."

"응! 그라지."

키 작은 노동자는 선뜻 대답하였다.

"그러면 나는 저기를 다녀올 터이니. 다른 일도 있고. 어……오늘 밤에 어디로 좀 모였으면 좋겠는데."

하고 키 큰 노동자는 여러 사람을 둘러보며 말한다.

"그럼 우리 집으로 모입시다그려."

하는 늙은 노동자의 말에

"그럼 그랍시다."

"자, 그러면 이따들……"

하고 그들은 비로소 제각기 집으로 향하여 흩어졌다. 한결같이 가루눈은 내린다. 어둠 속에서 오히려 그들의 두런거리는 목소리가 쥐 죽은 듯한 거리를 울리었다.

2

 오늘 밤에 모이기로 한 늙은 노동자──장수백이는 집에 들이닥치는 길로 주린 배를 채우고 나서 마누라와 어린 새끼들은 이웃집으로 마실을 보내놓고 동무들의 찾아오기를 고대하고 있다. 그는 숯을 사다가 화롯불을 이글이글하게 피워놓았다.
 그는 조무래기 아들딸 삼남매의 아귀떼를 한 몸에 싣고 거친 물결이 험악한 인간 고해를 기운차게 기운차게 헤엄쳐나간다. 그렇다! 가난한 사람은 평지에서 태평히 사는 것이 아니라 가없는 바다를 헤엄치는 셈이다. 자고로 많은 사람들이 얼마나 이 바다에서 귀한 생명을 잃었을까?…… 그런데 그는 광명을 보았다. 멀리 등대를 보았다. 그는 이제는 그와 같이 한숨짓고 눈물지으며 자기의 갈 길을 찾지 못하는 방황하는 사람은 아니었다. 그는 마치 진실한 새로 믿는 신자와 같이 열렬한 신념에 그의 혼이 탔다. 독자 제군! 과연 인간에는 종교 이상의 신앙을 갖게 할 것이 없을까? 다만 관념과 형식뿐으로 우상을 숭배하는 위선적 미신(僞善的迷信)보다는 계급투쟁의 제일선에 서서 인류 해방을 목표로 삼는 싸움이야말로 진실한 신앙의 움직임이었다. 인간으로서 인간의 맨 밑층에서 동물 이상의 학대를 받고 노예의 철쇄에 얽매여서 모든 인간고(人間苦)에 강철같이 단련된 그의 심신은──그리

하여 사십 년이나 오십 년 동안 오래도록 숨죽였던 그의 정열은
——감격과 용맹에 불붙어서 활화산 터지듯이 그로 하여금 새 힘을 내뻗치게 하였다. 과연 노당익장[4] 하는 그의 씩씩한 활동은 보는 이로 하여금 눈부시게 하였다. 그래서 그를 ××××목사라고 하지마는.

신생명은 이렇게 위대한 것이다.

봄을 맞는 나무에는 고목에도 신간(新幹)[5]이 돋지 않는가?

지금 그가 기다리는 동지들——안, 리, 김——은 하나 둘씩 찾아오기 시작하였다. 키 작은 노동자가 들어오는 것을 보고 그들은 더욱 반가이 맞아들인다.

"아, 김동무 벌써 다녀오시오!"

"대관절 최동무 증세가 좀 어떻습데까?"

하고 주인은 위선 안심찮은 듯이 병인의 소식부터 묻는다.

"그저 그만하더구먼요. 병중에도 조합일을 생각하기에 골똘한 모양이야. 앓는 때는 좀 머리를 쉬어도 좋을 터인데."

"글쎄요. 어떻든 그 동무도 무척 열심이야."

"암, 좌우간 어서 일어나야 할 터인데."

"글쎄 원……"

안동무 리동무도 근심스러운 듯이 한마디씩 거들었다.

"그런데 박군이 웬일인가?"

하고 김윤수——키 작은 노동자——는 다시 좌중을 돌아보며 묻는다.

"어디를 또 다녀오느라고 그라나?"
"글쎄."
하고 김윤수는 무릎을 동개어 앉는다. 안과 리는 화롯가에 앉아서 담배를 피운다.
"저…… 요 담에는 강연 날짜가 언제인가요?"
"돌아오는 토요일 밤이라지."
하는 목소리가 채 끝나기도 전에 문밖에서 신발 터는 소리가 툭툭 들린다.
"아 박동무요!"
하고 주인은 반색을 하며 부르짖는다.
"네, 여러분! 늦어서 미안합니다."
하고 성큼 들어서는 것은 과연 키 큰 노동자——박준철이었다.
"들어오시오!"
그는 다시 뒤를 돌아보며 하는 말에
"누구?"
하고 방 안 사람들은 일제히 문 앞을 내다보았다.
"저, 성득이……"
"아! 성득이가 웬일이오?"
그들은 다시 놀라며 부르짖었다. 과연 방 안으로 나타나는 것은 성득이었다.
"여러분! 진지들 잡쉈습니까?"
성득이는 들어와 앉으며 좌중에게 두루 인사를 하는데
"나 있는 곳을 몰라서 여기 오면 나를 만날 줄 알고 찾아오는 길에 문밖에서 서로 만났소."

하고 성득이가 찾아오는 뜻은 우리 조합에 들고자 함이라는 말을 준철이가 대강 설명할 때 그들은 더욱 희한한 듯이 함성을 질렀다.

"일부러 찾아오기까지 하는 것은 대단히 고맙소."

하고 주인은 기쁜 표정으로 말한다.

"정말 성득이는 의외인데."

그러나 그들에게는 아까 낮 일이 머릿속으로 선뜻 지나가며 어떤 눈치를 채기는 채었다.

"네…… 저—."

비로소 성득이는 입을 벌리어서 그의 더듬거리는 말을 뱉기 시작하였다.

"참 지금도…… 저 어른(박준철을 가리키며)과 말씀했지마는 나는 오늘 처음으로……"

그는 무슨 의미인지 여기까지 말을 멈추고 고개를 숙인다.

"네! 편히 앉으시오."

성득이를 권하는 준철이는 다시

"그러면 어떻습니까. 이 동무를 조합원으로 천거하는 것이……"

하고 좌중을 돌아보며 묻는다.

"물론 좋겠지요."

여러 사람들은 일제히 찬성하는 뜻을 표하였다.

"네 나도 좋은 줄로 생각합니다."

이 말을 들은 성득이는 두 무릎에 손을 얹고 감격한 듯이 얼굴에 상혈이 되었다. 그는 다시 입을 열어서
　"참 여⋯⋯여러분들도⋯⋯아까 낮에 보셨지마는—저는 참으로 누구보다도 저를 멸시하는 사람보다도 못난 줄을 잘 알고 있지요. 원래 제가 못나서 그⋯⋯그렇지요마는—(그의 목소리는 떨리기 시작한다) 그러나 다른 까닭이 아주 없는 것도 아니여요. 저는 그것이 더 원통합니다!⋯⋯"
하고 그는 잠깐 말을 끊었다. 여러 사람들은 그가 몹시 긴장된 바람에 자리를 고쳐 앉고 정숙히 그의 뒷말이 나오기를 기다렸다.
　"원래 천생으로 못생긴 데다가 다시 더욱 못나도록 맨드는 일이 이 세상에 없지 않은 줄을 저는 알아요. (그의 더듬거리는 말은 차차 유창하게 흐른다) 그렇다면 이런 일은 저 혼자만 당하는 것이 아니라 저 같은 많은 불행한 사람이 저 같은 고민을 하고 있을 것이다. 세상에서는 천치를 보고 저런 것이 무엇 하러 사느냐고 비웃지요마는 천치는 천치인 줄을 모르는 까닭으로 오히려 행복한 듯이 사는 것입니다. 만일 천치가 자기의 천치인 줄을 알게 되면⋯⋯그것은 죽기 이상의 고통을 주는 것입니다. ⋯⋯그런데 저는—."
　"그야 그렇겠지요."
　그중에도 더욱 그의 말하는 솜씨에 놀란 듯이 주인은 놀라운 표정으로 성득이를 쳐다본다. 아니 방 안 사람이 모두 그러한 표정으로.
　"지금 이 자리에서 동지의 의(誼)를 맺은 이상 무슨 말을 못 하

겠습니까? 저는 어려서부터 부끄럽고 못생긴 고백이올시다마는 남에게 눌려만 지냈습니다…… 저는 한 번도 누구에게 칭찬을 받어보지 못하고 한 번도 사람 같은 대우를 받어보지 못하였습니다. 어려서 부모한테도 노상 학대와 모욕과 윽박지름만으로 찌들려 커난 저는, 그것이 어떤 비겁한 성미(性格)를 이루어서 실상은 나만도 못한 자에게까지라도 그보다 낫다는 체를 못 하고 나 혼자만 속치부를 하고 있습니다. 그러나 그 속을 누가 알겠습니까?"

"하하 그렇지요. 그야말로 뱃속에다 육조를 배판했기로니 누가 알겠소."

"그러기에 사람이란 환경의 지배를 받는다는 것이지요?" 하고 김윤수는 침통한 기색으로 말한다. 그의 눈썹은 가늘게 떨리었다.

"그런데 오늘 처음으로 참으로 나는 평생 처음 당하는 나를 남과 같은 사람으로 동등하게 알아주는 이를 오늘 처음으로—저 어른을 찾어냈습니다. (박준철을 가리키며) 연민으로 동정하는 것은 거지에게 동냥 주는 것같이 양심 있는 자에게는 더욱 고통을 주는 것이지요. 그런데 오늘 저는 오랫동안 나를 찍어눌르고 있던 악마를 떼어준 것 같은—동지 간의 동정—다시 말하면 나도 남과 같은 사람인 줄을 깨우친 것은 나로 하야금 전에 없던 새 힘을 내게 하였습니다. 저는 그때 어떻게 감격하였던지 왼몸에 쥐까지 났습니다."

하는 그의 눈은 어떤 불같은 정열이 빛난다.

"아, 참으로 그런 일이오."

좌중은 모두 동감한 모양이었다.

"아 그것은 노형뿐 아니라 나도 그런 경우를 당해보았소!"

잠자코 있던 박준철은 그의 말을 받아서

"아니 그것은 여기 있는 여러분들도 경험해보았겠지요. 다 같은 사람으로서 어찌해서 누구는 편하게 놀면서도 부자로 잘살고 누구는 밤낮 일만 하여도 입에 풀칠하기가 어려워서 굶어 죽게 되는가. 이런 이상한 일을 이상하게 생각조차 못 하고서 이것은 과연 부귀는 하늘이 내고 가난은 전생의 죄악이라고나 하던 그전에 팔자 한탄만 하던 때에는 참으로 저들 부하고 귀한 이들을 하늘같이 쳐다보지 않았겠습니까? 그러나 한번 계급의식에 눈을 뜨고 볼 때 그때는 과연 어떻겠습니까? 지금 동무가 말한 것같이 나도 사람이라는 것을 절실히 깨닫게 되었습니다. 놈들이나 내나 사람 되기는 피차일반이지마는 그들은 우연한 기회로 돈과 세력을 잡은 고로 그런 생활을 하게 되고 나는 그것이 없는 까닭으로 놈들에게 문서 없는 종질을 하는 것이지 놈들이 결코 사람으로서 나보다 잘나지 못한 것을―아니 도리어 놈들은 악독한 죄악을 지으며 선량한 민중의 피를 빨어먹고 사는 마귀 같은 놈들인 줄을 알게 될 때―그때 나의 피는 끓었습니다. 살은 뛰었습니다. 여기에서 우리는 정의의 칼을 들고 일어서지 않을 수 없고 적수공권[6]인 우리에게 도리어 큰 힘이 생기는 까닭입니다. 동무! 자, 앞으로 분투합시다!"

하는 박준철도 흥분되어서 주먹을 쥐었다. 여러 사람들은 모두 감격하였다. 그들은 새로 얻은 동지를 번갈아 가며 뜨거운 악수를 교환하였다. 모두 기뻤다. 과연 진실한 동지 하나를 얻는 것은 얼마나 힘을 주는 것인가? 얼마나 즐거운 일인가? 제군!

3

"자, 인제는 다른 일을 의논합시다."

김윤수의 이 같은 발언에 그들은 비로소 화제를 돌리고 냉정하게 되었다.

"요담 강연회는 돌아오는 토요일이라구요?"

구레나룻 난 리석준이는 박준철을 보고 묻는다.

"네! 참 그날 밤에 빠지지 말고 참례하시지요."

하고 박준철은 생각 내킨 듯이 성득에게 말하였다.

"네!"

"강사는 누구로 정했나요?"

"네! ××에서 오기로 했답니다."

"참! 어제 저녁에 그분은 말 잘하던데요. 우리같이 무식한 자에게도 알아듣기 쉬움도록."

주인은 참으로 감심한 듯이 입을 벌린다.

"잘하지요? 그이가 S당 집행위원으로 있는 권택이란 이올시다."

김윤수가 대답하였다.

"네? 그이가 바로…… 응."

"김군! 오늘 신문 보았나? ××전기회사에 파업이 생길 것 같다고."

"응! 파업이야. 그럼 우리 조합에서도 응원을 해야 되지 않나."

"글쎄!"

"제길할…… 한 군데에서 파업이 나거든 예서 제서 동맹 파업이 벌떼같이 일어나야 할 터인데."

김윤수는 안타까운 듯이 주먹으로 방바닥을 치며 부르짖는다.

"차차 그렇게 될 것이 아닌가. 나날이 늘어가는 노동자는 그러지 말래도 말 수가 없을 터인데 무얼. 왜 그런고 하니 무산자의 살길은 단결밖에 없는 까닭으로."

"간밤에 그이 말마따나 참으로 소탐대실(小貪大失)이야. 같은 무산자끼리라 단결이 얼핏 될 것 같지마는 고놈의 조고만 잇속에 눈이 가리어서 큰 것을 잃어버린단 말이지요."

"그렇지요. 개중에는 무지해서 그런 사람도 많겠지마는 조고만 이해타산에 빠져서 저와 남을 망치는 자도 많겠지요."

"지금 우리 조합원 중에도 그런 사람이 더러 있겠구먼. 위선 원성이부터."

"아니 그 사람은 아즉 주의가 굳지 못해서 그렇지 않을까?"

"여적 굳지 못한 것이 어느 해가에 굳는단 말인가? 그 사람 하는 일이 매사에 성의가 없겠다. 이건 무슨 일이 하는 것 같기도 하고 않는 것 같기도 하게."

"아니 그러면 한번 진심을 캐보아서 여차즉하거든 제명을 해버리세그려. 참으로 동지가 되든지 그렇지 않으면 적이 되든지 해야지. 거기중[8]이란 것은 아주 나쁜 것이야."

"그렇지."

하고 준철이의 말을 주인은 힘차게 대답한다.

"이제는 정말로 수효만 채우려 드는 지상운동 할 때가 아니야. 진용을 정리하여 알토란 같은 정예분자(精銳分子)만 골라 세워야지. 그까짓 허재비[9] 같은 수효만 많으면 무엇 하는 것인가?"

"그러기에 조합원을 천거할 때부터 신중히 할 필요가 있겠지마는 입회한 후에도 교양부(敎養部)에서 시험해보아서 실제 운동에 투사가 되지 못할 위인은 탁탁 제명해버릴 일이지."

"그래 권위 있는 각 조합이 서로 연락을 취하여 대외적으로 맹렬한 운동을 지속하고 대내적으로 그런 투사를 많이 양성할 일이야."

"그럼. 어제 저녁에 그이도 말하데마는 각 단체의 단독 힘으로야 무슨 승리를 얻겠나. 각 단체가 합력하여 싸우지 않으면 안 되겠지. 그런데 나는 지금 들은 이야깃거리가 생각나네. 나도 그 신문 제목은 보았네마는."

"응! 무슨 이야기?"

다른 사람들은 두 사람——준철이와 윤수——의 대화를 잠작히 듣고 앉았다가 윤수의 이렇게 묻는 바람에 일제히 준철이에게로 시선이 몰려왔다.

"은지게와 등짐장사라는."

"은지게와 등짐장사? 은지게라니?"

"글쎄 들어봐요."

하고 준철이는 이 문제의 이야기를 꺼냈다.

"은지게란 은으로 만든 지게란 말이야. 이야기는 간단하지. 삼십 년 동안 어깨에 지게를 떼지 못하고 등짐장사 하는 어떤 총각이 올에는 생강 금이 비싸다는 말을 듣고 이번에 김장 대목을 보러 왔다가 본전도 못 건지는 헛장사를 하고 난 담에 홧김에 선술집에 가서 몇 잔을 마시고는 빈 지게를 지고 진고개 구경을 갔더라네."

"그래서!"

하는 윤수뿐 아니라 좌중이 모두 호기심을 가지고 귀를 기울였다.

"어느 골동상점(骨董商店) 앞을 지나다 보니까 유리창 안으로 늘어논 물건 중에 간드러지게 은으로 만든 지게를 생강 장사에 팔난[10] 쥐꼬리 같은 머리 딴 총각(사기로 만든 사람)이 지고 섰는 것을 볼 때 그것은 영락없이 자기와 같다는 생각이 났더라네. 그래 고만 자기도 모르게 작대기로 그놈을 후려쳤더니 유리창이 산산이 깨지고 그는 순사에게 붙들려서 지금 ×× 경찰서에 갇혔다는 것이야."

"허 허 원! 세상에는 별일도 다 생기는군."

구레나룻의 웃는 바람에

"아니 그럴 듯도 한 일인데."

주인은 일없이 준철이를 쳐다본다.

"그렇지요. 부르조아 놈들이란 그렇게 노동자를 이중 삼중으로 착취를 하지요. 직접으로는 노동자의 ×를 ×××고 간접으로는 골동품을 만들어서 그것을 향락하잔 말이지요. 다시 말하면 물질과 정신으로 ××하게 ××하잔 말이외다. 그것은 노동자는 이렇게 천하고 사람 같지 않은 것이란 것을 널리 선전하여 기생충 같은 저희들이 도리어 진정한 인간이라고 대중으로 하여금 저희들을 쳐다보게 하고 따라서 저희들의 지위를 영원히 누리자는 그들의 수작으로는 마땅히 그럴 게지요."

"그들의 당연한 것과 마찬가지로 무산자의 반역 운동도 당연 이상의 당연한 일이겠지. 그들은 우리 무산 계급이 있어야 살겠지마는 무산 계급은 또 그들이 없어야 살어날 것이니까. 결국은 투쟁이다! 그러나 지금 이야기한 생강 장사 주인공은 비록 그의 행동이 한때의 통쾌한 맛은 있다 하겠지마는 그런 반역은 가치 없는 희생뿐으로 하나도 소용이 없는 것이야. 이로 보아서 푸로레타리아의 최후의 승리는 정치적 투쟁이라야 얻는 것이란 말이겠지."

"그렇지. 우리의 급무는 조직과 전선의 통일에 있다."
하고 윤수도 열렬하게 부르짖었다.
"아 밤이 어떻게 되었나?"
하는 준철이는 비로소 정신이 난 듯이 고개를 번쩍 쳐든다.
"아즉 초저녁이오."
하고 주인은 대답하였다.
"자, 심심하니 무엇 좀 사서 먹을까?"
"글쎄. 모처럼 이 동무도 왔으니. 그러나 돈들 있나. 나는 오 전 밖에……"
"응! 모다 주머니를 털어보자구."

"아니 여기 있소. 내가 사 오지요."

하고 주인이 주머니를 뒤진다. 이때 마침 문밖에서

"야끼이모—."[11]

하고 외치며 구루마 바퀴 구르는 소리가 들린다.

"자 있는 대로들 냅시다그려."

그들은 야끼이모를 사서 벗겨 먹어가며 밤이 깊도록 이야기를 하였다. 어떻게 했으면 회원 모집을 잘하고 회비를 잘 거두고 또는 야학에 관한 일 실직한 조합원을 구제할 일 누구누구의 행동을 감시할 일 요다음 총회에 관한 일 그 밖에 여러 가지 문답과 토론을 하며.

독자도 거의 짐작하겠다마는 그들 중에서는 준철이와 윤수가 그중 사상이 성숙하였다. ×조합에는 회원 사이의 연락을 취하기 위하여 동, 서, 남, 북, 중앙의 다섯 반으로 반을 나누었는데 윤수와 준철이는 동반의 위원으로 일을 보는 터이었다.

4

그들이 이렇게 재미있는 회합을 하고 있는 이때 한편에서는 그들의 꿈도 안 꾼 음모를 꾸미는 줄을 누가 알까 보냐? 이튿날 아침에 그들은 평시와 같이 공장으로 달려갔더니 뜻밖에 큰일이 생기었다.

어제 성득이를 조롱하다가 중목환시[12] 중에 봉변을 톡톡히 당한 원식이는 머리끝까지 복수심이 탱중[13]하여 어제 밤새도록 동분서주하였다. 그들은 그까짓 자식(원식) 따위는 별짓을 다 해야 소용없다고 어제 돌아오는 길에도 안심하고 말하였지마는 그들의 생각한 바와 같이 그렇게 만만히 볼 위인은 아니었다.

그는 어떻든지 공장 감독이 그를 그리 대단히 알지 않았다마는 조합원패—그중에도 준철이와 윤수의 축—를 내쫓을 수가 없어 그렇지 그대로 두고 싶은 것은 아니었다. 그것은 간 여름의 파업이 그들의 주모로 일어났었고 뜻밖에 그들의 인기가 커서 부득이 회사 측에서 양보하고 말았지마는 그때의 굴욕은 지금까지 기억이 새로웠다. 그래 그러지 않아도 은근히 그들의 내쫓을 틈을 엿보고 있던 참이었다.

그런데 지금은 그들을 내보낸대야 다른 직공들이 저희들에게는 이해가 없는 일에 파업을 일으킬 리도 없고 구실도 없다. 도리어 이편에서는 그들을 내쫓을 만한 트집거리가 없지마는—게다가 원식이의 대적을 선동하는 바람에 감독은 이때가 기회로구나! 하고 마침내 원식이의 말을 디디어서 효수(梟首)[14]를 단행하기로 한 것이었다.

그래 그들은 공장에 들어가는 길로 사무실에서 부른다는 말에 어인 영문인지도 모르고 따라 들어갔다. 거기에는 표독스러운 감독의 눈이 독수리 눈같이 노리고 앉았고 지배인은 위엄을 갖추고 버티어 앉았다.

그들이 차례로 들어서자 지배인은 엄숙한 목소리로 지금부터 해고한다는 것을 단언한 후에 해고하는 이유는 신성한 공장에서

설령 불쾌한 일이 좀 있다더래도 말로 온순히 할 것이지 난폭한 행동을 하는 것은 직공의 행위로는 불온하기 짝이 없다는 것이었다.
"그러면 우리들은 무슨 까닭으로 해고를 하느냐?"
고 윤수 이하의 사람들이 질문할 때 그의 대답은 그대들도 준철이와 뇌화부동[15]하는 한패로서 같은 불온분자로다 볼 수밖에 없다는 것이었다.
"무엇이야? 그런 일이 어디 있는가?"
"그러면 감독이 직공을 때리는 것은 불온하지 않은가?"
"그렇지. 그건 무슨 일이야?"
하고 장수백이는 주먹으로 테이블을 치며 지배인 앞으로 달려들었다. 그들의 살은 떨리었다.
"응! 그것은 무슨 일이야!"
"어서 나가라 무슨 일이 있나?"
하고 감독은 일어나서 그 사이를 막아선다. 장내의 공기는 각일각…… 노동자들의 입에서는 예서 제서 함성이 일어났다.
떠밀고 버티고 쿵쾅쿵쾅 야단이 났다. 사무원들이 눈이 휘둥그레져서 모두 이층으로 뛰어오른다. 공장 안의 공기는 각일각 긴장된다. 직공들은 수군수군하였다. 이 눈치를 챈 감독은 두 손을 흔들며
"섰지 말고 일을 해라! 일을 해라!"
하고 웅기중기 선 직공들을 동독한다. 이층에서는 예서 제서 퉁탕거리고 전화는 따르르! 따르르 연방 운다. 이때 늙은 노동자는

호외 151

팔을 걷고 내달으며

"우리는 지금 애매하게 해고를 당하였다. 여러 동무들! 그래 어제 원식이란 놈에게 한 일이 준철이가 무엇이 잘못이냐. 그것으로 우리를 해고할 일이 무엇이냐. 이것은 원식이란 놈의 농간이다! 이 죽일 놈! 어디로 갔느냐? 응!"

하고 장내가 진동하게 소리를 질렀다. 그는 무섭게 두 주먹을 쥐고 눈에는 불덩이가 왔다 갔다 한다.

"아, 그것은 무리한 일이다."

직공들 틈에서 함성이 일어났다.

"그렇다! 횡포다!"

예서 불끈 제서 불끈. 장내의 질서는 문란하였다. 벌써 기계는 돌아가지 않는다.

"이때이다."

"여러분 박준철은 간번 파업에 우리가 승리를 얻게 해준 제일 공로가 있는 줄 아십니까? 우리는 그를 다시 채용하고 채원식이란 놈을 내쫓지 않는 이상 파업하기로 합시다! 이것은 회사의 포학이다. 만일 이것을 우리가 묵과(默過)한다 하면 차차 우리 앞에도 그런 일이 당할 것입니다. 한번 실패는 영원한 실패로 돌아갑니다. 여러분! 우리는 간번의 승리를 기억합시다!"

별안간 성득이가 튀어나와서 열렬한 목소리로 이렇게 부르짖는데 평시에는 말 한마디를 잘 못하는 숙맥 같은 사람이 병에서 물 쏟듯 힘 있게 부르짖는 바람에 그들은 모두 황홀하여서 기적같이 쳐다보았다.

"자, 옳다!"
와하고 함성을 올렸다.
"와— 와—."
소요는 점점 더 요란하였다. 회사원들은 성이 난 군중을 어쩌지는 못하고 갈팡질팡하였다.
"따르르! 따르르!"
전화는 연방 운다.
이때 마침 어디 가 숨었던 원식이가 샛문으로 달아나는 것을 별안간 발견한 군중은
"저놈 저기 간다! 저놈 밟아라!"
하고 군중은
"와—."
그리로 몰려갔다. 뭇 발길 밑에 원식이는 땅 위에 엎더졌다.
"와— 와—."
"기계는 다치지 마라! 기계는!"
하고 준철이는 군중을 지휘하였다.
"후당탕! 뚝! 딱."
온다! 저기서 순사의 떼가 몰려온다.
"절그럭 절그럭 호로록! 호로록!"
순사와 군중 사이에는 격투가 일어났다. 어느덧 구경꾼이 성을 싼 것을 기마 순사는 말을 달리어 군중을 헤친다.
한바탕 이 야단 통에 원식이 이외에 부상자는 병원으로 떠메어 가고 폭행한 직공들은 경찰서로 붙들려 갔다. 그중에는 해고를

당한 여섯 사람은 물론이요 성득이 이외로도 수십 명이 묶여 갔다.

*

이날 성내에서는 방울 소리가 요란하며 호외를 헤치는 신문 배달부가 사방으로 펄! 펄! 뛴다.
거기에는
'C제철소 파업 발발'이란 큰 제목 아래에
'중경상자 수십 명과 팔십 명의 폭행자 검거'
라는 근래 초유의 대사건이라고 오고 가는 사람의 이목을 경동[16]케 하였다.
C제철소 공장 문은 굳게 잠기고 회사 중역들은 머리를 맞붙이고 구수응의[17]를 하는데 이날 저녁때 전기회사에도 파업이 일어났다.
북같이 드나들던 전차가 일시에 뚝 끊기고 큰 길거리는 별안간 적막하다! 시내의 인심은 더욱 흉흉한데 호외를 돌리는 배달부의 방울 소리는 다시 시내를 요란히 울리고 갔다.
"호외! 호외!"

해후(邂逅)

1

 B가 출옥하던 날 아침이었다. S감옥 문밖에는 여러 동지들이 모여 서서 그가 어서 나오기를 고대하고 있었다. 거기에는 사회단체의 여러 동지들을 위시하여 신문 기자와 그의 친구들과 아울러 특히 여자청년회의 수삼 인은 그야말로 만록총중의 일점홍[1]이 방불하였다. 때는 청명한 초가을. 아침의 산뜻한 공기가 심신을 상쾌케 하였다.
 옥문이 덜컥 열리자 그들의 눈은 일시에 그리로 향하였다. B는 나타났다. 이태 동안 철창 생활에도 그는 오히려 씩씩한 기상으로 옥문을 나섰다. B는 미소를 띠고 그들과 일일이 악수를 교환하였다. 그들은 모두 지기지우가 아니면 같이 일하는 동지들이므로 누구나 다 그리운 얼굴 아님이 없었다마는 그중에도 현재 ×

×여자청년회 중앙집행위원의 한 사람으로 있는 S를 대할 때 그는 처음에는 누구인지 모를 만큼 놀라지 아니치 못하였다. 그는 불과 삼 년 동안에 아주 모던걸이 되었다. 그때 S는 부끄럼을 무릅쓰고 그에게 악수를 청했다. 입심 좋은 ××회 간부인 K는 이런 때에도 입을 그대로 두지 않았다.

"아! 자네가 S씨를 다 알던가? 나만 아는 줄 알았더니."

"그럼은요. B선생님은 선생님보다도 먼저 알았답니다!"

"그렇던가요! 그러면 B군은 나보다 행복인데!"

하고 K가 쳐다보는 바람에 S는 얼굴을 붉히고 무안한 웃음을 웃었다. 옆에 있던 O가

"그것은 무슨 의미로? 그러면 K군은 B군을 시기하는 말인가?"

"아니 자네는 너무 연상 작용이 과민하단 말일세. 그것은 남녀 간에 어느 편이나 이성(異性)을 남보다 하나 더 먼저 아는 것은 인간적으로 행복이란 말이야!"

하는 말에

"K군류의 인간 철학이 여전하네그려!"

하고 B도 따라 웃는다.

"남자들이란 저래서 안됐어요! 여자를 만나기만 하면 의례히 연애담을 끌어다 붙이랴고 하는 것이!"

S는 귀밑이 빨개지며 부르짖는다. 그는 B가 인력거에 앉는 것을 보자 고만 Y의 손목을 이끌고 달아났다. 뒤미처 와하고 웃음소리가 일어난다. 그는 달아나는 인력거에서 B의 돌이켜보는 눈과 다시 한 번 마주칠 수 있었다.

*

그 이튿날 밤에 S는 T동 ××번지인 B의 숙소를 찾아갔다. 그는 낮에는 그와 대담하게 악수까지 하였다마는 지금은 어쩐지 발길이 서먹서먹하였다. 그것은 낮에는 단체의 대표로 갔다는 공인의 태도를 가지려 한 것이 그로 하여금 부끄럼을 가시게 하였다마는 이 밤에 혼자 그를 심방하는 것은 순전한 개인 교제라는 것이, 그것은 하나에서 둘까지—오직 부끄러운 생각뿐이었다.

그의 이런 생각은 사 년 전에—열일곱 살 먹던 해 가을—그를 처음으로 만났을 때—C청년회관 연단 위에 나타나던 그의 모양이 떠올랐다. 그때 B는 ××농장 소작 쟁의로 한참 요란하던 그 사건의 진상을 조사하러 ××총동맹 특파원으로 내려왔을 때 지주의 ×× 연설을 할 때이었다.

지금은 그 연설도 죄다 잊었다마는 그 연설은 지주의 ××××것보다도 ×××이었다.

조선 사람은 (以下 十五行略)

그때 B의 연설이 얼마나 큰 감격의 물결을 S의 가슴속에 일으켰던가?

B는 그때 한 달 동안 구류를 당하였다. ××으로 건강이 이상하여서 ××병원에 입원하였을 때 자기는 날마다 놀러 갔다. 그것도 부족하여 우편국에서는 전화를 했다. 그리고 그가 처음에 자기를 몰라볼 제.

"아! 선생님, 그래 저를 모르시겠어요? 보통학교 적에 저를 만나는 때마다 어디로 시집을 가겠느냐고 조롱하시던 일이 생각 안 나셔요?"

하고 손등으로 입을 가리며 웃던 일까지.

그러나 그보다도 그 언제인가 러브레터와 비슷한 것을 써 보냈다가 그에게 엄숙한 대답을 듣던 것이 다른 무엇보다도 얼굴이 붉을 일이었다.──S씨! 당신은 참으로 나를 사랑하십니까? 네? 그렇다면 나는 당신을 감사합니다! 그러나 S씨! 다시 한 번 눈앞에 현실을 굽어보십시오! 지금 우리의 환경이 서로 사랑할 수 있는 처지입니까?…… 우리는 모름지기 감정의 충동을 죽이고 이지의 촛불을 켜서 우리의 앞길을 밝힙시다! 우리는 배 타자 파선하는 위험한 항해는 하지 맙시다! S씨! S씨가 참으로 나를 사랑하시거든 당신은 당신의 앞길을 예비하십시오! 지금 우리들은 더구나 안가의 행복만을 구할 때가 아닌가 합니다! 그러면 나는 S씨의 전도를 축복하겠습니다! 하던 그의 말이. 그러나 그가 서울로 떠나던 날 자기는 얼마나 남모르는 슬픔에 울었던고?!……

그러나 또다시 한편으로 생각하면 그에게 이런 무안을 보지 않았다면 자기의 오늘날이 있을 것 같지 않았다. 이런 생각은 도리어 그에게 자기의 향상한 생활을 자랑하고 싶은 맘도 없지 않았다. 과연 자기가 삼 년 전에 부친은 작고하고 의탁할 곳 없는 모친이 이제는 살 수가 없으니 어서 시집을 가라고 조를 때──어느 순사 다니는 부자한테로 재취 시집을 가라 할 때──만일 B에게서 그런 답장이 오지 않았어도 자기는 과연 서울로 뛰어올 수가 있었을는지?

그의 편지 답장은 이러하였다.

"마치 전장에 나가는 무사처럼 집을 뛰어 나서든지 그렇지 않으면 제단에 오르는 양과 같이 어머니의 〔한 줄 판독 불능〕 그때 자기는 얼마나 분하였던가? 어쩌면 그렇게 무정하게 순사에게로 시집을 가든지 하라느냐고?! 이것은 벌써 자기를 연약한 여자라고 넘보고서 십상팔구²에 시집을 가겠지! 하는 수작이 아닐까? 천하에 약한 자여! 네 이름은 여자니라! 하던 니체인가 누구의 말을 들을 때와 같이, 그때 분해서 죽겠던 일이 지금도 엊그제 일같이 생각났다.

S는 지금 이런 갈피 없는 생각에 글뛰면서³ B의 숙소를 찾아간다. 그는 삼 년 전 자기에게로 다시 돌아간 것같이 그의 가슴에는 만단비회⁴가 굽이쳐 일어났다. 그는 발길이 허전허전하였다.

2

S는 올해 스물한 살이었다. 그가 서울로 올라온 지도 벌써 삼 년이란 세월이 지났다. 삼 년이란 시간이 그리 장구할 게야 없겠다마는 그동안 지나온 격난을 생각하면 그도 B의 옥중 생활만치나 지루하다 아니 할 수 없을 것이다.

그것은 잊으려야 잊을 수 없는 재작년 삼월 일일이 아니던가? 그는 그날 밤에 가만히 자기 집을 나섰다. 그는 그날 우편국에서

규약 저금을 찾은 돈으로 그날 밤 열한 시에 떠나는 북행 차에 뛰어올랐다.

그 이튿날 아침에 그의 발은 서울의 거리를 내려섰다.

그러나 그의 군량은 불과 한 달을 지탱하기도 어려웠다. 그는 그때 ××여학교에 다니는 동창생인 D의 기숙사를 찾아가서 위선 한 달 기숙비를 주고는 기숙을 정하였다. D는 그의 고모 집에서 유숙하는 터이었다.

그는 위선 직업을 구하러 나섰다. 그러나 한 달이 거진 지나도록 그는 날마다 서울의 저자를 기웃거려보았지마는 그에게 일거리를 주는 사람은 없었다. 그가 만일 사월 오일에 그 직업을 붙들지 못하였더면 그날 밤에 그는 한강철교 위에서 떨어져 죽었을 것이다.

그날도 그는 전날과 같이 진고개로 돌아다니다가 우연히 호시 카페에 고용하게 된 것이다. 그는 그때도 들어가려니는 생각지도 못하였으나 '여급 임용'이란 쪽지가 붙은 것을 보고 허허실실로 한번 물어본 것이 다행히 그 자리를 붙들게 되었다. 그것은 무엇보다도 그의 인물이 아리따웠던 까닭이겠지. 그는 시골서 이태 동안 전화 교환수를 다닌 까닭에 일본말도 능란하고, 또 그들은 강제로도 일본옷을 입힌 까닭에 그는 화복을 입을 줄도 잘 알았다. 그래서 카페 주인은 기뻐하였다마는 S는 다시 그들의 종이 됨을 슬퍼하였다.

호시 카페는 나날이 번창하였다. 그럴수록 S의 신역은 고되었다. 과연 호시 카페의 일 년 생활은 그가 난생처음으로 당하는 고생이었다. 그들의 가지각색 심부름과 가지각색 말대답. 이리 가면 저기서 부르고 저리 가면 또 여기서 부르므로 한참 분주할 때는 그는 올지 갈지 모르게 눈, 코, 입, 귀, 손, 발을 일시에 놀렸다. 그래 그런 때는 마치 저녁 여울에 뛰노는 물고기처럼 그들의 사이를 왔다 갔다 하였다.

  과연 그를 옹달샘에 갇힌 한 마리의 물고기라 하면 날마다 밤마다 드나드는 남자들은 모두 그 하나를 낚으려는 어부 같다 할 것이다. 그들은 그에게 '뽀찌'⁵라는 낚싯밥을 던졌다. 그는 그런 낚싯밥을 따 먹고 살기는 여간 고통이 아니었다. 그러나 그는 지금 새삼스레 그런 일로 속상할 것은 없었다. 왜 그러냐 하면 이 세상 많은 무산자들 중에는 자기보다도 더한 고통을 당하고 사는 사람이 많이 있는 줄 아는 까닭으로. 아니 그렇다느니보다도 그의 눈앞에는 멀리 ×××바다가 내다보였다.

  비록 지금은 지옥 같은 답답한 그 속에서 썩은 물을 켜고 살기는 진정 하루가 하루만치 고통이었다마는 그러나 그에게는 ××× 희망이 있었다. 양양한 바다로 뛰어들 희망이 있었다. 이 희망의 소금은 벌써 그의 몸을 절여놓았다. ××××에 다시 썩지 않도록 절여놓았다.

  독자 제군! 고통은 다 같은 고통이라 하지 마라! 다 같은 고통이라도 희망을 가진 고통과 절망을 가진 고통과는 판연히 다른 것이다. 그것은 하나는 살자는 길이라면 하나는 죽자는 길인 만큼 다르다. 희망을 가진 고통! 그것은 악착한 현실의 고뇌에도 족히 위안을 얻을 수 있고 당장 ×××를 올라서더라도 웃음으로 그것을 맞이할 수 있는 것이다. 위대한 이상을 가진 자에게 그 무서울 것이 무엇이랴? 그는 마치 용수철같이 누르면 누를수록 퉁기는 힘이 강하였다. (以下 一行略)

그러나 하루 종일 그 짓을 치르고 다시 밤이 돌아와서 새로 두 시 세 시까지 붙박이로 선(立)일[6]을 하고 나면 몸은 장나무같이 뻣뻣하고 정신은 어찔어찔하여 사지가 아니 아픈 곳이 없이 그의 심신은 피곤할 대로 피곤하였다. 그는 그렇게 그해 일 년을 지났다. 그 대신 월급이라고는 몇 푼 되지 않았다마는 손들의 던져주는 '뽀찌'의 수입이 적지 않았다. 그는 그것을 꼭꼭 저금을 하였다.

그래 그는 그해 가을에 모친을 데려다가 살림을 시작하였다. 그 후에 그는 ××여자청년회에 입회하고 그는 틈틈이 공부하기를 시작하였다. 그때에 비로소 B의 소식을 탐문하여보았더니 그는 벌써 ×× 비밀 출판물 사건으로 S감옥에서 복역 중이라 하였다.

그 이듬해에 S는 카페를 고만두었다. 그는 그동안에 저금으로 밑천을 삼아서 모친으로 하여금 하숙옥을 시작하게 하고 자기는 한편으로 그것을 도우면서 한편으로는 청년회에 전력을 하였다. 그리고 열심히 공부하였다. 작년 일 년 동안의 그의 발전은 실로 장족의 진보이었다. 그래 그는 올봄에 열린 대회 때에는 일약하여 중앙집행위원회 상무위원이란 여자청년회의 우이[7]를 잡게 되었다. 과연 그가 삼 년 전의 시골구석에서 보통학교를 겨우 졸업하고 예수교 학교의 고등과 이학년을 다니다 만 학력으로 다시 전화 교환수라는 직업에 붙들려서 일본옷을 펄럭거리고 다니던 그때 S와 비기어 본다면 지금의 S는 그 얼마나 거듭났다 할까?

S는 이렇게 자기의 지나온 생활을 반추할 때 진실로 금석의 감[8]이 없지 않았다. 그는 이렇게 옛일을 회억하며 지금 B의 숙사를 찾아가는 길이었다. B는 다행히 혼자 있었다. 그는 전등 밑에서 새로 온 신문을 보다가 S를 반가이 맞아들인다. S는 마치 신랑 앞에 서는 신부와 같이 공연히 부끄러운 생각에 귀밑을 붉히었다.

3

 B는 S의 경력담을 듣자 적이 감구지회[9]가 있는 듯이 창연한 빛을 얼굴에 띠며,
 "그러면 그때 왜 나를 찾어오시지 않었어요? 삼월 초생이면 내가 서울 있었던 때인데요!"
하고 S를 쳐다본다.
 "그라지 않어도 그날 집을 나설 때는 B씨에게 전보를 치고 싶은 생각이 있었지요마는 곧 그 생각을 취소하였답니다!"
하고 S는 무료한 듯이 손바닥을 되작거린다.
 "그것은 왜요?"
 "그럼 그런 편지를 주셨는데 제가 무엇 하러 B씨를 찾아가겠어요!"
하는 S의 안색에도 약간 창연한 빛이 떠돌았다. 그는 강잉히 웃음을 지으며 다시 말을 이어서
 "저는 그때 참으로 죽고 살기를 무릅쓰고 나섰답니다. 그때 B

씨의 주신 편지는 지금 생각하면 그같이 고마울 것이 없겠지요마는 그때는 몹시도 분하였어요! 나는 그때는 오즉 B씨만 생각하고 있지 않았겠습니까? 그렇게 믿고 바라던 B씨에게서 그렇게 무뚝뚝하게 답장이 올 줄이야?…… 남은 만지장서[10]를 하고 구원의 손을 내밀었는데 그렇게 무정하게 두어 마디로 시집을 가든지 하라고? 나는 그때 참으로 울고 싶었어요! 아! 그때 일은 생각만 하여도 괴로운 일이어요!"

S는 금시에 감격한 듯이 목소리가 떨리었다.

"아니 그때 나의 편지가 그처럼 S씨에게 흥분을 주었던가요? 그렇다면 미안합니다마는 그러나 S씨 일은 두 가지로 잘러 말할 수밖에 더 있어요?"

"그야 그렇지요마는 그때만 해도 센치멘탈했으니까요! 그때 나는 아주 약기(躍起)하였었답니다. 한편으로 생각하면 B씨의 남자다운 튼튼한 것이 고맙기도 하였지마는 그 반면으로는 자격지심이 더 나서 분해 죽을 뻔했어요. 지금 생각하면 나는 그때 실연의 고통을 맛보았던 게요!"

하고 S는 다시 두 뺨을 붉히며 웃는다.

"그때 우리의 교제를 실연이라고까지 하는 것은 너무나 근거가 박약하지 않을까요?"

하고 B는 슬쩍 S의 눈치를 보았다.

"〔한 단어 판독 불능〕 B씨는 아마 그렇게 생각하셨겠지요! 그때 나 같은 것은. 게다가 전화 교환수쯤이야 아직 젖내 나는 천둥벌거숭이로 알고 대개는 나의 열중(熱中)한 태도에 픽! 픽! 웃으셨겠지요. 〔몇 자 판독 불능〕 나는……"

 "아니 웃지는 않았습니다마는 이렇게는 생각하였습니다…… 아직 앞뒤의 분별을 못 하시고 그저 감정의 벌판으로만 달리랴고 하는 줄을!"

 "그러나 사랑은 맹목적이라 하지 않습니까? ……바른대로 말하면 저는 벌써 보통학교에 다닐 때부터 B씨를 맘에 두었답니다! 내가 이담에 커서 만일 시집을 가게 되면 저런 이를 남편으로 고르겠다고. 여자란 소극적이요 왼손이 하는 일을 바른손이 모르는 체한답니다."

 말끝을 맺는 S의 얼굴은 별안간 무색한 웃음에 저녁놀이 떠올랐다.

 "아! 그래……"

 "그러나 안심하십시오! 지나간 일이 무슨 소용 있어요? 이미 흐른 물이요 흩어진 구름이지요. 참 그때 왜 B씨를 안 찾었느냐고 물으셨지요?"

 "네?!"

 B는 그저 얼떨떨하였다.

 "그러니 제가 어떻게 B씨를 찾어가겠습니까? 그러지 않어도 나는 성미가 고약하답니다. 한번 하고 싶은 일이면 세상없는 사람이 말려도 막무가내지요. 그전에도 한번 예수를 못 믿게 한다고 연 사흘을 내리 물 한 모금 안 마시고 드러누워서 굶어 죽는다는 바람에 아버지를 기어이 꺾고 말었대요. 한번 틀어져도 역시 그렇답니다. 그래 그때 나는 도리어 B씨를 만날까 봐 하였는데요!

왜요? 자격지심이 든 나는 다른 아모에게도 의뢰를 받지 않자고요! 죽든 살든 내 힘으로 살아보겠다! 는 생각은 더구나 남자의 도움은 받지 않겠다는 결심으로요!"

B는 어색한 표정으로 다만 담배만 퍽! 퍽! 피우고 앉았다.

"그라지 않아도 일상 쟁이 잡히는 편은 자격지심이 나기 쉽지 않아요? B씨도 ××사람을 보면 동등으로 생각되지 않지요? 참으로 ×××한 자가 연애가 다 무엇일까요? 행복이 다 무엇입니까? ×××××××없고 지식이 없는 자가 행복이 어디 있어요?!"

"그러나 ××××자도 먹어야 살겠지요!"

"그러나 그의 먹는 것이 ××××와 같은 향락적은 아니겠지요! 그는 먹기 위하여 살 것이 아니라 장래의 참으로 살기 위하여 먹을 것이 아닐까요? 그 인간이 의식 있는 인간이랄 것 같으면 말씀이어요! 자기 해방을 위하여 먹지 않으면 안 될 때에만 먹겠지요. 아, 내가 카페에 있을 때 거기에 밤낮으로 드나드는 남자들이 여자를 어떻게 생각하는지? 나는 인제 남자들의 마음을 잘 알고 있어요. 더구나 사회에 나서서 '여자 해방'을 부르짖는다는 년이 남자의 미지근한 품속을 떠나지 못한다면 그야말로 오쟁이 안에서 살포질 하는11) 수작이 아닐까요?"

"하하…… S씨는 인제 보니까 나한테 도전하러 오셨구려? 그렇다면 남자는 나 하나뿐 아닌데요?"

"그러나 B씨도 남자는 남자지요! 나는 이제는 의식 있는 한 사람의 여자로서 모든 남자에게 대하려 합니다. 위선 B씨에게부터——그러나 다시 한편으로 나는 B씨에게 감사를 드립니다! 저 쇠진[12]이가 그의 형수에게 구박을 받고 나서 분발하여 출세하였다는 이야기와 같이 나는 B씨에게 그와 같은 자극을 받은 것은 감사하지 않을 수가 없으니까요!"

"그런 감사는 불명예한 감사인데요! 남을 학대하여서 그 사람이 분발하였다는 감사는. 그러나……"

하고 B가 다시 말을 이으려 할 때

"아니 B씨가 저를 학대하였다는 것은 아니어요!"

하고 S는 그사이에 말을 세웠다. 비로소 그는 냉정해졌다.

"그러나 그와 비슷한 말이겠지요!…… 그런데 실상인즉 나도 그때 남자로의 욕구가 무척 나를 괴롭게 한 줄 압니다. 나는 그전 보통학교 시절의 S씨는 아주 잊어버렸습니다마는 그때 S씨가 날마다 찾아와 노시고 나에게 호감을 가지신 줄 알 때 나인들 어째서 남자로의 충동이 없었을까요? 나는 그때 S씨에게 어떤 우월감을 가지고 대한 적은 기억이 나지 않습니다마는 그런 것은 구태여 지금 변명할 게야 없겠지요! 하여간에 S씨가 나와 사귀인 결과, S씨로 하여금 오늘날이 있게 하였다 하면 나는 무조건하고 S씨를 위하여 축복을 드립니다! 만일 그때에 S씨의 바라던 바와 같이 우리가 소위 연애를 하였다면, 그 결과는 오늘날의 S씨가 있지 못하였을 것은 사실이겠지요!…… 더구나 나의 애틋해하는 바는 S씨와 같은 길에 나서게 된 것이올시다. 같은 동지로서 S씨와 악수하게 된 것이올시다! 나는 그것을 감사합니다!"

B의 안색에도 적이 감격한 빛이 떠올랐다.

"인제는 그런 이야기는 고만두셔요! 나도 인제는 그전같이 센치멘탈하지는 않으니까요!"
"그러면 요담에는 내가 그런 편지를 쓰게 될는지도 모르겠군요! 그때는 지나간 일을 생각하고 곱쟁이로 보복을 하시게요? 허! 허……"
"호호…… 아니 B씨가 그런 편지를 하실 수 있겠어요? 그렇다면 늙은이의 망령이라고 내가 참으로 웃게요!……"
"하…… 벌써 늙은이 취급인가요?……"
하고 B는 머리를 긁었다. 그들은 일시에 웃고 서로 쳐다보았다. 전등에 비치는 B의 얼굴에는 은연히 옥중 고초가 드러나 보였다. 그와 대조로 S의 육감적인 얼굴은 혈색 좋게 번득였다.

4

"쓸데없는 한담 하느라고 짜장 여쭤볼 말씀을 잊었습니다! 앞으로는 다시 ××에서 일 보시겠지요?"
하고 S가 화제를 돌리는 바람에 B도 따라서 냉정해졌다.
"네! 그렇게 될 줄 압니다."
"한동안 건강을 위하여 휴양하실 필요가 없을까요?"
"네, 몸은 별로 축난 줄을 모르겠습니다마는 그동안에 세상 형편도 매우 변한 모양이니까 한동안 동지들을 만나보고 실제 운동의 이론을 토의해보려 합니다! 그러나 (二行畧)

"……?"

하고 S는 의심스러이 묻는다. 총명한 그의 눈은 어떤 정열에 빛난다.

"그게야 어느 나라 운동이든지 모다 그렇겠지요! 그러나 ××× 대개 실패하지 않습니까?"

"그러나……아니겠지요! 그들의 실패는 대개 무지에서 배태(胚胎)힌 것이 많다고 나는 봅니다. 좀더 구체적으로 말하자면 그런 일을 하는 자일수록 어떤 확립한 ××××××× ××××× ×× ×× 그 일만에 ×××야 하지 않겠어요! 다시 말하면 지금까지 실패한 그들의 대다수는 아직 ×××××××지 못한 만큼 ××××이 부족하고 지력이 부족한 줄 압니다."

"네! 그것은 저도 동감이여요. 모두 그렇다는 것은 아니지마는 대개는 기분적으로 흐르는 경향이 농후한 것 같애요! 소위 우리 여자의 운동에도 아즉도 청년회에 다닌다는 것을 무슨 허영에 팔리고 유행에 뒤지지 않으랴는 것처럼 생각하는 분이 있으니까요."

"그러나 운동이 전개되는 데 따라서 그런 불순한 분자는 차차 떨어져 나가겠지요! 위선 신문상으로만 보더래도 그동안의 운동선은 퍽 조직적으로 정리된 것 같습니다!"

"네! 삼 년 전보다는 매우 진보되었다 할 수 있고 또 앞으로는 더욱 가속도로 첨예해지겠지요."

"그런 말이 났으니 말이지 소위 내가 당한 사건도 그렇게 ×× 될 것이 아닙니다. 그것도 역시 ×× 중의 좀 미덥지 못한 사람의 부주의로 그렇게 되지 않았겠습니까?"

"참 그때 신문에 났던 것을 찾아보니까 그렇더구먼요! 그런데도 그의 실수한 동기는 어떤 여자와 연애에 열중하던 때문이라고요?"

"그러기에 누구는 이런 말을 하였답니다. ××××과 연애 운동은 수화와 같은 상극이라고."

"그러면 ×××는 평생에 연애도 못 해보게요?"

"그러기에 그들은 대개 그전에 연애를 했거나 그렇지 않으면 못 해보기도 했겠지요!"

"그것은 B씨의 자기 변호가 아닙니까?"

하고 S는 다시 웃었다. 그의 두 뺨에 샘을 파고 웃는 안타까운 잇속을 드러내며. 그는 다시 진중해지며

"그것은 농담이올시다마는 참으로 한 종은 두 주인을 섬기지 못하겠지요! 저는 참으로 B씨의 의지에는 감복합니다!"

"아니 S씨가 나를 그렇게 우상으로 취급한다면 나도 그때의 심정을 바른대로 고백하지요. 만일 그때 S씨와 일주일만 더 있었드면 나는 고만 S씨의 포로가 되었을 것입니다."

하고 B는 빙그레 웃는다. 그것은 무슨 독소를 마시는 듯한 고소이었다.

"그래 그때 마치 에레나의 태도를 짐작한 인사롭[13]과 같이 떠나셨습니다그려?! 너무나 과장한 비유 같지요마는."

S는 눈을 똑바로 뜨고 쳐다본다.

"그야 인사롭이나 에레나는 별 사람입니까? 우리 ××× ××

×××인사롭과 에레나 이상의 인물을 탄생하고야 말겠지요. 그러나 S씨는 벌써 에레나의 시대는 지나가고 ××××× 닥쳐오지 않았습니까?"

"그러면 B씨는 룩……아이고 그런 이야기는 고만두고 아까 B씨의 하던 말씀은 저도 많은 감동을 가졌으니 앞으로 조용히 말씀드릴 기회가 많을 줄 압니다! 그러면 고단하실 듯하니 오늘 밤에는 고만 가겠습니다."

하고 S는 새 정신이 난 것같이 사뿐 일어선다.

"아니 나는 고단치 않습니다! 더 노시다 가시지요!"

하고 B도 따라 일어섰다.

"아니 오늘 저녁은 고만 가겠어요. 한번 놀러 와주시지요! 집에는 어머니밖에 아무도 없으니까요."

"네! 일간 한번 찾아가 뵙지요."

"그러면 일간 다시 뵙겠어요!"

S는 발길을 돌렸다. B는 그를 대문 밖까지 바래다주고 방 안으로 돌아와 다시 자리에 누웠을 때 그의 가슴은 별안간 휑하니 마치 동혈(洞穴) 속같이 텅 빈 것을 느끼었다! 그는 회상의 구름을 타고 멀리 하늘 위로 소요(逍遙)하였다. 그는 눈을 감았다. 그의 가슴속에는 어떤 묵직한 것이 내리누르는 것 같았다.

사방은 괴괴하니 오직 시계의 때를 새기는 소리만 똑……똑……똑……

종이 뜨는 사람들

1

"뛰! 뛰! 뛰······"

오전 세 시를 땅! 치자 공장 사무실에서는 우렁차게 사이렌이 울었다.

늦은 봄 첫 새벽녘에 별안간 이 귀곡성 같은 외마디소리는 꿈속처럼 괴괴하던 이 공장촌 일대의 적막을 깨뜨렸다. 마을 사람들은 자다가 벌떡벌떡 일어났다. 그들은 이 한마디 소리에 마치 지옥사자에게 덜미잡이를 당한 듯이 기겁을 해서 일어났다. 과연이다! 그들은 날마다 노동 지옥에서 헤매고 있지 않은가? 염라국으로 가는 지옥 길은 끝 가는 날이나 있는지 모르되 이 노동 지옥 속은 날마다 헤매도 제턱이었다. ······그것은 아비가 죽으면 자식이 대서고—자식이 죽으면 또 그 자식이 대서서—이 공장촌 사람들은 벌써 이렇게 수백 년 동안을 노동 지옥 속에서 살아온 터이니까.

사이렌이 뚝 끊기자 집집마다 도깨비불 같은 불이 빤짝 붙었다. 그리고 두세두세 하는 소리가 들렌다. 미구에 그들은 마치 어둠을 뚫고 나오는 유령같이 초빙(屍戶)[1] 같은 그들의 집 밖으로 어청어청 걸어 나왔다.

그들은 위선 뚝배기에다 찬밥덩이 한 그릇씩을 담아 들고 선술집으로 모여들었다. 그래 그들은 거기다가 술국을 받아 들고 막걸리 한잔과 아울러 해장을 하는 터이었다. 이것이 아침 먹기 전까지의 노동할 힘을 그들에게 주는 것이다. 그것은 마치 쉴 새 없이 돌아가는 기계에다 간간이 기름을 붓는 것과 마찬가지로······

그러고 나서 그들은 담배 한 대씩을 피워 물고는 제각기 맡은 일간으로 달려가는 것이었다. 말하자면 그들은 산 기계이다. 그들은 이렇게 몇 차례씩 기름을 부어가며 하루에 열여섯 시간 내지 열여덟 시간씩의 노동을 계속하는 터이다. 노동을 신성하다 하는 어떤 학자님들은 과연 이런 노동도 신성하다 할 것인가? 하기는 그럴는지도 모른다. 왜 그러냐 하면 그들은 자기네와 같은 놀고먹는 사람들을 위하여 생산을 해주는 까닭으로. 어떻든지 희생이란 신성한 것이니까. 그렇다! 그것만은 사실이다.

2

 장별장네 일간에는 타관 노동자가 한 삼십 명 붙어 있었다. 이 칸 장방—방이라니 무슨 훌륭한 장판방인 줄 알는지 모르지마는 세계 각국 어느 나라를 물론하고 노동자가 거처하는 방에 훌륭한 것이 어디 있던가? 말하자면 헛청과 같은 토방에다 멍석을 죽 깔고 일 년에 한두 번이나 비질하는 먼지와 검불투성이의 방—그런 방 안에서 그들은 마치 토막나무와 같이 즐비하게 쓰러져 잔다. 그들은 입은 채로 이불도 없이 서로 끼여서 포개고 기대고 다릿짓 팔짓을 해가며 코 고는 놈에 이 가는 놈에 잠꼬대하는 놈에 잠자는 것도 역시 괴로운 꿈에서 헤매다가 별안간 사이렌이 울고 장별장이 호통 치는 바람에 깜짝 놀라서 일어났다.
 이 바람에 샌님(그들은 그를 이렇게 불렀다)도 두 눈을 비비고 일어났다. 잔풀머리 노곤한 봄밤에 더구나 온종일 노동하던 그들로서 선잠을 깨어 일어나기라는 참으로 죽기보다 싫은 노릇이었다. 그들은 얼결에 일어나기는 났지마는 어젯날 피로에 무거운 몸은 그들로 하여금 하품하고 기지개를 부드득 쓰고 머리를 득! 득! 긁으며 한동안은 정신을 수습하지 못하게 하였다. 그런데 가뜩이나 노동의 체험이 없는 샌님 같은 이는 더할 말이 없이 아주 갱신을 못 하겠다. 그는 전신이 느른한 게 어디 아니 아픈 데가 없었다. 그래 그는 연해 선하품을 하며 두 손으로 머리를 긁었다.
 샌님은 금년에 이십오륙 세나 되어 보이는 키가 작달막하고 어깨통이 딱 바라진 것이 깎은 머리는 고슴도치 털같이 억세게 일어섰다. 꼬부장한 그의 눈하고 야무지게 다문 그의 입하고 올차게 생기긴 하였다마는 그의 두 손이 흰 것을 보아서 샌님 출처를 위선 짐작할 수 있었다.

그들은 일어나는 대로 하나씩 둘씩 문밖으로 나간다. 부지런하기로 유명한 장별장은 어느 틈에 벌써 해정을 하고 와서 오늘 하루 할 일의 차비를 차리느라고 안팎으로 들락거리며 게두덜대었다.[2]

"샌님 고단하시지요! 어서 나갑시다! 벌써 다들 나갔어요!……"
이것은 뻐드렁니 억석이의 말.

"여보 샌님! 오늘은 우리 일터로 와서 이야기나 좀 합시다그려…… 실없이 나는 샌님의 이야기에 반했어…… 허허허."
이것은 노랫가락 잘 부르는 원식이의 수작이다.

"아이 졸려. 이야기고 무엇이고 졸려 죽겠다."
하고 샌님은 다시 입이 찢어지게 하품을 한다.

"아니 원 그렇게두 졸리우. 우리는 늘 졸업을 해서 그런지 벌써 이때쯤 되면 눈이 저절로 번쩍! 떠지는데."

"암 그렇지. 그러니까 너는 지금도 깨우지 않고 잘 일어났지?……"

"하하하…… 오늘은 늦잠이 들어서 그랬다우……"

"허허허……" 이것은 원식이의 웃음소리다.

이렇게 지껄이는 소리를 들으며 샌님은 그들의 뒤를 따라섰다. 그도 지금 찬밥 뚝배기를 들고 맹꽁이갈보네 선술집으로 가는 길이었다.

 그는 처음 며칠 동안은 자다가 별안간 눈을 비비고 일어나서 우거지 술국에다 만 뻣뻣한 대만미³ 찬밥덩이를 도무지 먹을 수가 없더니만 차차 먹어나니까 제법 먹을 만하였다. 더구나 텁텁한 막걸리란 입에 대지도 못할 것 같던 것이 지금은 그것도 한 잔쯤은 들이켤 수 있었다. 그렇다니 말이지 그가 노동의 체험을 실지로 해보기도 한 달 전에 이곳으로 와서부터이었다. 이 세상에 나온 이후 처음으로 그는 노동의 세례를 받았다. 그는 비로소 의식 없는 노동자가 한 푼만 생겨도 위선 모줏집으로 가는 심리를 이해할 수 있었다.

 ─아무런 희망도 없이 사는 판에 박은 그들의 생활…… 어제나 오늘이나 또는 내일이나 한결같은 노동의 무거운 멍에를 메고 쉴 새 없이 허덕이는 그들─그래서 나날이 뼈를 갈리고 피를 말리고 살을 깎이며 점점 피로만 해가는 그들─집에 들면 주림과 헐벗음과 질병과 부채와 처자의 푸념과 늙은이의 잔소리와 팔자한탄밖에 듣지 못하는 그들─그렇다고 앞으로 무슨 소망이 있는 것도 아닌 다만 아까운 청춘을 속절없이 노동 지옥에서 늙히고 늙고 마는 그들, 과연 그들에게는 이 막걸리 한 잔밖에 인생의 쾌락이라고 또 무엇이 있던가? 술과 여자! 이것은 다시없는 그들의 진통제이다.

 샌님도 지금 막걸리 한 잔에 술국 한 그릇을 다 먹었더니 배가 든든하였다.

 술청에는 일꾼들이 가득 모였다. 젊은 패들은 벌써 만나기가 무섭게 첫새벽부터 맹꽁이갈보를 시달리기 시작한다.

"여보 아씨! 오늘은 더 이쁘구려! 아씨가 이쁘니 어디 한 잔 더 해볼까!"

"암 이쁘고말고요! 자! 술 났습니다."

두 볼이 축 처지고 참으로 맹꽁이처럼 오동통하게 생긴 여자는 뱁새눈으로 음란한 웃음을 살짝 치며 강십장을 할끗 쳐다본다.

"누구 반하라고 오늘은 어제보다도 분을 더 발랐는데…… 하하하."

"당신 반하라고…… 참말로 난 당신 노랫가락에 아주 반해 죽겠어…… 해해하. 위선 한마디 들읍시다그려!"

여자는 다시 원식이에게 추파를 보내며 간사를 떤다.

"얘, 원식이 수났구나. 이 자식아 한턱내라! 허…… 허…… 허……"

걸출이는 원식이의 옆구리를 꾹 찌르며 또 웃어댄다.

"이 자식아 그런 소리 하지 마라. 공연히 최선달한테 남의 응뎅이 부러지라구……"

"하…… 하…… 하……"

그들은 이렇게 주고받으며 술잔을 연신 들었다.

*

"술과 여자는 노동자의 아편이다!"

샌님은 그들의 이런 수작을 옆에 서서 들으며 입속으로는 이렇게 중얼거렸다. 그는 술국을 다 먹은 후에 '마코' 한 개를 피워 물고 다시 그들과 함께 일간으로 달려갔다.

 공장 사무실에서는 두번째 사이렌이 울었다. 그동안이 삼십 분——그들은 날마다 세 시에 일어나서 세 시 반부터는 일을 시작하였다. 먼동이 트려면 아직도 먼 것 같다. 캄캄한 일간에는 반딧불 같은 램프등이 빤짝빤짝한다. 늦은 봄철이라도 새벽녘은 오히려 선선하였다. 더구나 종이 뜨는 일이라 밤에 찬물을 다루기란 뼛속까지 얼음이 뚫고 드는 것 같았다. 차차 여러 일간에서 요란한 소리가 들려온다. 그들은 제각기 맡은 일거리를 손 잡은 것이다. 모터는 돌아가고 각처의 종이간에서도 메질하는 소리가 토드락 탁! 토드락 탁 난다. "어—햐—어—햐!" 이것은 닥(楮)[4] 치는 소리. "움! 움!" 이것은 발꿈치로 닥풀 비비는 소리.

 원식이와 깐깐이는 지금 종이를 뜨느라고 철벅철벅한다. 그들은 어디를 가든지 맞붙어 일하는 짝패이었다. 제지공장에서는 발질(종이 뜨는 일)하는 일꾼이 제일 상일꾼이므로 따라서 그들의 품삯이 제일 많았다(하루에 일 원 오십 전이다).

 올에 열한 살 먹은 만순이는 그들의 종이 뜨는 머리맡에 앉아서 베갯모를 놓고 있었다. 그는 졸려 죽겠는 듯이 연해 선하품을 한다. 그는 장별장네 이웃에 사는 늙은 홀어머니와 함께 날품을 팔아 먹고사는 아이였다. 그의 하루 공전[5]은 이십 전. 억석이와 키다리 김서방은 마주 서서 닥풀을 비비었다. 그들은 맨발을 벗고 작대를 짚고 서서 나무 구수에 담근 닥풀 뿌리를 "움! 움!" 하고 발꿈치로 비비고 섰다. 다른 한 패는 개울 옆에다 걸어놓은 큰 가마

속에다가 닥을 삶느라고 지껄대고 또 한 패는 삶아내는 닥을 널판 위에 놓고 철꺽! 철꺽! 친다. 그들의 기구는 모터를 빼놓고서는 모두 원시적이어서 인력이 많이 들었다.

먼동이 훤하게 터오자 다시 부인 노동자 떼 한 패가 달려왔다. 그들은 일제히 머리에 수건을 썼다. 그들도 이렇게 식전부터 와서 어둡기까지 일하고 이십삼 전의 삯전을 받아 가는 터이었다. 그들의 하는 일은 대개 수지를 고르는 일이었다. 좋은 놈과 낮은 놈 물든 놈과 안 든 놈—그런 것을 각색으로 골라놓는 것이었다. 그러면 한 사람의 노동자는 그것을 거름독 같은 큰 양회 홈통에다 싸놓고 거기다가 양잿물을 끼얹어서 빨아낸다. 그러면 그놈을 다시 건져다가 모터로 갈아서는 (그전에는 당나귀와 연자매[6]로 갈았었다) 냇물에다 깨끗이 헹구어낸다. 거기다가 또 그와 같이 해서 헹구어낸 '닥' '펄프'[7] 같은 원료를 섞어서 물에 타놓고 닥풀물을 넣어서 장대로 한참 내젓고서는 그것을 '발'로 떠내다가 엎어놓고 방망이로 눌러놓는다. 그것을 말리면 종이가 되는 것이다.

3

이 제지 노동자 중에 샌님 같은 노동자가 생겨난 것은 그들에게는 확실히 한 수수께끼였다. 그들 총중에 샌님의 존재라는 것은 마치 까마귀 떼 속에 있는 백로 한 마리와 같았다. 그만치 그들에게 이상스레 보였다. 과연 그들은 샌님을 보고 까마귀 떼같이 지껄였다. 그들은 무슨 까닭으로 샌님 같은 서당에서 나온 손 흰 사람이 자기네와 같은 노동자가 되었는지 알 수 없었다. 그들은 처음에 그가 장별장네 일간으로 들어왔을 때 모두 그를 조소하고 멸시하는 태도로 대하였었다. 그래 그들 중에는 글방 샌님이 여북 못났기에 이런 데로 기어들었느냐고 불쌍하게 여기는 사람도 있었다. 그리고 자기네의 무식한 것을 도리어 자랑하고 싶은—— 무식한 사람이 유식한 사람을 가르칠 수 있는 자기네의 노동력을 자랑하고도 싶었다. 그들은 그가 참으로 못나서 이런 데로 굴러 왔나 부다 하였다. 그의 얼굴이 누른 것을 보고 혹시 아편쟁이가 아닌가 하고 의심하기도 하였다. 그러나 하루 이틀 지나보니 그는 못나지도 않았고 아편쟁이도 아니었다. 그 후로 그들은 그의 내력을 알고 싶어서 말말 계제면 미주알고주알 캐어보았지만 그는 좀처럼 자기 신상에 대한 이야기는 하지 않았다. 그래 그들은 자기네들의 추측으로 아마 그가 무슨 죄를 저지르고 피해 다니는 사람인가 보다 하기도 하고 그렇지 않으면 아마 요새 세상에서 흔히 떠드는 ××××나 아닌가 하는 두 가지로밖에 생각할 수 없었다. 하여간 지금 그들은 샌님의 존재에 큰 흥미를 가지게 되었다. 그래 처음에는 그를 멸시하고 조소하여 도무지 자기네와 같은 그룹이 아닌 것처럼 대하더니 차차 그와 친밀해지는 대로 그에게서도 역시 동류의식을 느끼게 되었다. 그것은—— 샌님은 비록 손은 흴망정 그는 조금도 손 흰 티—— 유식한 티——를 보이지 않고 그들——무지한 노동자와 같이 먹고 같이 자고 같이 뒹구는 데서 그러하였다. 그들은 마침내 샌님에게서도 자기(自己)를 발견한 까닭이었다.

*

 그러나 샌님은 아직 초대이라 마치 견습생과 같이 이일 저일을 맡아 하게 되었다.
 어떤 때는 여자들과 함께 수지를 고르기도 하고 또 어떤 때에는 종이간에서 메질을 해보기도 하였다. 그런 때에 다른 숙련공들은 샌님의 서투른 메질 하는 것을 보고 모두 허리를 잡고 웃었다. 그는 원식이가 종이 뜨는 데서 베갯모를 놓아주기도 하고 김선달이 종이 부하는[8] 데서 종이를 부해보기도 하였다. 또는 푸른 잔디밭으로 가서 종이를 널기도 하고 그것을 걷기도 하였다. 그는 한 달 동안에 이 제지공장에서 여러 가지 일을 골고루 다 해보았으나 닥풀 비비는 일하고 종이 마는 일하고 종이 뜨는 일 세 가지만은 하지 못하였다. 종이 뜨는 일은 원래 기술이 없어서 못 하지마는 다른 두 가지는 힘에 부쳐서 할 수 없었다. 위선 닥풀을 비비다가는 닥풀이 벗겨지기 전에 자기의 흰 발꿈치가 먼저 벗겨질 지경이요 두꺼운 장판지 대각(大角) 같은 것 스무 장을 한 손에 뚤뚤 말기도 샌님 같은 약한 손으로는 손아귀 선심(力)이 위선 부족하였다.
 그는 오늘은 종이 다루는 일간에서 종이 부하는 일을 하게 되었다. 거기에는 키다리 김선달 원성이 광문이 누구누구 한 십여 명이 뺑 돌라앉아서 종이를 부하는 터이었다. 거기에는 여자들도 두어 명 섞여 있었다. 그 앞에 헛간에서는 다른 한 패가 종이를 다듬느라고 또 야단들이었다.

"여보! 샌님 유물사관 이야기나 좀 하시구려……"

"아주 김선달은 유식하니까…… 우리는 도모지 말귀를 잘 몰라서 재미가 있어야지!"

"그래 그보다도 지진 통 이야기나 좀더 들려주어요. 난 그 이야기가 재미있더라."

"웅! 지진 이야기도 좋지. 아따 아모것이나."

"아니 그보다도 노동자 이야기를!"

그들은 이렇게 샌님을 한가운데다 놓고 한마디씩 떠들어댄다.

이때까지 아무 말이 없이 꾸지럭 꾸지럭 종이만 부하던 원성이는 별안간 샌님에게 이렇게 물었다.

"여보 샌님! 사람이란 참으로 무엇 하러 사는 게라오?……"

샌님은 아무 말 없이 빙그레 웃으며 한참 동안 원성이를 건너다보고 있었다.

"날마다 자고 먹고 이렇게 밤낮 일만 하는 사람들…… 여기 김선달이거니 박서방이거니…… 우리 모두가 참으로 무엇 하러 사는 셈인지? 난 어떤 때 문득 그런 생각이 나겠지요!"

"저 녀석이 봄철이 되었으니까 공연히 마음이 홍숭생숭한 게지…… 삼분 어머니 저 녀석을 사위 안 삼으시려오? 장가가 들고 싶으니까 저놈이 저런 소리를 하지……하하하."

김선달의 말에 일동은 모두 박장대소를 하며 원성이를 쳐다본다.

"그렇지. 너도 장가만 들어보지. 사람이란 이 맛으로 사는고나!

하고 무릎을 탁! 칠 때가 있을 테니……"
"하하하……"
"아니 박서방도…… 내, 별소리를……"
하고 원성이는 별안간 얼굴을 붉히고 치삼이를 쳐다본다. 그들은 잠깐 침묵을 지키고 다시 종이를 부하기 시작하였다.
"사람이 무엇 하러 사느냐? 이것은 좀 어려운 철학 문제인데!"
샌님은 비로소 말끝을 꺼내었다.
"사람은 사람답게 잘 살기 위해서 사는 것이라고나 해볼까? 위선 원성이 너부터도 잘 먹을 수 있고 잘 입을 수 있고 자유로 잘 살 수 있는 세상이라면—여기 있는 모든 사람이 모다 그렇게 잘 살 수 있는 세상이라면 말이다?……"
"자유로 잘 살 수 있는 세상?……"
"언제 그런 세상이 돌아오느냐 말이지요!" (下略)
"아이구 저 양반은 참 아는 것도 많아…… 어짜면!…… 그래 본집에는 아모도 안 계시우? 아씨도 없고?"
별안간 삼분이 어머니가 샌님을 쳐다보며 정을 담뿍 담고 하는 말이다.
"아니 인제 보니까 삼분 어머니는 샌님을 사위 삼고 싶은 게로구려! 별안간 남보고 아씨도 없느냐고 물으니. 허허허……"
"아닌 게 아니라. 나도 저런 사위 하나 얻었으면 똑 좋겠어요! 그래서 우리 내외는 밤이면 잠이 안 온다오! 자식이라고 그것 하나 있는 것을 어떻게 잘 좀 여의어보랴고."
"아니 그럼 샌님! 그렇게 합시다. 샌님도 삼분이를 보았지? 아니 좀 잘 생겼습데까?"

이 말이 떨어지자 샌님은 고만

"하하하……" 하고 웃음통이 터졌다.

"고마운 말씀이요마는 나는 아즉 장가들 맘이 없습니다!"

"그럼 평생 홀아비로 늙을 테야!"

"하긴 우리 같은 노동자는 그게 편하지. 혼저 벌어먹기도 어려운 세상에 계집자식을 살리느라고 꺼벅꺼벅 하느니……"

"생각나면 '좆도'집이나 가고…… 하하하……"

그들은 또 잡담으로 화제를 돌리며 웃어댄다.

"얘 너 말하는 물건이 무엇이냐?"

별안간 억석이는 원성이보고 묻는 말이었다.

"머? 말하는 물건이라니?"

어른들의 이야기에 귀를 기울이고 있던 원성이는 얼을 먹은 듯이 어리둥절하여 되짚어 묻는다.

"이 자식아 그것도 몰라. 말하는 물건은 너. 반쯤 말하는 물건은 당나귀. 아주 말 못 하는 물건은…… 하하……"

하고 억석이는 고만 웃음을 내뿜는다. 한 손가락으로는 종이를 가리키며.

"오, 저 자식이 인저 보니까 샌님한테 들은 이야기를 하는고나. 그럼 나만 말하는 물건이냐? 너도 그렇고 이 방중 사람이 모다 그렇지."

"그렇기에 인제 우리는 말하는 물건으로부터 말하는 사람이 되랴는 참이야. 그런데 그 맘이 없는 너 같은 자식이야말로 말하는 물건이란 말이다!"

"이 자식아! 나도 그래서 생각해보았단다——사람이란 무엇하러 사는 게냐고?"

그들은 모두 일전에 샌님에게 들은 이야기——다만 무지한 노동자는 반쯤 말하는 짐승이나 아주 말 못 하는 물건(연장)이나 마찬가지라는——옛날 노예 시대의 이야기가 생각 키였다. ……헛간에서 별안간 감독의 목소리가 나자 그들은 다시 잠잠해지며 풀 귀얄 든 손을 자주 놀렸다.

감독은 강십장과 함께 방으로 들어왔다. 그는 그들의 종이 부하는 것을 일일이 보다가 으례 하는 버릇인 것처럼 몇 사람의 붙여 논 종이를 이것은 얇아서 못 쓰겠느니 이것은 딱지가 많아서 못 쓰겠느니 무엇 파지가 많아서 못 쓰겠느니 하고 그들에게 눈을 흘기며 잔소리를 한참 하다가 나간다.

"저 자식은 ×××한테 언젯적부터 ×신인고?"

김선달은 별안간 화증이 나듯이 부르짖었다.

"그러지 않으면 제 밥통이 떨어질 터이니까 그러는 게지!"

"밥통이 안 떨어지고도 잘할 수가 있지 않은가?"

"자식이 맹추라 그렇지! 무얼. 끌끌……"

김선달은 다시 혀를 차고 침을 탁! 뱉었다. 그는 쌈지를 부시럭부시럭하더니 담배 한 대를 피워 문다.

그들은 다시 샌님과 이야기를 시작하였다. 밖에서는 누가 노래를 부른다. 뒤미처 "노세 젊어 노세……" 하는 원식이의 노랫가락도 들려왔다. 시간은 노동을 삭이며 일각일각 낮으로 달린다.

……어디서 아침 닭 우는 소리가 "꼬끼요……" 하고 마치 꿈결에 듣는 것처럼 아마득하게 들려온다.

4

아침 시간이 되자 사이렌은 또 울었다. 그들은 네 시간 노동 후에 한 시간의 아침 휴식 시간을 비로소 얻게 된 것이다.

모터와 사이렌! 이것은 이 공장촌의 수백 년 역사 후에 처음 생긴 것이었다. 기계 문명은 이 공장촌에도 비로소 임하여 위선 모터와 사이렌이 들어왔다. 전에 없던 근대식의 공장 사무실과 종이 창고가 덩그렇게 섰다. 양복쟁이가 왔다 갔다 하고 자전거 마차 인력거가 쉴 새 없이 연락부절하였다. 미구에는 또 이 마을 한가운데에다 커다란 공장을 짓겠다 하며 그때는 전등 전화도 가설된다 한다. 그래 이 마을 사람들은 전에 없던 새 기계가 생겨나 그 공장이 차차 번창함을 따라서 자기네들도 문명의 혜택을 많이 입을 줄 알고 은근히 기뻐하였다. 그것은 그전에는 원료 한 방아 내기를 찧으려면 한두 사람이 당나귀와 온종일 씨름하던 것을 지금에는 순식간에 찧어내는 모터를 그들은 신기하게 보지 않을 수 없었다. 그들은 인력이 그만치 덜 드느니만큼 자기네에게도 '이익'이 있을 줄 믿었다. 그래서 그들은 이렇게 공장이 번창해지는 것을 이웃 동리 사람들에게까지 자랑하였다. 그래서 그전보다도 일을 더욱 부지런히 했던 것이다.

올봄에 ××에서 이 공장촌의 이십여 물주를 모아서 제지조합을 혁신하는 동시에 ××회사가 몇만 원의 자본을 대어서 공장을 확장한다는 바람에 그들은 수백 명 노동자와 합력하여 밥 먹을 새도 바쁘게 일의 능률을 내었었다. 그래서 첫 무리부터 종이도 상품으로 만들어놓았는데 급기야 회사에서 공전을 내주는 것은 제품 실비에 불과한 것이었다. 거기에 다만 종이를 만든 물주에게는 상여금으로 '와리마시'[10]라는 것을 더 준다는 조목이 있으나 그것도 감독이 제 맘대로 하는 것이므로 도무지 대중할 수 없는 것이었다. 위선 '경매장' 한 덩이의 공전이 사십일 원이라 하니 거기에 일 환의 와리마시를 준댔자 사 원 십 전밖에 더 되는가? 그런데, 그 대신으로 이쪽에서는 근량이 모자라도 파지가 많아도 그것을 공전에서 모두 제하고 보니 결국 '와리마시'라는 것은 있대도 없는 셈과 일반이었다. 그래도 첫 무리에는 그것을 이 환 내지 삼 환씩 주기 때문에 공전에서 그리 밑질 것은 없더니, 둘째 무리부터는 종이를 모두 잘못 떴다고 트집만 잡고서 도무지 '와리마시'라는 것을 주지 않았다. 그들은 비로소 회사에게 속은 줄을 깨닫고 실망하지 않을 수 없었다.

그것은 샌님이 들어오기 전 일이었다.

당초에 회사에서는 어떤 종이 한 덩이를 뜨자면 최소한도의 공전이 얼마나 되는가를 알기 위하여 어수룩한 그들을 꾀어가지고 아무쪼록 놀지 않고 많은 능률을 내도록 한 것이었다. 그래서 물주나 품꾼이나 할 것 없이 '근간'히 일해서 만들어놓은 그 실비를 공전으로 작정해놓고 그중에서 종이를 잘 뜬 물주에게는 상여금으로 '와리마시'를 더 준다는, 속으로는 박하지만 거죽으로는 몹시 후한 체하는 그들의 약은 수단에 제지업자들은 고만 떨어지고 말았다. 당초에 그럴 줄 알았으면 그렇게 능률이나 내지 말아서 몇 명의 품삯이나 뜯어먹도록 공전을 정할 것이 아니냐고 그들은 후회하기 마지않았다. 하기는 그때도 여러 물주들은 회사의 하는 말이 하도 풍성풍성하기 때문에 다소 의심스럽다는 말이 났었는데 감독하고 친한 박선달이 우기기를 그건 아무 염려 없으니 우리 성력껏 일을 부지런히 잘해서 회사에게 위선 신용을 잘 뵈자고 하는 말에 여러 물주들은 그도 그럴듯한 말이라고 그렇게 한 것이었다. 그래서 지금 여러 물주들은 혹시 회사와 부동"하지나 않았는가 하고 모두 박선달을 의심하기 마지않았다. 그것은 비단 그뿐만 아니라 위선 일감을 노나주는 것만 보아도 비교적 공전이 나은 것은 박선달에게로 많이 돌아가는 것 같았기 때문이다.

그래 그들은 이번 무리 뜨는 종이부터는 공전을 전번 무리보다 올려주지 않으면 각 공장이 일제히 ××하기로 약속하였다.

원래 이 공장촌은 산협 속에서 농토도 없는 돌자갈 골짜기 틈이라, 자래로 종이를 떠 먹고사는 생애가 있을 뿐인데 그중에서 돈 냥이나 있는 사람은 간단한 제지 기구를 장만해서 물주라는 것이 되지마는 그나마도 못 하는 대다수의 가난뱅이는 그런 물주 밑에서 품팔이하는 일공 노동자로 사는 터이었다. 그러나 물주라는 이도 자본이 넉넉하지 못할 뿐 아니라 원체 이 제지업이라는 것은 봄 한 철 가을 한 철뿐이요 여름 장마 무렵이나 삼동 겨울에는 종이를 뜨지 못하므로 그들은 일 년에 두 철을 벌어서 온 일 년 동안을 살아가지 않으면 안 되는 형편이었다. 그러므로 그들은 한때 종이를 잘 뜰 무렵에는 생활이 좀 어렵지 않지마는 여름이나 겨울 같은 때는 그렇지도 못한 까닭에 그들은 할 수 없이 그들의 종이를 사가는 ××에 있는 지물상들한테 선돈을 내다가 위선 먹고살고 나서 그 이듬해 봄이나 또는 가을에 종이를 떠다 주는 터이었다. 그러느니만큼 그동안의 돈변리를 치고 또 종이 값을 저희들 맘대로 작정하기 때문에 그들은 주는 대로 받아 오지 아니치 못하게 된다. 그것은 마치 지주한테서 땅을 얻어 부치는 소작인과 마찬가진 셈이고 그 밑에서 품 파는 노동자는 마치 소작인의 집에 머슴 사는 사람들과 같은 셈이었다. 그래서 그들은 할 수 있으면 어떻게 지물상들의 '기반'[12]을 벗어버리고 좀 자유로 영업을 해볼까 하고 벼르고 있던 차에 다행히 올봄부터는 큰 회사에서 몇만 원의 자본을 들여서 공장을 확장하는 동시에 따라서 그들의 벌이도 잘된다는 바람에 실로 그들은 인제야 살 수가 생겼나 보다 한 노릇인데, 급기야 일을 해놓고 보니 역시 도로 아미타불이 아닌가. 장별장의 말마따나 밭 팔아 논 살 적에는 이밥 먹자 한 노릇인데 이렇게 되어가다가는 이밥커녕 이제까지 간신히 먹어오던 대만미 쌀밥도 얻어먹지 못할 지경이었다.

5

사월 초생에 각 물주들은 일제히 일손을 떼었다. 그들은 오늘

회사로 들어가서 공전을 올려달라고 최후의 교섭을 하기로 하였는데 박선달만은 아직 일이 덜 떨어졌다고 그들과 동일한 행동을 취하기를 회피하는 것 같았다. 그래 그들 열아홉 물주들은 요구서에 모조리 도장을 찍어가지고 장별장을 선두로 세우고 회사로 몰려갔다.

박선달의 밀고로 회사에서는 벌써 그들이 몰려올 줄을 미리 알았던 모양이었다. 가재수염을 쪽 뻗친 지배인은 거만스럽게 그들을 대하자 위선 이렇게 물으며 픽 웃는다.

"무슨 일로들 왔소?…… 공전을 찾으러 왔나요?"

그들은 하도 기가 막혀서 일제히

"아니요?"

"그러면?"

지배인은 눈을 똑바로 뜨고 장별장을 노려본다.

"우리가 온 것은 다른 까닭이 아니라 지금 하는 일은 공전이 너무 박해서 그렇게 해가지고는 도모지 살 수가 없습니다. 그래서 지배인께 공전을 좀 올려달라고 왔습니다."

"공전을 올려주다니? 그게 다 무슨 말이오? 지금 공전은 당신들이 작정하지 않았나요?……"

"어디 우리가 정했나요? 우리의 이익이란 한 푼도 없이 최소한도의 실비로 뜨면 얼마나 들겠느냐고 감독이 그렇게 떠보라기에 그대로 시험해본 게지요……"

"그러니까 그만치 든 실비 외에 상여금으로 '와리마시'를 더 주지 않았소. 그런데 무슨 공전을 또 올려달라노!" 흥! 하고 지배인은 코똥을 뀐다.

"그것은 또 그렇습니다. '와리마시'를 준다 했지마는 그 대신 근량이 부족하다고 제하고 파지가 많다고 제하고 모다 공전에서 또 제하지 않습니까? 그리고 또 지난번 무리에는 첫 무리만치 종이가 좋지 못하다고 '와리마시'라는 것을 도모지 주지 않으니 그건 또 어찌합니까?"

"그것은 참말이오. 지난번 종이는 첫 번 종이만 못하다는 것은."

지배인을 코를 벌름벌름하며 장별장을 매섭게 노려본다.

"그게야 똑같은 기계로 뜨는 것이 아니고 사람의 손으로 제각기 뜨는 바에야 좀 나은 것도 있고 못한 것도 있지 어떻게 똑같을 수가 있나요? 그런데 그것을 모다 파[13]를 잡기로 말하면 한정이 없지 않습니까? 암만해도 그렇게 해서는 우리는 다시 더 일할 수가 없겠습니다!…… 그러니 지배인께서 다시 좀 잘 생각하셔서……"

"아니 그럼 도모지 일을 못 하겠다는 말이오?"

지배인은 눈을 부릅뜨고 한 번 딱! 으른다. "당신들 모도 다 그렇소?"

"네! 그럼 밑지는 노릇을 어떻게 합니까?" 그들은 여출일구[14]로 대답하였다.

"무엇! 못 해? 회사에서는 수천 원어치 원료를 사놓고 아즉 반도 못 했는데 일을 중지한다면 그럼 회사의 손해는 당신들이 물어놓을 생각이오?"

그들은 하도 기가 막혀서 고만 웃음이 나왔다.

"이야말로 혹을 떼러 갔다가 더 하나 붙이는 셈이로구려. 그렇게 말씀하기로 말이면 회사의 손해를 우리가 알 턱 있나요!"

"뭣이 어째?…… 고만두라구…… 회사에서는 공전은 절대로 더 올릴 수가 없으니 그럼 당신들 마음대로 가서 하시오! 어디 누가 못 견디나 해봅시다."

"네 그리합시다. 우리도 차라리 놀기는 할망정 그렇게는 일을 할 수가 없다고 작정했습니다. 제일 살 수가 없어요!"

하고 장별장도 배를 내밀었다.

"흥! 동맹 파업 그런 파업은 조곰도 무서울 것 없소!"

"우리도 그리 무서울 것 없소!" 장별장도 마주 부르짖었다.

지배인은 코웃음을 하며 고만 응접실에서 자기 처소로 달아난다. 그는 몹시 흥분되었다. 장별장의 일행도 뒤미처 일어섰다. 그들은 분통이 터지는 가슴을 제각기 안고 묵묵히 앞길을 향하였다. 장차 이 일이 어떻게 되어갈 것을 근심하며. 그들에게는 굶주려 부르짖는 처자의 참혹한 경상이 벌써 눈앞에 보이는 것같이 가슴이 묵직해진다.

6

그 이튿날부터 열아홉 공장은 일제히 ××을 하였다. 다만 박선달네만 일을 다시 시작하였다. 회사에서는 박선달 집에 여러 일꾼을 붙여서 종이를 많이 띄우는 동시에 사무실 앞에다도 새로 종이통을 만들어놓고 회사 직접으로 종이를 떠보려 하였다. 그러나 감독 한 사람으로서 여러 노동자를 통제해서 능률을 제대로 낼 수도 없거니와 그보다도 일 년 중 종이 철로는 지금이 제일 좋은 때인데 앞으로 장마 지기 전의 단기일 동안에 그 많은 연료를 다 치를 수가 없었다. 그래 회사에서는 다시 방책을 고쳐서 열아홉 물주 중에서 그리 강경하지 않은 조합원을 뒤로 가만히 하나씩 둘씩 회유해서 그대로 일을 계속하면 회사에서도 다시 특별히 생각해주겠다고 회유의 손을 펴보기로 하였다. 하기는 그들 중에도 앞으로 위선 한여름 동안 살아갈 생각을 할 때 그나마라도 종이를 뜨지 않으면 돈푼을 만져볼 수도 없겠다고 은근히 겁을 먹는 사람이 많았었다. 그것은 가난한 소작인이 빚을 얻어서라도 농사를 짓지 않으면 당장에 먹을 양식을 구하지 못하는 것과 마찬가지로. 그러나 다시 한 번 더 앞일을 생각하면 고리대금을 얻어서 남의 땅 농사를 짓는 것은 결국 파산을 재촉하고 마는 것이다. 그것은 마치 춘궁에 가난한 농민을 구제한다는 좁쌀 한 푸대를 공것이나 같이 타다 먹은 것이 가을에 가서는 쌀벼 석 섬으로 갚게 되었다는 '농촌애화'와 같다. 그들이 회사에서 지금 선돈을 타다가 종이를 뜨는 것은 앞으로 부채를 짊어지고 말게 되어서 결국 회사의 '노예'가 되고 말 것이라는 것은 무지한 그들로도 충분히 짐작할 수가 있었다. 그것은 장별장의 역설도 있었지마는 그보다도 샌님의 간곡한 말——그대들이 참으로 일치단결만 되면 회사에서도 어찌할 수 없이 필경은 그대들의 주장이 관철되고 말리라는 말에 그들은 다시 힘을 얻었던 것이다. 그는 노동자의 ××는 오직 ××에 있는 것을 말하고 장래 큰 이익을 바라려면 목전의 조그만 이익과 고통을 희생해야 된다는 말을 거듭거듭 충고하였다. 그래서 그들은 할 수 있는 대로 목전의 고통을 참아가며 최후의 ××를 기대해보려고 결심한 것이었다.

 그 후 회사 측에서는 백방으로 회유 정책을 써보았으나 그들이 이와 같이 공고한 결속을 하고 있는 데는 어찌할 수 없었다. 그래 회사에서는 그들이 이와 같이 결속이 된 것은 무지한 조합원 그들로서만은 되지 못할 일이요 반드시 그들의 배후를 조종하는 수모가 있는 줄을 짐작하였다. 그래 마침내 샌님의 존재를 알아내게 되었다.

 그러나 샌님은 벌써부터 자기의 신변이 위태할 줄은 짐작하였다. 그것은 당초에 이 공장촌으로 들어올 때부터도 각오했던 것이다. 그는 이 공장촌으로 들어올 때부터 비로소 진실한 인간으로서의 첫 생활을 한 발 내딛는다는 것을 의식하고 덤비었던 것이다. 아니 그보다도 그는 지금까지 자기의 불행한 생활——알뜰한 무산자이면서도 오히려 소부르주아 의식에서 벗어나지 못한 비겁한 자기를 진실한 ××적 ××로서 진리를 위해 사는 사람이 되게 하겠다는 결심에서 나온 일이었다. 그래 그는 붓을 던지고 연장을 잡게 된 것이다. 노동자가 된 것이다. 여기까지에 걸어 나온 그의 생활!…… 그것은 그 스스로도 그리 대단치는 않게 여긴다마는 이십오 년 동안의 그의 전통적 봉건적 생활을 떼치고 이 새 길을 다시 밟기까지에는 그로서는 여간 용기가 아니었던 것이다. 그것은 위선 그의 체력이 약한 것이었다. 자기의 잔약한 체력은 도저히 노동을 감내치 못하리라는 신념에 붙들렸었다. 그 외에도 가난한 가정을 버리고 허다한 소부르주아의 유혹을 끊고 비겁과 안일을 뿌리치고 이 길을 새로이 걸으려 결심하고 나선 그는 실로 생사를 걸고 나선 걸음이라 할 수도 있었다.

*

어느 날 밤에 샌님은 마침내 ××되고 말았다. 샌님 같은 ××한간[15]을 붙인 장별장도 불온하다고 며칠 후에 ××되었다. 샌님이 들어가던 날 밤에 삼분이는 남몰래 앞산 고개를 쳐다보고 치맛자락으로 하염없이 솟는 눈물을 걷잡지 못하였다. 그는 자기 모친에게 요전번에 샌님과 여러 일꾼들이 농담을 하였다는 말을 듣고 은근히 그를 가슴속에 담아두었다. 그런데 지금은 그것이 두 눈으로 넘쳐흐르게 되었던 것이다.
  그러나 삼분이의 속사랑을 샌님은 물론 꿈에도 몰랐을 것이다.

7

샌님과 장별장이 들어간 후로 그들은 참으로 어찌할 줄 몰랐다. 그들은 만일 그대로 있다가는 자기네도 그렇게 될 것이 무서울 뿐 아니라 인제는 중심인물이 없어지고 보니 어떻게 일의 두서를 차릴 수가 없었다. 위선 생활의 위협이 덜미를 내리친다. 그러나 그렇다고 이때까지 있다가 자기네가 먼저 회사로 가서 항복하기는 너무도 못난 짓으로 생각되어서 그렇게 하기도 어려웠다. 그것은 일후에 장별장이나 샌님을 보기가 부끄럽다는 것보다도 위선 이 이해타산으로 보아서도 그렇다. 만일 그렇게 하게 되면 회사에서는 자기네를 그전보다도 더 만만하게 보지 않을 것인가? 무식한 노동자에게도 그것은 보였다. 그래서 그들은 샌님이 들어가기 전에 말한——만일 우리 중에서 누가 한두 사람이 불행한 일이 있더라도 그대들은 조금도 겁내지 않고 일제 한 행동을 취하라! 그렇게 그대로 나가기만 하면 일이 잘될 것이다. 만일 그렇지 않고 와해하는 날이면 죽도 밥도 안 된다고——부탁하던 말이 생각나서 그들은 위선 샌님과 장별장을 놓아달라고 그 이튿날 일제히 ×××로 등장을 들어가보기로 하였다.

그래 그들은 그 이튿날 일찍이 새벽밥을 해 먹고 있는 용기를 다해서 ×××로 몰려갔다.

그러나 그들의 요구가 제대로 관철될 리는 만무하였다. 그들도 그럴 줄을 미리 짐작하고 간 바이라 일언지하에 거절을 당하고 보니 그들은 다시 어찌할 수가 없었다.

그래 그들은 할 수 없이 그대로 돌아오는 길에 또 ××에를 들러보았다. ××에게 면회를 하고 자기네의 억울한 사정을 하소연해보았다. 그러나 거기서도 그들의 요구가 제대로 될 리가 만무하였다. 그래 그들은 마침내 절망에 빠져서 다리에 힘이 없이 집으로 돌아오지 아니치 못하였다.

이러한 기미를 타서 회사에서는 다시 회유의 정책을 쓰기 시작하였다. 지금부터라도 다시 일을 시작하는 물주에게는 여태까지 잘못한 죄도 용서해주고 종전과 같은 관계를 맺어주겠다는 것이었다. 마침내 그들 중에는 두 파로 분열이 생기게 되었다. 한 패에서는 그대로 끝끝내 뻗대보자거니 다른 패에서는 일이 이 지경이 되었으니 억울은 하지마는 그대로 회사에 굴복하고 일을 시작하자거니……

두 패의 이와 같은 언힐은 마침내 격렬한 논쟁으로 다시 싸움으로 전개되었다. 그들은 서로 "이놈! 저놈!" 하다가 나중에는 웃통을 벗어부치고 덤벼들어서 격투가 일어났다. 그것은 성미가 팔기로 유명한 자선이가 일을 그대로 시작하자는 원칠이의 볼치를 후려갈긴 것으로부터 시작된 것이었다. 이렇게 편쌈이 되어서 서로 엎치락뒤치락하다가 나중에는 "도모지 우리 일이 이렇게 되기는 모두 박선달의 초사다! 그 자식이 우리 편만 들었으면 회사에서도 우리를 이렇게 막보지 못할 것인데 그 자식이 우리를 따돌리고 회사로 붙기 때문에 이렇게 되지 않았느냐?" 하는 말에 일동은 부지중 "그렇다!" 하는 함성을 쳤다. 이 바람에 싸움은 중지되고 다시 자선이의 갈범 같은 목소리가 터져 나왔다.

"그럼 우리는 회사보다도 그 자식이 더 밉지 않으냐? 우리는 위선 그 자식부터 요정을 내자. 어디 그 자식이 우리를 따돌리고 얼마나 저 혼저 잘해먹나 보자! 자! 여러분! 그 개자식의 다리를 하나 분질러놓게 우리들 다 갑시다!"

하고 그는 두 주먹을 불끈 쥐고 일어섰다. 이렇게 왁자지껄하는 바람에 동리 사람들은 벌써 남녀노소 없이 겹겹이 돌라섰다. 그 중에 박선달도 끼여서 그들의 눈치를 보고 섰다가 자선이의 이 말을 듣자 고만 꽁무니를 빼려던 차에 어느 틈에 자선이는 그의 멱살을 쥐어 잡아서 내동댕이를 쳤다. 그전에는 아저씨라고 부르던 그를 "이 늙은 개자식!" 하고. 누구인지 한 사람은 그의 수염을 잡아채서 몽땅 뽑아놓았다.

 이 바람에 군중은 우 하고 박선달에게로 몰켜왔다. 그들은 한 패가 뚜드리는 것을 한 패는 말리는 체하며 안고 뒤치기를 한참 하는 동안에 박선달은 자연 뭇매를 늘씬하도록 맞았다. 그래서 박선달의 아들은 쫓아와서 칼부림을 하고 마누라는 몸부림을 하고 온 동리가 밤중까지 발끈 뒤집어엎혔다. 박선달의 아들은 그 길로 십 리나 되는 ×× 파출소로 뛰어가서 순사를 데리고 왔다. 그래 그들 조합원은 모두 그 밤중으로 죽 포승을 지워서 ○○ ××로 압송을 해 갔다. 그들의 뒤를 그들 가족들이 또한 울며불며 따라갔다. 그 근처에 있는 개들은 온통 밤새도록 컹! 컹! 짖어서 별안간 무슨 난리나 쳐들어온 것처럼 인근 동리는 무시무시하게 날을 새웠다.

*

 그 뒤 며칠 후에 물주들은 자기네도 의외라 할 만큼 무사히 나오게 되었다. 그들은 적어도 몇 달씩은 징역을 할 줄 알았는데 이렇게 무사히 놓일 줄은 참으로 뜻밖이었다. 회사에서는 바로 또 그들에게 무조건으로 일하기를 권고하여 그들이 무사한 것은 자기네가 힘써 운동한 까닭이라고 전에 없던 후의를 보여주었다. 그래 그들은 위선 생활의 위협도 있고 해서 할 수 없이 일을 다시 시작하였다. 한 보름 동안 소요하던 이 쟁의도 마침내 그들의 실패로 이렇게 끝장을 막고 말았다. 그러나 그들의 이번 실패는 다만 실패만은 아니었다. 그들은 다시 상담하며 오직 샌님과 장별장이 어서 나오기를 기다리고 있었다. (과연이다! 그들의 마음속에 샌님의 뿌려준 씨는 낮으로 밤으로 싹트기 시작하였다.)

지금 샌님은 한 간 방 속에 앉아서 고요히 책을 보고 있었다! ……어느 날 그의 앞에는 낯선 편지 한 장이 간수의 손에서 떨어졌다.

    저는 이 편지를 몇 번이나 쓰다가 찢었는지요. 마치 무슨 죄를 짓는 것 같아서요…… 그러나 저도 알 수 없는 마음이…… 저, 당신은 어짠지 우리 같은 가난한 노동자를 참으로 위해서 일해주는 훌륭한 양반이란 생각이 났어요. 약소하나마 조고만 뜻으로 돈 일 원을 부쳐드리오니 허물치 마시고 받아 써주셔요…… 그리고 아모쪼록 몸성히 잘 계시다가 다시 우리들 총중으로 들어와주실 줄 간절히 믿겠습니다.

    그러면 안녕히 계시다가…… 이만 그치나이다.

×월 ×일
삼분이 올림
황운씨 앞에

"삼분이?"

샌님은 부지중 입 밖으로 부르짖었다. 그는 참으로 이때까지 느껴보지 못한 어떤 격렬한 감격에 물결치기 마지않았다. 그는 오래도록 그 편지를 손에서 떼지 않고 보고 보았다. (그는 그 후 자기가 나올 때까지 그 편지를 지니고 있었다.) 그의 마음은 더욱 어떤 결심에 사무치고 그윽이 앞날을 기다리고 있었다. 그의 눈 앞에는 둥글고 갸름한 삼분이의 어여쁜 얼굴과 아울러 공장촌의 가난한 모든 노동자들의 모양이 아련히 떠올랐다. 삼분이도 역시 그들 총중에 섞여서 수지를 고르는 처녀로서.

*

과연 샌님은 황운이라는 일개 무명한 문학청년이다.

부역 賦役

1

 강참봉 집 창고를 짓는 인부들은 점심시간이 되자 한참 동안 쉬게 되었다. 목수들은 주막으로 더운점심을 먹으러 가고 인부들 중에도 찬밥을 싸가지고 온 사람들도 밥을 먹기 시작하였다.
 "치삼이 어서 이리 오게 응!"
 "아니 난 생각 없어…… 자네나 어서 먹지."
 원식이는 찬밥 바가지를 망태기에서 꺼내며 한동리에 사는 치삼이를 보고 같이 먹자고 부르는데 치삼이는 저편으로 베돌며 굳이 사양하는 말이다.
 "아따나 같이 좀 뜨게나그려. 조곰 요기하면 그래도 낫지. 근행아, 너도 이리 오너라 응!"
 하고 '아따나 박서방'도 밥을 못 가지고 온 정첨지 아들을 같이 먹자고 권한다. 그러나 그들의 싸가지고 온 벤또라는 것은 거의 맨 좁쌀에다가 풋나물을 찢어 넣어서 마치 풀떼기같이 만든 것이었다. 어떤 이의 것은 그것도 못 되고 수숫겨와 쑥으로 개떡을 부친 것도 있었다. 그래도 그들은 모두 허발을 해서 먹으며 그나마 못 가지고 온 사람보고 같이 먹자고 동정하는 터이었다.

"아, 배부르다…… 아따나 같이 좀 뜨지 않고 그래!" 아따나 박서방은 빙그레 웃으며 치삼이를 또 바라보다가 부시럭부시럭 담배를 담는다.

"아니 괜찮어요…… 참 시작이 반이라드니 거진 절반은 된 모양이지."

그는 뒷짐을 지고 서서 벽돌로 쌓아 올리는 창고를 쳐다보며 신기한 듯이 부르짖는다.

"글쎄 처음 시작할 때는 엄두가 안 나 보이더니만…… 참 사람의 힘이란 무서운 것이야."

"벌써 우리도 이틀째가 아닌가. 아즉도 며칠은 더 와야 할 모양이지."

"글쎄…… 난 큰일 났는데……"

"누구는 큰일 안 나고…… 돈이나 있어야 품을 사서 대신 보내지."

"제―미 붙을…… 지금이 어느 때라고 남을 며칠씩 건부역[1]을 시킨담! 그래 자기 혼저만 잘살자고 남은 죽어도 좋단 말인가."

우락부락한 원식이는 별안간 분통이 터지는 듯이 두 주먹을 부르쥔다. 그는 자기 집에 할 일이 많았다.

"허허 누가 살라는 것을 사나. 돈 없으면 죽으라는 세상인데."

"그래도 우리 농군들이 없어보우. 부자들이 저 혼저 잘살 수 있겠나."

"그야 그렇지만…… 우리들이 무슨 힘이 있는가 원!"

"왜 힘 없어요. 그렇기에 일심 단합을 하란 말이 아니여요?"

"하긴 그렇지. 일심 단합만 되면 천하에 무서울 일이 어디 있겠나."

"참 강참봉 아들은 또 첩을 얻었다지?"

"이번 첩은 아주 하이칼라 여학생이던데요."

"넌 벌써 보았니? 곰보가 게집은 되우² 줏어들인다."

"아니 그럼 멧잰가?"

하고 원식이가 신이 나서 대드는데

"무얼 아즉 한 다쓰도 못 되는 셈이지."

하고 식자나 있는 치삼이가 시치미를 뚝 따고 말한다.

"강참봉도 월전에 기생첩을 했다지."

"아니 부자가 번갈어 계집만 줏어들이면 그것들이 대체 가만있다나."

"그러기에 밤낮 풍파라우. 일전에도 큰마누라와 사이에 싸움이 나서 시쳇말로 동맹 파업을 했게."

"허허…… 이 사람아! 동맹 파업인가 동맹 파첩이지."

"그래 어떻게 됐다나?"

하고 아따나 박서방의 뒤미처 묻는 말에

"아따나 강참봉이 개개빌었다나."

하는 원식이의 말에 그들은 와그르르하고 웃음통이 터졌다.

"이 사람아 어른 흉내 내지 말게!"

그들에게서는 또 홍소가 일어났다.

"야, 고만 일이 해라! 어서어서."

더운점심에 술까지 얼근히 먹은 목수들은 백구야 하고 콧노래를 부르며 오다가 이렇게 고함을 지른다. 이 바람에 인부들은 벌떡 일어서서 제각기 맡은 일터로 헤져³ 갔다. 그들은 모두 헌 누더기를 걸치고 얼굴은 영양 불량으로 누르퉁퉁하였다. 그들의 호된 고역은 때때로 무거운 한숨을 토하게 하였다.

긴 봄날은 해가 지려면 아직도 멀었다……

2

고요하던 건축공장은 다시 요란한 소리를 내기 시작하였다!

광토골서 온 아따나 박서방 외의 칠팔 명은 비계⁴ 맨 위로 벽돌을 져 나르는 판이다. 그들은 이런 일은 처음 해보는 터이라 벽돌 한 짐씩을 지고 높은 비계 위로 올라갈 적에는 정신이 아찔하도록 현기증이 났다. 그것은 마치 수십 길 되는 외나무다리를 건널 때와 같이 두 다리가 벌렁벌렁 떨린다. 그래 그들은 한 행보를 치르고 나면 온몸에 진땀이 쭉 흐르며 숨이 턱에 닿아서 씨근거렸다.

정첨지는 오늘 양식을 구하러 선바위를 가기 때문에 부역을 대신 나온 근행이(정첨지 아들)는 점심도 못 싸가지고 가서 이 위험한 일을 하게 되었다. 그는 아따나 박서방한테 쑥개떡 두어 쪽을 얻어먹긴 하였으나 배는 금시로 다시 고파서 허리를 가눌 수 없었다. 나중에도 두 귀가 먹먹하고 눈이 아물아물하기 시작하였다. 그래도 그는 계속해서 벽돌을 지지 않으면 안 되었다.

　이와 같이 애달픈 고역은 괴로운 시간을 삭이며 일각일각 질행[5] 하였다……

　이때 별안간 "철걱!" 소리가 나자 사람의 아우성 소리가 쏟아졌다.

　"사람이 떨어졌다!"

　뒤미처

　"누구야? 누구야?"

하고 군중이 우 몰려와 보자 광터골 사람들은 다시 외쳤다.

　"아 근행이다!"

　근행이는 과연 땅바닥 위에 정신 모르고 척 늘어졌다. 그는 머리가 깨져서 피를 내쏟는다. 목수들도 뛰어왔다.

　"누구 한 사람이 이 사람을 업고 병원에 가라!"

　목수 중에 한 사람은 이렇게 부르짖었다.

　"병원에는 돈이 있어야 가지."

　"그러나 사람이 당장 죽어가니 병원으로 가야 않겠나."

　"아니 그럼 누구 한 사람은 강참봉 댁으로 가서 치료비를 좀 달래보지."

　그들은 이렇게 공론하다가 급기야 원식이는 부상자를 업고 읍내로 가고 아따나 박서방은 최참봉[6] 집으로 달려갔다. 하기는 광터골 사람들은 모두 그들을 따라가 보고 싶었으나 첫째 그런 자유도 없거니와 만일 강참봉이 알게 되면 하루 부역을 더 시킬까 봐서 고만두었다.

그래 그들은 우두커니 서서 서글픈 듯이 원식이와 그의 등에 업혀 가는 근행이를 바라보았다. 근행이는 고개를 가누지도 못하고 근드렁근드렁 매달려 간다. 아따나 박서방은 두 주먹을 부르쥐고 경충경충 노루걸음으로 뛰어간다.

이른 저녁때——너웃너웃한 해는 구름 한 점 없는 하늘에 걸렸다. 그 햇빛이 논물 속에 백금처럼 번쩍인다. 넓은 들 건너 먼 산에는 아지랑이가 아물거린다. 나물을 캐는 계집애들은 바구니를 끼고 밭고랑에 앉았다.

"야, 어서 일이 해라! 바새기……"[7]

목수가 고함을 치는 바람에 그들은 다시 일터로 헤어졌다.

3

옥녀봉 밑 산골짜기 사이로는 큰 내가 흘렀다. 그 내 건너 넓은 들 가운데 있는 많은 전답은 무학동 사는 강참봉 집 땅이었다. 수십 호나 되는 이 마을에도 오직 강참봉 집 대소가뿐이 지붕에 기와를 덮고 산다. 그 밖에는——인근동 사람들도——모두 가난뱅이 농민으로서 대개는 이 강참봉 집 전장 몇 두락에 실 같은 목숨을 매달고 사는 터이었다.

어느덧 삼동도 지나고 새해의 농사철이 돌아오자 이 근처 강참봉 집 작인들은 농사지을 준비를 부지런히 하였다. 그런데 강참봉 집에서는 올봄에도 각 작인들에게 또 부역을 징발하였다. 그는 올부터는 창고에다가 곡식을 쌓으려고 지금 곡물 창고를 굉장히 짓는 중인데 인부는 사지 않고 이런 근동 작인에게다 벌써 며칠씩 부역을 시키는 터이었다. 그런데 근행이도 그날 남과 같이 부역을 나왔다가 고만 비계 위에서 떨어진 것이다.

그날 원식이는 십 리나 되는 읍내를 진땀을 흘려가며 근행이를 업고 갔다. 병원에는 다행히 의사가 있었다.

의사는 위선 상처를 진찰해본다.

"대관절 어떻겠습니까? 곧 나을까요?"

원식이는 의사의 말을 기다리다 못하여 이렇게 물어보았다.

"저렇게 중상을 당했는데 곧 나을 수 있겠소."

하고 의사는 당치 않은 말이라는 듯이 원식이를 흘끗 쳐다보더니 다시 말을 이어서

"머리는 곧 낫겠으나 팔목을 몹시 삐었는데 위선 치료해봐야 알겠지마는 아마 수술을 해야 될 것 같소. 한 삼 주일 동안 입원을 하고."

"네? 입원을 해야 돼요? 며칠간이나요?"

원식이는 놀라운 눈으로 다시 의사를 쳐다보며 묻는데

"스무 날 말이여요!"

하고 어느 틈에 왔는지 모르는 간호부가 대신 말한다.

"그럼 어떻게 하겠소. 입원을 시킬 수가 있겠소?"

"글쎄요…… 저 애 집이 가난하니까 어떻게 할는지요."
"네! 그럼 위선 붙일 약을 드리지요. 지금 약값은 이 원이올시다."
"네! 그 돈은 지금 누가 가지고 올 것입니다. 그런데 입원을 시키자면 하루에 얼마씩이나 됩니까?"
"형세가 구차하다니까…… 삼등으로 해서 하루에 삼 원씩이올시다."
"삼 원? 서른 냥 말이여요?"
원식이는 입을 딱 벌리었다. 스무 날이면 육백 냥이 아닌가! 그런 큰돈은 근행이네 집을 팔아도 나올 도리가 없다. 그래 원식이는 오직 강참봉네 집에서나 반가운 소식이 오기를 기다렸다.
저녁때 아따나 박서방은 숨이 차서 돌아왔다.
"대관절 어떻게 되었소?"
하고 원식이는 궁금증이 나서 아따나 박서방을 대하기가 무섭게 물어보는데 그는 입맛을 한 번 쩍 다시며 또 한 번 씽끗 웃는다.
"돈 스무 냥 주데."
하더니 그는 품 안에서 일 원짜리 두 장을 부시럭부시럭 꺼내놓는다.
"뭐? 이 원?…… 아니 요것뿐이야?…… 예, 여보! 그까짓 것을 그래 뭐 하러 받아가지고 온단 말이오!"
"그럼 어쩌나. 나도 받기가 싫데마는 당장에 돈도 없이 병원에 간 생각을 하니 그나마라도 없는 것보다는 날 것 같애서."
하고 아따나 박서방은 다시 근행이를 들여다본다.

"아니 사람이 죽게 되었는데 겨우 돈 이 원을 줘요? 뉘 일을 하다가 그랬는데…… 박서방만 해도 그렇지 그것을 준다고 그래 주는 대로 받아 온단 말이오?"

"아따나 이 사람아 나도 그런 생각이야 왜 없겠나마는 아모리 사정을 해도 더 주지 않는 것을 어짜나. 제가 잘못해서 떨어졌지 누가 떨어뜨렸냐고까지 말하는데야 도모지 더 할 말이 있거디. 자네도 강참봉의 심보를 뻔히 알면서도 그러네그려."

"무엇이 어째? 참 멀쩡한 도적놈이로군! 그렇게 말하는 자를 그대로 두었단 말이오?"

하는 원식이는 만일에 강참봉이 이 자리에 있으면 당장에 박살을 낼 것같이 주먹을 부르쥔다.

"아따나 그런 말은 예서 할 말이 아니야. 대관절 근행이는 어떻겠다나?"

"무에 어때요? 어서 약값이나 치르고 가십시다."

"약값은 얼마라건데?"

"이 원이라우! 참 귀신 곡하게 잘 알고 주었구려! 허허…… 내— 원."

"글쎄 말일세. 아니 그대로 가도 낫겠다나?"

원식이는 간호부에게 약값을 치르고 나서

"괜찮으면 팔을 짤러야 하겠대요!"

"무어? 팔을 짤르다니?……"

"팔을 짤르고 한 스무 날 입원을 해야 된다우."

"입원을 해…… 그럼 하루에 얼마씩?……"

"삼 원!"
"삼 원?…… 아니 서른 냥 말인가?"
"그래요!"
아따나 박서방은 하도 기가 막힌 듯이 말도 못 하며
"이 사람아 어서 가세!"
하고 손을 내젓는다. 그래 원식이는 근행이를 다시 업었다. 그 뒤를 박서방이 따라 선다. 그들은 어둠컴컴하도록 근행이를 번갈아 업고 광터골까지 다시 걸어갔다.

4

집에 돌아온 뒤로 근행이 병은 점점 더하였다. 그는 팔이 뚱뚱 부어서 전신을 꼼짝 못하고 드러누웠다. 그날 병원에서 얻어온 고약을 몇 번 갈아 붙여보았으나 그까짓 것으로는 아무 효험이 없었다. 그래 정첨지 내외는 밤에 잠이 오지 않았다. 그 뒤로는 좋다는 상약은 모조리 해보았다. 그러나 병은 점점 더칠 뿐이었다.
어느 날 아침 밥상머리에서
"여보 영감 오늘은 강참봉 댁에 좀 가보시구려. 암만해도 저 애를 그대로 두어서는 못쓰겠다고 보는 사람마다 그러는구려."
하고 마누라는 슬쩍 영감의 눈치를 보았다. 노란 맨 좁쌀만 삶은 조밥을 된장국에 떠먹던 정첨지는
"글쎄 강참봉 집은 뭐 하러 가란 말이야?"

하고 볼먹은 소리를 꽥 지른다.

"설마 그 양반도 사람이지. 자기 집 일을 하다가 그리되었으니 사정 이야기를 하면 거저야 있겠소? 하다못해 빚으로 주더라도……"

"이거 왜 익은 밥 먹고 선소리를 해. 그렇게 후할 것 같으면 벌써 주었지 여적 있어!"

"그래도…… 그럼 어떻게 하우…… 병은 점점 더쳐가고 아모 것도 먹지를 못하니."

어느덧 마누라의 목소리도 떨리어 나왔다.

"무엇을 어째 죽으면 죽었지……"

영감이 밥을 먹고 밖으로 나가자 마누라는 입에 넣었던 숟갈을 던지고 방바닥에 쓰러져 운다. 그는 암만해야 영감이 그 집에는 갈 것 같지 않으므로 되든 안 되든 자기가 한번 가보기로 작정하였다. 강참봉이 돼지 같거나 무엇 같거나 그래도 그 집밖에는 떼를 쓸 데도 없지 않은가.

그래 그는 아홉 살 먹은 딸에게 다녀올 동안 병인의 시중을 잘 보아주라고 당부하는 그길로 강참봉 집을 찾아갔다.

이날 강참봉 집에는 무슨 잔치가 있는지 큰사랑에는 손들이 가뜩 모여 앉았다. 안팎으로 하인들이 왔다 갔다 하며 연해 긴 대답소리가 난다. 안에도 여간 부산하지 않아서 솥마다 불을 지피고 한편에서는 부침개질을 하네 한편에서는 갈비를 굽네 또 한편에서는 술상을 보느라고 야단인데 이 집 마님은 총대장 격으로 팔 간대청에 돗자리를 깔고 앉아서 이래라! 저래라 하고 담뱃대로 지휘를 한다.

정첨지 마누라는 일 년 내 가도 이런 음식은 구경도 못 하는 터이었다. 그는 그 고기 한 점을 아들에게 주었으면 얼마나 잘 먹으랴 하는 생각이 났다.

이런 생각을 하며 그는 한편 구석에 서서 주저주저하다가 주인 마누라가 담배 한 대를 다시 담는 틈을 타서 겨우 인사를 하였다. 그리고 강참봉 나리를 좀 뵈옵게 해달라고 사정을 하였다.

볼춘댁 마님은 한참 동안 그의 말을 듣고 나더니

"응 광터골 정첨지 마누라여!"

하는 한마디로 겨우 누군지를 알았다는 눈치를 보일 뿐! 비록 외면치레라도 어린 아들이 그렇게 다쳐서 안되었다는 말 한마디가 없다. 그리고 지금은 손님이 와서 부산할 뿐 외라 그날 병원에 갈 때 나리가 치료비를 주신다던데 무슨 돈을 또 달라느냐고 다시 두말 못하게 잡아떼었다. 소위 혹을 떼러 갔다가 붙이는 셈이 아닌가? 정첨지 마누라는 너무도 기가 막혀서 말이 나오지 않았다. 그는 분이 나는 대로 하면 한바탕 몸부림을 하고 칼부림도 하고 싶었지만 그러는 날에는 당장에 논이 떨어질 터이라 할 수 없이 꿀꺽 참았다. 그래 그는 그길로 돌아서고 말았다. 그는 두어 걸음을 떼어놓자 별안간 두 눈이 캄캄하여 앞길이 잘 보이지 않았다.

"근행아! 근행아! 네가 무슨 죄로 남의 집 부역을 하다가 팔이 부러졌느냐?……"

그는 이렇게 부르짖으며 자기 집에까지 울고 돌아왔다. 근행이는 여전히 끙! 끙! 앓는 소리를 하며 누웠다.

강참봉 집 창고 짓는 부역은 근행이의 팔이 부러진 뒤에도 날마다 계속되었다.

그러지 않아도 요새 한창 바쁜 때―못자리 가꾸고 논 갈고 보리밭 매고 미구에 모를 내야 할 판인데 막걸리 한잔 안 주는 건부역을 벌써 며칠째 하는 그들 작인은 여간 불평이 있지 않던 터에 불행히 근행이가 그렇게 떨어져서 중상이 되었는데도 치료비까지 안 물어주려는 강참봉의 심사에는 순하기 양과 같은 그들도 와락 역증이 떠올랐다.

그들의 이 공통한 불평은 차차 한 덩어리로 뭉치기 시작하였다.

그날 저녁때 강참봉 집에서는 "내일 또 광터골 사람들은 일제히 부역을 나오라"는 기별이 왔다. 날이 저물자 동리 사람들은 저녁을 먹고 하나 둘씩 정첨지 집 마당으로 모여들어서 강참봉 집 욕을 빗발치듯 하고 있을 때 근행이 모친은 설거지를 하고 나와서 오늘 아침에 강참봉 마누라에게 당한 소조[8]를 눈물을 흘리며 이야기하였다.

그 말을 듣자 여러 사람들은 일시에 열이 꼭두까지 올랐다. 성미가 괄한 원식이는 분이 나서 씨근거리며 그 자식을 당장에 쫓아가서 박살을 내자고 서둘렀다.

이렇게 에서 제서 위불군 뒤불군 하던 그들은 마침내 인근 각동에 있는 강참봉 집 작인에게 사발통문[9]을 돌리었다.

그들이 그날 밤중까지 서로 모여서 의논한 결과는 각 동리 작인 일제히 내일 아침에 강참봉 집으로 몰려가서 다시는 부역을 시키지 말 것과 근행이의 치료비를 배상하라는 조건 등으로 진정을 하는데 그중에서 교섭위원으로 각 동리마다 두 사람씩을 미리 뽑아 넣기로 하였다.

그래 광터골서는 치삼이와 원식이, 중터에는 박첨지와 원여, 선바위는 김접장과 원석이, 왜장골은 원출이와 성선이, 사기소는 덕춘이와 광보, 정자말은 인화와 석여 등 여섯 동리 열두 사람이 뽑히었다.

그리하여 그 이튿날 아침에 그들의 근 백 명의 군중은 한 패 두 패씩 길거리에서 만나자 일렬로 행렬을 지어가지고 강참봉 집으로 몰려갔다.

강참봉 집 사랑은 무학동 골안의 수양버들이 우거진 높은 지대에 올라섰다. 뜰 앞에는 화단을 모으고 거기만은 각색 화초를 심었다. 읍내 ××××이슨사란 장월계화도 있었다. 마당 저편으로는 연못을 파고 그 한가운데는 석가산을 모았다. 연못 속에는 금잉어가 꼬리 치며 논다. 여기서만 심심하면 강참봉 아들이 낚시질을 하는 것이다.

후원에는 대숲이 우거지고 좌우 산기슭으로는 푸른 솔이 울창하였다. 수양버들이 우거진 돌개천이 흐르는 유수한 이 동학에 강참봉의 수십 간 와가는 왕궁과 같이 덩그렇게 섰다. 옥녀봉 중터리[10]에는 아침 안개가 뭉게뭉게 떠오른다.

그들이 그의 호화로운 이 생활을 엿볼 때 증오심은 불같이 더욱 탔다. 그들의 무의식한 중에도 이렇게 잘사는 것이 누구 때문이냐 하는 생각이 들었음이다.

강참봉은 사랑에서 담배를 먹고 있었다. 별안간 그들이 우 달려

드는 것을 보자 심상치 않은 듯이 놀라운 눈으로
"웬일들이야!"
하고 마루로 뛰어나온다. 대뜰 아래로 근감하게" 늘어선 군중 속에서
"억울한 사정이 있어서 여쭐 말씀이 있어 왔습니다."
"무슨 억울한 사정?……"
군중 속에서 치삼이가 대뜰 위로 올라서자 호주머니에서 봉투 한 장을 꺼내서 강참봉을 내주었다. 거기에는 지금 농번기에 있는 작인들에게 부역을 시키는 억울한 사정과 근행이가 부역을 하다가 그렇게 중상을 당하였다는 사정을 말한 후에 다음과 같은 요구 조건을 제출하고 일치한 행동을 취한다는 것이었다.
一, 부역을 시키지 말 것
一, 사음을 없앨 것
一, 박근행의 치료비를 물어줄 것
一, 농자금을 무변리로 대부해줄 것
一, 농자와 비료는 무상 배부할 것
一, 소작권은 상당한 이유 없이 이동치 말 것
一, 소작료는 사 할 이내로 할 것
강참봉은 보기를 다 하자 코똥 한 번을 "쿵!" 하고 뀌었다.
그는 한참 있다가
"그래 일들을 못 나오겠단 말이야!"
"네 못 하겠습니다 대관절 지금이 어느 때입니까?"
원식이가 부르짖었다.

"아니 그럼 여기 온 여러 작인이 모다 그렇단 말이야?"
하고 다시 묻는 말에 일동은
"그렇습니다!"
"그럼…… 다들 올라가서 맘대로들 하소! 나는 이 가운데서 한 가지도 들어줄 수가 없으니까!"
강참봉은 얼굴에 핏대를 세우며 성이 나서 부르짖더니만 고만 안으로 들어가버린다.
이 거동을 본 군중들은 별안간 왁자지껄하고 떠들었다. 강경파는 이곳을 끝까지 떠나지 말고 판단을 짓자는 말에 온건파는 그래도 별수가 없을 것이니 그대로 돌아가 다시 대책을 강구하자는 것이었다. 이때 치삼이와 원식이는 팔을 걷고 나서며 외쳤다. 우리가 만일 지금 이대로 헤어지면 모두 산심[12]이 되어서 아무것도 되지 않는다. 그러니까 기위 일을 벌인 이상에는 좌우간 끝까지 결론을 보고 가는 것이 옳은 일이라고 역설하였다.
과연 그렇다! 그들은 벌써 강참봉의 심사를 엿보았음이다. 그는 내일부터라도 부역을 나오지 않는 사람은 누구나 논을 뗀다고 위협할 것이다. 그러면 겁쟁이들이 무서워서 하나 둘씩 일을 나가게 되면 이번 일은 아무것도 안 되고 도리어 자기들만 경을 칠 것이 아닌가? 그래 그들은 온화파를 누르고 끝까지 이 집을 떠나지 않기로 작정하였다. 이렇게 작정되자 그들은 맨땅에 죽 둘러앉아서 하회[13]를 기다렸다.
그런데 웬일이냐? 날이 거의 한낮이나 되자 별안간 온 동리 개가 발끈 짖더니만 뒤미처 제걱제걱 소리가 나자 경관 한 패가 대들었다. 이 기미를 알자 강참봉은 다시 사랑으로 뛰어나왔다.
 부장은 마루 위로 올라서자 강참봉과 인사를 한 후 위선 기간 사정을 청취하더니 대표 열두 사람을 즉시 불러 올렸다. 그는 열두 사람의 주소 성명을 수첩에다 일일이 기록한 후에
 "이 진정서는 누가 꾸몄나?"
 "우리들이 모다 꾸민 것이올시다."
 원식이가 대답하였다.
 "그래도 이것을 기초한 사람 말이야!"
 "네, 내가 했습니다."
 치삼이가 대답하는 말이었다.
 "그러면 이런 진정서를 제출하였으면 그대로 돌아가서 회답을 기다릴 것이 아닌가? 이렇게 군중이 집단을 해서 행동하는 것은 옳지 못한 일인 줄 모르나."
 "그러나 우리는 그대로 갈 수가 없습니다. 경관께서 이미 참견하셨으니 우리의 억울한 사정을 잘 가려줍시오!"
 "뭐, 그대로 갈 수 없다니!……"
하고 그는 눈을 딱 부릅뜨자 부하에게 무슨 명령을 한다. 그러니까 그들은 일시에 해산! 해산! 하고 군중을 마구 내몬다. 이 광경을 보자 원식이는 피가 끓어올랐다.
 "그래 우리가 잘못한 것이 무엇이오? 멀쩡하게 이 바쁜 때 작인에게 며칠씩 건부역을 시키고 또 부역을 하다가 팔이 부러진 사람의 치료비도 안 물어주랴는 그런 행동을 하는 사람은 가만두고 그런 억울한 사정을 하러 온 만만한 우리들은 말도 못 하게 내쫓

으니" 하고 그들에게 달려들어서 한바탕 격투가 일어났다. 이 풍파에 마침내 그들 열두 사람은 읍내로 검속을 당해서 압송하고 군중은 다시 그들의 뒤를 쫓아가며 아우성을 쳤다. 그들이 가는 도중에서 각기 가족들이 알고 쫓아오며 또한 울며불며 야단이었다.

5

 그 이튿날 강참봉 집에서는 인근동 각 작인에게 내일부터 부역을 나오지 않는 사람들은 모두 소작권을 뗄 터이니 생각해 하라는 통지서를 발하였다.
 그러나 이때는 벌써 모를 미구에 낼 무렵이므로 그들의 논을 뗀대야 새로 주는 작인이 못자리를 다시 할 수가 없는 만큼 그 많은 전장을 누구에게 줄 사람이 없었다. 고지식한 그들에게도 이만한 전술은 알았다. 그런데 강참봉 집 작인이 소작 쟁의를 일으켰다는 소문을 듣자 읍내 농민조합에서는 가만히 응원단을 보내서 그들의 결속을 끝까지 지속하도록 격려하여놓았다.
 그래 그들 작인은 그런 통지를 받고도 모르는 체하고 무학동 사는 강참봉 집 행랑살이 외에는 한 사람도 부역을 가지 않았다.
 ××에서도 그것이 관청 부역이 아닌 이상 부역을 나오지 않는다고 강제 징발하지는 못하였다.
 일이 그쯤 된 바에는 강참봉 집에서도 할 수 없었다.
 머리를 숙이는 것이다. 부르주아는 할 수 있는 대로 지배 계급으로서의 체면 유지를 하려 하지마는 큰 이익 앞에는 생쥐처럼 한 푼이라도 긁어모으려고 눈이 벌건 강참봉은 자기가 논을 떼기 전에 작인들이 불경 동맹을 일으킬까 봐 그는 체면은 안되었지만 부역을 다시 시키지는 못하였다. 그 뒤로 그는 창고를 짓는 인부들은 목수보고 사서 쓰라고 내맡기어버렸다.

그래서 검속한 사람들도 열흘 구류를 살고 무사히 석방될 수 있었다.

그러나 근행이의 치료비는 받지 못하고 말았다.

정첨지는 할 수 없이 원식이의 보증으로 집문서를 잡히고 읍내 ××한테서 이십 원의 빚을 얻어 왔다. 그동안에 이 집이 몇 번을 나갈 것을 그는 어떤 곤란이 오더래도 집만은 잡히지 말자더니 이번 통에 기어코 올라가고 말았다.

정첨지가 근행이를 업고 병원에로 다시 가니 의사는 남의 사정은 모르고 이렇게 다시 올 것을 왜 그때 바로 입원을 시키지 않았느냐고 핀잔을 한다. 그는 상처를 한참 들여다보더니 대번에

"팔을 짤러야겠소!"

"네?"

정첨지의 가슴은 덜컥 내려앉았다. 그러나 인제는 죽든지 살든지 병원에 맡길 수밖에 없다. 근행이는 그 말을 듣고 훌쩍훌쩍 울기 시작하였다.

의사와 간호부는 수술할 차비를 차리었다. 간호부가 근행이를 업고 수술실로 들어가자 안으로 문을 꽉 잠가버린다. 정첨지는 문밖에서 아들이 나오기를 기다렸다. 그는 멀쩡하던 아들이 이

뒤로는 팔 병신이 될 것을 생각해보았다. 이럴 줄 알았으면 진즉 장가나 들일 것을 어떤 놈이 병신자식에게 딸을 주겠느냐고— 그는 이런 생각이 나자 별안간 긁! 하고 울음을 터치며 두 주먹으로 눈물을 씻었다…… 한참 만에 근행이는 팔을 무섭게 붕대로 휘감고 나왔다. 그는 병실에 갖다 뉘어도 정신없이 눈을 감고 있다. ……간호부는 그를 잘 누이고 팔을 다치지 않도록 베개로 고여놓았다. 거의 팔꿈치 가까이 자른 모양이었다.

그래서 근행이는 십여 일 만에 병원에서 퇴원하게 되었다. 하기는 완치가 되려면 아직도 멀었지만 돈이 부족하여서 그대로 온 것이다. 인제는 이틀에 한 번씩 병원에 와서 약만 갈아 붙여도 좋겠다고 하여서 그리하였다.

장래에 약속 바르고 튼튼한 일꾼이 되겠다고 인근동에서 이르던 근행이도 인제는 속절없이 팔 병신이 되고 말았다. 그는 그전과 같이 나무도 못 하고 짐질도 못 하였다. 철모르는 아이들은 그를 팔 병신이라고 손가락질을 하였다.

그러나 이번 투쟁을 경험한 강참봉 집 작인들은 여러 가지로 얻은 것이 많았었다. 그들은 첫째로 단결의 필요를 느끼었다. 그다음으로 그들은 농민조합의 필요를 느끼었다.

—우리들의 무기는 단결이다!
—농민은 농민조합으로!

무의식한 그들에게는 이러한 슬로건이 이번 투쟁을 통해서 머리에 박혔던 것이다.

그래서 그들은 암암리에 이 가을까지에는 농민조합을 설립하고 이번에 실패한 대부분의 요구 조건으로 수확기에 가서 다시 소작 쟁의를 일으키기로 지금부터 벼르고 있었다.

그것은 그들 중에도 이번 쟁의 때에 각 동리 대표로 뽑힌 열두 사람이 주체가 되어서 읍내 있는 농민조합 간부와 비밀히 연락을 취하였다. 그들의 연락을 잇는 다리로는 근행이가 부지런히 왔다 갔다 하였다.

이 비밀한 계획은 가을을 앞두고 착착 진행되었다.

김군金君과 나와 그의 아내

늦은 여름이었다.

나는 어제와 마찬가지로 오늘도 아침을 먹고 나자 바로 T잡지사 이층 사무실로 나가서 온종일 사무를 보고 있었다.

사무라고 해야 요즈음은 별로 바쁠 것이 없다. 이달도 벌써 중순이 되었으므로 이달 호 잡지는 이미 발간이 된 지가 십여 일이나 되었기 때문에 지방 독자의 개인 주문을 처리하고 몇 군데서 오는 통신을 회답하면 그만이었다.

하기는 내월 호의 원고를 다시 편집해야겠지만 그것도 벌써 '푸당'을 작정해서 집필자에게 원고를 부탁한 뒤이므로 앞으로 며칠 동안은 그것을 독촉만 하면 고만이었다.

그래서 함께 일 보는 동무——박군과 최군도 고향으로 이를테면 하기휴가를 얻어서 여행을 간 셈이고 소위 살림을 한다는 나만 애꿎이 붙들려서 집을 지키고 있는 판이었다.

날이 더워서 나다니기가 괴로워 그러는지 동리 사랑처럼 알고 날마다 놀러 오는 이군, 정군, 안군도 요새는 며칠 동안 오지 않는다.

나는 은근히 그들이 궁금하였다. 무슨 사고가 있어서 오지 않는가? 그렇지 않으면 어디 서늘한 시외로 나가서 저희끼리만 잘 놀지 않는가? 하는 안타까운 생각도 끝으로 났다.

나는 이와 같은 갈피 없는 생각에 헤매고 졸음과 씨름을 하며 책장을 넘기는 동안에 오늘 해도 이럭저럭 저물고 말았다.

벽에 걸린 시계가 일곱 침을 친다. 서창으로 비치는 넘어가려는 해가 붉은 저녁놀에 싸여서 엷은 광선을 던지는데 어느덧 서늘한 저녁바람이 창 안으로 불어온다. 이웃집 약방에서 라디오 소리가 들린다.

나는 인제는 집으로 돌아갈 때가 되었다고 책상 앞에 놓인 서류를 뒤적뒤적 치우기 시작하였다. 하기는 이즈음은 한산하고 별일이 없는 바에야 좀더 일찍 돌아가도 좋겠지만 내가 지금 우거(寓居)'하고 있는 명색 살림집이라는 것은 문이 하나밖에 없는 단칸방이라 어떻게 답답하고 더운지 도무지 한낮에는 들어가 있을 수가 없었다. 그런데 어린애들까지 서넛이나 있고 보니 집이라고 들어가면 마치 불지옥에 든 것 같았다. 그래서 나는 일이야 있든지 없든지 해가 어슬핏해야 집으로 돌아가는 터이었다.

나는 지금 막 돌아갈 차비를 차리려 하는데 별안간 탁상전화가 따르르 운다. 나는 전화를 받기 전에 순간! 이상한 생각이 들었다—이맘때에 전화를 걸 사람이 없을 터인데 누구일까?……

나는 전화통 앞으로 입을 갖다 대고 수화기를 들어서 귀에 대었다.

"네…… 누구십니까?"

하고 물으니까 저쪽에서 이렇게 다시 묻는다.

"거기가 ○○잡지사지요…… 경구씨 계십니까?"

경구는 바로 나였다.

"네, 내가 그올시다. 누구십니까?"

나는 이렇게 대답할밖에…… 그랬더니 저편에서는 자기의 성명을 통하기도 전에 무슨 까닭인지 한동안 웃음만 웃고 있다가

"허허…… 내가 누군지 알겠소?" 한다.

"내라니 누구야?"

나는 어리벙벙하니 따라 웃었다.

"허허…… 나를 몰라? 목소리를 들어도…… 허허."

"몰라! 누구요?"

"허허…… 그렇게도 몰라?…… 대관절 혼저 있소? 여럿이 있소?"

"나 혼저 있어요. 누구?"

"그럼 말하리다. 백광이라면 알겠소?"

"누구? 백…… 누구?"

나는 안타깝게 채쳐[2] 물었다.

"백광이…… 허허……"

"아니 백광이?"

나는 자기도 모르게 흥분된 목소리로 부르짖었다.

"그래 백광이…… 허허…… 그동안 재미가 어떠시오?"

나는 비로소 그게 누구인 줄을 알고 깜짝 놀라지 않을 수 없었다.

"아, 이게 웬일이오? 대관절!……"

나는 한동안 말문이 콱 막히고 온몸이 찌르르하게 마치 감전이 된 것 같은 이상한 감촉을 느끼었다.

내가 이렇게 감격해하는 것도 그리 무리는 아니었다.

왜 그러냐 하면 백광이란 다른 사람이 아니라 재작년 봄에 일어난 (中略)의 ×모인 김○○이란 사람이오 그는 그 당시에 삼엄한 경계망을 돌파하고 멀리 해외로 탈출하였다는 것은 그때 신문 보도로도 있었고 나와 일반이 모두 그런 줄만 알고 있었다. 그런데 이제 돌연히 그가 이 땅에 나타나서 여기까지 전화를 건다는 것은 여간 이상하고 놀라운 일이 아니었다. 기적이 아니면 안 되었다.

나는 그전부터 김군을 잘 알았다. 아니 그를 알기 전부터 나는 그가 다년간 해외에서 활동하였다는 이력을 들었더니만큼 그를 사귀게 된 뒤로는 나의 가장 경외하는 선배의 한 사람이었다.

그가 그러한 인물이더니만큼 그가 내게 전화한 것도 반드시 심상치 않은 일이라는 것을 나는 직각적으로 짐작할 수가 있었다. 그런 생각은 나를 한편으로 우쭐한 마음을 나게 하면서도 다시 한편으로는 어쩐지 켕기는 생각이 들게도 하였다.

나는 우선 그가 지금 어디 있는가? 물어보았다. 그래도 나는 그가 시내에는 들어오지 않고 어느 시외에서 전화를 건 줄 알았는데 의외에도 그는 문안에 들어와 있음을 대담히 말하며 내가 용무를 묻기 전에 자기를 오늘 저녁에 꼭 찾아와달라고 지금 있는 번지를 알려준다.

나는 그의 청을 거절할 수 없었다. 우선 우정으로 반가워서도 만나볼 터인데 무슨 일인지는 모르지마는 그가 먼저 꼭 만나자는 데야 못 한다고는 할 수 없었다.

그래서 나는 그가 부탁하는 대로 저녁에 만나기를 약속하였다.

"아홉 시까지……그럼 꼭 와야 해요. 안 오면 안 돼. 거기는……○○동 산기슭으로 올라오자면…… 알지? ……그래…… 거기서 왼손 편으로 꺾여 들어가는……마루턱에……옳지 그래……거기에 서양 사람 회사의 ○○ 간판이 붙었소…… 알겠소?…… 옳지, 그 안으로 쑥 들어와요…… 그러면 왼손 편으로 정원을 돌아서……외딴 채가 있지요. 거기 서양 개 한 마리를 쇠사슬로 잡아맨……개가 짖을 테니 바로 그 앞으로 와서 나를 찾아요…… 그러면 알겠지…… 하하."

"어디 으슬으슬하고 무서워서 찾아가겠소…… 하하."

"괜찮어, 개를 잡아매두었으니까!"

하고 나는 전화기를 놓았다. 나는 어쩐지 기분이 긴장되었다. 지금까지 나의 잔잔한 생활에 별안간 돌멩이를 던진 것처럼 파동을 일으켰다.

나는 그길로 바로 집을 향하였다. 여름밤의 아홉 시라면 저녁 먹기가 바쁘지 않은가. 그런데 시계는 벌써 일곱 시 반이 넘었다. 나는 집으로 줄달음질을 쳤다.

○○을 가자면 전차를 한 번 바꾸어 타야 되고 전차를 타러 가

는 시간과 전차를 내려서 그 집까지 찾아가는 동안이 적어도 삼십 분은 걸릴 것 같았다. 그래서 나는 저녁을 재촉해 먹고 숟갈을 놓기가 바쁘게 다시 뛰어나왔다.

나는 전차실까지 나오는 동안에 그를 만나보는 장면의 여러 갈래 감정을 미리 머릿속으로 그려보았다. 그가 무슨 일로 나를 만나자는지 만일 무슨 소중한 책임을 지운다면 어찌 하나 하는 —은근히 겁이 나기도 하였다. 그러나 우선 반가운 생각이 앞을 섰다.

한데 전차 속에서 —전차가 그곳을 가는 종점까지 왔을 때…… 또 전차를 내려서 다시 그곳을 찾아갈 때…… 그곳이 점점 가까워올수록 나는 일종의 불안을 느끼기 시작하였다.

나는 바른대로 말이지 무서운 생각이 났다. 심장이 높이 뛰었다. 만일 그를 만나러 갔다가 다 같이 붙들리면 어찌하나? 하는 못난 생각도 났다. 그래서 나는 서먹서먹하는 발길을 간신히 떼놓았다.

김군이 있는 집은 과연 어떤 서양 사람의 집이었다. 철망을 두르고 아카시아 나무가 무성하게 우거져서 녹음이 진 곳이었다. 그러나 그는 그 집 서양 사람을 친한 것이 아니라 그 집 사무원 겸 통역으로 있는 —김군이 상해에 있을 때부터 친한 친구이던 어떤 친구의 집에 잠시 몸을 피하고 있었다.

그 집이 바로 이 외딴 채라 한다.

나는 김군과 면대하자 우선 반가운 악수를 교환하고 의자에 마주 앉았다.

김군의 있는 방은 그리 크지 않은 다다미 육첩(六疊)짜리만 할까 말까 한데 방 안 세간이라고는 아무것도 없고 그의 소유물도 눈에 띄는 것이라고는 자색(紫色) 트렁크 한 개와 털담요뿐이었다. 그리고 테이블 한 개와 그 옆에 의자가 서너 개가 놓이고 테이블 위에는 탁상전화가 매여 있다. 석간신문이 한옆으로 놓였다.

"대관절 웬일이오?"

나는 다시금 놀라운 인사를 하고 김군을 쳐다보았다. 김군은 흰 양복 리넨 바지에 셔츠 바람으로 있는데 그는 객고가 많아서 그런지 얼굴이 몹시 초췌해 보였다. 그러나 그리 크지 않은 몸집에 야무지게 생긴 얼굴 더구나 남의 심장까지 뚫고 보는 것 같은 날카로운 두 눈은 여전하였다. 어디 볕으로 돌아다녔는지 얼굴이 노동자처럼 시꺼멓게 걸었다.

"그래 언제 들어왔소?"

나의 다시 묻는 말에

"한 일주일 되지요."

하고 그는 담배 한 개를 피워 문다. 그는 그의 귀인성 있는 입으로 빙그레 웃으며 연신 나의 얼굴을 쳐다보고 있다. 마치 오래 그렸던 친구의 얼굴이 그동안에 얼마나 변했는가 엿보려는 것처럼.

나는 그에게 여러 가지 말을 묻고 싶었다. 그러나 나는 그의 하는 일에 관계가 없는 사람이니만큼 그런 자세한 말을 묻기가 거북하였다. 그래서 나는 그저 어리빙빙하게[3] 그동안 그의 지난 경과를 들어보았을 뿐이었다.

"네 무슨 부탁인가요?"

김군은 별안간 침착한 태도로 정중하게 말을 꺼낸다.

"동무도 아시다시피 내가 이렇게 파묻혀 있고 보니 어디 나다닐 자유가 있소? 그렇다고 볼일을 안 볼 수는 없는데 외부와 연락을 지어줄 이가 없어서…… 그래 동무가 좀 수고해주실 수 없는가 해서."

"네……"

나는 뭐라고 거절할 수가 없어서 다만 듣기만 하고 있었다.

사실 나는 그의 청을 거절할 수는 없었다. 다만 친구의 정리라도 그가 위험한 처지에 있다면 구해야 할 터인데 그가 동지로 믿고 말하는 터에 이만한 소청에 수고를 아끼고 몸을 사릴 수는 없지 않은가. 그래서 나는 쾌히 승낙하고 말았다.

김군은 내가 이렇게 쾌락을 하니까 은근히 반가운 표정으로 웃음을 머금고

"그럼 자, 지금부터는 지나간 이야기나 할까요. 그러나 나보다도 우리 집에서 지난 소경력을 먼저 들어보시랴오. 참으로 훌륭한 소설 재료가 되지 않나."

"어디 내가 소설을 쓸 줄 알아야지요. 하여간 들어봅시다."

"잡지 장사가 소설도 써야 될걸 하하……"

하고 김군은 비로소 이야기를 꺼내었다.

"동무도 아시다시피 내가 그때 일조에 없어지고 보니 (中略) ××를 놓고 아주 물샐틈없이 뒤는 판인데…… 지나간 일이지만 참으로 어마어마한 광경이었소."

"참 그때 신문지상으로 보도된 것만 보더라도 한참 소란하였지요…… 그게 바로 재작년 이월 중순이었는가?"
하고 나는 흥미있게 그의 말을 채쳤다.
"그렇지 아마…… 그러니 소위 우리 집안이 어떻게 되었겠소? 나도 물론 비상한 일이 있을 줄만은 예측하였으나 그런 자세한 사정은 이번에 들어와서 비로소 들었지만."
하고 그는 오히려 놀라운 듯이 눈을 크게 홉뜬다.

나는 김군의 집안 사정을 자세히는 몰라도 그가 몇 해 전에 지금 나 있는 잡지사에 간접으로 관계가 있었더니만큼 대강만은 짐작할 수가 있다.

사십이 불원한 그의 부인은 그때도 어린 아들과 딸 하나를 데리고 사글셋방에서 가난한 살림살이를 하고 있었다.

그 부인은 남편과 만난 지가 햇수로는 이십 년이 넘는다 해도 김군이 십여 년 전부터 운동자로 나선 뒤로는 그는 해외가 아니면 감옥이요 감옥이 아니면 다시 망명 생활을 하였기 때문에 그가 살림살이를 돌보지 않은 것은 말할 것도 없거니와 내외간 따뜻한 정이란 것도 사실상 사귈 기회가 없었다 한다. 몇 해 전에 김군이 출옥한 후 폐병으로 자리에 눕게 되었을 때 그의 병을 구호하느라고 한 일 년 동거한 것이 아마 그 부인에게 있어서는 근년의 최고 기록이리라는 것을 나는 김군의 어떤 친구에게 들은 일이 과거에 있었다.

그런데 그는 재작년 봄에도 어디서 들어왔는지 모르게 들어와 가지고 그런 일을 하다가 발각이 되자 그는 다시 해외로 망명을 한 것이었다.

"물론 그러시겠지! 그래 어떻게 되었던가요!"

나는 김군의 말허두를 듣고 나자 이렇게 맞장구를 쳤다.

김군은 한 번 무슨 의미인지 씽끗! 웃고 나더니 말을 이어서

"이렇게 말하면 동무도 혹시 오해를 할는지 모르오마는 나는 아내 되는 사람이 비록 구식일망정 그 이야기를 듣고 감복하였소. 사실 신여성이라도 모다 그렇지는 못할 줄 아는데요…… 이것은 결코 내 여편네 자랑이 아니라……"

"천만에…… 나는 그전부터 부인께서 현철하시다는 말씀을 벌써 듣고 있는데요."

나는 이렇게 그의 말에 동의는 하였으나 내심으로는 저 사람이 무슨 말을 하려고 저렇게 굉장한 전제를 하는가 해서 다소 어색한 생각이 나지 않은 것도 아니었다.

"내가 그때 그렇게 되자 집에는 날마다 밤마다 그들이 대들어서 종주먹을 대고 나의 거처를 염탐을 하는데 그렇게 하기를 장근 석 달 동안을 하였다는구려."

"아니 저, 거기서?"

김군은 그렇다는 듯이 고개를 끄덕하며 두 눈을 휘둥그러니 뜬다.

"그런데 제일 질색할 노릇은 낮에 오는 것보다도 밤중에 별안간 대드는 거래(此間 九行略) 마치 이게 꿈인가 생시인가? 정신이 아주 혼몽해져서 몹쓸 악몽을 꾼 것같이 늘어졌었대……"

"아니 그럼 다른 데로 왜 못 가시고 있었던가요?"

나는 김군의 말을 듣고 나서 언뜻 나는 생각으로 이런 의문을 던졌다.

"어디로 가나요 갈 데라고는 친정밖에 없는데. 그러지 않아도 그리로 가면 괜찮을 줄 알고 갔더라오마는 거기도……"

"아니 거기까지 와요?"

나는 그의 말이 떨어지기 전에 이렇게 물어보았다.

"허허 그러니까 말이지요. 그들이 우리 집 계통을 왜 모르겠소. 어디를 가든지 속일 수가 있어야지."

"참 그렇겠군요. 하, 그건 참말로 여간 어려운 일이 아닌데요." 하고 나는 비로소 감격한 충동을 받지 않을 수 없었다. 김군도 그 말을 할 적에는 흥분이 되어서 주먹을 쥐고 말소리에 힘을 주었다.

김군은 담배를 두어 모금 빨고 나서 마지막으로 재떨이에 썩썩 비벼 끄고 나서

"한데 또 한 가지 우스운 희비극(喜悲劇)이 있지요." 하고 다시 빙그레 웃으며 나를 쳐다본다.

"네…… 무슨?"

"여편네가 그 후에 점점 살 수가 없어서 무슨 직업을 구하랴고 저 황금정에 있는 인사상담소(人事相談所)를 찾어갔더라나."

"아! 그래서?"

"그래서 다행히 한 곳을 지시해주는데 진고개 어떤 일본 사람 집에 어머니로 가라더래. 그리로 가면 먹고서 한 달에 칠팔 원 수입이 된다고 하니까 멍텅이가 조선 집보다 돈을 많이 준다는 바람에 아니 그리로 갔더라지 하하."

"야? 멍텅이가 아니라도 그게야!"

"그게야가 아니라 들어봐요!"

김군은 별안간 내 무릎을 탁 치고 여전히 웃는다.

"그 집이 다른 사람의 집이 아니라 바로 그자의 집이더라니 우습지가 않소?"

"그자의 집이라니?"

나는 잠깐 말귀를 못 알아들어서 덩둘하다가

"아니 밤마다 왔다는 그자들 말이야?" 하였다.

"하하…… 옳지 그래. 하긴 처음에는 그런 줄 저런 줄 모르고서 가는 길로 바로 쓰레질을 하고 저녁을 짓노라니까 다 저녁때나 되어서 주인이 들어오는데 그때까지도 누구인지 몰랐다나. 그래 그날 밤은 무심코 그대로 자고 그 이튿날 아침에도 주인이 밥을 먹고 일찍이 나가는 바람에 잘 모르고 있었대. 그런데 그날은 주인이 전날보다 좀더 일찍이 들어오는데 자세히 보니까 어디서 똑 보던 사람 같더라지. 그래서 곰곰 생각해보고 생각해보다가 가만가만 그들 내외가 있는 문틈으로 자세히 본즉 언뜻 생각이 나는데 바로 그 사람이더라지."

"하—."

"그때 어떻게 무색하고 분한 생각이 나던지 별안간 눈물이 핑 돌더래. 도모지 잠시를 있기가 싫더래. 그래 떨리는 몸을 간신히 진정해가지고 그 즉시로 안채집을 불러서 내가 지금 별안간 속앓이가 일어나서 몹시 아픈데 이 병은 속히 낫지 않는 고질이라고 꾀병을 했더니만 그럼 제바리라고 가랴가든 가라고 하더래. 그래서 바로 가려고 나서니까 밖주인이 기어코 돈 삼십 원을 주더라지…… 하하하……"
"하하하……"
김군은 한참 동안을 웃고 나서
"그래 그것도 받고 싶지가 않은 것을 혹시 눈치나 채일까 봐 겁이 나서 고만 고개를 푹 수그리고 받아가지고 나와서는 그 집 대문 밖에서부터 걸음아 날 살려라 하고 똥줄이 빠지게 달아났다지 허허허."
"허허…… 그거 원…… 그러니 얼마나 애달픈 생각이 나셨을까요!"
나는 웃음을 웃는 중에도 부지중 강개한 생각이 떠올라서 목구멍이 그득하였다.
"그만하면 한 편의 단편소설 재료가 되지 않겠소 허허."
"글쎄요. 정말로 소설적인걸. 그럼 그 뒤에는 어떻게 지나셨던가요?"
나는 김군의 부인에게 흥미가 끌려서 그의 그 뒤 생활을 마저 듣고 싶었다.
"그 뒤에?…… 그 뒤에는 물론 생활에 쫓겨서 별별 짓을 다 한 모양이지요."
김군은 별안간 처창한 빛을 지으며 말을 잇대어서
"동무도 아시다시피 내라는 사람이야 어디 집안 살림을 돌볼 여가가 있소. 그래 이녁 혼자 어린것들을 데리고 남의 집 셋방 구석으로 쪼들려 다니는 생활을 하자니 일정한 수입이 없는 이상에 안에서 벌이한다는 것이 오죽하겠소. 한껏 해야 바느질품을 팔든지 그렇지 않으면 안잠자기나 침모 생활인데 그런 데는 또 자식 새끼들 때문에 들어갈 수가 없지. 그래서 일시는 행랑어멈으로 남의 집 더부살이를 살기도 하였다던가요."

"하, 저런 비참한 일 보아…… 흐응!"

"그런데 그건 죽어도 오래 못 있겠더데. 신역이 고된 것보다도 되잖은 것들이 돈푼이나 있다고 수하 사람을 하대하는 것이 제일 치사스러워서……"

"그렇겠지! 그런 것들이야 어디 사람을 제대로 볼 줄 아나. 봉건사상으로 그저 행랑어멈이라면 의례히 종과 같이 부려먹는 동시에 반말지거리에 욕지거리에 여간 창피하지 않겠지요."

"그래! 그래!"

김군은 연신 고개를 끄덕이면서

"그래서 그것도 고만두고 그 뒤로는 무엇을 했다던가?…… 옳지 과일 장수를 시작해보았드라나."

"참 별별 고생을 다 하셨군요."

나는 허구픈⁴ 웃음을 웃으며 부채질하던 손을 잠시 쉬이는 동시에 김군을 말끄러미 쳐다보았다.

"참 우습고도 기막힌 일이야. 사실 나도 동무가 아니면 창피해서도 이런 이야기를 못 하겠소만 우리끼리니까 흉허물이 없이 하는 말이오."

"아, 그게야 그 다 이를 말인가요."

"그래서—밑천 몇 푼을 장만해가지고 저 남대문 창안으로 가서 과실을 한 광주리를 받아 가지고 나와서는 길거리에 앉아 팔기도 하고 여염집으로 돌아다니며 팔기도 해봤는데 그것도 워낙 장사가 많으니까 도모지 잘 팔리지가 않더래……"
"그렇겠지 그런 장사가 요새 좀 많어야지."
"그래서 과일 장사는 떠엎고 다시 아니 화장품 장사를 시작했다던가요!"
김군은 별안간 무슨 생각이 났는지 하하 웃더니만
"동무 그렇다니 말이지 또 한 가지 재미있는 이야기가 있으니 들어보랴오."
하고 나의 무릎을 아까와 같이 탁 친다.
"화장품 장사를 하는데 그것도 위약 수효가 많을 뿐 아니라 젊은 계집이 모양을 내고 다녀야 잘 팔린다는구려. 그런데 우리 여편네는 늙었을뿐더러 여관집이나 번화한 곳에는 혹시 나를 아는 사람을 만날까 봐서 여염집으로만 골러서 다녔다니 그 역시 무슨 벌이가 될 리가 있겠어요."
"그렇지 그럼."
나는 연신 고개를 끄덕이었다.
"그래서 나중에는 어떻게 골수를 알어가지고 저 제사공장 같은 데로, 기숙사에 들어 있는 여직공들에게 화장품을 팔러 갔더라지!"
"아니 그런 공장에서 장사를 들일라구. 직공 심방도 사절을 한다던데요."
"그렇지만 휴업일 같은 때는 직공들이 놀지 않나요. 그러나 공장에서는 할 수 있는 대로 기숙생들은 노는 날이라도 안 내보내기를 위주하려니까 화장품 같은 것을 살 필요가 있다면 그런 장사를 들여보내서 사게 하는 것이겠지. 다른 나라의 대규모의 공장 같으면 물론 공장 안에도 각종 물건의 판매소가 있어서 그들의 삯전으로 번 돈을 다시 장삿속으로 뺏어 들이는 터이지만 조선과 같은 조고마한 공장에는 아직 그런 설비가 없으니까 불가불 그들을 외출시키지 않으려면 이런 수단을 쓰는 수밖에 없겠지요. 그런데 한두 번 드나들어서 문지기와 공장 감독에게 외교를 하게 되면 노는 날이 아니라도 점심참이라든가 일손을 뗄 참을 이용해 가지고서 그들에게 물건을 팔 수가 있다거든."

"그건 참 그렇겠구먼요! 옳아 그렇다!"

"그렇겠지요? 그래 우리 여편네도 그렇게 천을 텄다는데."

"네? 어느 제사공장인데요."

나는 다시 이야기의 중심에 흥미를 끌이었다.

"응? 저 ×문밖 ○○제사에 장이라지 허허…… 한데 재미있는 이야기라는 것이 별것이 아니라 그녀 직공들 공개 화장품을 파는 동시에 우연히 ××터가 됐다는 게야 허허."

"누구요?"

"마누라가…… 허허."

나는 또다시 김군의 말 두미를 못 차려서 허둥지둥하며 그의 입을 쳐다보았다.

"내가 이번에 들어와서 여편네를 꼭 한 번 만나보았는데 그는 내가 먼저 이야기를 한 것과 같은—기간 지나간 이야기를 일일이 다 한 뒤에 마지막으로 하는 말이 '나도 그동안에는 당신이 하는 일과 같은 일을 해보았소' 하고 웃음의 말을 합디다. 그래서 무슨 일을 했느냐고 물으니까 위에서 말한 것과 같은 화장품 장사를 했다 하며 그리는 중에 (略)과 (略)을 취해주었다는데 그것은 우리 여편네란 사람이 본래 거짓말을 않는 줄은 내가 잘 알 뿐 아니라 사실은 들어보니까 믿음직하더군요."
하고 김군은 또 한 번 씩 웃는다.
"그래?"
"원래 내 아내란 사람이 구식 생장이라 무식은 하지마는 나하고 지내는 동안에 소위 들은 풍월이 없지 않아서 다소간 상식이 있다고 볼 수는 있겠지. 그래서 무슨 철저한 이데올로기는 가지지 못했어도 내가 하는 일이라면 그른 일이라고는 보지 않을 만큼은 됐거든. 그런데 그 공장에를 드나드는 동안에 어떤 아는 집 딸의 눈에 들켜서⋯⋯ 그것도 자기가 먼저 본 것이 아니라 그 애가 먼저 보았다는데, 그 애는 나도 대강 짐작하는 집 딸이지만 그 애가 좀 의식이 있던 모양이야."
"옳지 그렇겠군!"
"그래서 그 애가 뒷구녕으로 무슨 계획을 꾸몄는지 몇 애들이 제 방으로 불러 앉히고 차차 심중을 떠보고 친절히 굴어 나중에는 그런 부탁을 하더라나 그래서⋯⋯."
"하하⋯⋯ (略)이 그럴듯한데."
하고 나는 은근히 감심하였다.
"그래서 그런지 이번에 와서 보니까 아내가 말하는 것이나 기상을 갖는 것이 전보다 좀 씩씩해 보이는 것 같데…… 그전에는 어쩐지 절망적인 도모지 실심하니 생기가 없던데 허허……"(中畧)

나는 김군의 이야기를 다 듣고 나서 부지중 고개가 숙여짐을 깨닫지 못하였다.

"시답잖은 이야기를 너무 지지하게 했군! 벌써 열 시를 치나."

하고 김군은 이웃 방에서 치는 시계 소리를 듣고 나서 이렇게 중얼거린다.

"아니 천만에…… 그런 이야기거든 얼마든지 하구려."

"밤이 늦었는데 고만 가실까?"

"무얼 한 삼십 분 더 이야기를 해도 좋겠지요. 동무가 고단하시지만 않다면!"

"아니 나는 관계없어."

"그럼 동무의 그동안 지난 이야기를 다시 들어봅시다. 대관절 어디 가 계셨나요?"

"나요 이 안에 있었지요."

하고 김군은 의미있는 웃음을 다시 웃는다.

"아니 이 안에라니요? 해외로 안 나가셨던가요?"

"일시는 나갔다가 작년에 다시 들어왔지요."

"예?"

나는 다시금 놀랐다.

"나도 이 안에서 그동안 지난 이야기를 하자면 내 아내만 못지 않게 갖은 고생도 했고 위험하고 아슬아슬한 경우도 많이 당했지요. 그것을 장황해서 지금 다 말할 수가 없지만은."

"대관절 무엇을 하……"

김군은 좀 말하기가 거북한 눈치로 대강 운만 떼서 말하는 모양이었다.

"일시는 구제(救濟) 공사 같은 데서 인부들과 섞여서 모군도 맡아보고 큰 공사장에서 노동자로 뽑혀보기도 하고 또 광산 속으로 들어가서 곡괭이를 둘러메어보기도 하고 닥치는 노동도 해보고…… 내 말이 거짓말인가 자 이 손을 보구려."

하더니 그는 별안간 내 앞으로 두 손을 내미는데 과연 그의 손바닥에는 단단하게 못이 박혀 있다.

그러나 나는 김군이 다만 먹기 위하여서 그런 노동을 한 것이라고는 믿지 않았다. 그리고 그는 이태 동안이나 어디서 무엇을 어떻게 하고 돌아다녔는지 그것도 나에게 대해서는 그믐밤과 같은 깜깜절벽이었다. 그러니만큼 나는 그에게 더 미주알고주알 캐기를 사양하고 말았다.

김군도 나의 눈치를 채었던지 이야기를 고만 끊었다.

나는 김군의 이야기를 듣고 나서 한동안 침울한 기분이 떠돌았다. 그것은 나의 비겁하고 용렬한 자기비판을 속침으로 한 까닭이었다.

두 사람 사이에는 한동안 침묵이 계속되었다. 그동안에 김군은 담배를 피우며 오늘 석간신문을 들여다보고 있고 나는 멀거니 건넌 측 바람벽을 넋 놓고 쳐다보고 있었다.

"자, 그럼 오늘 저녁은 고만 가겠소. 무슨 부탁할 것이 없소?"

나는 주춤주춤하다가 모자를 집어들고 일어서려 하였다.

"왜 없어요 그럼 잠깐만……"

김군은 얼른 일어나서 트렁크를 열더니만 편지지를 꺼내서 무엇을 한참 쓰고 있었다.

그는 쓰기를 다 하자 봉투 한 장과 지형을 그린 노정기를 내보이며 몇 마디의 주의를 주었다.

나는 그의 부탁을 자세히 듣고 나서 그 봉투를 집어서 조끼 주머니 속에 간수한 후에 의자에서 벌떡 일어섰다.

"모처럼 만났는데 너무 섭섭한걸. 원, 여기서는 무엇을 사 오기가 곤란해서……"

김군은 나하고 얼음 한 그릇도 나누지 못한 것을 서운해하는 모양으로 인사를 한다. 사실 나도 그냥 헤지기가 좀 섭섭하였지만 그를 데리고 나올 수가 없는 바에야 어찌할 수가 없었다.

"아니 단야에 먹긴 무엇을 먹나요. 자 그럼."
하고 나는 김군의 악수한 손을 놓자 그길로 발길을 돌리었다.

나는 그 집 울타리를 다 나오기까지 공연히 머리끝이 쭈뼛쭈뼛하였다.

뒤에서 누가 나를 붙잡지나 않는가? 하는 생각이 나서 몇 번이나 돌아다보았는지 모른다. 그렇더니만 그 집 울 밖에까지 무사하게 나와서 큰길 거리 위로 발을 떼자 나는 별안간 딴생각이 나서 기운이 솟았다.

'나도 이런 일을 하고 있다. 자, 내 품안에 무엇이 들었는가? 보아라……'

이러한 자만한 생각이 별안간 내솟았다. 나는 이런 생각을 하자

속으로 자기의 용렬한 생각을 꾸짖었다. 밤거리에는 전등불이 희미하고 하늘은 구름이 덮여서 나직이 떴다. 틉틉하고[6] 무거운 공기는 마치 진흙 바다 속처럼 흐늘흐늘하게 얼굴에 부딪힌다.

소나기 한줄금을 했으면 사람들의 정신이 바짝 날 것 같다.

나는 그길로 전차를 타고 오던 길을 제대로 집으로 직행하였다.

"여보 어제 저녁에는 어디를 갔다가 늦게 돌아왔소?"

그 이튿날 아침이었다. 아내는 내가 채 잠자리에서 일어나기도 전에 이런 말을 던진다.

"왜 그래?"

나는 아내가 입을 뾰족하게 해가지고 퉁망스럽게 묻는 말에 나 역시 퉁망스럽게 대답하였다.

"당신 나간 뒤에 집세를 받으러 왔습디다. 사람이 창피해서 어디 살겠소. 그까지로 살림을 할려면 차라리 고만두든지 할 일이지 이건 하루 한 날 아니고 그 성화를 누가 받는담!"

하고 아내는 바가지를 긁기 시작하는 모양이었다. '저것이 또 앙짜[7]를 부리는구나!' 나는 속침으로 생각하면서

"집세를 받으러 왔어? 그래 뭐라고 했소?"

"뭘 뭐라고 해. 주인이 없다고 했지!"

아내는 여전히 뾰로통해가지고 톡 쏘는 말이었다.

"왜 이달 그믐 때까지 참어달라고 하지 않고…… 돈이 그믐 때라야 생길 것 같은데……"

나는 이렇게 말하면서 집안사람에 미안한 생각이 나서 머리를

긁적긁적하고 있었다.

"그믐에는 무슨 수가 생기나? 밤낮 밀기는 잘하지."

"밀기는 누가 일부러 미는 게요? 사정이 그러니까 하는 말이지."

나도 자연 어성*이 높아지며 아내를 흘겨보았다.

"난 몰라. 그런 대답은 당신이 하구려. 왜 그런 창피한 대답은 똑 여편네만 내세우려 들어 당신이 좀 하지 못하고…… 그러지 않아도 헐벗고 못 먹으며 웬수의 자식들에게까지 짓뜯기는데!"

"아니 누구는 잘 먹고 이녁 혼자만 못 먹이던가? 왜 또 식전 아침부터 이 모양이야?"

나도 부지중 역증이 나서 부르짖었다.

"뭬 이 모양이야. 그래도 당신은 나가서 잘 돌아다니고 잘 얻어 먹나 봅디다. 그러면서 무엇을 잘했다고 기성이오? 서울 장안에 이놈의 집같이 가난한 집이 어디 있거디! 어이구 허구한 날 아니고 이가 탁탁 갈리고 진저리가 나서 못살겠지…… 둘째가라면 설 워할 만한 가난뱅이 생활이 그래 우리 집밖에 또 어디 있을까 봐……"

아내는 체머리를 흔들며 입에서는 게거품을 북적북적하였다. 또 지랄이 나왔다.

"아니 가난은 우리 집뿐이야? 그리고 지금 세상에서 가난한 것을 당신은 무슨 죄로 아오?"

나는 언제나 내외 싸움이 날 때마다 내세우는 이런 말을 또 하였다.

"그럼 죄가 아니고 무엇이야. 서울 장안에서 행랑살이를 하는 사람도 우리보다는 모다 잘살고 있습디다. 그래도 조석은 굶을망정 제철을 찾아서 나들이옷은 다 해 입고 저 할 노릇은 다 하고 있습디다…… 그런데 당신은 하는 것이 무엇이오? 계집자식을 잘 멕이고 잘 입히오 이건 그렇지 않으면 오막살이라도 제 집 한 칸을 장만하였소. 이건 이건…… 자식새끼를 남의 집 셋방으로 끌고 다니며 그것도 일 년에 열두 번씩 이사를 시키는 주제에 그래도 무엇을 잘했다고 큰소리를 어디로 하오? 당신도 염치가 있소? 없소?……"

"아니 무엇이 어째?…… 에에라 네가 수다하기도 하다."

나는 부지중 이를 악물고 두 주먹을 쥐었다.

"무엇이 수다해. 그러면 밤낮 하는 일이 무에야? 제 집안 식구 깜냥도 못 하면서도 되지않게 일은 무슨 일이야 개방구같이……"

"예끼, 망할 년 같으니! 무엇이 어째?"

나는 더 참을 수가 없어서 주먹 쥔 주먹으로 아내의 뿌루퉁한 볼퉁이를 쥐어박으며 대들었다.

그러니까 아내의 앙살⁹하는 소리 어린애들의 덩달아 우는 소리에 온 집안은 별안간 악머구리 끓듯¹⁰ 하였다.

나는 남새¹¹가 부끄러워서 고만 그길로 밖으로 뛰어나왔다. 벌써 이웃집에서는 싸움 구경을 하러 온 집안 식구들이 있는 대로 모여들었다. 더구나 하절이므로 그들은 참으로 우스운 구경이 난 것처럼 머리를 싸고 대들며 끼리끼리 수군거리고 있었다.

나는 아내가 미워서 참을 수가 없었다.

아무리 무식하다 할지라도 나하고 결혼 생활을 한 지가 벌써 근 십 년이나 되고 보니 그는 웬만치 나를 이해해야 될 것이 아닌가? 그런데 그는 여전히 나를 모욕하고 우습게 알고 있었다.

나는 분한 생각으로 하면 그를 당장에 이혼하고 나의 생활을 자유롭게 하고 싶었다. 그러나 어린 자식들이 서넛이나 있고 보니 나로 하여금 좀처럼 그런 용단을 내게 하지는 못하게 하였다.

그런데 그것은 나의 혼자 생각만은 아니었다. 아내도 툭하면—나와 싸움을 할 때는 그런 소리를 하였다.

"웬수의 자식새끼만 없어보지 어느 미친년이 열칫거데 이런 고생을 하고 있을까. 이럭저럭 한세상 살기는 일반인데 기왕이면 남과 같이 잘 먹고 잘살 도리나 하다 죽지…… 이 원수놈의 씨알머리야! 어서 죽어라 죽어라."

하고 그는 지금 세 살 먹은 아들의 볼기짝을 사정없이 두드리며 사설을 하는 것이었다.

나는 지금도 이런 생각을 하자 아내가 눈살을 꼬부랑해가지고 독살을 떠는 것이 두 눈에 보이는 것 같았다.

이런 생각은 나로 하여금 생각의 실마리를 돌려서 김군의 부인을 연상케 하였다.

'아! 나의 아내도 김군의 부인과 같았으면 나는 얼마나 행복을 느낄 것인가?'

하는 부러운 생각을 나게 하였다.

"과연 김군이 일꾼이라면 그의 부인은 또한 그 일꾼의 아내 되기가 부끄럽지 않겠다. 그야말로 동지가 아닌가?"

나는 입속으로 중얼거렸다. 나는 사실 그들 부부를 경복하였다. 그중에도 김군의 부인에게 경복하였다. 나의 이런 마음은——어찌해서 다 같은 구식 부인으로서 한 사람은 김군의 부인 같은 진보적 부인이 되는데 나의 아내 같은 사람은 한대중으로 망골이 되고 있는가? 하는 의문의 생각이 떠올랐다.

그 순간에——나의 머릿속을 번개처럼 긋고 가는 것이 있었다. 그것은 나의 아내만을 공박할 것이냐? 함이었다. 그럼 너는 지금까지 무엇을 하고 있었더냐 하는 질문에 나는 사실로 대답할 말이 없었다.

나는 아내를 김군의 부인처럼 되지 못한 것을 한탄하였지만 나는 또한 사실로 김군의 부인만큼 그를 실천적으로 교양을 시키지 못하였다. 아니 그것 나의 아내라는 것보다도 우선 내 자신부터 김군의 부인만큼 수양을 못 한 터이었다. 그러면 첫째로 저부터도 못 한 것을 더구나 아내에게 요구한다는 것은 그야말로 모순이 아니면 안 되었다.

나는 허구픈 생각이 나서 나중에는 제풀로 허허하고 웃었다. 나는 배고픈 생각도 없이 아침도 안 먹고 온종일 혼자 돌아다녔다.

그동안에 나는 점도록[12] 내 자신을 채찍질해보았다.

나는 참으로 걷잡을 수 없는 감정에 북받치고 이지(理智)의 칼날에 살점을 에이는 것 같아서 마침내 북악산 바위 위에 올라앉아서 끝없는 묵상을 하고 있었다.

'그렇다! 과연 말로나 글자로만 떠드는 것이 무슨 소용 있느냐? 실천이 없이 떠드는 것이다. 더구나 계급적으로 일하는 마당에서 부도수형(不渡手形)[13] 같은 빈말이 무슨 소용 있더냐? 그렇다면 나는 조금도 아내를 탓할 것이 없겠고 도리어 그의 모욕을 달게 받아야 할 것이 아니냐고……'

나는 부지중 눈물이 흘러내렸다. 그러나 그것은 절망의 눈물은 아니었다. 나는 계급적 양심의 거울에 비추어서 나의 과거의 생활을 청산한 끝에 나도 모르게 흘러내리는 사분[14]의 눈물이 아니라 '공분'[15]의 눈물이었다.

과연 나의 과거의 생활은 너무도 무의미하고 지지한 생활이 아니었던가? 개인적으로는 가족의 생활도 보장하지 못하고 그렇다고 일하는 것도 없이 마치 브로커나 룸펜 같은 생활을 하여 계급적 중간에서 뜨고 있었다. 물거품 같은 허튼소리를 방송하며 고무풍선처럼 허공에서 이리 밀리고 저리 밀리고 하였다.

흐흐…… 그러면 무엇이 프롤레타리아냐? 주제넘게 계급 운동을 할 건덕지가 무엇이냐? 아내의 말마따나 아니꼽게 밤낮 일한다는 것이 무엇이더냐? 그까지로 시시한 일을 할 테면 차라리 고만두든지 밥 먹을 일이나 하는 것이 낫지 않으냐고. 마치 지금 하는 살림살이와 같은 지지한 살림을 하려거든 차라리 진작 떠엎고 마는 것이 낫지 않느냐는 말과 마찬가지로.

나는 주먹을 쥐고 입을 악물었다.
나는 마침내 최후의 결심을 하고 그 자리를 일어섰다.
늦은 여름철은 저녁때가 되니까 제법 서늘한 기운이 돌았다.

남산의 솔밭과 그 너머로 멀리 뵈는 광주 남한산성의 윤곽이 뜨거운 태양열에 녹을 것같이 주저앉았다.

나는 눈이 부시는 것을 억지로 참고 정면으로 해를 쳐다보았다.

나는 무엇보다도 '열'이 필요하였다.

나는 그길로 내려오는 길에 어제 저녁에 김군이 부탁한 편지를 몇 번 주저하고 있던 것을 전해주러 나섰다.

나는 다시금 부끄러운 생각이 났다.

명색이 사내로서 다소 의식이 있다는 사람으로 구식 부인의 김군 부인만치도 역할을 못 한다면 그야말로 낯이 뜨거운 일이었다. 그것은 아무리 내가 반죽과 같은 이론으로 떡도 만들고 국수도 만들어 아니라고 변명을 하고 나의 생활에 합리화를 시키려 해도 이와 같은 엄청난 사실 밑에는 실천적 행동 밑에서도 아무리 해도 고개를 숙이지 않을 수가 없었다.

나는 그 뒤로는 집에 들어가서도 아무 말 하지 않고 나 혼자 맡은 일을 정진하고 있었다.

변절자의 아내

1

 세상에서는 지금 그의 이름을 민족(民足)이라고 부른다. 그를 왜 '민족'이라고 부르는지 그것은 나도 잘 모른다. 나는 신문 기자나 정탐이 아닌지라 남의 비밀을 잘 알지도 못하거니와, 또한 그런 것을 알고 싶어 하지도 않는다. 그러나 이 유명한 '민족'에게 대해서는 다만, 그의 드러난 '사실'만 가지고라도 훌륭한 이야깃거리가 몇 '다스'라도 될 줄 안다. 그것은 우선 '민족'이라 하면 아동주졸'까지라도 모를 이가 없으리만큼 그는 너무도 유명짜하기 때문이다.
 이렇게 유명한 '민족'의 이야기를 쓰기는 참으로 곤란한 일이다. 왜 그러냐 하면 이렇게 온 세상 사람이 다 잘 아는 사람의 사적을 쓰기란 아무것도 모르는 이의 그것을 쓰기보다도 어려운 법이다. 워낙 그가 유명한 만큼 그는 일화도 많을 것이요 행적도 많을 것인데, 그것들을 하나도 빼놓지 않고 일일이 쓰자면, 우선 그에 대한 지식이 풍부해야 될 것이요 또한 그렇다고 해서 그의 전기(傳記)를 쓰는 마당이 아닌 바에야 일동일정을 모조리 써놓아도 안 될 것이다.

그러면 그의 복잡다단한 행동 중에서 가장 뼈대가 굵은 것만을 소설적으로 추려서 그것을 정확하게 또한 재미있게 써야만 되겠는데 그것이 정말로 어렵다는 것이다. 또한 이야기란 것은 남이 잘 모르는——아주 처음 듣는 것을 해야 어시호[2] 흥미를 끄는 것인데 이렇게 세상이 다 아는 '민족'의 평범화한 사실을 가지고 이야기를 꾸민다면 어떻게 독자 대중에게 백 퍼센트 이상의 흥미를 끌게 할는지 도저히 나와 같은 서투른 솜씨로서는 감당치 못할까 봐 저어한다. 그것은 어느 의미로 보아서 마치 저 중국의 노신(魯迅)[3]이가 『아큐정전(阿Q正傳)』[4]을 쓰기보다도 더 어려운 일이 아닐는지 모른다. 그러니만큼 나는 더욱 나의 외람한 것을 후회하고 은근히 두려워하기 마지않는다.

그러나 나는 이미 벌인 춤이 되고 말았다. 이 땅에서 '민족'의 이야기를 나보다도 더 잘 쓸 수 있는 사람이 물론 있을 것이요 또한 그것을 하루바삐 써주기를 나는 은근히 기다리고 있었는데 웬일인지 아직까지 그것을 써주는 사람은 하나도 나서지 않는다. 내가 이러한 일에 대하여 스스로 부족을 느끼면서도 굳이 이 붓을 들게 된 동기도 실로 여기 있는 것이다. 그러므로 나는 지금 어릿광대와 같이 등장하기를 주저치 않고 나섰다. 웬일인지 나는 그런 충동이 나서 참을 수가 없다. 누구의 말마따나 이 역시 신비의 원리라 그런지 참으로 이상한 일이다.

한데 나는 아직 '민족'의 본명이 무엇인지도 모른다. 하긴 그를 '민족'이라고 부르는 것을 보아서 그의 성이 민가(閔哥)나 아닌가 하는 추측이 없지도 않다. 그러나 그의 성이 정말로 민가인지 아닌지 그것은 나는 모른다.

듣는 말에 의하면——물론 이것도 사실인지 아닌지는 꼭, 믿을 수 없는 말이나——그는 본시 미천한 몸으로 저 함경도라든가 어디라든가 어느 궁벽한 산골에서 출생하자 조실부모하고 의지가지 없이 돌아다녔다는데 그가 열 살 전후까지도 어떤 시골 장거리에 있는 음식점에서 중노미[5]로 심부름을 하고 있으며 봉놋방[6]에서 새우잠을 자고 있었다 한다.

그러므로 그의 부모가 누구인지 조부모가 누구인지 그것은 남도 모를 뿐 아니라 당자인 '민족'이 자신도 아마 모를 것이라는 억측까지 있는데 모르면 모르되 이것은 아마 그가 너무도 유명하다니까 그를 시기하는 사람들이 일부러 지어내서 그가 한미한 출생이라니까 이렇게까지 훼방하는 말인지도 모른다. 또한 그와는 정반대로 그를 숭배하는 사람들이 자고로 훌륭한 사람들은 모두 한미한 출생으로서 어려서는 갖은 고초를 겪다가 장성해서는 훌륭한 사람이 된다는——마치 고대소설의 주인공과 같이 그를 만들고자 하는……이를테면 기적을 만들고자 하는 나머지에 그 역시 성명도 없이 개구멍받이로 나온 것처럼 지어낸 말인지도 모른다.

만일 그렇지 않고 그의 성이 정말로 민가라든지 다른 성이 있다든지 하면 그는 반드시 그 성명을 써야만 할 터인데 그는 왜 '민족'이란 별명을 하필 부르게 하는가? 이것이 그에 대한 수수께끼요 그래서 그는 성도 없는 사람이라는 말까지 듣게 하는 것이요 따라서 그에게 대한 별별 억측과 중상이 있게 하는 것인데 원래 그는 유명하니까 세상 사람들의 이따위 평판쯤은 개의치도 않을 것이다. 하여간 그의 본성이야 알든 모르든 지금은 그의 본성보다도 이 '민족'이란 별명이 더 훌륭히 통용되고 있다. 그것은 마치 현 사회에서는 지전장이 금화보다도 훌륭하게 더 잘 유통되는 것과 마찬가지로.

한데 또 한편으로 생각해보면 그는 그의 총명한 두뇌로 백성을 지극히 사랑한다는 의미에서 일부러 그런 별명을 붙인 것이나 아닌가 싶다. 그러면 족(足)은 또 무엇이냐 할 것인데 이 '족'이란 것도 물론 훌륭한 의미가 있는 글자다. 우선 예수 그리스도도 적자(赤子)[7]의 발을 소중히 하지 않았던가. 민은 이식위천(民以食爲天)이나 왕은 이민위천(王以民爲天)[8]이란 말로만 보더라도 자고로 지배 계급이 민중으로 근본을 삼았던 만큼 우리 민족 선생도 꼭 그런 의미에서 '백성의 발'이 되고 싶다는 지극히 거룩한 생각에서 착취한 별명인지도 모른다. 즉 이 땅에 발을 붙이고 사는 이 백성을 사랑한다는——가장 향토애(鄕土愛)를 강조하자는 의미에서——다시 말하면 '민족주의'를 상징하기 위한 것이나 아닌가 싶다. 그러나 이것도 물론 나의 추측에 불과한 것이니까 꼭 그렇다는 말은 아니다. 구태여 그것을 꼭 알아야 할 필요가 있다면 그것은 불가불 '민족'인 당자한테 물어보아야만 할 것인데 그는 이때까지 거기 대해서는 한 번도 발표한 일이 없고 나 역시 듣지도 못한 바이라 이 이상 더 말할 거리가 못 된다. 그야 하여간 그가 유명한 민족개량주의자라는 것만은 사실이 증명하고 있다면 그의 그런 별명쯤이야 아무렇든지 미주알고주알 캘 필요가 없을 줄 안다.

그러면 이 유명한 '민족'의 별명에 대해선 고만 막설하기로 하고 어서 이야기를 전개시키자!

2

○○동 개천가를 끼고 올라가자면 왼손 편으로 돌다리를 건너서 수통 물고동이 놓인 막다른 골목 안에 새로 지은 문화 주택이 붉은 기와를 덮고 있는데 그 집 안에서 조석으로 드나드는 양장 미인은 이 근처의 수통물을 짓는 사람들의 입에서 벌써부터 오르내리고 있었다.

"그 여편네 예쁘게도 생겼다!"고 부러워하는 축도 있고.

"아주 모단걸인걸! 아주 말쑥한걸!" 하고 그의 첨단적 신식을 기발하게 보는 축도 있고.

"아이구 망측해라 여편네가 더펄머리를 하고 넉살 좋게 어디로 싸대노!" 하고 구식으로 욕하는 축도 있고.

"어떻든지 그 여편네는 잘두 났다. 남들이야 뭐라든지 잘 먹고 잘 입고 제멋대로 쏘다니니 그 위 더 상팔자가 있나 넨장할 것!"

하고 그의 처지를 부러워하는 축도 있다.

"그 여편네 눈가죽이 팽팽하고 가로 쪽 째진 걸 보니 독살이 나면 여간 암상[10]쟁이가 아니겠는걸!"

"저런 계집을 데리고 사는 놈팽이는 대개 부처 아래 토막 같겠다. 그래 내주장[11]이겠다."

"아마 그치도 그런가 봐. 그러기에 여편네가 밤낮없이 난질을 다니지."

"그 계집애 눈매를 좀 보지. 여간 색골로 생겼나 하하하……"

지금도 그 여자가 눈이 부시는 흰 양복에 분홍색 파라솔을 받고 뒤굽 높은 되똑한 흰 구두를 신고 비단양말 위로 미끈등한 장딴지를 드러내놓고 갸우뚱거리며 지나갈 때 그들은 한마디씩 이렇게 지껄이고 있었다.

그러나 그들이 이 유명한 민족의 집안 내용을 비로소 자세히 알기는 얼마 전에 이 집 행랑어멈의 이야기를 들은 뒤부터였다.

이 양장 아씨는 행랑어멈을 두어도 인물이 반반한 여자를 골라 두었다. 그것은 첫째로 남 보기에 추하지 않고 손님 앞에서 심부름을 시킨대도 남우세 부끄럽지가 않다는 이유도 있지마는 그보다도 행랑어멈은 음식을 다루는 까닭에 인물이 못생기게 되면 어쩐지 음식 맛까지 추해진다는 것이 이 얼굴 이쁘게 생긴 주인아씨의 철학이었다.

그런데 이번에 골라 둔 행랑어멈은 다행히도 이 신식 아씨의 마음에 꼭 들어맞았는데 한 가지 병통은 그도 인물값을 하느라고 누구만 못지않게 주전부리를 하는 것이었다. 그래서 주인아씨는 비록 행랑방이라도 그렇게 난잡한 행동이 있게 되면 자기의 신성한 스위트 홈(理想的家庭)까지 추해진다고 하루는 행랑어멈을 조용히 불러서 주의를 시킨 일이 있었다 한다.
 그때 행랑어멈은 생글생글 웃으며 대답하는 말이 "쉰네가 뭘 어쨌어요! 누가 한술 더 뜨나 어디 두고 볼까요……"
하였다나.
 그 뒤부터 행랑어멈은 주인아씨를 흉보기 시작하였다 한다. 이것도 그가 소문을 낸 말인지 누가 소문을 낸 말인지는 모르되 지금 세 살 먹은 주인아씨의 아들이 웬 까닭인지 이 집 선생님을 조석으로 문안을 다니는 ○○잡지사 주간인 피개량(皮皆良)——(이것도 물론 그의 본명이 아니요 별명이다)——선생의 발가락을 닮았다나 손가락을 닮았다는 풍설이 있다.
 그러나 또 웬일인지 이 신식 아씨는 행랑어멈의 그런 말전주를 아직도 모르고 있는지 알고도 모르는 척하는지 그를 쫓아낼 생각도 않는 것이 이상하다. 이것도 신비의 세계라 그러한지 그들의 비밀을 또한 남들이 어찌 알까 보냐?
 다만 행랑어멈의 말을 들으면 이 집 양장 아씨 함희정(咸戱貞)씨는 일찍이 이 집 주인 민족 선생이 동경 유학을 할 때부터 시쳇말로 '연애'를 속속들이 했다 한다.
 그래서 당시 유학생계에 수재이던 '민족'씨도 이 '모던걸'인 함희정에게는 어쩔 수 없이 홀딱 반해서 아들까지 낳고 아무 죄도 없는 전실 아내를 친정으로 쫓아버렸다 한다. 그것은 말똥 같은 쪽을 찌고 봉건적 구도덕에 젖은 구식 여자의 언제든지 '날 잡아

잡수' 하는 동양식 부인보다는 육감적이요 열정적이요 활발하고 요염하고 또 이성(異性)을 끌어당기는 지남철 같은 마력이 있는 근대적인 신여성인 함희정이가

"나는 당신을 사랑해요!" 하고 붉은 키스를 보낼 때 그의 소부르적 자유사상과 부합했던 것이다.

그래서 자유연애의 고비를 넘어서 연애지상주의(戀愛至上主義)에까지 막다른 그는 비록 변절은 할지언정 이 '경국지색'을 배반할 수는 없었다. 그래서 그는 마치 새끼에 맨 돌멩이처럼 해외에서 끌려 들어왔다.

*

그게 바로 기미년 만세통이 벌어진 판이었다.

이에 민족 선생은 하루아침에 다시 새로운 의미로서의 아주 유명한 사람이 되고 말 줄을 누가 알았으랴? 그것은 마치 차돌 같은 얼음 덩어리가 금시에 녹아서 냉수로 된 것처럼, 함희정의 불같은 사랑에 민족의 절개도 아니 녹지는 못했던 모양이다.

왜 그러냐 하면 그가 해외에 있을 때는 열렬한 ××운동자가 아니었던가? 하기는 일개 여자의 유혹을 못 이긴 그를 무슨 열렬한 ××운동자로 볼 것이냐? 그가 진실로 열렬한 운동자일 것 같으면 그보다 더한 유혹에라도 결코 사로잡히지 않을 것이라 할는지는 모른다. 아니 그보다도 그의 본바탕을 캐어본다면 재래 봉건 사상에 중독된 소위 영웅 심리를 잔뜩 가진 ××주의자라는 것들

의 갈 길이란 것은 조만간 원래 이렇게밖에는 더 될 나위가 없는 것이라 하겠다.

그러나 하여간 그가 한참 당년에 ×××의 ××××○○로 있을 때 그의 붓끝과 혀끝에서는 피가 끓고 고기를 뛰게 하는 불덩이 같은 말이 쏟아져 나왔던 만큼 그것은 이 땅의 뜻있는 사람들로 하여금 주먹을 쥐게 하고 가슴을 치며 통곡을 하게 하고 또한 끓어오르는 의분을 참지 못하게 하여서 많은 젊은 사나이들은 큰 뜻을 품고 북쪽으로 북쪽으로 내달리었다. 그만큼 그마적의 민족의 성명은 우레같이 사해에 진동하여 그를 존경하고 칭찬하고 숭배하고 탄복지 않은 사람이 별로 없었던 것이다.

그렇던 민족이가 하루아침에 자기의 주의 주장을 헌신짝 버리듯이 내버리고 일개 아녀자의 뒤를 따라서 마치 도수장에 들어가는 짐승처럼 풀기가 없이 어슬렁어슬렁 목을 늘이고 기어들어옴을 볼 때 누구나 놀라지 않을 수 없었다면 그들이 그렇게 말하는 것도 과히 괴이치 않을 줄 안다.

한데 민족이가 이 땅으로 들어온 것은 자기의 사상에 전환이 생긴 까닭이라고 한다. 그가 별안간 왜 이런 사상으로 급변을 했는지는 모르지마는 그의 새로 변한 사상이란 것은 참으로 온건 착실한 것이었다.

그는 이렇게 생각하였다.

'이 세상 만물은 모다 힘으로 움직인다. 한울의 일월성신(日月星辰)도 힘의 운행이요 산천초목의 변화도 힘의 표현이다. 그러므로 우리 인간이 산다는 것도 모다 힘의 발동이고 따라서 적은 힘은 큰 힘에게 희생된다. 실 한 겹과 두 겹이 서로 싸우면 반드시 한 겹이 먼저 끊어지고 말 것이다. 고양이가 호랑이와 싸워서 질 수밖에 없는 것은 그만큼 힘이 적은 까닭이다.

 그러면 지금 이 땅에는 무엇이 있느냐? 무슨 힘이 있느냐? 과학이 발달되었느냐? 지식이 보급되었느냐? 그렇지 않으면 남의 나라와 같이 산업이 발전되었느냐?……아모것도 없다! 어시호 우리들은 먼저 힘을 길러야 하겠다. 호랑이와 싸우랴면 우선 호랑이만큼 힘을 준비해야 되겠다. 우리는 지금부터 실력을 양성하자! 학자를 양성하고 기사를 양성시키자! 청년을 수양시키고 교육과 문화를 보급시키자! 그것이 십 년이 되든지 내지는 백 년이 되든지 그만한 힘을 기른 연후에야 비로소 남과 한번 견주어볼 것이 아니냐? 그런데 우리의 현상은 마치 고양이가 호랑이에게 덤비는 셈이다. 아니 계란으로 바윗돌을 깨치랴는 형국이다……'

 이것이 그의 유명한 실력양성론(實力養成論)의 골자였다.

 땅 짚고 헤엄치기 같은 이런 튼튼한 이론(?)을 실천에 옮기려면 그는 물론 이 땅으로 들어와야 될 것인데 이와 같이 온건한 군자식의 이론이라면 또한 누구나 그의 행동을 조금도 위험시할 것조차 없겠다.

 이만큼 그는 자기의 안전한 생활을 합리화시키기에 총명하였다.

 일방 함희정은 민족이가 ××로 건너간 그동안 홀로 떨어져서 안타까운 세월을 보내고 있었다. 정들자 이별이란 웬 말이냐! 옷고름에 차고 다녀도 부족한 내 사랑을 만리타국에 생이별을 시키다니…… 그는 참으로 일각이 삼추같이 임 그리워 못살 지경이었다.

한데 민족의 소식은 한번 간 후 묘연하였다. 그때 통은 국내도 소란한 판인지라 더구나 해외에서 활동하고 있는 민족의 신상을 염려하기 마지않았다. 그는 참으로 죽었는지 살았는지 모른다. 또한 앞으로도 무슨 일이 닥칠는지 모르는 것이었다.

그럴수록 함희정의 간장은 타고 녹았다. 그는 밤마다 악몽을 꾸고 가위에 눌렸다. 그럴 때마다 그의 애인 민족이는 피를 흘리고 부르짖는 모양과 육혈포를 맞고 거꾸러지는 거동이 보이었다.

"사랑하는 희정씨! 나를 구원해주소서. 나는 다시 또 당신을 못 만나고 죽을 것 같소이다. 오, 거룩하신 당신은 이내 몸에 구원의 손을 내미소서……"

하룻밤에는 민족이가 전신에 피투성이를 하고 이렇게 부르짖으며 별안간 자기의 품안으로 달겨들 때 그는 기겁을 해서 마주 얼싸안으며

"에그머니나 당신이 이게 웬일이오!"

하고 대성통곡을 하였다. 이 바람에 고만 가위를 눌렸던지 희정은 그길로 내처 울기 때문에 안방에서 자던 친정어머니가 쫓아와서 깨운 적까지 있었다 한다. 이만큼 그도 민족을 사랑하였고 그러니만큼 그도 자기의 주의──연애지상주의에 충실하였던 것이다!

이에 그는 천사만려(千思萬慮)[12]한 끝에 마침내 한 꾀를 생각해 냈으니 그것이 또한 민족의 사상 전환과 똑같은 온건 착실한 묘책이었다. 과연 함희정이도 민족이의 아내 되기에 조금도 부끄럽지 않은 천생배필이었다.

어느 날 아침에 함희정은 변으로 일찍 일어나서 분세수를 곱게 하고 오랫동안 폐하였던 화장을 유달리 한 후에 새 옷을 갈아입고 체경 속으로 자기의 몰골을 들여다보았다.

"이만하면 됐지! 그렇다. 왜 진즉 그런 꾀를 못 냈을까!"

그는 입속으로 이렇게 중얼거리며 제 옷맵시에 제가 흘려서 그윽이 만족한 웃음을 머금었다. ……그는 그길로 요로의 어떤 인물을 심방하였다.

"……민족씨는 지금 병환으로 편치 않으신 것 같애요. 그이는 그전부터 폐병이 있답니다. 이역 풍토에서 그의 본병이 더치고 보면 그의 생명은 퍽 위험해서요……"
하고 그는 그때 다시 간곡히 청하였다.

*

그래서 그는 마침내 뜻한 바 계획을 수행할 수 있었다. 그때 희정이가 그처럼 소란한 통에도 탄탄대로로 애인을 만나러 가려고 길 떠날 준비를 하고 있을 때 그는 얼마나 기쁘던지 자기 모친에게 이렇게 자랑하기까지 하였다.

"어머니! 나는 민족씨를 만나러 갈래요. 이번 길에 그이를 아주 데불고 오겠어요!"

"아니 어떻게 만나러 간단 말이냐? 거기는 그렇게 험난하다는데를!"

모친은 눈을 둥그렇게 뜨고 놀라운 듯이 물었다.

"다, 무사하게 되는 수가 있으니 어머니는 굿이나 보고 떡이나 잡수시오!"

그때 희정의 입에서는 점도록 미소가 사라지지 않았다. 그것은 사실이다!

희정은 그길로 ××에를 들어갔었다. 과연 그는 어렵지 않게 민족을 만날 수 있었다. 타국에서 오래 그리던 애인을 만나는 기쁨은 무엇이라고 형용할 수 없었다. ……그는 애인을 얼싸안고 한참 떨다가 오장이 녹을 듯한 다정한 목소리로

"나는 당신이 병환이 나셨나 보아서 불원천리 찾아왔어요! 객지에서 얼마나 고생을 하셨어요?"

하고 붉은 입술로 장미꽃 같은 키스를 던졌다. 별안간 두 눈에는 눈물이 팽 돌았다.

뜻밖에 희정이가 찾아왔다는 통지를 받고 허둥지둥 달려온 민족은 이 바람에

"아! 당신이 여기를 어떻게 왔소?"

하고 혼불부신[13]하여 놀라운 표정으로 쳐다보았으나 급기야 진정한 후 그의 말을 자세히 듣고 보니 마치 가려운 곳을 긁어주는 것같이 유쾌한 느낌도 없지 않았다.

그래서 민족은 그길로 바로 몇몇 동지와 의논을 한 후에 희정이와 손목을 마주 잡고 마치 신혼여행을 하고 돌아오는 신랑 신부처럼 고국으로 들어왔다.

그들은 들어오는 길로 서울 한복판에다 시쳇말로 스위트 홈을 신설하고 재미있는 새살림을 시작하였다. 그들이 자기네의 행복

한 생활을 위해서는 민족의 전처가 어린 아들을 데리고 친정으로 쫓겨 가서 눈물을 흘리고 있는 것도 그대로 희생시킬 수밖에는 없었다. 그것은 민족의 실력주의(實力主義)로 보든지 연애지상주의로 보든지 조금도 죄악이 되지는 않는다 하였다.

왜 그러냐 하면 적은 힘은 으레 큰 힘에게 희생되어야 마땅하다는 것이 그들의 이론이므로.

과연 구식 부인인 민족의 전처는 그들이 너무나 신식이요 신사 숙녀로 유명한 서슬에 감히 대항할 생의도 못 해보고 애꿎은 눈물만 흘릴 뿐이었다. 그는 오직 어린 아들이 모락모락 자라는 것을 유일한 낙으로 알고 그날그날을 보내고 있었다.

——그는 이렇게 하염없이 눈물만 샘솟고 있는데 민족과 희정이는 이와 같은 남의 눈물로 연못을 파고 선유배 위에서 사랑의 보금자리를 치고 있었다.

그러나 그들의 새 생활은 이제부터 시작이었다.[14]

서화 鼠火

1

 며칠째 연속하던 강추위가 오늘은 조금 풀린 모양이다. 추녀에 매달린 고드름이 녹아내린다. 바람이 분다.
 그래도 정초(음력설)라고 산과 한길에는 인적이 희소하였다. 얼음 위에 짚방석을 깔고 잉어 낚기로 생애를 삼던 차첨지도 요새는 보이지 않았다.
 얼어붙은 강 위에는 벌써 언제 온지 모르는 눈이 그대로 쌓여 있다. 갓모봉의 험준한 절벽 밑을 감돌고 다시 편한[1] 들판으로 흘러내린 K강은 마치 백포(白布)를 편 것같이 눈이 부시다. 간헐적으로 벌판에서 불어오는 바람은 선풍(旋風)[2]을 일으키며 공중으로 올라간다. 광풍은 다시 강상백설(江上白雪)을 후려쳐서 강변 이편으로 들날린다. 그것은 마치 은비와 같이 일광에 번뜩이며 공중으로 날리었다. 하늘은 유리처럼 푸르다.

"정초의 일기로는 희한하게 좋은걸…… 한데 명절이라고 심심도 하다."

콧노래를 부르고 있던 돌쇠는 별안간 고개를 쳐들었다. 태양은 눈이 시다. 편한 들 건너 하늘갓으로 둘러선 먼 산에는 눈이 하얗게 쌓여 있다. 거기는 어쩐지 무슨 신비하고 숭엄한 별천지같이 감정이 무딘 돌쇠로서도 느껴졌다.

소리개가 갓모봉 위로 날아와 강 위 하늘을 빙빙 돈다.

돌쇠는 이 산잔등을 좋아한다. 여기에 올라서서 보면 원근 산천이 다 보인다. 이 산뿌리를 내려가면 바로 강 벼루[3]를 접어드는 어구였다.

돌쇠는 두루마기를 뒤로 젖히고 바위에 걸터앉았다. 그는 담배 한 대를 피워 물었다. 어제 화투판에서 딴 것이다.

이마에 대추씨만 한 흉터를 가진 돌쇠는 넙적한 얼굴에 입이 비교적 컸다. 그러나 열기 있는 눈이 그의 건장한 기품과 아울러 남에게 위신이 있어 보였다. 젊은 여자가 더러 반하는 것이 아마 그 때문일 것이다.

그는 아침을 먹고 나서 어디 노름판이나 없나 하고 윗말로 슬슬 올라가보았다. 거기도 어디나 마찬가지로 모두 쓸쓸하였다. 어린 애들의 당성냥[4] 내기 윷 노는 소리가 산지기 조첨지 집에서 목 갈린 거위 울음처럼 들릴 뿐이었다. 젊은 사람들은 모두 일 보러 나간 모양이다. 모두 먹고살기에 겨를이 없는 것 같다.

그래서 돌쇠는 짚신 장사 남서방 집에 가서 온종일 이야기를 하다가 무료히 내려오는 길이었다. 거기서 막걸리 한 사발을 먹은 것이 아직도 주기가 있다.

해는 서산에——석조(夕照)는 하늘갓을 물들이고 설산(雪山)을 연연하게 비추었다.

한데 난데없는 불빛이 그 산 밑으로 반짝이었다. 그것은 마치 땅 위로 태양 하나가 또 하나 솟아오르는 것처럼…… 불길은 볼 동안에 점점 커졌다. 그러자 도깨비불 같은 불들이 예서 제서 웅기중기 일어났다.

"저게 무슨 불인가?"

돌쇠는 이상스레 쳐다보았다. 순간에 그는 어떤 생각이 번개 치듯 머리로 지나갔다.

그는 그길로 벌떡 일어나서 네 활개를 치고 집으로 내려왔다.

그는 금시에 우울한 표정이 없어지고 생기가 팔팔해 보이었다.

돌쇠가 저녁을 먹고 나서 먼저 나선 성선(成先)이 뒤를 쫓아갔을 때는 벌써 날이 저물었다. 낫과 같은 갈고리달이 어슴푸레한 서쪽 하늘에 매달렸다. 그동안에 광경은 일변하여 불길은 먼 들 건너 산 밑을 뺑 둘러쌌다. 새빨간 불이 참으로 장관이었다. 달은 놀라운 듯이 그의 가는 눈썹을 찡그리며 떨고 있다. 별은 눈이 부신 듯이 깜짝이었다.

그러나 불은 그곳뿐만 아니다. 너른 들을 중심으로 지금은 동서남북이 모두 불천지다.

어두울수록 불빛은 더욱 빨갛게 타올랐다. 그리는 대로 군중의 아우성 소리가 그 속에서 떠올랐다.

"불이야— 쥐불이야!"

돌쇠는 엉덩춤이 저절로 났다.

"그렇다! 오늘이 쥐날이다! 아 저 불 봐라! 하하, 한우님의 수염 끄실르겠다!"

사실 너른 들을 에워싼 불길은 하늘까지 마주 닿았다. 하늘도 빨갛다.

K강 지류를 끼고 올라간 반개울 안팎 동리에서도 아이들이 쥐불을 놓으며 떼로 몰려서 내려온다.

— 불이야— 쥐불이야!

예전에는 쥐불 싸움의 승벽[5]도 굉장하였다. 각 동리마다 장정들은 일제히 육모방망이를 허리에 차고 발감개를 날쌔게 하고 나섰다. 그래서 자기편 쪽의 불길이 약할 때에는 저편 진영을 돌격한다. 서로 육박전을 해서 불을 못 놓게 훼방을 친다. 그렇게 되면 양편에서 부상자와 화상자가 많이 나고 심하면 죽는 사람까지 있게 된다. 어떻든지 불 속에서 서로 뒹굴고 방망이찜질을 하고 돌팔매질을 하고 그뿐이랴! 다급하면 옷을 벗어가지고 서로 저편의 불을 뚜드려 끄는 판이라 여간 위험하지가 않았다. 돌쇠의 이마에 있는 대추씨만 한 흉터도 어려서 쥐불을 놓다가 돌팔매로 얻어맞은 자국이었다.

졸망구니[6] 아이들은 동구 앞 냇둑에다 불을 놓으며 내려왔다. 손이 곱아서 성냥이 잘 그어지지 않았다. 몇 번 신고를 해서 간신히 그을라치면 마치 기다렸던 것처럼 바람이 꺼놓는다. 그래서 그들은 논둑 밑에 가 납작 엎드려서 옷자락으로 가리고 불을 붙었다. 어떤 계집애는 치마폭으로 바람을 가려주었다.

그러나 큰 사람들은 어느 하가에 그런 짓을 하고 있을 수는 없었다. 그들은 솜방망이에다가 석유 칠을 해서 횃불을 켜가지고는 뛰어다니며 불을 붙였다.

반개울 앞들에는 순식간에 불천지가 되었다. 마른풀은 불이 닿기가 무섭게 활활 타올랐다. 호도독호도독 재미있게 탄다.

물 아래로 무더기무더기 몇 갈래로 타는 것은 읍내 편 사람들의 놓는 불이었다. 왼편으로 기러기 떼처럼 일렬을 지어서 총총히 늘어선 불길은 한들 쪽 사람들——다시 이쪽으로 가물가물하게 훨씬 멀리 보이는 것은 장들 쪽 사람들——왜장골, 정자말, 공서지, 원터 쪽에서도 불! 불!……

멀리 어디서 풍물 치는 소리가 바람결에 들린다.

"깽매! 깽매! 깨갱—— 엉……"

젊은 여자와 머리채가 치렁치렁한 처녀들은 동구 앞까지 나와서 어마어마하게 타오르는 사방의 불빛을 쳐다보고 재깔대었다. 거기에는 간난이네 응삼이 처 아기네 또순이도 섞여 있다.

돌쇠와 성선이를 선두로 한 반개울 사람 십여 명은 읍내 편의 불길이 성한 것을 보고 쫓아 내려갔다. 간난이를 업은 돌쇠 처는 또 누구와 싸움이나 하지 않을까 하고 은근히 걱정하였다. 반개울 사람은 자래로 읍내 편 사람들과 쥐불 싸움을 하는 때문에.

그러나 돌쇠의 일행은 미구에 실망하고 돌아왔다. 그들이 쫓아가보니까 쥐불을 놓는 사람은 모두 졸망구니와 아이들뿐이므로 도무지 대거리가 되지 않기 때문이었다.

돌쇠는 이런 승벽이나마 해마다 쇠하여가는 것이 섭섭하였다. 그것은 읍내 사람들이 더한 것 같았다.

농촌의 오락이라고는 연중행사로 한 차례씩 돌아오는 이런 것밖에 무엇이 오는가? 그런데 올에는 작년만도 못하게 어른이라고는 씨도 볼 수 없다. 쥐불도 고만이 아닌가!

정월 대보름에 줄다리기를 폐지한 것은 벌써 수삼 년 전부터였다. 윷놀이도 그전같이 승벽을 띠지 못한다. 그러니 노름밖에 할 것이 없지 않으냐고 돌쇠는 생각하였다.

그는 이것이 무슨 까닭인지를 모른다. 쥐불은 관청에서도 장려한다 하지 않는가? 그런지 아닌지는 몰라도 쥐불을 놓으면 논두렁 속에 묻혔던 벌레가 모두 타 죽어서 곡식을 유익하게 한다는 것이다. 그런데도 쥐불을 놓는 어른은 없었다. 그러나 하필 쥐불뿐이랴! 마을 사람들의 살림은 해마다 줄어드는 것 같았다.

사실 그들은 모두 경황이 없어 보인다. 수염이 댓 자 오 치라도 먹어야 양반 노릇을 한다고 가난한 양반은 양반도 소용없었다. 올 정월에 흰떡을 친 집도 몇 집 못 된다. 그러니 쥐불이야! 세상은 점점 개명을 한다는데 사람 살기는 해마다 더 곤란하니 웬일인가!

오직 사는 보람이 있어 보이는 집은 가운데말 마름 집뿐인 것 같았다.

밤이 차차 이슥해지자 각처의 불길은 기세가 죽어갔다. 반딧불같이 띄엄띄엄 붙은 곳은 마지막 타는 불꽃인가? 불은 저 혼자 타라고 내버려두고 사람들은 제각기 흩어져 갔는지 아까까지 들리던 아우성 소리도 없어졌다.

"이런 제——미! 그럴 줄 알았으면 공연히 내려갔지."

"글쎄 아—— 춥다."

돌쇠와 성선이는 언 발을 구르며 돌아온다. 돌쇠는 추운 중에도 담배를 꺼내서 붙여 물었다.

"여보게 한께 안 하려나?"

돌쇠는 성선이에게도 담배 한 개를 꺼내주며 물었다. 그들은 외딴 주막에서 먹은 술이 얼근하였다.

"어디 할 축이 있나."

담뱃불을 마주 붙이는 성선이는 귀가 솔깃하였다.

"응삼이하고 완득이하고……"

"응삼이가 할까?"

"그럼 내가 꾀이면 된다."

"하자!"

성선이의 눈은 담뱃불에 빛났다.

"뉘 집에 가 할까?"

"글쎄…… 윗말로 가보세."

돌쇠는 고개를 외로 틀었다. 그는 노름할 장소를 궁리해보았다. 아주 누구나 땅띔을 못할[8] 곳, 그래서 개평꾼이 쫓아오지 못할 으슥한 곳에서 오붓하게 하고 싶었다.

달은 벌써 졌다. 별이 총총 났다. 고추바람[9]이 칼날같이 귀뿌리를 에인다. 강빛은 어두운 밤에도 훤하게 서기한다. "콩! 콩!" 마을에서 개 짖는 소리. 산모퉁이를 돌아오니 바람이 들차다. 주막거리를 접어들자 술집에서는 윷들을 노느라고 왁자지껄하였다.
"이— 걸어가자 떡 사주마!"
"윷이냐! 사치냐! 오곰의……"
"석동문이가 죽었구나. 야 우리는 막이다."
두 사람은 술집 앞에 와서 걸음을 멈추고 귀를 기울였다. 거기에는 완득이도 끼여 있는 모양이었다.
"자, 그럼 완득이를 불러내라. 나는 응삼이를 잡아내 올 테니."
돌쇠는 성선이의 옆구리를 꾹 찔러가지고 가만히 소곤거렸다.
"응 그래."
"눈치 채지 않게!"
"알었어."
성선이는 고개를 끄덕이고 술집으로 들어갔다. 돌쇠는 그길로 자기 집으로 들어갔다. 그는 우선 밑천을 더 만들어야 할 판이었다. 삽짝을 열고 들어가니 뜰에서 자던 바둑이가 주인의 인기척을 듣고 반가이 꼬리를 치며 달려든다. 돌쇠는 가만히 윗방 문을 열었다.

*

돌쇠 처 순임이는 간난이를 업고 쥐불 구경을 나갔다가 추워서 바로 들어왔다. 그는 집으로 오면서도 남편이 무슨 일이나 저지르지 않을까 걱정하였다. 그는 열두 살 때에 민며느리로 들어왔다. 그게 벌써 십 년 전이었다. 얼굴에 주근깨가 돋고 약간 얽은 티가 있는 조그만 여자였다. 그는 남편이 무서웠다.
"오늘 밤에도 안 들어오랴나?…… 요새는 뉘 집에서 자는지 몰라!"

자기 방으로 올라와서 자리를 펴고 누운 순임이는 입속으로 중얼거렸다. 간난이는 젖을 물고 자다가 몇 모금씩 빨고 빨고 한다.

그는 어려서는 시집살이하기에 쪼들리다가 남편의 그늘을 알 만하니까 남편은 난봉을 피웠다. 한 달이면 집에서 자는 날이 며칠 안 된다. 간난이는 벌써 세 살이 되었는데 아직 아무 기별이 없다. 그는 어서 아들을 낳고 싶었다.

어느 날 그는 가만히 시어머니 몰래 마을의 당골(무당)에게 가서 물어보았다. 당골은 손가락을 꼬부렸다 폈다 하며 육갑[10]을 짚어보더니 서로 살이 끼어서 그렇다 하였다. "짚신살이 껴서 나돌아 다니기를 좋아한다. 살풀이를 하자면 큰고개 서낭으로 가서 큰굿을 해야 된다"는 것이었다.

"또 어디 가서 노름을 하나 원…… 참으로 짚신살이 꼈나 부다!"

응삼이 처가 어째 눈치가 다르더라. 문득 그는 이런 생각이 떠올랐다. 갑자기 고적을 느끼었다. 가슴이 두근거린다.

그는 이리 뒤치고 저리 뒤치며 남모르는 가슴을 태우다가 겨우 잠이 들었다……

밤이 어느 때나 되었는지 무엇이 선뜻하는 바람에 놀라 깨 보니 어느 틈에 들어온지 모르는 남편이 이마를 짚고 흔든다. 그는 기지개를 켜며 더듬어서 사내의 억센 손목을 잡아보았다. 그것은 언제와 같이 익숙한 자기 남편의 손이었다.
"아이…… 손도 차라! 왜 앉었수?"
"두루마기 어디 있어?"
"두루마기? 또 어디 가우?"
그는 눈을 반짝 떠 보았다. 방 안은 캄캄한데 사내의 황소 같은 숨소리가 어두운 속에서 들리며 입김이 얼굴에 스치었다.
"어서 찾어줘!"
돌쇠는 성냥불을 켜서 담배를 붙였다.
"아이 귀찮구먼! 밤중에 또 무얼 하러 간대…… 아까 아랫방에다 벗어놓지 않었수?"
순임이는 괴춤"을 추키고 일어나서 남편이 주는 성냥불을 켜가지고 아랫방으로 내려갔다. 자다가 일어난 그의 가냘픈 몸뚱어리와 쪽이 풀어져서 늘어진 뒷모양은 성례를 갖추기 전에 그의 처녀 때 모양을 방불케 하였다…… 돌쇠는 아내가 없는 동안에 미리 보아두었던—아내의 머리맡에 빼놓은—은비녀를 얼른 집어서 조끼 주머니에 넣었다.
"자, 옜수! 밤중에 어디를 또 간대……"
아내는 두루마기를 이불 위에 놓고 다시 성냥불을 켜서 실뱀 같은 들기름 등잔에 불을 켜놓았다. 반딧불 같은 희미한 불이 두 사람의 그림자를 흙벽 위에 비춘다. 밤은 괴괴하다.
돌쇠는 얼른 일어나서 두루마기를 입는데 아내는 말끄러미 한 짝 눈을 찌그려 감고 사내를 쳐다보았다. 그는 눈이 부시었다.
"왜 자지 않고 앉었어?"

돌쇠는 망건 위로 풍뎅이[12]를 눌러썼다.

"난 여적 자지 않었수. 어디 갈라기에 저리 야단이야."

아내는 불만한 듯이 말한 것을 남편이 혹시 노하지나 않을까 해서 뒤끝으로 슬쩍 웃었다.

"떠들지 마라. 어디를 가든지 웬 참견이야!"

아랫방에서 자던 모친이 들레는 소리에 잠이 깨인 모양이었다.

"간난 애비 왔니? 또 어디를 가니? 이 치운 밤중에."

"윗말로 윷 놀러 갈라우!"

돌쇠는 문을 탁 닫치고 나왔다.

순임이는 나가는 사내의 뒷모양을 우두커니 앉아서 바라다보았다.

그는 간신히 든 잠을 깨어서 그런지 좀처럼 잠이 오지 않았다. 잠은 어디로 아주 멀리 달아난 것 같다. 밖에서는 바람 소리가 우 하고 일어난다. 그는 별안간 답답증이 났다. 뭐라고 말할 수 없는 부아가 끓어올랐다.

그는 부엌으로 들어가서 냉수를 떠먹었다. 얼음이 버걱버걱한다. 마당에 서서 보니 앞들 너른 벌판에는 불이 아직도 타고 있다. 사방에서 타들어와서 그런지 불은 다시 기세 있게 들 한가운데서 화광이 충천하다. 새빨간 불길은 폭풍에 날뛰는 미친 물결같이 이리 쏠리고 저리 쏠리며 불똥은 하늘로 올라갔다.

그는 어쩐지 별안간 그 불 속으로 뛰어들고 싶은 충동이 나서 견딜 수 없는 것을 억제하고 있었다.

방에 들어와서 그는 비녀가 없어진 것을 발견하였다.

2

 윗말 최소사 집 윗방에서는 희미한 석유 등잔 밑에 네 사람이 상투를 마주 모으고 앉았다. 그 옆에는 머리를 얹은 노파가 뻐드렁니를 내밀고 불쩍[13]을 떼며 앉았다. 노파는 장죽을 뻗치고 앉았다.
 돌쇠는 투전목[14]을 잡고 척척 쳐서 주르륵 그어가지고는 아기패[15]에게 떼여 얹은 뒤에 한 장씩을 돌려주고 나서 자기 패를 빼보더니만
 "자, 들어갔네!"
하고 패장을 투전 맨 위로 엎어놓았다. 그리고 아기패에게
 "얼마 실었니?"
 "일 원 태라!"
 성선이는 패장을 엎어놓고 오십 전짜리 은전 두 푼을 꺼내놓았다. 돌쇠는 그대로 일 원을 태워놓고 다시 완득이에게
 "넌 얼마냐?"
 "난 오십 전 했다."
 "또 자네는?"
 "난 패가 잘 모못 들었는데…… 에라 일 원 놓게!"
 응삼이는 주저하다가 지전 한 장을 꺼내놓았다. 돌쇠는 아기패에게 돈을 제대로 다 태워놓은 뒤에 투전목을 다시 성선이에게 돌려대며 눈을 끔적끔적하였다.
 성선이는 투전장을 빼어서 먼저 놈과 마주 겹쳐가지고 번쩍 들

어서 두 손으로 죄어보더니
 "되었네!"
 그담 장을 완득이가 빼서 조여본다.
 "난 들어갔네!"
 그는 한 장을 빼서 다시 조여본 후에 자리에 엎어놓았다.
 응삼이 차례다.
 그도 벌벌 떨리는 손으로 투전장을 빼어서 서투르게 조여보더니
 "나도 들어갔어!"
하고 한 장을 다시 빼었다.
 돌쇠는 투전 두 장을 빼어서 그의 큰 입을 오므리고 빠드득 소리가 나도록 조여보더니만 다시 한 장을 들어가자 별안간 활기가 나서 소리친다.
 "자들 까라구!"
 "서시!"[16]
 돌쇠는 성선이 앞에 놓인 돈을 쫙 긁어들였다.
 완득이가 석 장을 까놓는 것은 일육팔 진주였다.
 "난 일곱 끗이야."
하고 응삼이도 석 장을 까놓으며 머리를 긁는데 돌쇠는 거침없이 응삼이 앞에 놓인 돈도 소리개가 병아리 움키듯 집어당기면서
 "청산만리일고주(靑山萬里一孤舟)"[17] 칠칠오 돛대 갑오 흔들거리고 떠온다!"
 툭 잦히는데 그것은 분명히 오칠칠 가보[18]였다. 응삼이는 두 눈이 툭 불거졌다. 일곱 끗으로도 못 먹는 것이 분하였다.

"이런 제——미! 아니 속이지 않나."

"속이긴 어느 제미 붙을 놈이 속여! 그럼 네가 패를 잡으람!"

돌쇠는 핀잔을 주었다.

응삼이는 더펄머리를 다시 긁적긁적하였다. 그는 망건도 안 쓰고 맨상투 바람으로 사랑에서 자다가 붙들려 나왔다.

그는 돌쇠가 꼬이는 바람에 섣달 그믐께 소 판 돈의 절반을 가지고 나와서 거지반 다 잃었다. 가슴이 두근두근하고 눈이 캄캄해서 벌써부터 투전장도 잘 보이지 않는다.

"아주머니 무엇 먹을 것 좀 해주소. 한잔 먹어야 속이 출출한데."

"무슨 안주가 있어야지."

노파는 불쩍 딴 돈을 주머니에 넣으며 뻐드렁니를 벌리고 웃는다. 아랫방에서는 아이들이 코를 골며 정신없이 잔다. 뒷동산 솔밭에서 부엉이가 운다.

"계란이나 한 줄 삶으시오 두부나 한 모 지지고. 안주 값은 내가 내지."

돌쇠는 계란 값과 두부 값을 절그럭거리는 호주머니에서 꺼내 놓고 다시 아기패에게 패장을 돌라주었다.

"얼마야?"

"이런 제——미!"

응삼이는 또 패장이 잘못 든 데 속이 상해서 등신 같은 소리를 혼자 중얼거렸다. 웬일인지 패장은 장자가 아니면 '새오'자가 드는데 두 장을 대기는 안 되었고 석 장을 들어가면 영락없이 끗수가 더 줄었다. 그는 처음에는 끗수가 잘 나오더니 차차 줄어들어 가는 것이 웬 까닭인지를 몰라서 이상하였다.

그동안에 안주인은 아까 사 온 술을 병째로 데우고 술상을 차려서 들여왔다. 무 밑동 김치 줄거리가 개상소반에 늘어지고 퉁노구[19] 속에 두부점이 둥둥 떴다. 온돌의 골타분한 흙먼지내가 지독한 엽초(葉草) 탄내와 시크무레한 간장 냄새와 어울려서 일종의 야릇한 악취를 발하였다.

성선이는 술병을 기울여서 우선 노파에게 한 잔을 권한 후에

"자, 너 먹어라!"

돌쇠는 텁텁한 막걸리 한 사발을 받아들고 한숨에 쭉 들이켰다.

"아, 좋다! 목이 컬컬하더니."

팔뚝 같은 무 밑동을 들고 줄거리째 어석어석 씹는다.

그러나 응삼이는 술 먹을 경황도 없었다.

"자, 응삼이!"

완득이가 술을 먹고 다시 따라서 응삼이를 권하는데

"난 싫여!"

"이 사람아 한 잔만 하게나? 돈 좀 잃었다고 술도 안 먹으랴나!"

"자네들은 남의 속도 모르고…… 내일 경칠 생각을 하면…… 참, 남은 하기 싫다는데 공연히 끌고 와서……"

응삼이는 여전히 머리를 긁죽긁죽하며 무슨 소리인지 모르는 반토막을 등신같이 웅얼댄다.

"자식도 못도 났다. 잃기 아니면 따기지. 이 자식아 돈 잃었다고 술까지 안 먹겠다는 그런 할미 붙을 자식이 어디 있니!"

돌쇠가 핏대를 세우고 고함쳤다.
"그럼 난 노름은 고만 놀겠다!"
"이 사람아 어서 들어…… 이게 무슨 재민가?"
응삼이는 마지못해서 술잔을 받으며
"아니 그렇게 골낼 게 아니라……나는 내 사정이 따분해서……그……그……그래서……한 말인데……"
별안간 응삼이는 무엇이 걸린 것처럼 목 갈린 소리를 하며 군침을 삼킨다. 그는 떨리는 손으로 술잔을 받아서 약 먹듯 들이마셨다.
"저 자식이 제 마누라한테 부지깽이로 맞을까 봐서 그러지 허허허."
"아따 그러거든 기어올르렴!"
"하하하…… 자식이 그게나 ×하는지 몰라!"
"빌어먹을 놈들……"

*

하늘이 아는 개평꾼이라는 순칠이는 어떻게 알았는지 최소사 집을 찾아왔다. 그는 아까 아랫말 술집에서 윷을 놀 때 성선이가 들어오더니 미구에 둘이 함께 나가는 것을 보자
"저 애들이 어디서 한판 어울리는가 부다!"
하고 조금 뒤에 쫓아 나왔다. 그래서 아래윗말의 그런 냄새가 날 만한 집은 사냥개처럼 모조리 뒤져 올라오다가 마침내 최소사 집

에 그들이 숨어 있는 것을 발견하였다.

그는 거침없이 삽짝문을 열고 들어서며 문밖에서부터 게두덜거린다.

"에, 치워! 치워…… 이 사람들이 여기 와 있는 것을."

"저 염병할 친구가 기어이 찾아왔군!"

"그러기에 눈치 안 채게 불러내랬더니…… 아저씨도 참 기성도스럽소."

돌쇠는 성선이의 말을 받다가 방문을 열고 들어서는 순칠이를 쳐다보며 빙그레 웃는다.

"이 사람들 이렇게 구석진 데 와서 하는가. 에, 치워 우선 한잔 먹세!"

그는 우선 고드름이 매달린 거의 반백이나 된 수염을 쓰다듬어서 버선 발바닥에 문지르고 나서 젓갈을 붙들고 상머리로 달려든다.

"참 아재는 용하기도 하지 어떻게 여기를 다 찾아왔수!"

주인 노파가 술을 따르며 쳐다본다.

"그러기에 한우님이 아시는 최순칠이라지, 허허."

순칠이는 술잔을 붙들고 배짱을 부리기 시작한다. 술거품을 후불며

"다들 자셨나!"

"예! 아저씨! 어서 잡수시유!"

순칠이는 그전에 청주 병영을 다니었다. 병정 다닐 때에 술 먹고 노름하기를 배웠다. 그는 지금도 그때 소싯적에 흥청거리고

놀던 것을 한편으로는 자랑삼아서 다른 한편으로는 동경(憧憬)되는 듯이 이야기하였다.

"참 그때 세상이 좋았느니 옷밥 걱정이 있겠나 고기 술은 먹기가 싫어서 못 먹고…… 흥! 계집은 더 말할 것 없고……"

그때 이야기가 나면 그는 신이 나서 코똥을 뀌어가며 젊은이들에게 떠벌리었다.

갓모봉 너머 지주 이참사 집이 그때 한창 의병 떼와 화적(火賊)에게 위협을 받을 무렵에 순칠이는 그 집으로 청주 병영에서 보호병(保護兵)으로 파송을 받아 나왔다. 그는 이참사 집에서 삼 년을 지나는 동안에 밤이면 한 차례씩 순행을 돌고 낮이면 총 메고 사냥질하는 것이 직무였다.

그때만 해도 이 산촌에서 병정이라면 신기해 보였다. 그래서 마을 사람들은 그를 두렵게 보고 한편으로는 호기심으로 대하였다. 더구나 그가 이참사 집에 있음이랴! 미상불 그는 그때도 호강으로 지나던 판이었다.

그런데 청주 병영이 해산되고 따라서 자기도 일개 평민으로 떨어지게 되자 그는 이리저리 굴러다니다가 이참사를 연줄로 가족을 데리고 이곳으로 이사해 왔다. 과거의 그런 생활을 하던 순칠이는 자연히 노름판을 쫓아다니게 되었다. 그는 한편으로 이참사 집 농사 몇 마지기를 짓는 체하지만 농사는 부업으로 짓는 셈이요 도박이 본업이었다. 그는 노름판에는 어느 판이든지 알기만 하면 들어갈 수가 있었다.

술상을 치우자 투전판은 다시 벌어졌다.

떠들썩하는 바람에 자다가 오줌을 누러 일어난 이웃 사람들이 하나 둘씩 모여들었다. 신장수 남서방 산지기 조첨지 아들 군삼이 또 누구누구가─. 닭은 벌써 세 홰째 운다.

개 짖는 소리가 요란하다.

"나도 한케 하세!"

순칠이도 투전판으로 달려들었다.

"아저씨 돈 있수?"

"그럼 있지."

"어디 뵈시유?"

"있대두 그래."

"그럼 하십시다. 한 장 (일 원) 이하는 못 놓기요."

"그라지."

이번에는 응삼이가 물주를 잡았다. 그는 아기패로만 한 것이 돈 잃은 까닭이 아닌가 해서. 한 판은 다시 죽 돌아갔다.

"까시유……"

"장구 지구 북 지구 노들로……"

순칠이는 팔을 걷고 패장을 까놓는데 장귀[20]였다.

"일이육 저리육 선달 갑오!"

돌쇠는 일이육을 까놓는다. 아기패가 모두 먹었다.

"빌어먹을…… 이놈의 노름을 어디 하겠나……"

응삼이는 갈깃머리[21]를 마치 갈퀴로 잔디밭을 긁듯이 북북 긁으며 징징 우는소리를 하였다.

"누구 잡게. 난 패 안 잡겠네!"

서화 281

"자식두 변덕은. 인 내라 내 잡으마."

돌쇠는 와락 투전목을 잡아챘다.

그래서 응삼이는 다시 아기패로 붙어보았다. 그는 눈을 홀딱 까고 정신을 차리고 대들었다. 그러나 원체 투전이 서투른 데다가 자겁이 많은 응삼이는 점점 눈이 게슴츠레해지고 정신이 얼떨떨해서 도무지 노름이 되지 않았다. 투전장을 붙들고 가끔 넋 잃은 사람같이 한동안 앉았다가 옆에 사람에게 핀잔을 먹었다. 못난 사람은 이러나저러나 지청구[22]꾸러기였다.

마침내 그는 화증이 버럭 나서 있는 돈을 톡 털어가지고

"너고 나고 단둘이 한번 빼고 말자…… 그까짓 것! 밤샐 것 무엇 있니."

하고 돌쇠에게로 달려들었다.

"그것 좋지!"

돌쇠는 투전목을 잡고 익숙하게 척척 쳐서 주르륵 긋자

"자 떼라!"

"자 뗐다!"

"빼라!"

"뺐다!"

단판씨름의 큰판이라 방 안의 공기는 긴장되었다. 개평꾼들은 노름판을 욱여싸고 눈독을 쏜다. 석 장을 들어간 응삼이는 신장대[23] 떨듯 투전을 붙잡고 죄는 손이 떨리었다. 그는 어떻게 똥이 타던지 느침이 흐르고 이마에는 땀이 솟았다.

"서시!"

"이놈아! 장팔[24]이다!"

돌쇠는 투전장을 젖히자 자기 앞에 쌓인 돈뭉치를 번개같이 집어넣고 벌떡 일어섰다.

"아이구! 이런 복통할 놈의 투전아!"

응삼이는 투전짝을 찢어버리고 주먹으로 가슴을 치며 자빠진다.

그러자 좌중은 와하고 돌쇠에게로 손을 벌리고 달려들었다.

"개평 좀 주소…… 나두 나두."

돌쇠는 두 손을 조끼 주머니 속에 잔뜩 처넣고 팔꿈치로 좁혀드는 사람들을 떠밀면서 군중을 정돈하였다.

"글쎄! 줄 테니 가만히들 있어요. 이렇게 하면 정신을 차릴 수가 있나."

그는 호주머니에서 집히는 대로 은전을 집어서 손바닥마다 내주면서 문밖으로 뛰어나왔다. 그는 별안간 누구를 발길로 차고 뿌리치며 군중을 헤치고 나왔다.

"이건 왜 심사 사납게 두 손씩 벌려!"

순칠이 성선이와 몇 사람은 돌쇠의 꽁무니를 따라섰다. 기운 세고 팔팔한 돌쇠에게 그들은 마구 덤비지 못하였다.

3

돌쇠는 다 저녁때 함박눈을 맞고 집으로 돌아왔다. 어제는 그렇게 좋던 일기가 아침부터 눈이 퍼붓기 시작한다. 그는 술이 취해서 들어오는 길로 방 안에 쓰러진다.
 아내는 부엌에서 저녁을 짓다가 뛰어들어와서 우선 사내의 호주머니를 뒤져보았다. 비녀가 나온다. 그는 여간 기쁘지가 않아서
 "그렇지 아니면 머야! 어머니 비녀 찾았어요!"
 "어디서 찾었니?"
 머리 없은 박성녀가 장죽을 물고 올라온다. 그는 겨울이 되면 해소병이 도져서 지금도 기침을 콜록콜록하였다.
 "애비 호주머니 속에서요!"
 별안간 돌쇠는 두 눈을 번쩍 떠 본다.
 "왜 남의 호주머니는 뒤지고 야단이야!"
 "누가 야단이야. 왜 남의 비녀는 가져갔어!"
 "가져가면 좀 어때!"
 "말도 않고 가져가니까 그렇지."
 "아따 찾었으면 고만이지. 그런데 너는 어디를 갔다가 인저 오니? 콜록! 아이구 그놈의 기침이……"
 "가긴 어디를 가요. 요새 정초니까 사방으로 놀러 다니지요. 물 가져와. 목말러 죽겠다."
 투, 그는 벽에다 침을 뱉는다. 며느리가 물을 뜨러 나간 사이에 모친은 아들의 옆으로 가까이 앉으며
 "너 어젯밤에 응삼이하고 노름했니?"
 "노름? 했소…… 했으면 어째서."
 "아따 아까 응삼이 어머니가 와서 네가 꼬여가지고 노름을 해서 소 살 돈을 잃었다구 한참 야단을 치고 갔으니까 그렇지야."

"참 그런 야단이 어디 있어."

순임이도 실쭉해서 말참견을 하였다.

돌쇠는 물 한 그릇을 벌떡벌떡 켜고 나서

"꾀이긴 누가 꾀여…… 제가 하고 싶으니까 했지!"

"그래도 네가 꾀였다고 야단이던데…… 그래 아버지께서 여간 걱정을 안 하셨단다."

"그 그 빌어먹을 늙은이가 경을 치지 못해서…… 자식을 여북 못나야 남의 꼬임에 노는 자식을 낳는담! 에, 아이구 나도 그런 자식을 둘까 보아…… 저것이 그런 자식을 내질르면 어짠담!"

돌쇠는 상혈된 눈알을 굴리며 순임이를 손가락질한다. 몸이 저절로 끄덕거린다.

"미친 소리 마라. 자식을 누가 맘대로 낳니?"

"어쩐 말이야. 콩 심은 데 콩 나고 팥 심은 데 팥 나고 다 제 꼴대로 생기는 것이야. 그러면 저 오망부리[25]도…… 허허."

"공연히 가만있는 사람을 가지고 그러네. 이녁은 뭬 그리 잘나서……"

순임이는 뾰로통해서 입을 내민다.

"아따 요란스럽다…… 그래 응삼이가 돈을 많이 잃었니? 삼백 냥을 잃었다는구나."

"가만있어!"

돌쇠는 새로 사 입은 모직 조끼 주머니를 만져보다가

"지갑 누가 가져갔어? 응 지갑!"

"지갑을 누가 가져갔대. 잘 찾어보지!"

"응! 여기 있다. 고것 쏘기는 왕퉁이[26] 새끼처럼."

돌쇠는 지갑을 열고 지전 뭉치를 꺼내 보이며

"야단은 얼마든지 치래. 욕하고 돈하고 바꾸자면 얼마든지 바꾸지. 욕먹어서 입 아프지 않으니까…… 어머니 그렇지 않소!"

모친은 돈을 보더니 한 걸음 다가앉으며

"그래도 한이웃 간에서 그런 경우가 있느냐고 아주 펄펄 뛰는 꼴이라니……"

"허허…… 지금 세상이 어디 경우로만 살 수 있는 세상이냐 말이야지. 눈 없으면 코 벼먹을 세상인걸."

돌쇠는 상반신을 꼬느지 못하고 근드렁근드렁하며 곱은 손으로 돈을 세어본다.

"하나, 둘, 셋, 넷, 다섯……나더러 꾀여냈다고? 꾀여내면 좀 어때……하나, 둘, 셋……내가 꾀여내지 않으면 다른 놈이 먼저 꾀여낼 텐데…… 하나, 둘, 셋……그렇다면 다른 놈의 좋은 일을 시키느니보다 이웃 간에 사는 내가 먹는 것이 당연한 목적이 아니냐 말이야…… 가만있어 몇 장을 세다 말았나! 하나, 둘, 셋……"

돌쇠는 돈을 세다가는 잔소리를 하고 잔소리를 하다가는 세던 것을 잊어버리고 또다시 새로 센다. 모친은 다시 한 걸음을 다가앉으며

"얘야! 그게 모다 얼마냐? 인 내라 내가 세어주마."

"가만있어요 내가 세야지 어머니가 셀 줄 아나 원. 하나 둘 셋…… 어머니 돈 좀 주리까?"

"그래 좀 다구. 돈 말러서 어디 살겠니."

"허허허…… 그러면서 노름한다구 야단들이람. 노름을 안 하면 우리 같은 놈에게 돈이 어디서 생기는데…… 여보 어머니 하루 진종일 나무를 한 짐 잔뜩 해서 갖다 판대야 십오 전 받기가 어렵고 품을 팔래도 팔 수가 없지 않소. 그런데 노름을 하면 하룻밤에도 몇백 원이 왔다 갔다 한단 말이야. 일 년 내 남의 농사를 짓는 대야 남는 것이 무에냐 말이야. 나도 그전에는 착실히 농사를 지어보았는데…… 가만히 그런 생각을 하니까 할수록 그런 어리석은 일이 없는 줄 깨달았소. 어떻든지 이 세상은 돈만 있으면 제일인즉 무슨 짓을 하든지 돈을 버는 것이 첫째가 아니냐 말이야. 그래서 나도 순칠이 아저씨한테 노름을 배웠는데 무얼 어째. 아차! 또 잊었다 하나 둘……"

"여보 나두 한 장만 주. 그러다가 잃어버릴라고 그러우."

아내는 돈을 욕기가 나는 듯이 들여다보고 섰다가 해죽이 웃으며 사내 옆으로 앉는다.

"네가 돈은 해 무엇 해…… 홍! 참 참 돈이 좋더라. 내가 돈을 땄다는 소문을 듣더니 만나는 사람마다 집적대겠지. 평상시에는 소 닭 보듯 하던 놈들도 아주 다정한 듯이 달러붙으며 '여, 돌쇠 돈 생겼다데 한잔 내게!' 하는 놈에, '돌쇠형님! 돈 따셨다는구려! 개평 좀 주구려' 하는 놈에, 세배할 테니 세배 값을 내라는 놈에 돈을 뀌어달라는 놈에…… 아따 참 사람 죽겠지. 그뿐인가 저 술집 마누라는 좀 크게 먹겠다고 연신 꼬리를 치겠지…… 허허허……"

"그래 그년에게 많이 디민 게로구나."

"그까짓 것한테 디밀어요 절구통 같은 것한테! 허허……"

돌쇠는 모친의 묻는 말에 코웃음을 친다.

"뭘 안 그래! 여적 거기서 자다 왔지!"

"뭐 어째 이게 게다가 강짜까지 할 줄 아네."

"누가 강짜한대. 그깟 년들한테 돈을 쓰니까 그렇지."

"허허허, 강짜는 아닌데 돈을 쓰는 것이 아깝단 말이지 허허허, 그 자식 그런 말은 제법인걸…… 어디 입 한번 맞출까!"

"이이가 미쳤나 왜 이래!"

돌쇠가 귀뿌리를 잡아당기는 것을 아내는 무색해서 뿌리쳤다.

"허허허, 어머니 내가 술 취한 모양인가? 그러니 돈이 좋지 않소. 이 세상은 돈 가진 사람이 제일이란 말이야. 그래서 돈 있는 싹수를 보면 어떻게든지 그놈의 돈을 할퀴어 내랴고만 하는 세상이야. 내가 하룻밤 동안에 돈 몇십 원이 생겼나 보아 모든 사람들이 핥으러 덤비는구려. 우선 어머니도 이 퀄자도…… 그렇다면 내가 응삼이 돈을 따먹은 것이 무엇이 잘못이란 말이야. 어머니 그렇지 않소?"

돌쇠는 점점 혀 꼬부라진 소리를 하며 몸을 가누지 못한다.

"하하…… 참 그렇다. 세상 사람이 모두 돈에 약이 올라서 그렇구나."

"한 이십 원 남았을 터인데…… 어떻게 된 셈이야 한 장 두 장……"

돌쇠는 여태껏 세다 만 돈을 인제는 한 장씩 방바닥에다 죽 벌여놓는다. 모친과 아내의 눈은 황화전[27] 벌여놓은 듯하다. 지전장

위로 왔다 갔다 한다. 돌쇠는 일 원짜리를 다 놓고 나서 다시 오 원짜리를 집어내며

"이러면 십삼 원 이리하면 십팔 원……"

"애야! 십팔 원이 얼마냐?"

모친은 궁둥이를 들먹대며 아들을 쳐다본다.

"십팔 원이면! 일백여든 냥이지 얼마요. 자 잔돈이 또 있거든!"

돌쇠는 다시 봉창을 뒤진다.

"어머니나…… 참 퍽 많고나! 아니 너 저렇게 술이 취해서 더러 잃어버리지나 않았니?"

돌쇠는 오십 전짜리 은전 지전 동전을 섞어서 이삼 원을 다시 벌여놓으며

"잃어버리긴 왜 잃어버려요. 나를 그렇게 정신없는 놈으로 아시유 노름을 무엇으로 하건데."

아내와 모친의 얼굴은 더욱 긴장되었다.

"너 무엇을 먹었니? 콩나물국 좀 끓여주랴!"

"콩나물국? 그것보다도 고기를 좀 사고 술을 좀 받아 오시유. 한 잔 더 먹어야지 아버지도 좀 드리고. 자, 이 오 원으로는 양식을 팔란 말이야. 그리고 이것으로는 술 사고 고기 사고…… 그리고 또…… 집안 식구가 모두 몇인가 하나 앞에 한 장씩 하면 다섯이지?"

"어짠 게 다섯이야 간난이 알러 여섯이지."

"그런 데는 약빠르다. 그럼 자, 여섯! 이건 또 밑천을 해야지. 장사는 밑천이 있어야 하니까."

돌쇠는 몫을 노나준 후에 나머지 돈은 도로 지갑에 넣고 조끼 주머니에—
"가지고 가시유 나는 좀 자야겠수!"
"그래라!"
모친은 떨리는 손으로 돈을 집어들고 아랫방으로 내려가자 돌쇠는 아내의 무릎을 잡아당겨 베고 쓰러진다. 간난이는 아랫목에서 잔다.
"권연 한 개 붙여드류?"
"그래!"
"아이 술내야……"
"술내 너 언제 술 받어줬니?"
아내는 담배를 붙여주고는 남편의 망건을 벗겨 문 앞 말코지[28]에 팔을 뻗쳐 걸고 나서 상투 밑을 비집고 배코[29] 친 머릿속을 되작이며 이를 잡았다.
하얀 비듬이 서캐 슬듯 깔린 것을 손톱으로 죽이는 대로 지끈지끈하는 소리가 났다.
"그게 다 이야? 아 선하다."
"다 이유."
아내는 웃었다.
그는 남편의 묵직한 몸뚱이를 실은 다리가 따뜻한 체온에 안기는 흔흔한 촉감을 느끼었다……
미구에 사내는 담뱃불을 붙여든 채로 코를 골기 시작하였다.

*

 김첨지가 저녁을 먹으러 들어오자 마누라는 어서 영감이 들어오기를 기다렸던 것처럼 신이 나서 아들이 돈 벌어 온 이야기를 하였다. 사실 그는 지금까지 오십 평생에 그렇게 많은 돈을 한 번에 쥐어본 일이 없었다. 그래서 그는 연래로 해소로 고롱고롱하는[30] 병객임에도 불구하고 별안간 활기가 나서 이리 닫고 저리 닫고 하며

 "애들이 다 어디로 갔나! 돌이는 잠시도 집에 안 붙어 있지 누가 있어야지 심부름을 시키지. 내가 기운이 웬만하면 가겠다마는 죽어도 못 가겠다 콜록콜록…… 아이 춰라! 웬 눈은 이리 퍼붓나. 올에는 풍년이 들라나 설밥[31]이 많이 쌓이니…… 애 어미야! 뭐 하니? 고만 나오너라!"

 이러던 판에 영감이 들어왔던 것이다. 그는 오늘이야말로 영감에게 큰소리를 할 수 있는 것을 자랑삼아 아들의 이야기를 장황히 하고 나서 영감의 귀에다가 다시 가만히 소곤거렸다.

 "이백 냥이나 가졌습디다그려."

 진물진물한 눈에 눈곱이 끼고 두 볼이 오므라진 노파는 아래턱을 우물우물하며 체머리를 흔든다. 그것은 은근히 영감에게 아들을 야단치지 말라는 암시를 주는 것 같다.

 김첨지는 우멍한 눈에 구리같이 검붉은 뻔쩍뻔쩍하는 큰 얼굴을 반백이 된 고추상투[32] 밑으로 쳐들고 두루마기 소매로 팔짱을 낀 채로 쭈그리고 앉아서 잠자코 마누라의 말을 듣고만 앉았더니

"그래 어디 갔어? 자나?"

"지금 정신 모르고 잔다우."

김첨지는 입맛을 쩍! 쩍! 다시었다.

마누라는 영감의 심사를 알 수 없었다. 언제는 아들이 벌이를 않고 논다고 성화를 하더니 이렇게 돈을 많이 벌어 왔는데도 좋아하는 기색이 없이 입맛을 다실 건 무엇인가! 하기야 노름해서 따 온 돈을 남에게 자랑할 것은 없겠지만 그렇다고 가만히 좋아하지 못할 것도 없지 않은가! 마누라는 영감의 얼굴을 뻔히 쳐다보았다. 마치 이 늙은이가 속으로는 좋아하면서도 겉으로만 우엉을 까는 셈이 아닌가? 하는 것처럼—.

"돈도 좋지마는…… 한이웃 간에서 그래서야 너무 인심이 사나웁지 않은가. 차라리 돈을 뀌여달랄지언정……"

김첨지는 소싯적에는 골패[33]도 해보고 투전도 해서 남의 돈을 따먹기도 하고 잃어보기도 하였다. 그러나 그는 그때 시절과 지금 시절은 시대가 다르다 하였다. 예전 시대에는 살기가 그리 어렵지 않기 때문에 심심풀이로 도박을 하였는데 지금은 모두 돈에만 욕기가 나서 서로 뺏어먹으려는 적심(賊心)을 가지고 노름을 한즉 그것은 벌써 심사가 틀린 것이라 하였다.

"여보 어림없는 소리 작작하오. 누가 우리와 같은 가난한 집에 돈을 뀌여주겠소. 그리고 노름을 기 애만 하기에! 이참사 나으리 같은 한다 한 양반네도 노름을 한다며 콜록! 콜록!"

"흥! 다, 그런 유명한 이는 노름을 해도 잘난 값으로 흥이 파묻히지마는 우리 같은 상놈의 자식이 노름을 하게 되면 그것은 남에게 손가락질을 받는 법이야!"
 김첨지는 장죽을 털어서 잎담배를 부시럭부시럭 담는다.
 "사람은 다 마찬가지지…… 아이구 가난이라면 아주 지긋지긋해서 난 먹고살 수만 있다면 무슨 짓이라도 하고 살겠소. 도적질 이외에는."
 "그럼 자식에게 노름을 가르치란 말이야 저런 쇠새끼같이 미련한 계집 봤나."
 영감은 마누라를 흘겨보다가 소리를 버럭 지른다.
 "누가 가르치랬소. 못 본 체하란 말이지! 콜록콜록."
 마누라는 기침하기에 그러지 않아도 숨이 가쁜데 부아가 나니까 더욱 헐! 헐! 해지며 어깻숨이 쉬어진다.
 "도적놈이 어디 따로 있는 겐가. 바늘 도적이 황소 도적 된다고 그런 데로 쫓아다니면 마음이 허랑해져서[34] 사람을 버리기 쉽고 까딱하면 징역살이를 할 테니까 말이지. 그런 걸 못 본 체하란 말이야!"
 "아따 노름판을 안 쫓어다니는 사람도 별수 없습디다…… 다 제게 달렸지. 이녁은 해마다 농사를 짓는대야 남의 빚만 지고 굶주리게 하면서 무슨 큰소리를 하우."
 "뭣이 어째…… 예이 경칠 년 같으니."
 김첨지는 별안간 물고 있던 담뱃대를 들어서 대꼬바리[35]로 마누라의 등줄기를 후려갈겼다.
 "아이구머니…… 아이 개개개……"
 마누라는 그 자리에 자지러지는 소리를 하며 삭은 등걸같이 쓰러진다.

"늙은 년이 제 밑구녕으로 내질렀다고 자식 역성은 드럽게 하지. 이년아! 안되면 조상 탓한다고 가난한 탓을 왜 나보고 하는 게냐! 네년이 얼마나 팔자가 좋았으면 나 같은 놈에게로 서방을 해 왔느냐 말이야. 이 주리를 틀 년 같으니."

김첨지는 열이 벌컥 나서 갈범의 소리를 지르며 담뱃대를 거꾸로 들고 다시 마누라에게로 달려든다.

"아이구 아버지! 고만두셔요 고만두셔요."

부엌에서 저녁을 짓던 순임이는 한걸음에 뛰어들어가서 떨리는 손으로 김첨지의 소매를 잡고 늘어졌다.

"아버지! 고만 참으셔요!"

그는 오장이 벌렁벌렁 떨리는 몸으로 두 틈을 가르고 끼여 서서 목멘 소리로 애걸한다.

김첨지는 마치 고양이가 생쥐를 노리는 것처럼 마누라를 노려보다가 문을 열고 나가버린다. 돌쇠는 여전히 정신없이 코를 곤다.

*

김첨지는 이참사 집 논 열 마지기를 얻어 부치는 소작인이었다. 사실 해마다 농사를 짓는대야 도조[36] 치르고 구실을 치르고 나면 농사지은 빚은 도리어 물어넣어야 하는 오그랑장사[37]였다. 어떻든지 예전에는 넉 짐 닷 뭇이니 닷 짐밖에 안 되던 구실이 몇 배나 오르고 도조도 닷 섬 남짓하던 것이 지금은 열한 섬을 매놓

앉다.

 지주는 땅을 팔 때마다 가도(加賭)[38]를 해서 판다. 그러면 새로 산 땅임자는 헐한 땅의 도조를 마저 올린다. 그들은 자기 땅이므로 도조를 맘대로 추켜 매놓고 작인에게 징수하였다. 그래도 토지 기근에 울고 있는 소작인은 울며 겨자 씹기로 그런 논이라도 아니 부칠 수는 없었다.

 김첨지가 짓는 열 마지기도 토지가 이동되는 때마다 도조가 올라서 그렇게 된 것이다. 그것은 이참사 집에서 수년 전에 경답을 새로 산 것이었다.

 김첨지는 오십이 넘었으되 아직도 근력이 정정하였고 돌쇠가 또한 한다는 장정이었으므로 농사는 얼마든지 더 지을 수가 있었다. 그러나 해마다 땅 난리가 심해가는 소작농에게는 김첨지에게도 좀처럼 땅 차례가 오지 않았다.

 그래서 김첨지는 일 년 생계에 거의 태반이나 부족한 것을 다른 부업으로 벌충을 하고자 그는 차첨지를 따라서 낚시질을 하고 산에 올라 나무를 해다가 읍내에 팔아보아야 그런 것이 도무지 돈이 되지 않았다. 여름에는 칡을 끊어서 청올치[39]를 짜개 팔고 겨울이면 자리를 매어서 장에다 판다. 어떤 해는 원두(참외 장사)를 놓아보고 어떤 해는 돼지도 길러보고 이 몇 해 동안을 해마다 누에를 몇 봉씩도 놓아보았지만 웬일인지 그 모든 일은 수고만 죽게 들 뿐이요 생기는 것은 별로 없었다. 모두 똥값이었다.

 김첨지가 돌쇠보고 노름꾼이 된다고 꾸짖지만 사실 이런 환경 속에서 찌들리는 젊은 놈으로서는 여간해가지고 마음을 잡기가 어려웠다.

*

 김첨지는 그길로 차첨지 집을 찾아가서 두 늙은이는 세상을 한탄하는 이야기를 주고받았다. 차첨지는 짚신을 삼고 있었다.
 "이 세상이 도무지 어떻게 되어갈 셈인고?"

4

 돌쇠가 노름을 해서 웅삼이의 소 판 돈 수백 냥을 땄다는 소문은 그 이튿날 낮전에 반개울 안팎 동리에 쫙 퍼졌다.
 이 소문은 동리 사람들에게 적지 않은 충동을 주었다. 그들은 만나는 사람마다 이 이야기를 화제를 삼았다.
 반개울 상중하 뜸의 백여 호는 대부분이 영세한 소작농이었다. 그들은 거개 갓모봉 너머 사는 이참사 집 전장을 얻어 부쳤다. 돌쇠도 그중의 한 사람이었다.
 어떻든지 자기네와 생활이 같은 돌쇠가 하룻밤 동안에 수백 냥의 돈이 생겼다는 것은 기적 같은 놀라운 일이 아닐 수 없었다. 수백 냥이란 돈은 자기네가 일 년 내 죽도록 농사를 지어야 겨우 얻어볼 수 있는 큰돈이었다. 이런 큰돈을 하룻밤 동안에 벌었다는 것은 그것은 참으로 기막힌 일이 아닌가? 돈이 생기려면 그렇게 쉽게 생기는 것이라고 그들은 새삼스레 돈에 대한 욕기가 버썩 났다.

그래서 그들은 겉으로는 돌쇠를 불량한 사람이라고 욕하였지마는 속으로는 은근히 그 돈을 욕심내고 돌쇠의 횡재가 부러웠다. 노름을 할 줄 알면 자기도 한번 해보고 싶었다. 불시로 노름을 배우고 싶은 사람도 있었다.

연전에 이 근처에도 금광이 퍼졌을 때 안골 사람 하나가 금광을 발견해서 가난하던 사람이 별안간 돈 백 원이나 생겼다는 소문을 들었을 때 이 마을 사람들은 모두 망치를 둘러메고 높은 산을 헤매며 금줄을 찾았다. 누런 돌멩이만 보아도 이키! 저게 금덩이가 아닌가? 하고 가슴을 두근거렸다.

마치 그때와 같이 이 마을 사람들의 눈에는 지금 지전 뭉치가 눈에 번하였다. 십 원짜리 뻘겅 딱지—감투 쓴 영감의 화상을 그린—지전 뭉치가 어디 아무도 모르게 굴러 있는 것 같았다! 그들은 장날이면 읍내 가서 청인 송방이나 큰 장사치가 아니면 은행이나 부자에게서만 볼 수 있는 그것이 자기네와 처지가 같은 돌쇠에게도 차례 온 것은 마치 자기네에게도 그런 행운이 뻗쳐올 것 같은 희망의 한 가닥 광선이 비치는 것 같았다. 그들의 이러한 공상과 선망과 초조와 아울러 그림자같이 따라다니는 아귀의 위협은 다시 절망과 비탄의 옛 보금자리로 돌아갔다. 그러는 대로 그들은 돌쇠를 시기하고 욕하였다.

"그 자식은 사람이 아니다. 돈을 많이 따고도 개평 한 푼 안 주는 자식……"

*

 면서기를 다니는 김원준(金元俊)은 오늘도 출근을 하였다가 저녁에 돌아왔다. 면사무소는 이 동리에서 오 리밖에 안 되는 갓모봉 너머에 있었다.
 원준이는 저녁을 먹다가 무슨 말끝에 그 소문을 들었다.
 원준이는 노름이라면 빡하는[40] 위인이다. 그도 응삼이가 소 판 돈이 있는 줄을 알고 어떻게 화투판으로 그를 꾀어내볼까 하여 은근히 기회를 엿보고 있었던 만큼 먼저 돌쇠한테 다리를 들린 것이 분하였다. 그러나 그는 그 대신 다른 욕심을 채워볼 기회가 닥친 것을 기뻐하였다. 그는 가슴이 뛰었다.

*

 응삼이 처 이쁜이는 올해 스물을 겨우 넘은 해사한 여자였다. 그의 친정은 바로 인근동으로서 지금도 부모가 거기서 산다. 그는 응삼이가 천치인 줄 알면서도 땅 마지기나 있다는 바람에 사위 덕을 보려고——역시 가난한 탓으로——어린 이쁜이를 민며느리로 주었다. 이쁜이가 열한 살 먹었을 때 아버지 앞을 걸어서 낯선 이 동리로 왔었다.
 이쁜이는 차차 커갈수록 그의 이름과 같이 이뻐졌다. 그래서 열네 살에 응삼이와 성례를 갖추었을 때도 제법 숙성하였다. 응삼이는 그때 열일곱 살.

동리 사람들은 모두 웅삼이를 천치라고 흉보았다. 이쁜이는 어린 소견에도 그런 말이 들릴수록 천치 사내를 데리고 사는 자기의 신세가 애달팠다. 그는 어떻게 생긴 사람인지 도무지 성을 낼 줄 몰랐다. 밤낮없이 입을 헤벌리고 늘 침을 흘리었다. 이쁜이는 지금도 첫날밤을 겪던 생각을 하면 얼굴이 화끈거렸다. 그는 열일곱 살이나 먹었으면서도 그때까지 여자라는 것을 잘 모르는 모양 같았다.

그런데 어떻게 된 셈인지 그 뒤로부터는 밤낮없이 자기의 궁둥이를 떠나지 않으려 한다. 이건 마실을 다닐 줄도 모르고 점도록 안방구석에만 처박혀 있다. 그는 그 꼴이 더욱 얄미웠다. 그래서 건드리는 대로 벌 쏘듯 쏘아붙인다. 그럴라치면 웅삼이는 역시 천치 같은 웃음을 헤 웃으며 우멍한 눈으로 쳐다본다. 느럭느럭한 힘없는 목소리로

"그렇게 쏠 것 무엇 있어!"

"쏘긴 무얼 쏘아…… 흘레개야…… 아이그 저 염병할 것이 언제나 거꾸러지누."

혀를 차고 눈을 흘겼다.

"내가 죽으면 네가 서방 해 갈라구!"

"서방 해 가면 어째! 병신이 지랄한다구…… 참 언제까지 네놈의 집구석에서 살 줄 안다데."

이쁜이는 사내를 몹시 미워한 까닭인지 웬일인지 아직까지 초산을 않고 있다.

어느 날 아침에 응삼이는 아침을 먹다가 느닷없이 자기 모친을 부른다. 뻔히 쳐다보면서

"어머니 왜 우리 집에서는 애를 안 낳는다우? 윗말 갑성이는 아들을 낳았다는데……"

"빌어먹을 놈! 내가 아니 왜 안 낳는지!"

이쁜이는 막 밥숟갈을 입 안에 넣다가 고만 웃음을 내고 문밖으로 뛰어나갔다. 그는 뱃살을 붙잡고 간간대소를 하다가 나중에는 그것이 눈물로 변해서 그날 진종일 우울히 지냈다.

"아이구! 저 웬수를 어째……"

그럴수록 그는 사내가 미워서 죽겠다. 먹는 것도 살로 안 갔다. 만일 법이 없는 세상이라면 그는 벌써 응삼이를 사약이라도 해서 죽였을 것이다.

이런 생각은 한편으로 돌쇠에게 정을 쏟게 되었다. 돌쇠는 자기 집에 사랑방이 있는 때문에 자주 놀러왔다. 낮으로 밤으로 일거리를 가지고 와서 응삼이와 함께 새끼를 꼬기도 하고 멱을 치기도 하였다.

이 동리는 모두 그렇지마는 남녀간에 내외를 하지 않는 까닭으로 그는 안에도 무상출입을 하였다. 돌쇠는 자기 시어머니를 보고 아주머니라 불렀다. 그럴 때마다 이쁜이는 돌쇠에게 추파를 보내고 남모르는 가슴을 태우며 있었다.

——돌쇠의 사내답게 생긴 풍채와 언변 좋은 데 고만 반하고 말았다.

그러나 시아버지는 벌써 돌아갔지마는 시어머니가 늘 집에 있

고 응삼이가 안방구석을 좀처럼 떠나지 않기 때문에 그는 오직 상사의 일념이 조각구름처럼 공허한 심중에 떠돌고 있었다.

작년 가을이었다.

동리 사람들은 한창 논밭을 거두어들이기에 바쁠 참이었다. 응삼이 집에서도 집안 식구가 모두 들로 나가고 이쁜이만 혼자 집을 보고 있었다. 시동생 응룡(應龍)이는 학교에서 아직 돌아오지 않았다. 이웃 아이들도 모두 들로 나갔다.

마침 그때 무슨 일로 왔던지 돌쇠가 응삼이를 부르며 들어왔다. 그때 이쁜이는 돌쇠를 보고 웃었다. 그는 그때 꽈리를 불고 있었다.

지금도 그 생각을 하면 심장이 뛰었다. 그것이 그에게는 초련[41]의 독배였다.

그 뒤로 두 사람의 소문은 퍼져갔다. 돌쇠는 응삼이 집을 자주 갔다. 이쁜이도 무슨 핑계만 있으면 돌쇠 집을 찾아갔다. 그는 돌쇠 처 순임이에게 친히 굴고 돌쇠의 부모를 존경하였다. 그리고 간난이를 몹시 귀여워했다.

"자네도 어서 아들을 낳아야 할 터인데 웬일인가? 아즉도 소식 없나?"

이쁜이가 간난이를 안고 뺨을 맞춘다 입을 맞춘다 하고 있을 때 돌쇠 모친은 이런 말을 하고 쳐다보았다.

"아이구 참 아주머니도…… 소식이 무슨 소식이 있어유!"

이쁜이는 얼굴이 빨개졌다. 그때 돌쇠 모친은 빙그레 웃으며 속으로는

'그 자식이 참으로 병신인가? 고자인가?……'
 그러나 이런 의심은 비단 돌쇠의 모친뿐 아니었다. 그는 이쁜이를 동정하였다. 바보는 바보끼리 만나야겠는데 이건 너무 짝이 기운다. 마치 비루먹는 당나귀에다가 호마를 붙여준 셈이 아닌가?…… 지금 돌쇠 모친은 이런 생각을 하고 다시 웃었다.
 이쁜이는 돌쇠 집에를 가려면 은비녀를 꼽고 은가락지를 꼈다.
 원준이도 이와 같은 두 사람의 관계를 눈치 채고 있었다.
 익어가는 앵두 같은 이쁜이의 고운 입술은 그도 한 알을 따 넣고 입 안에 굴리고 싶었다.

*

 원준이는 저녁을 먹고 나서 응삼이를 찾아갔다. 응삼이는 집에 있었다.
 응삼이는 오늘 집안 식구에게 저물도록 쪼들려서 그러지 않아도 흐리멍덩한 사람이 혼 나간 사람같이 되었다.
 "응삼이 있나?"
 "누구여!"
 응삼이 모친은 원준이가 들어오는 것을 보자 반색을 하며 영접하였다.
 "아이구 어려운 출입을 하시는군! 오늘도 면청에 가셨었지?"
 그는 원준이보고도 의당히 하소를 할 것인데도 그가 면서기 벼슬을 다니게 된 뒤로부터는 반존칭을 주었다.

"네 저녁 잡수셨어요?"

"어서 들어오. 퍽 춥지."

원준이는 안방으로 들어와서 그의 해맑은 얼굴을 들고 우선 방안을 휘둘러본다. 이쁜이는 윗방 문턱에 가려 앉았다.

원준이는 털외투 자락을 뒤로 젖히고 앉아서 우선 담배 한 개를 화롯불에 붙이며

"응삼이가 간밤에 돈을 많이 잃었다지요!"

"그랬다우. 아이구 저 망할 놈이 환장을 하였는지 어쩌자고 돌쇠 같은 노름꾼하고 노름을 했다우."

아픈 상처를 칼로 에이는 듯이 응삼이 모친은 다시 복통을 한다.

"이 사람아! 참 자네가 미쳤지. 자네가 돌쇠와 노름을 하면 그 사람의 돈을 먹을 줄 알았던가?"

원준이는 점잖게 말하고 민망한 듯이 응삼이를 쳐다보았다.

"심……심……심심풀이로…… 하……하자기에 했는데…… 그……그……사람이 공연히……"

응삼이는 병신같이 말을 더듬으며 머리를 긁는다. 그는 역시 입을 헤벌리고. 이쁜이는 고만 그의 상판을 흙발로 으깨주고 싶었다. 낯짝에다 침을 뱉고 싶었다.

"허허허…… 사람도. 그러나 아주머니도 잘못이시지 왜 돈을 맡기셨어요."

"누가 맡겼어야지. 밤중에 몰래 들어와서 훔쳐내었지."

"허허, 아마 돌쇠가 꾀었던 게지요! 꾀수든가? 응삼이!"

원준이는 담배 연기를 맛있게 들이마셨다가 입으로 코로 내뿜

으며 웅삼이를 돌아본다. 웅삼이는 북상투[42]의 갈깃머리를 긁죽거린다. 그는 어떻게 말을 해야 좋을지 모르는 모양으로 입만 벙끗벙끗하였다.

"저 등신은 누가 하자는 대로 하는데 무어. 그렇지만 돌쇠란 놈도 못쓸 놈이지 한이웃 간에서 다른 사람과 노름을 한대두 말려야만 할 터인데 그래 제가 노름을 해서 돈을 뺏어먹어야 옳소."

웅삼이 모친은 생각할수록 절통하여서 목소리가 떨려 나왔다. 그는 원준이에게 하소연하면 무슨 도리가 있을까 보아 빌붙었다.

"그런 사람이야 말해 무엇 해요. 아무튼지 그런 자리가 걸리지 않아서 걱정일 텐데요. 하여간 우리 동리는 큰일 났어요. 해마다 노름꾼만 늘어가니 선량한 사람들도 자연히 나쁜 물이 들지요."

"글쎄 말이야…… 그놈의 노름꾼 좀 씨도 없이 잡아갔으면…… 조카님도 면소를 다니니 말이지 그래 이걸 어떡해야 옳다우?"

"그럼 어떻게 할 수 있나요. 고발을 하면 웅삼이도 경을 칠 테니 그저 노름을 하기가 불찰이지요. 이 사람아 다시는 말게!"

"그러니 그 많은 돈을…… 어떻게 화가 나던지 아까 돌쇠란 놈이 있으면 제가 죽든지 내가 죽든지 해보랴고 쫓아갔드니만 그놈이 있어야지. 그래서 그 집 식구보고 야단을 한바탕 쳤지마는 그게 무슨 소용 있수?"

"그렇지요. 고발을 한댔자 돈은 못 찾을 것이니. 그래도 본보기를 해서라도 한번 혼을 내놓아야겠어요! 에, 고약한 사람들!"

"그러면 작히나 좋을까!"

윗방에서 그들의 이야기를 듣고 있던 이쁜이는 원준이의 얼굴이 뻔히 쳐다보였다. 그도—지금은 동리 간에서는 노름을 않지마는—읍내에서 노름만 잘하고 요릿집과 술집으로 돌아다니며 주색잡기라면 사족을 못 쓴다는 소문이 났다. 그래서 월급을 탄 대야 집에는 한 푼 안 가져오고 저 한 몸뚱이만 안다는 녀석이 남의 흉만 보고 앉았는 것이 꼴같지가 않았다.

"참, 조카님은 이 동리에서는 제일 유식도 하고 면청에도 다니고 하니 우리 웅삼이를 잘 건사해주었으면 좋겠어. 조카님이 만일 그렇게만 한다면 다른 사람이 꾀여낼 틈도 없지 않겠수!"

웅삼이 모친은 다소 불안스러운 청을 하는 것처럼 하소연해보았다.

"네, 그게야 사실 내 말만 들으면 해될 게야 없겠지요."

원준이는 웅삼이를 쳐다보는 한쪽 눈으로 이쁜이를 곁눈질하였다.

웅삼이 모친은 그 말에 반색을 해서 자리를 고쳐 앉으며

"그럼 조카님이 좀 괴롭드라도 자주 놀러 다녀서 저 애를 끼고 잘 타일러주. 아이구 그렇게 했으면 내가 참으로 마음을 놓겠수."

그는 웬일인지 별안간 눈물이 핑 돌았다.

"동리 간이라도 어디 믿을 사람이 누가 있수. 저 애가 원체 반편인 데다가 아비 없는 후레자식으로 그저 귀둥이로만 커났으니 무엇 배운 것이 있어야지 사람이 되지. 애 웅삼아 그럼 너 이담부터는 다른 사람의 말은 듣지 말고 이 서기 양반의 말을 잘 들어라! 응?"

모친은 오므라진 입을 벌리고 안타깝게 말하는데 웅삼이는 힘

하나 안 들이고 모친의 말이 떨어지자
"그라지유!"
그는 다시 머리를 긁었다.
이쁜이는 별안간 고개를 돌리고 입을 싸쥐었다.
'이 밥통아! 어서 죽어라!'

*

 이날로부터 원준이는 응삼이 집을 자꾸 드나들었다. 그는 들어올 때마다 응삼이를 불렀다. 그러나 언제든지 한 눈으로는 이쁜이를 곁눈질하였다. 그의 뱁새눈같이 쪽 째진 갈고리눈으로 말끄러미 쏘아보는 것은 어쩐지 기미가 좋지 않아서 이쁜이는 가슴이 떨리었다. 그는 원준이의 심상치 않은 행동에 은근히 겁을 먹었다. 맑은 시냇물같이 밑구멍이 빤하게 들여다보이는—조금도 어수룩한 구석이 없는 원준이가 자기 집을 자주 찾아오는 것은 반드시 그 이면에 무엇이 숨어 있지 않으면 안 되었다. 무엇일까?……
 물새가 논고에 자주 오는 것은 송사리를 찍어 먹기 위함이다!
 이쁜이는 원준이가 올 때마다 무서웠다. 그는 무엇인지 자기에게서 찾아내려는 것처럼 음흉한 눈을 쏘았다. 무슨 말을 할 듯 할 듯한 표정이다.
 어떤 불길한 조짐이 생길 것 같은 예감이 날이 갈수록 그의 마음을 조마조마하게 하였다. 그런데 원준이는 꾸준히 드나들었다. 그러는 대로 돌쇠와는 멀어지는 것 같았다. 돌쇠는 응삼이와 노름을 한 뒤로부터는 한 번도 오지 않았다. 그는 모친에게 경을 칠까 봐 그러는지 그렇지 않으면 다른 까닭이 있는지?……

그래서 이쁜이는 외나무다리를 건너는 때와 같이 위험을 느끼었다.

그는 원준이와 돌쇠 사이에 무슨 일이 생기지 않을까 아슬아슬 가슴을 졸이었다.

그러는 가운데 보름이 닥쳤다.

5

돌쇠의 집에서도 보름 명절이라고 아내와 모친은 수수를 갈아서 전병을 부치고 쌀을 빻아서 떡을 쪘다. 또순이는 한옆에서 그들을 거들고 있었다. 그는 올해 열네 살이나 키가 훌쩍 크고 숙성하였다. 눈창이 맑고 큰 눈에 콧날이 선 데다가 그의 입모습이 귀염성 있게 생겼다. 또순이는 숱이 좋은 머리에 새빨간 공단 댕기를 드렸다. 그가 뛰어다닐 때마다 댕기는 잉어 뜀을 하였다.

마을에는 들기름내가 떠올랐다. 있는 집 어린애들은 새 옷을 갈아입고 음식을 길거리로 먹으며 다닌다. 명일 기분이 떴다.

보름 명일은 어린애들 명일이다. 그리고 또한 여자들의 명일이었다.

계집애들은 물론 젊은 여자들은 이날이야말로 분세수를 곱게 하고 새 옷을 갈아입었다. 없는 사람도 할 수 있는 대로—그들에게 만일 혼인 옷을 간수해두었다면 일 년에 두 차례인 이날과 팔월 추석에는 반드시 꺼내 입었다.

그들의 모양은 가지각색이었다. 다홍치마에 연두저고리 남치마에 노랑저고리 연두치마에 분홍저고리…… 문자 그대로 울긋불긋하게 차려입고 나서서 그들은 오리같이 뒤뚱거리며 떼로 몰려다녔다. 풀을 억세게 해 입은 광목 것을 입은 사람은 걸음을 걸을 때마다 와삭와삭 소리가 났다.

그들은 널을 뛰고 깍대기 벗기기 윷을 놀았다. 명일 기분은 열사흘부터 농후하였다. 이날까지 여유가 있는 집은 보름을 쇠려고 대목장을 보아 왔다. 오막살이나마 집칸을 의지한 사람은 나무를 해다가 팔아서라도 북어 마리와 다시마 오라기를 사들고 돌아왔다.

그전에는 보름 명일에도 소를 잡았다. 그러나 지금은 상중하 안팎 동리 백여 호 대촌에서도 소 한 마리를 치울 수가 없었다. 하기는 올 설에도 소 한 마리를 잡아먹었지만 그것은 고기의 대부분을 가운데말 마름 집과 면서기 원준이 집에서 치우기 때문에 잡은 것이었다. 고기 한칼 구경 못 한 집이 적지 않았다.

열나흘 아침부터 아이들은 수수깽이로 보리를 만들어서 잿더미에 꽂아놓았다. 그것을 저녁때 타작을 한다고 뚜드려서 올해 농사의 풍년을 점치는 것이었다. 이날은 누구나 밥 아홉 그릇을 먹고 맡은 일을 아홉 번씩 한다는 것이다. 나무꾼은 나무 아홉 짐, 글 읽는 사람은 글 아홉 번. 있는 집 아이들은 부럼을 깨물고 늙은이들은 귀밝이술[43]을 홍실로 늘이고 잔대로 마셨다.

돌이도 학교를 갔다 와서 또순이하고 수숫대로 보리를 만들어

꽂았다.

 이날 밤에 자면 눈썹이 세고 밤중에 하늘에서 짚신할아비가 줄을 타고 내려와서 자는 사람을 달아본다 하여 아이들은 작은 가슴을 태우며 졸음을 참고 있었다. 돌쇠가 어릴 때만 해도 이런 풍습은 마을 전체로 성행해서 그는 과연 자고 일어나 보면 눈썹이 하얗게 세었다. 지금 공주에서 사는 고모가 몰래 분칠을 한 것이었다. 그래서 어른들에게 눈썹이 세었다고 놀림을 받았었다. 어느 해인가 한번은 이날 아침에 누구한테 더위를 사고 분해서 깩! 깩! 울고 들어온 적도 있었다. 이날 더위를 사면 그해 여름내 더위를 먹는다는 것이었다. 그것은 돌쇠가 아주 어렸을 때 일이다. 밤에는 아이들이 떼로 몰려다니며 말달리기를 하고 제웅[44]놀음을 하였다. 어른들은 귀여운 듯이 그들을 보호해주고 따라다니며 구경하였다. 그해 일 년간의 액막이를 이날 밤에 하는 것이었다.

 그러나 이런 풍속도 쥐불이나 줄다리기와 마찬가지로 지금은 다만 어린애들에게 형해가 남아 있다. 마을 사람들은 모두 생기가 없어졌다. 모두 누르퉁퉁한 얼굴을 들고 늙은이처럼 방구석으로만 기어들었다. 그리고 신세 한탄을 하며 한숨쉬는 사람이 늘어갔다.

 돌쇠는 이런 분위기에 싸인 것이 답답하였다. 마치 사냥꾼에게 쫓긴 짐승이 굴속에 끼인 것 같다. 왜 그들은 전과 같은 팔팔한 기운이 없어졌을까? 그래서 이런 명일도 전과 같이 활기 있게 지나지 못하는가?……

 그는 날이 갈수록 우울해졌다. 그런데 이 우울을 풀기에는 술과 노름이 약이었다.

"모두 살기가 구차해서 맥이 빠졌구나!"

*

돌쇠는 저녁을 먹고 나서 윗모퉁이로 슬슬 올라가보았다. 그는 지금도 마음이 공허하였다. 많은 사람들에 끼여서도 심정은 고독을 느끼었다. (그것은 돌쇠뿐 아니라 마을의 가난한 사람들은 모두 그런 기분에 싸였다.)

윗모퉁이 서기(書記) 집 마당에는 벌써 이웃 사람들이 많이 모였다. 늙은이들은 장죽을 물고 섬돌 위에 쪼그리고 앉았다. 거기에 부친과 차첨지도 마주 앉아서 무슨 이야기를 하고 웃고 있었다. 부친도 그전같이 기운이 없었다. 그는 해마다 침울해져서 집에 있을 때에는 웃는 얼굴을 좀처럼 보이지 않았다. 그도 가난에 지쳤다.

이 동리에서는 서기 집이 제일 터전이 넓었다. 사랑방이 두 칸이나 있는 집도 이 집뿐이었다. 주인 김학여(金學汝)는 마을 중의 부농으로서 도짓소가 몇 바라지나 되고 토지도 두어 섬지기를 가지고 있었다. 그 역시 일자무식한 상놈이었으나 아들이 보통학교를 일찍 졸업하고 면서기를 다니는 까닭에 마을 사람들은 서기 집이라는 택호를 붙여주었다.

망(望)을 접어든 둥근 달이 갓모봉 뒷산으로 삐주름히 떠오른다. 비늘구름이 면사포와 같이 거기에 반쯤 가렸다. 달은 지금 너울을 벗고 산 위에서 내려다본다. 크고 둥근 달은 서릿발을 머금고 마치 울고 난 계집애의 안정[45]과 같이 불그레하였다.

뉘 집 개가 짖는다.

아이들은 달에 홀린 것처럼 아래 모퉁이에서 재깔거렸다. 그래도 생기가 있기는 어린애들뿐이었다.

"철꺽! 철꺽!"

안마당에서는 널뛰는 소리가 들리었다. 젊은 여자들이 뼁 둘러섰다.

이쁜이와 아기(阿只)——이 집 주인의 딸——가 지금 널을 뛴다. 이쁜이는 소복을 하얗게 입었다. 달 아래서 널뛰는 두 사람의 맵시는 아리따워 보인다. 달을 향해 선 이쁜이는 그의 전신이 공중으로 올라갈 때마다 해사한 얼굴이 달빛에 비쳤다. 그는 석류 속 같은 잇속을 내놓고 웃었다. 아기는 비단옷을 휘감았다. 선녀가 하강한다는 것이 이런 여자를 이름이 아닌가? 돌쇠는 취한 듯이 그들을 보았다.

원준이도 안마루에 걸터앉았다. 그는 술이 취한 모양이었다. 무엇을 먹었는지 낄낄하고 있다.

"나도 좀 뛰어볼까. 아주머니 나구 뜁시다."

아기가 고만 뛰고 내려오자 돌쇠는 성선이 처의 소매를 끄잡았다.

"아이그 망칙해라. 남정네가 널은 다 무에야!"

"왜 남정네는 널을 못 뛰나요. 아무나 뛰면 되지."

"호호 난 뛸 줄을 알어야지. 잘 뛰는 이하고 뛰구려."

성선이 처는 이쁜이를 돌아보며
"이 아재하고 한번 뛰어보소."
이쁜이는 부끄러운 듯이 물러선다.
"형님 싫여!"
이쁜이는 가늘게 부르짖었다. 그래서 성선이 처는 다시 이쁜이에게로 널밥을 더 많이 놓아주었다. 두 사람은 널을 올러보았다. 이쁜이가 먼저 구르니까 돌쇠는 떨어질 듯이 서투른 두 발길로 간신히 널판을 밟는다. 그는 얼마 올라가지 않았다. 구경꾼들은 웃음을 내뿜었다. 그러자 돌쇠가 다시 탁! 구르니까 이쁜이는 까맣게 공중으로 올라간다. 구경꾼들은 아슬아슬해서 쳐다보았다. 그러나 이쁜이는 조금도 자세를 잃지 않고 어여쁜 발 맵시로 널판을 구른다. 돌쇠는 다시 엉거주춤하고 줄 타는 광대처럼 올라갔다. 구경꾼들은 또 폭소를 터치었다. 돌쇠가 떨어지며 다시 밟자 이쁜이는 이번에는 아까보다도 더 높이 올라갔다.

"아이 무서워라."

"참! 잘 뛴다."

제비같이 날쌘 동작에 여러 사람들은 감탄하기 마지않았다. 사실 이쁜이는 돌쇠가 기운차게 굴러주는 바람에 신이 나서 뛰고 있었다. 그는 널에 정신이 쏠려 있으면서도 심중으로 부르짖었다.

'그이가 참 기운두 세군!'

원준이가 뜰에서 보고 있다가 내려오며

"어디 나도 좀 뛰어봅시다!"

하고 돌쇠가 뛰던 자리로 올라섰다. 이쁜이는 어쩔 줄을 모르고

뭉칫뭉칫한다.

"아따 아무나하고 한번 뛰어보라고!"

이쁜이는 할 수 없이 원준이와 널을 을렀다. 원준이는 힘껏 굴러보았다. 그러나 이쁜이는 아까 돌쇠와 뛰던 것의 절반도 못 올라간다. 이쁜이가 떨어지며 널을 구르니까 이번에는 원준이가 까맣게 올라갔다가 베갯머리의 옆으로 떨어진다. 그 바람에 널판이 삐뚤어져서 핑그르르 돌며 두 사람은 땅 위로 둥그러졌다.

"하하하……"

구경꾼들은 일시에 폭소를 터쳤다. 이쁜이는 남부끄러워서 얼굴이 빨개진다. 그는 원준이에게 눈을 흘겼다.

"밥을 그렇게 해서는 안 되겠구면그려…… 호호호."

"난 안 뛸래."

이쁜이는 골딱지가 나서 성선이 처를 쳐다본다.

"허허, 널 한번 뛰려다가 망신을 했군!"

원준이는 궁둥이를 털고 일어서자 무색해서 있을 수가 없던지 슬그머니 밖으로 나가버렸다.

"아잰 참 기운두 세시유. 어짜면 그렇게 세우!"

성선이 처는 돌쇠를 보고 다시 혀를 내둘렀다. 이쁜이가 흥이 깨지는 바람에 구경꾼들도 흥미가 없어졌다. 그는 옷을 버렸다고 핑계하며 한옆에 가 끼어 섰다. 그래서 널은 다시 아이들에게로 차례가 갔다.

돌쇠는 또순이가 아기와 널을 뛰는 것을 보자 고만 나왔다.

돌쇠는 부친에게 꾸지람을 듣고 나서 한동안은 노름방을 쫓아다니지 않았다. 그러나 그렇게 야단을 치던 부친도 자기가 노름해서 따 온 돈으로 사 온 술밥과 고기를 먹었다. 만일 그 돈으로 양식을 사 오지 못했다면 그동안에 무엇을 먹고 살았을는지?……
이런 생각을 하는 돌쇠는 어쩐지 그의 부친이 우스워 보이고 세상일이 다시 이상스러워졌다.

그러나 냉정히 다시 생각해볼 때 그는 과연 옹삼이에게 잘못한 줄을 깨달았다. 아니 그것은 옹삼이보다도 그의 아내 이쁜이였다. 그는 자기의 정부가 아닌가? 그런데 그의 남편을 꾀어서 그 집 돈을 뺏어먹었다는 것은 아무리 내 앞으로만 따져보아도 얼굴이 간지러운 일이었다. 그래서 돌쇠는 사실 면목이 없어서 그 후로는 옹삼이 집에를 가지 못하였던 것이다.

그런데 오늘 저녁에 뜻밖에 그를 서기 집에서 만나보았다. 같이 널도 뛰었다. 그는 지금 아까 그와 마주 서서 널뛰던 생각을 하자 별안간 가슴이 뭉클해졌다. 눈물 같은 것이 두 눈에 어린다. 그는 무심히 달을 쳐다보았다. 달빛은 아까보다 명랑하게 구름을 헤치고 나온다. 그는 술이 먹고 싶었다. 누구하고 싸움이라도 하고 싶었다. 그는 기운이 북받쳤다.

"어디를 갈까?……"

돌쇠는 울적한 심사를 걷잡지 못하여 발벙발벙 윗말로 가는 길을 향하여 한발 두발 떼놓았다. 막 개울을 건너서 우물 앞을 지날 무렵이었다. 뒤에서 누가 부른다.

"여보!"

홱 돌아다보니 달빛에 보이는 얼굴은 생각지 않은 이쁜이였다.

돌쇠는 공연히 가슴이 선뜻하였다.
"어디 가우?"
돌쇠는 손을 내저으며 가만히 부르짖는다.
"쉬— 누가 듣는구먼……"
"아따 그렇게두 겁이 나우."
 이쁜이는 돌쇠를 따라오자 해죽이 웃으며 그를 붙들고 개울골 안으로 올라갔다.
 얼음 밑으로 깔려 내리는 산골 물이 꿀꿀 소리를 내며 흐른다. 그들은 상류로 올라가서 언덕 밑 바윗돌을 가리고 앉았다. 얼음에서 이는 찬 기운이 선뜻선뜻하였다.
 사방이 괴괴한데 밝은 달을 향하여 마주 앉아서 그윽한 물소리만 듣고 있으니 어쩐지 마음이 처량하였다. 두 사람은 한동안 무슨 말을 해야 좋을지 몰랐다.
 순간 돌쇠는 목 안이 뿌듯하며 무엇이 치밀어올랐다. 그는 떨리는 목소리로
"아! 임자한테 잘못했수다. 참으로 볼 낯이 없소……"
"이이가 미쳤나…… 무슨 소리야!"
이쁜이는 점점 숙어지는 돌쇠의 턱어리[46]를 쳐들었다.
"아니……진정……용서해주소. 이놈이 참으로 죽일 놈이다!"
돌쇠는 주먹으로 눈물을 씻는다.
"아니 별안간 왜 그러우. 누가 임자보고 잘못했댔수?"
이쁜이는 웬 영문을 몰라서 얼떨떨하였다.
"……그런 게 아니라 내가 한 간을 생각하니까 임자에게 잘못

된 줄을…… 고담⁴⁷에 솥 떼가고 뭐 한다는 말과 같이 내가 그따위 짓을 한 것이— 후."
"아이구 인저 보니까 당신도 못났구려. 빙충맞게 울기는 왜 울우?"
이쁜이는 안타깝게 치마폭으로 눈물을 씻긴다.
"나도 임자보고 잘했달 수는 없어. 그러나 나는 그까짓 일로는 조금도 임자를 원망하지 않수."
이쁜이도 자기 설움이 북받쳐서 목소리가 칼끝같이 찔린다.
"그러면 임자도 옳지 못하지…… 어떻든지 임자의 남편이 아니겠소."
"나도 모르지 않아. 그래두 옳지 못한 것과 살 수 없는 것과는 다르지 않수?…… 난……어떻게든지 살구 싶수!"
별안간 이쁜이는 돌쇠의 무릎 앞에 엎더지며 흐늑흐늑 느껴 운다. 웅삼이의 못난 꼴이 보였다.
"이거 왜 이래! 아까는 나보고 운다드니……"
"흑! 흑!…… 우리 부모가 때려×일 ××이지 어짜라고 나를 그것한데!……"
돌쇠는 이쁜이를 잡아 일으키며
"임자의 부모도 여북해야 그랬겠나! 임자는 벌써 배고픈 걸 잊어버렸구려!"
"차라리 배고픈 것이 낫지……"
"흥 그건 임자가 모르는 말이지. 그렇다면 임자는 아즉도 내가 웅삼이와 노름한 사정을 모르는 모양이구려!"

"노름한 사정을?"

이쁜이는 말귀를 잘 모르는 것처럼 눈썹을 찡그리며 쳐다본다.

"그래! 그럼 임자는 나를 그저 노름에 미친 사람으로만 보고 있단 말이지. 그러나 나는 그렇게 노름에만 정신이 팔린 놈이 아니네. 나는 지금도 노름꾼이 되고 싶지는 않아…… 집에 먹을 것이 없다. 나무는 산에 가서 해 올 수 있다 하나 쌀은 어디 가서 얻나? 농사는 해마다 짓지마는 양식은 과세도 못 하고 떨어진다. 해마다 빚만 는다. 엄동설한 이 치운데 어린 처자와 부모 동생이 굶어 죽을 지경이 되었다. 나는 이 꼴을 차마 그대로 보고 있을 수가 없었다…… 오냐 도적질 이외에는 아무것이라도 하자! 아니 도적질이라도 할 수만 있으면 하자! 그러면 노름이라도 하자!…… 그래서 나는 응삼이를 꾀여낸 것이다! 그런데 임자는……"

"아 고만…… 고만……"

이쁜이는 한 손으로 돌쇠의 입을 틀어막으며 가쁜 듯이 부르짖는다. 그는 돌쇠의 긴장된 표정이 무서웠다.

"……나도 그런 줄은 잘 안다우."

그는 간신히 중단했던 말을 끝막았다.

"갓모봉 너머 이참사 같은 부자가 하는 노름과 우리네 같은 사람이 하는 노름과는 유가 틀리단 말이다. 그들은 심심풀이로 하는 노름이지마는 우리는 살 수 없어서 하는 노름이다."

"이참사도 노름을 하우?"

이쁜이는 놀라운 듯이 묻는다.

"그럼 하고말고…… 일전에는 부자들과 화투를 해서 몇백 원을 떴다는데 순칠이 아저씨가 그 통에 요새 돈 십 원이나 생기지 않었나."
"아…… 웬수놈의 가난…… 참 내가 임자를 부른 것은 꼭 할 말이 있어서……"
이쁜이는 비로소 그 말을 꺼내었다.
"무슨 말?"
"아! 달도 밝다. 저, 다른 말이 아니라 이 앞으로 원준이를 조심하란 말이야."
이쁜이는 목소리를 다시 한층 죽여서
"눈치를 가만히 보자니까 아마 임자의 뒤를 밟을 모양이야. 그래서 만일 걸리기만 하면 가만히 안 둘 것 같습디다."
이쁜이는 돌쇠의 주머니를 뒤져서 담배 한 개를 피워 물고는 원준이가 자기 집으로 처음 찾아오던 날 밤에 시어머니와 이야기하던 말과 그 후로 날마다 드나들며 이상스레 구는 행동을 겁나는 듯이 말하였다.
"제까짓 것이 그러면 누구를 어짤 테야. 공연히 건방지게 굴어 봐라 다리를 분질러놀 터이니."
돌쇠는 별안간 역증이 나서 부르짖었다.
"나는 걱정 말라구. 나보다도 그 자식이 임자를 욕심내서 음흉한 행동을 하랴는 모양이니 임자도 정신 차리라구!"
돌쇠는 어쩐지 불안을 느껴서 이쁜이에게 이런 주의를 다시 주었다. 별안간 돌쇠는 질투의 불길이 솟아올랐다.
"내게야말로 제가 어짜게!"

"반할는지 누가 아나?"
"아마!"
이쁜이는 야속한 듯이 돌쇠를 쳐다본다…… 눈물이 달빛에 빛난다.
"임자가 나를 그렇게 알우?"
"아이 치워!"
"고만 갑시다."
이쁜이는 허전허전하였다. 그는 그대로 떨어지기가 싫었다.
돌쇠가 윗말로 올라가는 산잔등이로 올라가는 것을 그는 몇 번이나 뒤를 돌아다보며 시름없이 내려왔다.
우물을 지날 때 그는 빠져 죽고 싶은 생각이 났다. 이쁜이는 막 자기 집으로 들어가는 골목을 접어들자 뒤에서 누가 큰 기침을 한다. 그는 가슴이 달랑하였다. 원준이다.

*

보름도 흐지부지 지나가고 마을 사람들은 다시 싸늘한 현실에 부닥쳐서 제각기 발등을 굽어보았다. 그야말로 각자도생(各自圖生)[48]이다. 그들은 마치 눈 쌓인 산중을 주린 짐승이 헤매듯이 사면팔방으로 돈벌이에 헤매었다. 마을에도 차례로 양식이 떨어져 갔다. 돌쇠도 눈을 뒤집고 다시 노름판으로 쫓아다니지 않으면 안 되었다. 차첨지는 고기 낚기를 다시 시작하였다. 그는 고기를 잡으면 그놈을 가지고 읍내로 가서 파는 것이었다.

김첨지는 부지런히 자리를 쳤다. 해마다 청올치를 해서 팔고 남은 치레기[49]로 그는 여름내 노를 꼬아두었다가 겨울이면 자리 장사를 하는 것이었다.

그런데 원준이는 그들과는 아주 별세계에 사는 사람처럼 유유하게 한가한 세월을 보내고 있었다. 그는 면사무소를 갔다 오면 번들번들 놀았다. 마치 사냥개처럼 무슨 냄새를 맡으려는 듯이 이집 저집으로 돌아다닌다. 그는 여전히 응삼이 집을 자주 왔다.

이월 초생이다. 추위는 계속되었으나 그래도 겨울 같지는 않았다. 쌀쌀한 바람도 봄 기분을 내고 품안으로 기어들었다. 양지짝으로 있는 언덕 밑에는 풀싹이 시퍼렇게 살아났다. 그것이 눈보라를 치면 얼었다가 양지가 나면 다시 깨어났다. 풀도 이 마을 사람들과 같이 잔인한 추위와 싸우고 있었다.

논밭둑에는 벌써 나물 캐는 아이들이 바구니를 끼고 헤맨다. 보리밭에는 국수덩이 꽃다지 냉이 달래 싹이 돋아난다.

응삼이 집에서는 아침을 치르고 나자 모자는 윗말 마름 집 물방앗간으로 용정[50]을 하러 갔다. 응삼이는 소 살 돈을 노름해서 잃은 까닭으로 벼를 찧어 팔아서 그 돈을 벌충하지 않으면 안 되었다. 올에도 논 섬지기를 짓자면 큰 소를 세우지 않으면 안 되었다. 응룡이는 돌이와 사랑 마당에서 놀더니 어디로 몰려갔는지 아무 기척도 없어졌다.

이때 이쁜이는 혼자 반짇그릇을 앞에 놓고 버선 귀머리를 볼 박고 있었다. 그는 사내의 버선짝을 보아도 미운 생각이 났다. 그는 지금도 이 생각 저 생각에 움직이던 바늘을 몇 번인가 멈추고 한

숨을 쉬었다.

그런데 거기에 원준이가 응삼이를 부르고 들어온다. 오늘이 공일이었다.

원준이는 언제와 같이 털외투 '에리'[51]에 목을 움치고 윤이 반질반질 나는 노랑 구두를 신고 들어왔다.

"없어요!"

이쁜이는 깜짝 놀라 일어나서 문을 열고 내다보았다. 그는 공연히 가슴이 뛰어 얼굴이 화끈하였다.

"어디 갔어요?"

원준이는 싱글싱글 웃으며 뜰 위로 올라선다.

"방아 찧으러 갔어유."

이쁜이는 문설주에 붙어 서서 몸을 반쯤 가리고 간신히 대답하였다.

"아주머니도 가셨나요?"

"네……"

담배 귀신이란 별명을 듣는 원준이는 담배를 또 한 개 꺼내 문다.

"성냥 있어요?"

"네…… 성냥이 어디 있나!"

이쁜이는 화급하게 방 안을 둘러보다가 성냥을 찾으러 부엌으로 원준이 앞을 지나 들어갔다. 그는 부뚜막에 있는 성냥갑을 흔들어보고 조심스럽게 두 손을 뻗쳐서 원준이에게 공손히 내밀었다. 그는 면구스러워서 고개를 다시 숙이고 아까와 같이 방 안으로 들어가서 문설주에 붙어 섰다.

"······ 참 당신한테 물어볼 말이 있는데."

원준이는 잠깐 주저하다가 어색한 듯이 이런 말을 꺼내고 이쁜이를 쳐다본다.

"예······ 무슨······"

이쁜이는 구석으로 숨었다. 그는 원준이가 심상치 않게 구는 데 점점 불안을 느끼었다. 원준이는 여전히 싱글벙글 싱글벙글한다.

"당신의 집안 식구는 속여도 나는 속이지 못할 게요?"

"······"

이쁜이는 가슴이 떨리었다. 무슨 일일까? 열나흗날 밤 일인가? 그 생각이 번개 치듯 지나간다.

"나는 벌써 다 알고 묻는 말이니까 바른대로 고백하지 않으면 당신에게 손해가 될 것이오. 당신은 지난달 열나흗날 밤에 어디를 갔었지?"

"가긴 어디를 가요?"

이쁜이는 자기도 알지 못하게 절망에서 떨리는 목소리가 나왔다. 인제 보니까 그날 밤에 뒤를 밟았나 보다!

"아무 데도 안 갔어?······ 당신이 말하기 싫다면 구태여 들을 것은 없소. 그것은 당신이 생각해보면 알 것이니까······ 나는 당신을 위해서 하는 말이야. 만일 내가 한마디만 당신 시어머니에게 뗑구게 되면 당신은 어떻게 될지 모르지 않소?"

"······"

원준이는 어느 틈에 문지방에 걸터앉았다.

"하기는 당신의 소행을 생각하면 이런 말을 귀띔할 것 없이 당신 어머니한테 말할 것이지마는, 그렇게 하면 전도가 창창한 당신에게 불행하지 않겠소? 그러니 내 말을 듣겠소 못 듣겠소?"

원준이는 차차 흥분되어서 숨을 헐떡거린다.

"무슨 말이여요. 들을 말이면 듣고 못 들을 말이면 못 들……"

이쁜이는 인제 악이 올라서 무서움도 없어지고 원준이를 똑바로 쏘아보았다. 그러나 원준이는 여전히 빙그레 웃으며

"그만하면 알지 뭐?……"

이쁜이는 별안간 고개를 벽에 기대고 훌쩍훌쩍 울기 시작하였다. 그는 참으로 원준이가 아는가 봐 겁이 나서 그런 것이 아니라 그의 하는 행동이 분하기 때문이었다.

―그가 참으로 점잖을 것 같으면 모르는 체하든지 그렇지 않으면 자기를 훈계하고 말 것이 아닌가? 그런데 자기의 과실을 책잡아가지고 그 값으로 비루한 제 욕심만 채우려는 것은 가증하기 짝이 없다. 너를 주느니 개를 주지! 하는 미운 생각이 지금 이쁜이의 마음속에 가득 찼다.

"나가요! 당신이야말로 대낮에 이게 무슨 짓이유?"

이쁜이는 별안간 고함을 쳤다.

이 의외의 대답에 원준이는 깜짝 놀라서 몸을 벌떡 일으켰다.

"아니 당신이…… 정말들 이러기야!"

눈을 휘둥그렇게 뜨고 쳐다본다.

"그러면 누구를 어쩔 테야! 어서 나가요. 공연히 안 나가면 왜 장칠[52] 테니."

이쁜이는 독이 푸독사[53]같이 올랐다. 그는 자기에게도 이런 용

서화 323

기가 어디 있던가 하고 내심으로 은근히 놀랐다.

"뭣이 어째? 정말로 이래도 좋을까? 후회하지 않을까!"

"맘대로 하라구. 일르면 쫓겨나기밖에 더할까? 고작 가야 죽기밖에 더할까?…… 행세가 천하에 못되었수! 임자는 면서기를 다닌다고 남을 이렇게 깔보는가? 유식한 사람의 버릇은 다 그런가?……"

원준이는 고만 모닥불을 뒤어쓴 것같이 얼굴이 화끈 달았다. 그는 무섭게 눈을 흘기고 한참 서서 노려보다가 할 수 없이 나가버린다.

이쁜이는 그 자리에 쓰러져서 보리밥 한 숱지기는 울었다. 그는 암만 울어도 시원치 않았다.

—저는 이 마을에서 제일 잘산다고 누구에게 권리를 부리려 드는가? 그는 생각할수록 안하무인한 그의 행동이 분하였다. 그런 생각을 하면 전후사연을 모조리 토파[54]를 하고 죽든지 살든지 한번 해보고 싶었다. 그는 마침내 이런 모든 소조가 천치 같은 사내를 얻은 까닭으로 벌써 넘보고 그랬다는 자기 팔자 한탄으로 결론을 지을 수밖에 없었다.

그러나 분한 정도를 따진다면 원준이도 결코 이쁜이만 못하지 않았다. 그는 이쁜이에게 그런 봉변을 당하기는 참으로 의외였다. 더구나 그런 볼모를 잡아가지고 위협을 하게 되면 웬만한 여자일 것 같으면 대개 넘어갈 줄만 알았었는데 이런 계집이 여간 당차지 않다고 그는 은근히 놀라기를 마지않았다. 그래서 그는 그 뒤로 웅삼이 집에는 발을 끊고 말았다.

원준이는 그길로 가운데말 사는 구장 집을 찾아갔다. 마름 집에 선생으로 있던 이생원은 연전에 갓모봉 너머 이참사의 주선으로 향교 장의를 지냈다고 지금도 감투를 쓰고 나왔다.
"아니 자네가 웬일인가?"
구장은 원준이를 사랑으로 맞아들였다.
"오늘은 면에 안 갔던가!"
"네! 일요일이올시다."
"옳아 내 정신 봤나. 오늘이 참 공일이지."
"선생님께 잠간 의논드릴 말씀이 있어서요."
원준이는 그전에 서당에 다닐 때 구장에게 글을 배운 일이 있기 때문에 선생님이라고 부르는 터이었다.
"응! 무슨 일?"
구장은 노를 꼬면서 묻는다.
"이 동리는 노름들을 않습니까? 저희 동리는 노름이 심해서 큰일 났어요."
"못 들었어. 요새도들 한다나?"
"하는 것이 뭡니까? 일전에 노름들을 해서 응삼이가 소 판 돈 삼십 원을 잃었다는 말씀은 선생께서도 들으셨지요. 바로 쥐불 놓던 날 밤이올시다."
"그 말은 들었지!"
구장의 뾰족한 아래턱에 달린 염생이 수염이 말할 때마다 까불까불한다.
"그 돈을 돌쇠가 따먹었다는데요. 그때도 응삼이 모친이 고발을 한다고 펄펄 뛰는 것을 어디 한이웃 간에서 차마 그렇게 하랄 수가 있어야지요. 그래 말렸지요."

"아무렴 그 다 이를 말인가."

"그런데 이 사람들이 지금도 정신을 못 차리고…… 요새는 버쩍 더합니다그려. 그리고 어디 그뿐입니까. 도무지 풍기가 문란해서 커가는 아이들에게 여간 큰 영향이 아니올시다. 이대로 가다가는 동리가 망하지 않겠어요?"

원준이는 무슨 큰일이나 생긴 것처럼 긴장해서 부르짖었다.

"그러니 어떻게 한단 말인가. 어디 한두 사람이어야지 무슨 도리를 강구하지. 에, 고약한 사람들 같으니!"

구장도 다소 역증이 나는 것처럼 꼬던 노끈을 제쳐 매놓고 담배를 부스럭부스럭 담는다.

"저희 같은 젊은 애들 말은 어디 들어먹어야지요. 그러니까 선생님께서 진흥회장 어른과 상의를 하셔서 속히 동회(洞會)를 부쳐가지고 어떤 제재를 내리는 것이 좋겠습니다."

구장은 잠깐 무엇을 생각하다가

"그게야 어렵지 않겠지마는, 그렇게 해서 효력이 있을까?"

"확실히 있을 줄 압니다. 그들을 불러다 놓고 엄중하게 징계를 하고 만일 차후에도 노름을 하는 사람이 있으면 벌금을 물게 한다든지 하는 그런 규칙을 만들어놓게 되면 실행될 수가 있겠지요. 그래도 노름을 하고 싶으면 바로 타동에 가서는 할지라도……"

"글쎄 어디 의논해보지…… 자네들은 인저 착심하고 면서기를 다니기까지 하니 더 부탁할 말이 없네마는…… 우리 동리란 웬 노름꾼이 그리 많은지…… 참 한심한 일이야!"

"저희야 다시 그런 장난을 하겠습니까. 그전에는 철모르고 그랬지요만."

원준이는 면구한 듯이 고개를 숙이고 자리를 긁는다.

구장은 장죽을 재떨이에 뻗치고 앉아서 뻑뻑 빨다가

"자네가 그런 말 하니 말일세마는 노름이 이렇게 퍼지게 된 것은 꼭 이참사 까닭이니. 촌이란 일상 읍내를 본뜨는 것인데 이참사 같은 명망 있고 일군의 유력한 지위를 가진 이가 노름을 하게 되니 무식한 사람들이야 무족거론이 아니겠나…… 더구나 요새 세상같이 모두 살기가 어려운 판에…… 허허……."

구장은 별안간 이가 물던지 배꼽에 걸친 굇마리[55]를 까고 득득 긁는다. 때비늘이 허옇게 긁힌다.

"그렇습죠 상탁하부정[56]으로……."

원준이는 제 얼굴에 침 뱉는 것 같아서 하던 말을 멈추고 다시 고개를 숙였다.

6

이틀 후에 소임은 아래위 동리를 집집마다 돌아다니며 저녁에 마름 집으로 모이라는 말을 전하였다. 특히 노름꾼으로 지목되는 사람은 하나도 빠지지 않도록 직접 찾아보고 일렀다. 동리 사람들은 별안간 무슨 일인지 몰라서 수군거렸다.

해가 어슬핏하자 집회 장소인 정주사 집에는 하나 둘씩 사람이 불어갔다.

시계가 여덟 시를 쳤을 때에는 아래윗간 사랑이 꽉 차서 마루에까지 사람이 앉아야 할 만큼 상중하 동리의 거진 절반이나 모인 셈이었다.

거기에는 이날 회합의 문제 인물인 돌쇠는 물론이요 완득이 성선이도 왔는데 웬일인지 노름꾼의 대장인 최순칠이가 오지 않았다.

"더 올 사람 없나. 고만 이야기들 해보지."

아랫목에서 구장하고 나란히 앉은 진흥회장 정주사는 좌중을 둘러보며 물었다. 제각기 패패로 앉아서 까마귀 떼같이 떠들던 사람들은 일시에 말을 그치고 아랫방으로 고개를 돌리었다. 윗말 남서방 산지기 조첨지도 왔다.

정주사 아들 정광조(鄭光朝)는 윗방에서 원준이와 마주 앉았다.

"네! 시작해보시지요."

원준이는 정주사와 구장을 바라보았다.

"선생님이 먼저 말씀하시지요?"

"아니 회장이 말씀하셔야지…… 허허……"

"동회니까 구장이 말씀하셔야지…… 그럼 아모려나!"

정주사는 담뱃대를 놓고 수염을 쓰다듬으면서 말을 꺼내었다. 그도 세무서(稅務署) 주사를 다녔다고 깎은 머리에 감투를 쓰고 있었다.

"오늘 밤에 동리 여러분들을 이렇게 오시란 것은 다른 것이 아니라 우리 동리에 좋지 못한 일이 있어서 그 대책을 강구하지 않으면 안 되겠어서 모이라 한 것이오. 그 좋지 못한 일이란 것은 지금 아랫말 김서기가 사실을 보고할 터이니까 여러분은 잘 들으시고 아무 기탄 없이 여러분은 좋은 의견을 말씀해주시기를 바랍니다. 그래서 우리 동리도 풍기를 숙청(肅淸)해서 훌륭한 모범촌이 되도록 여러분이 서로 도와가기를 바라기 마지않습니다."

정주사는 구장을 돌아보며

"그뿐이지? 더할 말씀은?"

"그렇지요 더 무슨."

구장은 훈장질하던 버릇이 그대로 남아서 상반신을 끄덕끄덕하였다.

"그러면 김서기 보고하지!"

"네!"

정주사의 말이 떨어지자 원준이는 대답을 하고 일어섰다. 그는 양수거지를 하고 서서

"에, 오늘 밤에 보고할 사실이란 것은 지금 진흥회장 영감께서 말씀한 바같이 우리 동리의 문란한 풍기를 '개량'하자는 것입니다. 헴! 여러분께서도 이미 아시다시피 우리 동리에는 도박이 제일 심합니다. 그 증거로는 우선 올 정초에――바로 쥐불 놓던 날 밤에――도박을 한 것이 증명됩니다. 그날 밤에 도박을 하신 분이 지금 이 자리에 계신 것 같으니까 누구라고 지명을 않더라도 다들 아실 줄 압니다. 더구나 그날 밤에 불소한 금액을 잃은 사람은 한이웃에 사는 반편 같은 불행한 사람이라는 데는 같은 노름이라

할지라도 정도가 다르다고 생각합니다……"

원준이는 마치 승리의 쾌감을 느끼는 사람과 같이 기고만장해서 돌쇠를 슬슬 곁눈질하며 부르짖었다.

그러나 돌쇠는 벌써 이날 저녁의 모인 의미를 잘 알기 때문에 별로 놀란 것은 없었다. 그는 어저께 원준이가 이쁜이에게 대한 행동을 자세히 들었다. 그러므로 돌쇠는 오늘 밤의 집회가 원준이의 책동이라는 것을 벌써 짐작하고 있었던 것이다. 그러니만큼 그는 이를 옥물고 '어디 보자!' 하는 결심을 굳게 할 뿐이었다.

원준이는 손을 입에 대고 기침을 두어 번 한 후에 다시 말을 이어서

"에헴! 그런데 그분들은 그 후에 조금도 반성하는 기색이 없이 계속해서 지금도 노름을 합니다. 이것이 하나올시다. 에헴, 또 한 가지는."

"에, 그게 원 무슨 일들이람."

"원체 노름이 너무 심하지. 진즉 무슨 수를 내든지 해야 할 게야."

"그거 참 옳은 말일세. 그 사람 똑똑한데."

"암 승어부[7]했지. 저 사람 집 산수에 꽃폈는데!"

청중에서 이런 말이 수군수군거리자 구장은 담뱃대를 들고 정숙하라고 명하였다.

원준이는 더욱 어깨가 으쓱해졌다.

"에, 또 한 가지는 신성한 가정의 풍기를 문란하는 것이올시다. 아마 이것도 여러분께서 대강 짐작하실 만한 소문을 들으셨을 줄

압니다. 그러면 이만큼 말씀해두고 끝으로 한마디 아뢰고저 하는 것은 이런 불미한 일을 그대로 두어서는 오륜삼강의 미풍양속이 없어지고 동리가 멸망해갈 것이니 여러분께서는 그 대책을 잘 생각하시고 책임자에게 어떤 제재를 주어서라도 동리를 바로잡게 하시기를 바랍니다."

원준이는 연설조로 하던 말을 마치고 자리에 앉는다. 그는 다소 흥분이 되어서 숨이 가빴다.

"그러면 어떻게 할까요? 여러분 의견을 말씀하시지요!"

정주사는 좌중을 돌아본다.

원준이는 다시 일어서서

"에, 제 생각 같애서는 먼저 문제의 책임자들이 각기 자기 양심에 비춰서 이 자리에서 사과를 한 후에 앞으로는 다시 불미한 행동을 않겠다는 맹서를 하고 그리고 나서 다시 여러분께서는 그의 만일을 보장을 하기 위해서 어떠한 벌칙을 작정하는 것이 좋을 것 같습니다."

이때까지 아무 말 없이 앉아서 빙글빙글 웃고만 있던 정광조는 별안간 좌중의 침묵을 깨치었다. 하기는 여러 사람은 오늘 저녁의 모임이 동회인 만큼 그가 먼저 무슨 말이 있을 줄 알았는데 오히려 지금까지 아무 말이 없는 것을 이상히 생각할 만큼이었다. 왜 그러냐 하면 그는 동경 유학생이기 때문이었다. 그는 폐병이 걸려서 작년 연종(陽曆)[58]에 일시 귀국하였던 것이다.

"지금 이 모임에 저도 발언권이 있습니까?"

광조는 좌중에 묻는 말이나 시선은 원준이에로 갔다. 그는 원준이의 '오륜삼강'이니 '신성한 가정'이니 하는 말이 우스웠다.

"네! 동회인 만큼 누구나 말씀하실 수가 있었지요."

원준이가 대답하였다. 좌중은 동의한다. 광조는 일어서서 우선 머리를 숙여 예한 후에 그는 다시 팔짱을 끼고서

"에, 지금 보고한 말씀을 들어보면 첫째 조목과 둘째 조목 모두 추상적인 것 같습니다. 옛말에도 명기위적이라야 적내가복(明其 爲賊 賊乃可服)⁹⁹이라고 그 죄를 밝힌 연후에야 형벌을 작정할 것이 아닙니까? 그러면 지금 그 보고를 좀더 소상히 할 필요가 있을 줄 압니다. 즉 누구누구는 어떠어떠한 범과가 있다는 것을 본인은 물론이요 제삼자에게도 확실히 알려줄 필요가 있을 줄 압니다."

광조가 말을 마치고 앉자 좌중은 이 의외의 발언에 모두 두리번두리번하였다.

"참 그렇지! 그래야지!"

"네! 그것은······"

원준이가 다시 일어난다. 그는 불안한 표정이 나타났다.

"······이미 여러분께서 잘 아시는 사실이므로 구태여 지적할 필요가 없을 것 같애서 그랬습니다······ 또한 고현(古賢)의 말씀에도 그 죄를 미워하고 그 사람은 미워하지 않는다는 의미를 본받어서 되도록은 관대한 처분을 하는 것이 좋을까 해서 그만큼 보고를 하였습니다."

광조는 다시 일어났다.

"에, 그러면 이 보고를 정당한 사실로 인정한다는 전제에서 저의 의견을 잠깐 말씀하겠습니다. 저 역시 들은 소문을 종합해가

지고 말씀드리겠는데 첫째 도박으로 말하면 우리 동리에서 젊은 사람치고 별로 안 하는 사람이 없는 줄 압니다. 더구나 노름꾼의 대장이라 할 만한 이가 오늘 밤에 안 오신 것은 대단 유감으로 생각합니다. (청중이 모두 웃는다.) 둘째 신성한 가정의 풍기를 문란한다는 조목에 있어서는 더구나 문제를 막연히 취급하는 것 같습니다. 가정이란 대개 결혼을 기초한 것으로 볼 수 있는데 오늘 우리 사회의 결혼 제도라는 것이 어떠합니까? 이미 여러분도 잘 아시는 바와 같이 소위 이성지합(二性之合)의 백복지원(百福之源)이라는 인간대사를 부부가 무엇인지도 모르는 젖내 나는 어린것들을 조혼을 시키거나 그렇지 않으면 당자에게는 마음도 없는 것을 부모가 강제 결혼을 시키는 것이 오늘날 우리 사회의 결혼 제도가 아닙니까? 그러나 한번 머리를 돌이켜서 저 문명한 나라를 볼 것 같으면 거기서는 청년 남녀가 각기 제 뜻에 맞는 배필을 골라서 이상적 가정을 세우는 것이올시다. 어시호 '신성한 가정'이 될 수 있겠습니다. 원래 결혼이란 당사자끼리 할 것이지 거기에 제삼자가 전제(專制)할 것은 아닙니다. 그러므로 우리 사회의 불합리한 결혼 제도에는 따라서 많은 폐해가 있습니다. 남자는 첩을 얻고 외입을 합니다. 여자는 본부를 독살하고 음분 도주합니다. 이것이 모두 강제 결혼과 조혼의 폐해올시다. 그러므로 아까 둘째 조목으로 보고한 사실이란 것도 결국 우리 사회의 결혼 제도의 결함에서 생기는 반드시 없지 못할 폐해인 줄 압니다. 그렇다면 이와 같은 제도에 희생된 사람들에게는 오히려 '동정'할 점이 많이 있을 줄 압니다."

원준이는 이 불의에 공격에 어쩔 줄을 몰랐다. 그는 다시 일어서서
"그러나 우리는 이 제도를 일조일석에 고칠 수는 없습니다. 그렇다면 우리는 종래의 관습을 복종할 의무가 있을 줄 압니다."
"그것은 말 되지 않습니다. 우리가 만일 우리의 생활상에 어떤 잘못을 발견할 때는 우리는 그 즉시로 그것을 고쳐야 할 의무가 있을 줄 압니다. 만일 그렇지 않다면 우리는 그 잘못을 영영 고치지 못하고 말 것이외다."
"그렇지! 그게 옳은 말이지."
청중에서 누가 부르짖었다. 그는 돌쇠에게서 그날 밤에 개평을 얻은 남서방이었다.
"그러면 문제를 간단히 낙착[60] 짓기 위해서 다시 번복합시다. 대관절 아까 김서기의 보고를 여러분은 정당하다고 인정하십니까?"
광조는 다시 일어나서 묻는다.
잠시 방 안은 쥐 죽은 듯이 고요하였다.
그러자 돌쇠가 별안간 벌떡 일어선다. 그는 아까부터 하고 싶은 말이 많았으나 어떻게 조리 있게 말할 만한 자신이 없어서 지금까지 망설이고 있던 참이다. 그런데 그는 광조의 말에 용기가 났다.
"첫째 노름으로 말씀하면, 제……제가 물론 잘못했사와유. 하지만두 저는 본시 노름꾼이 되고 싶어서 한 것은 아니외다. 어떻게 합니까? 일 년 내 농사를 지어야 먹을 것은 제 동을 못 대고[61] 식구는 많은데 굶어 죽을 수 없으니…… 쥐불 놓던 날 밤에 웅삼이와 노름을 한 것도 실상은 이렇게 환장지경이 되었을 뿐 아니

라 응삼이가 소 판 돈이 있는 줄을 알고 노름하자고 꾀이는 사람이 많은 줄을 알기 때문에 그렇다면 남에게 뺏길 것이 없어서 그날 밤에 노름을 하였지요. 그것은 지금 당장 응삼이를 불러다가 물어보셔도 알 것입니다. 그리고 노름을 어디 저 혼자만 합니까! 갓모봉 너머 이참사 영감 같으신 이도 노름을 하시지 않습니까."

"노름은 그렇다 하고 가정의 풍기 문란에 대해서는 또 변명할 말이 없느냐?"

정주사는 정중하게 돌쇠에게 묻는다. 그는 양반인 까닭에 아랫사람들에게는 언어에 차별을 하였다.

"네?…… 둘째로 무슨 말씀인가요? 거기 대해서도 저만 특별히 잘못한 것은 없습니다. 그것도 이실직고하오니 응삼이 처를 불러다 물어보십시오!"

좌중은 이 새 사실에 모두 놀랐다.

"그럼 누구란 말이냐!"

정주사의 묻는 말에 돌쇠는 원준이를 손가락질하였다.

"원준이올시다."

"저 사람이 미쳤나 내가 어쨌단 말이야!"

원준이는 얼굴이 새빨개졌다. 색 먹고[62] 대든다.

"자네가 그렇게 아무도 없는 기미를 보고 대낮에 응삼이 집에 들어가지 않았나."

좌중의 시선은 모두 원준이에게로 집중하였다. 돌쇠는 다시 긴장해서 부르짖었다.

"어?"

"오늘 저녁에 이렇게 모인 것이 저는 누구의 조화라는 것을 잘 알고 있사외다. 저 하나를 이 동리에서 제일 불량한 사람이라 지목해가지고 그러는 것 같습니다마는 사실인즉 이와 같은 흉계를 꾸민 것입니다. 아까 이 댁 나리가 말씀하신 것과 같이 젊은 사내로 우연만한 사내 쳐놓고 누가 외입 않는 사내가 있습니까? 네! 제 죄는 지당히 벌을 받사오리다. 그러나 벌을 주시되 공평히 주십시오."

돌쇠의 말에 여러 사람은 가슴이 찔리었다. 참으로 누가 감히 먼저 돌쇠에게 돌을 던질 수 있느냐?

"잉! 잉!"

별안간 구장은 담뱃대를 들고 휭 나간다. 그는 원준이에게 속은 것이 분하기 때문이었다.

"아니 왜 일어나셔요?"

"그럼 가지 무엇 해요 깍두기판[63]인데!"

정주사의 묻는 말에 그는 이 말을 던지고 나가버린다.

그는 콧구멍이 벌름벌름하였다.

"허허 참, 별꼴 다 보겠군!"

"똥 묻은 개가 겨 묻은 개를 나무라는 셈이로군!"

좌중의 시선은 원준이에게로 집중되었다.

회합은 별안간 묵주머니[64]가 되고 여러 사람들은 허구픈 웃음을 웃으며 하나 둘씩 돌아갔다. 원준이는 어느 틈에 달아났는지 가는 것도 보지 못한 사람이 많았다.

광조는 회심의 미소를 웃었다. 그는 신성한 가정의 풍기 문란

(?)이 쥐구멍을 못 찾고 쑥 들어간 것이 통쾌하였다. 자유연애 만세!……

돌쇠가 뒷산 잔등을 막 넘으려니까 뒤에서 누가 헐헐 가쁜 숨을 쉬며 쫓아온다.

"누구야!"

"나!"

그는 천만의외에 이쁜이였다.

"아니 임자가 웬일이야?"

돌쇠는 깜짝 놀라서 부르짖었다.

"쉬, 나도 나도 구경을 왔었다우!"

"어, 그래 죄다 들었는가?"

"그럼, 무슨 일인지 궁금해서 쫓아와봤지."

이쁜이는 돌쇠의 손목을 꼭 쥐었다.

"정주사 아들의 말을 알아들었소?"

"저, 무슨 말인지 자세히는 몰라도 임자를 퍽 두둔하는 것 같애! 그렇지? 난 뜰아래 짚 동가리에 숨었었어!"

이쁜이는 다시 돌쇠의 손목을 꼭 쥐어본다.

"그래!"

"그럼 우리를 두둔해주는 사람도 이 세상에 있구려!"

이쁜이는 죽은 사람이 다시 산 것처럼 희한하게 생각되었다.

"그렇지! 사람은 기운차게 살아가야 돼. 설사 죄를 짓더라도 사람으로서 진실해야 하느니."

"우짜면 그이가 말을 그렇게 한다우!"

"일본 가서 대학교 공부하지 않았나!"

두 사람의 대화는 어둠 속에서 도란도란한다. 이쁜이는 돌쇠에게 온몸을 실리다시피 치개면서 걸음을 떼놓았다.

"세상은 우리가 모르는 별세상이 또 있는가 부지? 그이(정주사의 아들)는 그것을 아는 모양이 아닌가!"

돌쇠는 무엇을 골똘히 생각하다가 무심코 이런 말을 하였다.

"참말로 우리도 그런 세상에서 살았으면……"

그들은 한동안 아무 말 없이 걸어갔다.

십 년 후 十年後

1

며칠 전에 인쇄에 부칠 잡지 원고에 교정이 오늘부터 나온다는 말을 들은 경수는 아침을 재촉해서 먹고 그길로 바로 D인쇄소로 달려갔다.

그는 이층에 있는 공장 사무실로 올라가보니, 벌써 사무원들은 늘어앉아서 제각기 맡은 일에 열중하고 있었다.

한 달에 한 번씩 발행하는 잡지 원고의 교정을 혼자 맡아놓고 보기는 여간 성가신 노릇이 아니다. 더구나 문선[1]이 서툴러서, 준장[2]에 뻘겅 글자투성이를 만들게 하는 데는, 골치가 아파서 견딜 수 없다. 그런 것을 삼준 사준을 본 뒤에야, 겨우 오자를 메울 수가 있는데 어떻든지 이런 일로 오륙일 동안을 날마다 시달리고 나면, 그는 마치 중병을 치른 것처럼 얼굴이 축났다. 그렇다고 불행을 말할 수도 없다. 월급은 쥐꼬리만치밖에 못 받지만, 그나마 고만두면, 당장 식구들이 살 수 없는 형편이다. 갈수록 생활난이 심하여 취직이 어려운 세상인 만큼, 남들은 이런 속은 모르고, 직업을 가졌다고 자기를 부러워하는 축도 있다. 그래서 시골 사람들이 간혹 서울을 왔다 갈 때는 으레 찾아와서 제가끔 취직을 시켜달라는 데는 질색할 노릇이다. 그런 말을 들을 때마다 경수는 기가 막혔다.

지금 자기도, 직업다운 직업을 갖지 못해서, 물질적으로나, 정신적으로나, 여간 고통을 받고 있는 것이 아닌데 어떻게 남의 직업을 구해줄 수 있겠는가. 그러나 이런 사정을 솔직하게 말하면 투박한 그들은 도리어, 박정하다고 오해를 할는지 몰라서, 그는 좋은 말로, 차차 두고 보자고, 그런 자리가 있는 대로 구해보겠다는 대답을 하곤 하였다. 그러나 그것은 자기 얼굴이 간지러운 멀쩡한 거짓말이었다.

*

경수는 지나온 경험을 돌이켜 보아도 쓰라린 기억이 새로이 씹힌다. 고향에서 보통학교를 졸업하고 나서, 면서기로 고원으로 굴러다니다가 공부에 뜻을 두고 서울로 올라올 때는 어려서부터 재동이라는 칭찬을 들었던 그는 미상불 자부심도 다소 생겨서, 설마 어디든지, 붙일 손이 잡히려니 하였는데, 막상 올라와 보니, 생각하던 바와는 아주 딴판으로서, 어디 하나, 발붙일 곳이 없었다. 그래 그는 몇 차례를 올라와서 헛물만 켜고 내려갔다. 돈 없고 반연[3] 없고 학력조차 박약한 그를 누구나 채용해주지 않았다. 마침내, 그는 실망한 끝에, 할 수 없이 단념하려던 차에, 그때 마침 지금 있는 잡지사에서, 모집하던 현상문예(懸賞文藝)에 응모한 것이 요행으로 당선되자, 그런 반연으로 기자란 직업을 얻게 된 것이다.

그러나, 그야말로 식소사번[4]이다. 원고 쓰랴, 편집하랴, 교정 보랴, 발송하랴, 도무지 빤한 틈이 없다. 그것은 실직의 비애를 면한 대신에, 다시 취직의 비애를 느끼게 할 뿐이다. 집에 들면, 생활난이 파고들고, 밖에 나가면, 또한 남의 지배 밑에서 마차말같이, 부림을 받지 않는가? 마음의 자유도, 몸의 자유도 없는 생활은 오직 초조와 번민을 자아내게 할 뿐이다. 이것이 인간의 생활이냐? 만물의 영장이란 인간의 생활이냐? 사람은 왜, 누구나 배우고 싶은 대로 배우고, 일하고 싶은 대로 일하고 하여, 제각기 타고난 천품을 발휘할 수 없는가?…… 그는 이렇게 아무리 항변(抗辯)해야, 소용없었다. 무거운 생활의 짐은, 갈수록 천근같이 내리눌러서 잠시 반틈, 옆눈 하나 팔 수 없게 하였다.

그는 자기의, 악착한 현실에 맞부딪힌 신세를 생각할 때마다, 저 『죄와 벌』을 읽을 때의 비루먹은 마차말의 꿈 이야기를 연상하였다. 그리고 그는 자기를 그 말에게 비겨본다.

—무거운 짐을 끌고 가는 마차말은 차부의 무자비한 채찍 밑에 헐떡이며, 죽기를 기 쓰고 끌려 한다. 그러나 짐은 워낙 힘에 벅차다. 끌려지지 않는다. 그래도 채찍은 용서 없이 비 오듯 한

다. 말은 견딜 수 없어 뒷발로 찬다. 그러면 구경꾼들은 웃음통을 터친다. 차부는 더욱 성이 나서, 무섭게 매질한다. 그래도 말은 가지 못한다. 마침내 차부는 무지한 철봉을 들어서 사정없이 내리쳤다. 말은 펄쩍 뛰면서 최후의 있는 힘을 다하여 끄당겨본다. 그러나 말은 그대로 땅 위로 거꾸러져서 죽어버린다.

 과연, 자기의 생활은 이 가련한 마차말보다 무엇이 나을 것이냐? 소리 없는 채찍은 머리 위로 간단없이 내리친다. 생활의 무거운 짐을 지고, 허덕이는 자기는, 그 매를 피할 수도 없고, 그렇다고 짐을 벗어 멜 수도 없다. 힘이 벅차는 짐은 끌 수도 안 끌 수도 없다. 그러니 이런 생활이 장래가 어떻게 될 것이냐? 가련한 말의, 최후의 운명! 그것은 자기의 장래를 상징함이 아니었던가! 그는 이런 생각이 들수록 무서운 공포를 느끼었다.

 그런데, 양복때기를 입고 잡지사의 기자 명함을 가졌다고 자기를 부러워하는 사람이 있다면, 그것은 참으로 얼마나 허구픈 일이냐? 얼마나 잔인한 히니꾸냐.

2

 경수는 지금도 이런 생각을 하면서 새로 나올 초준을 기다리는 동안에, 담배 한 개를 피워 물고 앉았는데, 웬 문선 직공이 원고를 손에 든 채로 들어와서 경수에게 논문 원고의 흘려 쓴 글자를 묻는다. 그것은 악필로 유명한 K씨의 경제 논문이었다.

경수는 그 글자를 일러주고 나서, 다시 한 번 문선 직공을 쳐다보았다. 그의 얼굴이 몹시도 낯이 익어 보이기 때문에. 그러나 누구라고 얼른 집어낼 수 없이 생각은 상막해진다.[6] 그도 그런지 한동안 마주 쳐다보고 있다.

"실례올시다만, 고향이 서울이신가요?"

경수는 마침내 궁금증이 나서 먼저 물어보았다.

"아니요, 시골입니다. ××이여요."

"매우 낯이 익은데요."

"글쎄요!"

"아, 인제 생각나는군! 저, 정인학씨 아닌가요."

"네, 그렇습니다, 어떻게 아시는지요."

"난, 김경수요."

"김경수. ……글쎄 어디서 뵈었던가, 원……"

문선 직공은 그저 아리송해서 경수를 잘 몰라보는 것 같았다.

"아따 왜, 우리가 십여 년 전에, 저 경상도 풍기 땅에서 한 달 동안이나, 같이 있지 않았소. 그때 우리는 누구보다도 친절하게 지나지 않았소."

"아, 옳지! 인제 알겠군요. 그런데 아주 몰라보겠는걸요."

문선 직공도 그제야 알은체를 한다.

"참, 반갑소이다. 십여 년 전 일이니, 그렇지 않고. 노형도 무척 변했는데."

"변하다뿐이여요, 아주 늙었지요. 참! 자세히 보니까 그때 얼굴 모습이 그대로 남아 있는 것 같군요. 그래도 나보다는 눈이 밝으신데…… 난 선뜻 못 알아보겠는데…… 허허."

"그래 언제부터 인쇄소 일을 배우게 되시고, 서울로 오셨던가요? 참, 훌륭한 기술을 배우셨소."

"훌륭하다니 그저 죽지 못해 하는 노릇이지요 무슨……"

문선 직공은 별안간 부끄러운 듯이, 어색한 대답을 한다. 그는 사무원들을 곁눈질한다.

"천만에…… 그럼, 바쁘실 테니 이따 만나서 조용히 이야기합시다. 참 이렇게 만날 줄은 천만 꿈밖인데요."

"글쎄요…… 참 그럼 다시 또 뵙지요."

하고 인학은 경수가 악수를 하려고 내미는 손을 못 본 체하고 그대로 횡하니, 돌아서 나간다. 경수는 인학이가, 간 뒤에도 한참 동안 그가 걸어가던 눈앞을 내다보고 있었다. 그는 뜻밖에 인학을 만난 것이 여간 반갑지 않은데, 인학은 어째 서름서름한[7]게, 자기를 대하는 태도가 섭섭하였다.

그것은 그가 만일 진보된 의식을 가졌다면, 직공이 된 것을 그리, 부끄러워할 리가, 없겠는데, 그래서 자기도 소탈하게 대하였는데, 그는 웬일인지 늠름한 기개를 엿볼 수 없었다. 그는 오히려, 봉건 의식에 사로잡혀 있기 때문인가? 아니 그럴 리도 없겠지. 그렇다면 그가 어떻게 그런 생활을 청산할 수 있었으랴? 어떻게 룸펜 생활을 집어치우고, 직공이 될 수 있었으랴? 그의 성격은 그전부터, 겸손하였다. 그것을 오해해서는 안 된다. 그는 건강한 신체를 가졌다. 그것이 그로 하여금 오늘날의 생활을 가져오게 하고, 시대의 선두를 용감히 걷게 함이 아니었던가? 그렇다면, 그는 도리어, 자기의 기자 생활을 민망히 여길는지도 모른다. 잘 익은 이삭은 고개를 더 숙인다는 말과 같이, 그래서, 그는 아까도 자기의 생활을 겸손하게 말한 것이나, 아닌가?……

그렇다. 자기의 지금 생활은, 그 앞에서는 오직 가련한 존재로 나타날 뿐이다. 그것은 마치 매소부(賣笑婦)[8]의 본색을 드러내 뵈는 것과 같다 할까? 잡지 기자! 통속적 취미 잡지의 삼문 기자! 그것은 참으로 인류 사회에 얼마마한 유익을 끼칠 수 있는 것인가? 만일 정당한 의미에서 자기의 생활을 찾을 수 있다면, 자기는 그와 같은 빙공영사[9]의 타락한 잡지는 응당 박멸해야 될 것이다. 이런 생각은 경수로 하여금, 저절로 얼굴이 붉어지게 하였다.

3

십 년—속담에 십 년 직공을 들이면, 세상에 못 할 일이 없다 하고, 또한 십 년 동안에는 상전이 벽해로 변한다는 말이 있다.

경수는 십 년 전의 과거를 더듬어 올라가볼수록, 그런 말이 믿어졌다. 참으로 세상은, 십 년 동안에 얼마나 엄청나게 변하였을까? 그는 우선, 그것을 인학의 변해진 생활에서 느낄 수 있다. 그런데 자기는, 마치 십 년 동안을 자다가 깬 것 같다. 참으로 자기는 그동안에 무엇을 하고 있었던가? 정신없이 잠만 자고 있지 않았는가?

그것은 십 년 전 일이었다. 경수는 소년 시절에 어떤 동무의 꾀임으로 우연히 집을 나와서, 방랑 생활의 지향 없는 길을 떠났다. 그것은 바로, 보통학교를 졸업한 직후인데, 충청도 아래대로—전라도로 헤매다가, 다시 경상도로 접어들어서, 나중에는 금광을 발견한다고 망치를 들고, 소백산 속을 더듬던 무렵에, 풍기구읍 어떤 주막집에서, 역시 자기와 같은 헛바람을 맞아 다니는 인학이와 우연히 만나 알게 되자, 그 뒤로부터 서로 친하게 된 것이다. 타향에 봉고춘이라 할 만치, 같은 충청도에도 고을을 이웃해 산다는 것이, 그들로 하여금, 일면이 여구하게 한 것이었다. 그러나 그들은 일확천금의 몽상이 좀처럼 실현할 가망이 없이 뵈고, 따라서 의식을 붙일 곳이 없어, 객고가 심한지라 나중에는 할 수 없이 제각기 고향을 찾아갔다. 그때 서로 갈린 뒤로는 피차에, 오늘날까지, 소식을 몰랐는데 오늘 아침에, 우연히 또, 인학은 인쇄직공으로, 자기는 잡지 기자로 등장하여, 역사적 회견을 다시 할 줄 누가 알랴? 그러나 직공과 기자! 공장 노동자와, 섬약한 얼치기 인텔리! 그것은 십 년 전의 똑같은 룸펜 생활과는 얼토당토않은 운양의 차이였다. 한 사람은 인간의 큰길을 걷고 있는데, 한 사람은, 매음부와 같이 어둠 속에서 헤맨다. 그는 비록 어떠한 고생이라도 진리를 위해서, 살 수 있다면, 위대한 순교자적 정신으로, 그것을 생활하고 싶다. 자기의 이상과, 하는 일이 일치한 생활, 이상과 현실이 부합한 생활이라면, 그것은 얼마나 거룩한 생활이냐? 때로 그것은 고통일는지 모른다. 그러나, 그런 고통은 고통일수록 위대할 것이다. 고통일수록 거룩할 것이다. 그것은 마치, 격류에 부대끼는 조약돌(小石)과 같다 할까. 부대끼면 부대낄

수록, 추잡한 이끼가 묻을 새도 없이, 갈려져서 정결한 광택을 내는 것이다.

그렇다면, 자기의 지금 생활은, 마치 웅덩이에 담겨 있는 썩은 물—아니, 그 밑창에 깔려 있는 시궁 흙이 아니냐? 경수는 이런 생활을 할수록, 자기 생활의 모순을 느끼고 그럴수록, 양심의 가책을 받았다. 그렇다고 지금의 생활을 벗어날 수 없는 약점을 가진, 그로서는, 반성이 반성에 그치고, 가책을 가책대로 되풀이하는 데, 자기 증오를 느끼었다. 차라리 그런 생각이나 말 수 있다면 그는 의미 없는 생활이나마, 고통은 덜할 수 있지 않은가, 그것은 무거운 짐을 끄는 마차말 이상의 가련한 동물이라고, 그는 다시, 자기를 채질하였다.

4

그 뒤로 경수는 인학을 친하려 들었다. 괄목상대한 그의 구의를 생각할수록, 더욱, 새로운 우정을 자아내게 한다.

며칠 후에 공장의 노는 날을 틈타서, 경수는 인학을 찾아갔다. 동대문 밖 용두리에서, 사글셋방살이를 하는, 인학이는 집에 있었다.

"김선생님, 이거 웬일이십니까?"

경수가 문밖에서 찾자마자, 인학은 동저고리 바람에 풀대님으로 나오더니, 황망히 머리를 숙이며 당황한 표정을 짓는다.

"놀러 오시지 않기에, 내가 먼저 찾어뵈러 왔지요."
하고, 경수는 소탈한 웃음을 웃었다. 그는 요전의 경험으로 악수는 청하지 않았다.
"너무 불안스럽습니다. ……한번 가뵌다면서도 도모지 틈이 없어서요."
"물론 그러시겠지. 더구나 이렇게 멀리 사시니까."
경수는 단장을 짚고 서서, 인학을 반가운 표정으로 쳐다본다.
"그런데, 모처럼 나오셨는데, 들어앉으실 데도 없어서…… 산다는 것이 이렇답니다."
하고, 주인은 무의식적으로 대문 안을 돌이켜보며, 불안스러운 듯이 머뭇거린다. 경수는 그가 오히려, 자기를 어설프게 대하는 것이 서운하다. 자기 같으면 아무리 누추한 방이라도, 소매를 붙잡고 들어가서, 십 년 전에, 타향에서, 사귄 친구라고 아내한테도 소개를 하고 어린애들까지도 인사를 시켰을 것인데, 그는 어째 도무지 이처럼 어색히 구는지 모르겠다. 유유상종으로 자기의 생활과 같지 않은, 생활 의식의 간격인가?
"날이 따뜻한데, 집 안에 들어앉어 뭐 하겠소. 볼일이 없으시면, 우리 산보나 나갑시다."
"글쎄요……"
인학은 다소 난처한 모양으로, 잠시 머리를 긁고 섰다. 그 눈치를 챈 경수는,
"무슨 바쁜 일이 계신가요?"
하고 다시 인학을 쳐다보며 물어본다.

"아니요? 별로······."

"그럼, 옷 입고 나오시오. 오래간만에 조용히 만났으니 막걸리라도 한잔 나누고 적조한 서회[10]나 합시다. 저 경상도에서 불고기 해놓고, 술 자시던 생각 나시지요."

"하하······ 참, 그때가 좋은 시절이었지요. 그럼, 잠깐만 계셔요."

"네."

미구에 인학은 중절모자에 흰 두루마기를 입고 나왔다. 그들은 전찻길로 나와서, 청량리를 향하여 걸어갔다. 사월 초생의 따스한 일기는, 오늘이야말로 봄 기분의 농후한 색채를, 유난히 푸른 하늘빛과 아울러, 먼 산의 자줏빛 아지랑이 속으로 바라보게 하였다.

경수는 기분이 유쾌하였다. 청량리 앞, 다리를 당도하자, 담배 한 개씩을 피우고 가자고, 걸음을 멈춰 섰다. 다리 밑으로는 백사장 위를 맑은 물이 쫄쫄 흐른다. 그는 담뱃갑을 꺼내서, 인학이와 한 개씩을 피워 물었다. 오래간만에, 교외를 나와 보니, 어느덧 십 년 전으로 흘러간 물 같은, 옛날의 방랑 시절이 눈앞에 다시 온 것 같다.

"우리, 피차에 지나간, 이야기나 해봅시다. 그동안 어떻게 지내셨나요? 서울로는 언제 오시고?······."

경수는 비로소 인학의 경과를 물어본다. 그는 어떠한 경로를 밟아서 인쇄 직공이 되었는지 그것이 제일 알고 싶고, 흥미를 끌게 했다.

"뭐, 지나간 말이야 다 해 무엇 합니까? 그때나 지금이나, 그저 생활난으로 허덕거릴 뿐이지요."

"그야 그렇지만…… 대관절 서울로는 언제 올라오셨소?"

"한 육칠 년째, 되었어요."

"그러나 그 전에는 고향에 계셨던가요?"

"네! 그때 참, 김선생님과 그렇게…… 들어와 보니 집안 형편은 점점 말 아닌데, 그 이듬해에, 아버님도 돌아가시고, 단칸살림이 되고 보니, 다시 돌아다닐 수도 없거니와 또는 그란댔자 무슨 소용이 있어야지요. 그래서 추레하게도, 훈장질을 몇 해 해보지 않았겠어요. 허허."

"하―."

"그러나, 그것도 어디 셈이 돼야지요. 아이들이 차츰 학교로 달어나니까요. 그래 할 수 없이 전후를 불계하고 그야말로 남부여대로 서울로 올라왔습지요. 어떻게 합니까? 연골 적에, 배우지 못한 노동은 할 수 없고 장사를 하랴니, 밑천이 있나요, 경험이 있나요. 그래 서울로 올라와서 갖은 고통을 다 겪다가, 어떤 인쇄소에 다니는 친구 하나가―그 친구도 그저 식자공을 다닙니다마는, 인쇄소 견습을 다녀보라고, 자네는 식자가 있으니, 문선공을 배우게 되면 될 것이라고. 그래 참, 그 친구의 반연으로 견습을 다니다가 몇 해 전부터 명색 직공 구실을 한다고, 월급을 받게끄름 된 셈이지요. 그러나 원, 이까짓 생활로야 어디 셈이 돼야지요. 식구는 많고……"

인학은 말을 그치자, 경수를 쳐다보며 허구픈 듯이 실쭉 웃는다. 경수는 인학의 소경력을 비로소 자세히 듣고, 어느덧 감구지리가 없지 않았다.

"지난 일이야 하여간, 지금은, 좋은 직업을 잘 얻으셨소. 물론 고생되는 점도 많겠지만, 그 대신 마음 편코, 아모 거리낄 것 없는 생활이 좋습니다."

하고, 경수는, 참으로 진정에서, 흐르는 말을 평소에 생각하던 그대로, 진중하게 말하였다.

그런데, 웬일이냐? 이 말을 들은 인학은 별안간 표정이 달라지며, 실쭉한 기색을 은연히 나타내 보인다.

"천만에! 그런 농담은 마십시오. 여북해야, 직공 생활을 합니까?"

인학에게 많은 기대를 가졌던 경수는 자못, 낙망하였다.

"아니, 나는 결코 농담으로 하는 말이 아닙니다. 나 같은 생활이야말로, 오죽잖게 살기 때문에……"

"원 별말씀을!…… 노동자가 되었다고 그처럼 비양하지는 마십시오. 아니 선생님 생활이 어때서 그라셔요? 참, 워낙 그전부터 재주가 좋으시니까, 서울 바닥에 들어서도, ……그런데 어느 틈에 글공부는 그렇게 하셨어요, 소문이 높으시니."

고만 경수는 와락, 불쾌한 생각이 치밀었다. 그는 인학을 어떻게 종잡을 수가 없었다. 처음에는 저편에서도 히니꾸를 하는 줄만 알았다. 마는 그렇다면, 그는 얼마든지 그것을 감수했을 것이다. 그러나 경수는, 그가 처음부터, 선생이라고 부르는 게나 유달리 존경하는 말이 도리어 섭섭하게 들려왔는데, 그는 그래도 그것을 서로 생활이 같지 않은 생소한 분위기로 알고, 다시 한동안은, 돌려 생각해보기도 하였다. 그러나 차차 그의 노골적으로 드러나는 태도는, 전혀 그런 것이 아니었다. 그는 진정으로, 그런 말을 한다. 아니, 그는 오히려, 십 년 전의 의식을 그대로 가지고 있는 성싶었다.

"나는 결코 누구를 비양거리거나, 조롱하랴는 그런 생각은 조곰도 없소. 더구나 오래간만에 만나는 자에게 그런 실없는 말을 할 리 있나요."

하고 경수는 비로소 정색을 하며, 다소간 무색한 표정으로 말하였다. 인학은 아무 대꾸도 않는다. 그동안에 무거운 침묵이 흘렀다. 흐르는 물소리가 갑자기 높이 들린다. 그들은 무료한 듯이 서로 한동안 먼 산을 쳐다보고 있었다.

5

경수는 손톱이 뜨거워진 담배 토막을 냇물 위로 던졌다. 담배 토막은 물 위로 떨어지는 순간에, 불이 꺼지고 둥둥 떠간다. 경수는 무심히 그것을 바라보다가 별안간 발작적으로 시선을 돌이키며 "고만 갈까요" 하고, 인학에게 물었다.

"그라지요."

그들은 걸음을 떼놓았다. 그러나 경수는 갑자기 기분이 좋지 않았다. 그는 마치, 무엇을 잃은 것처럼, 서운한 생각이 들어갔다.

그는 아까까지 유쾌하던 기분이 사라지고, 차차 우울증에 사로잡혔다.

그는 인학을 데리고 청요릿집으로 들어가서 간단한 점심 요기를 하였다. 음식을 먹어도 맛이 없다. 별안간 경수의 표정이 달라진 눈치를 채자, 인학은 더욱 서름서름한 구석을 보이는 것이, 경수로 하여금 한층 불유쾌하게 하였다.

그는 이런 심사를 강잉히 누르고, 다시 인학의 심중을 캐보았다. 그러나 경수는 인학의 마음속에서, 자기가 발견하려는 광명은 한 가닥도 찾아낼 수 없었다. 그의 의식은, 여전히 십 년 전의 암흑을 그대로, 안고 있었다. 그의 의식은 여전히 룸펜이었다.

참으로 그것은 놀라운 일이었다. 그는 인학으로 하여금, 이렇게 두번째 놀랐다. 그러나 이번의 놀라움, 그것은 자기에게 얼마나 큰 실망을 주었던가?

경수와 인학이──그것은 참으로 기이한 콘트라스트다! 이 얼마나, 가소로운, 모순의 대립이냐? 육체적으로 정당한 생활을 하는 사람은 정신이 썩었다. 정신이 아직, 성한 사람은, 육체가 썩었다. 만일 두 사람이, 다 같이 양면으로 건전한 생활을 못 할진대, 차라리 한 사람이나, 온전한 생활을 못 할 것인가? 그는 자기의 정신을 인학에게 주고 싶다. 그런 생활을 자기가 못 할진대, 차라리 반신불수와 같은 자기 몸에 붙은 정신을 그에게나 보태주고 싶음이었다. 두 사람이 똑같은 반신불수가 되느니, 차라리, 한 사람이나, 성한 사람을 만들고 싶다. 그것은 한 사람의 성한 사람만 위하는 것이 아니라 역시 두 사람을 다 같이 건지는 일이 아닐까? 왜 그러냐 하면 인간의 위대한 이상은 영육의 완전을 동경하기 때문에……

룸펜 생활은 인간을 동물 이하로 타락시킨다. 그와 마찬가지로, 룸펜 의식은 노동자를 타락시킨다. 오직 건전한 생활에서 체득하는, 건전한 의식의 소유자야말로 그의 앞길에, 태양과 같은 광명을 비춰올 수 있지 않은가!

경수는 음식점을 나와서, 인학을 작별하였다. 그는 아무 볼일도 없건만, 우울한 심사를 걷잡지 못해서, 때마침 원산으로 가는 기차가 도착하는 것을 보고 그길로 정거장으로 걸어갔다. 그는 덮어놓고, 창동 가는 차표를 샀다.

경수는 여러 사람 틈에 끼어서, 차에 올랐다. 전에 없이 쓸쓸한 적막이 덮어 눌렀다. 그는 무료히 차창 밖으로 먼 경치를 내다보고 있었다. 야릇한 공허는 공상의, 하늘을, 쇠잔한 불나비와 같이 헤매었다.

그는 잠시 가슴이 뭉클하다. 그것은 자기 자신보다 인학을 위함이 더하였다. 십 년이란 세월은 참으로 허사였던가?…… 사람의 관념이란, 이렇게도 변해지기가 어려운 것일까?……

그는 다시 십 년 이전의 그와 자기를 돌이켜보았다. 그때는 두 사람이 누구나 할 것 없이 안팎 생활이 똑같은 룸펜이 아니던가? 그런데 지금은 비록 반신불수라도 한편의 생활을 혁신하지 않았는가? 그것은 그만큼, 시대의 진보로 볼 수 있지 않은가? 의식의 과정으로 볼 수 있지 않은가?……

그는 이런 생각이 들자 다시금 자기도 모르게 고소하였다.

*

 경수는 창동역에서 기차를 내던지고, 시원한 들 가운데로, 걸어 나왔다. 어느덧 오후의 석양이 훗훗하게 등허리를 내리쪼인다. 그러나 봄은——벌써, 몇 달 전부터 오려는 봄은, 아직도 오지 않았다. 꽃이 피려면, 멀었다. 얼음은 확실히 풀려서 물은 소리치고 흐르건만 완구한 봄은 아직도 먼 것 같다. 아, 이 봄은 언제나 오려는가?……

 경수는 높은 하늘을 찌를 듯한 도봉산 봉우리를 쳐다보며 지향 없이 들 가운데로 걸어나갔다. 태양은 봄빛을 끌어오는 양염을, 모락모락 타올린다. ……어느덧 경수의 입에서는 자기도 모르게 휘파람이 불어졌다. 무슨 군호 같은, 호된 휘파람 소리는 고요한 공중으로 높이 떠올랐다.

맥추麥秋

1

하늘과 땅이 맞닿은 듯이 착 가라앉은 구름 밑으로 T촌 일경을 자욱하게 둘러싸고 잠풍[1]이 내리는 비는, 날이 저물어도 한대중으로 퍼붓는다. 주사 댁 머슴 성백이는 저녁을 먹고 나서 담배 한 대를 태울 새도 없이 우장[2]을 차리고 나섰다. 그는 주인의 명령을 받고 내일 모심을 일꾼들을 부르러 가는 길이었다. 굵은 빗방울은 도롱이 삿갓 위를 우박같이 후려치고 그것은 다시 폭포수처럼 굴러 떨어진다. 그는 그길로, 아랫말로 내려갔다. 각일각 어둠은 짙어간다.

"집에 계시유?"

박첨지 집에서는 지금 막 저녁상을 치운 모양인지 식구들이 한 방 안에 몰켜 앉았다. 그러나 그들은 진종일 내린 비에 온 집안이 습기가 차서 눅눅하기 때문에 따뜻한 아랫방을 떠나고 싶지가 않았던 것이다.

"거, 성백이여?"

"나유. 저녁 잡쉈수?"

성백이는 마당 한가운데에 종가래를 짚고 섰다. 박첨지 마누라와 점돌이도 알은체를 한다.

"아 물꼬 보러 가는 길인가? 참 비 잘 오시는걸!"

박첨지는 이 우중에 성백이가 찾아온 것을 어떤 불안한 예감이 있으면서도 겉으로는 시침을 뚝 땠다.

"우리 댁에서 낼 모심는다우. 집에서도 한 품 나와야겠수."

박첨지는 잠자코 입맛을 다신다.

"아이구 김서방! 낼 우리 집에서도 모를 내기로 했다우. 일꾼을 얻을래도 어디 얻을 수가 있어야지…… 그래 호락질³로라도 심을 랴는데 그럼 어떻게 해야 좋다우? 쓰레질⁴할 소까지 얻어놨는데 유……"

마누라는 영감을 대신해서 하소연하며 안타까운 듯이 성백이를 쳐다본다.

"그렇지만 어떡하우 작인들을 죄다 나오라는데…… 지금 그래서 집집마다 일르러 가는 길이라우."

삼 년째나 주사 댁에서 머슴을 사는 성백이는 주인만 못지않게 기세가 등등하다. 그는 지금도 불쾌한 듯이 볼먹은 소리를 한다.

"글쎄 원…… 우리 집만 아닌 터에 안 갈 수야 없지만두…… 비가 얼마나 더 올는지 이번 비를 놓치면 낭팬데."

박첨지는 야속한 심사를 비난할 수도 없고 치미는 부아를 억제키도 어려워서 가래침을 곤두세워 내뱉고는 애꿎은 담배 물주리'를 뻑뻑 빨아들였다.

"뭘, 이번 비는 못물은 넉넉하겠지요."

"우리 집 논은 인제 겨우 건목을 축였던데."

"봄내 여간 가물었어야지유."

"아니 주사 댁에서는 이번에는 품꾼을 좀 사서 하시라지. 마냥 모는 하루가 새로운데 작인들의 사정도 좀 보아주셔야 하지 않겠어유?"

"품꾼을 살 수도 없다우."

"아따 어머니는 그런 말은 왜 하시유?…… 김서방 어른보고 그러면 무슨 소용 있어유."

여적까지 잠자코 있던 점돌이가 화중이 나는 듯이 모친의 말을 핀잔준다.

"허허! 그렇지요. 어디 내가 하는 일이래야지요."

"그럼 할 수 없지 뭐…… 점돌이 네가 가거라. 소를 얻어놨으니 아버지는 논을 쓰리셔야지."

"그럼 누구든지 일즉이 나와요. 에, 언제 다, 돌아다니나!"

"어둔데 조심하슈!"

성백이가 나간 뒤에 박첨지 내외는 별안간 벙어리가 된 것처럼 우두머니 마주 보고 앉았다.

그들은 흉중이 어색한 모양이었다.

점돌이와 점순이도 실심하니 침묵을 지켰다.

"그 빌어먹을 놈의 농사를 안 질 셈 잡고 한바탕 염병을 부릴까 부다! 논밖에 더 떨어질까!"
하고 별안간 점돌이가 침묵을 깨치며 벌떡 일어난다. 그 바람에 여러 사람은 일시에 시선을 쳐들었다.
"쟤는 객쩍은 소리 좀 말래두! 농사 안 짓고 뭘 하고 살래?"
"설마 굶어 죽을까 봐 걱정이시유."
점돌이는 분통이 터져서 울음 섞인 목소리를 지른다.
"아이구 얘야…… 너두 큰소리 좀 말어…… 없는 놈이 속만 살면 뭐 하니?"
"그렇지요 어머니는 여직까지 죽어지내서 참 잘사십디다! 하긴 어머니만 그런 것도 아니지만……"
점돌이는 주먹으로 눈물을 씻었다.
"그러니 말이다. 없는 놈이 별수 있니. 소경 개천 나무랄 것 없이 나 눈 탓이나 하지. 누가 너보고 가난하라더냐!"
"누군 또 가난하고 싶어서 가난하답디까?"
"그러니까 피장파장이란 말이야!"
"어째 피장파장이유…… 사람들이 모두 그렇게 시르죽은[6] 이 같으니까 점점 얕잡어보고 그라지요…… 어머니는 생가죽을 벗겨도 가만있을라우?"
"그럼 어떡하니! 남들이라고 다 그럴라구…… 어디 우리만 그랬어야지……"
모친은 실력은 없이 공연히 흰목만 쓰는 아들이 딱해 보인다. 그러나 점돌이는 옛 생각만 하려 드는 그의 모친이 더욱 딱하게 보였다.
 "글쎄 남이고 다 우리고 간에 생각을 좀 해보시유. 지금이 어느 때라고 부역을 시키는 것이냐 말이여유? 설령 주사 댁은 그전부터 그런 예가 있다 하더라도 일 년에 그것도 한두 번 말이지 큰일을 치를 적마다 품을 앗어가면 작인은 어떻게 살란 말인가유? 그래도 아무 말을 못 하니까 자꾸 더할밖에…… 두고 보시유. 나중에는 똥 누고서 밑까지 씻어달랄 테니…… 어머니는 그래도 가서 씻어주실라우?"
 "하—."
 별안간 박첨지는 한숨을 길게 내쉬는데 점순이는 오빠의 나중 말이 우스워서 한 손으로 입을 가리고 돌아앉으며 킬킬거리고 웃었다.
 다섯 살 먹은 점동이는 밥숟갈을 놓는 길로 아랫목에서 쿨쿨 잔다. 그는 진종일 물장난을 치더니만 곤해서 떨어진 모양이었다.
 박첨지 내외는 또 한참을 우두커니 아무 말이 없이 앉았었다. 점돌이는 그대로 있을 수가 없던지 윗방으로 올라갔다. 그는 다시 무슨 생각이 났는지 밖으로 나간다.
 모친은 아들의 말을 되새겨보았다. 그는 참으로 아들의 말이 옳은지 자기의 생각이 옳은지 몰라서, 두 가닥 길을 지향 없이 헤매고 있었다.

2

 올해도 농사치라고는 주사 댁에서 얻어 부치는 봉천지기[7] 논 닷 마지기밖에 없었다. 그래도 박첨지의 다섯 식구의 명맥은 이 박토 몇 마지기에 달리기 때문에 그는 모든 희망을 거기에 붙이고 사는 셈이었다.
 그런데 올해는 늦가뭄이 들었다. 이른 봄에는 그렇게 자주 오던 비가 웬일인지 가물기 시작하더니 하지가 지나도록 못물이 오지 않았다. 마을 사람들은 날마다 하늘을 쳐다보며 비를 고대하였다. 이제는 며칠 안으로 비가 안 오면 올 농사는 갈데없이 흉년이 들었다고 야단들이었다. 그것은 논농사만 아니라 밭곡식도 그러하였다. 보리는 겉늙어서 실넘이 안 되고 두태[8]도 비가 안 오니 자랄 수가 없지 않은가?
 원래 이 C 일경은 메마르기로 유명한 곳이었다. 그중에도 T촌 뒷들에서 건답을 부치는 박첨지와 같은 작인들은 이와 같이 가무는 해는 여간 애가 타지 않는다.
 못자리가 바짝바짝 말라서 모싹이 크지 못하고 노랗게 타들어간다. 그 꼴을 날마다 들여다볼 때에는 마치 젖 떨어진 어린아이가 배배 꼬여서 말라 죽는 형상과 같이 참혹해서 못 볼 지경이었다.
 그런데 오늘 아침부터 시답지 않게 시작한 비가 솔솔 부는 남풍에 불려서 부실부실 내리기 시작하더니, 차차 빗발을 돋우면서 한나절부터는 살대 같은 떼줄기가 놋날 드리듯 한대중으로 퍼부었다. 벌써 대깔물이 제법 붇고 산골짜기에서 내리쏟는 물소리가 요란한 것을 들어보면 구레논⁹들은 물 걱정이 없을 것 같다. 이렇게 밤새도록만 퍼붓는다면 천수[10]바라기도 못물은 염려 없겠다고…… 그래서 박첨지도 봄내 마른하늘을 바라보며 찌푸렸던 이마 주름살을 겨우 펴고 앉아서 아까 낮전부터

"에, 참 비 잘 오신다! 그 비 참 잘 오신다!"
고 수없이 중얼거렸다. 어떤 때는 신이 나서 자기도 모르게 무릎을 치기도 하였다.

그는 날이 새기만 하면 못물이 적더라도 말뚝모를 꽂아서라도 모를 심으려는 판인데 뜻밖에 부역일을 또 하라니 참으로 그것은 너무나 심한 일 같다. 도무지 자기의 욕심만 채우자는 수작이지 남의 사정은 조금도 모르는 모양이니 그래가지고서야 참으로 작인들이 어디 살겠느냐고. 그의 이러한 생각은 아들의 말이 다만 철없는 객설[11]같이도 않게 들렸다.

그렇다니 말이지 골안 말 김승지 집이 승지가 죽은 뒤에 그의 외아들 김택수가 유산을 상속받은 지 불과 십 년에 주색잡기로 죄다 털어먹고 오막살이 한 채도 없이 거지가 되어서 떠나가자, 그 집 전장을 서울 사람이 살 때에 홍정을 붙여주고 마름을 해온 것이 바로 오륙 년 전에, 들어온 유주사였다. 주사 댁은 그전에도 토지가 이곳에 있었는데 그 기회를 타서 사음까지 얻어 하게 된 것이다.

유주사는 본시 서울 사람으로 개화 벼슬까지 다닌 머리 깎고 글

잘하는 양반이었다.

 그러나 그가 이 동리로 이사를 온 뒤부터 지주 겸 마름의 권리를 여간 부리지 않아서 남의 땅을 부치기는 일반인데도 그전에 김승지 같지는 않았다. 김승지 집에는 행랑이 수십 호나 되기 때문에 그 집 큰일은 모두 그들이 거두기도 하였거니와 그렇게 얌치없이 작인을 부려먹으려 들지는 않았다. 그 역시 시대의 변천이라 할는지는 모르지마는.

 그런데 유주사 집에서는 논 한 마지기를 거저 주지 않을뿐더러 부역을 시키는 것도 일 년에 몇 재예인지 모른다. 그는 알토란으로만 쏙 빼서 논밭 서너 마지기나 짓는 것을 거의 작인의 부역으로 하는 셈이었다. 그리하여 모심을 때 논맬 때 나무 벨 때 마당질할 때——큰일이 있을 때마다 작인들을 자기 집 사람들 부리듯 하는 것이었다. 그는 소작료를 받는 것보다는 작인을 부려서 한편으로 자작농을 짓는 것도 또한 유리하기 때문이었다.

 유주사의 아들 영호는 점돌이와 같이 읍내 보통학교를 졸업했다. 그는 서울로 공부하러 간다고 올라가더니 그해 안으로 도로 내려와서 뻔둥뻔둥 놀았다. 그는 서울서 내려올 때에 웬 여학생을 달고 다시 왔다. 그래서 집안에 한바탕 풍파를 일으켜놓고 나더니 다시 한옆으로는 첩을 얻어 들이고 한옆으로는 가난한 작인들에게 대금 영업을 시작하였다. 그는 금융조합 돈과 은행 돈을 싸게 얻어다가, 그들에게 고리로 대부하였다. 마을 사람들은 마치 그 돈은 낚싯밥을 따먹는 것과 같이 자기네의 모가지를 잘라 가는 무서운 돈일 줄을 알면서도 우선 다급하니까 아무 돈이나 쓰고 보자고 덤비었다.

 그 돈을 쓰고 난 사람들은 열이면 열 백이면 백, 하나도 예외가 없이 거덜이 났다. 그는 연대 보증을 튼튼히 세우고 돈을 주기 때문에 채무인에게서 못 받게 되면 보증인에게라도 기어이 받고 말았다. 받을 수만 있으면 기둥뿌리 솥단지 할 것 없이 일호 사정이 없었다. 그래도 마치 자선이나 하는 것처럼 그는 누가 돈이 옹색한 눈치를 보면 자청해서 돈을 쓰라고 충동이었다.

 그는 이웃 동리로 슬슬 돌아다니며 어디 반반한 계집애를 둔 집이 있으면 그 집에다 갖은 수단을 다해서 빚을 주었다. 그러고는 얼마 동안은 고삐를 늦추고 가만 내버려두었다가 별안간, 그 집이 꼬일 무렵을 틈타가지고 바짝, 고삐를 잡아채는 것이었다. 불시에 지불 명령을 받은 채무자는 그야말로 청천벽력을 맞는 것 같아서 어쩔 줄을 모르고 애걸복걸한다. 그럴 때는 으레 그 집 처녀가 새로 익은 앵두 같아서 손을 대도 좋을 만한 때였다. 그때 그는 돈 대신에 사람을 요구한다. 처녀는 할 수 없이 그의 손으로 넘어간다. 낚시질은 성공하였다. 그러나 그는 몇 달을 살지 않고 그 여자를 내버린다. 왜? 다음으로 또 다른 여자를 그렇게 데려올 차례가 되기 때문에…… 참으로 얼마나 많은 여자가 그의 독아[12]에 이렇게 걸려들 것인가?……

 그는 점순이도 은근히 눈독을 들이었다. 그리고 그 계획을 쓰려다가 코를 떼고 말았다.

 점돌이는 세상없이 죽을 지경이 되더라도 그 집 돈은, 쓰지 않기로 작정하였다. 영호는 이 동리에서 곤댓짓을 하고 지나는 만큼, 자기가 한번 맘먹은 것을 못 해보는 것이 항상 앙앙불락[13]하였다. 그는 점돌이만 없으면 벌써 점순이의 청춘을 따먹었을 것을 못 했다고 그를 눈에 든 가시같이 미워했다. 그리고 물새가 송사리를 노리듯이 언제든지 그 기회를 엿보았다.

 점돌이도 그런 눈치를 채자 영호를 벼르고 있었다. 그는 영호보다 한 살을 덜 먹었으되 부조전래의 장대한 골격을 타고나서 열 육칠 세 때부터 장골이 되었다. 그만큼 그는 동창 시절에 영호를 쩔쩔매게 하였다. 그것은 완력으로뿐만 아니라 학력으로도 그랬다. 그런데 이것이 장가를 들었다고 어른 행세를 하려 들고 또한 돈푼이나 가졌다고 안하무인으로 젠 척하는 것이 참으로 꼴같잖게 보였다.

3

 점돌이는 그길로 삿갓을 쓰고 나섰다. 그는 윗모퉁이 광삼이 집 사랑으로 마실을 가려는 것이었다. 팽나무 정자를 지나서 왼편 골목으로 꼬부라진 명운이 집 넓은 마당 앞에 건너갈 무렵에 곁눈질로 힐끗 보자니까 어둑어둑한 속으로 웬 희끄무레한 사람의 그림자가 나타나서 수천이 집으로 사라진다. 그 순간 점돌이는 어떤 생각이 슬쩍 나자 고무신을 벗어 들고 가만가만 그 뒤를 쫓아가보았다.

 싸리문은 쳤으되 아주 잠그지는 않았다. 비는 여전히 퍼붓는다. 그는 삿갓을 옆에 끼고 마당 안으로 들어섰다. 그는 우선 뜰 앞에 놓인 신발을 살펴보았다. 과연 거기는 점돌이가 추측한 바와 같이 검은 장화가 여자의 옥색 고무신과 나란히 놓여 있다.

'옳다! 이 자식 봐라…… 어디 좀 보자!'

점돌이는 어떤 복수의 쾌감을 느끼며 가슴을 두근거렸다. 방 안에서는 도란거리는 목소리가 빗소리 틈에 가늘게 들린다. 점돌이는 숨을 죽이고 뜰 위로 올라섰다.

그는 삿갓을 놓고 창문 옆으로 바짝 붙어 서자 문틈으로 그 안을 엿보았다. 거무하게[14] 점돌이는 별안간 기침을 크게 하고 방문을 덜컥거렸다.

"수천이 있나? 문이 어째 걸렸어!"

"아이구…… 집에…… 없어유."

방 안에서는 쥐를 잡을 때처럼 후닥닥한다. 불이 탁 꺼진다. 점돌이는 그들의 쩔쩔매는 꼴이 속으로 우스웠다.

"어디 갔어유—."

"아이구…… 몰라유…… 아! 아!……"

하는 모양은 이 일을 어쩌면 좋으냐는 것을 사내에게 하소연하는 것 같다. 그러나 장화 임자는 말소리도 없다.

"어서 문 열어! 냅다 부시기 전에."

점돌이는 소리를 꽥 지르며 방문을 힘껏 푹 들이밀었다가 왈칵 잡아낚았다. 그 바람에 헐겁게 잠겼던 문고리가 벗겨지며 문이 펄쩍 열린다. 그 순간! 점돌이는 방 안으로 성큼 들어섰다.

"불 켜라구! 이러면 누가 모를 줄 알구…… 드런 것들 같으니."

"아, 점돌이 아니라구…… 뭐 그리 떠들 것 있나!"

얼굴이 뵈지 않는 남자는 열적은 웃음을 강작[15]하며, 점돌의 손목을 꼭 붙잡는다. 그는 무언중에 살려달라고 애걸하는 것 같다.

"이 자식아 누구 손목을 잡니? 드럽다!"

하고 점돌이는 그를 홱 뿌리쳤다.

"자식은 사내가 외입을 하기도 예사지 뭐 그렇게."

그 남자는 머주하니 물러서며 두런거리는데 역시 떨리는 목소리였다. 점돌이는 봉창을 뒤져서 우선 성냥을 득 그어가지고 불을 켜놓았다. 수천이 처는 놀란 토끼처럼, 아랫목 구석에 가 끼어앉아서 어쩔 줄을 모르고 색색거린다. 영호는 주먹 맞은 감투처럼 머주하니 이편으로, 앉았다. 그는 창피한 이 자리를 어떻게든지 얼른 빠져나가고 싶어서 몸이 달았다.

"이 사람아! 낯짝 좀 보자. 어디? 그래도 뻔뻔한 게 말이 나와?"

하고 점돌이는 영호의 턱주가리를 주먹으로 치받쳤다. 그 바람에 아래윗니가 마주 닿느라고 딱 하고 부딪혔다.

"아프구만, 이 자식이 왜 이래여."

영호는 한 손으로 저편을 막으며 한 손으로 입모습을 어루만진다.

"뭣이 어째? 이 자식이 누구보구 자식이라니!"

또 한 번 점돌이는 번개같이 따귀를 서너 개 올려붙였다.

"앗!……"

영호가 맞는 꼴을 보고 여자는 "아이구 이 일을 어쩌나 아이구……" 하며 무릎을 세웠다 뉘었다 안절부절을 못한다.

그리고 여전히 벌벌 떨었다. 그는 한숨과 애끓는 소리를 번갈아 부르짖으며……

"이 자식아, 뭣이 어째? 사내가 외입을 하기도 예사라구."

영호는 점돌이한테 봉변을 당하는 것이 이가 갈리도록 분하였다. 그래서 지금까지 굴복하던 태도를 버리고 강경한 태도로 대들었다.

"아니 네가 정말로 이럴 테냐? 남이야 무슨 짓을 하든 네가 웬 참견이냐……"

"뭣이 어째!"

하고 점돌이가 재차 주먹을 쥐고 덤비자 그는 기운으로는 못 당할 줄 알고 얼른 문밖으로 튀어나와서는 고무장화를 훔쳐 쥐고 똥줄이 빠지게 버선발로 달아난다. 그는 이런 마당에는 돈의 권리도 소용없이 삼십육계의 상책을 쓰는 것이 제일이라고.

"저런 못생긴 것 보게. 이 자식아 달어나면 무사할 줄 아니? 어디 좀 보자!"

점돌이는 영호를 쫓아가려다가 고만두고는 이렇게 뇌었다. 그리고 영호가 달아난 이상에야 더 있을 필요가 없다고 막 발길을 돌이키려는데 별안간 수천이 처가 발칵 대들며 점돌의 손목을 붙잡고 늘어진다.

"아이구! 점순이 오빠! 사람 살리우! 응."

여자는 벌렁벌렁 떤다. ……그 순간 점돌이는 어떤 맹렬한 충동을 느끼었다. 그는 이 동리에서 젊은 여자로서는 인물이 제일

반반하게 생겼다. 그는 키가 작달막하고 얼굴이 동그란 게 아래 윗도리가 채가 맞았다. 그를 이렇게 호젓하게 단둘이 만나보니 고만 거저 볼 수 없는 정욕의 불길을 일으킨다. 그러나 영호가…… 하는 생각이 다시 들어가자 그는 고만 더럽고 미운 감정이 솟구쳐서

"저리 가요 누구한테 대들어!"

하고 손목을 홱 뿌리쳤다. 그 바람에 여자는 방바닥에 쓰러진다. 점돌은 그 틈을 타서 문밖으로 뛰어나왔다. 뒷문 바로 재운 어린애는 그래도 깨지 않았다.

앗! 어느 틈에 들어왔는지 안마당에는 수천이가 한가운데 섰다.[16]
"점돌아 너 웬일이냐?"
"아! 수천이, 지금 여기서 달어난 사람을 못 보았나?"
점돌이는 다급하게 물었다.
"보았다!"
"그게 누군지도 알었나?"
"주사 댁 아들아이라구?"
"그럼 자네 아낙한테 물어보게. 내가 여기 왜 있었다는 까닭을 알 테니."

하고 점돌이는 골목길로 나왔다. 뒤미처 수천의 집에서는 여자의 애끓는 소리가 들리었다.

"애 개! 개! 개! 개!……"

"이년아! 어서 대라! 그래도 못 대겠니? 이 주릿대를 앙굴 년 같으니."

수천이가 방망이로 무지하게 매질하는 소리가 "퍽! 퍽" 하는 대로 여자는 자지러지게 비명을 지른다.
"아이구 나 죽네 아이구…… 아이구! 대께…… 대께…… 아이구 날 죽여라!"
수천 어머니는 두 달 전에 죽었다. 어머니가 죽기 때문에 이런 일이 생겼다고 수천이도 어머니를 부르며 통곡하였다.

4

밤새도록 퍼붓던 비는 날이 번하게 새며 깨끔하였다. 착 가라앉은 하늘 밑으로 고스란히 잠겨 있는 구름이 멍울멍울 북쪽으로 몰려가되 이슬비가 오락가락하는 것을 보면 날이 고만 개려는 것 같다.

이날 식전에 점돌이는 주사 댁으로 일을 가고 박첨지는 호락질로 논을 쓿었다.

개울물은 벌창을 하고 돌덩이같이 말라붙었던 건갈이 논고랑에도 빗물이 가득가득 실렸다. 박첨지 내외는 오후에 호락질로 모를 심었다.

주사 댁 못자리판에는 작인의 집마다 한 사람씩 일을 나왔다. 거기는 수천이도 끼여 있었다. 점돌이는 어젯밤 일을 생각하니 수천이의 얼굴이 다시 쳐다보였다. 그들은 제 논에 모심을 것을 제쳐놓고 남의 일을 나온 것이 누구 할 것 없이 서글픈 일이었다마는 그중에도 더욱 수천이 신세가 가엾어 보였다.

아침 전에 모를 다 쪄 내놓고 나서 밥을 먹고 한참을 쉴 판이었다.

비는 아주 그치고 조각구름이 성공자의 걸음같이, 호기 있게 달아난다. 넓은 들안에는 사방에서 소 모는 소리가 기운차게 들리고 그 사이로 황새 떼 같은 일꾼들이 늘어서서 모를 심기 시작했다.

개울섬과 논귀에서는 맹꽁이 떼가 제철을 만난 듯이 시끄럽게 운다.

수천이도 점돌의 눈치를 채었던지 그의 시선을 슬슬 피한다. 점돌이는 남의 일이라도 그대로 있기가 분하였다. 만일 자기가 그런 경우를 당했다면 어젯밤에 무슨 일을 냈든지 하지 지금까지 그대로 있을 수도 없지 않은가? 그런데 그 집으로 부역까지 나온다는 것은 참으로 수천이가 남과 같은 오장육부가 있는지 없는지 모르겠다.

그런 생각을 하면 못난 위인과 더불어 말할 나위도 없게 생각되다가도 만만한 사람을 죄 없이 행악하는 있는 놈의 하는 것이 더욱 가증해서 그는 마침내 수천을 찍어가지고 으슥한 곳으로 가서 물어보았다.

"그래 물어보았나? 어젯밤 일을······."

"물어보았다."

"그래 누구의 죄가 더 많던가?"

수천이는 그 대답은 하지 않고 별안간 한숨을 땅이 꺼지도록 내쉰다.

"참 첫째 내 계집이 잘못했지만도 죄는 계집년보다 사내놈이 더하단 말이야…… 그렇지만 이웃이 남부끄러워서 어떻게 할 수 있어야지…… 그리고 또……"

점돌이는 두 눈이 번쩍 빛났다.

"응! 어떻게 더하단 말이야. 우리끼리야 뭐 흉허물 있나. 사실대로 들려주게."

"암 그렇지 우리끼리야 뭐…… 그보다 더한 일이라도 말할 텐데. 더구나 점돌로 말하면 어젯밤에 등시포착"을 한 셈이 아닌가베. 기일 것이 뭐 있어…… 그런데, 참 기가 막혀서…… 참 이러다가는 없는 놈은 어디 계집이나 데리고 살겠어 원……"

수천이는 헤멀건 눈을 지르뜨고 느럭느럭 하는 말을 힘없이 토막토막 내뱉는데 입술이 실룩거리고 떨리는 것을 보면 그는 매우 분한 모양이었다. 이마가 쑥 붓고 코가 납작한 것이 외모로 보아도 미련하게 생겼다. 뚱뚱하게 푸석살이 찐 것이 뼈 없는 사람을 만들어논 듯도 싶었다.

"그런 말은 있다가 하고. 그래 그 자식이 무슨 농간을 부렸다나?"

"그럼 농간이면 여간 이만저만한 농간이야…… 당초에 어떻게 된 노릇이냐 하면…… 이렇게 됐대여…… 그 자식이 초저녁 때부터 우리 집 근처에 와서 망을 보았던 모양이래여. 그래 내가 저녁을 먹고 나가니까 바로 쫓아 들어와서 사정을 하며 만일 말을 듣지 않으면 동네에다 그런 소문을 퍼쳐서 머리를 들지 못하게 한다고…… 그러며 또 논을 뗄 테니 어떻게 살 테냐고…… 그래 사람을 살려달라고 애걸을 하기 때문에…… 막……"

별안간 수천이는 눈물이 글썽글썽하며 비죽비죽 울기 시작한다.

"여봐 울긴 왜 울어. 못나게. 원체 그랬을 게다! 내가 그 위로 마실을 가랴고 큰 마당께를 올라가느라니까 눈결에 누가 당신 집으로 들어가겠지. 어둔 밤이라도 희끄무레한 옷빛이 아무래도 당신 옷 같지 않게 뵌단 말야. 엊저녁에도 이 옷을 입지 않았어? 그랬지 그래! 이렇게 검은 옷이 어둔 밤에 더구나 동안 뜬 곳에서 그렇게 희게 뵐 수는 없지 않은가베! 그래 어쩐지 수상한 생각이 나서 신발을 벗어 들고 가만가만 들어가보지 않았나베…… 아니나 다를까 뜰 앞을 살펴보니 낯설은 검은 장화 한 켤레가 놓이고 방 안에서는 도란거리는 목소리가 들리는데 가만히 문틈으로 들어가 보니까 내가 의심했던 그 자식이란 말이야."

"으으흐흐…… 흥! 흥! 흥……"

수천이는 점돌의 말을 듣는 대로 점점 울음소리가 커진다. 점돌이는 그 꼴이 민망해서 볼 수 없다. 수천이는 울음 반 말 반으로 하는 말을 잇댄다.

"참, 점돌이가 그렇게 와보기가 불행 중 다행이지…… 만일 그렇지 않았더면…… 아주 끝이 났을 텐데…… 그런 생각을 하면 신세를 무엇으로 갚어야 할는지. 하ㅡ."

"여보 내 신세 갚을 생각은 말고 이편 분풀이할 생각이나 하라구. 하, 그러니 어떻게 할 테야?"

"글쎄 어떻게 해야 좋다니?…… 강약이 부동이니 겨룰 수가 있어야지!"

"강약이 부동이면 무슨 짓을 당해도 좋겠구면!"

"그러나 고소를 한댔자 어디 별수 있을 것 같애야지! 그 집은 권리가 좋으니까 됩다 옭힐는지 누가 아나베."

"원…… 저렇게도 겁이 많고야 어디 사람이 살 수 있나, 왜 고소를 못 하느냐 말야!"

"그럼 고소를 해볼까?"

"물을 것 뭐 있어. 벌써 할 노릇이지. 예이…… 사람두…… 내가 증인을 설 테니 당장 고소를 하라구."

"오늘이야 인제 할 수 있나베! 내일이나 해보지."

"아이구…… 예이 이 사람! 젊은 사람이 자네 같으면 세상에 못 참을 일이 없겠네. 그래, 고소는 그렇다 하더래도 그래 간밤에 제 계집을 간통한 놈의 집으로 꾸시럭꾸시럭 부역을 하러 나온단 말인가?…… 옳거니, 안팎으로 부역을 착실히 하면 논마지기나 더 줄 줄 알고 그랬던가? 에! 똥물에 튀한 사람 같으니. 퉤—."

점돌이는 참으로 구역이 나와서 가래침을 곤두세워 뱉었다.

"아니 그런 것이 아니라…… 부역을 안 나오면 자연 소문이 퍼질까 봐서 그래 나왔지. 그러면 좀 낯부끄러우냐 말이지…… 안 그런가베!"

"여보 맙시사! 그럼 여편네가 봉욕당한 것은 분하잖고 그런 소문만 부끄럽구면! 아이구 임자 맘대로 하라구!"

점돌이는 더 말할 필요가 없을 것 같아서 고만 홱 돌아서서 일자리로 나왔다. 열이 나는 대로 하면 어젯밤에 영호의 따귀를 후리듯이 등신 구실을 하는 수천이도 갈겨주고 싶었다.

5

 다른 때 같으면 영호가 식전부터 일터로 나와서 이런 일 저런 일 간섭을 하며 잔소리를 노닥거릴 터인데 웬일인지 오늘은 점심참이 가깝게 모를 심었는데도 그림자를 볼 수가 없다. 그가 안 나오는 까닭을 점돌이와 수천이는 눈치 채었으나 그 속을 모르는 사람들은 은근히 궁금한 생각이 나서 한마디씩 지껄인다.
 "오늘은 젊은 퀸 양반도 어째 꿈쩍을 아니 할까."
 "글쎄 참 별일인데."
 "성백이 웬일이야? 퀸 양반들 어디 갔나?"
 군필이가 의심스레 묻는다.
 "가긴 어딜 가요?"
 "그럼 웬일들이야."
 "젊은 양반은 몸이 아프다고 못 나온다 하며 나보고 잘 총찰[18]하라 그럽디다."
 "아따 어듸가 몹시 아프던가베. 웬만하면 벌써 나왔을 텐데."
 "또 유주사는?"
 "그 양반은 오늘 글을 짓는다던가 풍월을 한다던 뭘 한다던가……"
 "옳거니! 그래서 모두들 안 나오는군! 하긴 안 나온대도 해로울 건 없지만."
 "그럼 구장 샌님이랑 강선생이랑 정선달이랑 맹이방이랑 경필이 박서방이랑——글자나 하는 축들은 죄 모였겠구먼."

"암 다 왔지."

하고 성백이가 의미있게 웃으며 모춤을 져가지고 와서는 한 춤씩 아래 논바닥으로 내던진다.

"이보게 성백이 그럼 오늘 주인은 자네가 독차지했네그려, 그렇지?"

"암, 그렇지."

"그럼 먹을 게나 두둑하게 내오소. 이런 넨정할 것…… 상전의 빨래를 해도 발꿈치가 희다는데…… 백주에 부역을 할진대는 얻어먹기나 잘해야지…… 안 그런가? 이 사람아!"

"암 그렇지요! 쉿차!" 성백이가 던지는 모춤이 공중에 금을 긋고 논배미 속으로 떨어진다.

"참 우리 집은 큰일 났어. 물 마르기 전에 어서 모를 내야겠는데."

덕삼이가 하는 말에

"이 사람아! 자네만 큰일 났나 모두들 그렇지."

하고 광춘이가 가로챈다.

"그렇지 누구누구 할 것 있나베. 여기 온 사람들은 모두 그렇지."

"그러니 언제 모를 심고…… 화중을 그루고 밀보리 타작을 하고 밭 모종을 하느냐 말이지요."

"그런데 멀쩡한 날에 부역을 한다! 허허 참…… 딱한 신세들이다."

"참 이래선 못살겠는데. 생기는 건 쥐뿔만도 못한데 무리꾸럭[19]은 헤일 수가 없으니……"

"언제는 별수 있던가?"

"그래도 점점 더하니까 그렇지요."

어느덧 그들은 제각기 신세 한탄이 나왔다. 그들은 여럿이 모여서 허튼소리를 재미있게 하다가도 끄트머리는 화제가 으레 자기네의 암담한 신상으로 꼬리를 물고 돌아왔다.

그래 자기도 모르게 우울에 사로잡히는 것이었다.

성백이가 논물에 손을 씻고 점심밥을 가지러 들어간 뒤에 그들은 맥이 없이 힘없는 손으로 모를 꽂고 있는데 이제까지 아무 말도 없던 점돌이가 별안간 묵중한 입을 열었다.

그는 "아저씨!" 하고 군필이를 불렀다. 일꾼들 중에는 여자와 늙은이들도 있었다. 구름 속으로 햇발이 비쳐 나온다.

"왜 그라니?"

군필이는 왼손에 감아쥔 모춤을 마저 심고 허리를 펴면서 점돌이 쪽으로 눈을 돌린다.

"젊은 쥔이 오늘 왜 안 나온지 똑똑히 아시랴우."

"뭐! 그 사람은 앓는다메?……"

"점돌이 아서! 아서!……"

별안간 수천이가 질겁을 하며 손을 들어서 제지하려 든다. 그러나 점돌이는 이미 결심한 터이므로 수천의 말은 영이 서지 않았다.

"수천이 염려 말어요. 내가 무슨 임자를 흉보는 게 아니니까…… 그런 일은 그대로 있을 수는 도저히 없지 않은가? 그런즉 이 자리에서 여러 어른들 앞에 편론[20]을 하고 어른들의 말씀을 들어보는 것이 좋지 않어! 그건 결코 수천이 한 사람만 당한 봉욕이 아니라, 여기 있는 모든 사람이 죄다 당한 거나 마찬가지거든!"

"아니 무슨 일이야?…… 무슨 일이 있기에 그러니."

여러 일꾼들은 모두 수상스러운 듯이 점돌이와 수천이를 번갈아 본다.

"다른 게 아니라요, 어젯밤에 기막힌 일이 생겼답니다."
하고 점돌이는 비로소 간밤에 자기가 목격한 사실과 아까 수천의 입에서 들은 말을 자세히 말하였다. 여러 일꾼들은 모두 쥐 죽은 듯이 침묵을 지키고 모를 심을 뿐, 그들은 참으로 무거운 압박을 느끼었다.

"그래 아까 저는 수천이보고 그랬어요! 이 못생긴 똥물에 튀한 사람아! 그래 간밤에 그런 욕을 당하고 오늘 또 자네는 부역을 나왔는가? 고소를 하고 칼부림을 하는 대신에 그 집으로 부역을 나왔단 말인가? 참 자네 같은 성현 군자는 고금에 둘도 없겠네, 그렇게 안팎으로 부역을 하면 논마지기나 더 줄 줄 알었더냐고요. 그러나 지금 다시 생각해보니 수천이만 책망할 수도 없지 않어요? 우리도 부역을 나오지 않었어요! 올에도 벌써 몇 번쨉니까? 그런데 우리들을 이렇게 알뜰히 부려먹고 우리에게 또 빚놀이까지 해서 형세가 버쩍버쩍 느는 그 집에서는 대체 무슨 생활을 하고 있습니까. 그들은 어떠한 생활을 하고 있습니까?…… 다시 말하면 그 집에서는 어젯밤과 같은 그런 행악을 할 수 없이 하는데 그 돈을 쓰지 않습니까?…… 여러분들! 우리가 아모리 이렇게 부역을 하더라도 그 집에서 돈을 점잖게 쓰고 행세를 깨끗이 한다면, 그래서 참으로 그 집이 우리 동리의 모범이 되고 사람의 옳은 도리를 가르쳐줄 만한 그런 사람이라면 우리는 도리어 그 집을 위해서 일하는 것을 달게 여기고 또한 영광으로 생각할 수도 있지요. 그러나 그와 반대로 인간의 왼갖 행악을 다 하며 우리를 못살게 군다면 그것은 우리들이 그런 악인을 기르는 셈이 아닙니까? 참으로 그 집으로 말미암아서 망한 집안이 얼마나 됩니까? 또한 그 아들로 말미암아 처녀를 버린 집이 얼마나 됩니까? 어머니들은 마치 병아리를 거느린 암탉이 솔개미를 단속하듯이 그 집 아들을 지키고 단속하지 않습니까? 그게 양반의 행실인가요? 그러면 우리들은 언제까지 그 집에 매인 생활을 할 것인가요? 참으로 저는 여러분의 감상을 듣고 싶습니다."

점돌은 차차 흥분이 되어서 어느덧 연설조로 긴장하여 부르짖는데

"흥!"

하고 군필이는 감개무량한 빛을 띠며 코를 내분다. 젊은 축들도 감격한 듯이 기침을 연신 하였다.

"참 말이 났으니 말이지 그 집 식구의 행세들이란 개차반이니."

"아니 그런데 수천이! 왜 진작 고소를 못 하는가? 논 떨어질까 봐 그러나?"

"그럼 어째유!"

수천이는 부끄러운 듯이 얼버무린다.

"허허 참."

"아니 수천이만 나무랄 것이 아니라 우리도 무슨 수를 내야지 이대로 가다가는 참 못살겠수."

치순이가 새삼스레 열이 나는 듯이 부르짖는다. 그는 젊은 또래 중에서는 그중 생기 있는 사람이다.

"무슨 수를 어떻게 낸단 말인가?"

"별수 없이 이럽시다…… 우리 점심 먹고 나서 일을 떼고 들어갑시다."

"떼고 들어가? 그리고?"

군필이와 성필이가 의심스레 묻는다.

"뭘 그리고? 지금이 어느 때라고 왼종일 부역을 시키느냐고, 한나절밖에 못 하겠다고 그러지요."

"별안간 그래도 괜찮을까? 그럴 테면 당초에 일을 나오지 말았어야지."

"아따 아저씨도 딱한 말씀은, 한나절만 하고 다 각기 제 집 일을 보아도 그게 이하지 않아요."

"그야 그렇지!"

하고 젊은 축들이 동의한다.

"허! 이 사람! 그 말을 누가 못 알아듣는 게 아니야. 여적 아무 말 없이 일을 하다가 별안간 왜 그런 생각이 났느냐고 물으면 어짜냐 말이지."

"글쎄 그도 그런걸!"

"그야 말하기에 달렸지요! 그라지 않아도 아침에 사정을 말하랴 하였는데 아무도 나오지 않아서 못 했다고."
 점돌이가 하는 말에
 "참, 그라면 좋겠구먼!"
하고 근심하던 축들이 또 눈살을 편다.
 "자, 그럼 이렇게 하지요. 대표로 말할 사람을 몇 명 뽑아 세워 가지고 일제히 들어가서 말해보지요. 그래서 만일 듣지 않거든 그까짓 것 어젯밤 영호의 행실을 만좌중에 편론해서 그 집 부자의 얼굴에다 똥칠을 해주지 못해요! 원 조금도 겁날 것이 뭐 있어야지요."
 "그래 그래 우리 그러자구."
 할미새라는 별명을 듣는 키 작은 명쇠가 무슨 수가 난 것처럼 좋아하며 촐싹댄다.
 "그럼 자네도 대표로 뽑힐라나."
 "아니 그건 못 해요. 어디 말을 할 줄 알아야지요."
 그는 두 손을 짤짤 내흔든다.
 "그럼 이렇게 하지요. 아저씨랑 치순씨 수철이 어르신네서껀 또 누구 한 분 그렇게 서너 너덧 분이 말씀을 하셔요. 그럼 우리들은 뒤에서 일제히 부축해드릴 테니."
하고 점돌이는 군필이와 광삼이와 치순이를 지명하였다.
 "그게 좋구먼, 그렇게들 하시지요."
 "글쎄, 우린들 어디 말할 줄을 알아야지. 아따 깜냥대로 해보세만!"
 "그래요 길게 말할 것 무엇 있어요. 지금이 어느 때냐고 우리는 모두 약시약시한[21] 사정이 있으니 한나절밖에 더 부역할 수 없다고 그라지요."

"그렇지 그밖에 더 별말 할 것 뭐 있는가베!"

"자! 그럼 여러분들! 잘 들으셨어요? 공연스레 이따가 꽁무니를 슬슬 뺀다든지 남에게 미루랴거든 아주 지금 이 자리에서 말을 해요."

"암, 그렇지. 반대적으로 나설 사람은 아주 미리 말을 해야지."

갈까마귀 떼같이 제각기 지껄이던 그들은 마침내 이렇게 의견이 통일되자 다시 잡담을 시작하며 부지런히 모를 꽂았다.

6

점심밥이 나오는 것을 보고 일꾼들은 손발을 씻고 언덕 위 정나무 밑으로 웅기중기 나왔다. 어느덧 날은 말쩡하게 볕이 들었다.

점심밥 광주리 뒤에는 벌거숭이 어린애들과 수캐 한 마리가 따라 나왔다. 성백이는 밥그릇과 반찬 짐과 술병을 한 짐 잔뜩 지고 왔다.

다른 때 같으면 일꾼들이 껄껄대며 젊은 패는 장난치고 늙은 패는 이야기판이 벌어졌을 터인데 웬일인지 지금 그들은 자물쇠처럼 입을 잠그고 살기가 등등해 보이는 것이 성백이 눈에는 이상히 보였다.

점심을 먹고 나서 그들은 담배를 한 대씩 피워 물더니, 별안간.

"자, 그럼 들어가볼까?"

하고 하나 둘씩 일어선다.

"어디를 들어가?"

성백이는 의심스레 묻는다.

"오늘은 한나절밖에 일을 못 하겠기에 댁으로 들어가서 그런 사정말을 하자구 공론이 됐어!"

"뭐! 그게 다 무슨 말이여?"

하고 성백이가 퉁을 부린다.

"무슨 말은 뭬 무슨 말이야. 지금이 어느 때라구 그럼 진종일씩 부역을 할 줄 알았던가베!"

"그래도 일을 하다 마는 수가 있나. 반나절 일이 어디 있어!"

"아따 한나절이구 반나절이구 걱정할 것 뭐 있수. 뭐 당신 손해나는 일 있어?"

"손해고 말고 간에 일하는 경우가 그럴 수가 없거든."

"아따 기급을 할…… 부역을 하는데 경우는 무슨 경우야. 자, 어서들 갑시다!"

하고 치순이가 열이 나서 소리를 지른다. 그 바람에 여러 사람들은 일제히 그의 뒤를 죽 따라섰다.

"참 별꼴을 다 보겠군! 절반도 못 심었는데 이 일을 어찌한담!"

성백이는 혼자 게두덜거리다가 그도 밥그릇을 주워 담아 지고 집으로 들어갔다. 주사 댁에서는 일꾼들이 품을 떼고 들어오는 줄은 모르고 주객은 술이 거나하게 취해서 글을 짓기에 정신이 없었다. 유주사는 모심는 이날을 기회로 근동의 글친구를 모아서 시회(詩會)를 부친 것이다. 군필이를 선두로 일꾼들이 유주사 집 사랑방 툇마루에 다다랐을 때는 그들이 사율을 한 수씩 지어가지고 지금 한참 정선달이 그것을 시축[22]에다 올려 쓰는 중이었다.
"아니 웬일들이야…… 점심들 먹었나?"
난데없이 일꾼들이 몰려 들어오는 것을 보고 유주사는 눈이 둥그래서 방문 밖을 내다보며 묻는다.
"네 잘 먹었습니다. 다름 아니외라 여쭐 말씀이 있는데요. 댁에서 한 분도 안 나오셔서 이렇게 들어왔습지요."
하고 군필이가 운을 뗀다.
"무슨 말? 오늘 손님들이 오셔서 못 나갔어. 저녁때나 나가보랴고……"
"지금이 어느 때냐고—마냥모는 하루가 새로운데—왼종일 부역을 못 하겠다고, 그래 한나절밖에는 일을 더 못 하겠다고들 그란답니다."
성백이는 어느 틈에 들어왔는지 그러지 않아도 군필이가 뭐라고 말을 잇대야 좋을지 몰라서 은근히 걱정하던 차에 이렇게 대신으로 대답한다. 그 바람에 군필이는 자기가 말했으면 말끝이 길어졌을 뿐 아니라 또한 구차하게 구겨졌을는지도 모르는데 성백이가 대신하기 때문에 오히려 잘되었다고 생각하였다.
"아니 그게 별안간 무슨 말이야! 응!"
유주사는 금시로 상글상글 웃던 얼굴이 무섭게 찡그려지며 불쾌한 듯이 묻는다.
"네 사정이 그렇습니다. 참 지금이 어느 때오니까."

유주사는 굇마리를 추키고 툇마루로 나왔다. 그는 한잔 먹은 김에 속이 더욱 부풀어서 괘씸한 그들을 그대로 둘 수 없다고, 그래 고만 분을 참을 수가 없는 듯이 마루청을 한 번 쾅 구르며 추상같이 호령을 하였다.

"그래 모두들 그런가? 어떤 놈이 그런 조화를 꾸몄어."

"네?……"

"조화는 무슨 조화니까. 모두들 사정이 그렇지 않아요. 봄내 가물다가 못물이 인제야 왔는데 누구나 하루바삐 모를 심어야 하지 않습니까? 댁에는 기구가 있으니까 품을 사시기도 쉽겠지만 저희같은 작인들이야 어디 그럴 수가 있어야 합지요."

치순이가 참다못해서 군필이 다음으로 말을 꺼냈다.

"이놈! 넌 누구냐? 건방진 놈들 같으니. 뭐? 댁에는 기구가 좋다니…… 너 그런 말 어디서 배먹었니!"

유주사는 치순이를 흘겨보며 콩팥칠팔한다.

"아니 그럼 그렇지 않습니까. 무엇이 건방지단 말씀이여요?"

"이놈 건방지잖고…… 참 세상이 망할라니까 별꼴을 다 보겠군!"

"무에 세상이 망해요? 건 너무하십니다."

"뭐 너무해?"

"아버지 고만두시고 들어가셔요. 제가 말할 테요."

사랑에서 부친의 떠드는 소리를 듣고 영호가 쫓아 나와서 유주사를 방으로 안동해 들인다.

"아! 가만있어라…… 응! 두말할 것 없이 군필이 자네들 생각대로 하소. 한나절을 하고 말 사람은 말고 또 왼종일 다 할 사람은 하고…… 그러면 나도 다 생각이 따로 있을 테니."
"네! 그렇습죠, 저희도 참 어찌할 수 없는 사정이 있어서 하소연한 것이니까요."
"아저씨 고만 가십시다. 뭐 더 말씀할 것 없지 않어요."
"흥! 이놈들 어디 보자. 어느 놈이 농간을 부린지 모를 줄 알고……"
"아니 글쎄 농간은 무슨 농간이라고 그러십니까? 그런 말씀은 마십시오!"
"그렇습죠…… 참 농간이 무슨 농간이 있사오리까."
대표로 뽑힌 광삼이가 여태 말 한마디도 못 하고 있다가 겨우 남의 다리를 쳐든다.
"농간이 아니고 무에야 응!"
유주사의 호령을 듣자 광삼이는 고만 질겁을 해서 쥐새끼 숨듯 군중 속으로 고개를 파묻었다.
여자들과 젊은 패들은 그 꼴을 보고 속으로 웃는다.
"아니 무엇이 농간이라고 자꾸 그러십니까? 우리는 아주 창자도 없는 놈인 줄 아십니까?"
부르튼 김에 치순이는 고만 부아통을 잡아 터트렸다. 어찌 되거나 한번 해보고 싶었다.
"원 저놈이 버릇없이…… 예이 후레개아들놈 같으니."
"우리도 생각이 있어요!"
"뭐 어째? 건방진 놈 같으니. 아니꼽게 네까짓 놈이 무슨 생각이 있니? 무슨 생각이 있느냐 말이야."

"아따 고만 들어가셔요! 치순이 왜 이리 떠드나 남의 집에 와서."
영호는 부친을 다시 만류하며 자기가 가로막고 나선다.
"누가 떠들어요 댁에서 먼저 떠들었지? 세상 망할 짓은 누가 정작 했는데요. 흥! 공연히 너무 그라지 좀 마십시오."
"아, 저놈 보게! 그럼 누가 세상 망할 짓을 했니? 응 이놈아······"
유주사는 다시 담뱃대로 상앗대질을 하며 대든다. 그는 깎은 머리에 감투를 쓴 것이 벗겨지는 것을 연신 다시 눌러썼다.
"누가 망할 짓을 했나 생각해보시지요!"
"아, 저놈 보게! 저놈이 미쳤나?"
"뭐요? 내가 미쳐요? 증거를 대야겠습니까?······"
"뭐? 증거?····· 증거가 다 뭐냐?"
"얘, 수천아! 여기 구장 샌님도 계시고 하니 이실직고로 바로 여쭤라! 어젯밤에 자네 집에 무슨 일이 있었던가. 어떤 놈이 남의 집 내정돌입[23]을 했었는가? 편론해요."
치순이가 느닷없이 호통을 치는 바람에
"아, 이 자식이 왜 이리 떠들어! 고만 가라는데······ 술 취했군!"
하고 영호는 별안간 마루 아래로 내려서며 치순이의 어깨를 밀어내친다.
"뭐, 술 취해? 멀쩡하게····· 닭 잡아먹고 오리발을 누가 내미는 게야!"
치순이는 분이 나서 손을 뿌리치며 다시 돌아서는데,

"아니 그게 다 무슨 소리야 응!"
하고 유주사는 금시로 풀이 죽어서 어인 영문을 모르고 영호를 바라본다.

만좌중은 긴장하였다. 방 안의 손님들은 모두 눈을 두리번두리번하며 수천이를 찾는다. 수천이는 어쩔 줄을 모르고 입술만 실룩거리고 있는데 바로 수천이 뒤에 있는 옥분 어머니가 그의 옆구리를 꾹! 꾹! 찌르며 귀에 대고 소곤거린다.

"어서 말해요…… 어서…… 어서…… 아이구 이 못난아!"

그래도 수천이는 뭉씻뭉씻하고 있으니까 옥분 어머니는 고만 화가 나서 그의 볼기짝을 냅다 꼬집었다.

"아야!"

수천이는 별안간 외마디소리를 빽 지른다. 그 바람에 군중의 시선은 수천이에게로 일시에 쏠리었다. 사방에서 하는 손가락질이 총부리처럼 들이댄다.

"저게 수천이야! 응?……"

겹겹으로 눈총을 맞는 수천이는 땀을 뻘뻘 흘리고 섰는데 등 뒤와 옆에 섰는 사람들이 들입다 꼬집는 바람에 "저—" 하고 수천이는 말을 꺼냈다. 영호는 무서운 눈을 그에게로 흘기고 섰다.

"구장 샌님! 다름 아니외라…… 이 댁 젊은 양반이 어젯밤에…… 저두 없는데유…… 안방에를 들어왔대유…… 그래 말을 들으라구 강제로 막!……"

사방에서는 킬킬거리며 웃는 소리가 들린다. 손님들은 이 의외의 말에 모두 당황한 듯이 수군거린다. 참으로 그런 일이 있었는가?…… 그 순간! 영호는 어디로 들어가 숨었는지 금시로 보이지 않는다. 그는 점돌이만 없었어도 사실을 부인하려 들었는데 그럴 수도 없고 그대로 있기도 창피해서 달아난 것이었다.

"샌님…… 정말 그랬어유! 그건 점돌이도 보고 저도 달아나는 것을 보았어유! 구장 샌님! 이런 절통할 데가 있어유? 아이구 어머니…… 엉! 엉! 어머니가 귀끼기 때문에 이런 일이 생겼어요……"

별안간 수천이는 주먹으로 자기의 앙가슴을 쾅 치더니 고만 그 자리에 털썩 주저앉으며 어린애처럼 몸부림을 친다.

"아이구…… 엉! 구장 샌님! 양반의 행실로 그럴 수가 있습니까? 아이구 어머니!……"

군중은 우습고도 가엾고 분한 감정을 느끼었다. 그들은 제각기 수군거리며 비양거렸다.

"그따위 양반은 개 팔아 두 냥 반도 못 되지!"
"그럴래서야 어디 가난한 놈은 계집이나 데리고 살겠나 원!"
"한이웃 간에서 그럴 수 있나! 개만도 못한 행실이지."
"나 같으면 그까짓 것 칼부림을 하고 말지 그대로 있담……"

이런 소리가 유주사의 귀에도 들리자 그는 구장한테 눈을 끔적 끔적하였다. 그 눈치를 챈 구장은 문 앞으로 다가앉으며 큰기침을 하더니만

"애, 수천아! 그러지 말고…… 간밤에 무슨 일이 있었는지 난 모르되 그런 억울한 사정이 있거든 이따가 우리 집으로 와서 자세히 들려달란 말이야…… 그럼 할 수 있는 대로 잘해줄 테니. 지

금 한시가 바쁜데 어서들 가서 모들을 심어야 하지 않는가? 그래서들 이렇게 들어왔다며? 응?"

"네! 그럼 구장 샌님이 잘 처리해주셔유! 그렇잖으면 낼 읍내 가서 고소할래유! 아이구 분해!"

수천이는 주먹으로 눈물을 이리 씻고 저리 씻고 하며 흑흑 느낀다.

"자! 어서 군필이 자네가 어서들 건사하고 건너들 가소. 딴은 지금이 좀 바쁜가? 다시 생각해본즉 그렇구먼! 암, 누구나 남 먼저 모를 심어야지! 그럼 자 어서들 돌아가라구…… 그리고 그 외의 일은 구장 샌님에게 맡기란 말이야. 구장 샌님은 동리의 어른이니까! 손님들이 계신데 이렇게 떠들면 어디 되었나베! 허허! 그렇지 않어!"

유주사는 아까와는 아주 딴판으로 동[24]에 닿지도 않는 말을 횡설수설하며 얼없이 어리손[25]을 친다. 사실 그는 취안이 몽롱하여 정신이 왔다 갔다 하는 판이었다.

"네! 고맙습니다. 그럼 물러가겠사오니 손님들 모시고 잘들 노십시오!"

군필이는 일동의 대표 격으로 허리를 굽히며 예를 올렸다. 불안을 느끼다가 뜻밖에 승리를 얻고 보니 여간 기쁘지가 않다. 그래 그는 신이 나서 어깨를 으쓱였다.

승리의 기쁨! 그것은 군필이 하나뿐이 아니었다.

7

 일꾼들이 물러 나간 뒤로 유주사 집은 갑자기 괴괴해졌다. 유주사는 불의의 돌발 사건으로 흥이 깨져서 시회고 무에고 시들해졌다. 그렇지만 그대로 있기도 더욱 불유쾌할 것 같아서 손들이 눈치를 채고 일어서는 것을 한사코 만류해서 그대로 글을 읊기로 하였다.
 그러나 어쩐지 좌석이 어울리지 않았다. 이런 어색한 자리는 오직 술이 있어야만 면할 수가 있다고, 그래서 인색하기로 유명한 유주사는 전에 없이 호걸풍을 보이며 자꾸 술을 내오라고 하였다. 술꾼들은 은근히 기뻐하였다.
 그런데 유주사가 이와 같이 변한 것은 다만 돌발 사건으로 인해서 불쾌한 때문만은 아니었다. 그는 평일에 아들에게 쥐여지내는 형편이다. 그것은 아들이 살림을 잘하기 때문에 일체를 내맡기다시피 하였는데, 그 뒤로는 자연히 돈의 권리가 없어졌다. 그런데 마누라는 아들과 한통이 되어가지고 자기를 돌려냈다. 그는 돈 한 푼을 맘대로 쓰지 못하고 어쩌다 반가운 손님이 찾아와도 술 한잔을 대접하려면 여간 창피한 꼴을 보지 않는다. 그런 불평은 은근히 날이 갈수록 심하였다. 그렇다고 다투게 되면 집안에 풍파가 벌어지고 말 테니 점잖은 체통에 자연 망신이 되는 것은 자기뿐일 것이다. 상담에 마구 덤비는 놈하고는 해보는 수가 없다고, 무식한 여편네와 미거한 자식을 상대해서 다투는 것은 자기의 위세[26]만 더 될 것 같아서 꿀꺽 참고 지낸다. 그러나 저희들은 못 할 짓이 없이 돈을 자유로 쓰는 것이 괘씸하였다. 여편네는 무당이니 불공이니 하며 객쩍은 돈을 쓰고 자식놈은 주색잡기를 제 맘대로 한다. 그런데 나중에는 남의 유부녀까지 상관을 해서 이런 망신을 당하고 보니 해괴한 소위도 소위려니와 평소의 하는 짓과 아울러서, 이중으로 괘씸하기가 짝이 없다.

그래 유주사는 이제야말로 자기가 큰소리를 할 판이라고 호기 있게 술을 청한 것이다. 그는 자식도 자식이지마는, 일상 자식 편을 드는 마누라를 이번 일로 단단히 한번 오금을 박아주자고 내심으로 벼르고 있었다.

해가 설핏하자 시회도 이럭저럭 끝을 막고 손님들이 일어서는 사품에 구장도 따라서는 것을 유주사가 꽉 붙들었다. 구장은 으레 그럴 줄 알았다는 듯이 사양할 것도 없이 그 자리에 다시 앉았다.

손님들을 배웅하고 나서 유주사는 술상을 다시 보아 내오라고 명령한 뒤에 구장 앞으로 바싹 다가앉으며

"여보! 농암(구장의 별호)! 이 일을 어째야 좋소?"
하고 나직이 묻는다. 그는 부지중 한숨을 내쉰다.

"거, 모양이 좀 수통한걸……"[27]

"자식이 원…… 엥이!…… 그러니 만일 고소를 당하게 되면 그런 해거[28]가 어디 있겠소. 그러니 어떻게 농암이 잘 무마를 해주셔야겠소……"

"암! 고소를 하게 해서야 쓰겠소."

구장은 유주사의 비위를 맞춘다.
"참, 미거한 자식을 두어서…… 나중에는 별일을 다 당하는 군!…… 아니 그 자식이 누구를 닮아서 계집이라면 그렇게 사족을 못 쓰는지 모르겠소?"
"그걸 누가 아오. 돈 있는 탓입니다. 돈이 없으면 그런 생각을 할 여가가 없거든요."
구장은 자기의 직책상 동리의 풍기를 위해서 개탄하는 눈치가 보인다. 그렇다니 말이지, 만일 이런 사건을 영호가 저지르지 않고 다른 만만한 사람 중에서 저질렀다면 그는 당장에 그 사람을 잡아다가, 엄중하게 문초를 했을 것이다.
미구에 주안상이 나오자 유주사는 탐탁히 구장을 대접하였다. 재삼 부탁하는 모양은 구장에게 혹시……? 하는 바라는 마음이 생기게 하였다.
유주사는 구장을 보내고 돌쳐서는 길로 안으로 들어갔다. 그는 구장하고 다시 먹은 술이 또 취해서, 겨우 정신을 가눌 만치 되었다. 그는 대문간에서부터 큰기침을 하면서 들어가는데, 감투가 삐딱하게 머리에 얹히고 발이 제대로 놓이지 않았다.
대청에를 올라서니 부인이 전에 없이 일어서서 맞는다.
"아니, 웬 약주를 이렇게 많이 잡수셨수?"
머리에 흰 털이 약간 섞인 갈걍갈걍한[29] 부인이 그의 가로 째진 눈을 상큼하니 뜨고 안심찮게 묻는다.
"마누라가 언제 술 사주었소."
하고 유주사는 안방 아랫목으로 가서 털썩 주저앉는다. 그는 장

죽으로 시늉해서 부인을 조용히 불러 앉힌 후에
"여보! 인제 집안이 망했구려."
"그게 다 무슨 말씀이유?"
부인은 샐쭉하니 유주사를 쳐다본다.
"아니, 걔한테 물어보지 않았소?"
"뭘 물어봐요?"
"어제 저녁 일 말이야…… 그 자식이 저지른 일 말야!"
하고 유주사는 별안간 역정을 낸다.
"아따 떠들지 좀 말아요. 물어보나 마나 그렇지."
"그러니 집안이 망하지 않았느냐 말이지. 응!"
"망하긴 왜 망해요? 돈이 없어야 집안이 망한 게지."
"흥, 돈만 있으면 안 망한 게로군! 양반의 집에서 그런 망신이 어디 있어?"

유주사는 차차 열이 나서 콧구멍을 벌름거리며 장죽에다 다시 불로연을 담는다. 사랑 담배는 헤프다고 희연을 내가고 불로연은 안에서만 피우기 때문에 유주사도 그것을 얻어 피우려면 반드시 안으로 들어와야 된다.

"아따, 당신은 젊어서 어땠기에…… 젊은 애들이 그렇기도 예사지요."
하고, 부인은 언제와 같이 아들의 편을 들어서 어리손을 친다.
"내가 젊어서 어땠기에?…… 조곰만 여자에게 한눈을 팔아보지 이녁이 가만히 두었겠나……"
유주사는 사실 예전에, 양반이 호강하던 시절에도 아내의 질투가 무서워서 별로 방외색을 해본 일이 없었다.

"글쎄 그런 말은 고만두어요."

하고 부인도 마주 장죽을 피워 문다.

"아니 그럼 내가 젊어서 외입을 했단 말이야? 무슨 말이야?"

유주사는 억울한 듯이 들이대었다.

"글쎄 요란스럽구먼 왜 이러시유? 난 당신의 술이라면 지긋지긋해!"

"허허…… 술은 그래도 괜찮아! 그렇지만 계집질이란 천하에 천격이거든…… 한데 그 자식이 누구를 닮아서 그렇게 계집질을 하는 게야? 아니 그 자식이 계집이 부족해서, 그러는 게야? 만일 그래도 부족해서, 그런다면 차라리 또 얻지…… 왜 남의 유부녀를 건드려가지고 망신을 하느냐 말야! 도무지 참 알 수 없는 일이거든!……"

유주사는 잊었던 것을 생각한 것처럼 별안간 담배 물주리를 뻐끔뻐끔 빨기 시작한다.

"글쎄 요란스럽대도. 저 방에서 들어요…… 뭘! 술이나 계집이나, 다 마찬가지지. 점잖은 이도 빠지면 할 수 없는 게라우."

부인은 입술을 비쭉거리며, 유주사의 반대편으로 얼굴을 돌리었다. 술내가 지독하게 난다.

"아니 할 말로, 젊은 놈이 외입을 하는 것이 예사라 할지라도 그럼 아무 문제가 없이 해야지 뒤갈마리[30]를 못 할 짓을 왜 하느냐 말이야…… 그렇기에 그 자식이 처음에 계집을 얻어 들일 때도 나는 아예 반대를 했거든! 설혹 자식을 낳는다 할지라도 자연 집안에 풍파를 일울 뿐 아니라, 그런 정욕이 차차 자라면 나중에는 별짓을 다 하게 되거든! 아니나 다를까! 이런 일이 생기지 않았느냐 말이야? 나는 그때도 벌써 이럴 줄을 짐작했거든…… 그런데 분수없는 마누라가—그런 일은 설혹 내가 권하더래도 이녁이 집안의 장래를 위해서라도 만류해야 할 터인데, 됩다 잘하는 일인 것처럼 싸고도니…… 아니, 그 자식이 점점 방탕할밖에…… 내 말이 거짓말이야!"

"아따 인제 와서는 모든 것이 다 내 탓이유? 그럼 그때 왜, 당신이 잡도리[31]를 잘해서 휘잡지 못하고 인제 와서 딴소리유? 그때 제 맘대로 못 하게 했어보지, 그 대신 읍내 요릿집에 가 살았을 테니…… 어디 내 자식만 그래야지! 돈 있는 집 자식들은 모두 다 그런데……"

영호는 임질이 들려서 그런지 아직껏 초산을 못 해보았다.

"그러니까 가정교육을 잘 시켜야 된단 말야……"

"누가 잘 시키지 말랬수?"

"잘 시키게 가만 내버려두었구먼!"

유주사는 심정이 나서 소리를 꽥 지른다.

"아따 그러니 가만 내버려두시구려. 저두 한두 살 아니구, 어련히 제가 한 일을 감당할까 봐!"

부인도 속이 토라져서 톡 쏘아붙인다.

"저러니까 자식을 버린단 말이지. 에, 망할 놈의 집안 같으니!"

"글쎄 왜, 공연히 역증을 내가지고 그러시유. 누구에게 트집을 잡는 게유?……"

"내가 트집이야…… 도무지 이래서, 아무 말을 말자면서도……
그래도 가장 된 책임상, 차마 그대로 있을 수가 없어서…… 이번
일만 해도, 구장에게 공연히 사정을 했지! 가만 내버려둘걸!"
"구장한테 무슨 사정을 했단 말이오?"
화제가 새로워지매, 부인은 다시 돌아앉으며 묻는다.
"무슨 사정이라니! 수천이란 놈이 고소를 한다는데, 어떻게 하
느냐 말이야, 그래 구장한테 사화[32]를 붙여달라고 부탁하고 그 대
신 위자료로 돈 백 원이나 주도록 하였지."
"뭐요? 돈 백 원을 준다니, 누구를 주어요?"
부인은 별안간 펄쩍 뛰며, 눈이 똥그래서 쳐다본다.
"수천이를 주지, 누구를 주어!"
유주사는 자기 부인에게는 이렇게 말했으나 아까, 구장한테는
금액을 지정하지 않았다. 그는 자신의 용렬함을 내심으로 모르는
바 아니었다. 그러나 갈수록 금전에 부자유한 그는 이런 기회에
돈푼이나 만져보고 싶어서 이렇게 금액을 많이 불러본 것이다.
"여보! 맙시사, 그게 입때 생각한 묘책이군? 아이구 글하는 이
뱃속에는 똥만 괴인 게야! 예, 여보!"
하고 부인은 소리를 꽥 지른다.
"아니 어떻게 하는 말이야? 그게……"
부인의 이 뜻밖의 공격에 유주사는 고만 머주하니 코가 납작해
졌다.
"왜는 뭐 왜여! 어디 돈이 썩었던가 부다!"
"뭐?…… 그럼 돈을 안 주면 고소를 해도 좋단 말인가? 어떻게

하는 말이야, 도무지."

"그런 걱정은 마시고 사랑에 나가서 어서 한숨 주무시유!"

"뭐!……"

유주사는 하도 기가 막혀서 부인의 얼굴만 뻔히 쳐다보았다.

"돈 한 푼 안 들이고도 쇄일 수가 있다고 그랍디다! 그 애가 당신처럼 어리석은 줄 아시유!"

"아니 기 애가 그런 말을 했단 말이야?"

"그럼요, 그 애가 못 하면 내라도 처치할 테니 쓸데없는 걱정은 말어요. 당신은 그저 글이나 짓고, 술이나 먹는 것이 제격이니."

"엥이! 망할 놈의 세상!"

유주사는 한참 동안 울분한 감정을 어쩔 줄을 모르다가 담뱃대를 들고 벌떡 일어났다. 그는 분지도로 하면 당장에 그 아들을 불러다가 종아리를 치는 동시에 부인의 머리채를 잡아서 동댕이를 치고 한바탕 집안을 벌컥 뒤집어놓고 싶었다. 그러나 자기의 체통만 생각하는—점잔이란 것과 인지위덕(忍之爲德)이라는 무능한 '한학자식'의 관용(寬容)?이란 것이—실상은 자기만 밑지는 장사이지만은—그것이 지금도 그를 꿀꺽 참게 하였다. 그는 아들보다도 오히려 부인이 더 미웠다. 그래서 아들을 문책할 생각도 없어지고 말았다.

"망할 놈의 세상 같으니…… 이러고서야 세상이 안 망할 수가 있는가! 집안이 안 망할 수가 있는가…… 아따 그럼 늬 멋대로 놀어라! 난 모르겠다."

유주사는 혼자 이렇게 중얼거리며 사랑으로 나와서 쓰러졌다.

미구에 드르렁! 드르렁 코 고는 소리가 들린다.

                        8

 영호는 그길로 남의 이목을 피해가며 수천이가 일하는 논으로 찾아갔다. 그는 간활[33]한 수단으로 수천이를 꾀러 간 것이었다.
 혼자 모를 심던 수천이는 영호가 부르는 바람에 영문을 모르고 논둑으로 나왔다.
 "수천이 자네 정말 고소하랴나?"
 영호는 싱글싱글 웃으며 느닷없이 이렇게 묻는다.
 "그럼 나도 분하지 않수?"
 수천이는 뭐라고 대답해야 좋을는지 몰라서, 이렇게 말했다.
 "물론 어제 저녁 일로 말하면 내가 잘못했네. 하지만 잘못은 내게만 있는 게 아니란 말일세! 알어듣겠나?"
 "그럼 누가 또 잘못했수?"
 "자네 내상[34]도 잘못이란 말일세. 나는 결코……을 하지 않었거든!"
 "그럼 그게 뭐란 말유, 그런 법이 있수? 동네지간에서?……"
 수천이는 그저 분한 모양으로 가슴을 벌떡벌떡한다.
 "그건 잘못했다고 지금 사과하지 않었나. 그런데……이 아니라면 자네가 고소를 한대도 나 혼저만 못 할 것이니, 가사 벌을 받는다 할지라도 나 하나만 받게 되지 않고, 자네 내상까지 받게 되지 않겠나? 여보게 그렇게 되면 자네는 무에 그리 좋겠나. 자네같이 가난한 사람이 장가를 또 들기도 쉽지 않을 게고, 또 제 어미를 떨어진 어린것은 못 살 것이 아닌가? 그렇게 되면 나도 앙심이 생겨서 자네한테는 주었던 땅도 도루 뺏을 테니, 이래저래 자네도 화액만 당하고 말게란 말일세. 그렇게 되면 공연히 두 집안이 망신만 하고 손해만 보게 될 뿐 아닌가?……"

"……"

영호는 여기까지 말을 끊고 저편의 동정을 슬쩍 살피었다. 다행히 수천이는 자기의 말을 묵인하는 것 같은 것이 더욱 말할 힘을 내게 하였다.

"그렇다면 말일세, 자네는 고소를 고만두는 것이 좋지 않겠나? 속담에도 항자는 불살(降者不殺)이라 하지 않는가? 아무리 중한 죄를 졌더래도 잘못했다고 항복하는 자는 죽이지 않는다는 말일세! 그러면 나도 진심으로 사과하고 자네 내상도 회개해서 다시 그런 일이 없으면, 아무 일이 없지 않은가?…… 자네가 그렇게 원만하게만 처사를 해준다면 나도 그만큼 고맙게 생각할 터일세…… 내년쯤은 어떻게 좋은 논으로 논마지기도 더 별러주겠고 또…… 그 외라도……"

하고 영호는 수천이를 다시 쳐다보면서

"그러니 어떤가? 좌우간 이 자리에서 회답을 해주게!"

수천이는 그동안 잠자코 앉아서 머리를 지루 숙이고 있다가 별안간 몸집을 뭉짓뭉짓 하더니 영호를 한 번 슬쩍 쳐다보고는

"참 댁에서 그렇게까지 말씀을 하신다면야…… 그렇게까지 말

쑴하신다는데야, 나인들 굳이 고소를 한다고 할 것 뭐 있나유…… 그건 다 분지도에 한 말이지유."
하고 돌멩이로 논둑 진흙 위에 금을 긋는 장난을 하고 있다. 그는 우물고누[35]를 그려놓았다.

"물론 나도 그럴 줄 알았네! 내가 진작 자네를 못 찾아보기 때문에 그런 줄도 아네. 그럼 오늘 저녁에 구장 댁에를 가서 말일세. 만일 구장 샌님이 묻거든 지금 우리끼리 피차간 타협이 잘되었다는 말을 하고, 길게 떠들 것 없이 바로 건너오게그려! 우리 읍내 가서 술이나 한잔 먹세. 그런 말은 더 떠들수록 우리 두 집의 체통만 사나워지니까. 그렇지 않은가?"

"암 그렇지요. 그 다 이를 말씀이여유."
하고 수천이는 몸을 일으켰다. 이리하여 영호는 힘 안 들이고 수천이를 완전히 삶아놓았다. 수천이 생각에도 그의 말이 옳을 뿐 아니라 세력이 당당한 그를 섣불리 건드려서 문제를 시끄럽게 하느니보다는 피차에 원만 무사한 것이 좋을 듯해서 그리한 것이었다.

그날 밤에 수천이가 저녁을 먹고 구장 집에를 건너가보니 거기는 군필이 치순이 광삼이 점돌이 그 외에도 누구누구 하는 여러 사람이 모여 앉았다.

그래 수천이는 들어가는 길로 구장이 묻기도 전에 오늘 영호가 찾아와서 잘못한 사과를 해서 피차간 화해를 하고 말았다는 말을 하였다. 구장은 그 말을 듣고 나서 다소 서구픈 듯이 물어본다.

(그는 자기가 중재를 못 붙이고 만 것이 은근히 서운한 모양으로)

"아, 그럼 잘됐구나!…… 그래, 어떻게 화해를 했단 말이냐?"

"뭘 어떻게 해유. 잘못했다구 자꾸 빌기에 그럼 용서한다구 그랬지유."

"하하! 너 참, 장하다! 허허……"

"아니 이 사람아! 어떤 조건으로 화해를 했단 말이야?"

"뭬 어떤 조건이여, 무조건인 게지…… 치!"

누가 안타까운 듯이 혀를 찬다.

"그래 무조건이란 말인가?"

"그렇지 뭐…… 잘못했다구 그래, 사화를 해주면 생각이 다 있다구 하기에……"

"생각은 무슨 생각?…… 무슨 계약서 받았나?"

"계약서는 무슨 계약서!…… 설마 그런 일까지 거짓말을 할까 봐!"

"흥! 설마가 사람 죽인단다."

"원, 저런 어리배기 보게!"

그들은 오늘 밤에 수천이의 일로 문제가 확대될 줄 알았는데 뜻밖에 못난 위인이 영호의 솜씨에 떨어지고 만 줄 알자 고만 실망되었다. 그것은 누구보다도 점돌이와 치순이가 더하였다.

"구장 샌님 그럼 이 일을 그대로 내버려두시겠습니까?"

하고 군필이가 실심한 듯이 묻는다.

"그럼 어떻게 하나. 저희들끼리 사화를 하였다는 바에야."

"그렇지만 이런 일은 동리 간에도 폐해가 있는 일이온즉, 그렇게 저희들끼리 묵살할 것 아니라, 설사 고소는 고만둔다 할지라도 죄 있는 사람을 공석으로 불러다가 동리 어른들 앞에 사과를 시키는 것이 이담 번의 본보기로도 좋지 않습니까, 더군다나 유주사 영감은 진흥회장이 아니신가요?"

"참 아저씨 말씀이 옳습니다. 만일 두 사람이 다 죄가 있다면 여자와 남자를 둘 다 불러가지고 그렇게 문초를 해주셔야지, 저희끼리 단둘이 한 게야 무슨 소용이 있겠어유, 누가 알어야지요."

치순이가 하는 말이었다. 점돌이는 말을 하고 싶어도 아이놈이 건방지다고 할까 봐, 그는 다른 사람을 충동이만 시키고 있었다.

"글쎄 나도 그렇게 생각은 하지마는 다른 사람과도 다른데…… 직접 화해가 되었다는데야 새삼스레 문제를 삼기는, 좀 난처하지 않은가? 그 댁에서 오해하지 않겠어?"

"그래도 그렇게 사를 두어서야 어디 동리 일이 바로잡힐 수 있나요?"

"하긴 그도 그러웨요…… 도대체 수천이란 사람이 너무 용해빠지기 때문에……"

"그렇지요 생각은 무슨 생각이어요. 그대로 묵삭하고 말자는 수작이지."

"번연히 그런 속을 잘 알면서도 그렇게 속는담! 사람도 원……"

여러 사람들이 수천이를 비난하는 소리가 들리자, 그는 슬그머니 꽁무니를 빼고 달아난다.

"구장 샌님! 전 건너갈래유!"

사실 그날 밤에 수천이는 술 몇 잔을 얻어먹고 그 문제를 쓱싹

하고 만 셈이었다.

9

C촌 사람들이 모를 얼추 심고 나자, 한편으로 보리마당질을 시작했다. 비는 그 뒤로도 가끔 오기 때문에.

영호는 수천이를 무사히 처치한 데 대해서 집안에서도 큰소리를 하게 되고 동리에서도 여전히 곤댓짓을 하고 돌아다녔다. 그의 모친은 춘풍 샌님인 영감보다는 아들이 잘났다고 더욱 내세웠다. 그 바람에 더욱 영호는 의기양양해졌다. 그는 그전 같으면 몇몇 미운 놈들의 논을 당장 뗄 터인데, 농지령이 새로 나서 그렇게 못 하는 것이 속상했다.

보리마당질을 하던 전전날, 이번에는 영호가 친히 작인의 집으로 직접 돌아다니며, 모레 일을 나오라고 일렀다. 그들은 그전부터 그런 전례가 있었더니만큼 그 당장에 거절할 수도 없어서 어리뻥뻥한[36] 대답을 하였다. 그가 군필이 집을 찾아왔을 때는, 마당에 여러 사람들이 모여 앉았다.

치순이 광삼이 점돌이, 또 그 외에도 먼저 모심을 때 말썽을 일으키던 사람들이 가지런히 모였다.

그는 이 자리에서 그런 말을 이르기가 좀 어떨까 하고 저어하였으나, 다시 한편으로 생각해보면 그렇다고 그들을 무서워하는 것도 자존심이 허락지 않아서, 다짜고짜 들어가는 길로 쾌쾌히 말했다.
"저녁들 자셨어? 여기 죄 모였군!"
"아! 저녁 잡숫고 오시유?"
"진지 잡수셨어유!"
하고 일어나서 인사하는 아이들도 있다.
"이리 좀 앉으시지요!"
하고 군필이가 주인 된 예를 차린다.
"그런데 댁에서 모레쯤 마당질을 할 텐데 어떻게 하루씩 일을 해줘야겠어!"
아무도 대답하는 사람이 없으니까 영호는 제풀에 면괴하던지[37] 다시 말을 꺼낸다.
"품을 살 수도 없고 해서…… 또 그리고 그건 전대로 하는 것이니까……"
"우리 집에도 모레는 일을 해야겠는데!……"
"우리 집에도 모레로 날을 받었는데!……"
점돌이는 영호가 그와 같은 추행을 하고서도 조금도 부끄러운 기색이 없는 것이 괘씸하였다. 그는 도리어 제가 잘나서 그러는 줄 알고 교만을 부리는 것이 당장으로 박살을 내고 싶었다. 게다가 그래도 양반이라고 누구를 깔보고 행세를 하려 드니 세상은 참으로 거꾸로 선 것 같다. 그런데, 한갓 돈 있는 세력을 무서워서, 그가 무슨 악행을 하든지 그것을 내버려두고 도리어 그 앞에서 굴복을 하려고만 드는 동리 사람들의 너무나 무능하고 용해빠진 것도 새삼스레 놀랄 만한 일이 아닌가? 동리 사람들 중에는 언문을 아는 이도 얼마 되지 않았다. 그들은 모두 까막눈이로서 예전 생각을 곧이곧대로 믿고 있어서, 봉건적 사상에 젖었기 때문에, 언제든지 그것이 옳은 줄만 알았다. 그래서 시대는 변천하고 현실은 해마다 달라지건마는, 토지에 목을 매고 사는 그들의 완고한 머리는, 시대의 양심을 따라갈 만한 용기도 비판력도 없었다. 이렇게 해마다 되풀이 생활을 하는 가운데 늙은이가 죽고, 새 사람이 생겨났다. C촌에도 어느덧 보통학교의 졸업생이 생기고 점돌이와 같이 이십여 세나 되도록 장성한 사람도 그 가운데 생겨났다.

그는 보통학교를 겨우 졸업했을 뿐이나 제법 비판적 두뇌를 가지고 사물을 분석해 볼 줄 알았다. 그런 만큼 신문 잡지도 구해 보고, 그의 진취성은 선배의 말을 귀넘어듣지 않았었다. 따라서 그는 현실에 비추어 선악을 분간할 줄 알았다. 그런데 이런 눈으로 자기 동리를 둘러보니 참으로 올바른 정신을 제대로 가진 사람이 별로 없는 것 같았다. 그러나 교활한 양반 따위나 엇박이 건달보다는 오히려 무지한 농군들이 인간적으로 순진한 편이었다. 그는 그중에서도 자기 또래뻘밖에 안 되는 영호가 갖은 죄악을 다 지으며 양반 행세를 하려는 것이 더욱 얄미웠다. 지금도 그는 영호의 하는 말이 가증해서

"아니 여보! 그전대로 하던 것은 무엇이나 언제든지 꼭 하는 법인가요?"

하고 다부지게 질문을 하였다.

"그럼 전대로 하는 것이 뭐 잘못인가?"

영호는 정색을 하고 대든다.

"흥, 아무리 그전대로 하는 것이라도 시체에 맞지 않으면 폐지할 수도 있고 고칠 수도 있단 말이야, 전에 없던 농지령도 새로 생기지 않었나! 전에 없던 법이 왜 생겼느냐 말야?"
하고 점돌이는 열이 나는 듯이 가래침을 탁 뱉으며 몸을 도사리고 앉는다.

"아니 그래서 일을 못 나오겠단 말이야?"

"그래 못 나가겠소. 누굴 어쩔 테야! 배 쩰 테야?"

"너도 어린애가 공연히, 너무 속 좀 살지 말아! 그럼 네 신상에 해로워!"

영호는 은연중 위협을 한다.

"뭐 어째? 어린애…… 아이구 저렇게 점잖은 어른이시니까 행세를 잘하시는군! 참 장—하시더라! 어째 그렇게 하시는 일마다 착하신지…… 남에게 적덕을 여간 많이 하셔야지…… 나무아미타불!"

옆에 애들이 킬킬거리고 웃는 소리가 들린다.

"이놈아! 넌 누구를 놀리니?"

별안간 영호가 이를 악물고 호통을 치며 대든다. 그러나 점돌이는 눈도 깜짝 않고 여전히 이억거린다.[38]

"놀리면 좀 어때? 왜 이래! 어르면 누구를 어쩔 테야? 아무나 수천이 쪽으로 알았다가는 공연히 큰코다칠 테니 정신 차리라구!"

영호는 주먹다짐을 할 수도 없고, 그래 분이 나서 죽으려고 한다.

"웅! 넌 네 맘대로 해보렴…… 그럼 다른 이들은 다 나오겠지?"

"난 못 나가는데요!"

"나도 못 가겠는걸!"

"나두 그날 볼일이 좀 있어서."

치순이의 뒤를 따라서, 여러 사람들은 모두 끙짜를 놓는다.

영호는 그 바람에 더욱 분이 났다.

"에이, 어디들 보자!"

그는 인사도 않고 홱 돌아서 가는데, 여러 사람들은 웃음을 내뱉어서 그를 전송하였다.

영호는 구장을 충동여서 양반을 모욕한 죄로 점돌이를 문책해달라고 싶었으되, 자기의 한 깐이 있으므로 그것이 시행될 것도 같지 않아서, 은근히 분통만 끓이고 있었다.

*

유주사 집 보리마당질 날에 작인들은 하나도 일을 나오지 않고 오직 수천이만 나와서 다른 품꾼들과 같이 도리깨질을 하였다.

그날 작인들은 공동으로 보리타작을 하였다. 먼저 치순이 집 마당질을 하고 그다음에 광삼이 군필이 점돌이 성운이…… 차례대로, 한 패는 보릿단을 져 나르고 또 한 패는 그것을 늘어놓고 뚜드렸다. 그리하여 그 집 보리를 다 뚜드리고는 그다음 집으로 일터를 옮기는 것이었다.

그리고 먹이는 각 집에 분배해서, 한 때씩 술밥을 별러가지고 공평하게 낭비가 없도록 분배하였다.

이렇게 공동으로 일을 해보니 훨씬 쉬운 것 같다. 일이 거뜬하게 치워지고 일꾼들의 기분도 전에 없이 유쾌해서 단합해지는 것 같았다.

그들은 전과 같이 제각기 흩어져서 단독으로 째는 품을 서로 앗아가려고 애를 쓰는 대신에 이렇게 돌려가며 어우리로 하는 것이 유리한 것 같았다.

그것은 제일 외롭지가 않고, 어딘지 모르게 믿음직한 힘이 뭉쳐 있는 것 같기도 하였다.

그들의 이러한 기분은 자연히 한데 어울려지고 절망의 탄식에서 갱생의 희망을 부둥켜안고 싶은 공통된 의식이 막연하나마 그들의 감정의 밑바닥을 흐르고 있었다. 그들의 공통한 사정은 오직 자기들의 손으로만 운명을 개척할 수 있을 것같이 생각되었다.

그런 만큼 그들은 수천이와 같은 테 밖에 있는 사람들과는 자연히 버성기게[39] 되어서 피차간 상종이 없이 지나갔다.

그래 수천이는 안팎곱사등이가 되었다. 자기에게 있는 힘을 비로소 깨달은 그들은—비록 조그만 이해 상관일망정—그들이 합력함으로써 두번째나 부역을 면하게 하였다는 것이 그들로 하여금 새 힘을 얻게 하였다.

10

 그날 밤에 점돌이는 해가 진 뒤에 일을 마치고 집으로 돌아왔다.
 그는 진종일 보리까락을 뒤어쓰고 진땀에 전 몸을 개울물에 씻고 나서 다른 옷을 갈아입었다.
 초생달이 어슴푸레하게 지붕 추녀 끝으로 남실거린다. 딱따구리가 딱딱딱…… 하고 둥구나무 속에서 도마질을 한다. 아랫말에서 개 짖는 소리가 두어 번 컹! 컹! 울리더니 주위의 정적은 다시 푸른 밤 속으로 잠기어 들어갔다.
 박첨지는 오늘도 타동으로 논 가는 품을 팔러 가서 아직 오지 않았다. 그는 삼십 년 동안에 해마다 쟁기질을 하였다. 가용과 추렴새를 물자면 보리 말이나 좋이 팔아야 할 터이니, 그러자면 햇동 댈 양식이 태반 부족할 것 같아서 그는 할 수 있는 대로 품을 팔아가지고 돈을 만져보려 하였다.
 안마당에는 쑥대와 진풀로 모깃불을 놓았다. 모기떼는 솔개 진을 치며 앵! 앵! 하고 위협을 한다. 마을 사람들은 모기장 하나도 없다!
 점순이와 모친은 모깃불 연기 속에서 보리방아를 찧고 있었다. 두 사람은 땀을 뻘! 뻘! 흘리었다.
 그들은 이렇게 밤에는 물것에 시달리고 낮에는 힘찬 노동에 피곤하였다. 조석으로 불을 때는 방 안은 화덕같이 덥고 게다가 보리까락 같은 빈대가 아귀같이 덤비기 때문에 그들은 방에서 잠을 못 자고 벌써부터 한전을 하고 있었다.

그래서 그들은 사람이 물것을 위해서 사는지 물것이 사람을 위해서 사는지 모를 만큼 원수같이, 서로 친밀한 생활을 한다.

뜰에는 맷방석을 깔고 점돌이가 그 위에서 잔다. 빈대는 거기도 쫓아 나왔다.

점돌이는 그들이 절구질을 하는 것을 보고 마당 아래로 내려서며
"어머니 내가 좀 찧어드리우?"
"고만두어라! 다 찧었다."

모친은 그 뒤로 떡방아를 찧다가 이듬 찧는 보리쌀을 절구통 안에서 집어 보더니 고만 찧자고 절굿공이를 내던졌다.

그리고 그는 키를 가져오래서, 그것을 달빛 아래서 까부르기 시작하였다.

"점돌아! 너 참 어쩔라구 그러니?"
하고 모친은 무슨 말인지 화제를 꺼내며 별안간 근심스레 점돌이를 옆눈으로 흘겨본다.

"뭘 어째유?"
"주사 댁 젊은 양반이 너를 벼르더라니 말이다."

모친은 낮에 수돌이네한테 들은 말이 생각나서 안심찮은 듯이 하는 말이었다.

"제까짓 게 벼르면 누굴 어쩔 테야! 넌 조금도 잘못한 것 없소."
"뭐 세상일이 어디 잘잘못으로만 꼭 돼야 말이지야⋯⋯ 그러다가⋯⋯"

모친은 아들의 비위를 건드릴까 무서워서 주저하며 말끝을 흐

리머리해버린다.[40]

"걱정 마셔요! 그까짓 자식이 기어이 못 먹겠다구 덤비거든 다리를 하나 분질러놀 테니."

"그럼 참 너는 무사할라!"

"무사치 않는대야 징역밖에 더 살겠수, 원 조금도 겁날 것 없수!"

하고 점돌이는 긴장해서 부르짖는다.

"그래서 참 징역 가면 꼴좋겠다!"

모친은 종래 아들의 말이 불복이었다. 점돌이는 어느덧 흥분해졌다. 그래 그는 한바탕 평소의 먹은 맘을 토해냈다.

"글쎄 어머니 들어보시유! 우리가 지금 어떤 생활을 하고 있나요? 우리같이 가난한 사람이 무엇을 바라고 사는 겐가요? 주사댁과 같은 돈 있는 사람은 돈 모으는 재미로도 살고 잘 먹고 잘 입으며 호강을 하니까 남을 해치구라도 돈을 모을 생각도 있고, 또 그렇게 해서 돈을 모을 수도 있겠지요. 그러나 우리같이 가난한 사람들은 아무리 돈을 모을래야 모을 수도 없지 않아요? 가난한 사람은 악해도 부자는 못 되지 않수? 어머니! 그렇다면 우리는 돈을 모으는 대신에, 남과 같이 잘사는 대신에, 죽어서도 옳은 귀신이 되고 살아서도 옳은 사람으로 사는 것이 목적이 아니겠소. 가난하고 고생하는 대신에 옳은 행동이나 하는 것이 떳떳하지 않겠소? 어머니! 사람의 목숨이 아무리 귀중하다 할지라도, 거저 짐승과 같이 목숨만 연명한다면 그것이 뭬 그리 귀할 게 있겠소? 가난한 사람들이 한평생 동안 뼈진 일을 해도 이렇게 개짐승이나 먹는 것 같은 험한 음식을 먹고, 옷이 없어서 살을 가리지 못하고 토굴 같은 움막집에서 밤이면 빈대 모기 벼룩에게 뜯기며 잠도 편하게 못 자는 신세는——다만 그런 목숨은 짐승이나 조금도 다를 것이 없지 않습니까?…… 그렇다면 이와 같은 생활 속에서 귀중한 것이 있다면 그것은 오직 옳은 도리로 살기를 바라는 정신상 위안밖에는 다른 것이 없지 않습니까? 그렇지 않다면 우리 같은 사람의 사는 의미가 어디 있을까요? 어머니! 참으로 우리는 무엇을 바라고 사는지요? 그렇다면 옳은 일을 위해서 죽는다는 것은 도리어 개짐승처럼 목숨만 부지해서 사는 것보다도 정당한 일이라고 볼 수 있지 않습니까…… 어머니! 나는 그밖에 사는 보람이 없는 줄 알아요.”

 어느덧 점돌이는 울분을 참지 못해서 목멘 소리를 하였다.

 모친은 아들의 말귀를 잘 알아들을 수 없었다. 그러나 어쩐지 그의 말에 가슴이 찔리는 것 같다. 참으로 자기는 오십 평생을 오늘날까지 어떻게 살아왔던가?…… 지긋지긋한 가난살이에 얼마나 갖은 고생을 겪어왔던가! 그것은 과연 인간다운 생활이었던가? 일은 인간 이상으로 하고 생활은 금수 이하가 아니었던가? 점순이는 오빠의 말을 듣고 자기도 모르게 눈물이 글썽글썽해졌다. 그도 오빠의 말을 이해할 수는 없었으나 어쩐지 감격하여서 견딜 수 없었다. 모친은 보리쌀을 다 까부르고 나서, 뜰에다 자리를 펴놓았다. 그는 담배 한 대를 피워 물고 앉아서 은근히 영감이 오기를 기다리고 있었다.

 점순이는 부엌으로 들어가서 손을 씻고 나오는 길에 낮에 김첨지네 원두막에서 먹어보라고 가져온 참외 한 개를 들고 나왔다. 그는 그것을 식칼로 깎았다.
"아버지 드릴 것을 하나 냄겼니?"
"네…… 오빠…… 잡수셔요!"
"어머니도 잡수시유!"
점돌이는 대접에 놓인 참외 한 쪽을 집어들고 먹었다. 그는 점순이가 애색해[41] 보인다.
"오빠! 올 가을에는 참으로 야학을 하게 되나유?"
"그래 하기로 했단다."
"그럼 나두 공부할 테야! 응?"
"커드란 계집애가 인제 공부가 무슨 공부냐!"
"그래두 난 뱁 테야! 응? 오빠……"
점돌이는 빙그레 웃으며, 점순이를 쳐다본다. 그는 올해 열다섯 살이었다.
"그게야 어려울 것 있니."
점순이는 자기의 청을 들어주는 오빠가 고마웠다. 그래 그는 다정한 눈으로 웃음을 지으며 점돌이를 마주 보았다.
그는 공부를 해서 안목이 넓어진 자기 오빠를 부러워했다. 그리고 사내답게 씩씩한 기상을 가진 것이 남몰래 자랑하고 싶었다.
그는 자기도 공부를 하고 싶었던 것이다. 밤이 이슥해서 점순이 모녀는 뜰에서 자고 점돌이는 마실을 다시 갔다. 그는 집에서 자는 날이 별로 없었다.
아랫말 쪽에서 소 워낭 소리가 쩔렁쩔렁 들리며 소 몰고 오는 인기척이 차차 가까이 들려온다. 그리고 사람의 목소리도 났다.
"이러 쩌! 쩌! 쩌…… 이러! 쩌쩌!"
그것은 장기를 짊어지고 그제야 하루 일을 마치고 돌아오는 박첨지의 목소리였다. 박첨지도 소처럼 일을 했다.

수석 燧石

나는 출근 시간이 늦어지는 줄을 번연히 알면서도 이불을 덮고 그냥 누워 있었다. 물론 잠이 들진 않았으나 일부러 눈을 감고 자는 시늉을 했다.

나의 이런 속을 아내가 알 턱 없다. 그는 아침상을 보다가 초조한 듯이 다시 방문 앞으로 와서 소리를 질러본다.

"혜경아 아버지 그저 안 일어나셨니?"

"아——니."

혜경이가 때꼰한 목소리로 마주 외친다.

"어서 일어나셔서 세수하시래라. 오늘은 웬 늦잠이 드셨다니, 참 별일두 다 보겠네."

그러니까,

"아버지 어서 일어나시래요 네?"

하고, 혜경이가 가는 목청을 지른다. 아까보다 약간 성난 음성이다. 나는 어린 딸이 중간에 끼여서 대끼는 꼴이 액색¹해 보였으나 짐짓 못 들은 척하고 그대로 누워 있었다.

　나는 속으로 궁리해본다. 그들이 불쌍해서라도 고만 일어날까? 그러나 일어나면 또 어제처럼 가고야 말 것이다. 새끼에 매달린 돌멩이 격으로 또 질질 끌려가서 머리를 숙여 박다니? 더구나 어제는 노랑수염하고 말다툼까지 하지 않았는가. 나는 정말 인제는 그 노릇은 더 못 하겠다. 그래 오냐! 되는대로 되거라, 설마 굶어야 죽겠니. 이렇게 다시 마음을 도슬러 먹었다. 미구에 풍파가 날 것을 한편으로 송구히 여기면서.

　아니나 다를까. 종시 내가 아무 기척이 없으니까, 아내는 벌떡 화증이 난 모양이다. 다짜고짜로 방문을 열어붙인다. 그리고 통망스럽게

　"아니 그저 안 일어났수? 오늘은 웬일이래여…… 시간이 늦는구면."

　"글쎄 안 간대두 그래!"

　나도 공연히 화가 났다. 나는 아내의 안달하는 꼴이 보기 싫었던 것이다. 내 소리에 아내는 기가 질렸던지 잠시 묵묵히 있더니만

　"안 가다께…… 왜 어디가 아프시우?"

　금방 그의 목소리는 여간 부드럽지가 않다. 나는 대답을 안 했다.

　"아프지도 않으면 왜 안 가신다는 게유."

　아내는 빤히 나를 쳐다보더니, 권토중래²의 기세로 다시 대든다.

　"잔소리두 퍽은 한다, 그전부터 가기 싫다지 않었어! 안 가겠다는데 왜 이리 떠드는 게야."

수석　417

나는 더 누웠을 수가 없었다. 벌떡 일어나며 이불을 밀치고 나앉았다. 나는 그냥 있기가 무미해서 재떨이에 담긴 마코 꽁지를 주워들고 성냥불을 댕겨 물었다.

아내는 내 눈치를 보고 금시로 낯빛이 달라진다. 평시에는 그다지도 온순한 인상을 주던 그가 독살이 나면 찬바람이 획획 돈다. 그는 지금도 독기가 가득 찬 눈을, 마치 성난 율모기가 대가리를 꼰주들고 노려보듯 한다. 나는 아내가 성내는 꼴을 날마다 보거니와, 전기보다도 더 빠른 그런 성미가 대체 어디서 생기는지 모르겠다. 이 역시 악에 받친 강심살이가 그렇게 만들었다면, 불쌍하기 짝이 없으나 나는 지금은 그런 생각을 할 때가 아니라고 약한 내 마음을 꾸짖었다.

아내는 무슨 큰일이나 당한 것처럼 두 눈을 똑바로 뜨고 입술을 발발 떨며

"정말 고만둘 작정이오? 정말!"

하고 덤빈다.

"그렇대두 그래."

나는 속으로 켕겼으나 용기를 내서 대답했다. 기위 서던 판이니, 앞일은 어찌 되든지 간에, 인제는 내뻗어야 하겠기에.

"아이구, 이 일을 어째야 옳담! 아이 지겨워…… 이눔의 꼴을 언제나 안 보게 된담, 내가 어서 죽어야지."

아내는 별안간 방 안으로 들어와 털썩 주저앉는다. 그는 제 분을 삭이지 못해서 이를 악물고 두 주먹을 부르르 떤다. 금방 무슨 일이 날 것 같다. 나는 미리 그럴 줄을 알았기 때문에 아무 대꾸

도 않고 가만히 있었다. 다만 쓰디쓴 감정을 담배 연기에 섞어가며 푸 푸 내뿜고 얼없이 천장을 쳐다볼 뿐이었다.

내가 아무 말을 않으니까 아내는 더욱 답답한 모양이다. 그럴 줄 알았지만 언제와 같은 사설이 나온다. 나는 고만 이맛살을 찌푸렸다.

"아니, 당신은 어쩌자구 거기를 고만둔다는 게요. 어디 속이나 시원하게 말 좀 해봅시다. 정히 그러시다면 그까짓 것 소꿉질 같은 살림을 파산하면 고만이지 뭐! 남들은 취직을 못 해서 걱정인데, 일껀 붙잡은 직업을 불과 두 달이 못 돼서 그만둔다니…… 박선생은 무슨 낯으로 볼라남!"

"뭐, 박선생?…… 그 사람이 누구를 위해서 한 일인데?"

나는 박선생이란 말에 열이 벌컥 나서 아내를 흘겨보았다.

"당신을 위한 게지 누구를 위한 게야. 나중엔 별소릴 다 하는구려!"

"듣기 싫여…… 그까짓 직업 아니면 굶어 죽을까 봐 걱정야."

"아따, 당신두 희떠운³ 소리 좀 작작 해요, 당신 주제에 직업을 가릴 건덕지가 뭐 있수. 아무게나 닥치는 대루 하는 게지 개백정 질이 아닌 담엔."

아내는 비양하듯이 입술을 내밀며 비죽거린다.

"뭐? 개백정이면 외려 낫겠다."

나는 아내의 말이 마치 모닥불을 끼얹는 것 같아서, 분을 참을 수가 없었다. 그러나 꽹과리 짝 같은 것을 소리는 낼 수 없고 분을 참으려니 벌떡증만 난다. 나는 입을 다물었다.

"……"

"그럼 지금 다니는 데가 그만 못해서 하는 말인감! 핑계는 좋지! 당신두 인젠 철을 좀 차려요! 나이 생각을 해서라두. 쥐뿔두 해논 것은 없이 큰소리만 치면 뭐 하는 게야. 애들 문자루 뻥이지."

"큰소린 누가 큰소리야, 제가 지금 큰소리지."

"아이그, 난 모르겠수. 댕기든지 말든지 나 혼자 못 살까 봐 걱정인가 뭐…… 그 웬수놈의 자식들이 불쌍해서 차마 떼칠 수가 없어 그랬지만…… 나 혼저 몸뚱이야 어디를 가기루 못 살라구……"

아내는 "흥!" 하고 치마끈으로 코를 풀며 훌쩍인다. 눈물이 텀벙텀벙 쏟아진다.

"그런데 웬 걱정야."

"걱정은 무슨 걱정. 어디 나 없어두 얼마나 잘들 사나 꼴 좀 볼 걸! 이년아 저리 좀 못 비켜!"

아내는 애꿎은 혜경이에게 트집을 잡으려 든다. 혜경이는 저의 모친의 서두는 품에 어쩔 줄을 모르고 놀란 고슴도치 떨듯 구석으로 피하며 옴츠러든다. 나는 큰 애들 둘이 학교에 간 것을 속으로 다행히 여겼다. 그들이 지금 집에 있었더면 또 지청구를 얼마나 먹었으랴 싶어서. 아내는 경대 앞으로 앉더니, 아침상을 보다 말고 머리를 끄른다. 그는 어디로 나갈 모양이다. 그것은 언제와 같은, 내게 대한 시위운동이다. 나는 아내의 그런 버릇을 잘 알기 때문에 별로 놀랄 것은 없었다. 그러나 그 꼴이 보기가 싫어서 내가 먼저 의관을 차리고 나섰다. 물론 나는 세수도 하지 않고.

*

나는 어제도 그들을 따라서 집행을 나갔었다.

○○동 개떼들은 우리 일행을 발견하고 자지러지게 짖었다. 우리는 들어가는 집마다 값나갈 세간에 봉인을 붙였다. 집행을 당하는 주인은 마치 죄인처럼 떨고 한구석에 붙어 섰었다. 봉인은 솥단지까지 붙인 집도 있었다.

그 집주인은 나한테도 빌었다. 내가 무슨 권한이 있다고 비는지 모르겠다. 아마 그들은 내가 제일 순순해 뵈기 때문에 그랬겠지. 인제는 살 수 없다고 여인네들은 목을 놓고 울어드렸다.

나는 날마다 이런 광경을 목도한다. 아니, 목도가 무엇이냐 바로 내 손으로 집행한다. 그러니 인제는 심상하다 할까? 아니다. 차라리 그렇기나 했으면 아무 문제가 없었겠지. 마음이 괴로울 것도 없겠지.

하긴 직업이 무슨 상관이냐고 나는 돌려 생각해보기도 했다. 기계적으로 사무를 처리하기는 다른 월급쟁이와 일반이 아니냐고 나는 오랫동안 자신을 변호해왔다. 그러나 나는 아무리 내 편을 들어서 생각해본대야 사실이 그렇지 않은 것을 어찌하랴.

고리대금업자! 그것은 내가 그전에 가장 미워하던 대상이 아니던가. 대중을 못살게 구는 극악한 인간으로 치지 않았던가!

그런데 나는 지금, 그들의 수하에서 망나니짓을 하고 있다. 남의 생명 재산을 차압하는 하수인이 되었다는 말이다.

나는 새삼스레 내 얼굴이 쳐다보인다. 내가 쓸개 빠진 사람이지, 당초에 왜 그럴 줄을 몰랐던가. 그러나 결국 따져본다면 소위 체면이란 것이 나의 사람 꼴을 그렇게 망친 것이었다.

그래도 양복때기를 걸치고 턱없는 돈을 벌어보겠다는 점잔 쳇것이 그 속으로 머리를 디밀게 하지 않았던가? 하나 나는 지금도 그 마음을 고치기 전에는 백번 다른 결심이 소용없다. 설사 거기를 고만둔다 하기로 무슨 좋은 직업이 있어 나를 기다릴 것이냐. 나는 지금도 공연히 기분에만 날뛸 것이 아니다. 아주 바짝 정신을 차려야겠다. 죽느냐, 사느냐? 하는 단판씨름을 해야겠다. 그렇다! 나는 우선 더러운 체면부터 내버려야 한다. 나는 그런 생각을 하니, 자기의 과거가 물어 찢고 싶도록 아프고 쓰리었다.

*

나는 두 달 전에 박군의 소개로 그가 다니는 금융회사에 수금원으로 들어갔다.

내가 집에 돌아와서, 아는 의사에게 치료를 받은 뒤로부터 신병은 차차 쾌차해졌다. 나의 건강이 회복되어가는 것을 누구보다도 제일 기뻐하기는 아내였다. 그는 나의 병이 낫는 기쁨도 물론 크겠지만 그보다도 병이 낫기만 하면 어떻게든지 생활의 근거를 잡아주리라는 그 기대가 더 컸던 모양 같았다.

아내는 늘 말한다. 나보다 먼저 나온 박군은 금융회사에 취직을 해서 지금은 알토란처럼 오붓하게 잘산다고. ……같이 일하던 그런 이도 취직을 했은즉 설마 당신인들 못 할 게 뭐 있겠소. 정히 할 수 없다면 그이한테 떼를 써서라도 한 자리를 구해달라면 설마 안 될라구 하며 서두는 품이, 실상은 내가 병상에 누웠을 적부터 그들은 나의 취직 문제로 오고 간 말이 있었던 모양 같다. 그래, 아내는 박군을 꾀어서 틈나는 대로 종종 놀러 오게 하고 그럴 때마다 박군은 나의 마음을 돌리도록 권고하지 않았던가? 혹은 그들끼리 나 몰래 무슨 계획을 세웠었는지도 모른다.

그러니 아내는 박군의 살림을 부러워할밖에. 어쩌다 그 집에를 가보면 세간살이가 가볼 적마다 붙는다는 것이었다. 요전에는 뒤주를 사놓았더니 그다음에 갔을 때는 거울을 해 박은 새 양복장이 놓였더라던가.

그전에는 그 집도 우리 집과 같이 방세간이라고는 아무것도 없었다 한다. 그것은 나 역시 잘 안다. 그런데 박군은 거기서 나온 뒤에 지금 다니는 금융회사로 취직을 하면서부터 차차 셈평[4]이 펴기 시작해서 그렇게 세간살이를 장만할 수 있었다는 것이다.

형세가 늘면 신수도 멀끔해지는 게라고 그때 아내는 입에 침이 마르도록 씨부렁거렸다.

그 댁(박군의 부인)도 그전에는 개기름이 흐르는 얼굴에 주근깨가 닥지닥지 돋고, 궁상이 께—흘러서 주제가 꾀죄죄하더니만 인제는 것기가 훌렁 벗은 것이 이마에 잡혔던 주름살까지 활짝 펴지고 아주 딴 몰골이 돋아났다고……

"없던 괘종이 뚜벅뚜벅 벽에서 걸어가구, 윤이 번지르 나는 의

걸이⁵와 반닫이⁶는 파리가 앉다가 낙상을 하겠더라! 마루에는 찬장과 뒤주가 근감하게 자리를 차지하구…… 그 집엔 언제 가보아두 사는 것 같더구먼…… 원, 늬 집은 언제나 그렇게 살어본단 말이냐. 나갔다 들어오면 난 공연히 심사가 나서 못 견디겠드라!"
하고, 아내는 으레 그런 말을 하던 끝에는 마음이 언짢아서 철모르는 아이들에게까지 심청을 부린다.

"그 댁은 언제 가보아도 벙글벙글 웃으며 어찌두 좋아하는지 몰라, 그리구 밤낮 그 양반 칭찬이지. 내년쯤은 새집을 사든지 짓든지 한다던가, 사람이 한세상을 살다가는 그런 시원한 꼴을 좀 보아야지, 이건 밤낮…… 아이그, 지겨운 놈의 신세두 보지."

아내는 이렇게 저 혼자 언짢아서 한숨을 치쉬고, 내리쉬고 하는 것이었다. 그것은 물론 나보고 들어보란 말이다.

*

어느 날이던가. 내 병이 우선할 무렵에 박군이 찾아와서 또 언제와 같이 변천된 시대 의식을 강조하고 간 뒤였다. 나는 그때 묵연히 앉았다가

"박군두 그전보다 퍽 달러졌군."
하고, 혼잣말처럼 무두무미⁷ 중얼거렸다. 그것을 아내는 내 말이 마치 박군을 타박하는 눈치로 알았던지 금시에 실쭉해지면서

"그러기에 사람의 맘이란 먹기에 달린 게라우. 박선생두 인제는 그전 맘을 버리구 착실해졌기 때문에 지금 저렇게 셈평이 펴

지 않었수."

하고, 예의 설교가 또 나온다. 아내는 언제든지 박군의 말만 나오면 신이 나게 그 편을 들어서 말하는 것이 대단 불쾌하였다. 그러나 나는 아내의 말을 일일이 타내다가는 한시도 빤할 틈이 없이 다투어야 한다. 그래 나는 말 같지 않은 것은 차라리 가릴 것 없이 참기로 하였다.

그러자 며칠 후에 박군이 분주히 찾아와서 다짜고짜로 이런 말을 꺼내었다.

"자네 내가 다니는 회사에 좀 같이 있어볼 생각이 없는가. 만일 의향이 있다면 주선해보겠네."

내가 미처 대답할 새도 없이 아내가 얼른 나선다.

"박선생님! 아 그러실 수만 있거든 제발 좀 한 자리 징궈주셔요. 그라잖어두 뭐든지 해야 할 판인데, 그러면 작히나 좋겠어요…… 인젠 병환두 쾌차하시니까, 일간이라도 다니실 수 있을 텐데요 뭘……"

"그럼 힘써보지요. 월급은 그리 많진 못하겠지요. 당분간은 수금원으로 들어가게 될 테니까."

"뭐든지 첫술에 배부를 수야 있겠어요. 그래두 한 삼십 원은 되겠지요?"

"네. 잘하면 한 사십 원까지는 되겠지요."

"아, 그만하면 우선 살구말구요. 지금은 어디 단 십 원이나마 제대루 생기는 데가 있답니까? 박선생님두 잘 아시지마는……"

"네 그야 그렇지요마는……"

수석 425

박군은 슬쩍 내 얼굴을 쳐다본다. 아내도 내 눈치를 슬슬 본다. 나는 끝까지 아무 대꾸도 없이 그들의 수작을 아는 척하지 않았다.

박군이 다니는 회사란 데는 몇몇 사람이 대금업을 하는 금융기관이라는 것이었다. 박군도 처음에는 수금원으로 들어갔었는데, 사무에 성실하기 때문에 들어간 지 몇 달 안 되어서 사무원으로 승차했다는 말은 그전부터 아내에게서 늘 들어왔다.

그래 그들은, 나도 수금원으로 들어가서 신용을 얻게 되면 역시 얼마 안 가서 사무원으로 승차할 것이라는 것을 전제해놓고 권고하는 말이었다.

박군은 내가 한 말로 거절을 않는 데서 용기를 얻었던지 어디까지 나의 동의를 구하려고 설명한다.

"자네는 혹시 수금원이라니까, 창피하게 생각할는지 모르지만, 하긴 나두 처음에는 그렇게 생각했었네마는 뭐 별게 아니거든. 일정한 규정에 따라서 세음조를 수봉하는 것뿐이야!"

"그럼, 창피할 게 뭐 있어요, 지금 세상에서…… 무슨 짓이든지 난, 돈만 생긴다면 다 하겠어요. 사람이 굶는 것보다 더 창피한 노릇이 없지 않아요."

"허허. 그렇지만 워낙 창피한 일이야, 설혹 굶기로서니 할 수 있습니까."

박군은 내 대신으로 아내가 대답하는 말에, 만족을 느끼는 모양이다. 연해 너털웃음을 웃으면서 담배를 픽픽 피웠다.

 인제 생각하면 박군이 그때 나의 취직을 위해서 진력한 것은 제 따로 까닭이 있었던 모양이다. 물에 빠진 사람이 남까지 끌고 들어가는 심사라 할까?
 나 역시 그런 눈치를 못 챈 것은 아니었으나 그때는 거절할 용기가 없었다. 그것은 아내가 나의 병을 지성껏 간호해준 은공을 생각하므로 그렇다거나, 또는 내가 없는 동안에 어린 자식들을 키우고 가르치기에 지지리 고생을 시키던 생각으로 미안해서 그랬던 것도 아니다. 다만 그보다도 절박한 사정은 당장 호구지책이 막연했기 때문이다. 그것도 내가 건강이 회복되지 않았다면 굶든지 먹든지 그전대로 맡겨버리겠지만, 인제는 육신이 멀쩡한 바에야 어떻게 모른 척하고 생활의 책임을 아내에게만 지울 수 있느냐 말이다. 그러니 비록 수금원일망정 취직자리라고 구해놓고 다니라는데 덮어놓고 못 하겠다고만은 내뻗을 수도 없지 않은가.
 그래 나는, 옴치도 뛰지도 못하게 만들어놓고, 함정에 빠트리게 만든 그들의 책동이 가증하면서도 할 수 없이 취직하기를 승낙하였던 것이다.
 하나 나는 아주 나의 행동을 그들의 의사에 굴복한 것은 아니다. 나는 그 당장에 거절을 했다가는 집안에 풍파를 일으켜서 그 결과로 또 어떤 비극이 생길 것을 두려워했음이다. 더구나 박군이 다니는 데를 내가 못 다니겠다면 아내가 가만있지 않을 것을 나는 잘 알고 있었기 때문에.

나는 좌우간 다녀보다가 여차직하면 고만두겠다는 나 혼자 작정을 하고 있었다.

내가 쾌히 승낙을 하니까, 그때 그들의 좋아하는 꼴이라니! 마치 그들은 개선장군같이 기세를 올리었다. 때마침 점심참이 되자 박군은 지갑을 있는 대로 털어낸다.

"아주머니 점심 좀 사다 먹을까요…… 돈 예 있습니다."

"점심은 집에서 대접해야 할 텐데, 오실 때마다 돈을 내셔서 아이 참, 이를 어째!"

아내는 미안해하면서도 박군이 내주는 일 원짜리 지폐를 할 수 없이 받으며, 내 눈치를 다시 보고는 서구픈 웃음을 웃는다.

"원 별말씀을 다 하십니다. 인젠, 김군두 취직을 할 테니까 그때 많이 대접을 받지요. 허허허."

"그럼 그러셔요. 호호호."

그날 박군이 다녀간 후, 그 이튿날 바로 통지가 나왔다. 나의 취직은 갈데없이 된 모양 같다. 박군은 미리 다 주선해놓고 내 눈치를 보고 있었던지도 모른다.

취직 통지를 받던 날 아내는 마치 진사 급제나 한 것처럼 좋아서 야단이었다. 그는 어린애가 떠들기만 해도,

"쉬! 아버지가 걱정하신다, 조용조용하지 좀 못하니."

하고, 질색을 해서 금하는 것이었다. 별안간 아이들은 웬 영문을 모르고 어리둥절할라치면

"저런 맹추 좀 보지, 아버지가 오늘부터 일 다니시는 줄 몰라?"

하고, 핀잔을 한다.

"일 다니면 떠들지두 못하나 뭐!"

"그럼, 아버지가 속상해서 돈 안 벌어오시면 어떻게 살 테냐 응?"

"그전에는 왜, 떠들어두 가만두었수!"

"그전에는 아버지두 노셨으니깐 괜찮었지. 노는 사람이야 떠들지 않어 무슨 짓을 하기로 상관있나."

"......"

경옥이 형제는 어머니의 말이 이상스레 들리었다. 참으로 돈이란 것이 이렇게도 좋은 것인가? 하룻밤 동안에 아내는 내게 대하는 태도가 천양지판으로 달라졌다. 어제까지도 아내는 나의 언동에 대하여 심상하였을뿐더러, 어떤 때는 도리어 아이들 편을 들어서 나를 핀잔주고 은연중 멸시하는 태도까지도 나타내 보이던 그가 내가 취직 통지를 받고 나니까, 그는 금시로 입 안의 혀와 같이 싹싹하고 다정한 품이 어떻다 말할 수가 없다. 그런데도 그는 나한테 더 잘하지 못해서 애를 쓰는 꼴이 가관이었다. 내가 아이들과 겸상을 해서 밥을 먹을 때는 맛난 반찬을 내 앞으로 놓으며

"늬들은 고만 좀 먹어라! 아버지는 뭘 해서 잡수라구 그러니. 애들이 반찬속을 너무 밝히면 살이 안 찌는 법이야."

하고 눈을 흘긴다. 그러면 젓갈이 찌개 그릇으로 가던 아이들은 어머니의 눈치를 보다가 김치 그릇으로 옮긴다. 내가 잠을 잘 때에도 그렇다. 아내는 마치 갓난이를 재운 때처럼 쉬쉬하고 야단이다.

"아버지가 주무시는데 왜 그리 떠드는 게냐, 조용히 좀 못 있

어!"

"어머니는 밤낮 아버지만 위해! 뭐 우리들은 사람 아닌가."

하루는 경옥이가 이런 말을 하며 통망을 부렸다. 그 말을 들은 아내는 주먹을 쥐고 달려들며 주장질하기를

"그럼 이 집에서 누가 어른이냐? 아버지가 돈 벌어서 늬들을 멕여 살리지 않니."

나는 아내의 돌변한 태도가 우스워 못 보겠다. 그러나 나는 집에서는 이와 같이 하늘 꼭대기까지 올라간 대신 회사에 나가서는 그 반대로 인금이 뚝 떨어지게 된 것은 웬일일까?

회사에서는 모든 사람이 내 위에 있는 것 같다. 나는 하룻밤 사이에 난쟁이가 된 것 같다. 나는 모든 사람을 쳐다보게 되고, 모든 사람은 나를 내려다보는 것 같았다. 우선 박군부터 내 머리 위에 서서 나를 눈 아래로 깔보고 있지 않는가?

나는 우리 집에서는 내가 제일 위함을 받고 있는데 나가서는 제일 천대를 받게 된 것이 무슨 까닭인가 의심했다. 나는 이 세상이 번연히 그런 줄을 알았지만, 어쩐지 그것이 새삼스레 이상스러운 생각이 든다. 그것은 내가 직접 경험을 해보는 때문인지도 모르지만.

결국 나는 황금의 마술에 번롱(翻弄)[9]을 당하는 셈이다. 하긴 그게 어디 나 하나뿐이랴. 온 세상 사람이 모두 다 그렇다 하겠지만.

아내도 황금의 신(神)이 씌어서 나를 별안간 떠받들게 되었다. 나도 황금 앞에 머리를 숙이기 때문에 그 반대로 인금이 떨어진 것 아닌가?

나는 떨어지기 위해서 올라간 자신을 다시금 슬퍼하였다. 그것은 마치 공중으로 팔매를 친 돌멩이가 다시 땅 위로 대가리를 처박고 떨어진 셈이었다.

그날 나는 소위 취직 사령장을 받으러 갔을 때의 광경을 생각하면 지금껏 낯이 뜨뜻해서 못 견디겠다.

일개 쪼그만 무명 회사가 제가 무엇이라고 그리 버티는가. 기껏 가야 고리대금의 영리 기관밖에 안 되는 것을! 그런데 테이블과 의자의 차별은 물론, 언어 행동에까지 계급을 따지는 것이 심해서, 마치 사닥다리와 같이 상하지별이 분명하지 않은가. 그들의 신분은 돈의 다과(多寡)로 계급을 따지는 것 같았다.

소위 사장이란 자는 나에게 사령장을 주면서 반말을 섞어가며 훈시를 하던 꼴이라니.

"에, 우리 회사는 규칙이 엄중하니까, 첫째 사규(社規)를 잘 지켜야 할 것. 그리고 복무심득(服務心得)에 의해서 자기의 맡은 바 직책을 충실 각근하게 근무할 것…… 와갓다네?"[10]

그다음에는 지배인한테로 가서, 또 그와 비슷한 말씀을 듣고 또 그다음에는 서무부로 가서, 사무의 지시를 받고, 사령장을 들고 돌아다니며 인사를 치른다. 그리고 사무의 인계를 받는다 하기에 한동안을 이방 저방으로 박군에게 끌려 다녔다.

박군은 나를 소개한 만큼, 나를 위해서 자초지종 수고를 많이 하였다. 그러나 나는 참으로 박군의 민첩하고 영리한 행동에는 놀라지 않을 수 없었다.

계급 사회의 본색은 누구나 다 마찬가지로 볼 수 있어서 이 쪼그마한 일개 영리 기관에 있어서도 관료식의 색채는 가위 무르녹았다 할 만큼, 잘되어먹었다. 그만큼 박군은——그가 수금원으로 있은 지 불과 몇 달 안 되어 사무원으로 승차한 만큼——이 회사의 화형(花形)이라 할까? 승상접하하는 품이 가위 능소능대(能小能大)해서 어디 하나 막힐 데가 없고 거친 데가 없다. 그것은 아내가 자기에게 하는 이상으로 하인이 주인에게 하는 충성을 다하는 것이 참으로 놀랄 만하다.

그날 사무를 파하고 박군과 같이 나오게 되었는데, 그는 무슨 생각이 들었는지 나를 음식점으로 끌어들인다. 중국요리점 대관원이었다.

보이가 차를 가져오자, 나는 아무 말 없이 더운 차를 마시고 있자니까,

"그래 어떻던가? 첫날 인상이……"

하고 박군은 열적은 웃음을 웃으며 나의 얼굴을 의미있게 쳐다본다.

"뭐 어떨 것 있나 그렇지!"

나는 마주 어색한 웃음을 웃었다.

"처음 보니까 매우 우습지 않던가? 나 역시 당해보았으니 말일세마는…… 그렇지만 별수 있는가. 기위 전향을 한 바에는…… 무슨 일이고 간에 나는 철저하게 하는 것이 옳을 줄 아네."

박군은 마치 어려운 말을 할 때처럼 내 눈치를 보아가며 주저하다가 용단을 해서 말하는 것 같다. 그것은 마치, 내가 자기의 행동을 어찌 보는지 몰라서, 나를 양해시킬 겸, 어떻게 이런 좌석에

서 생활을 합리화시켜보자는 외교적 수단이 포함된 것 같은 구구한 변명으로 들린다.

나는 그의 말이 장히 아니꼬웠다. 제나 내나 할 수 없이 먹기 위해서 들어갔으면 끽소리 말고 맡은 일이나 할 것이지, 주제넘게 거기다 이론을 붙일 것이 뭐 있는가. 제 얼굴이 빤히 쳐다보이는 말을 한다.

그러나 나는 하고 싶은 말을 참았다. 실천에 옮기지 못할 이론은 아무리 늘어놓아야 소용이 없기 때문이다. 더구나 지금의 나는 박군과 똑같은 처지에 있지 않은가.

나는 끝까지 불유쾌한 기분으로 앉았다가 거기를 나왔다. 박군이 돈을 아끼지 않고 사서 권하는 음식도 어쩐지 아무 맛이 없었다.

나는 그때 박군과 헤어져서 집으로 돌아오며 곰곰이 생각해보았다.

사람의 마음이란 이렇게도 변하기 쉬운 것인가? 그것은 처음에는 박군한테 대한 의심이었으나 나중에는 내 자신한테까지 물어보는 질문이었다.

그러나 나는 뒤미처 깨달았다. 그것은 마음이 달라진 게 아니라, 생활이 달라진 까닭이다. 만일 나 자신도 지금 박군의 생활에 완전히 융화할 수 있다면 그와 나 사이에 아무런 간격이 없을 것 아닌가? 나는 아직 박군의 경지(境地)에까지는 들어가지 못하였기에 그를 아직 의심하게 된다. 그렇다니 말이지 몇 해 전에 그와 손을 맞잡고, 한 일자리에서 뒹굴 적에 어느 때는 배가 고파서 호떡 한 개를 가지고도 서로 노나 먹었지만 그것이 더 맛있었고, 그 생활이 더 재미있게 생각되던 기억이 난다.

그때는 일에 대한 정열이 있었다. 그러나 지금 나에게는 무엇이 있는가?

하긴, 나도 박군처럼 돈에 대한 정열이 생긴다면 모르겠다. 하나 나는 아무래도 박군과는 체질이 다른 것 같다. 나는 박군처럼 돈에 대한 소화력이 강하지 못하다. 만일 무리로 돈을 탐냈다가는 금방 체증이 날 지경인 걸 할 수 있나.

그 점은 아내도 나를 잘못 보았다. 아내는 나를 박군처럼 보고, 나도 박군과 같이 되란 것이나, 워낙 성격이 틀린 것을 어찌하랴. 그것은 배워서도 안 되겠지만, 나는 구태여 배우려고 애를 쓰지도 않는다.

그런데 나는 그 뒤로부터 오늘날까지 무려 두 달이나 가깝게 거기를 다니고 있다. 나는 날이 거듭할수록 다니기가 싫어서 견딜 수 없었다. 그렇다고 금방 도로 나올 수도 없어서 한 달이나 채우고 고만두자 한 것이, 지금까지 질질 끌려 내려왔다. 나는 기위 들어간 김이니 얼마 동안 다녀보자고 뼈물어보았다. 그러나 웬일인지 나는 그들의 분위기에 싸이지 않았다.

그러지 않아도 공연히 화가 나서 못 견디겠는데 어제는 회계를 보는 최서기가 나를 빈정빈정 놀리겠지. 그는 노랑수염이란 별명을 가졌다.

나는 들어가던 날부터 오늘까지 사무실에는 별로 있지 않고 밖으로 수금을 다녔지만 어쩌다 그 안에서 일을 볼 때에는 아무한테나 별로 이야기를 하지 않고 나 맡은 일만 할 뿐이었다. 나는 박군과도 그렇게 지냈다. 나는 워낙 입이 뜸해서 그런 데다가 마음이 안 당기는 일을 하고 있자니 자연 심기가 좋을 리가 없었다. 나는 맡은 일만 하면 고만 나와버렸다.

그들은 나의 이런 속은 모르고, 나를 이상한 사람으로 취급하는 모양이다. 나를 벙어리 같다는 둥 무미한 사람이라는 둥, 술도 안 먹고 담배도 안 피우고 대체 무슨 재미로 이 세상을 사느냐는 둥 별별 소리가 다 들리었다. 그럴 때마다 나는 웃음으로 대답할 뿐이었다.

그런데 노랑수염은 차차 말버릇이 없어갔다. 어제만 해도
"여보! 긴상, 사람이 왜 그렇소?"
하고 다짜고짜로 책망 비슷하게 말을 붙이는 것이었다.
"사람이 어떻단 말씀이오?"
나는 무두무미에 그런 말을 들으니 고만 불툭해져서, 쏘아붙였다.
"사람이 왜 그리 무미하냐 말야. ……우리 회사로 말하면, 자 사장 이하로 규지"나 고쓰까이"까지 무여 한집안 식구처럼 친밀하게 지내야 하겠는데 긴상으로 말하면 인젠 들어온 지가 두 달 가까이 되었은즉 뭐 서름서름할 것두 없지 않소? 그런데 도무지 누구하구든지, 다정하게 말하는 것을 못 보겠고, 늘 골난 사람처럼 뚱하니 있다가, 시간만 되면 홱 달어나고 마니 어디 그래서야 같이 있는 본정이 있느냐 말이지요. 다시는 그러지 마시우, 안 그렇소? 내 말이…… 복상두 생각해보시우."

하고 그는 박군에게 동의를 구하며 쳐다본다. 나는 노랑수염의 간사한 말이 아니꼽게 들렸다. 나도 저와 같이 윗사람에게는 아첨하고 아랫사람한테는 거만을 빼지 않는대서 하는 말인가?

"본시 성미가 그런 것을 어찌할 수 있소."

나는 그대로 있기는 모멸을 당하는 것 같아서 한마디를 대꾸했다.

"성미가 그렇더래도 고치면 되겠지."

노랑수염은 마땅치 못한 듯이 윗수염을 손으로 비틀며 노려본다. 그리고 반말이다.

"난 고칠 수 없소!"

"뭣이 어째?"

그는 별안간 성이 파르르 나서 어쩔 줄을 모르는 모양이었다. 나도 곧 주먹이 들먹인다.

"어짜긴 뭘 어째! 공연히 건방지게 남의 참견은 말구 내 앞가림이나 잘하소!"

"아니 저 사람이 뭘 잘했다구 쇠는 게야 응! 쇠기를……"

노랑수염은 됩다 화를 내며 콩팔칠팔한다.

"당신은 뭘 잘했다구 쇠는 게요. 달려들면 누구를 어쩔 테야."

나 역시 화가 나서 마주 대들었다.

"아니 왜들 이래요, 대수롭지 않은 일을 가지구 고만들 둬요."

그동안 박군은 뉘 편을 들 수도 없어서 불안을 띠고 있다가 우리들의 형세가 곱지 않은 것을 보자 두 틈을 뻐개고 만류한다.

"글쎄 복상! 내가 지금 저 사람에게 무슨 해로운 소리를 했기에 저라는 게요. 충언이 역이나 이어행(忠言逆耳利於行)[13]이라구, 자기한테 이로운 말을 했으면 했지!"

"저 사람은 뭐야? 건방진 자식 같으니."

나는 그와 더 말하기가 싫어서 고만 문을 탁 닫치고 나와버렸다. 다행히 중역들은 다 나가고 사무실 안에는 박군과 노랑수염이 남아 있었기 때문에 싸움은 크게 벌어지지 않았다. 그것은 내가 먼저 나온 까닭도 있었지만. 그러나 나는 누구를 원망하랴. 우렁을 잡으려다 수렁에 빠진 것을.

*

나는 지금 이런 생각을 하며 지향 없이 집을 나섰다. 나 역시 갈 곳이 없다. 그전 같으면 이런 때에는 박군을 찾아갔겠지만, 지금은 그러고도 싶지 않다. 나는 아무도 통사정을 할 곳이 없는 나의 고독함을 스스로 애달파할 뿐이었다. 욱하는 생각으로 하면 어디고 정처 없이 떠나고 싶었으나 그것은 나 한 몸을 위하는 것 같아서 못 하겠다. 나는 지금 다니는 데는 단연코 고만둘 작정이다. 더구나 노랑수염과 다투기까지 하였은즉 도저히 더 있을 수 없다. 그러면 당장 무엇을 해야 할까.

나는 두루 궁리한 끝에 촌 선생밖에는 내게 차례 올 직업이 없을 것을 단정했다. 그밖에는 아무 도리가 없었다. 중학은 졸업했으니 그만한 자격은 있을 것 같다.

나는 진즉 왜 그런 생각이 안 났던가 하고 후회하였다. 그렇다!

학원 선생으로나 가자!

 그것은 내가 아는 친구 중에도 지금 학원에 가 있는 사람이 하나 있다. 안군이다. 나는 안군 생각이 나자 그한테 부탁해두면 혹여 자리를 구할는지 모른다는 생각이 났다.

 그래 나는 그길로 이십 리 상거 되는 역말로 안군을 찾아갔다. 나는 안군을 만나보자 다짜고짜로 찾아온 뜻을 말했다.

 "응 그래, 누군데?"

 안군은 내 말을 듣고 나서 이렇게 묻는다. 그는 내가 그 길로 나설 줄은 생각도 못 하는 모양 같다.

 "누군 누구야. 바로 내가 희망잘세."

 "뭐! 자네가?"

 안군은 한참 동안 벌린 입을 닫치지 못하였다. 그는 곧이가 안 들리는 것처럼

 "아니 자네는 어디 취직했다면서…… 금융회사라던가."

 "거기는 고만두었네."

 "언제 그랬나?"

 "오늘."

 안군은 더 묻지 않는다. 그리고 무엇이 수긍되는 점이 있는지 두어 번 고개를 끄덕인다.

 "자네가 그런 생각이 있다면, 자리야 있구말구…… 그러지 않어도 요 너머 있는 ○○학원에 선생이 비어서 지금 구하는 중이라데. 아마 아직 못 구했을걸."

 "아 그런가. 그러면 거기 나 좀 있게 해주라나."

나는 귀가 번쩍 띄어서 안군 앞으로 바짝 대들었다.
"그야 어렵잖지. 자네가 의향만 있다면 이따가라도 물어봄세. 그러나 자네두 짐작하겠지만 돈을 생각한다면 아여 못 할 것이니."
하고 안군은 나의 얼굴을 다시 쳐다본다.
"그야 물론 나두 돈을 벌라고야 촌 선생을 바라겠나. 명색 취직이라고 해보니까 도무지 마음에 맞갖지가 않아서. 나 같은 놈은 월급쟁이두 못 되겠데…… 거기는 딴세상이야."
"그렇지. 자네나 내나 돈하구는 인연이 멀 겔세…… 그러면 곧 올 수 있겠는가?"
안군은 갑자기 긴장한 표정을 지으며 정색하고 묻는다.
"내일이라두 와야겠네. 우선 당장 살어야지."
"자네가 모두 몇 식구지."
"아이들 셋하구 다섯 식굴세."
"다섯 식구라!…… 잘하면 호구는 할 수 있네. 아이들이 한 육십 명 된다니까 이럭저럭 한 삼십여 원 턱은 되겠지. 그렇지만 나두 그 짓을 하네마는 한푼 두푼 가져오는 소위 월사금이란 것은 술 먹는 사람은 술값두 못 되느니…… 그러니 아주 그런 줄 알구 올 테면 오게. 고생할 셈 잡구……"
하고, 안군은 뒤를 다진다.
"그런 부탁은 더 할 것 없네."
나는 아주 다짐을 두고 내일 다시 나오기로 약속하였다.

*

 안군에게서 점심을 먹고 나는 저녁때 집으로 들어왔다. 나는 안군과 상약하기를 내일 학원 당국자를 만나보고 모레부터라도 교편을 잡기로 하였다. 그것은 통학하는 아이들 때문에 우선 나 혼자만 나오기로 한 것이다. 어디다 밥을 붙여 먹고 남는 돈을 집으로 보낼 작정이다. 안군은 나의 그런 성산을 주저했으나 술 담배를 안 먹는 줄 아는 만큼, 존절히 규모를 차리면 한 달에 이십 원쯤은 보낼 수 있다고 나중에 말한다. 좌우간 그렇게 있다가 내년 봄에 이사를 하든지 어쩌든지 해보기로 나는 결심하였다.

 나는 이렇게라도 직업을 작정하니 마음이 거뜬하다. 비록 생기는 것은 적다 할망정 천진난만한 어린애들을 상대해서 날 것을 생각하니 거기에서 새로운 정열이 붙잡힐 것 같기도 하다. 성냥 대신 부싯돌을 치듯이, 교육자의 정열! 그것은 시정배의 돈벌이와는 다르지 않은가? 나는 그전에 선생질을 하찮게 보던, 자신을 꾸짖었다.

 '촌구석에서 콧물 흘리는 어린애들과 저 짓을 하구 살다니!'

 안군을 작년에 만났을 때는 이런 생각을 하였으나, 물론 시대가 달라지기도 하였지만 나는 턱없이 도회에서 그전처럼 뽐내보려는 생각이 남아 있어서 선생질을 할 생각은 염두에도 없었던 것이었다.

 내가 집에 돌아오니까 아내는 당황해하는 품이 나를 몹시 기다렸던 모양 같다.

"아니 어디 갔다 오시우?"

그는 나의 눈치를 보며 다급히 묻는다.

"아무 데 갔다 왔으면."

나는 퉁망스럽게 내뱉고 의관을 벗었다. 아침에 당한 분이 그저 덜 풀린 때문이다.

"회사에 안 가셨수?"

"거기는 안 간대두 그래."

"아, 그럼 잘되었군! 난 또……"

아내는 무슨 일인지 저 혼자 좋아한다.

"뭬 잘됐다는 거야?"

나는 웬 영문을 모르겠다.

아내는 비로소 안심하는 기색을 띠며 화롯불을 부젓갈로 헤치면서

"당신이 아침에 그러고 나간 뒤에 나두 화증이 나서 박선생 집에를 가보지 않았겠수. 아, 그랬더니 그 댁이 그러는데 당신이 누구랑 어제 싸웠다는구려. 그래서 나두 비로소 당신이 가기 싫다는 속을 알았지 뭐요!"

아내는 말끝을 톡 쏘는 것이 왜 그럼 자기를 속였느냐, 그런 일이 있었으면 서로 의논을 했으면 일이 잘 펴일 수가 있는 것을—하는 어훈[14]이 내보인다.

"그런데 어짜란 말야!"

나는 아내의 말이 아무 흥미도 없게 들렸다.

"그래서 나두 아침에 내외간에 말다툼을 하구 지금 나오는 길

인데 인제 보니까 그래서 회사를 안 갔댔구먼 그럼 저 일을 어쩌면 좋으냐고 한걱정을 했더니만, 그 댁 말이 좋은 수가 있다구 하며 그러겠지. 그 양반이—당신 말야. 그러구 나가셨으면 정녕 회사에는 안 들어갔을 터이니까 이 길로 바로 최서기 댁을 찾아가서, 그 부인한테 빌어보라구. 그러면 그 댁이 워낙 사람이 좋으니까 사정이 딱해서라두 오늘 밤에 자기 남편을 삶어넘길 테니. 예전부터 베갯머리 공사가 무섭다구, 그런 거북스러운 일에는 여자의 입김이 들어가야 제일 쉬웁닌다 그러겠지. 생각해보니 딴은 그럴 상싶어서, 아니 그길로 삼청동 최서기 집을 찾아가보지 않었어요. 과약기언[15]입디다. 내가 좋은 말로 사과를 했더니만, 그까짓 거 걱정 말라구 아주 장담을 하겠지요. 참 그 댁두 사람이 무척 좋더구먼…… 그럼 뭐 잘되지 않었수."

아내는 아주 제 딴은 잘한 성싶게 되잖은 애교까지 피우며 늘어놓는다.

나는 하도 어이가 없어서 한 번 웃었다.

"아니 뭣이 어째! 누가 너보구 빌러 다니랬니?"

"그럼 어짜란 말이야? 당신이 빌기는 창피할 터기에 내가 대신 빌었지. 일만 무사하게 됐으면 고만 아니우."

"무사하면 고만이라구? 아니 누가 그대로 다닐 텐데. 주책없는 계집 같으니……"

나는 인제는 아내가 또 나간다고 시위운동을 한대도 겁날 것이 없기 때문에 조금도 기를 꺾일 것 없었다. 나는 그길로 사직원서를 쓰기 시작했다. 아내는 아무 말도 없이 내 눈치만 보고 있다가 종시 내가 개구[16]를 않으니까 답답한 듯이 묻는다.

"그게 뭐요! 쓰는 게?"

"사직원이지 뭐야!"

"뭐 사직원……"

아내는 사직원이란 말을 듣더니 고만 간질 하는 사람처럼 기함을 하며 놀란다. 그러자 그는 내 앞으로 왈칵 달려들며 글씨 쓰는 종이를 두 손으로 뺏으려 덤빈다. 그리고 애걸복걸한다.

"여보! 내가 잘못했수. 다시는 그런 짓을 안 할 테니, 이번만 참으시우…… 제발, 이 치운 겨울에 직업이 떨어지면 어떻게 살라구…… 네! 어서 그 종이를 찢읍시다……"

"아니 이거 못 놔!"

나는 아내가 붙잡는 소매를 홱 뿌리쳤다.

"나를 죽일라거든…… 제발…… 당신이 정말 고만둔다면 나두 그까짓 것 자식들을 죄다 양잿물을 퍼 먹이구 한강에 가 빠져 죽지…… 뭐, 누구는 겁날 줄 알구."

하며 아내도 식식하고 마주 대든다.

"고만두랍, 이거 아니면 말로는 못 한다더냐."

나는 고만 쓰던 종이를 쫙쫙 찢어 내버렸다. 그리고 일변 다시 의관을 떼어 입고 밖으로 나왔다.

나는 그길로 박군을 찾아갔다. 아내는 나의 강경한 태도에 불안을 느끼는 모양이었으나 그래도 내가 사직원을 찢고 나가는 것을 보고 은근히 믿는 눈치가 보인다.

"옛다, 숯 좀 사 오너라. 찌개 데울 불두 없이 꺼졌구나. 아버지가 이따 오셔서 저녁을 잡수실는지 모르니."
 나는 등 뒤에서 아내의 이런 말을 듣고 속으로 웃었다. 이게 도무지 무슨 희비극인가 싶었다.

봉황산 鳳凰山

1

아침 해가 솔밭 위로 찬란히 떠오른다. 새날의 빛나는 광선은 때마침 곱게 물들어가는 단풍숲 새로 더욱 영롱하게 반사된다.

"깟깟! 깟깟깟!⋯⋯"

울안에 선 버드나무 가지가 흔들리며 별안간 까치 한 마리가 지붕마루를 내려다보고 영악스레 짖는다. 치수는 그 밑에서 풋벼바심[1]을 하고 있었다.

"반가운 손님이 올라 카나. 무슨 까치가 저리 짖노!"

화롯불에 미음을 데우던 보배는 행주치마로 코를 씻으며 처마 밖을 내다본다. 까치는 또 한 번 꽁지를 촐싹대며 짖다가 가지를 옮겨 앉는다. 거기는 '겨우살이'가 새 둥지처럼 시퍼렇게 엉겨 붙었다.

"반가운 손님이 어디서 와, 내사 그런 손님이 올 것 같잖다."

아내의 목소리를 듣고, 치수는 퉁망스레 대답한다. 그는 여전히 도리깨질을 하기에 분주하다.

"혹시 알 수도 없지……"

보배는 전에 없이 음성이 아름답다. 청명한 가을 아침을 맞이한 그는 자기도 모르게 명랑한 기분이 뜬 것 같다. 그러나 보배는 남편의 말을 다시금 새겨보았다. 과연 이 집엔 반가운 손님이라곤 찾아올 아무도 없었다. 하긴 친정에나 누가 있다면 보배에게는 그들이 제일 반가운 손님이 될 수 있고 이런 때에 그들이 왔으면 얼마나 반가우랴마는 홀로 있던 친정아버지마저 작고한 터이니, 다시 또 바랄 사람이 누가 있으랴.

그런가 하니, 보배는 새삼스레 자기의 신세가 여지없이 고달픈 것 같다. 그는 친정만 그런 게 아니라, 시집 역시 고단하다. 시집도 지금 사는 세 식구들뿐이었다. 먼 촌 일가는 더러 있다지만 그들은 있으나 마나, 어쩌다 몇 해 만에 한 번씩 다녀가면 고만이다. 하긴 만주 가서 산다는 그중 가깝다는 일가는 찾아오지도 않지마는……

그런데 시어머니는 벌써 오 년째나 속병으로 고롱고롱한다. 시어머니만 그렇지 않아도 집안 꼴이 이 지경은 안 되었을 것이다. 그 역시 가운이 불길하다면 고만이겠지만.

몇 해 전만 해도——이 산중으로 이사를 오기 전까지는 농사를 광작하고 소바리나 세웠던 것이다. 지금 생각하면 부질없는 짓을 한 것뿐이었다. 낫지도 않는 약을 쓰다가 빚구럭에만 들었기 때문이다. 그랬으면 집을 팔더라도 그 근처로 줄여 앉든지 하지 않고, 무얼 하러 이 산골로 피접을 온다고 들어왔는가. 시아버지는 봉황산이 명산이요 피난처로 유명하다고, 그전부터 이사를 못 가서 애를 썼다. 그래 그 좋은 월하감나무가 열 그루나 따른 가대를 뎅경 팔아버리고, 강원도 오색이 물보다도 더 좋다는 이 산속을 찾아 들어왔다. 그러나 소득이라고는, 살림을 더욱 망친 것뿐이요, 병주머니는 그대로 처져 있다. 글쎄 약으로 못 고친 병을 맹물로 어떻게 고친다는 것인가?

그들은 명산을 찾아와서 산전이나 파먹고, 좋은 약물을 장복하면 병도 나을 것 같았고, 〔몇 자 판독 불능〕 재미도 있으리라 싶지만, 세상일이 어디 그렇게 뜻과 같이 되느냐 말이다.

하긴 이곳 물이 나쁘지는 않았다. 산중 물이 어디는 나쁘랴마는, 시어머니도 물을 갈아 자신 뒤로는 한동안 우선한 듯하였다. 그러더니만, 웬걸 몇 달 뒤에는 도로, 전과 마찬가지로 악화할 뿐인 데야…… 그게 무슨 까닭이었는지는 모르나, 보배의 생각에는 물 대신 밥이 나쁘기 때문인가 하였다. 이 산중에서야—큰절 중들은 모르지만, 누가 무슨 형세로 쌀밥을 먹을 수 있는가. 시어머니도 음식이나 잘 공양했더면, 그길로 병줄을 놓았을지도 모른다. 그런데, 성한 사람도 먹기가 어려운 조밥과 메밀 당수[2]만 우겨대자니, 아무리 물이 좋다기로 중병 든 노인이 어떻게 원기를 차릴 수 있으랴? 그는 날이 갈수록 낫긴커녕, 병은 점점 더 골수에 박여서, 인제는 호정출입[3]도 못 하고 아주 몸담아 드러눕게 되었다.

2

"아이고……얘야……응! 끙……아무도 없나? 아이고……"

보배는 그동안 무심히 서서 까치가 올라앉은 버드나무를 쳐다보고 있는데, 안에서 어머니의 목소리가 들리는 것 같다. 그것은 다 죽어가는, 실낱같은 음성이다.

'와 또 뭐 할라꼬, 불르노. 원수놈의 병이 기어코, 집안을 망치고 말 게다! 두고 보랑이.'

보배는 속으로 중얼거리며 눈살을 찌푸린다. 그는 인제 고만 병치다꺼리엔 몸서리가 쳐진다. 무슨 놈의 병이—그건 당골의 말과 같이 무슨 귀신이 붙었는지 참말 알 수 없다. 낫지 못할 병이거든 차라리 얼른 죽기나 하든지…… 이건 노상 한대중으로 성한 사람까지 달달 볶아가며, 무작정 끌어가는 것은 마치 무슨 심사로 부지깽이 하나도 이 집에 안 남기고, 죄다 없애는 꼬락서니를 보고야만 내가 죽겠다고, 부러 심청을 부리며 버티고 있는 것 같았다.

"아이고 야 야 나 좀……이……일으켜 도고……아이고……"

목 안에서 가래가 가릉가릉 끓는다. 피골이 상련한 얼굴은 두 눈이 움푹 팽기고 반백이 넘어 센머리가 화투 보구니처럼 엉겨붙었다. 그것은 대낮에 보아도 산 귀신같이 무시무시하다. 오랫동안을 병객으로 있는 노파는 병꼴이 몸에 박여서, 성한 사람과는 아주 다른 어떤 이상한 체취와 분위기를 발산한다. 그는 해소

병까지 겸했다.

"와 일어날라꼬, 가만 눕어 있지!"

"아이고…… 가슴이 갑갑해서…… 나 물 좀 도고."

병인은 두 손을 허공으로 저으며 어서 일으켜달라는 시늉을 한다.

보배는 그를 벽으로 기대서 일으켜 앉혔다. 그리고 밖으로 나가서 끓이던 미음을 한술 떠다 먹이었다. 그는 미음도 잘 못 마신다. 욕지기가 나서 못 먹겠다 한다.

"느그 아버지는…… 장에 갔나?"

"네, 장에 갔대요."

"아이고 약을 지어 오지 말라 카지…… 그까진……약을……묵으면 뭘 한다꼬. 암만 묵어야 나……낫지도 않는걸!…… 원수의 귀신은 아! 아…… 다 뭘 하는지……"

병인은 여기까지 간신히 말을 이어가다가, 고만 기침이 나와서 한바탕 콜록콜록 자지러진다. 그러더니만, 고만 기진한 듯이 자리에 픽, 쓰러진다.

보배는 한동안 어쩔 줄을 모르고 서서 보기만 하였다. 그가 쓰러지자, 이불자락을 덮어줄 뿐이었다. 병인은 죽었는지 아무 기척이 없다. 숨 쉬는 소리도 안 들린다. 그러나 보배는 별로 놀라지도, 무섭지도 않았다. 그는 그런 경험이 많았기 때문이다.

일순간 그는 시어머니의 일생이 가엾다 생각해본다. 성한 사람이 고생을 하다가 죽는 것도 남들은 다 불쌍하다 않는가. 황차 저런 몹쓸 병을 오래 앓다가 죽으면 여북하랴 싶었다. 그러나 그는 일순간 그 생각을 자기에게로 다시 옮겨다 본다. 불쌍해 보이던 시어머니가 별안간 불공대천의 원수처럼 미워진다.

참으로 시어머니만 아니었더면, 집안은 살기도 넉넉했고, 병구원과 약시중하느라고, 이렇게 신역이 고될 것도 없지 않은가? 아니 그보다도 그는 먼저 살던 감나무골을 떠나서 이 산중으로 처량하게 올 까닭도 없었고, 청춘의 오륙 년간을 아무 경황 없이 지나지도 않았을 것이다. 그런 생각은 보배로 하여금 별별 생각을 다 들게 한다. 어려서 같이 크던 동무들은 지금 다 잘되었을 것 아닌가? 그들은 제가끔 시집을 잘 가서 모두가 잘살 것만 같았다. 그런데 자기 혼자만 남모르는 고생을 하며 이 산속에서 처량히도 고목과 같이 썩는 것 같았다. 왜 하필 시어미 있는 데로 시집을 보냈을까? 그는 오늘날 자기의 신세는, 원수의 시어미가 똑 망쳐준 것만 같았다. 그런 줄 알았으면 왜 진즉 양잿물이라도 타서, 저 산 귀신을 몰래 못 먹였던가 하는 악독한 생각이 치받치기도 한다.

그러나, 보배는 다시 가슴을 진정하고 냉정히 생각을 돌려보았다. 아까까지는 모든 것을 시어머니 탓이라 하였지만, 과연 시어머니가 없었다면 자기의 신세가 나아졌을까? 그것은 물론 그랬을 것이다. 아니 그것은…… 그럴 것 같기도 하였고 또 안 그럴 것 같기도 하였다. 왜 그러냐 하면, 시어머니가 병나기 전에도, 그의 신세는 별반 나은 것 같지 않았기 때문이다.

그때도 남편은 일 년 내 농사를 짓기에 허덕이었다. 자기는 안에서 그 뒤치다꺼리로 또 그러했다. 방아 찧고, 김매고, 밥 짓고,

빨래하고, 오줌동이를 이기에 도무지 눈코 뜰 새가 없지 않았던가! 고생되기는 그때나 이때나 일반이었다.

그렇다면, 자기의 일생은 누가 망쳤는가? 친정어머니는 일찍 돌아가고 완고한 아버지는 훈장질로 돌아다니다가, 근년에 작고했다. 보배는 그 아버지를 생각하면 뼈가 아프다. 그도 어려서는 남과 같이 잘 입고 잘 먹고 잘살아보자고, 이를 뼈물었었다. 그랬건만 인생의 기구한 운명은 부지중, 그의 찬란하던 젊은 꿈과 희망을 어디로 빼앗아갔다. 그리고 그 대신 지금은 이울어가는 꽃과 같은 시든 청춘에, 오직 아귀 같은 어린것을 두서넛 매달아서 이 산속에다 획 내던진 신세가 되지 않았는가? 아, 과연 자기를 이 산중으로 집어 내던진 자는 누구일까?……

별안간 남편의 기침 소리에 정신을 차려보니, 그는 어느 틈에 밖으로 나와서 버드나무에 붙은 '겨우살이'를 맥없이 쳐다보고 섰다. '겨우살이'는 언제 보아도 신기한 생각이 든다. 지금도 그래서 무의식중에 쳐다본 모양 같다. 그것은 비록 미물이라도 자기보다는 훨씬 훌륭한 생활을 한다 싶었다. 다른 나무에 붙어서, 남의 진액을 빨아먹고 사는 놈이, 도리어 원나무보다도 싱싱하게 사철을 살고 있다는 것은 얼마나 이상스러운 물건인가?…… 그래서 겨우살이는 기생초(寄生草)라는 별명이 붙었다 하거니와. 보배는 미물인 '겨우살이'만도 못한 신세를 다시금 애달파할 뿐이었다.

햇살이 차차 퍼지면서, 좌우의 우중충하던 산그늘이 활짝 걷어치우고, 맑은 추공(秋空) 위로 백옥 같은 태양이 번득인다.

봉황산 단풍은 자고로 유명했다. 그러나 교통이 불편하던 옛날에는 근처의 사람들과 시인 묵객이 간혹 찾아들 뿐이었는데 근년에 신작로를 내고, 자동차가 개통된 뒤로부터는, 명산을 찾아드는 먼뎃손들이 도리어 더 많아지는 것 같았다.

그래서 해마다 단풍철이면 철도국에서는 탑승객을 이곳으로 유인하려고 머리를 쥐어짜는 모양이었다. 올해도 그들은 ××도 내의 각 역마다 오색으로 인쇄한 선전 포스터를 내걸었다. 그것은 기생이 활옷을 입고 단풍 가지 밑에서 춤을 추고 있는 광경이었다.

산 밑까지는 정기로 두 차례씩 내왕하던 자동차가 요새는 네 차례를 통래한다. 그것은 철도국에서 직영하는 버스를 임시로 운전한다는 것이었다.

따라서 봉황산은 단풍이 들기 전부터 각처에서 모여드는 탑승객으로 복잡하다. 나날이 붉어가는 단풍이 무르녹는 요즈음에는 더욱 그들의 발자취가 시끄러워서 날마다 이때쯤 되면 벌써 구경꾼들이 산 위로 치미는 것이었다.

아니나 다를까! 지금도 산 밑에서 자동차 소리가 뿡 하고 난다. 아이들이 그 소리를 듣고 모두들 쫓아 나간다. 자동차 왔다! 자동차 왔다! (순식이도 거기를 따라갔는가?)

산골 아이들은 구경꾼들이 먹고 내버린 사이다 병과, 미루꾸[4] 갑과, 간쓰메[5] 통과, 벌레먹은 실과 쪽을 마치 무슨 보물처럼 줍는 재미로 몰려간다. 그리고 어떤 날은 기생들이 춤추며 노래부르는 구경을 하기도 한다. 그런 때에는 희떠운 손님들한테서 먹던 과자 봉지를 재수 좋게 얻어볼 수 있는 횡재를 만나기도 한다. 보배는 순식이가 그런 것을 얻어 온 것을 보고, 처음에는 지청구를 하였었다. 그러나 지금은 내버려둔다. 그것은 다른 아이들이 모두 그렇대서뿐 아니라, 그런 자존심을 꺾인 지도 이미 오래전이기 때문이다.

그의 집은 바로 봉황사 큰절 밑에 있다. 좌우로 계곡을 끼고 앉은 개울 바닥 옆이었다. 물소리가 사철 귀에 떠나지 않는다. 먹을 건 없어도 경치만은 훌륭한 곳이다.

먼저 온 구경꾼들의 한 패가 절 위로 올라온다. 고요하던 산중이 별안간 떠들썩해진다. 앞뒤로 둘러싼 푸른 솔과 잣나무 전나무가 쭉쭉 뻗어 올라간 산허리. 그 사이로 동학을 이룬 골짜기마다, 무성한 수림이 마치 술 취한 군중처럼, 서로 얼크러지고 비틀어지고 한 거기에 또한 뻘겅 칠 노랑 칠을 해서 일면으로 시뻘겋게 빛나는 색깔의 아리따움은 참으로 무어라 형용할는지?……

다시 그 위로 톱니 같은 연봉(連峰)이 하늘을 치받는가 하면, 땅 밑으로는 한 줄기 벽계수가 굽이굽이, 폭포를 매달고 옥을 부시며 떨어진다. 이때의 만산홍엽과, 맑은 공기와, 빛나는 하늘빛과, 산중의 청허(淸虛)한 정적과, 거기에 다시 그윽한 물소리와 문득 이름 모를 새소리의 반주는, 음향과 색채가 한데 어울린 위대한 음악이요 미술이요, 또한 장엄한 자연계에 누구나 머리를 숙이게 하는 무엇이 있었다.

그래서 사람들은 이 산을 명승지라 한다.

그러나 보배는 이런 경치를 무시로 보아야 아무런 감상이 나지 않는다. 그는 마치 다른 사람들과는 감정의 세계를 달리한 딴 나라 사람같이 보이는 것이었다. 그의 이와 같이 무딘 감정은 도리어 구경꾼들을 미친 사람으로 보았다. 요새 과연 그들은 단풍에 미친 것 같았다.

하긴, 그도 여기 와서 단풍의 장관인 걸 처음 볼 때는 남과 같이 좋은가 보다 하였다. 그러나 그는 어느 틈인지 그런 생각은 없어져버렸다. 그것은 마치 그에게서 청춘과 행복을 빼앗아간 때처럼…… 인제는 그런 것과는 아주 상관없는 딴 남으로밖에 더 안 뵈었다. 그는 단풍을 구경할 돈이 있으면 차라리 옷 한 가지를 더 해 입지 싶었고, 그만큼 저게 무슨 돈지랄들인가 싶었다. 그는 모든 것이 시들해 보였다.

그동안 치수는 벙어리처럼 서서 도리깨질만 부지런히 하고 있다. 댓 마지기 논을 모처럼 지은 것이다. 워낙 마냥모로 심었지만 다 타버린 게 아주 모지락스럽게[6] 되어먹었다. 난쟁이 키 같은 홰기에 벼 알이 간혹 두세 개씩 붙었을까. 그래도 그것이 일 년 내 지은 농사라고, 베어 들이긴 했다. 개상질[7]을 하기도 난중스러워서 펴놓고 검부러기째 뚜드리는 것이었다. 지주는 봉황사 중이었다. 소작료는 간신히 반감을 시켰다. 그러나 논농사를 시작한다고 올해 공연한 생빚을 진 것이 이자를 합하면 이십 원이 된다. 그 돈을 갚을 일이 난감하다. 치수는 지금도 그 생각에 가슴이 뻐근하다. 그는 논농사를 지으면 셈평이 좀 나을 줄 알았는데, 올 같은 해에는 공연한 헛수고를 한 것뿐이었다.

점심 전에 한참을 쉬면서 담배 한 대를 피우자니까 누가 문 앞에 와 어른거리며 찾는다.

"주인 집에 있소?"

"누구요?"

치수가 나가보니 뜻밖에 그는 걱정하던 빚쟁이였다. 올봄에 돈 십오 원을 얻어 쓴 읍내 강주사 집 차인*으로 있는 김선달이었다.

"아! 영감님 나오십니까? 좀 들어오시지요."

치수는 떫은 표정을 짓다가, 어찌할 수 없이 그를 마당 안으로 인도한다.

"부친은 어디 출타하였소."

"저, 약 지으러 장에 갔습니다."

"와 누가 병났는데?"

"네 저의 오마니가 벌써부터 속병을 앓으십니다…… 좀 들어앉어야 할 낀데 방이 더러버서 온……"

치수는 민망한 모양으로 둘러보다가

"참, 여기라두 좀 앉으시오."

하고 짚 토매를 갖다 놓는다.

"아니 괜찮소…… 그런데 오늘 일부러 나오긴 당신도 알겠지만 그 차금 조간을 기한 안에 해야겠소…… 어련히 요량하겠소만, 그래도 미리 통지를 해두는 것이 좋겠고. 또 나중에 딴말이 있을는지도 모르니까……"

"예 참 그런 줄은 잘 압니다…… 아버지도 매우 걱정을 하시면서 오늘 장에 이자라도 만들어가지고 한번 찾아가 보겠다고 합디다……"

하고 치수는 불안한 듯이 머리를 긁는다.

"이자라니? 그건 안 될 말이고...... 본전을 다 받아야겠소."

"그렇지만 이 나락 된 것 좀 보소. 이 통에다가 집에 앵화[9]까지 들었으니 시방은 아무 경황이 없습니다. 한즉 내년 가을로 좀 연기를 해주시오!"

치수는 부친 대신으로 이렇게 사정을 해보았다.

"그건 당초 안 될 말이라 카니 그래! 그까진 돈 십오 원을 내년까지 누가 미루겠소."

김선달은 머리를 좌우로 흔든다.

"그렇지만 사정이 딱하지 않소? 더구나 올 같은 해에……"

"그거야 당신 집 사정이지, 우리야 알 배 있소."

치수는 허망한 웃음을 지어본다.

"그럼 어쩌겠소? 없는 돈을 각중에[10] 변통할 수 있어야지요. 소작료도 못 치르겠는데요."

"글쎄 그런 말은 소용없다니까! 인자 와서 무슨 소리요! 만약에 기한 안에 아니 물면, 지불 명령을 해서 재산 차압을 할 것이니 당신 부친한테 그렇게 말하소. 더 길게 말할 것 없이."

"앙이 무엇?...... 차압을? 하……"

"뭣이 무어라! 뻔한 일 아니가. 당신이 줄 수 없으면, 보증인한테 받아도 될 것이니까…… 당신 집에서 물든지, 보증인이 물든지, 좌우간 기한 안으로만 돈을 갚으면 안 되오. 자, 그럼 난 가겠소."

그러자, 김선달은 수대를 집어들고 획 나간다. 치수는 그 당장

사지가 얼어붙은 사람처럼, 장승같이 한동안을 우두커니 섰을 뿐이었다.

3

빚쟁이가 개울로 건너가는 것을 바라보던 보배는 남편 앞으로 한 걸음을 선뜻 대들었다. 그러나 그도 말문이 콱 막혔다. 보배는 그들의 수작을 부엌문 안에 숨어서 낱낱이 듣고 있었다. 차압! 차압을 한단 말을 들었을 때는 사지가 금방 벌벌 떨리었다. 차압! 그것은 호랑이보다도 얼마나 더 무서운 괴물인가? 그는 자기의 친정에서나 시집을 와서도, 그 괴물 때문에 집을 빼앗기고, 솥단지를 떼우고, 풍비박산하는 이웃 사람들을 무수히 보아왔다. 그 때는 그래도 남의 일이라, 가엾단 말이나 할 뿐이었더니, 아, 이 무서운 괴물이 자기 집 대문 안까지 들어올 줄은 뜻밖이었다. 그는 마치 사형 선고를 받은 죄수와 같이 두 눈이 뒤집히며 눈앞이 금시로 캄캄해졌다.

"여보 어쩌겠소?"

"뭘 어째여. 제길헐 당하면 당했지 별수 있나!"

치수는 그 아내와는 반대로 아주 무표정한 거동을 보인다.

"온! 당신은 그렇게 생각하오. 아이고, 이 산골로 들어와서 인제는 집까지 뺏기는가 부다. 장차 이 치운 겨울에 어디로 빌어먹어 나갈라꼬……"

보배는 땅바닥에 가 털썩 주저앉으며 또 한 번 한숨을 내쉰다. 치수는 아무 말 없이 담배만 뻐끔뻐끔 피운다.

"에이 빌어먹을 것 듣기 싫여. 청승맞구만……"
"방정맞은 놈의 까치! 난 누가 반가운 손님이나 온다꼬!……"
보배는 애꿎은 까치한테 분풀이를 하려 든다.
"그러니 내가 뭐라쿠데! 우리 집에 빚쟁이밖에 찾아올 사람이 누가 있겠다고!"

치수는 자기의 말이 맞은 것이 신통해서 아내에게 오금을 박다가 제풀에 그도 웃음이 나와 싱그레 웃었다.

"당신은 뭣이 좋아서 웃음을 다 웃는교!"
"그럼, 웃음도 내 맘대로 못 웃을까. 체!"
치수는 담뱃대를 빼어들며 가래침을 탁 뱉는다. 집어 내던진 마음—되는대로 되거라, 새삼스레 겁날 것도 없다 싶다.
"사람은 와 밥만 묵고 산다고 이 야단인가 몰라……"
누구나 흔히, 너무 벅찬 힘에 눌릴 때, 그것을 항거하지 못하면 애상적으로 흐르기 쉽다. 보배도 지금 갑자기 센치해지며 눈물이 그렁그렁한 눈으로 시름없이 버드나무 고목을 쳐다보다가, 혼잣말처럼 이렇게 중얼거린다.

"흥! 밥 안 묵고 사는 건 귀신이나 있지."
치수도 공연히 심사가 뒤틀려서 엇조로 말이 나간다.
"그럼 저으사리는 저렇게 가만히 붙어서도 잘 처먹고 살지 않나."
"그놈은 남의 몸에 덧붙이기로 사는 놈이니까, 말할 것도 없지……."

치수는 또 한 번 가래침을 탁 뱉었다.

"덧붙이기라도 고생 않고 잘살기만 한다면 난 좋겠드라. 그런 생각을 하면 사람은 저으사리만도 못하지 뭐!"

"넌 그럼 이담에 죽걸랑, 부처님한테 저으사리가 되게 해돌라 카라믄!"

"누가 이담 말인가, 지금 말이지!"

보배는 남편에게 눈을 흘긴다.

"그 대신 지금은 일을 많이 하지 않나. 이 세상에서 일 많이 한 사람은 죽어서 천당 가고 극락 간다더라."

"아이가! 어느 시러배 친구가 그럽디까?"

보배는 남편의 말이 같잖아서 웃음이 나오곤 말았다.

"누가 그래여 다 그러지. 그럼 일하는 게 나쁘다는 사람은 누가 있던가? 이 세상에 일해서 나쁘다 카는 사람이 하나나 있는가 보지!"

보배는 남편이 들이대는 말에는 대답이 막힌다. 그러나 그 말은 옳은 듯하면서도 어딘지 모르게 수긍되지 않는 점이 있다.

"그럼 와 판판 놀고서도 잘사는 사람이 있고, 일하기보담도 놀기를 좋아하는 사람이 더 많은교?"

"흥 그건 저으사리 같은 사람들이라!"

치수는 무심히 이런 말이 혀 위로 떠올랐다. 그것은 자기도 무슨 의사로 한 말인지 모른다. 그래 그도 버드나무 위를 쳐다본다.

그러나 보배는 남편의 지금 말이 머릿속을 번개같이 환해놓고 지나갔다.

　—겨우살이는 아무 나무나 높다란 가지에 붙는다. 그러고 그것은 흠집 있는 가지만 골라 붙는다. 그놈은 그런 가지의 흠집에다 제 씨를 붙여서 키운다. 그래 그놈은 원나무의 진액을 빨아먹고 살아간다. 따라서 그놈은 뿌리가 없다. 뿌리가 있어야 소용없다. 왜 그러냐 하면 남의 뿌리에서 올라오는 진액을 얻어먹고 붙어살기 때문에. 그래서 이놈을 꺾어보면, 대 밑동이 원나무 가지에 붙었다가 그대로 살점이 묻어나서 떨어진다. 그것은 마치 원나무 가지를 꺾은 것과 같이 붙어 있던 자리에 생채기를 나게 한다. 한데 이놈이 사철 살아서, 지금같이 낙엽이 지는 가을에도 이놈은 시퍼런 잎사귀와 노랑 구슬 같은 열매를 맺고 있다.

　보배는 이런 생각이 들자, 이 세상에서 놀고도 잘사는 사람들은 과연 이 '겨우살이'와 같지 않은가 하는, 신기한 생각이 들기 때문이었다.

　"그럼 또 일하는 사람은 뭣 같을꼬?"

　보배는 남편의 엉뚱한 말에 잠깐, 현실의 자기를 잊고 동화(童話)의 나라 같은 꿈속을 더듬는다.

　"당신같이 일하는 사람은 돼지! 하하……"

　"뭣이라?"

　보배는 주먹을 둘러멘다.

　"안 그런가 보지. 돼지는 밤낮 코로 땅을 쑤시며 먹을 것만 찾지 않에? 그러니 돼지 아니고 뭐이라."

　보배는 무슨 말을 하려다가 생각이 잘 안 나와 고만두었다. 그리고 남편은 마치 술 먹은 사람처럼 농담하는 듯하는 통에 상대하기가 싫어졌다. 그러나 그의 한 가지 의심은, '겨우살이'도, 돼지도 아닌 사람이 따로 있을까? 함이었다. 하긴, 그런 사람이 있어야 정말 옳은 사람일 것 같기도 하였다.

그는 부엌으로 들어가서, 남편의 점심을 주려고 조밥덩이—조, 보리, 팥이 절반씩 섞인 삼위일체를 솥 안에 넣고, 푹푹 삶았다.

4

그 후 며칠 뒤 치수의 부친 서노인은 십오 원 차금에 대한 변리를 간신히 변통해가지고 읍내로 들어갔다. 그길로 강주사를 만나 보고 비진[1] 사정을 해보았으되, 그들은 예상했던 바와 같이 두말도 못하게 거절하였다.

그런데 설상가상으로 아내의 병은 점점 덧쳐만 간다. 암만해도 그는 이 겨울을 못 넘길 것 같다.

보배는 귀찮은 생각만 나서 그전에는 시어머니가 어서 죽기를 남몰래 축수하였다. 그러나 지금과 같은 딱한 형편에는 그가 죽을까 봐도 겁이 난다. 죽으면 더 큰일이다.

빚은 몰리고 먹을 것은 없는데, 초상마저 나면, 장례를 어떻게 치러내느냐? 이왕 병줄을 오래 끌었으니, 내년 가을에 농사나 잘 짓거든 돌아가주었으면 하였다. 아닌 게 아니라 제발 그래줍시사고 그는 심중으로 무수히 빌었다.

그래 그는 남편과 완고한 시아버지를 우겨서 큰절로 불공을 가 보았다. 그것은 지주 되는 중의 말에, 이 절 밑으로 들어와서 부처님 은혜로 사는 사람들이 불공 한번을 안 올리니 무슨 병이 나을 수 있느냐는 것이다. 미상불 그 말에 찔리기도 하였다. 인제는 약을 쓸 돈도 없으니, 정성이나 드려보자는 최후로 바라는 마음에서 그러하였다.

 보배의 이기적인 그런 정성에는 부처님이 감동할 리도 없겠지만, 그렇지 않더라도 난치의 병근이 박인 것을 불공을 한다고 나을 턱이 없었다.

 그러나 한편으로 빚 갚을 걱정 하랴, 병인을 간호하랴, 정신이 없는데, 거기에 또 산 입을 풀칠할 것까지 다급하니, 이야말로 어느 장단에 춤을 추어야 할는지 모르겠다. 보배는, 저녁마다 이 밤이 영구히 새지 말았으면 하였다. 그것은 날이 밝으면, 조석을 끓일 걱정이 크기 때문이다.

 그렁저렁하는 동안에, 빚 갚을 기한은 닥쳐왔다.

 보증을 선 이웃집 박서방도 안팎으로 드나들며 애를 바글바글 태운다. 그러나 그들은 무슨 수로 이십여 원을 장만하는가? 그들은 지주에게 소작료를 내년으로 미루어달라고 간청해보았다. 지주 편에서는 사정은 딱하지만 절반이나 감한 것을 금년에 못 받으면 되느냐 한다. 그러니 거기도 할 말 없고, 다른 수는 도무지 없다.

 그렇다고 보증인에게 물릴 수도 없었다. 보증을 선 박서방도 물론 가난하지만, 설사 넉넉한 형편이 되더라도, 남의 빚을 물어줄 사람이 누가 있는가.

그것도 본인이 정히 갚을 수가 없다면, 채권자에게 졸리어서라도 대신 무리꾸럭을 하겠지만, 명색 집칸이라도 지닌 터에 그럴 수도 없는 일 아닌가.

그래서 치수는 부친과 의논하고 집을 잡히든지 팔아서 빚을 청장하자 하였다.

집을 판다는 말에 누구보다도 먼저 보배의 가슴이 덜컥 내려앉았다.

"날은 차차 치워가는데, 집을 팔면 어떻게 살라꼬. 여러 식구가 어디서 잔단 말이오⋯⋯ 내사 모르겠소!"

보배는 토라져서 남편에게 역정을 내며 대들었다.

"아니 또 집을 잡힌다면 그 돈 변리는 누가 갚겠노! 공연히 헐값으로 잡혔다가 이자도 못 물고 보면 집만 날라갈 것이니 내 말은 차라리 돈이나 더 받고 팔아버리자는 게라! 사정이 안 그런가?"

부친은 그들의 말을 들으니, 두 편 말이 다 옳았다. 그것은 어느 편을 들어야 할는지 모르겠다. 그래 그는 검다 쓰다 말이 없이 오직 담배만 피우고 앉았다. 생계에 아무 능력이 없는 노인은, 젊은 이들의 의사에 맡길 수밖에 없다는 듯이.

"그렇지만 당장 용신할 데도 없으니 답답하지 않소."

보배는 최후까지 우겨본다.

"그건 어떻게 변통할 수도 있겠지."

"모든 변통을 한단 말이오? 백주에 택도 없이⋯⋯"

"무슨 택이 없다노? 내 말 들어보라니…… 집은 팔랴면 당장 팔 수가 있겠는데, 집 내놓는 걸 내년 봄까지 미루자고 할라는구만…… 그런다면 내년 봄까지 있다가 이 집을 내놓게 되거들랑 그때 가선 또 어떻게 하든지 임시변통을 할 수 없겠나!…… 혹시 만일에 그때 가서도 별도리가 없다면 말이다, 뉘 집 곁방을 얻어들더라도…… 또 박서방한테라도 방 한 칸 빌려돌라 카면 안 빌려줄까니? 세 개나 방을 쓰면서……"

"그야 그렇지만……"

이리하여 그들은 집을 아주 팔기로 결정하였다. 치수의 말대로 집을 아주 판다면, 빚을 갚고도 몇십 원 떨어진다. 그러면 그 돈으로 무슨 대책을 세우자는 것이었다.

남편의 이런 심중을 모르는 보배는 초조한 가슴을 쥐어뜯고 있었다. 그는 절박한 사정으로는, 집을 부득불 팔아야 되겠고 그래서 자기도 동의를 하였지만 막상 최후로 그렇게 작정하고 보니 서러운 생각이 북받친다. 인제는 집도 절도 없는 신세가 되었는가? 아니 그보다도 이 집을 쫓겨나면 여러 식구들이 당장 어디 가 의지를 한단 말이냐! 명산을 찾아왔다 집도 없이 되었구나! 그래 그날 밤에 보배는 아이들을 재우고 나서, 남편의 의사를 또 한 번 물어보지 않을 수 없었다. 인제는 아주 먹이 찼다. 죽든지 살든지 양단간 무슨 구정을 내어야 할 최후의 막다른 골목이 닥쳐왔다.

"집을 팔고 나면 그래 어쩌겠소? 그까진 돈 얼마 더 받는다 한대도 입에 묻은 밥티로 며칠꺼정 가겠능교? 그럼 그 뒤는 어쩌한단 말이오. 병든 어무이와 어린 새끼들하고…… 식구나 한둘이래야 얻어나 묵는다 카지……"
 "그러기에 나도 생각한 바가 있거든. 집을 팔고 나면 그 일을 당신과 의논하자고 마음을 묵고 있는 터야!"
 치수는 전에 없이 침착히 말을 꺼낸다.
 "아니 어떻게 할 작정으로?…… 인자 조용하니 좀 예박(이야기)해보소!"
 보배는 남편의 턱밑으로 바짝 달려들었다. 참으로 그는 무슨 수가 있는가?
 치수는 한참, 침울한 표정으로 희미한 등잔불을 바라보다가 갑자기 무슨 결심을 간단히 한 모양이다. 이윽고
 "나는 노수"를 장만해가지고 집을 떠나겠소!"
한다.
 "아니! 뭐? 집을 떠나다니, 어디로요?"
 보배는 남편의 의외의 말에 더욱 놀라지 않을 수 없었다.
 "아무 데나 돈을 좀 벌러 가보지. 만약에 조선에서 돈을 몬 벌게 되면 만주라도 가볼밖에……"
 "뭐, 만주?"
 남편은 점점 더 놀라운 말만 하지 않는가.
 "와, 만주는 몬 가 사는가? 만주 가면 쌀밥 묵는다더라!"
 "만주는 좁쌀 곳이라던데?"
 "조선 사람이 들어가서는 쌀농사를 짓는다 해."
 쌀밥! 지금의 보배로서는 이 얼마나 행복스러운 소리냐? 아이들은 벌써 언제부터 쌀밥을 먹어지란 소원이었다.

치수는 느럭느럭 다시 말을 잇는다.

"전엔 만주라 카면 나도 조선 안에서 굶어 죽는 한이 있더라도 안 갈라 캤지만 지금은 영판 달라졌다더라. 그러니, 오늘날 이 지경에 어디 간들 몬 살겠노. 아무 데나 살 수만 있으면 뿌리박고 살지. 금강산도 식후경이라꼬, 먹을 것 없는 이 산속에서 경치만 좋으면 멀 하겠노. 그러니 아버님이 이리로 들어오자고 할 때도 나는 애초부터 반대했거든!—그것은 당신도 그때 그랬지만—짐승은 산중으로 가고 사람은 대처로 가라 캤는데 황차 지금 같은 개화 세상에서 산중으로 들어가면 무슨 수가 있겠노 했지만, 이곳은 물이 하도 좋다기에 나는 어무이 병환이나 낫기를 바라고 그 하나 때문에 안 그랬던가…… 인젠 그 소망도 없이 집도 절도 없이 되었지만……! 그러니 나는 벌이를 나갈 수밖에 없는데…… 내야 튼튼한 몸이 어딜 간들 설마 내 한 몸 감당 몬 하겠소마는 집에 있는 당신을 생각하면 떠나잔 맘도 잘 내키지 않소. 그러나 어찌겠노. 고시란히 앉아서 굶어 죽길 기다리는 것보담은 무슨 짓을 해서라도 살아야 하잖겠소? 그러니 내사 나가서 몇 달이 되든지 간에 당신을랑 그동안 고생을 참아가며 내 소식을 기다려주소! 여러 식구를 당신 한 몸에 떠맡기고 가는 것 같아서 안되었지만, 설마 한 달에 다만 몇 원씩이야 몬 보내겠소. 한 달에 오 원씩만 보내준다 캐도 그냥저냥 목숨은 부지할 게니까…… 만약 그것도 여의하게 안 된다면 아까도 말했지만, 나는 만주로 들어가보겠소. 그전부터 살 수 없걸랑 들어와 농사를 지어보란 일가 사람이 북만주에 사는 줄 아니까, 나는 그 사람이라도 마주막 찾아가겠소."

어느덧 남편도 눈물이 글썽하니 말을 그치며 한숨을 내쉰다.

보배는 가슴이 꽉 결린다. 그것은 남편의 말이 마디마디 폐부에 찔리기 때문이었다.

그렇다! 만일 남편이 그런 결심만 갖는다면 나도 어떠한 고생이든지 참고 기다리마. 나도 몸이 성하니 무슨 장사인들 못 할 게 무엇이냐! 인제는 체면이니 양반을 찾을 시절도 아니다. 그렇다! 무슨 장사라도 해보자. 남들이라고 다 사는데 왜 우리만 못 살 것인가. 땅이 두 쪽이 나더라도 끝까지 살아보자!

"당신이 정말로 그런다면 나도 집에서 무슨 짓을 해서라도, 기다리겠어요. 감 장사를 하든지, 도토리묵 장사를 하든지…… 그래서 어디든지 살 수만 있다면 당신을 쫓아가겠어요. 만주는 말고 대국이라도!"

보배는 남편의 말에 뒤를 이어서 자기도 이렇게 감격한 말로 부르짖었다. 그러고 나니 그들은 전에 없이 새 용기가 난다. 그들은 마치 생활의 새 출발을 시작하는 희망과 기쁨과 용기가, 자신도 모르게 용솟음치는 것이었다. 그래 그들은 마치 신대륙을 발견한 콜럼버스와 같이, 남모르는 희망을 품고 명일의 새 생활을 동경하고 있었다.

5

며칠 뒤에 치수는 예정대로 집을 팔았다.

그는 시세보다는 약간 헐값을 받았다. 그것은 첫째 속히 팔게 된 원인도 있었지만 몇 원간 더 받을 자옥[13]도 고만두었다. 왜 그러냐 하면 거기는 집을 속히 내놓지 않으면 안 되기 때문이다.

하지만 팔십 원이나 받았으니 큰돈이다. 그래 치수는 그 돈으로 우선 빚진 돈과 산 밑 가게의 외상값을 모조리 갚아버렸다. 장래 사는 어찌 되었든지 그들은 무거운 짐을 벗고 나니 시원하다. 그랬어도 오십여 원 돈이 남아 있다.

그런데, 마치 돈 생긴 싹수를 잘 보았다는 듯이, 돈 쓸 구멍이 뜻밖에 생기었다.

치수는 옷을 해 입고 며칠 뒤에 집을 떠나기로 하였는데, 모친의 병세가 갑자기 더해진다. 서두는 품이 암만해도 이번에는 무슨 일을 당할 것만 같다.

그래 치수는 하루 이틀 미뤄가며 동정을 살피고 있는데, 하룻밤은 밤새도록 기침을 되우 하더니만 그 뒤로는 아주 인사불성이 되었다. 그들은 망지소조[14]했다. 최후로 약을 또 써보았다. 그러나 다섯 첩 약을 다 써보기 전에 모친은 마침내 한 많은 일생을 떠나고 말았다.

뜻밖에 상사를 당한 그들은, 며칠 동안은 또 정신을 못 차리게 되었다. 서노인은 간단하게 상포를 준비해서, 그 아내를 이튿날

불식(佛式)으로 화장을 지내었다. 그 바람에 돈 몇십 원이 쑥 들어갔다.

궂은일을 치른 집안은 더욱 쓸쓸하였다. 살았을 때는 죽기를 바라던 시어머니라도, 인제 턱 죽고 나니 불쌍하고, 잘못한 것이 후회된다. 그러나 보배는 은근히 시어머니가 내 집에서 돌아간 것을 감사하였다. 참으로 내년 봄에 아들도 없고 집도 없이 쫓겨난 뒤에 큰일을 당한다면 어찌할 뻔했나? 죽은 영혼인들 그러면 얼마나 서러울 것이며, 산 식구인들 또 얼마나 참혹한 경상이랴!

보배는 남편의 바지저고리 한 벌을 새로 몰래 꾸몄다. 치수는 장사를 치르고 남은 돈에서 노수로 할 오 원만 떼놓고, 몽땅 아내에게 맡겼던 것이다. 헌 옷은 한두 벌 있지마는 타관으로 나가서 더구나 노동판을 쫓아다닐 것을 생각하니, 아무래도 튼튼한 새 옷이 필요할 것 같다. 그것은 돈이나 넉넉하다면, 당장 사 입을 수도 있겠지만, 겨울철에 더군다나 무슨 벌이가 있다고, 옷 사 입을 여유가 있으랴! 밥은 한때 굶더라도, 옷주제는 성해야만 우선 남 보기에도 궁상이 없어 보인다고……

그래 그는 축낸 돈은 자기가 물어놓을 셈 잡고 남편 몰래 무명 한 필을 끊어다가 바지저고리 한 벌을 새로 지었다. 하긴 상중이 아니라면, 아래위를 깜장 물을 들이려 했던 것을 할 수 없이 흰옷으로 그냥 지었다.

이럭저럭 모든 준비는 다 되었다. 치수는 집상을 할 형편도 못 될 바에야 하루바삐 떠나고만 싶었다.

남편의 떠난다는 일자가 임박해질수록 보배의 마음도 그에 따라 설렁여간다.

　헤어질 일을 생각하면, 그이를 꼭 붙들고 싶다. 그러나 집안 형편을 생각하면, 어서 보내고 싶다. 그는 이렇게 무시로 두 가지 마음에 번롱되었다.

　치수가 떠나던 전날 밤, 보배는 눈 한번을 안 붙이고 곱다랗게 새웠다. 그것은 그의 남편인 치수도 그러했다. 그들은 서로 떠난 뒤에 앞일을 생각하니 아득한 장래가 안개가 낀 것 같다. 어쩌면 피차간 무슨 수가 생겨서 불과 몇 달 안에 서로 만날 것도 같고, 어쩌면 또, 그와 반대로 이 길이 아주 영구히 갈리는 최후가 아닌가도 싶었다.

　"편지나 자주 하고 몸조심하소이."

　보배는 오늘 하루 동안에도 열 번은 더 이 소리를 하였으리라.

　"그래 내 걱정은 말고, 당신이나 아버님 모시고 아이들과 잘 지내소."

　남편도 그와 마주 이런 말을 주고받았다.

　어느덧 이 밤도 밝아오나 보다. 큰절에서는 새벽 예불을 드리는 종소리가, 뎅 뎅 울려온다.

　보배는, 어린것을 남편의 자리 위로 밀어 뉘고, 가만히 일어나서 치마를 입었다.

　그는 남편이 먼 길을 떠나는 새벽밥을 지어야 한다. 남편은 여기서 백 리를 걸어서 ○○ 정거장을 당일에 대어야 한다는 것이다.

　그는 오래간만에 쌀밥을 지어본다. 아침거리를 떠 가지고 부엌으로 나갔다. 바깥은 아직도 캄캄하다. 새벽 공기는 쌀쌀하게 품 안으로 스며든다. 그는 잠을 안 잤어도 조금도 졸리지가 않다. 정신은 오히려 또랑또랑해진다. 그리고 알지 못할 가냘픈 피로와 흥분이 그의 정신을 휩싸고 흐른다.

그들은 해가 돋기 전에 아침을 다 같이 먹었다. 아이들도 깨워서 떠나가는 아버지와 마지막 인사를 드릴 겸 밥상 앞에 느런히 앉혔다. 일곱 살 먹은 순식이, 네 살 먹은 태식이—그들은 졸려서 눈을 비비고, 하품을 친다. 그는 어제 받아 온 술을 부친에게 올렸다. 무언중에 그들은 비극적 작별을 이렇게 하고 있었다.

치수는 아침을 먹고 나자, 옷 보따리를 둘러메고 나섰다. 아직도 해는 뜨려면 멀었다.

그는 부친에게 하직 절을 하였다. 그리고 아이들의 머리를 하나씩 하나씩 따로 쓰다듬으며

"할배랑 느그 음매 말 잘 듣고 잘 있그라이!" 하였다.

그가 문밖으로 나서자, 식구들은 죄다 따라 나왔다.

"아배! 갔다 오이소이!"

보배는 자기 대신으로 아들에게 인사를 시켰다.

"응! 그래!"

보배는 남편이 개울을 건너가서 그림자가 다 사라지도록, 삽짝문에 우두머니 붙어 섰었다.

"아!……"

그는 가냘픈 한숨을 또 쉬었다.

그리하여 치수는 이날도 '겨우살이' 같은 구경꾼들이 봉황산으

로 단풍놀이를 하러 들이미는 자동차 길을 한옆으로 비키면서 봇짐을 짊어지고 먼 길을 떠났다. 집에는 어린애들과 젊은 아내와 늙은 부친을 두고, 그리고 지금은 영혼이 되어서 어디로 떠나가 있는지 모르는, 모친의 임종하던 광경을 눈앞에 그려보면서……

그러나 그들은—떠나보낸 아내나 떠나가는 남편이나—절망하진 않았다. 오히려 그들은 생활의 재출발을 위하여 전에 느끼지 못하던 명일의 희망에 불타고 있었다.

이날도 일기는 명랑하였다.

| 주 |

농부 정도룡

* 『개벽』, 1926. 1~2.
1 논고 '논꼬'의 잘못. '논꼬'의 북한어. 논의 물꼬.
2 자질자질 물기가 말라서 잦아드는 모양.
3 미구(未久) 오래지 아니함.
4 양염(陽炎) 아지랑이.
5 각일각(刻一刻) 시시각각.
6 서고(暑苦) 더위가 가져다준 고통.
7 걸다 볕, 별, 바람 따위에 거칠어지고 빛이 짙어지다.
8 상사디 상사디야. 농부가의 후렴구의 한 가지.
9 퇴서(退暑) 더위가 물러감.
10 냅다 연기의 기운으로 눈이나 목구멍이 쓰라린 기운이 있다.
11 깔다귀 각다귀. 모기와 비슷한 곤충.
12 시체(時體) 그 시대의 풍습이나 유행.
13 수중다리 수종(水腫)다리. 병으로 말미암아 퉁퉁 부은 다리.
14 호습다 매우 짜릿하면서도 즐거운 느낌이 있다.

15 들꺼치 '들것'의 사투리.
16 남대문입납(南大門入納) 겉봉에 주소도 이름도 없이 남대문이라고만 쓴 편지라는 뜻으로 주소나 이름을 모르면서 집을 찾는 일. 또는 그런 사람을 조롱하여 일컫는 말.
17 도리깨침 탐이 나거나 먹고 싶어서 저절로 삼켜지는 침.
18 게우 '거위'의 사투리.
19 짜장 참, 과연.
20 말참례 말참견.
21 메떨어지다 모양이나 말, 행동 따위가 세련되지 못하여 어울리지 않고 촌스럽다.
22 징신 진신. 진땅에서 신은 신.
23 총중생활(塚中生活) 무덤 속의 생활.
24 일진청풍(一陣淸風) 한바탕 부는 시원한 바람.
25 친친하다 축축하고도 끈끈하며 불쾌한 느낌이 있다.
26 와사등(瓦斯燈) 가스등.
27 댓진 담뱃대 속에 낀 진.
28 섬돌 돌층계.
29 청지기 양반집의 수청방에 있으면서 여러 가지 잡일을 맡아보던 사람.
30 교전비 가마 앞에 가는 여종.
31 빙충맞다 똑똑하지 못하고 어리석다.
32 콩팔칠팔 종잡을 수 없는 말로 이러쿵저러쿵 지껄이는 모양.
33 속량(贖良) 종의 신분을 면하여 양민이 됨.
34 궐련(卷煙) 종이로 말아놓은 담배.
35 막깎다 머리를 바싹 짧게 깎다.
36 들레다 야단스럽게 떠들다.
37 깝작깝작 방정맞게 까불거리는 모양.
38 괴불 색 헝겊에 솜을 넣고 수를 놓아 예쁘게 만든 조그만 노리개.
39 구물 예전의 물건. 대대로 전해 내려오는 물건.
40 새뚝 마음이나 입맞에 맞지 않아 새침해지는 모양.
41 갈마들다 번갈아들다.

42 화수분 안에다 온갖 물건을 넣어두면 새끼를 쳐서 끝이 없이 나오는 보물단지.
43 얼을 먹다 놀라서 어리둥절해지다.
44 개올리다 상대편을 높이어 대하다.
45 얼격박이 얼굴이 얽은 이를 이르는 말.
46 겅성드뭇하다 많은 수효가 듬성듬성 흩어져 있다.
47 나마(羅馬) 로마.
48 야차(夜叉) 얼굴 모습이나 몸의 생김새가 사나운 귀신.
49 아귀 염치없이 먹을 것이나 탐내는 사람.
50 독가비 도깨비.
51 전방(廛房) 물건을 파는 곳. 가게.
52 오지랖이 넓다 주제넘게 남의 일을 참견하는 사람을 빗대어 이르는 말.
53 일견 '일껏'의 방언. 모처럼. 애써서.
54 배지 '배'를 속되게 부르는 말.
55 원부(怨府) 뭇사람의 원한이 쏠리는 단체나 기관.
56 전장(田莊) 개인이 소유하는 논밭.
57 도짓소 한 해 동안에 곡식을 얼마씩 내기로 하고 빌려 부리는 소.
58 경답(京畓) 서울 사람이 시골에 가지고 있는 논.
59 구실 조세(租稅)를 통틀어 이르는 말.
60 전지도지(顚之倒之) 엎드러지고 곱드러지며 아주 급히 달아나는 모양.
61 구름재일 구름차일. 공중에 높이 친 차일.
62 한사(閑事) 쓸데없는 일.
63 심방(尋訪) 방문하여 찾아봄.
64 기요틴 guillotine 프랑스 혁명 때 쓰였던 죄인의 목을 자르는 틀.

민촌

* 창작집 『민촌』, 문예운동사, 1927.
1 두던 둔덕.
2 양청(洋靑) 푸른빛 물감의 한 가지.

3 당태솜 중국에서 나는 솜.
4 해반주그레하다 겉모양이 해말쑥하고 반듯하다.
5 하이칼라high-collar 취향이 새롭거나 서양식 유행을 따르는 일이나 사람.
6 파겁(破怯) 익숙해져서 수줍거나 두려움이 없어짐.
7 개비(改備) 헌것을 버리고 새것을 장만하여 갖춤.
8 맥고자 밀짚모자.
9 당골 '무당'의 방언.
10 소두방 '소댕'의 사투리. 솥을 덮는 쇠뚜껑.
11 양수거지(兩手据地) 절을 한 뒤에 두 손으로 땅을 짚고 꿇어 엎드림.
12 소임(所任) 소규모 단체 따위에서 아래 급의 임원.
13 희영수 남과 실없는 말이나 짓을 함.
14 등거리 들일을 할 때, 등만 덮을 만하게 지어 입은 홑옷.
15 해 소유물임을 나타냄, ~의 것.
16 덩둘하다 매우 굼뜨고 미련하다.
17 도둑괴 '도둑고양이'의 방언.
18 미거하다 사리에 어둡고 철이 없다.
19 매지구름 비를 머금은 검은 조각구름.
20 거먹구름 먹구름.
21 뜨덤뜨덤 글을 서투르게 간신히 뜯어읽는 모양.
22 개평 노름이나 내기 따위에서 남이 가지게 된 것을 공으로 조금 얻어 가지는 것.
23 말전주 이쪽저쪽 다니며 말을 전하여 이간질하는 짓.
24 얄바가지 얄망궂게 행동하는 짓을 속되게 이르는 말.
25 동갑 어떤 양과 같은 양.
26 키이다 마음에 들거나 내키다.
27 글밭 그루밭. 밀이나 보리를 베어내고 다른 작물을 심은 밭.
28 칠궁(七窮) 농촌에서 묵은 곡식은 이미 떨어졌고 햇곡식은 아직 나지 않은 음력 7월의 궁핍을 일컫는 말.
29 화불단행(禍不單行) 재앙은 항상 겹쳐서 오게 된다.

30 악연실색(愕然失色) 깜짝 놀라 얼굴빛이 달라짐.
31 알깍쟁이 성질이 다부지고 모진 사람.
32 갈범 칡범. 범.
33 무르춤하다 갑자기 움직임을 멈추고 뒤로 물러서려는 자세를 취하다.
34 창황망조(蒼黃罔措) 너무 급하여 어찌할 바를 모름.
35 좌이대사(坐而待死) 앉아서 죽기만을 기다림.
36 선유(船遊) 뱃놀이.
37 도스르다 마음을 긴장시켜 다잡아 가지다.
38 여북 오죽, 얼마나.
39 소상(小祥) 죽은 지 한 돌 만에 치르는 제사.
40 대상(大祥) 죽은 지 두 돌 만에 치르는 제사.

아사

* 『조선지광』, 1927. 2.

1 백사지(白沙地)땅 흰 모래가 깔려 있는 땅. 땅이 메말라 생산되는 것이 없음을 비유적으로 일컫는 말.
2 뜨랑 '뜨락, 뜰'의 방언.
3 체계 '장체계(場遞計)'의 준말. 장에서 비싼 변리로 돈을 꾸어주고, 장날마다 본전의 일부와 이자를 받아들이던 일.
4 보서다 다른 사람의 빚에 대하여 보증을 해두다.
5 수미 근심으로 찌푸린 눈썹.
6 마냥모 늦게 심는 모.
7 장변(場邊) 돈놀이의 이자.
8 투전 두꺼운 종이로 폭은 손가락 넓이만 하고 길이는 다섯 치쯤 되게 만들어, 그 위에 여러 가지 그림, 문자, 시구(詩句) 등을 넣어 끗수를 표시한 노름 제구의 한 가지, 또는 그것을 가지고 하는 노름.
9 퇴박 마음에 들지 않아 물리침.
10 세음 세금(貰金). 남의 것을 빌려 쓰고 그 값으로 내는 돈.
11 건공(乾空) 그리 높지 않은 공중, 반공중(半空中).

12 식경(食頃) 한 끼의 밥을 먹을 만한 시간.
13 어마뜩하다 갑작스럽게 놀라 얼떨떨하다.

호외

*『현대평론』, 1927. 3.

1 스트라익 스트라이크strike. 파업.
2 벤또(べんとう) '도시락'의 일본말.
3 마코 일제 시대 담배 이름.
4 노당익장(老當益壯) 늙어도 원기가 더욱 씩씩함. 노익장.
5 신간(新幹) 새 줄기, 기둥.
6 적수공권(赤手空拳) 맨손과 맨주먹, 아무것도 가진 것이 없음.
7 감심(感心) 깊이 마음에 느낌.
8 거기중하다 한쪽에 치우치지 않고 중간쯤에 있다.
9 허재비 '허수아비'의 방언.
10 판나다 끝장이 나다.
11 야끼이모(やきいも) '군고구마'의 일본말.
12 중목환시(衆目環視) 뭇사람들의 눈이 둘러봄.
13 탱중(撐中) 화나 욕심 따위가 가슴속에 가득 차 있음.
14 효수(梟首) 죄인의 목을 베어 높이 매달음.
15 뇌화부동 부화뇌동(附和雷同), 주견 없이 남의 행동이나 주장에 따름.
16 경동(驚動) 놀라서 술렁거림.
17 구수응의(鳩首凝議) 몇 사람이 머리를 맞대다시피 하여 소곤소곤 의논함.

해후

*『조선지광』, 1927. 11.

1 만록총중홍일점(萬綠叢中紅一點) 온통 푸른 숲 가운데 빨간 꽃이 한 송이 있다는 말로, 많은 남자들 틈에 아름다운 여인이 한 명 있다는 뜻.
2 십상팔구(十常八九) 십중팔구.

3 글뛰다 동경하는 마음이 뒤끓다.
4 만단비회(萬端悲懷) 갖가지 슬픈 마음.
5 뽀찌(ぼち) '품삯 이외에 더 주는 보수, 팁'을 뜻하는 일본말.
6 선일 서서 하는 일.
7 우이(牛耳) 일당, 일파 등 한 동아리의 우두머리.
8 금석의 감 금석지감(今昔之感). 지금과 옛적을 생각할 때 차이가 너무 심하여 일어나는 느낌.
9 감구지회(感舊之懷) 지난날을 느꺼워하는 회포.
10 만지장서(滿紙長書) 사연이 긴 편지.
11 오쟁이 안에서 살포질 하다 짚으로 만든 작은 섬(오쟁이) 안에서 삿대질(살포질) 하다. 즉, 밖에서는 못 하고 안에서만 비판하는 것.
12 쇠진 춘추전국 시대의 정치가 소진(蘇秦).
13 투르게네프의 소설 「전날 밤」의 주인공 엘레나와 인사로프를 지칭하는 것으로 추정됨.

종이 뜨는 사람들

* 『대조』, 1930. 4. '聖居山人'이라는 필명으로 발표하였다.
1 초빙 '초빈(草殯)'의 잘못. 사정상 장사를 속히 치르지 못하고 송장을 방 안에 둘 수 없을 때, 한데나 의지간에 관을 놓고 이엉 따위로 그 위를 이어 눈비를 가릴 수 있도록 덮어두는 일. 또는 그렇게 덮어둔 것.
2 게두덜대다 굵고 거친 목소리로 자꾸 불평을 늘어놓다.
3 대만미(臺灣米) 대만산 쌀.
4 닥(楮) 닥나무, 종이의 원료.
5 공전(工錢) 물건을 만들거나 수리한 보수.
6 연자매 연자방아.
7 펄프pulp 종이의 원료.
8 부하다 종이나 헝겊 같은 것을 덧붙이다.
9 꺼벅꺼벅 보기 싫게 자꾸 꾸벅거리는 모양.
10 와리마시(わりまし) '할증, 일정 금액에 더 얹음'을 뜻하는 일본말.

11 부동(符同) 몇 사람이 어울려서 한통속이 됨.
12 기반(羈絆) 굴레.
13 파(破) 흠. 결점.
14 여출일구(如出一口) 이구동성.
15 한간(漢奸) 중국 청나라 때에, 한인(漢人)으로서 만주인과 내통하던 사람이란 뜻으로, 적과 내통하는 사람을 이르던 말.

부역

* 『시대공론』(1931. 9)에 미완으로 발표된 후 『농민소설집』(별나라사, 1933)에 완성된 작품으로 수록됨.

1 건부역 보수 없이 하는 부역.
2 되우 되게. 몹시.
3 헤지다 '헤어지다'의 준말.
4 비계 건축 공사에서 높은 곳에서 일을 할 수 있도록 긴 나무 등을 가로세로 얽어서 만들어놓은 시설.
5 질행(疾行) 빨리 감.
6 강참봉의 오기(誤記)로 보임.
7 바새기 바사기. 사리에 어둡고 이해력이 부족한 사람을 조롱하여 일컫는 말.
8 소조(所遭) 고난이나 치욕을 당함.
9 사발통문(沙鉢通文) 격문에서 주모자를 감추기 위해 가담자의 성명을 사발 모양으로 적어놓은 것.
10 중터리 중턱.
11 근감하다 남 보기에 굉장하다.
12 산심(散心) 마음이 어지럽게 흩어짐.
13 하회(下回) 윗사람이 아랫사람에게 주는 회답.

김군과 나와 그의 아내

* 조선일보, 1933. 1. 2~1. 15.
1 우거(寓居) 남에게 자기의 주거를 낮추어 이르는 말.
2 채치다 일을 재촉하여 다그치다.
3 어리빙빙하다 정신이 얼떨떨하여 갈피를 잡지 못하다.
4 허구프다 서툴고 어색하다.
5 단야(短夜) 짧은 여름밤.
6 틉틉하다 텁텁하다, 신선하고 깨끗하지 못하다.
7 앙짜 앳되게 점잔을 빼는 짓. 성질이 깐작깐작하고 암상스러운 사람을 놀림조로 이르는 말.
8 어성(語聲) 말소리.
9 앙살 엄살을 부리며 반항함.
10 악머구리 끓듯 많은 사람이 모여서 시끄럽게 마구 떠드는 모양을 비유하여 이르는 말.
11 남새 '남우세'의 잘못. 남에게 비웃음과 놀림을 받음.
12 점도록 저물도록.
13 수형(手形) 어음.
14 사분(私憤) 개인적인 분노.
15 공분(公憤) 공적인 일로 느끼는 분노.

변절자의 아내

* 『신계단』, 1933. 5.
1 아동주졸(兒童走卒) 철없는 아이들과 어리석은 사람들.
2 어시호(於是乎) 이제야, 이에 있어서.
3 노신(魯迅) 중국의 소설가 루쉰.
4 「아큐정전(阿Q正傳)」 루쉰의 대표작.
5 중노미 음식점, 여관 따위에서 허드렛일을 하는 남자.
6 봉놋방 주막집에서 여러 나그네가 함께 묵을 수 있던 큰 방.
7 적자(赤子) 백성.

8 민은 이식위천(民以食爲天)이나 왕은 이민위천(王以民爲天) 백성은 먹을 것을 하늘로 여기나 왕은 백성을 하늘로 여긴다.
9 더펄머리 더펄더펄 날리는 더부룩한 머리털.
10 암상 남을 미워하고 샘을 잘 내는 잔망스러운 심술.
11 내주장(內主張) 집안일에 관하여 아내가 자신의 뜻을 내세움.
12 천사만려(千思萬慮) 여러 가지 생각과 걱정.
13 혼불부신(魂不附身) 혼비백산. 몹시 놀라 넋을 잃음.
14 원본에는 '계속'이라 표기되어 있으나 『신계단』 1933년 6월호에는 목차만 있을 뿐 본문은 없음. 미완 소설임.

서화

* 조선일보, 1933. 5. 30~7. 1.
1 편하다 아득하게 넓다.
2 선풍(旋風) 회오리바람.
3 벼루 강가나 바닷가의 위태로운 벼랑.
4 당성냥 딱성냥. 단단한 곳이면 아무 데나 그어도 불이 일어나게 만든 성냥.
5 승벽(勝癖) 호승지벽. 겨루어 이기기를 좋아하는 성미.
6 졸망구니 졸망졸망한 조무래기.
7 하가(何暇) 어느 겨를.
8 땅띔을 못하다 감히 생각조차 못하다.
9 고추바람 몹시 찬 바람.
10 육갑(六甲) 육십갑자.
11 괴춤 고의춤. 고의나 바지를 접어서 여민 사이.
12 풍뎅이 머리에 쓰는 방한구의 하나.
13 불쩍 '불전'의 북한어. 노름판에서 자리를 빌려준 사람에게 떼어주는 얼마의 돈.
14 투전목 한 벌로 되어 있는 투전.
15 아기패 노름판에서 물주를 상대로 하여 승부를 다투는 사람 또는 그 패거리.
16 서시 노름판에서 여섯 끗을 일컫는 말.
17 청산만리일고주(靑山萬里一孤舟) 유장경(劉長卿)의 시 「重送裵郎中貶吉州」의 한

구절로 '청산은 아득히 천리 만리여 또다시 뱃길을 언제 가려나'라는 뜻.
18 가보 노름에서 아홉 끗을 일컫는 말.
19 통노구 품질이 낮은 놋쇠로 만든 작은 솥.
20 장귀 투전 끗수인 가보의 하나. 열 끗짜리 한 장과 아홉 끗짜리 한 장.
21 갈깃머리 상투나 낭자, 딴머리 따위와 같이 머리를 묶어 모양을 만들 때 함께 묶이지 않고 아래로 처지는 머리털.
22 지청구 꾸지람.
23 신장(神將)대 무당이 신장을 내릴 때 쓰는 막대기나 나뭇가지.
24 장팔 투전에서 열 끗과 여덟 끗을 합하여 이르는 말.
25 오망부리 전체에 비하여 어느 한 부분이 너무 볼품없이 작게 된 형체.
26 왕통이 '말벌'의 사투리.
27 황화전 국화꽃으로 만든 전.
28 말코지 물건을 걸기 위하여 벽 따위에 걸어두는 나무 갈고리.
29 배코 상투를 앉히려고 머리털을 깎아낸 자리.
30 고롱고롱하다 몸이 약하거나 늙어서 늘 골골하다.
31 설밥 설날에 오는 눈.
32 고추상투 고추같이 작은 노인의 상투.
33 골패(骨牌) 노름 기구의 한 가지. 납작하고 네모진 검은 나무 바탕에 흰 뼈를 붙여 여러 가지 수효의 구멍을 새긴 것.
34 허랑하다 언행이나 상황이 허황되고 착실치 못하다.
35 대꼬바리 '담배통'의 사투리.
36 도조(賭租) 남의 논밭을 빌려서 부치고 그 대가로 해마다 무는 벼.
37 오그랑장사 들인 밑천만 먹어 들어가는 장사, 밑지는 장사.
38 가도(加賭) 도조의 부과율을 올려서 매기는 것.
39 청울치 칡덩굴의 속껍질. 이것으로 노끈을 꿈.
40 빡하다 모든 것을 제쳐두고 덤벼들 만큼 즐기다.
41 초련(初戀) 첫사랑.
42 북상투 아무렇게나 튼 상투.
43 귀밝이술 음력 정월 대보름에 귀가 밝아지라고 마시는 술.

44 제웅 짚으로 만든 사람 모양의 물건.
45 안정(眼精) 눈동자.
46 턱어리 '턱'을 속되게 이르는 말.
47 고담(古談) 옛날이야기.
48 각자도생(各自圖生) 제각기 살아나갈 방도를 꾀함.
49 치레기 '찌꺼기'의 사투리.
50 용정(舂精) 곡식을 찧음.
51 에리(えり) '옷깃'의 일본말.
52 왜장치다 맞대어 바로 말하지 아니하고 괜스레 큰 소리로 말하다.
53 푸독사 새파랗게 독이 세게 오른 독사.
54 토파(吐破) 마음에 품고 있던 사실을 다 털어내어 말함.
55 굇마리 '허리춤'의 사투리.
56 상탁하부정(上濁下不淨) 윗물이 탁하면 아랫물도 깨끗하지 않다는 뜻.
57 승어부(勝於父) 아버지보다 나음.
58 연종(年終) 한 해가 끝날 무렵.
59 명기위적내가복(明其爲賊乃可服) 그 나쁘게 함을 밝혀야 적이 항복할 수 있다.
60 낙착(落着) 일이 결말이 남.
61 동을 대다 끊이지 않고 잇대게 하다.
62 색 먹다 성이 나서 독한 마음을 먹다.
63 깍두기판 난장판.
64 묵주머니 뭉개거나 짓이기거나 하여 못쓰게 된 물건을 비유적으로 일컫는 말.

십 년 후

* 『삼천리』, 1936. 6.
1 문선(文選) 활판 인쇄 과정에서 원고대로 활자를 뽑는 것.
2 준장(準張) 교정지.
3 반연(絆緣) 얽히어 맺어지는 인연.
4 식소사번(食少事煩) 먹는 것(생기는 소득)은 적은데 하는 일은 많음.

5 히니꾸(ひにく) '반어, 아이러니, 비꼼'을 뜻하는 일본말.
6 삼막하다 기억이 분명하지 않고 아리송하다.
7 서름서름하다 남과 가깝지 못하여 서먹서먹하다.
8 매소부(賣笑婦) 매음부.
9 빙공영사(憑公營私) 공적인 일을 빙자하여 개인의 이익을 꾀함.
10 서회 회포를 풀어 말함.
11 콘트라스트contrast 대조, 대비.

맥추

* 『조광』, 1937. 1~2.
1 잠풍 드러나지 않게 잔잔히 부는 바람.
2 우장(雨裝) 비를 맞지 않게 차려 입음.
3 호락질 남의 힘을 빌리지 않고 가족끼리 농사를 짓는 일.
4 쓰레질 써레질. 갈아놓은 논밭의 바닥을 써레로 고르는 일.
5 물주리 물부리. 담배를 끼워서 빠는 물건.
6 시르죽다 맥이 쑥 풀리거나 풀이 죽다.
7 봉천지기 천둥지기, 봉천답(奉天畓). 물의 근원이나 물줄기나 없어서 비가 와야만 모를 내고 기를 수 있는 논.
8 두태(豆太) 콩과 팥.
9 구레논 고래실. 바닥이 낮고 물이 늘 있거나 물길이 좋은 논.
10 천수 천상수(天上水), 빗물.
11 객설 실없는 말, 객쩍은 말.
12 독아(毒牙) 악랄한 수단.
13 앙앙불락(怏怏不樂) 항상 마음에 차지 않아 즐거워하지 아니함.
14 거무하게 있은 지 얼마 안 되어서.
15 강작(强作) 억지로 함.
16 한가운데 섰다 원문은 '한 온 대섰다'로 되어 있다.
17 등시포착(登時捕捉) 죄를 저지른 즉시 현장에서 범인을 붙잡음.

18 총찰(總察) 총괄하여 살핌.
19 무리꾸럭 남의 빚이나 손해를 대신 물어주는 일.
20 편론(偏論) 남이나 다른 당파를 논란함.
21 약시약시(若是若是)하다 이러이러하다.
22 시축(詩軸) 시를 적은 두루마기.
23 내정돌입(內庭突入) 남의 집 안에 허락도 없이 불쑥 들어감.
24 동 사물과 사물을 잇는 마디. 또는 사물의 조리.
25 어리손 엉너리. 환심을 사기 위해 어벌쩡하게 서두르는 짓.
26 위세 매미나 뱀이 벗는 허물.
27 수통(羞痛)하다 부끄럽고 원통하다.
28 해거(駭擧) 해괴한 짓.
29 갈강갈강하다 얼굴이나 몸이 야위었으나 강기가 있고 단단해 보이다.
30 뒤갈마리 뒷갈망. 일이 벌어진 뒤에 그 뒤끝을 처리하는 일. 뒷감당.
31 잡도리 잘못되지 않도록 엄중하게 단속함.
32 사화(私和) 송사(訟事)의 당사자끼리 화해하여 풀어버림.
33 간활(奸猾) 간사하고 교활함.
34 내상(內相) 남을 높이어 그의 '부인'을 이르는 말.
35 우물고누 고누의 한 가지. '十'자의 네 귀를 둥글게 이어 한쪽만 터놓은 판에 서로 말 둘씩을 놓고 가두어 이기는 놀이.
36 어리뻥뻥하다 어리벙벙하다. 어리둥절하여 정신을 차릴 수 없다.
37 면괴(面愧)하다 남을 마주 보기가 부끄럽다.
38 이억하다 달라붙는 기세가 꽤 굳세고 끈덕지다.
39 버성기다 사귀어 지내는 사이가 탐탁하지 않다.
40 흐리마리하다 생각이나 기억 따위가 분명하지 아니하다.
41 애색하다 마음이 애처롭고 안타깝다.

수석

*『조광』, 1939. 3.

1 액색(塞) 운수가 막히어 생활이나 행색 따위가 궁색함.
2 권토중래(捲土重來) 한 번 패하였다가 힘을 돌이켜 다시 쳐들어옴.
3 희떱다 실속은 없어도 마음이 넓고 손이 크다.
4 셈평 생활의 형편.
5 의걸이 의걸이장. 위는 웃옷을 걸고, 아래는 반닫이 모양으로 되어 옷을 개어 넣게 된 장.
6 반닫이 궤의 한 가지. 앞부분의 위쪽 절반이 문짝으로 되어 있어서 아래로 젖혀 여닫음.
7 무두무미(無頭無尾) 밑도 끝도 없음.
8 천양지판(天壤之判) 하늘과 땅처럼 큰 차이.
9 번롱(翻弄) 이리저리 마음대로 놀림.
10 와갓다네(わかつたね) '알겠나'의 일본말.
11 규지(きゅうじ, 給仕) '급사, 사환'의 일본말.
12 고쓰까이(こづかい, 小使) '소사, 사환'의 일본말.
13 충언역이이어행(忠言逆耳利於行) 충고의 말은 귀에 거슬리나 행동에는 이익이 된다.
14 어훈(語訓) 말하는 투나 태도.
15 과약기언(果若其言) 어떤 사실이 과연 미리 말한 바와 같음.
16 개구(開口) 입을 열어 말을 함.

봉황산

*『인문평론』, 1940. 3. 당시 '民生'이라는 필명으로 발표하였다.

1 풋벼바심 풋벼를 베어서 바로 타작하는 일.
2 당수 쌀, 보리, 녹두 등의 곡식을 물에 불려서 간 가루나 마른 메밀가루에 술을 조금 넣고 물을 부어 미음같이 쑨 음식.
3 호정출입 앓는 이나 늙은이가 겨우 마당까지만 드나듦.
4 미루꾸(ミルク) milk, '우유'의 일본식 표현.

5 간쓰메(かんづめ) '통조림'의 일본말.
6 모지락스럽다 보기에 억세고 모진 듯하다.
7 개상질 벼, 보리, 밀 등의 단을 태질하여 낟알을 떠는 일.
8 차인 임시 사환으로 쓰는 하인.
9 앵화 액화(厄禍), 재화, 재난.
10 각중에 '갑자기'의 사투리.
11 비진(備盡) 마음과 힘을 다함.
12 노수 노자(路資).
13 자옥 형편이나 처지 또는 어떤 조건을 내세우는 경우.
14 망지소조(罔知所措) 갈팡질팡 어찌할 줄을 모름.

■작품 해설

현실 반영과 비판, 투쟁과 적응

조남현

　이기영은 1924년에 단편소설「오빠의 비밀편지」로 등단한 이래 북한에서 1964년에 대하소설『두만강』제3부를 발표할 때까지 40년 동안 소설만 100편 정도를 남겼다. 양적인 면에서 보면 이기영 소설의 주류는 농민소설, 노동자소설, 빈자소설, 지식인소설, 주의자소설, 투쟁소설 등에서 찾을 수 있다. 이 외에 이념소설, 연애소설, 전향소설, 생산소설, 역사소설 등도 써내었던 만큼, 이기영도 작가로서 폭넓은 관심사를 지녀온 편이다. 그는 카프 가맹, 두 차례의 옥고, 해방 직후 조선프로예맹 가맹, 월북 후 북조선문학예술총동맹 중앙위원, 여러 차례의 최고인민회의 대의원 등과 같은 사회주의 문학운동가로서의 이력을 남기기는 했지만 이러한 이력만으로 문학사적 작가가 될 수 있는 것은 아니다.『고향』(1933~34),『인간수업』(1936),『봄』(1940~41),『동천홍』(1942~43) 등과 같은 장편소설과 이 작품집에 수록된 14편과 같은 단편소설을 발표하지 않았더라면 김남천, 한설야와 함께 일제 시대를 대표하는 카프 작가 이기영은 존재하기 힘들었을 것이다.

「농부 정도룡」(『개벽』, 1926. 1~2)은 더위를 다각도로 묘사하면서 힘 있는 자에 비유하는 것으로 시작하여 주인공 정도룡이 악덕 지주 김주사의 횡포를 저지하는 것으로 끝난다. 주인공 정도룡은 부자의 존재, 양반의 존재, 부자의 게으름, 무위도식, 농민 용쇠의 매녀 행위, 문명인, 법률, 현실을 모르는 목사, 학교와 교회, 악덕 지주 등과 같은 존재나 행위 또는 태도를 부정하고 있으며 약자, 빈자, 가족 등과 같은 존재를 동정하거나 긍정하고 있다.

정도룡이 같은 농민인 용쇠를 때리면서까지 설득했다고 해서 갑자기 존경의 대상이 되었다는 것, 금순과 금석 남매가 아버지 정도룡과 뜻을 같이하여 지주 김주사를 죽이겠다는 살의를 북돋는 것, 김주사가 정도룡의 뜻을 알아차리고 변심한 것 등은 작가적 이념을 정당화하기 위해 억지로 설정한 사건들이라고 할 수 있다. 이 소설은 김주사의 입장에서 보면 개심의 플롯이 되나 정도룡의 입장에서 보면 성공의 플롯이 된다. 「농부 정도룡」에서 농부는 농민소설을, 정도룡은 영웅소설을 열어준다. 정도룡이 농민에서 농민 영웅으로 성장한 점은 『고향』의 김희준이 지식인으로 귀농하여 지도자가 된 점과 같다고 하겠다.

「민촌」(1925년 12월 13일 탈고)은 벼 한 바리와 돈 쉰 냥에 박주사 아들에게 팔려가는 점순, 동척회사 마름, 면협의원, 금융조합

평의원 등의 직함을 갖고 있으며 끊임없이 첩을 갈아치우는 박주사 아들, 그리고 서울에서 공부하고 내려와 마을 사람들의 신망을 한 몸에 받으며 선비 농사를 짓는 가운데 농민들을 계몽하는 창순 등이 주요 인물로 나온다. 민촌인 향교말 농민들의 소박한 사고, 가난을 대물림하는 상황, 굴종적인 태도 등이 어우러져 배경 음악을 만들어내고 있는 이 소설은 지주의 횡포, 소작인의 굴종, 소작농의 매녀, 지주의 음행, 지식인에 의한 농민들의 각성, 기독교 비판 등과 같이 인과 관계로 묶이는 모티프들에 의해 이끌리고 있다.

서울댁 창순은 자본가는 일은 하지 않고도 돈의 위력을 통해 나중에 이득은 도맡아 취하는 것으로, 반대로 노동자는 일만 하고 착취당하는 존재로 파악한다. 그는 노동하는 자가 소유해야 한다는 관념을 갖고 있다. 창순은 젊은 남녀들에게 그들이 처한 비참한 현실의 원인과 과정을 가르쳐주는 동시에 그 과정에서 빚어진 불합리함과 불공평함을 극복하는 올바른 방안을 제시한다.

못 먹고 헐벗으며 게딱지만 한 오막살이 속에서 모기 빈대 벼룩에게 뜯겨가며 이렇게 하루 살기가 지겹도록 고생고생하게 된 것은 그게 모두 몇 놈의 악한 놈들이 돈을 모두 독차지해가지고 착하게 부지런히 일하는 많은 사람들을 가난의 구렁으로 잡아 처넣은 까닭이다. 아! 지금 저 달이 밝지마는 우리에게 좋을 것이 무엇이며 지금 이 바람이 서늘하다마는 우리의 가슴은 더욱 답답하지 않으냐? (90~91)

점순이는 창순에게 감화를 받아 자기가 처한 현실의 성격을 깨닫고 부자들에게 증오감을 갖는 한편, 부자들 위주의 현실을 긍정적으로 보는 존재나 관념에 대해 부정한다. 점순이는 소수의 부자가 다수의 빈민을 억압하는 세상을 찬미하는 교회를 부정의 시선으로 보게 된다. 그런 나머지 그는 하느님에게 이 땅에 유황불을 던져달라고 기도한다. 아버지를 구하기 위해 팔려가는 점순이에 의해 악한 부자와 교회는 동일체가 되고 있다. 이 작품은 집안 식구는 전부 굶고 아버지는 병석에 누운 현실을 이겨내지 못한 채 쌀 두 섬을 받고 점순이 팔려가는 것으로 끝난다.

그러나 그들의 모든 힘은 벼 두 섬 값만 못하였다. 부친의 실성과 모친의 기절과 오빠의 울음과 또는 '서울댁'의 무서운 눈도 벼 두 섬의 힘만은 못하였다! 부모의 사랑과, 형제의 우애와, '서울댁'의 순결한 사랑의 힘도 벼 두 섬의 힘만은 못하였다! (110)

부친의 실성과 모친의 기절과 오빠의 울음은 '원한'으로 묶을 수 있다면 서울댁의 무서운 눈과 사랑의 힘은 '소망'이나 '이상'으로 대치할 수 있다. 이런 원한과 소망과 이상은 벼 두 섬으로 상징되는 '현실'을 이겨내지 못하였다는 것이다. 「농부 정도룡」에서 지주가 개심하는 것으로 끝맺음한 것과 「민촌」에서 농민들이 한계를 느낀다는 식으로 결말을 처리한 것은 좋은 대조를 이룬다.

1926년 12월 1일 작으로 되어 있고 「농부의 집」 속편이란 부제가 붙어 있는 「아사」(『조선지광』, 1927. 2)의 첫 장면은 정첨지가 굶주림과 병환에 시달리면서 딸을 최주사 집 첩으로 팔려는 아내와 갈등을 일으키는 것으로 설정되어 있다. 그리고 이 작품은 정첨지가 가난과 병 앞에서 무릎을 꿇고 마침내 딸을 파는 것을 허락하고 죽는 것으로 마무리된다. 정첨지가 몰락하는 과정을 자세하게 그려낸 것은 정첨지가 딸을 지주의 첩으로 팔게 된 데는 그만큼 불가항력적인 이유가 있었음을 일깨워주는 기능을 한다. 정첨지는 소작농으로 농사지은 것이 홍수에 다 떠내려가 철로 품을 팔던 중 무거운 돌에 왼편 다리를 치어 장기간 치료를 받게 된다. 양식을 해결하고 병환을 치료하기 위해 최주사 아들에게 집문서를 잡히고 빚을 내었으나 빚은 점점 늘어갈 뿐이었다. 최주사 아들이 빚 대신 딸을 첩으로 달라고 하는 데서 이 소설의 중심 사건이 발생한다. 정첨지가 "죄를 짓고 사느니보다 옳은 도리로 굶어죽자!"고 하자 아들 억돌은 "죄 없이 굶어 죽는 것은 결단코 옳은 도리가 아니겠지요! 만일 노름하는 게 죄라 하면 노름을 하지 않고는 살 수 없게 마련된 이 세상이 더 죄가 되겠지라우!"(121) 한다. 정첨지는 아내, 아들, 딸에게 옳은 도리의 정체가 무엇인가, 착하게 사는 것이 무엇인가 하는 질문을 받는다. 「아사」는 다음과 같이 화자가 탄식하는 것으로 끝난다.

과연 정첨지는 병으로 죽었다느니보다 굶어서 죽었다. 아, 사람이 병들었다는 것만도 얼마나 불행한 일이랴마는 병들어 굶어 죽었다 함은 더 얼마나 참혹한 일이냐!? 정첨지가 죽던 며칠 후에 복술이 할머니도 이 세상을 마저 떠나고 말았다.

억돌이 집 세 식구! 그들은 장차 어디로 갈꼬? 그들의 원한은 구천에 사무쳤다. (129)

이처럼 「아사」는 「농부 정도룡」 「민촌」과 똑같이 매녀 모티프를 설정하고 있으면서도 더욱 비극적인 사건과 연결시키고 있다. 「아사」의 정첨지는 인간으로서 최소한의 도리를 내세우며 처절하리만큼 자기 자신과 싸우기도 한 것이다.

「호외」(『현대평론』, 1927. 3)는 C제철소의 노동자들이 조합을 만들 것을 의논하는 것으로 시작된다. 늙은 노동자 장수백의 집에 모여 조합의 운영 방법이라든가 노동운동의 방법 등에 대하여 논의한다. 이들은 "누구는 편하게 놀면서도 부자로 잘살고 누구는 밤낮 일만 하여도 입에 풀칠하기가 어려워서 굶어 죽게 되는가"(143)라는 의문을 나누는가 하면 "우리 무산 계급——아니 온 인류 해방——에 공적(公敵)이 되는 놈은 어떤 놈이든지 사정없이 박멸을 해야"(133) 될 것이라는 감정적인 해결책을 교환하기도 한다.

이 소설의 중심 사건은 공장에서 감독에 반대하는 노동자들을 해고하자 노동자들이 들고일어난 것에서 찾을 수 있다. 작가 이기영은 작중의 노동자들과 충분히 호흡을 같이하고 있다. "독자 제군! 과연 인간에는 종교 이상의 신앙을 갖게 할 것이 없을까?"

(137) 하는 식으로 독자를 직접 잡아당기는 방법을 쓰고 있다. 이기영은 「호외」의 상상적 독자를 작가와 똑같이 계급의식을 포회한 존재로 한정한다. 이 작품은 인쇄 과정에서 방점을 찍는 식으로 강조어들을 내보이는데, 방점이 찍힌 단어들로는 계급의식, 정의, 냉정, 파업, 지상운동, 권위, 투사, 착취, 향락, 기생충, 자취, 투쟁, 승리, 당연, 지위 등이 있다. 만일 원고에서부터 방점을 찍었다면 「호외」는 매우 특이한 담론이 된다. 농촌을 배경으로 하여 '부자=악'이라는 등식을 거듭 제시했던 이기영은 이제는 도시의 공장을 배경으로 하여 '부리는 자=악'이라는 공식으로 바꾸어 제시한 것이 된다.

이 소설은 거의 끝부분에 가서 제철소 공장 폐쇄를 알리는 호외의 내용을 소개하고 이어 이것이 전기회사를 비롯한 여러 공장에 파급 효과를 가져오게 된 것으로 결말을 맺었다.

이날 성내에서는 방울 소리가 요란하며 호외를 헤치는 신문 배달부가 사방으로 펄! 펄! 뛴다.
거기에는
'C제철소 파업 발발'이란 큰 제목 아래에
'중경상자 수십 명과 팔십 명의 폭행자 검거'
라는 근래 초유의 대사건이라고 오고 가는 사람의 이목을 경동케 하였다. (154)

「호외」에는 노동자, 사회주의자, 당원, 감독, 감독 편 노동자,

일본 경찰 등과 같이 분명하게 편이 갈라지는 인물들이 등장한다. 그만큼 갈등의 원인, 표출 양상, 결말 등이 명료하게 나타나는 셈이다. 공장 노동자들이 어째서 조합을 만들어 적극 투쟁하게 되는지 그 원인과 심리도 제대로 파헤치고 있고, 노동자들을 단일체로 보는 대신 조합원과 감독 편으로 나눔으로써 노동자의 실체에 근접한 것이 되었다.

「해후」(『조선지광』, 1927. 11)는 거물급 주의자 B가 3년 형기를 마치고 출옥하는 것으로 시작된다. 이 작품의 프로타고니스트는 3년 전에 B를 사모했다가 거절당하고 난 후 열심히 노력하여 여자청년회 중앙집행위 상무위원이 된 S라고 할 수 있다. S는 4년 전 17세의 전화 교환수로 있을 때 ××농장 소작 쟁의 사건의 진상을 조사하러 온 ××총동맹 특파원으로 자주 ×× 연설을 했던 B를 처음 알게 된다. 그 연설로 한 달 구류를 살고 나와 병원에 입원한 B를 S는 매일 문병하고 러브레터를 보내었으나 거절당한다. S는 남자에게 거절당한 것을 투사로 전신(轉身)하는 동기로 마련한 점에서 「민며느리」(『조선지광』, 1927. 6)의 여주인공 금순의 뒤에 서게 된다.

「해후」는 한 평범한 처녀가 투사로 성장하기까지의 과정을 그린 점에서 발전소설이요 주의자소설이다. B의 출옥 후 S가 B와 대화를 나누면서 옛날을 회상하고 당시의 운동 현황과 방법을 검토하는 것으로 끝난 점에서 이념소설이나 토론소설의 색채가 짙다. 이 소설에는 "이하 15행략"(157), "이하 1행략"(162), "2행략"

(168) 등과 같은 검열 흔적이 자주 나타난다. 운동 실패의 원인을 '지력의 부족'이라든가 '기분에 흐른' 운동 가담자들에게서 찾고 있다. 그리하여 조직적 운동과 의지의 필요성을 주장하게 된다. 이 소설은 B가 말한 것과 같이 "××××과 연애 운동은 수화와 같은 상극"임을 입증하기 위해 쓴 것으로 볼 수 있으며 ××××는 '계급운동'을 생략해버린 것으로 추정할 수 있다.

「종이 뜨는 사람들」(『대조』, 1930. 4)은 이기영이 성거산인(聖居山人)이라는 필명으로 쓴 것으로 되어 있다. 이 작품은 "뛰! 뛰! 뛰……" 하고 공장 사이렌이 울리는 것으로 시작하여 "과연 샌님은 황운이라는 일개 무명한 문학청년이다"로 끝난다. 이 작품은 농민들이 노동자로 전화하여 '노동 지옥'과 같은 악조건에서 일하다가 비록 성공하지는 못했지만 임금 인상을 위해 투쟁하는 모습을 그리고 있다. 「종이 뜨는 사람들」은 노동자들이 자력으로 각성하고 투쟁하는 것으로 처리하지 않았다. 소설의 끝에 가서 황운이라는 문학청년으로 밝혀진 샌님의 지도로 노동자들이 각성하고 투쟁하는 것으로 그려놓았다. 지식인이 교사적 존재요 원조자로 설정되고 노동자들이 배우고, 도움받고, 행동하는 것으로 설정되는 것은 이미 「농부 정도룡」「민촌」 등에서 나타났던 것처럼 프로소설의 정석이다. 이기영은 농민들이 제지공장 노동자로 전화되는 과정과 노동자들의 무의식 세계를 그려내는 데 힘썼다. 그런 가운데 제지공장의 작업 과정, 제지공장의 구조 등에 대한 지식을 들려줄 수 있었다.

——아무런 희망도 없이 사는 판에 박은 그들의 생활…… 어제나 오늘이나 또는 내일이나 한결같은 노동의 무거운 멍에를 메고 쉴 새 없이 허덕이는 그들——그래서 나날이 뼈를 갈리고 피를 말리고 살을 깎이며 점점 피로만 해가는 그들——집에 들면 주림과 헐벗음과 질병과 부채와 처자의 푸념과 늙은이의 잔소리와 팔자 한탄밖에 듣지 못하는 그들——그렇다고 앞으로 무슨 소망이 있는 것도 아닌 다만 아까운 청춘을 속절없이 노동 지옥에서 늙히고 늙고 마는 그들, 과연 그들에게는 이 막걸리 한 잔밖에 인생의 쾌락이라고 또 무엇이 있던가? 술과 여자! 이것은 다시없는 그들의 진통제이다. (176)

노동자들을 모아놓고 계급 없는 사회론, 사회주의론, 유토피아론 등을 강의하던 샌님이 잡혀 감옥에 갇힌 뒤 노동자들은 투쟁파와 타협파로 갈린다. 「종이 뜨는 사람들」은 이기영으로서는 처음으로 쓴 본격적인 공장노동자소설이다. 그런가 하면 문학적 지식인이 사회주의론을 강론하면서 노동자들을 제대로 의식화하고 있는 점에서 지식인소설이라고 할 수 있다.

「부역」(『시대공론』, 1931. 9)은 악덕 지주에게 복종만 했던 농민들이 집단적으로 저항하는 것을 그린 작품이다. 중심 사건은 강참봉의 강요로 곡물 창고 부역을 나온 농민들이 일하던 중, 근행이가 비계에서 떨어져 팔을 다치는 데서 시작된다. 지주 강참봉이 최소한도로 보상해준 것에 불만을 품은 농민들은 강참봉 집에 몰려가 부역시키지 말 것, 사음을 없앨 것, 박근행의 치료비를 물어줄 것, 농자금을 무변리로 대부해줄 것, 소작권은 상당한 이유 없이 이동치 말 것, 소작료는 4할 이내로 할 것 등을 요구한다. 근행이 부상당했으나 제대로 보상받지 못한 일을 계기로 마을 농민들의 싸움은 소작 투쟁으로 발전하게 된다. 1920년대와 1930년대의 농민소설에서 소작 투쟁의 모습을 그려낸 것은 별로 없는 점에 비추어 보면 이 소설의 창작 동기는 주목할 만하다. 강참봉이 부역 안 나오는 사람은 소작권을 떼겠다고 하자 읍내 농민조합에서는 응원단을 보내 소작 쟁의를 지지하고 이에 고무된 농민들은 한 명도 부역에 나가지 않는다. 마침내 근행이 팔을 절단하게 되자 농민들은 단결의 필요성과 농민조합 결성의 필요성을 느껴 "우리들의 무기는 단결이다." "농민은 농민조합으로!"라고 절규한다. 「부역」은 팔 병신이 된 근행이가 연락책이 되어 마을의 농민조합과 읍내의 농민조합을 연결시키는 것으로 끝나고 있다. 「부역」에 오면 「농부 정도룡」 「민촌」 「종이 뜨는 사람들」과 달리 지도자라든가 매개적 존재가 등장하지 않는다. 그만큼 「부역」은 일제 치하 한국 농민들의 운동 방법이 성장하는 과정을 잘 보여준다고 할 수 있다.

「김군과 나와 그의 아내」(조선일보, 1933. 1. 2~1. 15)에서 주인공은 김군인 것처럼 보인다. 그러나 작품의 의도가 주의자인 김군의 용기, 잡지사 편집자이면서 영업사원인 나의 괴로움, 온갖 고생을 하면서도 남편과 뜻을 같이하는 김군 아내의 비범성을 고루 부각하는 데 있었던 만큼 제목이 일러주는 것처럼 세 사람이 주인공이라고 할 수 있다. T잡지사에 근무하는 '나'가 오랫동안 해외에 도망가 있었던 백광(본명 김××)에게서 만나자는 연락을 받는 것으로 이 작품은 시작된다. 김군은 "십여 년 전부터 운동자로 나선 뒤로는 그는 해외가 아니면 감옥이요 감옥이 아니면 다시 망명 생활을 하였기 때문에"(230) 가정의 따뜻함도 부부 사이의 사랑도 알지 못했다. 작중의 '나'는 작가 이기영으로 볼 수 있고 작중의 김군은 조선지광사에 관계한 사회주의자로 볼 수 있다. 이기영 소설의 대부분이 그러한 것처럼 이 소설에서도 김군과 '나'의 대화는 큰 비중을 차지한다. 그들의 대화를 통해 김군 아내의 행적이 밝혀진다. 김군 아내는 자식들과 먹고살기 위해 식모, 행랑어멈, 사과 장수, 화장품 장수 등을 가리지 않았다. 초점 화자 김군의 눈에 김군 아내는 이렇게 비친다.

원래 내 아내란 사람이 구식 생장이라 무식은 하지마는 나하고 지내는 동안에 소위 들은 풍월이 없지 않아서 다소간 상식이 있다고 볼 수는 있겠지. 그래서 무슨 철저한 이데올로기는 가지지 못했어도 내가 하는 일이라면 그른 일이라고는 보지 않을 만큼은 됐거든. (238)

김군은 김군대로 호구지책과 의식 활동을 위해 공사장에서든 광산에서든 가리지 않고 노동했다고 고백한다. 김군에게 지원자의 역할을 하고 있는 '나'는 자신과 김군을 비교하기도 하고 김군 아내와 자기 아내를 비교하기도 한다. 가난에 쪼들리고 집세 독촉에 시달린 나머지 입에 못 담을 말을 해대는 아내에게 '나'는 주먹질을 한다. '나'는 자신을 김군과 비교할 생각은 아예 하지도 않았다. 남자인 '나'는 여자인 김군 아내만큼 실천력도 없고 수양도 부족하다는 자기비판에 빠져들고 만다.

'그렇다! 과연 말로나 글자로만 떠드는 것이 무슨 소용 있느냐? 실천이 없이 떠드는 것이다. 더구나 계급적으로 일하는 마당에서 부도수형(不渡手形) 같은 빈말이 무슨 소용 있더냐? 그렇다면 나는 조금도 아내를 탓할 것이 없겠고 도리어 그의 모욕을 달게 받아야 할 것이 아니냐고……'

나는 부지중 눈물이 흘러내렸다. 그러나 그것은 절망의 눈물은 아니었다. 나는 계급적 양심의 거울에 비추어서 나의 과거의 생활을 청산한 끝에 나도 모르게 흘러내리는 사분의 눈물이 아니라 '공분'의 눈물이었다.

과연 나의 과거의 생활은 너무도 무의미하고 지지한 생활이 아니었던가? 개인적으로는 가족의 생활도 보장하지 못하고 그렇다고 일하는 것도 없이 마치 브로커나 룸펜 같은 생활을 하여 계급적 중간에서 뜨고 있었다. 물거품 같은 허튼소리를 방송하며 고무풍선처럼 허공에서 이리 밀리고 저리 밀리고 하였다. (246~47)

이 소설은 한 주의자의 고난을 그려낸 이데올로그소설이며, 잡지 편집자의 가난과 주의자를 향한 콤플렉스를 그려낸 점에서 지식인소설이라고 할 수 있다. 잡지사에 근무하고 집세를 제때 내지 못해 일 년에도 이사를 여러 번 다녔다는 내용이 작가 이기영을 떠올리게 하는 자전적 소설이다.

「변절자의 아내」(『신계단』, 1933. 5)는 우리 소설사에서 그 예가 흔치 않은 실화소설 roman à clef에 속한다. 주인공은 민족(民足) 선생의 전기소설을 쓰는 것이 결코 쉽지 않음을 털어놓고 있다. 독자들은, 머리가 좋기는 하나 고아 출신으로 함희정을 취하기 위해 조강지처를 버린 점에서, 또 민족개량주의자요 연애지상주의자가 되어버린 점에서 민족 선생은 이광수라고 상상할 수 있다. 민족의 아내 함희정이 다른 남자와 정을 통했다는 내용은 이기영이 만들어낸 이야기로 풍문 이상의 수준을 보여주지 못했다. 이런 이야기는 이기영의 능력 부족의 소산이기보다는 창작 조건 제약의 결과로 보아야 한다. 작가는 민족 선생의 본바탕을 "재래 봉건사상에 중독된 소위 영웅 심리를 잔뜩 가진 ××주의자"(256)로 보았다. 또한 실력양성론의 골자를 제시한 다음 이 이론을 "땅 짚고 헤엄치기 같은 이런 튼튼한 이론"(258)이라고 하면서 비꼬는 투를 취한다. 민족의 실력양성론이니 실력주의니 하는 것을 "적은 힘은 으레 큰 힘에게 희생되어야 마땅하다는 것이 그들의 이론"(262)이라고 풀고 있는 것처럼 이기영은 실력양성론을 제국주의론에 굴복한 것으로 단정짓고 있다. 「변절자의 아내」는 이광수의 삶의 자세와 사상을 비판하고 있는 점에서 이데올로기

비판 소설이라고 할 수 있다.

「서화」(조선일보, 1933. 5. 30~7. 1)에는 정월 대보름날에 한 해 동안의 액막이로서 하는 쥐불놀이 풍습이 등장한다. 해가 갈수록 쥐불놀이 참여 인원이 줄어드는 것은 그만큼 살기가 점점 어려워진다는 의미가 된다고 하였다. 이 작품은 돌쇠라는 젊은 농민이 노름판을 벌여 응삼이가 소 판 돈을 다 딴 일과, 돌쇠와 면서기 김원준과 응삼 처 사이에 삼각관계가 이루어진 것을 중심 사건으로 하였다. 응삼 모친이 와서 잃은 돈을 도로 달라고 했는가 하면 돌쇠 부모는 아들이 돈 따가지고 온 것을 싫어하지 않는 등 노름에 대한 해석이 여러 가지로 나타난다. 응삼의 처 이쁜이는 그 부모가 돈이 없어 응삼네 민며느리로 팔아버린 존재로 남편을 미워하며 유부남 돌쇠를 은근히 좋아한다. 응삼의 처가 남편을 미워하며 외간 남자인 돌쇠를 좋아한다는 것과 유사한 사건을 중심적인 사건으로 다룬 것으로「소부(少婦)」(『문장』, 1939. 4),「귀농」(『조광』, 1939. 12)이 있다. 돈은 돌려주지 않았지만 응삼이 부부에게 미안함을 느끼는 돌쇠는 여러 차례 이 사람 저 사람에게 노름의 불가피성, 현실성 등을 설명하기도 하였다. "어떻게 합니까? 일 년 내 농사를 지어야 먹을 것은 제 둥을 못 대고 식구는 많은데 굶어 죽을 수는 없으니"(334)와 같이 최소한의 식생활을 해결하기 위해 할 수 없이 노름에 손을 댄다는 강변이 설득력을 얻고 있다.

마름 정주사 집 앞에 모인 마을 사람들에게 돌쇠가 노름한 것을 사과하자 정주사 아들이면서 동경 유학생 출신인 정광조는 이 마을에서 노름 안 한 사람이 누가 있는가, 결혼한 남자와 여자가 오입하는 것은 강제 결혼과 조혼이 낳은 부작용이 아닌가 하는 의문을 표시하면서 당사자의 의지에 따른 자유연애가 바람직하다는 주장을 펼친다. 이쁜이와 돌쇠가 입을 모아 정광조를 칭찬하는 것으로 끝나는 이 소설은 풍속, 가난, 노름, 간통, 계몽 모티프를 중심으로 하고 있다. 이러한 주요 모티프가 더욱 규모가 크고 세세한 이야기를 만들어낸 것이 바로 장편 『고향』이다. 「서화」의 정광조는 「농부 정도룡」의 정도룡, 「홍수」의 박건성, 「민촌」의 창순, 「종이 뜨는 사람들」의 황운 등과 동일한 범주에 들어간다.

「십 년 후」(『삼천리』, 1936. 6)는 잡지사 기자로 월급은 쥐꼬리만 하고 일은 많은 김경수와 문선공으로 역시 죽지 못해 사는 인학이 십 년 만에 우연히 만나 서로의 심정을 털어놓는 것을 중심 사건으로 삼고 있다. 이 소설은 자전적 소설이라고 불러도 좋을 만큼 이기영의 어린 시절과 잡지사 기자와 작가로서의 청년 시절을 잘 그려내고 있다. 김경수는 "통속적 취미 잡지의 삼문 기자"라는 열등감에서 헤어나지 못한다.

그러나 직공과 기자! 공장 노동자와, 섬약한 얼치기 인텔리! 그것은 십 년 전의 똑같은 룸펜 생활과는 얼토당토않은 운양의 차이였다. 한 사람은 인간의 큰길을 걷고 있는데, 한 사람은, 매음부와 같이 어둠 속에서 헤맨다. 그는 비록 어떠한 고생이라도 진리를 위해서, 살 수 있다면, 위대한 순교자적 정신으로, 그것을 생활하고 싶다. 자기의 이상과, 하는 일이 일치한 생활, 이상과 현실이 부합한 생활이라면, 그것은 얼마나 거룩한 생활이냐? 때로 그것은 고통일는지 모른다. 그러나, 그런 고통은 고통일수록 위대할 것이다. 고통일수록 거룩할 것이다. 그것은 마치, 격류에 부대끼는 조약돌(小石)과 같다 할까. 부대끼면 부대낄수록, 추잡한 이끼가 묻을 새도 없이, 갈려져서 정결한 광택을 내는 것이다. (346~47)

김경수는 인학이 노동자로서 자부심을 지니고 있을 줄 알았으나 그 반대로 인학이 회의를 드러내는 것에 실망한다. "육체적으로 정당한 생활을 하는 사람은 정신이 썩었다. 정신이 아직, 성한 사람은, 육체가 썩었다"(353), "룸펜 생활은 인간을 동물 이하로 타락시킨다. 그와 마찬가지로, 룸펜 의식은 노동자를 타락시킨다. 오직 건전한 생활에서 체득하는, 건전한 의식의 소유자야말로 그의 앞길에, 태양과 같은 광명을 비춰올 수 있지 않은가!"(354)와 같은 구절에서 볼 수 있는 것처럼 노동하면서도 정신이 건전한 사람을 이상적 존재로 보고 있다. 김경수는 이상주의자로 볼 수 있는가 하면 현실을 잘 모르거나 노동자의 세계를 잘 이해하지 못하는 존재로 볼 수도 있다.

「맥추」(『조광』, 1937. 1~2)는 지주와 작인의 대립 구도를 보여준다. 이 작품은 작인들이 가뭄 끝에 비가 와 모내기를 하던 중 지주 유주사가 자기네 논에 부역을 나오라고 하고 작인들이 불평을 토하는 데서 시작한다. 유주사네는 전 지주에 비해 자주 부역을 시킨다. 특히 그의 큰아들 영호는 점돌이와 같이 보통학교를 졸업하고 서울로 공부하러 간다고 올라갔다가 내려와서 고리대금업과 계집질로 소일한다. 자기네들을 이렇게 부려먹고 돈놀이하는 지주에게 저항하라고 충동질하는 점에서 점돌은 「농부 정도룡」의 정도룡, 「서화」의 정광조, 「민촌」의 창순, 「종이 뜨는 사람들」의 황운 등의 존재와 동일 범주를 이룬다. 마을 사람들은 때마침 시회(詩會)를 하는 유주사에게 가서 사실을 다 말한다. 평소에 처와 아들에게 경제권을 빼앗기고 사는 유주사는 이 일을 빌미로 하여 위자료 조로 돈 백 원을 빼내려 하나 마누라에게 저지당한다. 이에 반해 아들 영호는 수천을 꼬이고 협박하여 고소도 막고 돈 한 푼 안 주고 아무 일도 없었던 것으로 한다. 지주보다 지주 아들을 더욱 나쁜 존재로 그리고 있는 점도 특이하다. 광삼, 군필, 성운이 등은 점돌이 앞장서서 보리마당질 부역을 거부하는 것을 따라서 한다. 이 소설의 주제는 점돌이가 영호의 보복을 걱정하는 어머니에게 "가난하고 고생하는 대신에 옳은 행동이나 하는 것이 떳떳하지 않겠"(412)냐고 말하는 것에서 암시된다. 이 소설의 작중인물들은 양심과 가난 사이를 왔다 갔다 하는 것으로 그려지고 있다.

단편 「맥추」는 장편 『고향』에서 제시되었던 두레의 중요성을 다시 한 번 일깨워준다.

이렇게 공동으로 일을 해보니 훨씬 쉬운 것 같다. 일이 거뜬하게 치워지고 일꾼들의 기분도 전에 없이 유쾌해서 단합해지는 것 같았다.

그들은 전과 같이 제각기 흩어져서 단독으로 째는 품을 서로 앗아가려고 애를 쓰는 대신에 이렇게 돌려가며 어우리로 하는 것이 유리한 것 같았다.

그것은 제일 외롭지가 않고, 어딘지 모르게 믿음직한 힘이 뭉쳐 있는 것 같기도 하였다.

그들의 이러한 기분은 자연히 한데 어울려지고 절망의 탄식에서 갱생의 희망을 부둥켜안고 싶은 공통된 의식이 막연하나마 그들의 감정의 밑바닥을 흐르고 있었다. 그들의 공통한 사정은 오직 자기들의 손으로만 운명을 개척할 수 있을 것같이 생각되었다. (409)

「맥추」에서 지주 아들 영호는 「민촌」의 박주사 아들, 「아사」의 최주사 아들의 성격과 태도를 부정적 방향으로 강화한 결과에 해당한다. 그러나 이 소설은 점순이와 점돌이 같은 긍정적 인물을 아직은 더 배우고 성장해야 할 인물로 설정하고 있다.

「수석」(『조광』, 1939. 3)은 이기영 소설로서는 보기 드물게 일인칭 화자 주인공 시점을 취하였다. 사상범으로 감옥에 갔다 온 것으로 암시되고 있는 '나'의 출옥 후의 생활을 그린 점에서 후일담 소설이라고 할 수 있다. '나'의 과거와 현재는 다음과 같이 연결되어 있다.

나는 두 달 전에 박군의 소개로 그가 다니는 금융회사에 수금원으로 들어갔다.

내가 집에 돌아와서, 아는 의사에게 치료를 받은 뒤로부터 신병은 차차 쾌차해졌다. 나의 건강이 회복되어가는 것을 누구보다도 제일 기뻐하기는 아내였다. 그는 나의 병이 낫는 기쁨도 물론 크겠지만 그보다도 병이 낫기만 하면 어떻게든지 생활의 근거를 잡아 주리라는 그 기대가 더 컸던 모양 같았다.

아내는 늘 말한다. 나보다 먼저 나온 박군은 금융회사에 취직을 해서 지금은 알토란처럼 오붓하게 잘산다고. ……같이 일하던 그런 이도 취직을 했은즉 설마 당신인들 못 할 게 뭐 있겠소. (422~23)

'나'보다 감옥에서 먼저 나오고, 또 옛날에는 같이 일하였으나 인제는 마음을 달리 먹고 있는 박군은 이 금융회사에 먼저 들어와 사무원으로 일하고, '나'는 집행을 나가 돈 못 갚는 사람 집의 세간에 봉인을 붙이는 일을 한다. 취직하니까 아내의 대접은 달라졌으나 '나'는 회사를 가면 난쟁이가 된 기분이고 천대받는 느낌이다. 두 달 동안 다니면서 적응도 못 하고 실적을 올린 것도 아니고 계속 번민만 하다가 동료 직원과 싸움을 벌이게 된다. 마침내 '나'는 학원 선생이 될 결심을 한다. 비록 한 달 삼십 원 벌이밖에 안 되지만 '나'는 나의 내면에 있는 교육자로서의 사명감을 끄집어낸다.

비록 생기는 것은 적다 할망정 천진난만한 어린애들을 상대해서 날 것을 생각하니 거기에서 새로운 정열이 붙잡힐 것 같기도 하다. 성냥 대신 부싯돌을 치듯이, 교육자의 정열! 그것은 시정배의 돈벌이와는 다르지 않은가? 나는 그전에 선생질을 하찮게 보던, 자신을 꾸짖었다. (440)

이 작품은 다니던 회사에 사직원을 내겠다고 하는 '나'와 아내가 걱정 반 기대 반에 차 신경전을 벌이는 것으로 끝이 나는데, 앞부분의 분위기와 긴장감이 뒷부분에 가서 계속 유지되지 못하고 있다.

「봉황산」(『인문평론』, 1940. 3)은 망해가는 집안의 실황을 보여준다. 치수 내외는 오 년째 속병을 앓는 시어머니를 위해 명산이며 관광지로 유명한 봉황산으로 이사 오나 시어머니 병세는 호전되지 않는다. 이들에게는 오랜 병을 앓는 시어머니에 대한 연민만 남아 있는 것이 아니라 집안 살림을 말아먹은 사람에 대한 증오도 있다. 시아버지와 두 내외는 쉴 틈 없이 일했으나 가난을 벗어나지 못하고 계속 빚 독촉에 시달린다. 보배는 "판판 놀고서도 잘사는 사람이 있고, 일하기보담도 놀기를 좋아하는 사람이 더 많"(459)은 현실에 눈을 뜬다. 겨우살이의 생태를 면밀하게 관찰하고 묘사한 다음 부르주아를 겨우살이에다 비유한다.

겨우살이는 아무 나무나 높다란 가지에 붙는다. 그리고 그것은 홈집 있는 가지만 골라 붙는다. 그놈은 그런 가지의 홈집에다 제 씨를 붙여서 키운다. 그래 그놈은 원나무의 진액을 빨아먹고 살아간다. 따라서 그놈은 뿌리가 없다. 뿌리가 있어야 소용없다. 왜 그러냐 하면 남의 뿌리에서 올라오는 진액을 얻어먹고 붙어살기 때문에. 그래서 이놈을 꺾어보면, 대 밑동이 원나무 가지에 붙었다가 그대로 살점이 묻어나서 떨어진다. 그것은 마치 원나무 가지를 꺾은 것과 같이 붙어 있던 자리에 생채기를 나게 한다. 한데 이놈이 사철 살아서, 지금같이 낙엽이 지는 가을에도 이놈은 시퍼런 잎사귀와 노랑 구슬 같은 열매를 맺고 있다.

보배는 이런 생각이 들자, 이 세상에서 놀고도 잘사는 사람들은 과연 이 '겨우살이'와 같지 않은가 하는, 신기한 생각이 들기 때문이었다. (460)

홈집 있는 가지만 골라 붙는다든가 원나무의 진액을 빨아 먹고 산다든가 뿌리가 없다든가 하는 속성을 지닌 겨우살이를 부르주아에 비유한 것은 작가적 원숙미의 소산이다. 십오 년이 넘게 여러 편의 농민소설과 노동자소설을 써오면서 지주, 공장주, 부자 등을 향해 반복했거나 심화해왔던 반감을 가라앉히면서 차분하게 그러나 깊이 있게 부르주아의 속성을 파헤치고 있다. 치수의 부친 서노인은 십오 원 차금에 대한 변리를 간신히 변통해가지고 빚을 연기해달라고 사정하지만 거절당한다. 결국 집을 팔아 빚잔치를 하고 이어 모친 장례를 치르고 치수는 만주로 가기로 결심한다. 이 소설은 가난을 견디지 못한 치수가 아버지, 처, 아들 둘을 남겨둔 채 만주로 떠나가는 것으로 끝나고 있다. 그러나 만주 이주 모티프를 중심 모티프로 취한 1920~30년대 다른 작가들의 작품들과는 달리 희망적인 분위기를 의도적으로 강조한 면이 보인다.

이상 14편은 이기영의 수십 편의 단편소설들 가운데서도 사회사나 사상운동사로서 자료적 가치가 높으면서 소설 양식으로서의 구조미를 제대로 갖춘 작품을 추려낸 것이다. 「농부 정도룡」 「민촌」 「아사」 「부역」 「서화」 「맥추」와 같은 농촌소설, 「해후」 「김군과 나와 그의 아내」 「변절자의 아내」와 같은 주의자소설, 「십 년 후」 「수석」 「봉화산」 등의 지식인소설, 「호외」 「종이 뜨는 사람들」과 같은 공장노동자소설은 1920, 30년대 한국인의 삶의 모습을 충실하게 그려낸 것과 빈궁·모순·절망 등으로 뒤덮인 현실에 반항하는 모습을 그려낸 것으로 다시 양분되기도 한다. 「농부 정도룡」 「민촌」 「호외」 「종이 뜨는 사람들」 「부역」 「김군과 나와 그의 아내」 「서화」 등이 잘 보여주고 있는 것처럼 작가의 전체 소설 가운데 후자의 비중이 높은 것이 이기영 소설의 또 하나의 특징이다.

작가 연보

1895년(1세) 5월 29일에 충청남도 아산군 도방면 용곡리에서 출생.
1897년(3세) 천안군 천안읍 안서리로 이사.
1905년(11세) 어머니가 장질부사로 사망. 서당 수학. 고대소설 탐독.
1906년(12세) 아버지 이민창이 군수 안기선(안막의 부친), 심상만 등과 함께 설립한 사립 영진학교에 입학. 신소설 탐독.
1908년(14세) 연상의 여인 조병기와 결혼.
1909년(15세) 아버지의 금광사업 실패. 영진학교 중퇴. 유랑리 고모네 집으로 이사.
1910년(16세) 잠업 강습소 출입.
1911년(17세) 토지조사국 기수 시험 낙방.
1912년(18세) 군 임시 고원으로 취직. 동경에 갈 계획으로 가출하여 마산, 부산 일대 전전.
1914년(20세) 다시 가출하여 경상, 전라, 충청도 일대 방랑. 토목 공사장과 충북 단양 중석광에서 노동.

1917년(23세) 11월 첫 아들 종원 출생. 종원의 자손들 남한에 거주.

1918년(24세) 기독교 학교인 논산 영화여학교에서 교원 생활. 11월에 아버지와 할머니 사망.

1919년(25세) 천안군 고원. 『학지광』 『태서문예신보』 등 구독.

1921년(27세) 8월에 딸 화실 출생했으나 1923년에 사망. 9월부터 호서은행 천안지점 근무.

1922년(28세) 4월에 일본 유학. 대서소의 필생으로 학비 조달. 사회주의 서적 탐독.

1923년(29세) 아나키즘 단체에서 조명희 첫 대면. 관동 대지진으로 유학 포기하고 9월 30일에 귀국.

1924년(30세) 『개벽』 공모에 소설 「오빠의 비밀편지」가 3등 입상되어 등단. 조명희와 교유. 10월에 둘째 아들 진우 출생했으나 1926년에 사망.

1925년(31세) 여름에 서울로 이주하여 조선지광사에 취직. 후에 카프 가맹원이 된 작가들과 교유. 8월에 카프 가맹.

1926년(32세) 두번째 부인 홍을순과의 사이에서 딸 을화 출생.

1928년(34세) 6월에 조선지광사의 김동혁, 김복진과 함께 체포되었으나 며칠 만에 석방.

1930년(36세) 4월 카프 중앙위원회 위원과 서기국 산하 출판부장 피임.

1931년(37세) 8월 10일에 카프 제1차 사건으로 피검. 2개월 후에 불기소 처분.

1932년(38세) 조선지광사 폐간으로 실직. 극도의 빈궁.

1933년(39세) 8월에 천안 성불사에 가서 『고향』 집필하여 40일 만에 탈고, 11월부터 연재.
1934년(40세) 신건설사 사건으로 피체.
1935년(41세) 12월에 3년 집행 유예를 받고 석방.
1936년(42세) 2월 20일 복심에서 원심 확정. 단행본 『고향』 한성도서에서 출간.
1937년(43세) 아들 종화 출생.
1939년(45세) 10월에 조선문인협회 발기인으로 가담.
1941년(47세) 아들 종윤 출생.
1944년(50세) 3월에 강원도 내금강 병이무지리로 이사하여 농사지음. 창씨개명과 일어 집필 모두 거절. 딸 을남 출생.
1945년(51세) 9월 24일 서울에 와서 조선프롤레타리아예술연맹 창립.
1946년(52세) 2월에 월북. 조소친선협회 중앙위원회 위원장 피임. 북조선문학예술총동맹 중앙위원 피선.
1948년(54세) 8월 제1기 최고 인민위원회 대의원 피선.
1953년(59세) 조소문화 대표단으로 러시아 혁명 기념행사 참가. 작가동맹 중앙위원회 상임위원 피선.
1954년(60세) 대하소설 『두만강』 제1부 발표.
1957년(63세) 제2기 최고인민회의 대의원 겸 최고인민회의 부의장.
1958년(64세) 대외문화 연락협회위원.
1959년(65세) 9월 『두만강』으로 조선민주주의인민공화국인민상 수상.
1961년(67세) 3월 조선문학예술총동맹 결성대회에서 중앙위원 피선.
1963년(69세) 제3기 최고인민회의 대의원 부의장.

1967년(73세) 1월 조선문학예술총동맹 중앙위원회 위원장 피선.

1972년(78세) 제5기 최고인민회의 대의원.

1984년(90세) 8월 9일 사망. 평양 신미리 애국열사릉에 안장. 유고집 『태양을 따라』 발간.

작품 목록

작품명	발표지	발표 연월일	소설 유형 및 중심 모티프
오빠의 비밀편지	개벽	1924. 7	연애소설, 대화소설
가난한 사람들	개벽	1925. 5	지식인소설, 경향소설, 살인 모티프
농부 정도룡	개벽	1926. 1~2	농민소설, 영웅소설, 교회 부정 모티프, 지주 부정 모티프
민촌	민촌 (창작집)	1925. 12. 13 탈고, 1927년 창작집 『민촌』(문예운동사, 1927)에 수록·발표	농민소설, 계몽소설, 부자 비판 모티프, 매녀 모티프
박선생	별건곤	1926. 11	기독교 비판 소설, 사기꾼소설
부흥회	개벽	1926. 8	기독교 비판 소설, 사기꾼소설
쥐 이야기	문예운동	1926. 1	우화소설, 빈자소설
장동지 아들	시대일보	1926. 1. 4	농민소설, 지주 비판 모티프
오매 둔 아버지	개벽	1926. 4	자전적 소설, 빈궁소설, 소설가소설

작품명	발표지	발표 연월일	소설 유형 및 중심 모티프
천치의 논리	조선지광	1926. 11	주의자소설, 성장소설
실진	동광	1927. 1	빈자소설, 살인강도 모티프
어머니의 마음	현대평론	1927. 1	빈자소설, 매녀 모티프
아사	조선지광	1927. 2	농민소설, 빈궁소설, 매녀 모티프, 아사 모티프
호외	현대평론	1927. 3	공장소설, 노동자소설, 투쟁소설
비밀회의	중외일보	1927. 4	
민며느리	조선지광	1927. 6	투사소설, 여성성장소설
해후	조선지광	1927. 11	여성성장소설, 주의자소설, 이념소설
채색무지개	조선지광	1928. 1	대화체소설, 지식인소설, 주의자소설, 이념소설
고난을 뚫고	동아일보	1928. 1. 15~24	주의자소설, 투쟁소설, 옥살이 모티프
원보	조선지광	1928. 5	농민소설, 무산자소설
그들의 남매(희곡)	조선지광	1929. 1~6	
자기희생	조선일보	1929. 3. 12	주의자소설
향락귀	조선일보	1930. 1. 2~18	농민소설, 지주 타락 모티프
종이 뜨는 사람들	대조	1930. 4	공장노동자소설, 주의자소설, 문인의 계몽 모티프
홍수	조선일보	1930. 8. 21~9. 3	농민소설, 주의자소설, 소작투쟁 모티프, 홍수 모티프
광명을 앗기까지	해방	1930. 12	우화소설, 영웅소설, 투쟁소설
시대의 진보	조선지광	1931. 1·2 합호	지식인소설, 주의자소설
부역	시대공론	1931. 9	농민소설, 투쟁소설, 부역 모티프
묘·양·자	동아일보	1932. 1. 1~1. 31	풍자소설, 공장노동자소설
양잠촌	문학건설	1932. 12	농민소설, 관청과 농민의 대립 모티프

작품명	발표지	발표 연월일	소설 유형 및 중심 모티프
박승호	신계단	1933. 1	농민소설, 교사소설, 기독교 비판 모티프, 동학 모티프
김군과 나와 그의 아내	조선일보	1933. 1. 2~15	주의자소설, 투쟁소설, 지식인소설, 이데올로기 소설, 옥살이 모티프
인신교주(희곡)	신계단	1933. 2~4	종교 비판극
변절자의 아내	신계단	1933. 5	실화소설, 풍자소설, 사상소설
서화	조선일보	1933. 5. 30~7. 1	농촌소설, 풍속소설, 계몽소설
고향	조선일보	1933. 11. 15~ 1934. 9. 21	농민소설, 지식인소설, 노동자소설
가을	중앙	1934. 1	농민소설, 빚 모티프, 농촌운동 모티프
돌쇠	형상	1934. 2	농민소설, 지식인소설, 대화소설, 계몽소설
노예	동아일보	1934. 7. 24~7. 29	교사소설, 알코올 중독 모티프
B씨의 치부술	중앙	1934. 9	사기꾼소설
남생이와 병아리	청년조선	1934. 10~	미완
원치서	동아일보	1935. 3. 3~3. 17	농민소설, 반항소설
흙과 인생	예술	1935. 7, 1936. 1	농민소설, 부역 모티프, 기독교 신앙 모티프
인간수업	조선중앙일보	1936. 1. 1~7. 23	지식인소설, 사상소설, 노동소설, 지식인 하향 이동 모티프
유선형	중앙	1936. 2	유머소설, 연애소설
도박	조광	1936. 3	빈궁소설
배낭	조광	1936. 5	빈궁소설, 학교소설, 소년소설
십 년 후	삼천리	1936. 6	지식인소설, 노동자소설, 자전적 소설
유한부인	사해공론	1936. 7	부인소설, 풍자소설

작품명	발표지	발표 연월일	소설 유형 및 중심 모티프
적막	조광	1936. 7	지식인소설, 전향 모티프
야광주	중앙	1936. 9	미완
비	백광	1937. 1	농민소설, 기독교 비판 모티프, 광신 모티프
추도회	조선문학	1937. 1	주의자소설, 전향소설
나무꾼	삼천리	1937. 1	농촌소설
맥추	조광	1937. 1~2	농민소설, 작가소설, 지주 아들 횡포 모티프, 부역 모티프, 두레 모티프
어머니	조선일보	1937. 3. 30~10. 11	성장소설, 사기꾼소설, 풍속소설, 샤머니즘 비판 모티프, 옥살이 모티프
인정	백광	1937. 5	주의자소설
산모	조광	1937. 6	빈자소설, 기독교 비판 모티프, 부자 비판 모티프
돈	조광	1937. 10	소설가소설, 자전적 소설
노루	삼천리문학	1938. 1	부자 비판 소설
신개지	동아일보	1938. 1. 19~9. 8	장편소설, 풍속소설
참패자	광업	1938. 2	광산소설
설	조광	1938. 5	지식인소설, 노동자소설, 전향소설, 금광 투신 모티프, 노자 협조 모티프
청년	삼천리	1938. 8	미완
대장간	조광	1938. 10	노동자소설, 옥살이 모티프
욕마	야담	1938. 10	애정소설, 악녀소설
진통기	조선문학	1939. 1~7	미완, 마름소설, 기독교 비판 모티프, 첩질 모티프
묘목	여성	1939. 3	건달소설, 동정 모티프
수석	조광	1939. 3	후일담소설, 출옥 모티프
소부	문장	1939. 4	농촌소설, 애정소설
권서방	가정지우	1939. 5	농민소설, 빈궁소설

작품명	발표지	발표 연월일	소설 유형 및 중심 모티프
야생화	문장	1939. 7	고백체소설, 기생소설
고물철학	문장	1939. 7	지식인소설, 전향소설, 하향 이동 모티프
귀농	조광	1939. 12	학생소설, 연애소설, 농민소설
대지의 아들	조선일보	1939. 10. 12~ 1940. 6. 1	생산소설, 이민소설, 친일 모티프, 계몽 모티프
형제	청색지	1939. 12	미완
봉황산	인문평론	1940. 3	빈궁소설, 니힐리즘소설
왜가리	문장	1940. 4	농촌소설, 비극소설, 마름 횡포 모티프, 매녀 모티프
봄	동아일보 인문평론	1940. 6. 11~8. 10 1940. 10~1941. 2	장편소설, 자전적 소설
간격	광업조선	1940. 9, 11, 12	지식인소설, 알코올 중독 모티프, 우울증 모티프
아우	조광	1940. 12	농민소설, 형제애 모티프
종	문장	1941. 2	직공소설
생명선	가정지우	1941. 3~8	귀향소설, 노동소설, 귀농 모티프
여인	춘추	1941. 3	
인가훈	춘추	1942. 1	
동천홍	춘추	1942. 2~1943. 3	빈자소설, 지식인소설, 광부소설
시정	국민문학	1942. 3	대화소설, 사기꾼소설
생활의 윤리	성문당	1942	소설가소설
저수지	반도의 빛 (半島の光)	1943. 5~9	
공간	춘추	1943. 6	
광산촌	매일신보	1943. 9. 23~11. 5	중편소설, 광부소설, 생산소설
닭싸움(희곡)	우리문학	1946. 3	
해방(희곡)	신문학	1946. 4	

작품명	발표지	발표 연월일	소설 유형 및 중심 모티프
형관	문화전선	1946. 8~9	미완
땅(개간편)	민주조선	1947	농민소설, 영웅소설, 이데올로기소설, 토지개혁 모티프, 두레 모티프
땅(수확편)	조소문화협회	1949	
삼팔선	인민	1950. 10~12, 1952. 1~3	
복수의 기록	민주조선	1953. 7. 11~14	
두만강 제1부	조선동맹 작가출판사	1954	역사소설, 투쟁소설, 영웅소설, 프로파간다 소설
두만강 제2부	조선동맹 작가출판사	1957	
두만강 제3부	조선동맹 작가출판사	1964	

참고 문헌

권영민, 「계급 리얼리티의 선봉장」, 『월간경향』, 1988. 9.
김동환, 「러시아 소설과 이기영 소설의 상관성」, 한국현대문학연구회,
    『한국근대장편소설연구』, 1992.
김상선, 『민촌 이기영 문학연구』, 국학자료원, 1999.
김외곤, 『한국근대리얼리즘문학비판』, 태학사, 1995.
김윤식, 『한국 현대 현실주의 소설 연구』, 문학과지성사, 1990.
김윤식·정호웅 편, 『한국 근대 리얼리즘 작가 연구』, 문학과지성사,
    1988.
김재용, 「일제하 농촌의 황폐화와 농민의 주체적 각성」, 『고향』, 이기
    영선집 1, 풀빛, 1989.
김홍식, 「이기영소설연구」, 서울대 박사학위 논문, 1991.
김희자, 「이기영소설연구」, 건국대 박사학위 논문, 1990.
민병휘, 「춘원의 『흙』과 민촌의 『고향』」, 조선문단, 1935. 5.

박상준, 『한국 근대문학의 형성과 신경향파』, 소명출판, 2000.

북한 사회과학원 문학연구소, 『조선문학통사 현대편』, 1959.

신춘호, 「한국농민소설연구」, 고려대 박사학위 논문, 1980.

안함광, 「로만 논의의 제 과제와 『고향』의 현대적 의의」, 『인문평론』, 1940. 11.

오성호, 「닫힌 시대의 소설」, 『봄』, 이기영선집, 1989.

오양호, 「한국농민소설연구」, 영남대 박사학위 논문, 1981.

이기영선집 12~13, 도서출판 풀빛, 1992.

이명재 편, 『북한문학사전』, 국학자료원, 1995.

이상경, 「식민지 친일 지주의 형상화」, 『신개지』, 이기영선집 3, 풀빛, 1989.

─────, 『이기영 : 시대와 문학』, 풀빛, 1994.

이재선, 『한국현대소설사』, 홍성사, 1979.

정호웅, 『우리 소설이 걸어온 길』, 솔, 1994.

조남철, 「일제하 한국 농민소설 연구」, 연세대 박사학위 논문, 1986.

조남현, 『이기영 : 이야기꾼 · 리얼리즘 · 이데올로그』, 건국대 출판부, 2002.

─────, 『한국 현대소설의 해부』, 문예출판사, 1993.

한형구, 「1930년대 리얼리즘 소설의 성격 연구」, 『한국학보』, 1987, 가을.

│기획의 말

한국문학전집을 펴내며

오늘의 한국 문학은 다양한 경험과 자산에서 비롯된 것이지만, 그중에서도 우리 앞선 세대의 문학 작품에서 가장 큰 유산을 물려받고 있다. 그럼에도 우리는 가끔 우리의 문학 유산을 잊거나 도외시한다. 마치 그것 없이는 살아갈 수 없는 소중한 물을 쉽게 잊고 사는 것처럼 그동안 우리는 우리가 이루어놓은 자산들을 너무 쉽게 잊어버리고 있었는지도 모르겠다. 인기 있는 외국 작품들이 거의 동시에 번역 출판되고, 새로운 기획과 번역으로 전 세계의 문학 작품들이 짜임새 있게 출판되고 있는 요즈음, 정작 한국 문학 작품들을 체계적으로 정리하지 못하고 있었다는 점을 최근에 우리는 깊이 반성하게 되었다. 그리고 이러한 때늦은 반성을 곧바로 '한국문학전집'을 기획하는 힘으로 전환하였다.

오늘의 시점에서 '한국문학전집'을 기획한다는 것은, 우선 그동안 양적으로나 질적으로 괄목할 만한 수준에 이른 한국 문학 연구 수준을 반영하는 새로운 시각이 전제되어야 할 것이다. 그리고 '우리 것을 지키자'는 순진한 의도에서가 아니라, 한국 문학이 바로 세계 문학이 되는 질적 확장을 위해, 세계 문학 속에서의 한국 문학의 정체성을 찾는 일을 간과해서는 안 될 것이다.

  이번 기획에서 우리가 가장 크게 신경 썼던 점은 크게 두 가지이다. 하나는, 그동안 거의 관습적으로 굳어져왔던 작품에 대한 천편일률적인 평가를 피하고 그동안의 평가에 대한 비판적 평가와 더불어 새로운 평가로 인한 숨은 작품의 발굴이었다. 그리하여 한국 문학사를 시기별로 구분하여 축적된 연구 성과들 위에서 나름대로 중요한 작품들을 선별하는 목록 작업에 가장 큰 공을 들였다. 나머지 하나는, 그동안 여러 상이한 판본의 난립으로 인해 원전 텍스트가 침해되고 있는 심각한 상황을 고려하여 각각의 작가에게 가장 뛰어난 연구자들을 초빙하여 혼신을 다해 원전 텍스트를 확정하였다는 점이다.

  장구한 우리 문학사의 주옥같은 작품들을 한자리에 모아, 세대를 넘고 시대를 넘어 그 이름과 위상에 값할 수 있는 대표적인 한국문학전집을 내놓는다. 이번에 출간되는 한국문학전집은 변화된 상황과 가치를 반영하는 내실 있고 권위를 갖춘 내용으로 꾸며질 것이며, 우리 문학의 정본 전집으로서 자리매김해 한국 문학의 전통을 계승하고 발전시키는 데 기여하고자 한다. 이 기획이 한국 문학의 자산들을 온전하게 되살려, 끊임없이 현재성을 가지는 살아 있는 작품들로, 항상 독자들의 옆에 있게 되기를 기대한다.

(주)문학과지성사

01 감자 김동인 단편선

최시한(숙명여대) 책임 편집

수록 작품 약한 자의 슬픔 / 배따라기 / 태형 / 눈을 겨우 뜰 때 / 감자 / 광염 소나타 / 배회 / 발가락이 닮았다 / 붉은 산 / 광화사 / 김연실전 / 곰네

극단적인 상황과 비극적 운명에 빠진 인물 군상들을 냉정하게 서술해낸 한국 근대 단편 문학의 선구자 김동인의 대표 단편 12편 수록. 인간과 환경에 대한 근대적 인식을 빼어난 문체와 서술로 형상화한 김동인의 주옥같은 작품들을 만날 수 있다.

02 탈출기 최서해 단편선

곽근(동국대) 책임 편집

수록 작품 고국 / 탈출기 / 박돌의 죽음 / 기아와 살육 / 큰물 진 뒤 / 백금 / 해돋이 / 그믐밤 / 전아사 / 홍염 / 갈등 / 먼동이 틀 때 / 무명초

식민 치하 빈궁 문학을 대표하는 최서해의 단편 13편 수록. 식민 치하의 참담한 사회적 현실을 사실적으로 전해주는 작품들. 우리 민족의 궁핍한 현실에 맞선 인물들의 저항 정신과 민족 감정의 감동과 울림을 전한다.

03 삼대 염상섭 장편소설

정호웅(홍익대) 책임 편집

우리 소설 가운데 서울말을 가장 풍부하게 살려 쓴 작품이자, 복합성·중층성의 세계를 구축하여 한국 근대 장편소설의 대표작으로 꼽히는 염상섭의 『삼대』. 1930년대 서울의 중산층 가족사를 통해 들여다본 우리 근대의 자화상이다.

04 레디메이드 인생 채만식 단편선

한형구(서울시립대) 책임 편집

수록 작품 논 이야기 / 레디메이드 인생 / 미스터 방 / 민족의 죄인 / 치숙 / 낙조 / 쑥국새 / 당랑의 전설

역설과 반어의 작가 채만식의 대표 단편 8편 수록. 1920~30년대의 자본주의적 현실 원리와 민중의 삶을 풍자적으로 포착하는 데 탁월했던 채만식. 사실주의와 풍자의 절묘한 조합으로 완성한 단편 문학의 묘미를 즐길 수 있다.

05 비 오는 길 최명익 단편선

신형기(연세대) 책임 편집

수록 작품 페어인 / 비 오는 길 / 무성격자 / 역설 / 봄과 신작로 / 심문 / 장삼이사 / 맥령

시대를 앞섰던 모더니스트 최명익의 대표 단편 8편 수록. 병과 죽음으로 고통받는 인물 군상들을 통해 자신이 예감한 황폐한 현대의 징후를 소설화한 작가 최명익. 너무나 현대적이어서, 당시에는 제대로 평가받을 수 없었던 탁월한 단편소설들을 만난다.

06 사하촌 김정한 단편선

강진호(성신여대) 책임 편집

수록 작품 그물/사하촌/항진기/추산당과 곁사람들/모래톱 이야기/제3병동/수라도/인간단지/위치/오끼나와에서 온 편지/슬픈 해후

리얼리즘 문학과 민족 문학을 대표하는 김정한의 대표 단편 11편 수록. 민중들의 삶을 통해 누구보다 먼저 '근대화의 문제'를 문학적으로 제기하고 예리하게 포착한 작가 김정한의 진면목을 본다.

07 무녀도 김동리 단편선

이동하(서울시립대) 책임 편집

수록 작품 화랑의 후예/산화/바위/무녀도/황토기/찔레꽃/동구 앞길/혼구/혈거부족/달/역마/광풍 속에서

한국적이고 토착적인 전통 세계의 소설화에 앞장선 김동리의 초기 대표작 12편 수록. 민중의 삶 속에 뿌리 내린 토착적 전통의 세계를 정확한 묘사와 풍부한 서정으로 형상화했던 김동리 문학 세계를 엿본다.

08 독 짓는 늙은이 황순원 단편선

박혜경(인하대) 책임 편집

수록 작품 소나기/별/겨울 개나리/산골 아이/목넘이마을의 개/황소들/집/사마귀/소리/닭제/학/필묵장수/뿌리/내 고향 사람들/원색오둑이/곡예사/독 짓는 늙은이/황노인/늪/허수아비

한국 산문 문체의 모범으로 평가되는 황순원의 대표 단편 20편 수록. 엄격한 지적 절제와 미학적 균형으로 함축적인 소설 미학을 완성시킨 작가 황순원. 극적인 사건 전개 대신 정적이고 서정적인 울림의 미학으로 깊은 감동을 전한다.

09 만세전 염상섭 중편선

김경수(서강대) 책임 편집

수록 작품 만세전/해바라기/미해결/두 출발

한국 근대 소설의 기념비적 작품인 「만세전」, 조선 최초의 여류화가인 나혜석의 삶을 소설화한 「해바라기」, 그리고 식민지 조선의 현실을 담아내고 나름의 저항의식을 형상화하기 위한 소설적 수련의 과정을 단적으로 보여주는 「미해결」과 「두 출발」 수록. 장편소설의 작가로만 알려진 염상섭의 독특한 소설 미학의 세계를 감상한다.

10 천변풍경 박태원 장편소설

장수익(한남대) 책임 편집

모더니스트 박태원이 펼쳐 보이는 1930년대 서울의 파노라마식 풍경화. 근대 자본주의 사회의 이데올로기와 일상성에 대한 비판에 몰두하던 박태원 초기 작품의 모더니즘 경향과 리얼리즘 미학의 경계를 넘나드는 역작. 식민지라는 파행적 상황에서 기형적으로 실현되던 근대화의 양상을 기층 민중의 생활에 초점을 맞춰 본격화한 작품이다.

11 태평천하 채만식 장편소설

이주형(경북대) 책임 편집

부정적인 상황들이 난무하는 시대 현실을 독자적인 문학적 기법과 비판의식으로 그려냄으로써 '문학적 미'를 추구했던 채만식의 대표작. 판소리 사설의 반어, 자기 폭로, 비유, 과장, 희화화 등의 표현법에 사투리까지 섞은 요설로, 창을 듣는 듯한 느낌과 재미를 선사하는 작품. 세태풍자소설의 장을 열었던 채만식이 쓴 가족사소설의 전형에 해당한다.

12 비 오는 날 손창섭 단편선

조현일(홍익대) 책임 편집

수록 작품 공휴일 / 사연기 / 비 오는 날 / 생활적 / 혈서 / 피해자 / 미해결의 장 / 인간동물원초 / 유실몽 / 설중행 / 광야 / 희생 / 잉여인간 / 신의 희작

가장 문제적인 전후 소설가 손창섭의 대표 단편 14작품 수록. 병적이고 불구적인 인간 군상들을 통해 전후 사회 현실에서의 '절망'의 표현에 주력했던 손창섭. 전쟁 그리고 전쟁 이후의 비일상적 사태를 가장 근원적인 차원에서 표현한 빼어난 작품들을 선별했다.

13 등신불 김동리 단편선

이동하(서울시립대) 책임 편집

수록 작품 인간동의 / 홍남철수 / 밀다원시대 / 용 / 목공 요셉 / 등신불 / 송추에서 / 까치 소리 / 저승새

「무녀도」의 작가 김동리가 1950년대 이후에 내놓은 단편 9편 수록. 전기 작품에 이어서 탁월한 문체의 매력, 빈틈없는 구성의 묘미, 인상적인 인물상의 창조, 인간에 대한 깊이 있는 통찰이라는 김동리 단편의 미학을 다시 한 번 경험할 수 있는 기회이다.

14 동백꽃 김유정 단편선

유인순(강원대) 책임 편집

수록 작품 심청 / 산골 나그네 / 총각과 맹꽁이 / 소낙비 / 솥 / 만무방 / 노다지 / 금 / 금 따는 콩밭 / 떡 / 산골 / 봄·봄 / 안해 / 봄과 따라지 / 따라지 / 가을 / 두꺼비 / 동백꽃 / 야앵 / 옥토끼 / 정조 / 땡볕 / 형

고단한 삶을 살아가는 순박한 촌부에서 사기꾼에 이르기까지 다양한 삶의 모습을 문학 속에 그대로 재현한 김유정의 주옥같은 단편 23편 수록. 인물의 토속성과 해학성, 생생한 삶의 언어와 우리 소리, 그 속에 충만한 생명감을 불어넣은 김유정 문학의 정수를 맛본다.

15 소설가 구보씨의 일일 박태원 단편선

천정환(성균관대) 책임 편집

수록 작품 수염 / 낙조 / 소설가 구보씨의 일일 / 애욕 / 길은 어둡고 / 거리 / 방란장 주인 / 비량 / 진통 / 성탄제 / 골목 안 / 음우 / 재운

한국 소설사상 가장 두드러진 모더니즘 작품으로 인정받는 「소설가 구보씨의 일일」을 비롯한 박태원의 대표 단편 13편 수록. 한글로 씌어진 가장 파격적이고 실험적인 작품으로 주목 받은 박태원. 서울 주변부 중산층의 삶이라는 자기만의 튼실한 현실 공간을 구축하여 새로운 소설 기법과 예술가소설로서의 보편성을 획득한 작품들이다.

16 날개 이상 단편선

김주현(경북대) 책임 편집

수록 작품 12월 12일 / 지도의 암실 / 지팡이 역사 / 황소와 도깨비 / 공포의 기록 / 지주회시 / 동해 / 날개 / 봉별기 / 실화 / 종생기

근대와 맞닥뜨린 당대 식민지 조선의 기념비요 자화상 역할을 하는 이상의 대표 단편 11편 수록. '천재'와 '광인'이라는 꼬리표와 함께 전위적이고 해체적인 글쓰기로 한국의 모더니즘 문학사를 개척한 작가 이상. 자유연상, 내적 독백 등의 실험적 구성과 문체로 식민지 근대와 그것에 촉발된 당대인의 내면을 예리하게 포착해낸 이상의 문제작들을 한데 모았다.

17 흙 이광수 장편소설

이경훈(연세대) 책임 편집

한국 최초의 근대 장편소설 『무정』을 발표하면서 한국 소설 문학의 역사를 새롭게 쓴 이광수. 『흙』은 이광수의 계몽 사상이 가장 짙게 깔린 작품으로 심훈의 『상록수』와 함께 한국 농촌계몽소설의 전위에 속한다. 한국 근대 문학사상 가장 많이 연구되고 있는 작가의 대표작답게 『흙』은 민족주의, 계몽주의, 농민문학, 친일문학, 등장인물론, 작가론, 문학사 등의 학문적·비평적 논의의 중심에 있는 작품이다.

18 상록수 심훈 장편소설

박헌호(성균관대) 책임 편집

이광수의 장편 『흙』과 더불어 한국 농촌계몽소설의 쌍벽을 이루는 『상록수』. 심훈의 문명(文名)을 크게 떨치게 한 대표작이다. 1930년대 당시 지식인의 관념적 농촌 운동과 일제의 경제 침탈사를 고발·비판함으로써, 문학이 취할 수 있는 현실 정세에 대한 직접적인 대응 그리고 극복의 상상력이란 두 가지 요소를 나름의 한계 속에서 실천해냈고, 대중적으로도 큰 호응을 불러일으킨 작품이다.

19 무정 이광수 장편소설

김철(연세대) 책임 편집

20세기 이래 한국인이 가장 많이 읽고 가장 자주 출간돼온 작품, 그리고 근현대 문학 가운데 가장 많이 연구의 대상이 된 작가 이광수의 대표작 『무정』. 씌어진 지 한 세기가 가까워오도록 여전히 읽히고 있고 또 학문적 논쟁의 중심에 서 있는 『무정』을 책임 편집자의 교정을 충실하게 반영한 최고의 선본(善本)으로 만난다.

20 고향 이기영 장편소설

이상경(KAIST) 책임 편집

'프로문학의 정점'이자 우리 근대 문학사의 리얼리즘의 확립을 결정적으로 보여주는 이기영의 『고향』. 이기영은 1920년대 중반 원터라는 충청도의 한 농촌 마을을 배경으로 봉건 사회의 잔재를 지닌 채 식민지 자본주의화가 진행되어가는 우리 근대 초기를 뛰어난 관찰로 묘파한다. 일제 식민 치하 근대화에 대한 문학적·비판적 성찰과 지식인의 고뇌를 반영한 수작이다.

21 까마귀 이태준 단편선
김윤식(명지대) 책임 편집

수록 작품 불우 선생/달밤/까마귀/장마/복덕방/패강랭/농군/밤길/토끼 이야기/해방 전후

'한국 근대소설의 완성자' '단편문학'의 명수. 이태준은 우리 근대 문학의 전개 과정에서 결코 간과할 수 없는 역할을 담당했던 작가 가운데 한 사람이다. 문학의 자율성과 예술성을 상실하지 않으면서도 현실 문제에 각별한 관심을 보여주었던 그의 단편은 한국소설사에서 1930년대를 대표하는 것으로 인정받고 있다.

22 두 파산 염상섭 단편선
김경수(서강대) 책임 편집

수록 작품 표본실의 청개구리/암야/제야/E선생/윤전기/숙박기/해방의 아들/양과자갑/두 파산/절곡/얼룩진 시대 풍경

한국 근대사를 증언하고 있는 횡보 염상섭의 단편소설 11편 수록. 지식인 망국민으로서의 허무적인 자기 진단, 구체적인 사회 인식, 해방 후와 전후 시기에 대한 사실적 증언과 문제 제기를 포함한 대표작들을 통해 횡보의 단편 미학을 감상한다.

23 카인의 후예 황순원 소설선
김종회(경희대) 책임 편집

수록 작품 카인의 후예/너와 나만의 시간/나무들 비탈에 서다

인간의 정신적 순수성과 고귀한 존엄성을 문학의 제일 원칙으로 삼았던 작가 황순원. 그의 대표작 가운데 독자들의 가장 많은 사랑을 받은 장편소설들을 모았다. 한국전쟁을 온몸으로 체득하면서 특유의 절제되고 간결한 문장으로 예술적 서사성을 완성한 황순원은 단편에서와 마찬가지로 변함없는 감동의 세계를 열어놓는다.

24 소년의 비애 이광수 단편선
김영민(연세대) 책임 편집

수록 작품 무정/소년의 비애/어린 벗에게/방황/가실/거룩한 죽음/무명/꿈

한국 근대소설사와 이광수 개인의 문학 세계에서 중요한 의미를 갖는 단편 8편 수록. 이광수가 우리말로 쓴 최초의 창작 단편「무정」, 당시 사회의 인습과 제도를 비판한「소년의 비애」, 우리나라 최초의 서간체 소설인「어린 벗에게」, 지식인의 내면적 갈등과 자아 탐구의 과정을 담은「방황」, 춘원의 옥중 체험을 바탕으로 쓰여진「무명」등 한국 근대문학의 장르와 소재, 주제 탐구 면에서 꼼꼼히 고찰해야 할 작품들이다.

25 불꽃 선우휘 단편선
이익성(충북대) 책임 편집

수록 작품 테러리스트/불꽃/거울/오리와 계급장/단독강화/깃발 없는 기수/망향

8·15 해방과 분단, 6·25전쟁으로 이어지는 한국 근현대사의 열병을 깊이 있게 고찰한 선우휘의 대표작 7편 수록. 평판작「불꽃」과「깃발 없는 기수」를 비롯해 한국 근현대사의 역동성과 이를 바라보는 냉철한 작가의식이 빚어낸 수작들을 한데 모았다.

26 맥 김남천 단편선
채호석(한국외대) 책임 편집

수록 작품 공장 신문 / 공우회 / 남편 그의 동지 / 물 / 남매 / 소년행 / 처를 때리고 / 무자리 / 녹성당 / 길 위에서 / 경영 / 맥 / 등불 / 꿀

카프와 명맥을 같이하며 창작과 비평에서 두드러진 족적을 남긴 작가 김남천. 1930년대 초, 예술운동의 볼세비키화론 주장과 궤를 같이하는 「공장 신문」「공우회」, 카프 해산 직후 그의 고발문학론을 담은 「처를 때리고」「소년행」「남매」, 전향문학의 백미로 꼽히는 「경영」「맥」 등 그의 치열했던 문학 세계의 변화를 일별할 수 있는 대표작 14편 수록.

27 인간 문제 강경애 장편소설
최원식(인하대) 책임 편집

한국 근대 여성문학의 제일선에 위치하는 강경애의 대표작. 일제 치하의 1930년대 조선, 자본가와 농민·노동자의 대립 구조 속에서 농민과 도시노동자가 현실의 문제를 해결하고자 하는 주체로 성장하는 과정과 그들의 조직적 투쟁을 현실성 있게 그려낸 작품. 이기영의 「고향」과 더불어 우리 근대 소설사에서 리얼리즘 소설의 수작으로 꼽힌다.

28 민촌 이기영 단편선
조남현(서울대) 책임 편집

수록 작품 농부 정도룡 / 민촌 / 아사 / 호외 / 해후 / 종이 뜨는 사람들 / 부역 / 김군과 나와 그의 아내 / 변절자의 아내 / 서화 / 맥추 / 수석 / 봉황산

카프와 프로문학의 대표 작가 이기영. 그가 발표한 수십 편의 단편소설들 가운데 사회사나 사상운동사로서의 자료적 가치가 높으면서 또 소설 양식으로서의 구조미를 제대로 보여주는 14편을 선별했다.

29 혈의 누 이인직 소설선
권영민(서울대) 책임 편집

수록 작품 혈의 누 / 귀의 성 / 은세계

급진적이고 충동적인 한국 근대의 풍경 속에 신소설이라는 새로운 서사 양식을 창조해낸 이인직. 책임 편집자의 꼼꼼한 텍스트 확정과 자세한 비평적 해설을 통해, 신소설의 서사 구조와 그 담론적 특성을 밝히고 당시 개화·계몽 시대를 대표하는 서사 양식에 내재화된 일본적 식민주의 담론을 꼬집는다.

30 추월색 이해조 안국선 최찬식 소설선
권영민(서울대) 책임 편집

수록 작품 금수회의록 / 자유종 / 구마검 / 추월색

개화·계몽시대의 대표적인 신소설 작가 3인의 대표작. 여성과 신교육으로 집약되는 토론의 모습을 서사 방식으로 활용한 「자유종」, 구시대적 인습을 신랄하게 비판한 「구마검」, 가장 대중적인 신소설 가운데 하나로 꼽히는 「추월색」, 그리고 '꿈'이라는 우화적 공간을 설정하여 현실 비판의 풍자적 색채가 강한 「금수회의록」까지 당대의 사회적 풍속과 세태의 변화를 민감하게 반영한 작품들을 수록했다.

31 젊은 느티나무 강신재 소설선

김미현(이화여대) 책임 편집

수록 작품 안개 / 해방촌 가는 길 / 절벽 / 젊은 느티나무 / 양관 / 황량한 날의 동화 / 파도 / 이브 변신 / 강물이 있는 풍경 / 점액질

1950, 60년대를 대표하는 여성 작가 강신재의 중단편 10편을 엄선했다. 특유의 서정적인 문체와 관조적 시선, 지적인 분석력으로 '비누 냄새' 나는 풋풋한 사랑 이야기에서 끈끈한 '점액질'의 어두운 욕망에 이르기까지, 운명의 폭력성과 존재론적 한계를 줄기차게 탐문한 강신재 소설의 여정을 한눈에 볼 수 있는 기회다.

32 오발탄 이범선 단편선

김외곤(서원대) 책임 편집

수록 작품 일요일 / 학마을 사람들 / 사망 보류 / 몸 전체로 / 갈매기 / 오발탄 / 자살당한 개 / 살모사 / 천당 간 사나이 / 청대문집 개 / 표구된 휴지 / 고장난 문 / 두메의 어벙이 / 미친 녀석

손창섭·장용학 등과 함께 대표적인 전후 작가로 꼽히는 이범선의 대표작 14편 수록. 한국 현대사의 비극에 대한 묘사를 바탕으로 하면서도 잃어버린 고향, 동양적 이상향에 대한 동경을 담았던 초기작들과 전후의 물질적 궁핍상을 전통적 사실주의에 기초해 그리면서 현실 비판적 성격을 강하게 드러낸 문제작들을 고루 수록했다.

33 메밀꽃 필 무렵 이효석 단편선

서준섭(강원대) 책임 편집

수록 작품 도시와 유령 / 깨뜨려지는 홍등 / 마작철학 / 프레류드 / 돈 / 계절 / 산 / 들 / 석류 / 메밀꽃 필 무렵 / 삽화 / 개살구 / 장미 병들다 / 공상구락부 / 해바라기 / 여수 / 하얼빈산협 / 풀잎 / 낙엽을 태우면서

근대 작가의 문화적 정체성이 끊임없이 흔들렸던 식민지 시대, 경성제대 출신의 지식인 작가로서 그 문화적 혼란기를 소설 언어를 통해 구성하고 지속적으로 모색했던 이효석의 대표작 20편 수록.

34 운수 좋은 날 현진건 중단편선

김동식(인하대) 책임 편집

수록 작품 희생화 / 빈처 / 술 권하는 사회 / 유린 / 피아노 / 할머니의 죽음 / 우편국에서 / 까막잡기 / 그리운 흘긴 눈 / 운수 좋은 날 / 발 / 불 / B사감과 러브 레터 / 사립정신병원장 / 고향 / 동정 / 정조와 약가 / 신문지와 철창 / 서투른 도적 / 연애의 청산 / 타락자

한국 근대 단편소설의 형식적 미학을 구축하고 근대적 사실주의 문학의 머릿돌을 놓은 작가 현진건의 대표작 21편 수록. 서구 중심의 근대성과 조선 사회의 식민성 사이에서 방황하는 지식인의 내면 풍경뿐만 아니라, 식민지 조선의 일상을 예리하게 관찰함으로써 '조선의 얼굴'을 담아낸 작가 현진건의 면모를 두루 살폈다.

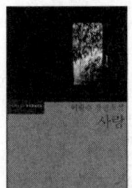

35 사랑 이광수 장편소설

한승옥(숭실대) 책임 편집

춘원의 첫 전작 장편소설. 신문 연재물의 제약에서 벗어나 좀더 자유롭고 솔직한 그의 인생관이 담겨 있다. 이른바 그의 어떤 장편소설보다도 나아간 자유 연애, 사랑에 관한 작가의 생각을 엿볼 수 있는 작품. 작가의 나이 지천명에 이르러 불교와 『주역』 등 동양고전에 심취하여 우주의 철리와 종교적 깨달음에 가닿은 시점에서 집필된, 춘원의 모든 것.

36 화수분 전영택 중단편선
김만수(인하대) 책임 편집

수록 작품 천치? 천재? / 운명 / 생명의 봄 / 독약을 마시는 여인 / 화수분 / 후회 / 여자도 사람인가 / 하늘을 바라보는 여인 / 소 / 김탄실과 그 아들 / 금붕어 / 차돌멩이 / 크리스마스 전야의 풍경 / 말 없는 사람

1920년대 초반 자연주의, 사실주의적 색채가 강한 작품 세계로 주목받았던 작가 전영택의 대표작선. 이들 작품에서 작가는, 일제 초기의 만세운동, 일제 강점기하의 극심한 궁핍, 해방 직후의 사회적 혼돈, 산업화 초창기의 사회적 퇴폐상에 대한 자신의 경험을 소박한 형식 속에 담고 있다.

37 유예 오상원 중단편선
한수영(동아대) 책임 편집

수록 작품 황선지대 / 유예 / 균열 / 죽어살이 / 모반 / 부동기 / 보수 / 현실 / 훈장 / 실기

한국 전후 세대 문학의 대표 작가 오상원의 주요작 10편을 묶었다. '실존'과 '행동'에 초점을 맞춘 그의 작품은, 한결같이 극한 상황에 처한 인간 존재의 의미를 묻는 데 천착하면서 효과적인 주제 전달을 위해 낯설고 다양한 소설적 실험을 보여준다.

38 제1과 제1장 이무영 단편선
전영태(중앙대) 책임 편집

수록 작품 제1과 제1장 / 흙의 노예 / 문 서방 / 농부전 초 / 청개구리 / 모우지도 / 유모 / 용자소전 / 이단자 / B녀의 소묘 / O형의 인간 / 들메 / 며느리

한국 농민문학의 선구자로 평가받는 이무영의 주요 단편 13편 수록. 이들 작품에서 작가는, 농민을 계몽의 대상이 아닌, 흙을 일구는 그들의 삶을 통해서 진실한 깨달음을 얻는 자족적 대상으로 바라본다. 이무영의 농민소설은 인간을 향한 긍정적 시선과 삶의 부조리한 면을 파헤치는 지식인의 냉엄한 비판 의식이 공존하고 있다.

39 꺼삐딴 리 전광용 단편선
김종욱(세종대) 책임 편집

수록 작품 흑산도 / 진개권 / 지층 / 해도초 / GMC / 사수 / 크라운장 / 충매화 / 초혼곡 / 면허장 / 꺼삐딴 리 / 곽 서방 / 남궁 박사 / 죽음의 자세 / 세끼미

1950년대 전후 사회와 60년대의 척박한 삶의 리얼리티를 '구도의 치밀성'과 '묘사의 정확성'을 통해 형상화한 작가 전광용의 대표 단편 15편 모음집. 휴머니즘적 주제 의식, 전통적인 서사 형식, 객관적이고 냉철한 묘사 태도, 짧고 건조한 문체 등으로 집약되는 전광용의 작품 세계를 한눈에 살필 수 있는 계기.

40 과도기 한설야 단편선
서경석(한양대) 책임 편집

수록 작품 동경 / 그릇된 동경 / 합숙소의 밤 / 과도기 / 씨름 / 사방공사 / 교차선 / 추수 후 / 태양 / 임금 / 딸 / 철로 교차점 / 부역 / 산촌 / 이녕 / 모자 / 혈로

식민지 시대 신경향파·카프 계열 작가로서 사회주의 리얼리즘 문학을 추구한 작가 한설야의 문학적 특징을 잘 드러내는 단편 17편을 수록했다. 시대적 대세에 편승하며 작품의 경향을 바꾸었던 다른 카프 작가들과는 달리 한설야는, 주체적인 노동자로서의 삶을 택한 「과도기」의 '창선'이 그러하듯, 이 주제를 자신의 평생 과제로 삼아 창작에 몰두했다.

41 사랑손님과 어머니 주요섭 중단편선

장영우(동국대) 책임 편집

수록 작품 추운 밤/인력거꾼/살인/첫사랑 값/개밥/사랑손님과 어머니/아네모네의 마담/북소리 두둥둥/봉천역 식당/낙랑고분의 비밀

주요섭이 남녀 간의 애정 문제를 주로 다룬 통속 작가로 인식되어온 것은 교정되어야 마땅하다. 그는 빈민 계층의 고단하고 무망(無望)한 삶을 사실적으로 재현하는 데 탁월한 기량을 보였으며, 날카로운 현실인식과 객관적 묘사의 한 전범을 보여주었고 환상성을 수용함으로써 보다 탄력적인 소설미학을 실험하기도 하였다.

42 탁류 채만식 장편소설

우찬제(서강대) 책임 편집

채만식은 시대의 어둠을 문학의 빛으로 밝히며 일제 강점기와 해방기의 우리 소설 사를 빛낸 작가다. 그는 작품활동 전반에 걸쳐 열정적인 창작열과 리얼리즘 정신으로 당대의 현실상을 매우 예리하게 형상화했다. 특히 『탁류』는 여주인공 봉의 기구한 운명의 족적을 금강 물이 점점 탁해지는 현상에 비유하면서 타락한 당대의 세계상을 여실하게 드러내주고 있다.

43 벙어리 삼룡이 나도향 중단편선

우찬제(서강대) 책임 편집

수록 작품 젊은이의 시절/별을 안거든 우지나 말걸/옛날 꿈은 창백하더이다/여이발사/행랑 자식/벙어리 삼룡이/물레방아/꿈/뽕/지형근/청춘

위험한 시대에 매우 불안하게 살았던 작가. 그러나 나도향은 불안에 강박되기보다 불안한 자유의 상태를 즐기는 방식으로 소설을 택한 작가였다. 낭만적 환멸의 풍경이나 낭만적 동경의 형식 등은 불안에 대한 나도향 식 문학적 향유의 풍경으로 다가온다.

44 잔등 허준 중단편선

권성우(숙명여대) 책임 편집

수록 작품 탁류에서/습작실에서/잔등/속습작실에서/평대저울

한국 근대소설사에서 허준만큼 진보적 지식인의 진지한 자기 성찰을 깊이 형상화한 작가는 없었다. 혁명의 연성을 기꺼이 인정하면서도 혁명과 해방으로 인해 궁지와 비참에 몰린 사람들에 대해 깊은 연민과 따뜻한 공감의 눈길을 던진 그의 대표작 다섯 편을 한데 모았다.

45 한국 현대희곡선

김우진 김명순 유치진 함세덕 오영진 차범석 최인훈 이현화 이강백

이상우(고려대) 책임 편집

수록 작품 산돼지/두 애인/토막/산허구리/살아 있는 이중생 각하/불모지/옛날 옛적에 훠어이 훠이/카덴자/봄날

한국 현대희곡 100년사를 대표하는 작품 아홉 편. 1920년대부터 1980년대까지 각 시기의 시대 정신과 연극 경향을 대표할 만한 희곡들을 골고루 선별하였고, 사실주의 희곡과 비사실주의희곡의 균형을 맞추어 안배하였다.

46 혼명에서 백신애 중단편선

서영인 책임 편집

수록 작품 나의 어머니/꺼래이/복선이/채색교/적빈/낙오/악부자/정현수/학사/호도/어느 전원의 풍경—일명·법률/광인수기/소독부/일여인/혼명에서/아름다운 노

일제강점기 한국문학을 대표하는 여성 작가이자 사회운동가인 백신애의 주요 작품 16편을 묶었다. 극심한 가난과 봉건적 인습의 굴레에 갇힌 여성들의 비극, 또는 그로부터 벗어나고자 하는 의지를 섬세한 필치와 치열한 문제의식으로 그려냈다. 그의 소설을 통해 '봉건적 가족제도와 여성의 욕망'이라는 해묵은 주제가 오늘날에도 여전히 풀리지 않는 과제로 존재하고 있음을 알게 된다.

47 근대여성작가선

김명순 나혜석 김일엽 이선희 임순득

이상경(KAIST) 책임 편집

수록 작품 의심의 소녀/선례/돌아다볼 때/탄실이와 주영이/경희/현숙/어머니와 딸/청상의 생활—희생된 일생/자각/계산서/매소부/탕자/일요일/이름 짓기/딸과 어머니와

일제강점기 한국문학을 대표하는 여성 작가들의 주요 작품 15편을 한 권에 묶었다. 근대 여성의 목소리로서 여성문학은 봉건적 가부장제에서 벗어나고자 개인으로서 여성의 자유로운 선택을 가로막는 온갖 질곡에 저항해왔다. 여성이 봉건적 공동체를 벗어나 개성을 찾아 나서는 길은 많은 경우 가출, 자살, 일탈 등으로 귀결되었지만, 그럼에도 여성 자신의 힘을 믿으면서 공동체의 인습에 저항하고 새로운 공동체를 지향하는 노력이 있었다. 여기에 식민지라는 조건 속에서 민족의 해방은 더 큰 과제이기도 했다. 이 책에 실린 여성 작가의 작품들은 신여성의 이러한 꿈과 현실, 한계를 여실히 드러내 보여준다.

48 불신시대 박경리 중단편선

강지희(한신대) 책임 편집

수록 작품 계산/흑흑백백/암흑시대/불신시대/벽지/환상의 시기/약으로도 못 고치는 병

여성의 전쟁 수난사를 가장 탁월하게 그려낸 작가 박경리의 대표 중단편 7편 수록. 고독과 절망의 시대를 살아내면서도 현실과 타협하지 못하는 결벽성으로 인간의 존엄을 고민했던 작가의 흔적이 역력한 수작들이 담겼다.